ÉTUDES SUR LE THÉÂTRE ET LES ARTS DE LA SCÈNE
sous la direction de Marco Consolini,
Tiphaine Karsenti et Florence Naugrette
21

La Tentation épique (1989-2018)

Ouvrage publié avec le soutien du Centre d'études des langues
et littératures anciennes et modernes (CELLAM) et de l'école doctorale
Arts, lettres, langues (ALL) de l'université Rennes 2

Clara Hédouin

La Tentation épique

(1989-2018)

Épique et épopée sur les scènes françaises

PARIS
CLASSIQUES GARNIER
2022

Clara Hédouin intègre l'École normale supérieure de Lyon en 2008 et commence à jouer et monter des spectacles la même année. En 2012, elle lance un projet d'adaptation théâtrale, voué à l'extérieur : *Les Trois Mousquetaires, la série*. Sa recherche sur le renouvellement de l'épique au théâtre se déploie en même temps que cette saga théâtrale, qui réunit aujourd'hui 17 acteurs et tourne dans toute la France.

ISBN 978-2-406-11793-3 (livre broché)
ISBN 978-2-406-11794-0 (livre relié)
ISSN 2273-3884

Seulement on n'est jamais sûr d'être assez fort, puisqu'on n'a pas de système, on n'a que des lignes et des mouvements. Gilles DELEUZE et Felix GUATTARI, *Mille Plateaux*.

INTRODUCTION

UN APPEL

– Mais est-ce donc une campagne que nous entreprenons ?
– Et des plus dangereuses, je vous en avertis.
– Ah çà, mais, puisque nous risquons de nous faire tuer, dit Porthos, je voudrais bien savoir pourquoi, au moins[1] *?*

On n'est pas certain, en lisant ces lignes, de se trouver dans une épopée au sens classique du terme. C'est même assez peu probable. Trop de pourquoi, trop de doutes, trop de questions. Pourtant on est sûr, en trois répliques, qu'il y a ici *de l'épique.* Le danger et l'excitation frémissent au bout des phrases, on sent déjà l'odeur de poudre. Et qui parle ? Ceux qui vont y aller. Et on sait bien, on *sent* bien qu'ils vont y aller… qu'*on* va y aller avec eux. Plonger. Dans l'action.

Oui, l'épique est là et nous attire. Il nous *tente.* Cet endroit, trouble et confus, du désir pour l'action – périlleuse, inconnue, aventureuse, celle qui engage des forces plus grandes que soi et déborde au-delà du soi – est notre point de départ. Nous partons de cet espace que semble ouvrir la présence de l'épique dans un spectacle, quel que soit le type de texte mis en scène (roman, poème, pièce de théâtre, scénario, témoignage) ou le type de fiction (narrative, historique ou documentaire). Notre recherche est un effort pour traduire le sens crypté de cette tentation

---

1 Dumas, Alexandre, *Les Trois Mousquetaires.* Cette entrée en matière mérite deux mots d'explication. Si le roman de Dumas se présente ici comme une porte d'entrée dans le problème qui nous tient, c'est que, pendant nos six années de recherche, l'épique a fait l'objet pour nous d'une exploration théorique aussi bien que pratique. Avec un Collectif d'acteurs, anciens camarades du Studio-Théâtre d'Asnières et d'ailleurs, nous nous sommes attelés en effet à l'adaptation et la mise en scène des *Trois Mousquetaires*, sous la forme d'une « série théâtrale », hors des théâtres. Le projet, composé à présent de six spectacles, dits « Saisons », est actuellement en tournée.

quand elle se fait entendre au cœur d'une performance ; pour séparer les mirages des caps véritables, pour dégager ce qui égare de ce qui élève et donne un sens. Car cette *tentation* de l'épique, vers l'épique, ou pour l'épique, confusément sentie ici, entre les lignes et chez Dumas, étonne.

En effet, si nous étions chez Homère, l'épique ne nous *tenterait* pas. Il s'imposerait.

Tentation, l'épique semble donc l'être devenu en quittant les rivages du genre qui lui a donné naissance – pour se déplacer ailleurs, dans mille autres textes, images, et situations. Car dans l'épopée, au fond, l'épique est naturel ; et ce n'est pas une tentation, non, c'est plutôt une destinée. Achille est un héros épique parce qu'il est le fils d'une déesse et parce qu'il est un combattant, point. La question d'aller se faire tuer, de se jeter au-devant d'une mort prompte et glorieuse, ne se pose pas. Le caractère épique de son histoire (au sens de trajectoire individuelle et du récit qui en rend compte) est dicté par un contexte moral, social, religieux, philosophique. Il est nécessaire. S'il devait y avoir une tentation dans l'*Iliade*, ce serait bien plutôt celle de *contourner* l'épique – celle de rester sous la tente avec Patrocle.

Vingt-cinq siècles plus tard, quand les mousquetaires de Dumas partent sur la route de Londres, ils n'accomplissent pas leur destin, et ils ne font même pas leur métier. D'ailleurs, la mission – récupérer les ferrets qu'Anne d'Autriche a offert au Duc de Buckingham – est officieuse. On a des congés, on fera ça dans notre coin, toute l'entreprise restera secrète. Elle se fera dans le dos de l'État, dans le dos des livres d'Histoire. À l'ombre, dans un roman.

Ainsi, non seulement la mission n'est déjà plus nécessaire, mais encore : elle est interdite. Voilà la tentation : un point d'interrogation au bout d'un destin possible – et voilà le romanesque qui se mélange à l'épique.

Mais la vérité, c'est qu'ils iront quand même, au galop, vers la frontière, vers l'Angleterre, au-devant des ennemis – et que nous les suivrons, nous lecteurs ou spectateurs, avec plus d'âpreté sans doute, et plus de voracité peut-être, dans ce nouveau contexte où l'épique n'est plus « dans l'ordre des choses », et nous tente. Car cette tentation n'est pas celle de la gloire qui flotte au bout de l'aventure – même les mousquetaires de Louis XIII, une fois Richelieu au pouvoir, ne se font plus d'illusions là-dessus. L'épique (qu'il soit poétique, romanesque, philosophique, scientifique, qu'importe) ne promet qu'une chose : l'*exercice d'un dépassement*.

Cette promesse n'est pas une tentation.

C'est un appel.

TROIS TENTATIONS EN UNE

Mais cela va trop vite, et il faut déjà démêler ce qui spontanément se noue : la tentation de *partir* à l'aventure pour des personnages ; la tentation d'écrire ou de *produire* de l'épique pour des auteurs, des dramaturges, des artistes en général ; et la tentation de *vouloir* de l'épique pour le public, de lecteurs ou de spectateurs. Or, il y a au moins trois façons de désigner l'épique qui se déguisent ici : l'épique comme type d'action, comme genre, et comme registre (ou tonalité).

On peut, dans cette introduction, donner quelques définitions minimales, même si elles seront précisées et retravaillées plus tard. Ainsi, l'*action* épique peut être qualifiée éthologiquement par la peur qu'elle suscite et le courage qu'elle demande, ainsi qu'anthropologiquement en ce qu'elle permet la transformation d'une situation collective en une autre. Le *genre* épique, ou l'épopée, sert à désigner le grand récit poétique, collectif, oral avant tout, mythique, héroïque et merveilleux qui raconte ce type d'action. Enfin le *registre* épique, c'est le rythme, le style, les images et le souffle qui accompagnent l'élaboration orale ou écrite d'un tel récit, sa *récitation.*

Traditionnellement, lorsque ces trois acceptions se combinent, elles racontent l'histoire d'un individu à l'exceptionnalité donnée, (doté de qualités supérieures par les dieux, par exemple), souvent voué par naissance à certaines fonctions (guerrières, le plus souvent), et qui, par le déploiement des forces ou des pouvoirs hors-norme qui sont les siens, mais aussi grâce aux vertus incomparables qui le caractérisent (courage, générosité, hardiesse) va modifier le destin de la communauté à laquelle il appartient.

Revenons maintenant à ce qui sépare Achille de Porthos. Entre eux, il y a le temps de l'Histoire, et le buissonnement de la littérature. En quittant une structure sociale ancienne, traditionnelle, où il n'y a pas d'individus mais seulement des rôles sociaux qui sont le tout de la personne, on est aussi passé d'un récit épique à un autre : de l'épopée homérique au roman-feuilleton dumassien ; de la tradition orale de l'aède au texte lu chaque semaine et non déclamé ; de l'espace collectif où l'aventure se raconte à celui du for intérieur où elle s'imagine.

Pourtant l'action dangereuse, risquée, mortelle, n'a pas disparu. Les enjeux ne sont plus tout à fait les mêmes, mais ils dépassent toujours les personnages, et ils impliquent toujours la communauté à laquelle ils appartiennent, puisqu'il s'agit toujours de traverser une crise politique, historique ou sociale, pour aller vers son issue la plus haute. L'action épique n'est donc pas une possibilité qui s'est anéantie avec la fin d'un fonctionnement social et moral archaïque. Seulement, elle se profile autrement sur la trajectoire des individus. Elle cesse d'être l'accomplissement nécessaire de certains, pré-désignés pour aller au-devant d'elle : de nobles guerriers, des chevaliers, des hommes. Et elle ne se met plus forcément au service de ceux qui gouvernent – les Rois, les Princes, l'État. En d'autres termes, l'action épique est devenue non seulement *disponible*, mais aussi potentiellement *transgressive*. Ce sont deux sens possibles de la tentation, en tant qu'elle regarde ici les êtres humains, pris dans d'autres contextes, et donc les personnages de nos fictions, pris dans d'autres histoires.

Conséquemment, dans le domaine des arts, d'autres genres, susceptibles de manifester, même de façon ambigüe, ces deux nouvelles dimensions de l'épique, (là où l'épopée homérique ne peut que révéler la nécessité des actions qu'elle raconte, et chanter l'ordre global, divin et humain, à l'intérieur duquel elles s'insèrent) peuvent être *tentés*. Aussi, la tentation se répercute à un second niveau, et touche les créateurs. Corneille, Audiard, Hugo, Spielberg, Brecht, Georges Lucas, Shakespeare, Dos Passos, Damasio, Kurosawa, Grossman, Claudel, Eisenstein sont tous tentés par la représentation de l'héroïsme, par le souffle du récit et par la grandeur de la forme ; mais tous métabolisent différemment ces attributs majeurs de l'épique. Et la tentation à laquelle ils cèdent, dans leurs contextes respectifs, n'a jamais le même sens.

L'épique, en tant qu'action, en tant que genre, et en tant que registre n'est donc pas une nécessairement une tentation, mais le devient dans des contextes historiques, sociaux et culturels précis, qui lui (re)donnent un sens et une orientation idéologique. L'hypothèse sur laquelle se fonde l'ensemble de cette recherche, c'est que l'épique sous ses trois acceptions est bel et bien une tentation pour nous – public ou lecteur, mais aussi auteurs, metteurs en scène, et acteurs, entre 1989 et 2018. Ce que cette tentation signifie, dans le cas du théâtre contemporain du moins, il faudra peut-être ce livre pour y répondre.

En revanche, les causes socio-historiques qui la rendent active sur l'ensemble de notre période peuvent être présentées ici. Ou du moins certaines d'entre elles. Elles ne sont pas spécifiques au théâtre, loin de là, mais permettent de comprendre dans quel contexte général le problème se pose.

SPECTRALITÉ/DISPONIBILITÉ

Le samedi 26 août 1346, sur les hauteurs de Crécy, petit village picard, au bord de la Somme, il se passe quelque chose d'inédit : pour la première fois, une armée professionnelle, régulière et bien organisée, celle des archers anglais qu'on appelle Yeomen (« paysans ») prouve sa supériorité sur l'élite chevaleresque – en l'occurrence française. Cette dernière, rutilante et fière, lancée droit vers ses ennemis, voit en effet s'effondrer hommes et chevaux sous la grêle des flèches de la piétaille d'en face. Alors que jusqu'ici toute l'histoire était menée par des groupes de chevaliers singuliers, nommés et irremplaçables, des masses roturières et anonymes se mettent à faire la différence sur les champs de bataille. Voilà ce qui est inscrit, en France, dans tous les livres d'histoire depuis des dizaines d'années : vrai ou faux, peu importe, ce qui compte, c'est que cette constatation est fondée sur une défaite et une perte, celles du panache épique. Dès lors, l'histoire pourra se répéter et l'on verra cette perte se rejouer lors du passage aux armes à feu (*Le Métier des armes*, film du réalisateur italien Ermanno Olmi en rend compte), lors de la défaite aristocratique durant la Fronde, lors de celle de la cavalerie polonaise en 1939 contre les blindés allemands… etc. En effet, la tendance s'ouvre avec l'utilisation d'armes de longue portée comme les *long bows* anglais, et s'accentue ensuite avec l'apparition de l'arquebuse. Puis, « dès la fin du XIVe siècle, les armes à feu portatives se distinguent de l'artillerie de siège. Les premiers canons à main, bâtons à feu, traits à poudre ou scopettes (1364) servent à effrayer les montures des chevaliers. La couleuvrine puis l'arquebuse à mèche (avec crosse et détente pour la mise à feu) annoncent le mousquet (1521), supplanté définitivement par le fusil à silex (1703), puis par les fusils à percussion (1807) et à aiguille et chargement par la culasse (1842)[2]. » Ce changement d'armes va transformer le profil de qui les porte. Ainsi s'invente, en lieu et place du chevalier, la figure du soldat. Conjointement, apparaît un principe impensable jusque-là : l'interchangeabilité de l'homme en armes. En effet, avant que les armes à feu simplifient considérablement la possibilité de tuer, les qualités martiales de l'homme d'épée étaient uniques, irremplaçables, fruit d'années et d'années de formation à la fois militaire et morale dans un écrin sociologique bien précis. L'histoire des chevaliers de la Table ronde, par exemple, n'est pas l'histoire de factions, ou de types, (« l'écuyer », « le barbare »…) mais celle d'individus extrêmement singularisés, qui atteignent l'excellence par une trajectoire unique. À l'extrême opposé de ces figures se tiennent les armées des guerres modernes, composées de ceux qui formeront bientôt une matière indifférenciée, la « chair à canon ». Aussi, l'épique quitte progressivement les champs de bataille et le domaine militaire. Pour le dire autrement, la guerre sera dès lors de moins en moins sujette à des récits ou des représentations de type épique. Dans les représentations, cette bascule est notamment incarnée picturalement par le *Chasseur à cheval* de Géricault (1812) qui contraste de manière saisissante avec la tradition du portrait historique, et notamment avec celui de *Bonaparte franchissant le col du grand Saint-Bernard*, (1801), peint par David[3]. L'attitude non assurée, presque instable du Général dans le tableau de Géricault, la torsion de son corps et la direction arrière de son regard, enfin l'œil terrorisé de son cheval, s'opposent en tous point à la cambrure martiale de l'animal et à l'élan conquérant de celui qui le chevauche dans la représentation de David, où toutes les lignes convergent vers le haut. En littérature, l'un des exemples paradigmatiques de la même cassure, c'est Fabrice à Waterloo, dans *La Chartreuse de Parme* de Stendhal[4]. « Notre héros

2 Bret, Patrice « APPARITION DES ARMES À FEU », *Encyclopædia Universalis* [en ligne], consulté le 19 août 2018. URL : http://www.universalis.fr/encyclopedie/apparition-des-armes-a-feu/

3 Voir Bertran-d'Orléac, « Détourner tout le passé vers l'avenir, ou comment Géricault et Goya donnèrent forme aux malheurs de la guerre », *Une brève histoire de l'avenir*, dir. Dominique de Font-Réaulx et Jean de Loisy, cat. de l'exposition du Louvre, Hazan / Louvre éditions, 2015.

4 « Nous avouerons que notre héros était fort peu héros en ce moment. Toutefois, la peur ne venait chez lui qu'en seconde ligne ; il était surtout scandalisé de ce bruit qui lui faisait mal aux oreilles. L'escorte prit le galop ; on traversait une grande pièce de terre labourée, située au-delà du canal, et ce champ était jonché de cadavres. – Les habits

était fort peu héros en ce moment », est la traduction métalittéraire d'un phénomène plus général, et qui dépasse la littérature : la guerre n'est plus (ou de moins en moins) dicible en termes d'intentions individuelles dirigeant des actions claires et produisant des effets intelligibles. Elle est fracas sensoriel submergeant l'intelligence, broyant même la possibilité d'agir. Du fait des mutations des guerres modernes, donc, l'héroïsation de l'homme en armes disparaît progressivement. Certes, un tel mouvement sera largement compensé par le cinéma de guerre, (principalement hollywoodien), celui du western ou du film catastrophe, qui se focalisent sur des cas, sur des hommes (et maintenant des femmes et des enfants), qui les individualisent et les héroïsent, de manière justement épique. Mais la tendance lourde à la non-héroïsation de l'homme en armes permet néanmoins quelque chose d'extrêmement intéressant pour le sujet qui nous occupe : la *désincarcération de l'épique de la topique guerrière*. L'épique, comme tonalité fondamentale d'un type d'action (combattante) et d'un genre de récit (l'épopée guerrière), s'est détaché de son corps. Son motif est devenu spectral, et par la même occasion : disponible. On peut à présent hériter culturellement des affects que la tonalité épique tend à produire, (enthousiasme, admiration, courage...) sans pour autant la relier à ses attributs traditionnels. Ainsi le spectre de l'épique peut se déplacer, circuler, *tenter* et envahir désormais mille autres formes d'arts et d'histoires.

UN DOUBLE INTERDIT

Cependant, le contexte démocratique et post-moderne qui est supposément le nôtre, ne semble pas exactement se prêter à des représentations de type épique. La démocratie est la forme politique qui correspond à un principe philosophique : l'égalité de tous les citoyens, en droit et

---

rouges ! les habits rouges ! criaient avec joie les hussards de l'escorte. Et d'abord Fabrice ne comprenait pas ; enfin il remarqua qu'en effet presque tous les cadavres étaient vêtus de rouge. Une circonstance lui donna un frisson d'horreur ; il remarqua que beaucoup de ces malheureux habits rouges vivaient encore ; ils criaient évidemment pour demander du secours, et personne ne s'arrêtait pour leur en donner... » Stendhal, *La Chartreuse de Parme*.

en devoir, devant la loi, et pour *faire* cette dite loi. Ce second point est rendu possible par l'institution du vote. « Un » compte donc toujours, en principe ou par principe, pour « un » en démocratie, et tous les individus, dès leur naissance, sont déjà pré-insérés dans ce dispositif légal. Seulement, l'inconscient mathématique de cet égalitarisme tend à s'étendre. Le principe du « 1 compte pour 1 » s'applique tendanciellement à tout ce que disent et font les individus : tous leurs avis, tous leurs discours, toutes leurs expériences, tous leurs choix, toutes leurs trajectoires. Qu'un être humain puisse être « supérieur » à un autre, on peut à peine le lire, je peux à peine l'écrire, cela donne déjà la chair de poule, le frisson du retour de l'Histoire, de toutes les formes de tyrannie. Au nom de cette peur, il nous faut écraser le principe du dénivelé entre ce qui serait supérieur et inférieur, haut et bas, grand et médiocre. Dès lors, la distinction de certaines puissances (d'agir et de penser), qui pourraient réactiver des formes d'actions héroïques, et des récits épiques qui sachent les décrire, devient problématique. Par ailleurs, « la condition postmoderne » qui est apparemment la nôtre depuis les années 80, et dont le critère définitoire est la fin des grands récits, selon Jean-François Lyotard[5], semble rendre tout aussi compliquée la manifestation de la tonalité épique. La narration elle-même serait tombée en désuétude dans le champ de l'art et de la littérature, et avec elles les principes de continuité et de synthèse qui contribuaient jusqu'ici à produire le souffle et la grandeur de certains récits. Dès lors, l'épique, qui était devenue une tonalité disponible, apparaît simultanément comme une voie interdite : il n'est plus possible d'« y aller », ou de se laisser « embarquer » comme on le disait plus haut, avec un sentiment d'évidence : c'est-à-dire sans scrupules, sans craindre d'opérer par là un retour, ou d'obéir à un élan qui serait conservateur.

5 Lyotard, Jean-François, *La Condition post-moderne*, Éditions de minuit, coll. critique, 1979.

L'HÉRITAGE CONTRADICTOIRE

Et pourtant – sans même encore parler de création théâtrale – romans, *block-busters*, séries, jeux vidéo et bandes-dessinées ne cessent de nous abreuver dès l'enfance de récits épiques. Tout en vivant dans des sociétés postmodernes et égalitaires, nous sommes nourris dès le plus jeune âge de récits héroïques d'excellence. Autrement dit, nous continuons d'hériter d'un modèle de construction individuelle que nos conditions socio-historiques ridiculisent, d'une part, et nous empêchent d'accomplir, d'autre part. Ce découplage, entre un héritage culturel omniprésent jusqu'à un certain âge d'un côté, et son impossibilité d'être mis en pratique de l'autre, ne peut pas être sans conséquences. L'apparition de ces nouveaux types sociaux que sont le *geek*, le fan de jeux vidéo ou d'*heroic fantaisy*, pourrait être interprété comme une sorte de symptôme. Ces étranges personnages du monde réel ressemblent à de lointains cousins du Quichotte, dont la bibliothèque mentale s'est emplie de récits fabuleux, sans commune mesure avec la réalité, au point qu'il évolue dans une réalité fictive parallèle. Plus massivement, et de manière sans doute moins pathologique, le monde occidental semble assoiffé d'épopées en tout genre : merveilleuses, mythiques, anticipatrices... Le succès international de romans comme *Harry Potter* (maintenant luxueusement mis en scène à Broadway après avoir donné lieu à une série de films à effets spéciaux) et de séries comme *Game of Thrones* ne sont que deux exemples du caractère contagieux et addictif qu'a pris la tonalité épique, quelle que soit la catégorie sociale du public qu'elle touche. Jusqu'à un certain âge en tous cas, et à vrai dire sans limitation d'âge, l'épique fait plus que tenter : il séduit. L'hypothèse que nous faisons ici, c'est que notre héritage culturel et les récits de notre enfance nous ont formé à *désirer* l'action épique sans pouvoir la vivre, et donc à en désirer avec d'autant plus d'intensité les formes représentationnelles – à la fois fictives et narratives. De là, le caractère infantilisé de la tentation, puisque c'est en infantilisant l'épique que la post-modernité l'aurait métabolisé, sauvegardant ainsi la disponibilité *et* l'interdit.

LA VIE COMME EXERCICE

Néanmoins, une dernière cause nous semble pouvoir expliquer le caractère fondamentalement tentateur de l'action épique et du genre qui la raconte, du point de vue, cette fois encore, du public contemporain. Disons : notre point de vue. Nous nous appuyons afin d'en rendre compte sur les écrits de Peter Sloterdijk. Selon le philosophe allemand, pour comprendre ce qu'il se passe dans « ces jardins de l'humain » que sont les « cultures », il faut éclairer en plein jour un invariant auquel l'anthropologie a trop peu fait justice. Cet invariant, c'est ce qu'il appelle « la vie en exercice ». La vie en exercice est un pont entre l'environnement naturel dans lequel évoluent les humains et le type de culture qu'ils y bâtissent. Les hommes, « quelles que soient leurs conditions d'existence ethniques, économiques et politiques, ne vivent pas seulement dans des "situations matérielles" mais aussi et plutôt dans des systèmes immunitaires symboliques et des enveloppes rituelles[6] ». Ces systèmes immunitaires symboliques sont tissés de pratiques, qui peuvent être religieuses, culturelles ou artistiques, qu'importe. Elles n'ont pas d'autre but que de prévenir elles aussi, (comme le système immunitaire biologique, et comme les pratiques dites « socio-immunologiques » qui sont d'ordre juridique, solidariste ou militaire) les menaces et les forces hostiles d'un contexte environnemental, social ou historique. Grâce à ces pratiques symboliques et rituelles, (dites « psycho-immunologiques ») les hommes s'efforcent de « maîtriser, plus ou moins bien, la vulnérabilité que leur vaut le destin, y compris la mortalité, sous forme d'anticipations imaginaires et d'armements mentaux[7] ».

Ainsi les hommes pratiquent la vie comme un exercice infini, grâce auquel des systèmes de défense à la fois physiques, sociaux et symboliques se transmettent et se réinventent. « J'entends par "exercice" toute opération par laquelle la qualification de celui qui agit est stabilisée ou améliorée jusqu'à l'exécution suivante de la même opération, qu'elle soit

6 Sloterdijk, Peter, Tu dois changer ta vie. De l'anthropotechnique. Pluriel, 2015 – Du musst dein Leben ändern. Über Anthropotechnik, Surhkamp Verlag, Francfort-sur-le-Main, 2009. trad. Libella-Maren Sell, 2011. P. 14.

7 *Ibid.* p. 23.

ou non déclarée comme exercice[8]. » La vie en exercice se pratique le long de vecteurs qui varient selon les temps et les lieux, mais partout elle participe d'une forme d'auto-engendrement de l'homme par l'homme, d'un comportement d'autoformation et d'auto-élévation. Partout, les hommes *pratiquent.* Partout les hommes *répètent.* Ils se fabriquent, dans la pratique et la répétition des habitudes, un corps, un profil, et un visage qui correspondent au type de tensions verticales auxquelles ils font face.

Mais que se passe-t-il quand les tensions verticales les plus évidentes (la mort, la maladie, la guerre, la faim) ont été un tant soit peu écartées ? Ou quand elles deviennent, tout simplement, moins visibles ? Quand le danger s'éloigne, quand on ne le voit plus là-devant ? Dans les sociétés d'abondance, la vie en exercice ne ressemble-t-elle pas à une quête dérisoire et risible ? Or, une créature vivante ne peut pas ne pas s'exercer, rappelle Slotedijk[9], puisque l'exercice est précisément le vivant en elle. Nos organes et nos cellules font une bonne partie du travail dans notre dos, et on n'a pas fini de s'en émerveiller. Simplement, pour ce qui est de la perpétuation de la vie symbolique, la question devient celle-ci : s'exercer, d'accord mais dans quel sens ? Quels sont les vecteurs ? Naître dans des sociétés de confort, vivre dans un monde pluraliste et postmoderne, c'est vivre dans un monde où les forces de tractions vers le haut ne sont plus données d'avance : non seulement les ennemis sont moins visibles, mais il n'y a plus ni Dieux au ciel, ni forces idéologiques et politiques sur terre, pour nous orienter *a priori* vers un devenir supérieur de la vie individuelle et collective. Chacun doit (se) choisir.

Alors se pose la question de ce qui, littéralement, *vaut la peine.* La spécificité de notre condition semble tenir au fait qu'il n'y a que nous pour guider notre action, pour trouver les boussoles de nos exercices quotidiens qui, si on n'y fait pas attention, continuent silencieusement à faire de nous ce qu'ils veulent. Car il y a une *forme-devenir* implicite et cachée dans chaque jardin civilisationnel. Nos exercices quotidiens les plus inconscients sont des rails. Nous sommes toujours en route vers quelque chose, en chemin vers un « nous » futur dont on ne connaît pas tout à fait la forme mais dont on peut, avec un peu d'acuité, voir se profiler les contours. Toute la question est de savoir si l'on s'accorde avec un tel devenir, d'un point de vue individuel et collectif, ou si l'on

8 *Ibid.* p. 15.
9 *Ibid.* p. 580.

entend faire scission d'avec les habitudes dans lesquelles on habite, pour s'en inventer d'autres, pour s'inventer… *un autre visage.*

Une autre façon de définir l'épique est ici en jeu. Le récit épique met en scène une vie *qui s'exerce* et ce faisant se départit, se distingue, et à force : s'*héroïse*[10]. Cette vie peut être celle d'un seul, elle peut très bien aussi devenir ou être déjà celle d'un groupe. Dans les deux cas, plus la tension verticale qu'elle s'impose sera forte, plus y faire face exigera de dépasser le sens ordinaire de ce que vivre veut dire – se *laisser* vivre. C'est ainsi que tous les héros font scission. Ils sortent d'« un mode d'existence passif pour entrer dans le mode d'existence activant[11] ». Ils se délestent de leurs inerties propres et se fabriquent la « catapulte qui servira à des jets en direction du supra-ordinaire[12] ». Et ce faisant, oui, ils nous *tentent.* Parce qu'ils nous font voir l'ordinaire où l'on nage, et parce que, se tenant sur le bord, ils nous posent la question avec malice : « veux-tu continuer ainsi ? ». Et ce n'est pas seulement ici la tentation de la fiction ou du fabuleux qui excite les nerfs et le désir : c'est la tentation éthique et potentiellement politique de se sortir des eaux de *l'habitus.* « Dès que cette différence [entre les exercices ordinaires, inconscients, et les exercices choisis] constitue un langage spécifique pour devenir théorie et forme de vie, ceux qui sont basés sur le rivage prennent leur distance avec les nageurs[13] » explique Sloterdijk. « Et lorsque Héraclite dit qu'il est impossible d'entrer deux fois dans le même fleuve, cela peut être renvoyé, accessoirement, au courant irréversible du devenir […] En vérité cette phrase obscure rappelle une irréversibilité plus profonde : le fait qu'une fois sorti de l'eau on ne retourne pas à son premier type de nage[14] ».

C'est parce que l'existence épique pointe vers l'irréversibilité de notre devenir, qu'elle fait peur et qu'elle fait envie, c'est-à-dire : qu'elle tente.

10 Cet héroïsme n'est plus celui de la certitude destinale, téléologique, de l'héroïsme d'un Achille. C'est l'héroïsme processuel, incertain, d'une trajectoire tâtonnante qui s'invente dans le mouvement même de son devenir.

11 *Ibid.* p. 283.

12 *Ibid.* p. 278.

13 *Ibid.* p. 277.

14 *Ibidem.*

LA TENTATION À L'ÉCHELLE DU PLATEAU DE THÉÂTRE

« Ce que j'ai vu, je ne peux pas le dé-voir ». Cette phrase d'un spectacle récent du Groupov[15] habite la mémoire et l'obsède. À cause de sa pureté logique, sans doute. Mais aussi du mystère qui est en sa clarté. Elle raconte en fait cette position impossible qui, si l'on s'autorise à filer la métaphore d'Héraclite, consiste à se tenir sur le bord, hors de l'eau. C'est qu'on ne peut pas définitivement quitter le fleuve, on peut seulement nager autrement. Ce que dit cette phrase, c'est la stupeur de se voir transformé dans sa manière même de nager. La stupeur d'être un autre, changé dans sa manière de voir, ou plutôt *d'exercer son regard*, c'est-à-dire de vivre, puisque, comme l'indique Sloterdijk, la vie est exercice.

La question de produire de l'épique pour nous, artistiquement, théâtralement (puisque c'est de cela qu'il s'agit), est chargée de cette question : où et comment le théâtre peut-il *souffler* suffisamment fort pour nous déporter hors du sillage des habitudes ordinaires ? Est-ce qu'il peut nous *emmener* ailleurs ? Nous *embarquer* vers un autre devenir ? Et… lequel ?

La question se double d'une énigme à résoudre. Car en effet, le théâtre contemporain semble soumis lui aussi à la tentation de l'épique. Depuis quelques années, des *Iliade* et des *Odyssée* en tous genres occupent les programmations des scènes publiques. Il y a Homère, d'abord. *L'Iliade* de la metteuse en scène Pauline Bayle, par exemple, a été créée l'hiver 2015 sur le plateau d'un petit théâtre parisien, (le Théâtre de Belleville, devenu depuis peu l'une des vitrines d'exposition des travaux de nombreuses jeunes équipes), et a été achetée à cette occasion par plus d'une vingtaine de lieux en France. S'est ajoutée à ce premier spectacle une *Odyssée*, et le diptyque a tourné sans discontinuer pendant quatre ans[16].

15 *L'Impossible Neutralité*, Création du Groupov au Festival de Liège en février 2015 et au Koninklijke Vlaamse Schouwbourg dans le cadre du Festival Eye on Palestine fin mars 2015.

16 *L'Iliade* a tourné sur exactement 71 dates sur la Saison 2015-2016, 71 en 2016-2017, 66 en 2017-2018, auxquelles se sont ajoutées les dates de l'*Odyssée*, 38 en 2017-2018, et 17 intégrales. Ces chiffres nous ont été donnés par la Compagnie À tire-d'aile. Voir également le site http://www.compagnie-atiredaile.com, consulté le 25/08/2018.

Sur la scène de l'Odéon, Théâtre de l'Europe, en 2018 puis 2019, une *Odyssée* (en deux volets) était également à l'affiche[17]. On pourrait citer d'autres exemples, mais nous n'essayons pas de démontrer ici que seul Homère est de retour. Et nous avouerons d'emblée que nous n'avons pas épié systématiquement dans les programmes des salles publiques tout ce qui pouvait ressembler, de près ou de loin, à une adaptation de l'*Iliade* ou de l'*Odyssée*. Car il nous a semblé rapidement que s'il y avait « tentation », celle-ci s'exerçait de manière moins nette, moins claire, mais aussi plus large : non pas seulement sur le choix des textes, mais aussi sur des manières de mettre en scène et de penser les projets, donc sur des manières d'envisager les effets de la création, et un type de relation aux spectateurs.

Notre intuition semblait corroborée par une présence insistante de l'adjectif « épique » pour décrire et commenter des spectacles ne portant pas spécialement sur des contenus de type homériques. Et ce tantôt de la part de metteurs en scènes qui revendiquent le terme pour parler de leurs travaux[18], tantôt de la part de la presse qui les commente[19]. Or, dans le champ du théâtre[20], cette présence insistante du vocable est particulièrement ambiguë. Peut-être plus ambiguë qu'ailleurs. Parce que le terme a été capturé au milieu du XXe siècle par une véritable entreprise théorique, qui fut celle de Brecht, et dont il est difficile de séparer aujourd'hui l'adjectif « épique ». Brecht est au milieu de l'équation. Il court-circuite le chemin électrique de la tentation. Il fait dévier le courant. Si l'on parle de théâtre épique, son fantôme apparaît et son nom s'illumine. L'édifice théorique phosphore. Si bien qu'il impose *a priori* un embranchement

17 *Ithaque (Odyssée I)*, mise en scène de Christiane Jatahy, création en avril 2018 aux ateliers Berthiers. http://www.theatre-odeon.eu/fr/2017-2018/spectacles/ithaque, consulté le 19/10/2021. Puis *Le Présent qui déborde (Odyssée II)*, créé au festival d'Avignon en 2019.

18 « L'aventure collective dans laquelle la troupe est embarquée est une épopée populaire. » dit Bellorini à propos de Paroles Gelées, dans le dossier artistique du spectacle. Voir http://www.theatregerardphilipe.com/cdn/paroles-gelees, consulté le 25/08/2018. Ou encore Joël Pommerat, à propos de *Ça Ira, Fin de Louis* : « il s'agit d'une épopée et d'une histoire des idées ». http://lapostrophe.net/cergy-pontoise/ca-ira-, consulté le 25/08/2018.

19 « L'épopée nocturne de Wajdi Mouawad » est le titre de l'article du journal *La Croix* qui commente la première intégrale de la trilogie *Littoral, Incendies, Forêts*, dans la Cour d'Honneur du Palais des papes, à Avignon, en juillet 2009. https://www.la-croix.com/Culture/Actualite/L-epopee-nocturne-de-Wajdi-Mouawad-_NG_-2009-07-09-536908, consulté le 25/08/2018.

20 Entendu ici à la fois comme pratique artistique, comme monde social et enfin comme lieu de la critique universitaire.

à notre question. La tentation semble se dédoubler : homérique d'un côté, brechtienne de l'autre. Les metteurs en scènes et les dramaturges auraient deux routes possibles. De là, nous sommes nous-même tentés par une série d'oppositions pratiques : l'épique contemporain est-il héroïque ou social ? Est-il individuel ou collectif ? Est-il mythique ou politique ? Est-il récit ou montage ? Est-il fédérateur ou critique ? Sauf qu'aucune de ces questions ne peut trouver de réponse simple, ni même pertinente. Et pour cause : ce ne sont sans doute pas ou plus de bonnes questions. Brecht, dans ses pièces, dessine lui-même de grandes figures héroïques bien que paradoxales : Galilée, Mère Courage ou la Bonne âme sont de ceux qui se battent, sans toujours réussir, pour maintenir leur existence *dressée.* Par ailleurs, si l'auteur utilise l'adjectif « épique » sans s'en référer immédiatement à Homère, il s'en sert néanmoins pour opposer son théâtre au théâtre « culinaire » de son époque, au divertissement bourgeois nourri d'aristotélisme qu'il méprise, au théâtre « dramatique » enfin. *Episch* (épique en allemand) a donc pour lui, et avant tout, le sens de « narratif » – qui n'en est pas moins polémique. Avec lui (avec Piscator avant lui, entre autres), la scène s'est mise en effet à « raconter[21] ». Si bien que les notions de « grand récit » ou de « fresque » propres à l'épopée ancienne peuvent aussi s'appliquer au théâtre épique brechtien. De même que la question du héros, et derrière lui, celle de la fondation d'une communauté ou d'un collectif. Ce qui se *cherche* dans l'épopée, et ce qui se *montre* voire se *démontre* plutôt dans le théâtre épique brechtien, c'est bien à la fois une trajectoire individuelle et un destin collectif. Quant à la question de la « grandeur », elle habite aussi, de manière singulière et contradictoire, le théâtre de Brecht. Elle n'irrigue pas seulement la conduite éthique de ses héros en dépit de leurs compromis ou de leurs difficultés, elle réside également dans l'ambition politique de l'œuvre : celle, précisément, de « dire le grand avec le petit », celle de dénoncer le système général et économique à l'intérieur duquel sont piégées nos existences avec les histoires d'individus plus ou moins ordinaires. Pour le dire encore autrement : c'est le rapport de proportion entre l'anecdote et la signification qui inscrit aussi la question de la grandeur dans le théâtre épique brechtien. De manière étonnante encore, la thématique de l'excès et de la générosité épique vient féconder la (méta)-théâtralité

21 Brecht, Bertholt « La scène commença de raconter » in « Le théâtre épique », *Écrits sur le théâtre*, Pléiade, Gallimard, en collaboration avec l'Arche Éditeur, Paris, 2000, p. 214.

ludique qui est chez Brecht le fruit d'un héritage (de traditions théâtrales européennes et orientales) et qui se trouve au service de la distance – donc de la critique. Bref, il semble bien qu'il y ait eu capture, au sens où la nébuleuse d'attributs qui gravitaient autour de l'épique ancien s'est mise également à graviter autour de l'épique brechtien. Et s'il y a bien un élément structurel de l'épique qui soit resté, c'est ce dénivelé, cette verticalité, ce clivage immanquable que dessine la tentative héroïque, c'est-à-dire l'action épique. Or, chez Brecht, cette dernière est tendue vers un horizon politique clair, et cet horizon, c'est le marxisme.

Mais dans le théâtre contemporain, de quoi l'épique est-il le nom ? Vers quel horizon idéologique est tournée la tentation ? Vers quelles perspectives éthiques, philosophiques, sociales et politiques s'orientent les tentatives ?

Si nous avons choisi la date symbolique de 1989 pour borner notre enquête, c'est qu'il nous intéresse de répondre à ces questions dans le cadre socio-historique décrit plus haut : celui de la post-modernité qui semble rendre le (grand) récit impossible, celui de la démocratie égalitaire qui rend l'héroïsme puéril, ridicule, viriliste ou dangereux, et enfin celui d'un affaissement idéologique de la gauche après la chute du mur de Berlin (et l'effondrement du bloc soviétique), alors que cette même gauche avait orienté et vectorisé les aventures théâtrales qui ont contribué à construire le cadre institutionnel dans lesquels nous allons fixer notre enquête : celui du théâtre public.

Pour lui restituer son acuité et son urgence, on pourrait formuler le problème qui nous tient sous la forme d'un paradoxe : comment l'épique contemporain, au théâtre en particulier, peut-il constituer simultanément un appel revêtant une certaine nécessité, et un interdit ? Appel induit par un héritage culturel (celui qui continue à valoriser les figures héroïques) et par un invariant anthropologique (la vie en exercice), confronté à un interdit induit par l'impossibilité du grand récit, l'impossibilité de la foi absolue en une Cause, l'infantilisation du héros classique, et l'égalitarisme qui rend suspect tout appel à s'élever. C'est la composition de ces deux dimensions qui donne son sens plein à l'idée de *tentation* épique : il n'y a tentation que lorsque quelque chose d'interdit simultanément appelle. C'est ce qu'on pourrait appeler la double contrainte de l'épique contemporain au théâtre, qu'il s'agira d'analyser et de de résoudre, en déplaçant les termes du problème : comment discerner finement ce qui dans notre héritage épique est contradictoire avec l'idéal démocratique contemporain, ce qui est irrémédiablement « ancien régime », et ce qui, à l'inverse, est non seulement traductible dans les formes de vie qui sont les nôtres, mais encore leur restitue quelque chose qu'elles auraient perdu en renonçant à l'épique ? Quelque chose comme la participation à du plus grand que soi, qui soit néanmoins strictement immanent, qui n'ait pas besoin de dieux ; quelque chose comme une possibilité d'agir sur l'histoire collective, mais sans destin et sans héros d'exception ; quelque chose comme un souffle qui simultanément tisse l'histoire individuelle à l'histoire collective, et les pousse ensemble dans une direction ascendante ; quelque chose comme *une énergie.*

En un sens, l'objet de l'enquête qui suit revient à se confronter à cette double contrainte de l'épique dans le théâtre contemporain (simultanément nécessité et interdit) ; à faire muter ses termes pour détacher finement ce qui peut être sauvé dans l'épique de ce qui n'est que l'héritage historique d'un passé guerrier, inégalitaire, colonial et mythique ; pour finalement traduire et métaboliser – c'est-à-dire *sauver* – quelque chose d'épique dans le théâtre d'une société démocratique, égalitaire et postmoderne.

Nous observerons donc comment le théâtre de ces trente dernières années traite les attributs traditionnels de l'action épique. Que fait-il de l'héroïsme, que fait-il de la grandeur, et que fait-il du souffle ? Ou plutôt : comment traite-t-il ces attributs alors qu'il ne peut plus, comme Brecht, les rattacher à un grand récit politique collectif ? Qu'est-ce qui vient progressivement s'y suppléer ?

ÉTAT DE LA QUESTION

Il n'existe pas d'ouvrage en études théâtrales qui traite de la question de l'épique sans qu'il soit majoritairement question de l'épique brechtien. Aucun n'a pour l'instant confronté directement la question de l'« épopée » à celle du « théâtre épique » ni ne les a envisagés ensemble. La question de l'évolution de l'épopée au XXe siècle semble intéresser plus spécifiquement les études littéraires, et tout particulièrement le domaine de la poésie moderne, où elle est traitée sous le signe des ruines, entre

« désirs » et « débris[22] » d'épopée. Mais dans ces études, des tendances générales se profilent qui ne sont pas sans nous intéresser, comme la renaissance du chant épique aux côtés des « vaincus » de l'Histoire[23], ou via la célébration de communautés culturelles particulières. L'épopée contemporaine est celle des « petits » et souvent des pleurs[24] ; enfin elle se veut aussi « œuvre-monde » dont la totalité est toujours ouverte, *à construire*, à partir d'une réalité perçue comme fragmentaire. Dans le domaine de la création théâtrale, cette même impossibilité d'appréhender le réel comme un Tout donne lieu, selon Maryvonne Saison, à une crise de la référencialité : « contraint de renoncer à la représentation d'une réalité éclatée et chaotique, le théâtre chercherait à renouer avec un "réel" dont on ne prend pas la peine de construire la "réalité"[25] », c'est-à-dire la totalité. « Témoigner », « rendre la parole » et faire « effraction » avec des morceaux de réalité « brute » sur scène seraient alors certains des gestes dramaturgiques à partir desquels la création théâtrale reconstruirait son rapport au réel dans les années 1990, soit dans un contexte de « fin de l'Histoire » et de « mort des utopies » qui semblent rendre inconcevable tout retour à l'épique, dans un sens homérique comme brechtien. En effet, « si l'on considère le théâtre comme une praxis sociale ou à l'influence sociale, il est indéniable que presque toutes les fonctions généralement considérées comme "politiques" lui ont entre-temps échappées. Il n'est plus au centre d'une *polis*, comme dans l'Antiquité. Le théâtre – devenu affaire d'un public minoritaire – ne peut plus être un "théâtre national" qui renforcerait une "identité" historique et culturelle[26] » explique Hans-Thies Lehmann, qui donne un nom à cette nouvelle ère théâtrale : celui de « post-dramatique ». Du même coup, il semble que le théâtre ait aussi perdu la possibilité de se présenter comme « populaire ». Dès lors, un sentiment de chute et de dépossession (ou de « désenchantement[27] »)

---

22 Voir Neiva, Saulo (dir.) *Désirs & débris d'épopée au XXe siècle*, Peter Lang, 2009, qui fait suite à *Déclins et confins de l'épopée au XIXe siècle*, Tübingen, Gunter Narr, 2008.

23 Greene Thomas, Woronoff : « L'épopée des vaincus », in *L'épique : fins et confins* Frantz, Pierre (dir) *L'Épique, fins et confins*, Presses universitaires de Franche-Comté, 2000.

24 Millet, Claude « Les larmes de l'épopée, des Martyrs à la Légende des siècles », in Déclins et confins de l'épopée au XIXe siècle, *op. cit.*

25 Saison, Maryvonne, Les Théâtres du Réel, pratiques de la représentation dans le théâtre contemporain. L'Harmattan, coll. « L'Art en bref », Paris, 1998.

26 Lehmann, Hans-Thies, *Le théâtre post-dramatique*, (1999), L'Arche, Paris, 2002, p. 18.

27 Sarrazac, Jean-Pierre, *La critique du théâtre : de l'utopie au désenchantement*, éd. Circé, coll. Penser le théâtre Belfort, 2000.

domine la critique. Tout se passe comme si le théâtre avait été *démis de ses fonctions* – traditionnelles – fonctions qu'il s'agit alors de repenser, retravailler voire de réinventer pour assurer leur « nécessité[28] » à l'art et à la pratique. À la place du « grand récit politique », l'« expérience[29] » (celle de la séance théâtrale) devient ainsi l'outil conceptuel majeur grâce auquel le théâtre peut encore se penser comme l'espace d'une possible « émancipation[30] ». Notre enquête a donc lieu dans ce cadre. Elle se nourrit des très nombreuses études qui touchent à l'héritage brechtien, et s'inspirent énormément de celles qui pensent les nouveaux rapports entre théâtre et politique[31], mais elle tente aussi de dessiner une trajectoire qui soit propre à l'épique comme genre, action et registre de plateau, au cours des trente dernières années[32]. Après un prologue théorique qui expose la richesse de la littérature critique autour des deux notions d'épopée et d'épique, notre attention se centrera donc sur des spectacles précis, les discours qui les accompagnent, et les effets qu'ils semblent réussir ou non à produire. L'un des buts de cette recherche sera d'essayer progressivement de dégager l'épique de ses attributs conservateurs (formes de récits totalisantes et individuo-centrées, destinalité de l'héroïsme, exceptionnalité donnée du héros… etc.), pour voir comment la représentation de l'action épique et surtout la tonalité épique (le souffle) peuvent en réalité produire des effets politiques, et plus précisément des effets d'extraction du sentiment d'impuissance quant à la possibilité d'infléchir le cours de l'Histoire collective – soit des effets d'*empowerment*[33].

---

28 Guénoun, Denis, *Le Théâtre est-il nécessaire*, Circé, coll. « Penser le théâtre », 2000Jacques Rancière, Le spectateur émancipé, « les paradoxes de l'art politique », p. 59, éd. La fabrique, 2008.

29 « Le politique se serait déplacé du côté de l'expérience subjective et de l'affect : une politique de la perception passant par le "training émotionnel", la "désorientation" – l'"expérience" ayant pris la place du grand récit politique. » Barberis, Isabelle, *Théâtres contemporains, Mythes et idéologies*, PUF, 2010, p. 8.

30 Rancière Jacques, *Le spectateur émancipé*, éd. La fabrique, 2008.

31 Pour n'en citer que deux : Hamidi-Kim, Béatrice, *Les cités du théâtre politique. Archéologie et avatars d'une notion idéologique, esthétique et institutionnelle plurielle.* Thèse de doctorat sous la direction de Christine Hamon-Siréjols, Lyon II, 2007, Neveux, Olivier, *Politique du Spectateur, les enjeux du théâtre politique aujourd'hui*, Éditions, La Découverte, Paris, 2013.

32 Il convient de citer ici le Ph. D De Nathalia Wodnika, qui s'attaque à un sujet similaire, *The New Epic Theatre in French : Myth, History and Contemporary News, in the theatre of Benard-Marie Koltès, Hélène Cixous, Koffi Kwahulé and Wajdi Mouawad* – rédigé et soutenu en 2013, New York University.

33 À entendre ici comme un « pouvoir d'agir » sur le collectif. Nous utilisons donc le terme dans le sens qu'il a pris originellement au cours des démarches engagées de « *community*

PRÉSENTATION D'UN CORPUS, ET PAR LA MÊME OCCASION, D'UNE TRAJECTOIRE

Notre point de départ consiste à observer ce qui est spontanément qualifié « d'épique » ou décrit comme une « épopée théâtrale » depuis les années 1990. Un premier « bloc » de spectacles apparaît alors, assez massif, et dont le désir commun semble assez clair : redonner au public de « grands récits » – soit de longues histoires avec beaucoup de tableaux et d'acteurs, et des surprises ou effets scéniques en nombre suffisant pour que l'on ne s'y ennuie pas. Cet ensemble semble hériter de la double lignée homérique et brechtienne, et de celle du Théâtre National Populaire de Jean Vilar. On peut considérer qu'il est dominé par deux spectacles tutélaires, précédant de peu notre période : *1789* d'Ariane Mnouchkine et *Le Mahâbhârata* de Peter Brook, une épopée révolutionnaire d'un côté, une légende sacrée de l'autre. À partir de ces deux repères, il est possible de mesurer des distances. Nous nous appuyons alors sur l'analyse de quatre spectacles plus récents qui permettent d'apercevoir des orientations précises de l'épique au sein de ce même bloc : le *Gilgamesh* de Pascal Rambert, créé en 2000 dans un champ de tournesols à Avignon ; la trilogie du *Sang des promesses*, de Wajdi Mouawad, présentée elle aussi, sous sa forme intégrale, au festival d'Avignon, cette fois dans la Cour d'Honneur en 2009 ; puis deux adaptations romanesques de Jean Bellorini – *Tempête sous un crâne* (d'après *Les Misérables* de Victor Hugo, créé en 2009 au Théâtre Gérard Philipe de Saint-Denis) et *Paroles Gelées* (d'après le *Quart Livre*, de Rabelais, créé en 2012 au Théâtre National de Toulouse) ; enfin le spectacle fleuve de Thomas Jolly, *Henry VI* de Shakespeare, créé au Théâtre National de Bretagne en 2012 pour le premier cycle, et en 2014 pour le second, avant d'être repris en intégrale à La Fabrica, pour la 68e édition du festival d'Avignon. Ces spectacles ont en commun d'avoir tourné sur un grand nombre de scènes publiques, et avec un succès incontestable. Ils témoigneraient

organizing » du sociologue américain Saul Alinsky au début du siècle aux États-Unis. Son usage s'est élargi ensuite, notamment dans le cadre des luttes des minorités, et plus particulièrement dans le cadre des luttes féministes américaines dans les années 60. Marie-Hélène Bacqué et Carole Biewener en font l'histoire dans *L'empowerment, une pratique émancipatrice*, La Découverte, Politique et sociétés, 2013.

donc singulièrement de la tentation, de la séduction, voire peut-être d'un « besoin » d'épique, qu'il faudra interroger. En outre, parce qu'ils sont tous dirigés par des metteurs en scène qui ont été ou sont encore des directeurs de structures[34], nous estimons qu'ils peuvent aussi nous donner des indices sur les rapports éventuels entre la question d'une résurgence potentielle de l'épique et les missions que se donne le théâtre public en tant qu'institution d'État.

Or il s'avèrera que ces spectacles sont tous orientés vers un même but, ou disons plutôt, « tentés » par une même chose : recréer sur le plateau et dans la salle une communauté harmonieuse, réconciliée, consolée et unie.

Ce constat va nous faire prendre un virage méthodologique. L'hypothèse qu'une inquiétude d'ordre politique et démocratique informe et dirige ces projets dits « épiques », va nous conduire en effet à faire émerger un autre « bloc », un autre ensemble de spectacles, à partir d'une modulation de la définition initiale de l'épique. En activant d'autres attributs de l'épopée classique – non plus le grand récit, mais la prise en charge de l'Histoire – une autre voie de réinvention de l'épique se découvre en effet dans le paysage du théâtre contemporain, voie qu'on peut estimer dominée entre autres par le spectacle phare du Groupov en 2000, *Rwanda 94*, sur lequel nous revenons à plusieurs reprises. Mais dans cette voie nous retrouvons aussi de nombreux éléments déjà présents dans *1789*. À partir de là, le renouvellement de l'épique semble suivre un mouvement spiralique, revenant régulièrement sur lui-même, emportant certains de ses attributs avec lui, en laissant d'autres de côté, les reprenant de nouveau, etc.

Dans cette partie, ce sont des spectacles créés à partir de 2010 et qui s'emparent directement d'une période historique précise, pensée comme décisive pour comprendre le présent, qui nous servent de cas d'étude. Les deux premiers traitent de la Révolution française, et nous permettent d'observer l'évolution de l'épique historique dans le cadre d'une Histoire nationale. Il s'agira de *Ça Ira, Fin de Louis*, mis en scène par Joël Pommerat, et créé à Mons en 2015 (avant une tournée

34 Wajdi Mouawad a été nommé directeur du théâtre de la Colline en 2016, Jean Bellorini à la tête du TGP en 2014 avant de passer à la tête du TNP en 2020, Pascal Rambert a dirigé le Théâtre de Gennevilliers de 2007 à 2016, enfin Thomas Jolly après avoir candidaté pour la direction du TNB en 2017, est nommé directeur du Quai, Centre dramatique national d'Angers, en 2019.

française et internationale de plusieurs années), puis de *Notre Terreur*, créé avec et par le Collectif d'Ores et déjà au théâtre de la Colline à Paris en 2009. L'on recroisera alors les questions générales et centrales de la représentation de l'action épique, c'est-à-dire de l'action héroïque, au sein d'une Histoire qui n'entend pas se conformer aux antiennes du « Récit national », ni reconduire ses vieilles idoles ou ses grands noms. Au cœur de notre enquête, nous serons donc amenés à interroger frontalement les conditions de possibilités d'un épique *démocratique*, c'est-à-dire désincarcéré de ses formes héroïques archaïques et conservatrices, mais gardant quand même la possibilité de la grande action, et le souffle de cette grande action. Nous poursuivrons à cette fin notre étude avec deux projets, qui proposent une Histoire élargie à l'échelle européenne, (et par conséquent apportent à ce problème d'autres éléments de réponses) : la trilogie de Milo Rau, – *Civil Wars, The Dark Ages* et *Empire*, créés entre 2014 et 2016 en Suisse avant de tourner, entre autres, au théâtre des Amandiers à Nanterre en 2016 et 2017 – ; puis la trilogie du Birgit Ensemble – *Berliner Mauer*, *Memories of Sarajevo*, et *Dans les ruines d'Athènes*, dont le premier volet a été créé au Conservatoire National Supérieur d'Art dramatique de Paris en 2014, avant d'être programmé au TGP en 2015, tandis que le diptyque final s'est créé lors de l'édition 2017 du festival d'Avignon (au Gymnase Paul Giéra). Ces quatre études non seulement confirmeront la présence d'une tentation de l'épique dans les représentations contemporaines de l'Histoire, mais vont en révéler en outre l'un de ses enjeux les plus importants : pouvoir se représenter à la fois individuellement et collectivement des possibilités d'agir sur l'Histoire dans le contexte philosophique, historique et politique qui est le nôtre. C'est précisément la prise de conscience de cet enjeu majeur de l'épique qui orientera notre dernier virage.

Car après avoir identifié ces deux voies de (re)fabrication de l'épique sur les scènes actuelles – deux voies qui peut-être dérivent chacune des deux « devancier », (Brook et Mnouchkine, en 85 et en 70) – nous effectuerons une sorte de sortie de cadre, où l'épique ne sera plus seulement envisagé en tant qu'il est produit par le plateau et dans l'instant de la représentation, mais par le projet et au fil de sa construction. Autrement dit, nous ferons l'hypothèse, en dernière instance, qu'il existe un épique de la production, un épique du processus, et que ce dernier apporte des réponses expérimentales aux enjeux mentionnés plus haut. Dans cette partie, il y aura trois études, qui consistent en trois « aventures » à la fois utopiques et concrètes : celle du Théâtre Permanent à Aubervilliers en 2009, et celles de deux festivals, le Nouveau Théâtre Populaire, à Fontaine-Guérin, en Anjou, et le Lyncéus Festival, à Binic, en Bretagne. Nous passerons donc à un épique ancré dans des lieux bien précis, sur des périodes bien précises. Un épique *situé*, qu'il conviendra de décrire. Loin du premier ensemble, il cherche non pas à produire avec ses spectateurs une forme de communauté, mais plutôt des biens matériels et immatériels partagés, ainsi que des formes d'action collectives (et donc des formes de vie) mises en place en vue de ces biens – ce que les philosophes Pierre Dardot et Christian Laval appellent : *du commun*[35].

L'EXERCICE DU REGARD, SON MOUVEMENT

Le mouvement général de cette thèse est donc guidé par l'intuition que quelque chose *se cherche* à travers les reprises ou les réinventions de l'épique, depuis l'obsession pour la « communauté » perdue, rêvée, et enfin réunie (qui correspond aussi à une « identité » perdue, rêvée et enfin retrouvée) jusqu'à l'invention concrète et située de moyens d'agir et de biens *communs*.

C'est à fin d'élucider la nature de cette quête/tentation/recherche d'épique que nous procédons par études de cas, et au fil d'une progression relativement chronologique. « Que se passe-t-il ici qui nous aide à redéfinir l'épique théâtral ? » est la question qui dirige chaque analyse de spectacle. Et chacune y répond d'une manière singulière qui contribue à modifier notre trajectoire. Aussi, notre corpus commence en se fixant sur des « évidences », c'est-à-dire des travaux où la tentation épique semble s'exercer de manière indiscutable, car la plupart des attributs de l'épique traditionnel s'y trouvent repris et retravaillés (choix de la grande forme, redéfinition de la quête ou de l'action héroïque, transformation

35 Dardot, Pierre et Laval, Christian, *Commun, Essai sur la révolution au XXIe siècle*. La découverte, Paris, 2015. La définition générale que nous utilisons ici, pour être empruntée à cet ouvrage, n'utilise pas pour autant la dimension juridico-économique du concept, puissamment et précisément dépliée par Dardot et Laval.

d'une situation collective en une autre, grandeur des affects mis en jeu, présence d'un souffle épique... etc.), comme chez Mouawad par exemple, ou comme, au début de la seconde partie, chez Pommerat, mais plus la trajectoire définitionnelle d'un nouvel épique se précise, moins les projets deviennent, disons « attendus ».

Par ailleurs, il faut préciser que les spectacles étudiés n'imposent jamais le même traitement, car chacun se trouve « tenté » différemment par l'épique, et ce au sein même de nos parties. Certains nous amènent à l'interroger du point de vue de ses contenus (donc de l'action épique), d'autres du point de vue du type de théâtralité engagée (de la tonalité ou du registre épique), d'autres du point de vue de la structure narrative ou dramaturgique (de la fabrication du récit épique), d'autres encore du point de vue de l'ambition du projet. Il convient de reconnaître, en outre, que nous n'avions pas le même rapport aux œuvres. Certaines n'ont pu être appréhendées que par les traces qu'elles ont laissées : textes, notes d'intention et carnet de travail, discours publics, entretiens, articles journalistiques et critiques universitaires, parfois captations. C'est le cas notamment des spectacles les plus anciens et donc de nos trois premières études, (*1789, le Mahâbhârata*, et *Gilgamesh*[36]). Pour les autres, ces mêmes matériaux se doublent de notre expérience de spectatrice. Une exception, toutefois : la trilogie du *Sang des promesses*, de Wajdi Mouawad n'aura été vue qu'en captation. L'analyse s'en trouve modifiée, et c'est sans doute la plus littéraire de toutes, d'autant plus que les spectacles de Mouawad donnent effectivement lieu à des textes édités et disponibles, ce qui n'est pas le cas de toutes les œuvres étudiées, puisque nous nous sommes concentrés sur des spectacles, et non pas sur des textes littéraires. C'est donc ce qui pouvait se passer au cours des *séances* théâtrales et des *performances* proprement dites, qui informait d'abord notre regard sur le type d'épique présent, et travaillé en direct par le spectacle.

À partir de la fin de la deuxième partie, avec le Birgit Ensemble, et plus encore dans la troisième partie, avec le Théâtre Permanent et les deux festivals étudiés, le regard et l'analyse se trouvent à nouveau légèrement modifiés parce que l'expérience d'observation, une nouvelle fois, se transforme. Cette dernière en effet se métisse de participation, à des degrés divers. Si j'ai assisté à plusieurs filages du Birgit Ensemble

36 Parmi ces trois spectacles, le seul que nos recherches nous ont permis de voir *en entier* est *1789*.

et régulièrement discuté de la constitution du projet avec les metteuses en scène, j'ai également suivi d'assez près, en tant que spectatrice et en tant qu'étudiante, au cours de la Saison 2010-2011, l'aventure du Théâtre Permanent dans sa phase de tournée. Il se trouve aussi qu'un an plus tard, ma présence comme actrice dans *Introspection*, de Peter Handke, (pendant un mois au théâtre du Point du Jour à Lyon puis au cours d'une performance de 30 heures au Palais de Tokyo à Paris) a contribué à approfondir ma connaissance du travail de Gwenaël Morin. Enfin, pour ce qui est des deux festivals présentés à la fin de cette enquête, le NTP et le Lyncéus, j'en ai surtout été une spectatrice et une observatrice attentive.

Enfin, l'ensemble de ce corpus doit être envisagé comme une série de repères (ou de spectacles-repères), avec, entre eux, de l'air. D'autres études auraient pu trouver leur place dans cette enquête, mais le mouvement spiralique de cette redéfinition et finalement interprétation de l'épique, imposant au fur et à mesure ses réductions, ses obsessions, et ses catégories – le grand récit, l'Histoire, et l'expérimentation démocratique sous forme d'aventure non-institutionnelle – a écarté toute une série de cas moins probants pour son affirmation en tant que trajectoire, en tant que quête. Les spectacles étudiés sont donc des sites représentatifs où la tentation de l'épique vient s'exercer, se nourrir et s'élancer à nouveau ; et non pas un ensemble exhaustif qui témoignerait d'une façon complète et achevée d'un « nouvel épique » défini une fois pour toute, clos sur lui-même. De fait, la tentation reste active, et les chemins d'une réinvention *démocratique* de l'épique sont ouverts. C'est du moins l'espoir de cette recherche que d'y contribuer.

Merci à Sophie Lucet pour la confiance accordée, à Éric Duchatel pour ses étriers, et à Christian Biet pour cette intelligence généreuse et vibrante d'enthousiasme qui était la sienne, et qui manque tant. Merci à Baptiste Morizot et Estelle Zhong avec qui j'ai discuté ce travail. Merci aux mousquetaires pour s'être jetés dans l'aventure, et merci à Maxime le Gac Olanié.

PROLOGUE HISTORIQUE ET CRITIQUE

L'épique (et le dramatique), questions de genre

POINT SUR LA TRAJECTOIRE : AVANT DE SE METTRE EN ROUTE…

Il s'agit ici de passer une frontière théorique : notre étude ne pourra commencer, en effet, seulement après que la question de la possibilité d'un théâtre épique ait été mise au jour. Car nous ne pouvons pas faire l'économie des questionnements qui entourent le passage de la *poésie* épique au *théâtre* épique, depuis Aristote jusqu'à Brecht, en passant par Schiller et Hegel, et ce d'autant que certaines de ces réflexions sont toujours fécondes pour penser la manière dont l'épique réapparaît sur les scènes contemporaines. Des théoriciens comme Peter Szondi et Jean-Pierre Sarrazac y ont consacré des ouvrages importants et nous nous en inspirerons largement. Nous devons donc, avant de regarder devant, nous tourner en arrière et établir comment, au fil d'une histoire à la fois littéraire et théâtrale, l'épique est devenu un territoire du drame, entendu en son sens le plus large. Autrement dit, qu'est-ce qui nous autorise à parler de *théâtre épique* ? Ou encore : sur quelle histoire et sur quelle base théorique peuvent se penser ce que l'on appellera régulièrement au fil de notre enquête, en renversant l'ordre des deux syntagmes, et donc le sens du problème : les nouvelles voies de *l'épique théâtral* ?

Cette histoire et ce socle théorique sont structurés par un axe fort, celui d'une opposition de genre et de mode littéraire entre l'épique et le dramatique. Nous retraçons donc ici le plus synthétiquement possible les étapes du conflit entre ces deux modes énonciatifs. À cette fin, celle de la synthèse, le style sera parfois elliptique, et nous puiserons librement nos exemples dans différentes époques, jusqu'à les croiser parfois, pour mieux mettre au jour des veines qui échappent parfois à la chronologie, mais viennent nourrir et entretenir encore cette fameuse opposition, ou bien la transformer en nouvelle alliance. Alors, seulement, nous pourrons nous permettre d'oublier les questions de genre, pour penser plus librement les enjeux du retour de l'*epos* dans le théâtre contemporain.

L'ORIGINE DU PROBLÈME ? UN SYNTAGME PARADOXAL[1]

Tout part d'un malentendu. Ou plutôt d'un contre-sens. Tout part de l'oxymore, – pour la tradition aristotélicienne et hégélienne – que constitue l'expression consacrée dans la traduction de la formule brechtienne : *théâtre épique.*

Aristote définit en effet la comédie et la tragédie comme *dramata* (pluriel de *drama*) parce qu'Aristophane comme Sophocle représentent des gens qui agissent (*drôntas* : participe de *dran*[2]) et se distinguent de la *mimèsis* narrative de l'épopée. Bertolt Brecht le sait quand il fonde en 1930 le couple antinomique : *théâtre épique / théâtre dramatique.* En un sens, du point de vue d'Aristote du moins, on pourrait dire qu'il forge alors, délibérément, un oxymore et un pléonasme, puisque d'un côté nous avons deux termes qui s'opposent l'un à l'autre (le théâtre et l'épopée, l'action et le récit), et de l'autre, deux termes qui veulent dire la même chose (le théâtre et le théâtre, l'action et l'action).

Pourtant, *episch* en allemand, explique Jean-Marie Valentin dans sa *Notice* au chapitre « théâtre épique » des *Écrits critiques* de Brecht dans l'édition Pléiade[3], qualifie simplement ce qui est de l'ordre de la narration et englobe « le récit mis en vers[4] » qu'est l'épopée, mais aussi et surtout, à l'époque moderne, le roman et ses formes apparentées.

1 Ce prologue s'est co-écrit avec Éric Duchatel (ancien professeur d'Études théâtrales du lycée Fénelon, à Paris) à partir des précieux cours de Khâgne qu'il donna sur le théâtre épique.

2 Aristote, *Poétique*, 48a28, Trad. Dupont-Roc et Lallot, éd. Seuil, Paris, 1980.

3 Brecht, Bertholt, *Écrits sur le théâtre*, éd. Pléiade, Gallimard, en collaboration avec l'Arche Éditeur, Paris, 2000.

4 Aristote, *Poétique*, 59a17, *op. cit.*

« *Epische Theater* » ou « *Episches Drama* » désigne donc un théâtre *narratif*.

Il faudrait alors penser l'oxymore brechtienne non pas comme simple juxtaposition de contraires, mais comme un syntagme dynamique qui saisit un état (cette *obscure clarté*) ou une pratique (le *clair obscur* de Rembrandt). Le *théâtre épique*, c'est bien du théâtre, mais qui tournerait le dos au dramatique aristotélicien pour s'écrire et se jouer selon les critères du narratif.

Mais ce n'est pas tout. Car, outre le contre-sens, tout semble aussi partir d'une démarche artistique et conceptuelle d'une vigueur exceptionnelle : Brecht se fait fort d'inventer un théâtre non aristotélicien, qu'il baptise théâtre épique, et qui synthétise les caractères d'un art novateur appelé à devenir « le théâtre d'une ère scientifique », voué à ne plus seulement interpréter mais transformer le monde. Nous travaillons donc avec deux couples qui ne se superposent pas exactement : brechtien/aristotélicien d'une part, épique/dramatique d'autre part. Or, il existe de nombreuses dramaturgies non aristotéliciennes, non brechtiennes (et pour cause), en Asie, ou en Europe (théâtre médiéval, élisabéthain, Shakespearien notamment, mais aussi théâtre baroque, théâtre du siècle d'or espagnol…) ; et il se trouve que Brecht les connaît, s'en fascine et s'y réfère. Aussi, il est sans doute déjà possible de poser trois acceptions du terme « épique » : l'une classique, aristotélicienne, « qui relève de l'épopée » ; une autre brechtienne, donc non aristotélicienne, non « dramatique » ; et enfin une dernière, plus opératoire mais expérimentale, qui prend en compte les deux premières et permet de penser les rapports entre épique et théâtre aujourd'hui, en France et en Europe. Cette troisième voie est celle qui nous intéresse, et ce d'autant plus que le cheminement qui a conduit au théâtre brechtien se continue après lui, en tension sur deux lignes de forces : d'abord le substrat idéologique qui justifiait le recours à l'épique pour forger le théâtre de l'ère scientifique a perdu de sa stabilité ; on pourrait même avancer qu'il s'est effondré avec le mur de Berlin. Ensuite on ne joue plus le théâtre après Brecht comme avant, le théâtre dramatique tel qu'il a été rêvé n'existe plus – il est mort, (pour le dire ici rapidement), avec le quatrième mur, et, sur les ruines de ce dernier, se multiplient les pratiques artistiques qui entretiennent avec elles-mêmes un rapport réflexif et distancié.

Quelle est donc la « matière épique » théâtrale contemporaine, comment est-elle mise en jeu, par qui, à l'intérieur de quels protocoles de créations et selon quels modes de production ? Voilà les questions auxquelles nous tacherons de répondre. Toutefois, il sera difficile de le faire si nous ne nous attardons pas au préalable sur les définitions de chacun des termes de la relation qui nous intéresse.

ÉPIQUE-ÉPOPÉE : DÉFINITIONS PRÉALABLES

Le mot grec *épopoia* est composé du substantif *épos* (soit ce qui est exprimé par la parole), et d'un dérivé du verbe *poïen* (faire, fabriquer). L'épopée est donc, selon Daniel Madélénat, la mise en forme « d'une parole primordiale, essentielle » ; elle est un Verbe, *l'épos*, « proféré par les poètes primitifs qui disent la genèse et la vérité du monde[5] ». En effet *Epos* et épopée dérivent tous deux d'une très ancienne racine indo-européenne *weku-* qui signifie parler, et que l'on retrouve dans *vox, vocis* en latin, *vàk* en sanscrit, ou *eipen* en grec (dire). Toute du côté de la parole, comme le note Judith Labarthe[6], l'épopée s'oppose donc d'emblée à l'acte, à l'action, à ce que les grecs appellent *ergon.* En outre, il convient de préciser que si *l'epos* se trouve du côté de l'oralité, voire du primitif, l'épopée se situe presque d'emblée du côté de l'écrit. Aristote contribue en effet à en faire une véritable catégorie littéraire, et à partir de l'époque alexandrine, c'est un genre défini comme « le récit poétique d'une action héroïque et merveilleuse[7] ». Judith Labarthe tient ainsi à distinguer l'épopée, qui recouvre tout poème long européen qui relève des critères de la *Poétique* d'Aristote, avec plus ou moins de distance critique par rapport à ces critères, et l'*épos*, pouvant qualifier tout poème comportant un souffle et un style épique, ceci partout dans le monde et indépendamment de la forme qui est utilisée. Au XIXe siècle, on parle aussi d'action épique, dans la réalité ou la littérature, pour désigner les aventures de longue haleine, avec des épisodes surprenants, héroïques, exaltants, voire sortant du vraisemblable, comme ceux de l'épopée napoléonienne, des *Misérables* ou de *La Légende des Siècles.*

5 Madelénat, Daniel, *Dictionnaire des littératures de langue française,* art. « Épopée », sous la direction de J.-P. de Beaumarchais, D. Couty, A. Rey, Bordas, 1994, t. 2, p. 816.

6 Pour ces définitions, nous en référons en effet à l'ouvrage de Judith Labarthe, *L'Épopée*, Armand Colin, Paris, 2006.

7 Damairion, Louis, *Poétique française*, chez Deterville, Librairie française, 1804, p. 382.

Deux critères semblent donc présider aux définitions de ce dinosaure de la littérature : narrativité longue et matière héroïque.

Sur le plan du langage et de l'énonciation, qu'analyse d'emblée Platon dans *La République*, au livre III, l'épopée se caractérise par un narrateur omniscient et objectif qui s'efface derrière ses descriptions et personnages, et qui présente sa matière comme relevant d'un « passé absolu », ou d'une irrécusable et ancestrale légende qu'il a le privilège de transformer en événements vivants. Son récit recouvre donc les traits d'un conte oral : matériau expressif puissant, caractérisé, entre autres, par la parataxe, soit la succession d'épisodes appelés à l'existence l'un après l'autre, dans un éternel présent ; régularité du mètre, accentué pour soutenir la récitation ; enfin le recours à des expressions figées, et la prédominance de certaines figures – hyperboles et comparaisons. Les récits paradigmatiques du genre sont l'*Iliade* et l'*Odyssée* d'Homère bien sûr, dont le nom transforme le rhapsode en auteur, et, ailleurs qu'en Occident, le *Mahâbhârata*[8], épopée sanscrite de la mythologie hindoue.

Quant à l'adjectif *épique*, il désigne d'abord « ce qui est inhérent à l'épopée », ce qui lui appartient ou mériterait d'y appartenir[9]. Mais comme le comique ou le tragique, l'épique qualifie aussi un registre qui, en tant que tel, déborde le genre même auquel il est affilié.

> Ainsi, le registre épique est caractéristique de l'épopée, mais on le trouve aussi dans les romans. Les personnages présents dans l'histoire sont aux prises avec des situations extraordinaires ou présentées comme telles. Tout est exagéré,

---

8 *Iliade*, épopée de la Grèce antique attribuée à Homère, composée au total de 15 337 hexamètres dactyliques, se divise en 24 chants. Écrite probablement entre -850 et -750, soit 4 siècles après la période à laquelle les historiens font correspondre la guerre mythique qu'elle relate – celle d'Ilion, l'autre nom de Troie – elle n'aurait été fixée par écrit qu'au VIe siècle av. J.-C., sous Pisistrate. L'*Odyssée* aurait été composée après l'*Iliade*, vers la fin du VIIIe siècle, et relate quant à elle le retour d'Ulysse vers l'île d'Ithaque, une fois la guerre terminée. Les deux textes, l'une épopée guerrière, l'autre épopée de la paix ou épopée du retour, sont considérés comme les deux poèmes fondateurs de l'Occident. D'un autre côté, le *Mahâbhârata*, littéralement, « la grande guerre des Bharata », est une épopée sanscrite de la mythologie indoue, comportant 81 936 strophes (*shlokas*) réparties en 18 livres (*parvan*). Le *Mahâbhârata* est considéré comme le plus grand poème jamais composé. Il raconte des hauts faits guerriers qui se seraient déroulés environ 2 200 ans avant l'ère chrétienne, entre deux branches d'une famille royale, les Pandava et les Kaurava. Nous y revenons plus bas, dans le chapitre intitulé « Deux épopées théâtrales de référence : le grand récit national de Mnouchkine, la légende indienne de Brook ».

9 Centre National de ressources textuelles et lexicales, http://www.cnrtl.fr/definition/épique, consulté le 21/08/18.

> démesuré, excessif. Les héros sont amenés à se dépasser, à accomplir des actes héroïques, ce qui suscite chez le lecteur un sentiment d'admiration et de fascination (ou au contraire de répulsion dans le cas de héros négatifs). Les procédés d'écritures sont ceux qui permettent l'insistance sur le nombre, la démultiplication puisqu'il y a agrandissement, aggravation, exagération, mise en relief de caractères extraordinaires ou surhumains. On y trouve ainsi de nombreux pluriels, des termes collectifs, des énumérations, accumulations, superlatifs, hyperboles, répétitions, effets de disproportion, métaphores et symboles[10].

C'est cette définition du registre, et le cortège d'affects qui l'accompagnent (« admiration », « fascination », « répulsion », etc.), que viendra compliquer la traduction de Brecht.

Mais avant lui, et pour cause, on peut néanmoins opposer l'épique et le dramatique, ne serait-ce qu'en s'en référant à l'étymologie *epos*/*drama* (parole/action) en tant qu'elles seraient deux formes de la *mimèsis* : l'épique imiterait en racontant, le dramatique en agissant. L'épique et le dramatique s'opposeraient donc comme deux types de prise de parole : le récit et le discours. Aristote, du moins, trace ici la ligne de partage.

L'ÉPIQUE CHEZ PLATON ET ARISTOTE, L'ORIGINE D'UNE SÉPARATION – ÉPIQUE *VERSUS* DRAMATIQUE, *ROUND* 1

LE RÉCIT ET L'IMITATION CHEZ PLATON

C'est Platon le premier qui, à propos de l'éducation des gardes de la cité dans *La République*, s'intéresse à une classification des œuvres. On assiste alors à deux séries de remarques : les premières portent sur les contenus (*logos*, ce qui est dit) et leur moralité ; les secondes touchent aux formes, soit au domaine de la *lexis* (des façons de dire). Dans ce dernier, se distinguent alors deux types d'exposés, l'imitation proprement dite (*mimèsis*) et le simple récit (*haplè diègèsis*). Par « simple récit », Platon entend tout ce que le poète raconte « en parlant en son propre nom, sans essayer de nous faire croire que c'est un autre qui parle[11] », et dont

10 Lettres.org, « registre épique » http://www.lettres.org/files/epique.html, consulté le 21/08/18.

11 Platon, *La République*, 193a, trad. Chambry Émile, Gallimard, coll. « Tel », 1992.

l'ancien dithyrambe, chant en l'honneur de Dionysos, fournirait un exemple. En revanche, « l'imitation proprement dite » réside dans les passages où le poète parle en nous donnant l'illusion que c'est un autre qui s'exprime, soit tous les dialogues au style direct dans les récits, ou bien, intégralement, la tragédie ou la comédie. Dans cette classification, l'épopée est un mode mixte, car le poète ne cesse d'alterner entre narration et dialogue, simple récit et imitation proprement dite, où ce sont directement les personnages que l'on entend s'exprimer. Chez Platon donc, toute la poésie est bel et bien narrative, c'est toujours « un exposé de faits, soit passés, soit présents soit futurs[12] », mais parmi les poètes il y a ceux qui se contentent de raconter, et il y a ceux qui imitent, (ou qui font les deux), et l'on sait quel sort Socrate leur réserve[13].

Aristote va modifier ce schéma puisque dans la *Poétique*, le terme le plus large embrassant la création poétique (*poétiké)* n'est dorénavant plus le récit mais la *mimésis*, imitation ou représentation, selon ses traductions[14]. La *mimèsis* est inhérente à la nature humaine, elle prend des formes esthétiques variées, et n'est pas réductible à cette « imitation proprement dite » dont parle Platon dans la République, et qui est pour lui un mode de connaissance dégradé, voué à l'échec. En revanche, Aristote distingue immédiatement les objets, les moyens et les modes de la représentation. C'est là que tragédie et épopée se séparent, car si leurs objets sont communs, (elles s'attachent toutes deux aux hommes supérieurs à nous), tout comme leur moyens (elles utilisent toutes deux le rythme, le chant, le mètre), leurs modes d'énonciation sont différents.

---

12 Platon, *La République*, III, 392 b, *op. cit.*

13 *La République*, X, 600 e. *op. cit.* Les poètes qui imitent sont appelés « créateurs de fantômes » et sont exclus de la Cité idéale, celle où règnent les philosophes, parce que les poètes imitateurs produisent des formes dérivées et corrompues des Formes véritables. La démonstration de Socrate s'articule autour de l'objet « lit ». Il y a trois niveaux du lit : il y a tout d'abord la Forme « lit » créée par le Phyture, puis le lit fabriqué par l'artisan (l'objet matériel) et en dernier lieu le lit représenté par l'artiste (l'idole). Le poète est donc un imitateur d'imitation. Il se situe au degré de vérité opposé de celui du philosophe qui étudie les Formes intelligibles. En outre, si le philosophe exclut le poète, c'est parce qu'il n'a pas l'usage de toute sa raison. La poésie a pour origine une puissance divine. Le poète transmet ses effets nocifs (absence de raison) au spectateur (Platon, *Ion*, 535d). La poésie produit un charme, elle est l'effet d'une séduction entraînée par la pierre magnétique d'Héraclée à laquelle s'enchaînent le poète (premier anneau), le rhapsode (deuxième anneau), le spectateur (troisième anneau) (Platon, *Ion*, 535e-536a).

14 Représentation dans celle que nous utilisons, celle de Dupont-Roc et Lallot, éd. Seuil, 1980, Paris.

> Il est possible de représenter les mêmes objets et par les mêmes moyens, tantôt comme narrateur – que l'on devienne autre chose (c'est ainsi qu'Homère compose) ou qu'on reste le même sans se transformer –, ou bien tous peuvent, en tant qu'ils agissent effectivement, être les auteurs de la représentation[15].

C'est bien ici le mode énonciatif qui sépare les deux genres : d'un côté la voix métamorphique d'un narrateur (qui peut prendre la voix de personnages de fiction), soit une représentation par le récit, de l'autre, la voix plurielle d'un collectif agissant (des acteurs qui font les personnages qui agissent), soit une représentation par l'action. Mais on voit bien que dans le matériau même qu'utilise Aristote, en particulier les tragédies de Sophocle, et surtout *Œdipe Roi*[16] il n'y a pas *que* de l'action. Les interventions du chœur et les récits, deux formes caractéristiques de la dramaturgie des tragédies grecques, en témoignent. Ainsi, même les champions aristotéliciens de la dramaticité semblent obligés d'avoir recours au narratif, voire à l'épique. Il va nous falloir comprendre pourquoi.

Notons que c'est après avoir rapproché l'épopée de la tragédie, en tant qu'elles sont deux formes de *mimèsis* noble, qu'Aristote s'attache à les comparer. Cette comparaison a une double fonction : analytique et épidictique, c'est-à-dire hiérarchique – orientée par la thèse sous-jacente, exposée en conclusion, de la supériorité de la tragédie comme forme accomplie de la poésie mimétique. Il s'agit donc pour Aristote d'examiner si le modèle de théâtre qu'il appelle de ses vœux, ou qu'il trouve concrétisé dans *Œdipe Roi* par exemple, est pur, c'est-à-dire fonctionne comme dramatique, sans dimension épique (au sens narratif, allemand) et d'en tracer le paradigme. Voyons comment celui-ci se dessine.

DÉFINITIONS COMPARÉES DE LA TRAGÉDIE ET DE L'ÉPOPÉE CHEZ ARISTOTE

La tragédie est d'abord un art mimétique, c'est-à-dire qui correspond à une constante de la psyché humaine, à un besoin ; et qui procure une jouissance, un plaisir propre[17]. Ses principes d'écriture sont mobi-

15 Aristote, *Poétique*, Chapitre 3, 48a19. Trad, Dupont-Roc et Lallot, éd. Seuil, 1980, Paris.

16 *Ibid. Œdipe Roi* constitue l'un des exemples favoris d'Aristote. La tragédie de Sophocle aurait été créée entre -430 et -420 av. J.-C. (*Œdipe roi*, introduction par Raphaël Dreyfus, Bibliothèque de la Pléiade, éditions Gallimard, 1967, (ISBN 2-07-010567-9), p. 624.)

17 « Imiter est, en effet, dès leur enfance, une tendance naturelle aux hommes – et ils se différencient des autres animaux en ce qu'ils sont des êtres fort enclins à imiter et qu'ils

lisés pour cette finalité. Plus la démarche mimétique est accomplie, semble nous dire *La Poétique*, plus le plaisir est sollicité. Ensuite, elle est un agencement de faits en système : son économie dramatique ou dramaturgique est fondée sur des valeurs subjectives – brièveté, unité et concentration – et des critères intellectuels – le nécessaire et le vraisemblable – qui font de la tragédie un genre philosophique, supérieur à l'histoire. Aussi, la métaphore organique du bel animal[18] (*zôon*, être vivant) sert de modèle de construction au drame : ce dernier ne doit donc pas prendre la structure épisodique de l'épopée (et se disperser en plusieurs histoires).

Par ailleurs, la tragédie est un spectacle[19] : celui-ci définit à lui seul le mode dramatique et il « implique tout : caractères, histoire, expression, chant et pensée également[20] ». La représentation sert de matrice à l'écriture dramatique (c'est-à-dire que le dramaturge se met « les faits sous les yeux » pour écrire) et lui donne sa singularité sensible, ses qualités propres. Tout comme elle la limite, notamment *via* l'impossibilité de

---

commencent à apprendre à travers l'imitation –, comme la tendance commune à tous, de prendre plaisir aux représentations ; la preuve en est ce qui se passe dans les faits : nous prenons plaisir à contempler les images les plus exactes des choses dont la vue nous est pénible dans la réalité, comme les formes d'animaux les plus méprisés et les cadavres. Une autre raison est qu'apprendre est un grand plaisir non seulement pour les philosophes, mais pareillement pour les autres hommes – quoique les points communs entre eux soient peu nombreux à ce sujet. On se plaît en effet à regarder les images car leur contemplation apporte un enseignement et permet de se rendre compte de ce qu'est chaque chose, par exemple ce portrait-là, c'est un tel ; car si l'on se trouve ne pas l'avoir vu auparavant, ce n'est pas en tant que représentation que ce portrait procurera du plaisir, mais en raison du fini dans l'exécution, de la couleur ou d'une autre cause de ce genre » Aristote, *La poétique*, 1448b.

18 Le lien, plus tard souligné par Kant, entre la finalité interne du vivant et la finalité sans fin de la belle représentation, est au cœur de la poétique aristotélicienne : « Puisque le bel animal et toute belle chose composée de parties suppose non seulement de l'ordre dans ces parties mais encore une étendue qui ne soit pas laissée au hasard, car la beauté réside dans l'étendue et dans l'ordre [...] il s'ensuit que, de même que pour les corps et pour les animaux il faut une certaine grandeur, telle qu'on puisse aisément l'embrasser du regard, de même pour les fables (*muthos*) il faut une certaine étendue, telle que la mémoire puisse aisément la saisir » (50 b 35). Même image plus loin : « Il faut, dans les tragédies, composer le *muthos* de façon qu'il soit dramatique (*dramatikos*) et tourne autour d'une seule action, entière et complète ayant un commencement (*archê*) et un milieu (*mesos*) et une fin (*telos*), afin que comme un animal par l'unité du tout (*en olon*), elle procure le plaisir qui lui est propre » (*Ibid.* 59 a 17).

19 Même s'il est à plusieurs reprises l'intrus encombrant dans l'analyse de la *Poétique* : ainsi la tragédie réalise sa finalité sans concours et sans acteurs.

20 *Ibid.*, 50a13.

la présentation du simultané[21]. La tragédie ne peut se déployer en effet que dans l'espace et le temps où les acteurs donnent la représentation.

Enfin la définition complète de la tragédie[22] exclut le récit en tant que structure énonciative d'ensemble. Mais voilà : est-ce à dire qu'elle peut s'en passer ? Aristote l'évoque indirectement pour les apparitions des dieux sur la machine car « il ne doit rien avoir d'irrationnel dans la présence de messagers[23] ». Mais il existe des contre-exemples : les récits de la mort de Jocaste et du geste d'Œdipe, où se forgent une esthétique, une dramaturgie, comme ceux, « en direct », des meurtres d'Agamemnon, de Clytemnestre, et d'Egisthe qui se déroulent hors-scène, ou enfin les récits, différés cette fois, de la mort d'Antigone et d'Hémon. Certes, ces récits ne relèvent pas exactement de l'opposition aristotélicienne tant la narration y est dramatisée – et elle l'est plus encore dans le dialogue, comme en témoigne la formidable utilisation du messager de Corinthe et du berger qui deviennent des caractères chez Sophocle (dans *Œdipe roi*), de même que le garde de Créon dans *Antigone*[24] – c'est-à-dire tant la narration est interne au *drama*, et prise dans le jeu de la double énonciation : on raconte toujours *pour* les personnages. Toutefois, le ver (narratif) est déjà dans le fruit (dramatique), si l'on ose dire. Mais Aristote, dans sa logique, s'intéresse presque exclusivement à ce que le théâtre peut apporter à l'épopée, non à l'inverse. Il conseille, notamment, de la construire à

---

21 « Dans la tragédie, il n'est pas possible de représenter plusieurs parties de l'action qui se produisent simultanément – on peut seulement représenter celle que les acteurs jouent sur la scène » *Ibid.*, chapitre 24, 59b22.

22 « La tragédie est la représentation d'une action noble, menée jusqu'à son terme et ayant une certaine étendue, au moyen d'un langage relevé d'assaisonnements d'espèces variées, utilisés séparément selon les parties de l'œuvre ; la représentation est mise en œuvre par les personnages du drame et n'a pas recours à la narration ; et, en représentant la pitié et la frayeur, elle réalise une épuration de ce genre d'émotions ». *La Poétique*, 49b21.

23 *Ibid.* 54b5.

24 Ce garde, dans maintes représentations, devient alors le personnage type et presque comique de l'exécutant stupide et effrayé. Dans le premier épisode, il se présente devant Créon en exposant d'abord ses craintes, avant les événements : « Je ne dirai pas, mon roi, que c'est la hâte / Qui m'a fait perdre le souffle, que j'ai volé ici. / Je me suis arrêté à maintes reprises pour réfléchir, / Et je suis revenu souvent sur mes pas ; / Mon cœur ne cessait de murmurer à mon oreille : / "Pourquoi te rendre, malheureux, à un endroit où tu seras châtié ? / Misérable, tu t'arrêtes encore ? Et si Créon l'apprend / D'un autre, comment feras-tu pour éviter une punition ?" / Je tournais tout ça dans ma tête, je faisais vite en prenant mon temps, / Et c'est ainsi qu'un petit bout de chemin s'allonge. / À la fin j'ai pris sur moi de venir te voir… » Traduction de René Biberfeld, disponible en ligne http://www.ouvroir.com/biberfeld/trad_grec/antigon.pdf, consulté le 10 mai 2018.

partir de l'économie dramatique tragique et vante la puissance sélective d'Homère (qui a su réduire l'*Iliade* à la colère d'Achille). Il n'imagine pas le contraire, soit que les ressources de l'épopée puissent féconder le théâtre. Il sait pourtant, à plusieurs reprises, les apprécier, mais ne prend guère en compte des textes, tels ceux d'Eschyle, qui n'entrent pas dans son système sinon comme archaïsme[25]. Il n'imagine pas non plus, quand il prône l'impersonnalité et la discrétion du narrateur épique, que la monodie puisse être associée à un point de vue, et que la parole narrative puisse s'affirmer comme subjective (de fait les premiers romans, à la première personne, ne naîtront que plusieurs siècles plus tard) ; et enfin que, sur cette possibilité du roman, le théâtre lorgnera à son tour.

Pour finir, l'effet propre à la représentation tragique est la *catharsis*, *terra incognita* de la *Poétique* et son Eldorado. Elle est absolument liée au tout premier critère de définition du drame, c'est-à-dire à la *mimèsis*, au plaisir et à la pulsion de connaissance qu'elle implique[26]. La *catharsis*, en quelque sorte, et pour reprendre les mots de Paul Ricœur, est une « variété tragique du plaisir d'imiter[27] ». Le plaisir dont il est question ici est par essence esthétique – il nous vient des « images les plus soignées » – et intellectuel – il naît du regard et se développe dans l'intellection. Il se distingue de l'émotion immédiate via un processus de connaissance ou de reconnaissance, « car si l'on n'a pas vu auparavant, ce n'est pas la représentation qui procurera le plaisir, mais il viendra du fini dans l'exécution, de la couleur ou d'une autre cause de ce genre[28] » ; et pour Aristote ce plaisir intellectuel n'a pas de rapport avec le spectacle, mais naît de la poétique en tant qu'écriture[29]. C'est la forme quintessenciée

25 « Encore qu'au début les poètes en aient usé dans les tragédies comme dans l'épopée » Aristote, *La Poétique*, *op. cit.* 49b15.

26 « Nous avons plaisir à regarder les images les plus soignées des choses dont la vue nous est pénible dans la réalité, par exemple les formes d'animaux parfaitement ignobles ou de cadavres ; la raison en est qu'apprendre est un plaisir non seulement pour les philosophes, mais également pour les autres hommes [...] ; en effet, si l'on aime à voir des images, c'est qu'en les regardant on apprend à connaître et on conclut ce qu'est chaque chose comme lorsqu'on dit : celui-là, c'est lui. » *Ibid.*, 48b9.

27 Ricœur, Paul, *La Métaphore vive*, Seuil, Paris, 1975, p. 50.

28 Aristote, *La poétique.* 48a17.

29 « La frayeur et la pitié peuvent assurément naître du spectacle, mais elles peuvent naître aussi du système des faits lui-même : c'est là le procédé qui tient le premier rnag et révèle le meilleur poète. Il faut en effet qu'indépendamment du spectacle l'histoire soit ainsi constituée qu'en apprenant les faits qui se produisent on frissonne et on soit pris de pitié devant ce qui se passe : c'est ce qu'on ressentirait en écoutant l'histoire d'*Œdipe.* » *Ibid.*, 53b1.

de l'écriture dramatique qui nous procure cette émotion épurée et esthétique. Ainsi, et selon Paul Ricœur encore une fois, la *catharsis* est « moins relative à la psychologie du spectateur qu'à la composition intelligible de la tragédie[30] ».

L'épopée, quant à elle, tire naturellement sa définition de sa différence avec la tragédie. Elle est une narration (*apaggelia*), dont l'étendue (relative au *muthos*) n'est pas limitée dans le temps – à ceci près qu'il faut « agencer les histoires comme dans la tragédie, en forme de drame, autour d'une action une, formant un tout et menée jusqu'à son terme, ayant un commencement un milieu et une fin », et dont le nombre important d'épisodes apporte variété et ampleur à l'ensemble (tant que l'on peut toujours « embrasser le tout d'un seul regard » et que l'on ne bascule pas du côté de la « saturation »). Sa structure permet la simultanéité des actions ; et si la tragédie emprunte à l'épopée ses possibilités, l'effet de simultanéité ou de *flashback* y demeure non dramatique (permettant surtout de réintroduire le merveilleux divin sous couvert d'un vraisemblable orthodoxe).

Elle peut aussi, grâce au mode narratif, faire passer *l'alogon*, l'irrationnel, « comme meilleur moyen d'apporter la surprise[31] » alors que sur le plateau, il est banni au nom du nécessaire et du vraisemblable. Cet agrément de l'épique est un avantage, car là où « la poursuite d'Hector par Achille pourrait paraitre comique sur une scène », dans l'épopée « cela ne se remarque pas » et de plus « le poète sait dissimuler l'absurde en relevant le plaisir par les autres qualités[32] » du texte. Ainsi, « l'impossible doit être référé à la poésie[33] ». La distinction essentielle est ici celle de la médiation poétique d'un côté, et des exigences de la représentation dramatique de l'autre (dans l'épopée on ne *voit* pas l'action, on l'imagine seulement). Ainsi la médiation poétique et épique transforme l'impossible en irrationnel (*adunaton/alogon*), l'une des tâches de la *mimèsis* étant en effet d'intégrer dans un discours vraisemblable cet irrationnel même.

Son mètre est uniforme, c'est l'héxamètre, « grand vers » ou « vers héroïque ». Rare dans la tragédie, cette dernière peut néanmoins l'utiliser, et c'est alors une manière pour elle d'inclure l'épopée et sa grandeur.

---

30 Ricœur, Paul, *op. cit.* p. 50.
31 Aristote, *La Poétique. op. cit.*, 60a11.
32 *Ibid.* 60a33.
33 *Ibid.* 61b9.

Une harmonie naturelle associe ainsi l'ampleur du mètre et l'ampleur de l'ensemble.

Enfin le poète épique « doit parler le moins possible en son nom personnel[34] », puisque, ce faisant, il ne « représente pas » ; il faut donc qu'il s'efface, contrairement aux « autres », les acteurs, qui « se mettent personnellement en scène d'un bout à l'autre[35] » derrière les caractères.

Pendant longtemps, ces critères vont ainsi servir à définir le genre épique par différenciation avec le genre dramatique, et inversement. Pourtant ce n'est pas vraiment un système des genres que l'on trouve chez Platon et Aristote, mais plutôt un classement *ad hoc*, soit une ébauche d'opposition entre narration et représentation, qui vise dans un cas l'exclusion des poètes de la cité, dans l'autre la présentation de la supériorité de la tragédie.

Toutefois ces critères perdurent, et sont repris et redéfinis de nombreuses fois au cours des siècles qui suivent. On retrouve régulièrement, accompagnant la distinction des deux modes d'énonciation, l'opposition de l'étendue et de la concentration, de l'objectivité (du récit) et de la subjectivité (des discours directs), du passé et du présent. Goethe et Schiller, notamment, affirment ainsi au cours de leurs échanges sur la poésie épique et dramatique que le poète épique « expose l'événement comme tout à fait passé », alors que le poète dramatique le « représente comme tout à fait présent[36] ». À peu près à la même période, Hegel retravaille ces données :

> La poésie dramatique, face à l'épopée, doit se résumer et se rassembler en elle-même de façon plus rigoureuse. Bien que l'épopée, en effet, ait elle aussi pour centre d'unité un épisode individuel, celui-ci évolue cependant sur le sol extrêmement étendu d'une vaste réalité populaire effective et peut éclater en un très grand nombre d'épisodes et en l'autonomie objective de ceux-ci[37].

Là aussi la variété et l'autonomie des épisodes épiques s'opposent à la concentration et l'unité du drame. En apparence, les mêmes critères sont repris. Toutefois, ici déjà l'épique et le dramatique ne sont plus

34 *Ibid.* 60a5.

35 *Ibidem.*

36 Schiller, Friedrich, *Textes Esthétique, grâce et dignités*, et autres choix, trad. Nicolas Briand, Vrin, Paris, 1998, « Sur la poésie épique et dramatique » Goethe et Shiller, XXI, 57.

37 Hegel, *Cours d'Esthétique* trad. Lebfervre. Aubier, Paris, 1998, p. 456.

seulement des modes d'énonciations distincts, mais de véritables genres différents dont la définition comporte aussi des éléments thématiques, si vagues soient-ils. Il existe pour Hegel un *monde* épique, (« une vaste réalité populaire effective »), défini par un type déterminé d'agrégation sociale et de rapports humains, de même qu'il existe un *milieu* dramatique, fait de conflits et de collisions, décrit dans ses *Cours d'Esthétique*[38]. Ce n'est pas tout ; avec Hegel, non seulement le XIXe siècle littéraire entérine une opposition de genre entre l'épique et le dramatique, mais il l'inscrit en outre dans une conception évolutionniste des arts où les genres sont hiérarchisés en fonction du développement de l'« Esprit » dans l'Histoire. Définir l'essence de la poésie, objectif que se proposent les *Cours d'Esthétique*, équivaut ainsi à définir ses trois grands moments génériques et successifs que seraient l'épopée, la poésie lyrique et la poésie dramatique. Friedrich Schlegel, précurseur de cette tri-partition littéraire, développe l'idée selon laquelle la forme lyrique serait « subjective » (énonciation par le poète), la forme dramatique « objective » (énonciation par les personnages), la forme épique « subjective-objective » (énonciation par l'un et par l'autre). Avec cette triade, qui va gouverner toute la théorie littéraire du Romantisme allemand, on retrouve les termes de la division platonicienne, mais le sens se trouve alors déplacé en passant du seul plan énonciatif (énonciation par le poète, par ses personnages, par l'un et les autres) à un plan psychologique et existentiel, avec la question de l'*objectif* et du *subjectif*. De plus, par rapport à la division antique, non seulement la forme lyrique s'est trouvé une place, entre le narratif et le dramatique, comme lointaine cousine du dithyrambe (à partir de l'idée que le mode d'énonciation est le même : seul le poète parle), mais par ailleurs, s'ajoute à l'ensemble une dimension diachronique jusque-là absente, et qui valorise explicitement l'état mixte (synthétique). Ce dernier, chez Schlegel, sera tantôt celui de l'épique, tantôt celui du dramatique[39]. Hegel, lui, place bel et bien la

38 Hegel, *Cours d'Esthétique* trad. Lebfervre. Aubier, Paris, 1998.

39 Dans *Fragments sur la littérature et la poésie*. In *Literary Notebooks 1797-1801*, ed Hans Eichner, p. 19-132. Une note de Schlegel, en 1799, attribue l'état mixte au drame « Épopée = poésie objective, lyrisme = poésie subjective, drame = poésie objective-subjective ». Selon Gérard Genette, l'hésitation tient à ce que Schlegel envisage tantôt une diachronie restreinte, celle de l'évolution de la poésie grecque, qui culmine dans la tragédie attique, tantôt une diachronie beaucoup plus vaste, celle de l'évolution de la poésie occidentale, qui culmine dans un « épique » entendu comme roman. Dans Genette,

forme dramatique en troisième position, celle de la synthèse dialectique de l'objectif et du subjectif. Ainsi, le philosophe définira dans l'ordre la forme épique comme « l'expression première de la conscience d'un peuple », la forme lyrique comme la séparation du « moi individuel » avec le « tout de la nation », enfin la forme dramatique comme réunion des deux précédentes « pour former une nouvelle totalité qui comporte un déroulement objectif et nous fait assister en même temps au jaillissement de l'intériorité individuelle[40] ». Ces trois moments s'incarnent en des équivalents historiques et concrets : l'art symbolique, l'art classique et l'art romantique. Ainsi « théorie et histoire se correspondent », commente Antoine Compagnon dans sa leçon sur la notion de genre[41], car si « le système classique des genres faisait des *modes* de l'énonciation des archétypes génériques et des universaux poétiques, il se situait hors de l'histoire, dans une typologie abstraite et essentialiste », alors qu'en revanche, avec le Romantisme, « on passe à des conceptions évolutionnistes et historiques des genres », de sorte qu'« essentialisme et historicisme se confirment l'un l'autre[42] ». Enfin Hugo, dans la préface de *Cromwell*[43] illustre à son tour cette même triade, envisageant une vaste histoire anthropologico-poétique, et célébrant pour sa part la forme lyrique comme l'expression des « temps primitifs », l'épique (qui englobe ici

Gérard, « Introduction à l'architexte », in Genette, Gérard *et al.*, *Théorie des genres*, Paris, Seuil (Points Littérature, 181), 1986.

40 Hegel, *Cours d'esthétique*, tard. fr., Aubier, p. 456 : À propos du caractère subjectif-objectif du drame, voir aussi : « Mais étant donné que dans le domaine dramatique, d'un côté cette base épique [...] disparaît, et que d'autre part les individus ne s'y expriment pas dans une singularité purement lyrique mais entrent à tel point en rapport les uns avec les autres par les oppositions de leurs caractères et de leurs fins que c'est cette corrélation individuelle qui constitue précisément le sol de leur existence dramatique, il en résulte déjà la nécessité d'une clôture plus ferme de l'œuvre tout entière. Cette cohésion plus étroite est de nature aussi bien objective que subjective, par le fait que cette teneur en soi-même substantielle apparaît dans l'univers dramatique comme passion de caractères particuliers, en sorte que l'échec ou la réussite, le bonheur ou le malheur, la victoire ou la défaite concernent désormais essentiellement les individus eux-mêmes et leur dessein. »

41 Compagnon, Antoine, *Théorie de la littérature, La notion de genre, septième leçon : Esthétique des genres – la triade romantique.* http://www.fabula.org, consulté le 19/10/2021.

42 *Ibidem.*

43 *Cromwell* a été écrite en 1827 par Victor Hugo, et sa préface est restée l'un des textes fondateurs du Romantisme français. Voir Hugo, Victor, *Cromwell*, Flammarion, col. Garnier-Flammarion, Paris, 1968, présentation d'Anne Ubersfeld. Voir aussi Naugrette, Florence, *Publier Cromwell et sa Préface : une provocation fondatrice*, version remaniée d'une communication au colloque « Impossibles Théâtres », les 11-12 et 13 juin 2001 à l'université de Grenoble, organisé par Bertrand Vibert, Jean-François Louette et Bernadette Bosc.

la tragédie grecque) comme celle des temps antiques où « tout s'arrête et se fixe », et le drame comme la forme des temps modernes, marqués par le christianisme et la déchirure entre l'âme et le corps. Là encore, l'ordre change, soumis qu'il est à un autre type de valorisation dans un progrès non plus dialectique mais linéaire.

Dans tous les cas, ce point de départ qui consiste à penser le drame et l'épopée comme deux *espèces* littéraires différentes, ayant chacune une nature propre et des fins impliquées par cette nature, amène également à imaginer une histoire (littéraire) pour chacune distincte, et à penser le moment de leur « crise » comme celui où les critères qui les distinguent cessent d'être pertinents. Telle est, du moins, l'interprétation qu'en fait Peter Szondi.

DU DRAME ABSOLU À LA CRISE DU DRAME – ÉPIQUE *VS* DRAMATIQUE, *ROUND* 2

On doit à Szondi la relecture de quatre siècles d'écriture dramatique sous l'éclairage d'un concept qu'il forge et qu'il impose, celui de *drame absolu*. Le drame absolu, enfant théorique de Szondi aussi bien que d'Hegel, désigne le modèle dans lequel se serait moulé le drame à partir du XVIe siècle. Détaché de tout ce qui lui est extérieur, il est un pur système de relations dites « interhumaines », espace exclusif où se jouent essentiellement conflits et décisions, où toute l'action objective est la marque des subjectivités en jeu, et inversement où toutes les subjectivités impliquées se révèlent dans leur réalisations objectives, et dont l'expression, enfin, en passe essentiellement par le dialogue. L'auteur dramatique est totalement absent du drame, aussi bien que le spectateur. Celui-ci, dans un double mouvement d'exclusion et de fascination, se contente de regarder le monde clos qu'on lui présente, fonctionnant de manière parfaitement autonome sous ses yeux, et qui le laisse « en silence, les mains liées, paralysé par l'impression d'être devant un univers second » :

> Mais – c'est là-dessus que repose l'expérience dramatique – sa passivité totale doit se muer en une activité irrationnelle : le spectateur a été, sera emporté

dans le jeu dramatique, il se mettra lui-même à parler (par la bouche de tous les personnages, bien entendu[44]).

Ainsi, dans cette dramaturgie et dans cette esthétique que nous expose Szondi, la séance théâtrale est pour le spectateur cette expérience (paradoxale) de la séparation concrète et de l'identité fantasmée : le drame ne peut ni le faire entrer dans le jeu des conventions théâtrales, ni même l'interpeller mais, par et dans le maillage de la fiction, il capture totalement son imagination. D'ailleurs, la forme scénique adéquate du drame absolu ne peut être que la scène à l'italienne, boîte optique et frontale, sans transition vers la salle, éclairée par une rampe donnant l'illusion « que le jeu dramatique sur scène dispense de lui-même la lumière dont il a besoin[45] ». À la clôture et l'autonomie de l'univers fictif, correspondent celles du plateau et de la cage de scène. À l'intérieur de celle-ci, le comédien doit lui aussi disparaître derrière son personnage, ou plutôt se fondre avec lui pour former un être unique, « un être humain dramatique[46] ». Enfin, l'action y est une suite continue de moments présents ; toujours « originelle » et réalisée dans son surgissement, jamais elle ne cite ou ne répète quelque chose en dehors du drame. Ainsi, toute discontinuité temporelle, de même que spatiale, est impensable dans le drame décrit par Szondi : les répliques qu'on a l'habitude de trouver chez Shakespeare et dans les drames historiques comme « laissons maintenant s'écouler trois années » ou « abandonnons les conjurés dans la forêt et allons trouver dans son palais le roi, qui ne se doute de rien[47] » et qui nécessiteraient la médiation d'un « sujet épique[48] », soit d'une sorte de maître des temps et des espaces – chœur ou narrateur, s'extrayant du drame et pouvant le désigner, voire le dénoncer – ne peuvent ici figurer.

La « crise » du drame telle que Szondi en analyse les symptômes commence alors quand les thématiques des œuvres ne trouvent plus à s'exprimer dans un tel cadre. Autrement dit, lorsque les conflits ou les problèmes présentés excèdent la sphère de l'interhumain pour toucher à une autre, « extérieure » au drame absolu : celle, notamment, du

44 Szondi, Peter *Théorie du drame moderne*, coll. « Penser le théâtre », Circé, Paris 2006, p. 15.
45 *Ibid.* p. 35.
46 *Ibidem.*
47 *Ibidem.*
48 *Ibid.* p. 20.

politique et du social, sphère « proprement épique » selon Szondi parce qu'elle nécessite le déploiement de données objectives, empiriques, historiques, dont les seules relations entre individus ne suffisent pas à rendre compte. Ainsi, « le drame du XIXe dénie dans son contenu ce qu'il veut continuer à dire formellement, par fidélité envers la tradition : une action interhumaine actuelle[49] ».

Les dramaturgies du tournant du siècle, celles d'Ibsen, de Strindberg, de Tchekhov, de Maeterlinck et d'Hauptmann sont caractéristiques de cette crise qu'analyse Szondi : leurs pièces semblent rongées de l'intérieur par l'épique, tout en conservant les apparences du drame. Autrement dit, dans les œuvres de ces auteurs se jouerait une transition particulière de l'histoire du théâtre, où formes et contenus se déchirent pour laisser place à une nouvelle ère dramaturgique, puisant aux sources d'autres genres littéraires comme le roman, le documentaire, la nouvelle, aux sources donc, de l'*épique*, entendu ici comme mode narratif.

Chez Ibsen, en particulier, note Jean-Pierre Sarrazac[50], tout se passe comme si les personnages, avant même leur entrée en scène, avaient « incubé » un roman, leur « roman familial », qui transparaît par bribes au fil de dialogues que Szondi qualifie d'« analytiques[51] » en dévoilant le passé et en révélant, voire en agissant, le présent. De même Tchekhov, dans une lettre à l'actrice Kommissarjevskaïa, annonce-t-il à propos des *Trois Sœurs*, que cette pièce est « compliquée comme un roman[52] ». L'action y laisse place à la conversation, la concentration des événements à leur dispersion, la constellation ordonnée et hiérarchisée des personnage à des circulations hasardeuses de toute la maisonnée, l'unité de temps s'étiole au profit des jours, des semaines, des mois même, et l'économie du dialogue, que l'on voyait jusqu'ici soumis à la progression de la fable vers son dénouement et régenté par les conflits entre les personnages, n'est plus qu'une juxtaposition de monologues à peine maquillés en

49 *Ibid.*, p. 69.

50 Sarrazac, Jean-Pierre article « Drame moderne », Encyclopédie Universalis, https://www.universalis.fr/encyclopedie/drame-drame-moderne/, consulté le 20/08/2018.

51 « [Chez ibsen], la représentation dramatique directe du présent est tout à fait impossible. Si elle exige la technique analytique [les personnages racontent leur passé, se livrent aux uns et aux autres une analyse de leurs comportements], ce n'est pas en premier lieu pour acquérir une plus grande densité. La matière romanesque, qu'elle est par nature, ne peut accéder à la scène que grâce à cette technique ». Szondi, Peter, *Théorie du drame moderne*, *op. cit.* p. 28.

52 Sarrazac, Jean-Pierre, article « Drame moderne », *op. cit.*

répliques. « Dans mes pièces, il ne se passe rien », dit encore Tchekhov, « tout est dans le détail, dans la signifiance » ajoute Sarrazac[53]. Les pièces de Tchekhov semblent en effet les romans dramatisés d'un quotidien apparemment sans relief, où la vie active dans le présent a cédé le pas à la vie rêvée, et où les êtres, sourdes monades, ne peuvent plus réellement communiquer… Problème que Tchekhov résout dramatiquement en introduisant dans son répertoire des personnages de séniles et de sourds. Peut-être plus radical encore, Strindberg « père du théâtre moderne » fait tendre le dialogue apparent de l'ensemble des personnages vers le monologue intérieur d'un seul, le protagoniste de la pièce, si l'on veut, ou mieux encore, selon les expressions de Szondi : sa « conscience spéculaire », son « sujet épique[54] ». C'est à travers le filtre d'une conscience unique, comme celle du Vieux, (le Directeur Hummel dans *La Sonate des Spectres*), que nous percevons et comprenons les comportements des autres personnages (en l'occurrence ici : les spectres) :

> BENGTSSON [domestique de la maison, personnage parallèle au Directeur Hummel] – C'est l'habituel souper des spectres, comme on l'appelle. Ils boivent du thé, ne disent pas un mot, ou alors le colonel parle tout seul […] Et ils font ça depuis vingt ans, toujours les mêmes gens, qui disent les mêmes choses, ou se taisent pour ne pas avoir honte[55].

Le personnage central de la pièce n'est autre qu'un *sujet épique* déguisé, qui nous donne à voir et à lire l'action, autrement dit, qui la *raconte.* Il est, selon les mots de Sarrazac, le « narrateur implicite » d'un « roman sous-jacent[56] ».

De même, chez Maeterlinck et Hauptmann, l'action cède le pas à la situation : les hommes sont représentés comme les victimes impuissantes de conditions (métaphysiques ou socio-politiques) qui les déterminent, les objectivent et les enferment dans l'attente passive et silencieuse de la mort (Maeterlinck) ou dans un temps uniforme (Hauptmann), qui est à la fois le passé, le présent et le futur. Seule la présence d'un observateur ou d'un étranger, amené d'une manière ou d'une autre à décrire la situation, peut là encore sauver le drame, mais au prix d'une

53 *Ibidem.*
54 Szondi, *op. cit.*
55 Strindberg, *La Sonate des Spectres*, trad. Terje Sinding, Belval (Circé), 2003, p. 18. Cité par Szondi, *op. cit.* p. 51.
56 Sarrazac J.-P., *op. cit.*

désolidarisation du sujet et de l'objet du discours[57], au prix donc d'une relativisation de son caractère absolu. En effet, chez tous ces auteurs, les trois concepts fondamentaux de la forme dramatique – présent, relations interhumaines, action – sont relativisés : le présent par le passé qu'il doit révéler comme étant son objet chez Ibsen, l'élément interhumain par la perspective subjective dans laquelle il apparaît chez Strindberg, l'action par la situation objective chez Hauptmann. Le drame absolu est contredit de l'intérieur par les situations qu'il représente, qui ne sont pas propres à l'avancée organique et interhumaine de l'action, et inversement, le caractère « épique » de ces situations ne peut pas véritablement se déployer, empêché qu'il est par le cadre dramatique de l'œuvre, toujours présent, et qui impose de « thématiser » tous les éléments qui demanderait simplement à s'incarner dans de nouvelles solutions formelles. Ainsi, Tchekhov n'a d'autre choix que de « dramatiser » l'incommunicabilité générale du milieu qu'il décrit à l'aide de personnages sourds ou séniles, qui forment un leitmotiv de son œuvre. Pour que se résolve cette contradiction entre *thématique épique* et *forme dramatique*, il faut donc selon Szondi attendre que le caractère épique interne à de telles œuvres se « cristallise en une forme[58] », ce que réaliseront les dramaturgies épiques de Piscator et de Brecht.

Mais, selon Sarrazac, à l'époque de Tchekhov et de Strindberg, c'est bel et bien le roman qui joue un rôle essentiel.

DÉTOUR PAR LE ROMAN

Cette influence du roman sur le genre dramatique est active depuis longtemps. Avant Tchekhov, Strindberg ou Hauptmann, des percées de la comédie vers le romanesque ont été tentées, et ce dès le XVIIIe siècle, où le succès florissant du genre semble susciter une fascination croissante

57 Alors que dans le drame absolu, théorisé par Szondi sur le modèle hegelien de la poésie dramatique, sujet et objet fusionnent dans une relation dialectique : « Cette objectivité qui provient du sujet, ainsi que cette subjectivité qui parvient à être représentée dans sa réalisation et dans sa validité objective […] fournit la forme et le contenu de la poésie dramatique en tant qu'action », Hegel, *Esthétique*, cité par Szondi, *op. cit.* p. 71.

58 Szondi, *op. cit.*

chez les dramaturges. Beaumarchais notamment, bien qu'il n'ait pas, comme Marivaux et Diderot, mené de front une œuvre de dramaturge et de romancier, a fait ce genre de tentatives. Si bien qu'il peut passer pour un précurseur de ce que cherchera le drame moderne. Ainsi, *Le Mariage de Figaro*[59] présente à l'Acte III l'histoire de Marceline, personnage secondaire dont on va découvrir qu'elle est la mère du héros. La situation (*topos* romanesque de la reconnaissance) prend alors les dimensions de la fresque sociale lorsqu'elle devient l'occasion pour le personnage d'exposer la condition des filles-mères. De même, le célèbre monologue de Figaro à l'Acte V contient à lui seul tout un roman picaresque. Mais Figaro n'est pas seulement un avatar du *pícaro* espagnol[60], il devient avec le récit de sa vie une figure emblématique de l'homme d'esprit désargenté au temps des Lumières, en butte à la censure et à la difficulté d'assurer son autonomie, donc sa liberté d'expression, voire sa subsistance. Ce qui pourrait apparaître comme une monstrueuse excroissance de la fable la met alors en perspective, au même titre que les propos de Marceline. Par ailleurs, le picaresque justifiant la bigarrure, il donne une perspective socio-historique et comme une armature philosophique à la construction du protagoniste, qui se définit comme « un assemblage informe de parties inconnues[61] ». Figaro reçoit avec le passé la complexité et la perplexité : le personnage tend à devenir personne. Et pourtant c'est de la famille Almaviva que Beaumarchais entend écrire « le roman ». Le dépassement le plus radical de la comédie est là. La durée romanesque s'inscrit en trois épisodes, en trois phases de l'histoire des protagonistes, qui correspondent à trois âges de la vie et trois états de la relation sentimentale. *Le Mariage* (1778) reçoit du

59 *La Folle Journée, ou le Mariage de Figaro* est une comédie en cinq actes de Pierre-Augustin Caron de Beaumarchais écrite en 1778, lue à la Comédie-Française en 1781, donnée en privé en 1783, et dont la première représentation officielle publique n'eut lieu que le 27 avril 1784 au théâtre de l'Odéon. Voir *Le Mariage de Figaro*, Éd. Folio, col. Folio Classique, préface de Pierre Larthomas, Paris, 1999. Il compose le deuxième volet de ce que Beaumarchais nomma lui-même « Le roman de la famille Almaviva », avec *Le Barbier de Séville* créée en 1775 et *La Mère coupable* créée en 1792.

60 En tant que Figaro incarne au départ, surtout dans *Le Barbier de Séville*, un personnage de basse extraction sociale, (« fils de je ne sais pas qui » dit-il), vagabond, débrouillard, et sans illusion ni scrupule. La succession de ses différentes aventures, racontées dans cette même scène, achève de faire de lui un lointain cousin du Lazarillo de Tormes, (1554), modèle original de ce type d'antihéros qu'on appelle le *pícaro*, et qui donna naissance à la littérature picaresque.

61 Beaumarchais, *Le Mariage de Figaro*, V, 3. *op. cit.*

Barbier (1775) des personnages et il lui donne autant un palimpseste qu'une suite. L'amateur de comédie y découvre aussi une subversion du dénouement : à la promesse de bonheur assurée par le mariage des jeunes amoureux, succèdent la satiété, l'ennui, la désillusion. Impossible dès lors d'adhérer béatement à la fantaisie d'un triomphe conventionnel. La fin du *Mariage* poursuit cette mise en crise et laisse attendre des lendemains qui déchantent, lesquels laisseront leurs séquelles dans *La Mère coupable* (1792). L'on sait enfin que Beaumarchais souhaitait faire présenter les trois volets de la trilogie en trois journées successives, et l'on imagine alors quel changement de perspective pouvait déjà apporter sur la comédie cette confrontation des épisodes. Le dépassement du genre en passe ici de surcroît par un retour aux sources grecques du théâtre, avec une référence à Eschyle et aux *Atrides*. En un sens, la perspective romanesque n'est en fait ouverte ici que comme une autre façon d'enrichir le théâtre, de lui ouvrir d'autres territoires, ceux de la temporalité comme de la profondeur. Un moyen parmi d'autres, dans ce qui s'avère une tentative non pas de dépasser la comédie mais d'ouvrir à un théâtre qui se voudrait… « total » – ambition que les Romantiques reprendront à leur compte.

C'est du moins ce que pourrait en dire Bakhtine, qui interprète le processus à l'œuvre dans la trilogie de Beaumarchais comme une « romanisation[62] », phénomène qu'il conçoit comme une influence libératrice du roman sur le théâtre. Libératrice parce que le roman est à ses yeux, et par sa nature même, a-canonique : il n'est pas « un genre comme les autres ». Selon Bakhtine en effet le roman est d'essence subversive par rapport aux règles, aux normes et aux lois littéraires, et c'est pourquoi il exercerait dans ses périodes de succès une telle influence sur les autres genres[63]. Or de fait, cette influence est sensible chez Beaumarchais mais elle sera encore plus manifeste quelques décennies plus tard, chez Hugo, au moins aussi grand romancier que dramaturge. Force est de constater que dans le drame hugolien la matière romanesque permet de penser différemment le lieu, de développer les didascalies, et de déborder les

62 Bakthine, *Esthétique et théorie du roman*, Gallimard 1978.

63 « Quand le roman est maître, tous les autres genres, ou presque, se romanisent plus ou moins : ainsi en va-t-il du drame ; par exemple, celui d'Ibsen, de Hauptmann ; de tout le drame naturaliste, du poème, par exemple le *Childe Harold* et le *Don Juan* de Byron, et même la poésie lyrique (celle de Henri Heine). » Bakthine, *Ibid.* « Cinquième étude », p. 442.

règles des trois unités par le nombre, la durée, et la complexité des événements. Toute cette matière déborde le cadre dramatique, et ce faisant, elle contribue à l'« assouplir », suivant Bakhtine :

> Comment s'exprime la romanisation des autres genres ? Ils deviennent plus libres, plus souples, leur langue se renouvelle aux frais du plurilinguisme extra-littéraire et des strates romanesques de la langue littéraire. Ils se dialogisent. De plus ils s'imprègnent de rire, d'ironie, d'humour, d'auto-parodisation. Enfin, c'est le plus important, le roman y introduit une problématique, un inachèvement sémantique spécifique, un contact vivant avec leur époque en devenir[64].

Autant de traits qu'en effet il est facile d'appliquer au drame hugolien. Bakhtine n'hésite cependant pas à ériger le genre romanesque en modèle. L'auteur néglige l'influence qu'en retour le théâtre exerce sur le roman, soit ce qui tend, de façon presque symétrique, à le *dramatiser*, et refuse ainsi de parler d'hybridation. Mais ce qui nous intéresse ici, c'est que le théoricien situe la phase décisive de la « romanisation du drame » au tournant du siècle, c'est-à-dire au moment même où Szondi situe « la crise » du genre, et qu'en effet, les différents aspects de la « romanisation », et en particulier cette introduction d'un « inachèvement sémantique spécifique », semblent se retrouver chez les auteurs qui nous ont intéressés plus haut, et notamment chez Tchekhov.

Sarrazac analyse ainsi le rôle du roman à cette période comme celui d'un « catalyseur » qui vient agir, secrètement, « implicitement », à l'intérieur même du drame :

> Sans la fonction de catalyseur, de médiateur du « roman implicite » de la pièce, la rencontre de la forme dramatique et de la vie quotidienne ne se serait jamais pleinement réalisée, et les auteurs dramatiques auraient épuisé leur génie en velléités de « tragédies domestiques ». Le quotidien, par définition, engendre la platitude, la monotonie, la répétition. Pour lui donner accès au théâtre, les dramaturges ont dû créer un nouvel espace-temps et, en particulier, une durée, un déroulement quasi romanesque, qui ne sauraient admettre une dramatisation – ni une spectacularisation – intempestive[65].

C'est bien un autre aspect de la romanisation du drame que Sarrazac décrit ici. La narration, voire la description, prennent le pas sur l'action

64 *Idem.* p. 444.

65 Sarrazac, J.-P. « Drame moderne », *op. cit.*

et permettent au drame d'intégrer de nouveaux thèmes, triviaux ou quotidiens, propres en tous cas à la représentation d'une réalité qui s'appréhende autrement :

> Les gestes théâtraux continuent, certes, d'exister, mais ils sont délibérément amortis, assourdis, « minimalisés » en quelque sorte : « Il faudrait écrire une pièce, disait Tchekhov, où les gens arriveraient, partiraient, mangeraient, parleraient de la pluie et du beau temps, joueraient aux cartes, et tout cela non pas parce que l'auteur en a besoin mais parce que tout se passe comme ça dans la réalité. » Pas de place, dans ce drame d'un type nouveau, pour la grande « scène à faire » ni pour des personnages altiers aux voix retentissantes : mais plutôt pour une action toujours incertaine et inchoative, qui n'arrête pas de se nouer et de se dénouer ; pour un univers uniforme, un univers mat, dont la trame est certainement tragique, mais d'un tragique diffus qui se révèle incompatible avec l'ancienne forme tragique ; et ce avec des voix sourdes, immergées dans une certaine choralité, celle-là même d'une société en train de se massifier[66].

Société de masse, choralité des voix, actions incertaines… L'individu unique et décisionnaire du drame absolu semble bien avoir été remplacé par quelque chose d'impalpable et de nouveau. Aussi, le drame emprunterait au roman non seulement une certaine temporalité mais aussi de nouvelles forces à décrire et à raconter, non plus la seule volonté humaine mais le jeu de forces politiques, sociales ou économiques, forces historiques et pourtant invisibles qui nous agissent plus qu'elles nous font agir. Un changement de statut de l'individu (de sujet à objet de l'Histoire) est donc sous-jacent à l'emprunt d'un matériau épique (et peut-être plus précisément romanesque). Cette problématique sera au cœur des réflexions qui animent notre seconde partie, et la question du nouvel épique historique.

Il convient de noter aussi qu'en fonction des époques et du succès de telle ou telle forme narrative, l'*épique* englobe des genres différents, avec des imaginaires et des contenus littéraires qui changent, bien que le mode reste identique. Aussi ces phénomènes d'influences, voire d'hybridation entre drame et récit, ou drame et roman au XVIIIe et XIXe siècle, peuvent être éclairés plutôt par le concept de *transmodalisation*, la notion de modes étant peut-être plus opératoire que celle de genres. Selon Genette, en effet, l'épique, le lyrique et le dramatique,

66 Sarrazac, J.-P. *Ibidem.*

sont des catégories linguistiques plus que des catégories littéraires qui, en tant que *modes* poétiques, peuvent agir ensemble ou séparément. Dès lors les concepts de *théâtre épique* ou de *roman dramatique* cessent d'être des oxymores et l'association des termes n'est plus de l'ordre de l'impossible : ces modes peuvent fonctionner ensemble. Sarrazac, toutefois, préfère quant à lui le terme de « rhapsode[67] » pour pouvoir parler du contemporain, et de sa manière de *coudre* ensemble les modes dramatiques, épiques ou lyriques, comme en une sorte de patchwork théâtral qui tendrait vers le « monstre » ou le montage épique brechtien plutôt que vers le bel animal. Mais justement, reprenons l'analyse de Szondi où on l'avait laissée et revenons au moment de l'élaboration des premières dramaturgies épiques, nommées et affirmées comme telles, et voyons ce qu'elles inventent.

LES DRAMATURGIES ÉPIQUES – ÉPIQUE *VS* DRAMATIQUE, *ROUND* 3

Le théâtre épique apparaît, selon Szondi, comme une réponse à la crise du drame moderne. La contradiction forme/contenu propre aux drames du tournant du siècle se résout avec la dissolution du cadre dramatique traditionnel, « absolu », et la mise au point d'une nouvelle dramaturgie et d'une nouvelle esthétique, en accord avec les thématiques abordées, sociales et politiques : « la littérature dramatique épique naît quand la relation sujet-objet du contenu se cristallise en forme[68] », soit quand le drame social cesse de chercher à traduire les processus historiques de réification et de « socialisation » dans des relations et des actions interpersonnelles ; et enfin quand apparaissent les moyens dramatiques de relier l'action scénique « aux forces agissantes de l'histoire[69] », pour emprunter les termes de Piscator.

---

67 *Ibidem.*

68 Szondi, Peter, *op. cit.* p. 76.

69 Piscator, Erwin, *Théâtre Politique*, L'Arche, coll. « Le sens de la marche », Paris, 1972, p. 55.

PISCATOR : UNE SCÈNE RENOUVELÉE POUR UN THÉÂTRE POLITIQUE

Dans son *Théâtre Politique*, Piscator revendique l'honneur d'avoir donné le premier drame épique, avec *Drapeaux* en 1924.

> *Drapeaux* représentait la première tentative dramatique conséquente en vue de briser le schéma de l'action dramatique et de le remplacer par le déroulement épique de l'événement[70].

Le roman de l'auteur Alfons Paquet[71] éclaire les arrière-plans sociaux et économiques du procès des ouvriers anarchistes de Chicago dans les années 1880. Ce faisant, nous dit Piscator, elle ne met en scène ni « héros » ni « problème », mais raconte la « simple épopée de la lutte du prolétariat pour sa libération[72] ». C'est là « l'événement » dont il s'agit. Alors en effet, l'« action dramatique » telle qu'elle était définie dans le cadre du drame absolu, comme suite continue de scènes se produisant les unes les autres de manière organique, par le seul biais de relations interhumaines, laisse ici place au *récit*, au « roman dramatique[73] », à une genèse détaillée des événements dont le but est de mettre à nu « les racines du cas traité », ses paramètres et invariants politiques, enfin de « saisir et de rendre sensibles les forces matérialistes[74] » toujours en action. Ainsi, si *Drapeaux* est « le premier drame consciemment épique », il est aussi le premier drame marxiste.

En effet, c'est à travers une pratique théâtrale étroitement liée aux combats de la classe ouvrière allemande de 1919 à 1929, que le metteur en scène Erwin Piscator pose les fondements d'une dramaturgie épique, en rejetant d'une part le style expressionniste, soupçonné d'être le reflet des problèmes individuels de l'artiste et d'autre part le naturalisme des années 1890, dépourvu de débouchés pratiques. Car c'est là la spécificité de Piscator : avouer sans ambages ses fins didactiques et politiques. Son Théâtre prolétarien (*Proletarisches theater*[75]) se veut ainsi au service

70 *Ibid.* p. 57.

71 Auteur allemande, né en 1881 et mort en 1944. *Drapeaux* est un roman qui traite d'un célèbre procès d'anarchistes dans le Chicago des années 1880. Le sous-titre de la pièce adaptée par Piscator sera, significativement « roman dramatique ».

72 *Ibid.* p. 55.

73 *Ibidem.*

74 *Ibid.* p. 57.

75 « La direction du *Proletarisches Theater* devra poursuivre les buts suivants : simplicité dans l'expression et la structure, action claire et sans ambiguïté sur la sensibilité du public ouvrier, subordination de toute intention artistique au but révolutionnaire ; l'accent

du mouvement révolutionnaire, auquel toute intention artistique doit être subordonnée. L'art n'est ici qu'un moyen en vue d'une fin, un moyen politique, un instrument de propagande et d'éducation. Le mot d'ordre des dadaïstes « Libérons-nous de l'art, finissons-en avec lui[76] ! », Piscator le fait sien. Le théâtre doit *faire de la politique*, ni plus ni moins. Et à cette fin[77], la représentation théâtrale doit d'abord permettre une « compréhension scientifique » des sujets qu'elle traite, donc changer un certain nombre de ses matériaux constituants, au premier chef, son répertoire :

> Nous voilà passés de l'art pur au journalisme, au reportage ; de la littérature à la vérité ; de la création gratuite de fables sentimentales ou de mystères psychologiques à l'inflexible description de prisons, d'usines, de magasins, de machines, de plus-values et de luttes des classes[78].

Ici aussi, comme plus haut dans les cours d'esthétique de Hegel, il apparaît clairement que l'épique n'implique pas seulement un mode d'énonciation (narratif), mais aussi un ensemble de contenus empiriques à traiter, soit une *matière* singulière : historique, sociale, économique, enfin politique. C'est pourquoi le journal, en termes d'actualité quotidienne et d'effectivité réelle, sert de modèle à Piscator. À côté de lui, le théâtre semble toujours une forme figée, limitée et « en retard[79] ».

---

sera mis délibérément sur la lutte des classes et la manière de propager cette lutte. Le *Proletarisches Theater* se veut au service du mouvement révolutionnaire et, en conséquence, il est soumis aux travailleurs révolutionnaires ». Piscator, Erwin, « Le théâtre prolétarien », *Ibid.* p. 37.

76 *Ibid.* p. 25.

77 Faire de la politique, ou plus précisément, démontrer, prouver, que le matérialisme historique est la seule conception commune du monde valable et possible : « Qu'est-ce qui pour moi avait et a aujourd'hui encore de l'importance dans un tel travail ? Non pas la propagation à l'aide de clichés et de thèses publicitaires d'une certaine conception du monde, [le matérialisme historique], mais la démonstration que cette conception, avec tout ce qui en découle, demeure, pour notre époque, la seule valable » Piscator, Erwin, *Ibid.* p. 65.

78 *Ibid.*, p. 54.

79 « Ceux-là même dont la vision du monde nous était la plus proche restaient empêtrés dans les vieilleries expressionnistes et n'étaient pas en mesure de se conformer à ce que nous attendions du théâtre. […] ce n'étaient encore et toujours que des "pièces" au vrai sens du mot, des morceaux de l'époque, des extraits d'une vision du monde, mais jamais la totalité, jamais l'arbre complet, des racines à l'extrême pointe des branches, jamais l'actualité brûlante qui vous assaille à chaque phrase lue dans le journal. Le théâtre demeurait sans cesse en retard sur le journal, il n'était pas assez actuel, il n'intervenait pas assez activement dans l'immédiat, il était une forme d'art figée, déterminée à l'avance,

Encore une fois, ces réflexions seront capitales pour la compréhension de l'épique contemporain, et notamment pour l'analyse du renouvellement de certaines formes de théâtre historique et documentaire dans la période qui nous intéresse[80]. Pendant la période de direction du Théâtre Prolétarien, en tous cas, des pièces nouvelles sont donc écrites, et ce collectivement, comme *l'Heure de la Russie*, prenant pour objet la Révolution de 17. Dans cette mise en scène, une carte figurait la situation géopolitique et donnait la signification évidente des scènes représentées. Non seulement « décor » mais également schéma social, économique, historique, géographique, cette carte faisait partie intégrante du jeu et intervenait dans la mise en scène comme un élément nouveau, baptisé par Piscator *élément pédagogique*, et préfigurant les inventions scéniques brechtiennes. Mais la carte de *l'Heure de la Russie* n'est qu'un exemple d'une série de trouvailles et de tentatives qui, chez Piscator, sont les moyens de créer à partir de la littérature dramatique de son époque.

> Le style de mes mises en scène n'a peut-être pas d'autre origine que les insuffisances de la production dramatique. En tous cas, elles n'auraient jamais eu l'éclat qu'elles ont connu si j'avais trouvé au départ une production dramatique digne de ce nom[81].

Ainsi, Piscator ne tarde pas à généraliser l'usage du document politique comme base même des textes qu'il met en scène. La représentation de *Malgré tout* en juillet 1925, considérée comme première tentative en vue d'un théâtre documentaire, n'était ainsi dans son ensemble « qu'un gigantesque montage à partir de discours authentiques, d'articles, d'extraits de journaux, d'appels, de tracts, de photographies et de films de guerre, de films de la révolution, de scènes et de personnages historiques » pour une gigantesque revue politique. Le public, qui assiste alors à sa propre histoire, est confronté à sa propre réalité ; au moment de la représentation, le succès est tel que gradins et plateau ne semblent à Piscator qu'une seule et même chose, réunis comme en un « gigantesque champ de bataille, une gigantesque manifestation[82] ».

---

limitée dans ses effets. Or, ce que nous voulions atteindre, c'était une liaison bien plus étroite avec le journalisme, avec l'actualité quotidienne. » *Ibid.*, p. 40.

80 Voir Deuxième partie, notamment les deux dernières études, *Pour un épique déterritorialisé*, chez Milo Rau, et le Birgit Ensemble.

81 Piscator, cité par Szondi, *op. cit.* p. 101.

82 Piscator, *op. cit.* p. 69.

Dans ces descriptions, si idéalisées soient-elles, le projet de Piscator se révèle bel et bien comme la possibilité pour tout le théâtre, acteurs et spectateurs mêlés, *de faire masse*, non pas sur le modèle grec, mais sur celui du grand mouvement politique révolutionnaire.

Par ailleurs, c'est également au cours de cette représentation que l'alternance du cinéma et du théâtre se révèle dans toute son efficacité dramatique.

> Quand, par exemple, au vote des crédits militaires par les sociaux-démocrates (scène dramatique) succéda le film qui montrait un assaut et les premiers morts, non seulement l'événement était caractérisé sur le plan politique, mais une émotion humaine s'en dégageait, on atteignait à l'art[83].

L'utilisation du cinéma sur le plateau est l'un des gestes de mise en scène les plus innovants de Piscator. Dans l'alternance du film et des scènes, s'ajoute à ce qui se passe entre les acteurs ce qui se dérobait jusque-là à l'actualisation dramatique : « le caractère objectal aliéné du social, du politique et de l'économique », comme le note Szondi[84]. En effet, la technique cinématographique, basée sur le face à face de la caméra et de l'objet, permet « la représentation de l'objectivité en tant que telle au moyen d'une mise en forme subjective[85] ». De plus, le cinéma acquiert à cette époque son langage par la mobilité de la caméra, du gros plan, et du montage ; ce n'est plus simplement du théâtre filmé, soit « la restitution technique d'un drame », mais bel et bien une « forme artistique épique autonome », qui vient s'insérer dans l'œuvre dramatique. Dans *Hop là nous vivons* de Toller monté en 1927[86], le film est inclus dans le manuscrit même de la pièce. Celle-ci raconte l'histoire d'« un homme isolé pendant huit années, et qui se trouve brutalement confronté avec le monde d'aujourd'hui ». L'enjeu majeur était donc de trouver le moyen de montrer « ces huit années avec toutes leurs terreurs, leurs folies et donc aussi tous leurs aspects insignifiants ». Le choc vécu par le personnage principal ne pouvait prendre toute sa force que si « cet abîme béant devenait visible[87] ».

83 *Ibidem.*

84 Szondi, *op. cit.* p. 105.

85 *Ibidem.*

86 Ernst Toller, né en 1893 et mort en 1939, est un écrivain, dramaturge et poète allemand, militant socialiste et proche du mouvement anarchiste. Sa pièce, *Hop là nous vivons*, (*Hoppla wir leben*) est créée le 3 septembre 1927 en inauguration de la Piscator-Buhne.

87 Piscator, *op. cit.*, p. 146.

Or, quel autre moyen que le film pour faire se dérouler en sept minutes, huit interminables années et quatre-cent faits de société ? Les images scéniques s'articulent donc avec les images du monde, de la guerre et de la révolution de 18, l'épique tenant à la fois à cette juxtaposition des faits dramatiques et cinématographiques, et au montage du film lui-même.

Permettons-nous ici une remarque, en anticipant un peu sur l'étude de notre corpus : si l'écran servait à Piscator à montrer des faits objectifs, et donc à intégrer une matière historique au drame, il est très souvent utilisé aujourd'hui pour mettre en scène au contraire une parole intime, pour cadrer des visages, pour voir de près et non plus de loin, pour resserrer la focale sur les individus et non plus adopter le recul de l'Histoire[88]. Le premier usage n'a pas disparu, mais ce dernier témoigne des transformations à venir pour le modèle de théâtre épique qui s'invente au début du siècle, avec Piscator et Brecht.

Brecht défendra le théâtre politique de Piscator dès 1925, et en 1928, il collabore avec lui à l'écriture de *Schveyk*[89], adaptation théâtrale du roman feuilletonnesque et inachevé de Hasek[90], *Les aventures du brave soldat Schweyck*, mettant en scène la figure de l'« homme simple » face aux horreurs et aux absurdités de la guerre.

> Après avoir tenté de résumer dans *Hop là, nous vivons !* dix années d'histoire allemande, après avoir tenté de mettre à nu, dans *Raspoutine* les racines et les forces motrices de la révolution russe, nous voulions, avec *Schweyk*, braquer les projecteurs de la satire sur l'idée même de la guerre, tout en rendant sensible la force révolutionnaire de l'humour[91].

D'emblée, le projet s'affirme donc comme celui d'une « satire épique[92] ». Or cette fois, la matière romanesque conduit Piscator à de nouveaux traitements : le mouvement incessant du récit, le cheminement perpétuel d'un héros passif et qui se laisse « transporter » de lieux en lieux, de régiment en régiment, de prison en prison, enfin le déroulement ininterrompu de la guerre autour de lui conduisent Piscator à l'utilisation

88 Voir notamment Deuxième partie, *Milo Rau – l'Europe atomisée dans des récits individuels.*

89 *Les aventures du brave soldat Schweyk*, du 23 janvier au 12 avril 1928, Piscator-Bühne.

90 Jaroslav Hašek, né en 1883 et mort en 1923, est un romancier, un humoriste et un journaliste d'origine tchèque, rendu célèbre par son chef-d'œuvre satirique *Le Brave Soldat Chvéïk*, paru en 1923.

91 Piscator, *op. cit.* p. 176.

92 *Ibid.* p. 180.

d'un moyen technique inédit, les tapis roulants. Le déroulement épique du roman se traduit ainsi sur un sol mobile, obligeant les comédiens à interpréter leur rôle uniquement en marchant ou en courant sur scène, ce qui contribue au caractère comique de la pièce[93]. Par ailleurs, le film permet là encore à Piscator de créer un environnement signifiant autour des acteurs, sauf qu'il ne s'agit pas cette fois d'un film documentaire ou naturaliste, mais de dessins animés politiques et satiriques, réalisés par le fameux caricaturiste Grosz[94]. Les silhouettes typifiées de l'armée, de la police et de l'Eglise exécutent ainsi en image leurs mouvements horribles et burlesques, de même que sur le plateau tous les personnages prennent la forme de marionnettes (ou de « semi-marionnettes ») représentant les types figés de la vie sociale et politique de l'ancienne et actuelle Autriche. De sorte que Schweyk est le seul être humain sur scène, confronté à un monde fantaisiste et clownesque, aux dimensions surréalistes, ce qui accentue tour à tour l'impuissance, la naïveté ou la bêtise du personnage et le sentiment d'absurdité du spectateur.

De là, on comprend aussi ce qui caractérise le type de jeu préconisé par le metteur en scène. Les comédiens n'agissent plus à l'intérieur de l'écrin

93 Le même moyen est utilisé par Martinelli, dans sa création en 2005 à partir du texte de Brecht. Dans une interview pour France Inter, il commente cette utilisation : « Cette mise en scène est surtout célèbre par l'introduction scénographique voulue par Piscator, des tapis roulants, que nous reprenons d'ailleurs. L'idée était que le théâtre puisse s'emparer du romanesque : il fallait donc rendre possibles des déplacements rapides dans l'espace, et pouvoir procéder à des changements de décor. Nous ne nous en servons presque pas comme moyen de changement scénographique, mais davantage comme un système d'apparition/disparition. Deux tapis roulants, parallèles à la rampe, indépendants l'un de l'autre, séparés l'un de l'autre par une petite bande fixe du plateau, amenaient, emmenaient décors et personnages, sans baisser du rideau, sans ralentissement de l'action. Les tableaux succédaient aux tableaux. Chvéïk, alerte, trottait de lieu en lieu, à la vue des spectateurs. Par moments les chemins mobiles contrariaient leurs mouvements, par moments ils se déplaçaient dans le même sens, mais à des vitesses différentes, et puis s'arrêtaient. À tout instant la toile de fond s'éclairait et le crayon de George Grosz la peuplait de visions sinistres ou humoristiques, trognes, casernes, prisons, chambrées, paysages. Le public les saluait avec transport. […] Dans le roman de Hasek revient toujours l'expression "chemin faisant" : les personnages vont d'un lieu à un autre et "chemin faisant" ils discutent, font des digressions incroyables, et arrivent finalement à leur destination, ce qui permet de reprendre le cours de l'intrigue. J'avais envie de rendre compte de cette combinaison entre la marche, la parole, la rencontre, de cet épuisement de la parole au cours du déplacement. Les tapis roulants sont aussi l'un des moyens que j'utilise pour cela. » https://www.franceinter.fr/emissions/l-humeur-vagabonde/l-humeur-vagabonde-13-juin-2005, consulté le 31 août 2018.

94 George Grosz (1893-1959) est un peintre allemand, important membre du groupe Dada et de l'aile gauche du mouvement de la Nouvelle Objectivité.

d'illusion offert aux yeux du public par la scène à l'italienne, mais font partie de véritables et parfois gigantesques dispositifs techniques, ouverts sur la fosse. Leur fonction devient égale à celle de la lumière, du décor, de la musique, du texte lui-même, l'ensemble formant un tout extrêmement maîtrisé et structuré en vue de l'effet global de l'œuvre et de son orientation politique. Aussi, c'est un « naturel d'un niveau supérieur[95] » que Piscator veut voir reproduire par ses comédiens, naturel étudié et réfléchi. Le jeu doit être une création « intellectuelle et scientifique » avec des moyens aussi peu improvisés et aussi concertés que ceux de la scénographie. Le comédien, comme en témoignent les tapis roulants de *Schweyk*, est loin d'avoir une place confortable à l'intérieur des dispositifs piscatoriens. Une exigence technique aussi bien qu'intellectuelle guide le jeu. Le sentiment, dans ce travail, perd sa place centrale.

> Notre génération s'est délibérément opposée à la surestimation du sentiment. Des changements de cette sorte n'interviennent pas du jour au lendemain. Je n'ai pas consacré moins de temps à transformer le jeu des comédiens qu'à transformer les techniques. Étant donné la construction ouverte de la scène, faite de bois, d'acier et d'écrans, le jeu du comédien devait être authentique, rigoureux, ouvert, dépourvu d'ambiguïté[96].

Dur et direct, dénué de sentimentalité, concret, le type de jeu préconisé par Piscator est adapté à la fonction « sociale[97] » qu'il donne à l'homme dans son théâtre d'une part, et à l'ensemble des transformations qu'il apporte à la scène de son époque d'autre part. Et d'une manière générale, celles-ci consistent essentiellement à *décentrer* l'action dramatique pure pour mieux activer les *relations* entre les différentes parties de ses montages scéniques : scènes dramatiques, reportages filmés, chœurs éloignés, projections de calendriers, de cartes, de commentaires, etc. Sans parler de l'utilisation par Piscator, sous de multiples formes, de scènes simultanées (à l'écran et sur scène, par exemple). L'espace et le temps n'y connaissent plus la continuité formelle des dramaturgies classiques. S'y substitue une intelligence cachée, chargée d'établir les liens entre ces éléments typiques de la revue, celle, si l'on en croit Szondi, du « sujet

95 Piscator, *Le Théâtre Politique*, *op. cit.*, p. 79.

96 *Ibidem.*

97 « L'homme a sur la scène l'importance d'une fonction sociale. » *Le Théâtre Politique*, *op. cit.* p132. Cette idée reste au cœur de la réflexion de Bertolt Brecht, qui va radicaliser la théorie du théâtre épique à partir du bilan de l'expérience de Piscator.

épique qui les réunit et les déploie devant le public dans la posture de l'orateur politique : Erwin Piscator en personne[98] », et que le fameux décor de *Hop là, nous vivons*[99] *!* représentait, sous la forme d'un gigantesque profil, sur un écran en fond de scène.

C'est là peut-être l'une des sources du clivage qui ne va pas tarder à opposer Brecht et Piscator dans leur désir commun d'une dramaturgie objective et scientifique. Le premier reproche ainsi au second de dicter sa vérité sur la scène. Voyons donc à présent quel chemin théorique prend l'épique avec Brecht.

BRECHT : UNE THÉORISATION DE L'ÉPIQUE

Chez Brecht, la formule du théâtre épique est une étape marquante dans un discours et une pratique de la rupture dont il n'a cessé, au cours de sa vie d'auteur et de théoricien, de témoigner.

Il s'est tout d'abord agi pour lui, comme pour Piscator et tant de jeunes artistes de l'après-guerre, de rupture avec les formes esthétiques dominantes, en l'occurrence avec le théâtre qu'il qualifie de culinaire et dont il donnera une parodie sarcastique dans *L'Opéra de quatre sous.* Sans pitié pour le naturalisme, il y voit non pas une mutation révolutionnaire, mais « le résultat d'une influence légère et au fond sans conséquence exercée sur le drame par le roman bourgeois international[100] ». Avec l'apport de la photographie et de la psychologie, « nabots, les personnages se sont vus dotés d'une vie intime d'un extraordinaire attrait[101] ». Sans illusion non plus au sujet de l'expressionnisme, il le condamne comme « une simple forme d'inflation qui n'a rien changé à rien[102] ». Il porte sur la scène contemporaine le jugement que Musil formulera à propos du théâtre post-classique, qui n'aurait plus joué aucun rôle dans l'évolution de l'esprit européen parce que le drame ne laisserait pas à la pensée une liberté de mouvement suffisante. « La vérité c'est que la vieille forme dramatique est foutue », conclut-il très tôt ; et d'ajouter : « le déroulement, typique à nos yeux, d'une destinée humaine, ne peut

98 Szondi, *op. cit.* p. 106.
99 Toller, Ernst, mise en scène inaugurale de Piscator à la Piscator-Bühne, du 3 septembre au 7 novembre 1927.
100 « Le Théâtre de Piscator », in *Écrits sur le Théâtre*, Pléiade, p. 106.
101 *Ibidem.*
102 *Ibidem.*

être montré dans la forme dramatique actuelle[103] ». S'il partage donc avec Piscator l'ambition d'un théâtre politique, qui fait éclater les vieilles formes scéniques en intégrant des techniques et médias modernes, comme la perspective documentaire du film ou l'animation du plateau, il rompt aussi bientôt avec celui à qui il reproche de ne pas placer le public devant des conflits, mais face à une vérité dictée par la scène[104].

Mais on peut même dire que Brecht rompra avec ses propres ruptures quand il renoncera aux expériences radicales de ses pièces didactiques (*Lehrstück*[105]) où la finalité même de la pratique théâtrale est bouleversée, où le clivage entre scène et salle est annulé, et les lieux traditionnels abandonnés. Car les *Lehrstücke* proprement dits sont faits pour être joués plutôt que pour être vus. Les partenaires qui s'y investissent sont incités à passer d'un rôle à l'autre, à expérimenter les situations données selon une technique de variations contrôlées, qui n'a guère à voir avec l'épique dans la réflexivité du travail proposé. Aussi, aux yeux de Brecht, la démarche du *Lehrstück* offre bientôt simplement une matière à exercices « pour ces athlètes de l'esprit que sont les dialecticiens[106] ».

Mais c'est avec Aristote qu'il trouve son meilleur ennemi, ou plutôt l'affirmation d'une doctrine dominante, longtemps interrogée et aménagée par la culture allemande (par Hegel en particulier), qui lui permettra de formuler sur un registre polémique et méthodique la sienne. La formule de (et du) théâtre épique tirera en effet sa force de percussion, voire de

---

103 « Sur une nouvelle dramaturgie », in *Écrits sur le théâtre*, éd. Pléiade, Gallimard, en collaboration avec l'Arche Éditeur, Paris, 2000, p. 124.

104 Il est même parfois encore plus sévère, (ou moins reconnaissant), dans certains de ses écrits, accordant tout juste à Piscator d'avoir « électrifié le plateau ». Voir « Primauté de l'appareil » in *Écrits sur le Théâtre*, Pléiade, p. 113.

105 À propos des *Lehrstücke*, ou pièces didactiques : « la période historique du *Lehrstück* correspond à une période cruciale de l'histoire allemande (dans laquelle elle ne se laisse pas enfermer. Le *Lehrstück* est toujours à venir), celle du choix entre socialisme et barbarie (1929-1933). L'écrivain de théâtre sent alors le sol lui brûler sous les pieds. Il esquisse une sortie hors des lieux officiels où se diffusent des images administrées (les "spectacles") et tente de gagner l'espace quotidien où s'élabore un nouvel usage de la culture, non *pour* un nouveau "public", mais *avec* de nouveaux "usagers" : la jeunesse, le mouvement ouvrier, c'est-à-dire les forces vives intéressées à la transformation sociale, ceux qui ne pensent pas sans motif ni conséquence. Tous ceux-là sont invités à jouer plutôt qu'à voir, comme à faire plutôt qu'à sentir : en résumé à pratiquer le théâtre, et ceci comme une école de pratique », « Du spectacle au montage ininterrompu : le *Lehrstück* brechtien », Ivernel, Philippe in *Collage et montage au théâtre et dans les autres arts durant les années vingt*, Lausanne, La Cité – L'Âge d'homme, collection « Théâtre années vingt », 1978, p. 267.

106 « L'achat du cuivre », *Écrits sur le théâtre*, *op. cit.* p. 561.

provocation, de s'articuler avec le double que lui forge Brecht, – le théâtre dramatique –, qui sonne comme un pléonasme, tant le drame a depuis Diderot envahi dans la conscience européenne l'intégralité du champ théâtral. La formule s'entend alors comme une ultime rupture avec le système de la *Poétique*, lui-même fondé sur l'analyse différentielle entre théâtre et épopée, dont nous avons tenté de restituer les termes au début de ce prologue. L'appellation de « théâtre épique » a donc souvent paru intrinsèquement contradictoire, et Brecht le note lui-même, étant donné qu'à l'exemple d'Aristote « on tenait pour fondamentalement distinctes les deux formes que peut prendre le récit d'une fable : la forme épique et la forme dramatique[107] ». *Epische* pour Brecht signifie moins épique que narratif et ne se réfère guère à l'épopée ; ce qu'il va stigmatiser chez Aristote, c'est la cohérence d'une dramaturgie toute fondée sur la *catharsis*, cette purgation d'émotions au spectacle d'une représentation elle-même épurée dans une *mimèsis* d'actions. (Et qui donnera lieu à l'esthétique du « drame absolu », selon Szondi, où s'affrontent en direct des caractères, dans une logique illusionniste qui captive et emporte le spectateur). Aux yeux de Brecht en effet : la *catharsis* est mauvaise, l'illusion hypnotique, l'identification aliénante.

Le fameux tableau lié à *Mahagonny*[108] systématise ainsi l'opposition entre ces deux modèles en déclinant leur opposition première : si le théâtre dramatique est action, le théâtre épique est narration. Qu'est-ce à dire ? Qu'il emprunte au roman, plus qu'à l'épopée, certains de ses traits énonciatifs. Cela peut être la présence d'un narrateur, comme dans *le Cercle de craie caucasien*, qui présente un aède, maître du développement de la fable, prêt à agencer ses segments, à proposer des sauts temporels, à entrer dans l'intériorité des personnages. Mais le raconté dans le théâtre brechtien est plus souvent d'ordre métaphorique, comme l'indique la célèbre formule « la scène se mit à raconter[109] ». La forme la plus marquée est le système de phrases, écrites le plus souvent sur un panneau, parfois dites, qui met en place le développement de la fable, voire en donne les clefs allégoriques, comme s'il s'agissait d'un commentaire explicatif : ainsi les séquences de *la Résistible Ascension*

107 « Le théâtre épique », *Écrits sur le théâtre*, Pléiade, *op. cit.* p. 213.

108 « Deux Schémas », in « Le théâtre épique », *Écrits sur le théâtre*, Pléiade, *op. cit.* p. 215-216.

109 « La scène commença de raconter » in « Le théâtre épique », *Écrits sur le théâtre*, Pléiade, *op. cit.* p. 214.

d'Arturo Ui[110] sont-elles toujours introduites par le rappel de leur référent dans l'Histoire. On a là l'illustration d'une métaphore rapportée par Walter Benjamin : celle des « notes de bas de page », élément clef de ce que le philosophe appelle un théâtre *littérarisé*[111].

C'est cependant moins l'énonciation que la structure formelle, et en particulier le rapport au temps et à l'espace tel que l'avait déjà analysé Aristote, que Brecht emprunte aux formes narratives. Contre l'écriture dramatique traditionnelle et son principe de continuité, qui englüerait le spectateur dans l'identification au héros, l'épique brechtien affiche une écriture du discontinu, du fragmentaire : elle trouve son accomplissement dans *Grand Peur et Misère du troisième Reich*[112], montage de scènes inspirées de faits divers produits par la montée du nazisme, et se réalise également dans les grandes pièces où s'historicise une vie imaginaire (*Mère Courage et ses enfants*[113]), réelle (*La vie de Galilée*[114]) ou allégorique (*La Résistible Ascension d'Arturo Ui*[115]). Si ce découpage se rencontrait déjà dans d'autres dramaturgies, l'affichage des conditions narratives de chaque scène met cette dernière en perspective, lui enlève à la fois l'esthétique du « drame absolu » et son statut de nécessité dans le flux dramatique. Ainsi commence le tableau 7 de *La Vie de Galilée* : « Mais l'Inquisition met à l'index la découverte de Copernic (5 mars 1616) ». En démontant et remontant le « bel animal » aristotélicien comme on le fait de Galy Gay[116], Brecht

110 Écrite en 1941, avec la collaboration de Margarete Steffin, créée à Stuttgart le 10 novembre 1958, in Brecht, *Théâtre complet*, l'Arche, tome 5.

111 Benjamin, Walter *Qu'est-ce que le théâtre épique ? (1)* in *Essais sur Brecht*, éd. La Fabrique, trad. Ivernel, 2003. p. 25. La « littérarisation du théâtre » que Benjamin repère chez Brecht est à la fois « catalyseur d'épique et emblème du désir de rendre l'image – ici scénique – parfaitement lisible, par un montage image-texte qui reprend l'inscriptio et la subscriptio de l'allégorie baroque et dont la forme moderne serait le photo-montage ». Combes, André « Un physionomiste de l'épique : Benjamin lecteur de Brecht », Germanica [En ligne], 18 | 1996, mis en ligne le 11 juin 2013, consulté le 01 octobre 2016. URL : http://germanica.revues.org/1968 ; DOI : 10.4000/germanica. 1968.

112 Écrite entre 1935 et 1938, avec la collaboration de Margarete Steffin. in Brecht, *Théâtre complet*, l'Arche, tome 3.

113 Écrite entre 1938 et 1939, avec la collaboration de Margarete Steffin, créée à Zurich en 1941, avec la musique de Paul Dessau, in Brecht, *Théâtre complet*, l'Arche, tome 4.

114 Écrite entre 1938 et 1939, puis modifiée en 1945 aux États-Unis, première le 9 septembre 1943 à Zurich. in Brecht, *Théâtre complet*, l'Arche, tome 4.

115 Écrite en 1941, avec la collaboration de Margarete Steffin, créée à Stuttgart le 10 novembre 1958, in Brecht, *Théâtre complet*, l'Arche, tome 5.

116 *Homme pour homme*, écrite et publiée en 1925 puis modifiée en 1938, raconte comment Galy Gay, docker parti chercher un poisson, se transforme en soldat de l'armée britannique

entend donc privilégier un intérêt plus intellectuel qu'émotionnel pour le déroulement de l'histoire.

De fait, la scène ne raconte peut-être néanmoins pas tant qu'elle *commente*. Aussi, dans le tableau comparatif, c'est l'éveil de l'activité intellectuelle qui est mis en avant comme apanage de l'épique ; de même, l'argumentation, la prise de conscience, la transmutation des sentiments en connaissances sont donnés comme les avantages propres d'un théâtre *épicisé*. Enfin, la promotion du rationnel contre l'émotionnel produit une figure théâtralisée du spectateur nouveau, (mais néanmoins déjà présent chez Piscator) et aux exigences nouvelles : celui du Philosophe de *L'Achat du cuivre*, qui dans une trompette s'intéresse moins à l'objet d'art qu'à la matière, et qui voit dans le théâtre un atelier de confection et de reproduction de la réalité sociale, dont la « matière première » l'intéresse avant tout[117]. Le Philosophe propose alors un théâtre arraché à l'orbe esthétique, un objet nouveau baptisé : *thaëtre*[118] – une sorte de théâtre volontairement dénaturé.

Notons toutefois que les moyens de cette dénaturation, qui permettrait le commentaire scénique du drame, ne nous paraissent pas tant pris au narratif qu'à d'autres arts. C'est aux formalistes russes, et peut-être par l'intermédiaire de Meyerhold (qu'ils ont également inspiré[119]), que Brecht emprunte l'effet d'*étrangéisation* pour le systématiser et marquer de son

---

aux Indes, sous la seule influence du contexte dans lequel il se trouve pris par accident. in Brecht, *Théâtre complet*, l'Arche, tome 1.

117 *L'Achat du cuivre*, in *Écrits sur le théâtre*, Pléiade, *op. cit.* p. 588 « Ce sont les événements de la vie réelle qui m'intéressent avant tout » dit le philosophe, et plus loin « je ressens la singularité de cet intérêt au point que j'irais jusqu'à mecomparer, mettons, à un marchand de cuivre, qui s'adresserait à une fanfare pour acheter non pas une trompette mais simplement du cuivre. La trompette du trompettiste est bien en cuivre, mais il y a peu de chance pour qu'il accepte de la vendre pour son cuivre, au prix du cuivre, pour son poids de cuivre. Et pourtant, comme ce marchand, je suis ici à la recherche de ces événements qui mettent des hommes aux prises avec d'autres hommes ; vous les imitez bien de quelque manière, même si vos imitations ont assurément un tout autre but que celui de me satisfaire. »

118 *L'Achat du cuivre*, in *Écrits sur le théâtre*, Pléiade, *op. cit.* p. 571 « Notre thaêtre sera extraordinairement différent du théâtre [...] La différence considérable, qui devrait vous rassurer, c'est qu'il ne prétend pas ouvrir ses portes pour l'éternité. Simplement, il doit être utile à la misère du jour, précisément de nos jours, obscurs à coup sûr ».

119 Voir Meyerhold, Vsevolod, L'Age d'homme, introduction, choix de textes et traduction de Béatrice Picon-Vallin, Actes Sud-Papiers, coll. Mettre en scène, 2005. Meyerhold prône un théâtre de la convention. Accusé de « formalisme », Meyerhold sera enfermé par le régime soviétique, torturé et finalement exécuté en 1940.

sceau toutes les strates de la pratique théâtrale. Pas de « sujet épique » chez Brecht, mais un personnage diffracté, plus proche de la figure que du caractère, ou de l'artefact : « Ainsi les personnages ne reproduisent pas purement et simplement des personnes vivantes, ils sont construits en fonction d'idées[120] », et confrontés à des situations. La marque la plus flagrante de ce dispositif est la contradiction : emblématisée par le dédoublement de Shen Té en Shui ta dans *La Bonne Ame du Se-Tchouan*[121], elle trouve peut-être une de ses réalisations les plus passionnantes, car riche de sens, dans le capitaliste à succès de *Sainte Jeanne des abattoirs*[122], Pierpont Mauler, magnat de l'industrie de la viande en conserve[123].

C'est que le traitement scénique du personnage va dans ce sens : s'il y a toujours personnage, celui-ci est indiqué : on joue à jouer un Chinois, on indique que l'on joue une marchande. L'acteur sert chez Brecht à « raconter » (si l'on veut garder la métaphore) une histoire, il ne doit pas faire *croire* qu'il est le personnage, il le *présente.* Le personnage est, comme le texte, matériau, outil pour le metteur en scène, et pour l'auteur. Sobel le fait bien entendre quand il note que « Brecht invente pour son expérience de laboratoire un être ambigu, qui est un mélange de Pierpont Mauler (le capitaliste) et de Sainte Jeanne (la révolutionnaire). Les deux sont les deux faces de la même question : où est la violence dans la société qui nous entoure et que faire avec elle[124] ? ».

De façon significative, c'est aussi dans une structure proche de la narration que Brecht trouve le modèle le plus accompli du type de jeu qu'il préconise : c'est « la scène de la rue[125] ». Un témoin oculaire montre,

120 *Petit Organon pour le théâtre*, in *Écrits sur le théâtre*, Pléiade, *op. cit.* p. 364.

121 Écrite entre 1938 et 1940, avec la collaboration de Margarete Steffin. in Brecht, *Théâtre complet*, l'Arche, tome 4.

122 Écrite entre 1929 et 1931, créée dans une version radiophonique en 1932, in Brecht, *Théâtre complet*, l'Arche, tome 2.

123 Bernard Sobel proposait ainsi de le faire jouer par plusieurs comédiens, pour sa mise en scène à la MC-93 à Paris à l'automne 2008.

124 Dossier de Présentation « Sainte Jeanne des Abattoirs » pour la MC93, septembre-octobre 2008, mise en scène Bernard Sobel. Entretien avec le metteur en scène. https://histoireetsociete.wordpress.com/2011/12/17/bertolt-brecht-sainte-jeanne-des-abattoirs-suivi-dun-entretien-avec-bernard-sobel/, consulté le 25/08/2018.

125 « Ne vous éloignez pas trop / Quelque perfection que vous atteigniez dans votre art / De ce théâtre quotidien qui / Se joue dans la rue. / Voyez cet homme, au coin de la rue ! Il montre comment / L'accident s'est déroulé. Le voici en train / De soumettre le conducteur au jugement de la foule. Il le montre / Assis au folant ; et maintenant / Il imite celui qui a été écrasé, apparemment / Un vieil homme. Sur l'un et l'autre il ne dit / Que l'indispensable pour donner à comprendre l'accident, / Et cependant / Assez

gestes et commentaires à l'appui, comment les choses se sont passées dans un accident. Ses caractères se retrouvent dans l'idéal épique : non pas représentation, mais répétition, démonstration à la signification sociale pratique et qui se donne comme telle, sans recherche de l'illusion ni de la participation affective du spectateur. L'image est claire et illustre à merveille la notion d'épique ; l'on comprend que l'acteur se voit proposer de donner un point de vue sur ce qu'il représente, de conserver dans son interprétation des traces d'un « il a fait ceci, il a dit ceci », proprement rhapsodiques, de se mettre à distance de lui-même, mais la question reste posée : comment passer de la démonstration naturelle à la représentation théâtrale ? Et l'obstacle reste le même : le comédien n'est pas un narrateur.

L'*Epische* en tant que principe narratif est donc bien pour Brecht un levier essentiel pour modifier les rapports entre scène et salle, mais il reste en même temps un horizon problématique : le théâtre n'a pas les structures de la narration. Tout juste, et ce n'est pas rien, peut-il développer celles de la monstration, de la *deixis.*

C'est dire que la rupture ne peut pas être aussi radicale qu'annoncé, la coupure aussi franche qu'espéré. Et de fait, Brecht s'est heurté à de constantes difficultés pour imposer son projet dramaturgique ; à propos de *Maître Puntila et son valet Matti*[126], il note au soir de la première à Berlin : « il y a là juste autant d'épique qu'on peut en accepter (et offrir) aujourd'hui[127] ». C'est qu'après avoir fustigé le théâtre bourgeois comme « débit de stupéfiants[128] », il se heurte à un nouvel opium du peuple qu'est le réalisme socialiste, promu par Jdanov[129] et soutenu par des intellectuels influents tels que Lukacs[130] et par le pouvoir en RDA.

---

pour qu'ils apparaissent devant vos yeux. Mais ni l'un ni l'autre / Il ne les montre tels qu'ils / Ne pourraient éviter un accident. … » *Du théâtre quotidien*, « Poèmes extraits de *L'Achat du Cuivre* », *in Écrits sur le théâtre*, Pléiade, *op. cit.* p. 669-670.

126 Écrite en 1940, créée pour la première fois au Schauspielhaus de Zurich le 5 juin 1948, in Brecht, *Théâtre complet*, l'Arche, tome 5.

127 Brecht, Journal de Travail, 1938-1955, L'Arche, texte français Ivernel, 1976, Paris. p. 513, 13.11. 49.

128 « Misère du théâtre », in *Écrits sur le théâtre*, Pléiade, *op. cit.* p. 115.

129 Secrétaire général du parti ouvrier social-démocrate de Russie à partir de 1934, il supervise jusqu'à sa mort en 1948 le contrôle politique sur les œuvres littéraires, cinématographiques, musicales et théâtrales et musèle les artistes au nom du réalisme socialisme – censé dépeindre la réalité sociale en accord avec l'idéologie communiste.

130 Philosophe marxiste et sociologue de la littérature hongroise, a été un temps l'idéologue et l'éxecuteur de la « terreur rouge », ensemble des actions de répression en Hongrie. Exilé en Autriche, puis à Berlin, puis à Moscou, et finalement en Roumanie, il se consacre à la

Il semble qu'il n'ait pas voulu connaître le sort tragique de Meyerhold, taxé comme lui de formalisme, et qu'il ne soit pas allé au bout de son expérience : n'ajoute-t-il pas dans son *Journal*, à la même date : « mais quand donnera-t-on le véritable épique dans son radicalisme[131] ? »

Mais qu'aurait été une radicalité épique sur scène ? Force est de constater que si Brecht promeut un *narratif encadrant* (et non pas inclus, comme dans les récits dramatisés du théâtre classique), le théâtre épique n'est narratif que par intermittences. L'écriture des scènes reste bel et bien dramatique, fondée sur l'échange et le jeu, conservant la double énonciation propre au fait théâtral. Il est symptomatique de voir comment l'actrice Karyll Elgrichi sous la direction du metteur en scène Jean Bellorini[132], ne peut contenir son émotion à la fin de *La bonne âme*, perdue au-dessus de l'abîme béant que laisse ouvert la fable, définitivement irrésolue, et que viennent seulement, sans épilogue, soulager les applaudissements de la salle. La question de l'émotion est en effet le talon d'Achille de l'épique[133]. Si le tableau de 1930 se conclut par l'opposition entre sentiment et raison, si le *Petit Organon* rappelle qu'« émigrer hors du domaine de l'agrément » a été pour lui une tentation, Brecht refuse bientôt que l'*intellectualisation* soit le trait le plus remarquable de son art. Mais comment corriger sa prétendue abstraction sinon par l'insertion d'un surcroit de vie, forcément pris au théâtre dramatique ? Il ne transige pas sur le principe – l'émotion du spectateur n'est pas tolérable quand elle se confond avec une passion non maîtrisée –, mais il cherche une émotion dialectisée par le jeu, un plaisir non aliéné, qu'il emblématise par « la position du fumeur, [très agréable parce qu'on n'adhère qu'à moitié à la chose] », dira le philosophe de *L'Achat du cuivre*[134]. Ce jeu

---

fin des années 50 à des questions d'esthétique et de théorie littéraire, il est notamment le précurseur des études sociologiques sur la littérature romanesque.

131 « Misère du théâtre », in *Écrits sur le théâtre*, Pléiade, *op. cit.* p. 115.

132 Dans la mise en scène de *La bonne âme du Sé-Tchouan*, reprise du 8 au 20 janvier 2015 au Théâtre Gérard Philippe de Saint-Denis. Karyll Elgrichi y interprète Shen Té, le rôle principal.

133 En effet, c'est sur la question de l'émotion que la théorie brechtienne ne cessera d'être remise en question. Heiner Müller, lui-même, qui n'avait garde de respecter la théorie « à la lettre », bien qu'il s'en réclame, montera les pièces de Brecht, comme *Arturo Ui*, en les chargeant de matière explosive d'un point de vue perceptif et émotif ; en y intégrant des formes scéniques et poétiques au-delà du rationnel, au-delà de l'explicable. Voir « Le gestus chez Heiner Muller », in *Vers une théorie de la pratique théâtrale, Voix et images de la scène*, Pavis, Patrick, Presses universitaires du Septentrion, 2007.

134 Brecht, Bertolt, *L'Achat du cuivre*, Écrits sur le théâtre, Pléiade, *op. cit.* p. 592. Le Philosophe : « Il fut un temps où j'assistais à des représentations de plein air ; je fumais tout en suivant

entre émotion et rationalité critique n'était-il pourtant pas déjà en germe dans le provocant addendum au tableau : « Je ris de celui qui pleure, je pleure sur celui qui rit[135] » ?

Substituer au théâtre épique le théâtre dialectique n'est donc pas renoncer à une étiquette impropre, mais infléchir une démarche toujours militante et hostile à la dramaturgie aristotélicienne. Est-ce faire le constat d'une aporie que de découvrir que le théâtre ne peut être épique ? C'est une question sur laquelle nous reviendrons nous-même au fil de notre étude, et en particulier lorsque nous nous pencherons sur les projets épico-historiques contemporains[136]. Ou bien était-ce redéfinir et réévaluer cette conscience, que la radicalité du tableau de *Mahagonny* avait masquée, et qui s'exprimait néanmoins déjà dans son commentaire : le théâtre épique est moins une table rase, qu'un ensemble de « déplacements d'accents[137] » ?

Le Cercle de craie caucasien[138] est caractéristique d'une démarche qui se met en abyme dans la formule des kolkhoziens : « marier des vins différents peut être une erreur, mais la sagesse ancienne et la nouvelle se marient admirablement[139] ». Si l'*épicisation* de la structure est patente, si le personnage extravagant d'Azdak illustre à merveille le principe du *Petit Organon* selon lequel « l'unité du personnage est constituée par la manière dont ses différentes caractéristiques se contredisent[140] », de

---

le spectacle. Vous savez, l'attitude du fumeur est très commode pour observer. On s'adosse confortablement, on se fait des réflexions, on est là détendu, on savoure tout de sa place où l'on se sent à l'abri ; on n'adhère qu'à moitié à la chose ».

135 Brecht, Bertolt, Théâtre récréatif ou théâtre didactique, Pléiade, *op. cit.*, p. 216. Cette réaction supposée du spectateur du théâtre épique s'opposerait à celle que Brecht attribue au spectateur du théâtre dramatique : « je pleure avec celui qui pleure, je ris avec celui qui ris ». Contre une adéquation parfaite des émotions du spectateur et de celles de l'acteur et du personnage, l'épique introduit une faille réflexive, où les affects partagés par ces différentes entités se disjoignent et potentiellement se contredisent.

136 Voir Deuxième Partie – Comment représenter l'histoire – contraintes, apories et possibles pour un théâtre épique en contexte démocratique.

137 Brecht, Bertolt, Théâtre récréatif ou théâtre didactique, Pléiade, *op. cit.*, p. 216.

138 Écrite entre 1935 et 1938, avec la collaboration de Margarete Steffin. in Brecht, *Théâtre complet*, l'Arche, tome 3.

139 Brecht, Bertolt, *Le cercle de craie caucasien*, Tableau 1.

140 Brecht, Bertolt, « Petit Organon pour le théâtre, 62, in *Écrits sur le Théâtre*, Pléiade, *op. cit.* p. 376. Azdack est l'écrivain de village qui sans le savoir sauve le Grand Duc du coup d'état au début de la pièce ; il se rend alors à la justice, puis, à la suite d'un procès fictif, il est nommé lui-même juge par les soldats révolutionnaires. C'est lui qui devra finalement juger Groucha à la fin de la pièce, et qui proposera l'épreuve du cercle de craie.

nombreux traits dramaturgiques relèvent en revanche d'un dramatique qui n'aurait pas déparé à Hollywood ou Broadway : la maturation de l'oie blanche Groucha, la constance d'un caractère qui s'affine et s'affirme au fil des épreuves, le dilemme auquel elle se voit confrontée, la force de ses affirmations finales ne peuvent que susciter la sympathie du spectateur ; la dramaturgie de l'action la concernant procède plus de l'engrenage que du montage et conduit le spectateur dans l'attente, qui se verra comblée, d'un dénouement heureux ; aussi la pièce est porteuse d'une leçon que la structure d'enchâssement présupposait et que martèle la conclusion. La scène dicte bien sa vérité et l'on est bien loin de l'appel au secours de Shen Té et des parabases finales invitant le spectateur à trouver la solution là où échouaient les fables de *La Bonne Ame* ou de *La Résistible Ascension*.

C'est bien d'un « théâtre dialectique » qu'il s'agit alors. Faut-il conclure à la palinodie ? Non, Brecht a intégré les procédés de distanciation et d'éloignement de l'épique dans une dramaturgie plus large, de peur que ces inventions passent seulement pour « une catégorie de l'esthétique formelle » et non pour ce qu'elles doivent continuer d'être : un moyen d'investigation. « Si le concept de théâtre épique est maintenant abandonné, écrit-il encore dans les additifs au *Petit Organon*, tel n'est pas le cas du pas vers une émotion vécue en toute conscience, qu'il continue de rendre possible[141] ». Le projet du *Petit Organon*, tel qu'il est esquissé dans une lettre de juin 1940, est bien d'ignorer un certain nombre de griefs ou de fragilités auxquels exposait la radicalité, d'en finir avec « ces inepties (que, par exemple, en appeler à la raison veut dire se détourner du sentiment, ou que l'épique et le dramatique sont d'inconciliables contraires, ou que des caractères bâtis sur une base sociologique ne peuvent être vivants, etc.[142]) ».

L'épique et le dramatique ne seraient donc pas d'inconciliables contraires, si l'on en croit les derniers écrits du dramaturge allemand. Or, de fait, on a commencé à le voir, la scène occidentale, aristotélicienne ou non, ne s'est jamais départie de traits épiques, qu'ils relèvent de la narration ou de la monstration.

141 Brecht, Bertolt, « Additifs au Petit Organon », in *Écrits sur le Théâtre*, Pléiade, *op. cit.* p. 384.

142 Brecht, Bertolt « Point de vue rationnel et point de vue émotionnel », *op. cit.* p. 299.

ÉLOGE DES MÉTISSAGES (ET DE L'INFLUENCE DE SHAKESPEARE)

La dramaturgie du texte a tendu à le dissimuler dans l'héritage aristotélicien, mais la suppression du chœur tragique, l'entrée *in medias res*, la dramatisation des récits nécessaires à relater une action violente bannie de la scène pour délit d'invraisemblance et d'offense aux bienséances, participent de l'écriture du « drame absolu ». D'un autre côté, le grand vers, l'alexandrin en France ou le pentamètre ailleurs, peuvent apparaître comme l'un de ces procédés d'épicisation que notait déjà Schiller :

> La poésie, par essence, met au passé tout ce qui est présent et éloigne (par une projection idéale) tout ce qui est proche. Ainsi elle contraint le dramaturge à tenir éloignée de nous la réalité qui s'impose individuellement à nous et à assurer au cœur une certaine liberté poétique par rapport au sujet. Dans sa conception la plus élevée la tragédie tendra donc toujours vers le caractère épique et c'est seulement par là qu'elle devient poésie[143].

De même, quel quatrième mur pouvait bien exister à l'Hôtel de Bourgogne, quand des membres de l'aristocratie faisaient banquette sur scène ? Il est vrai que Diderot en forge beaucoup plus tard[144] le concept pour conférer vérité au jeu, au moment même où la scène est délivrée de ses occupants (des « parasites » dans l'optique de Szondi !), mais c'est aussi lui qui préconise l'esthétique du tableau pour donner une plus grande force expressive à la scène, dans une démarche proprement dialectique entre distanciation (à la source, dans le jeu) et émotion (à la réception) – démarche analogue à sa proposition sur le paradoxe du comédien.

D'autres dramaturgies, non empreintes d'aristotélisme, mêlent sans complexe épique et dramatique. Shakespeare emprunte à l'héritage médiéval l'usage du *chœur* pour pallier les manques de l'appareil scénique et les lacunes de la conduite dramatique de l'action. Ainsi passera-t-on d'un lieu à l'autre, d'un temps à l'autre, d'un comédien à une armée, par la force d'un jeu complice entre le verbe d'une instance non dramatique (ou à peine dramatisée, comme le Temps dans *Conte d'hiver*) et l'imagination, le *fancy* du public qu'elle stimule : « Figurez-vous que

143 Schiller, *Lettre à Goethe*, citée par Paul Rilla dans son article *Théâtre épique ou dramatique*, Revue Europe, numéro spécial (133-134) Janvier-Février 1957.

144 Dans *Discours sur la poésie dramatique* (écrit et publié en 1758), Diderot formule l'idée qu'un mur virtuel doit séparer les acteurs des spectateurs : « Imaginez sur le bord du théâtre un grand mur qui vous sépare du parterre ; jouez comme si la toile ne se levait pas. » (Chap. 11, De l'intérêt.)

vous êtes sur le rivage et que vous apercevez une cité dansant sur les vagues inconstantes [...]. Suivez-la ! Accrochez vos pensées à l'arrière de ces navires[145] », demande le Chœur au prologue de l'acte III de *Henry V*, avant de conclure par une forme traditionnelle de *captatio benevolentiae* : « Restez-nous bienveillants, et suppléez par la pensée aux lacunes de notre représentation[146] ». L'imagination ainsi sollicitée apparaît comme une alternative dialectique au couple qu'on a pu croire inconciliable de la lucidité et de l'illusion, en même temps que l'épique est employé comme catalyseur du dramatique : ce qui suit immédiatement la sortie du chœur est en effet une scène « d'action », où une troupe armée accourt en brandissant au son de « fanfares », « des échelles de siège[147] ». Le jeu *épicisé* conduit alors à l'épopée *dramatisée.* Dans les mises en scène récentes du directeur du Toneelgroep d'Amsterdam, Ivo Van Hove, par exemple, ces glissements entre l'un et l'autre passent par une utilisation fine et jamais univoque de l'image vidéo comme relai des images scéniques : le jeu épicisé se distancie grâce à l'utilisation des médias (des interviews, des journaux télévisés, etc.), et l'épopée à l'inverse se dramatise dans de grandes scènes de confrontations politiques (donc de dialogues), ou bien encore dans des vidéos qui cette fois servent de supports à des représentations presque oniriques de la guerre[148].

Et pour revenir à une histoire théâtrale plus vaste et souvent moins fastueuse, on pourrait conclure avec le narquois et lyrique Chœur de *Henry V*, que « nécessité fait loi ». C'est la pauvreté des moyens dont disposent les troupes et les multiples interdits qui ont accompagné les privilèges de l'âge classique, qui souvent les ont contraint à inventer, jour après jour, un théâtre épique sur leurs tréteaux.

Mais l'on voit aussi des dramaturgies où l'épique répond à d'autres motivations, où la distanciation est partie prenante d'un cérémonial nourri de codes, de rites, de formes spectaculaires, que le spectateur connaît et admire en toute conscience : et ce qu'il s'agisse des évolutions chantées et dansées par le chœur tragique masqué, médiateur lyrique

145 Shakespeare, *Henry V*, Acte III scène 6. in *Œuvres Complètes*, Trad. Hugo, Pagnerre, 1873, tome 12, page 104.

146 *Ibid.* p. 105.

147 *Ibidem.*

148 Notamment dans *Lords of War*, à Chaillot en 2016, (adaptation de *Henri V*, *Henri VI* et *Richard III*) mais aussi dans *Tragédies Romaines*, (*Coriolan*, *Jules Cesar*, *Antoine et Cléopatre*) créées en 2008 à Avignon.

et philosophique entre la scène et les gradins, des formes du théâtre oriental, comme le nô ou le kathakali, ou de l'art de Mei Lan-Fang, qu'admire Brecht pour sa maîtrise à signifier les passions alors même que le comédien montre qu'il sait que les regards sont fixés sur lui, qu'il s'observe lui-même, et qu'il renonce à la « métamorphose totale ».

Ces différentes traditions, que Brecht connaît[149] et assume, invitent ainsi à penser l'épique comme une composante théâtrale à part entière. Et peut-être, en tant que l'épique sert aussi d'instrument politique au dramaturge allemand, un territoire au même titre que le dramatique. Mais on pourrait aussi défendre qu'il en est l'essence ; qu'il propose, non pas une négation du théâtre, comme certains l'ont prétendu, mais sa *célébration*.

L'ÉPIQUE COMME CÉLÉBRATION DU CODE THÉÂTRAL DANS LES CRÉATIONS CONTEMPORAINES – FIN DU COMBAT ?

Ce qui frappe Barthes à la découverte de *Mère Courage* en France, ce n'est pas seulement ce « théâtre de grand Commentaire de l'époque, désaliéné[150] » qu'il appelait de ses vœux, mais tout autant le « rôle que pouvaient jouer les objets et les matières au théâtre[151] ». Vouloir que la scène raconte, c'est y multiplier, dans la lignée de Meyerhold, les signes et leurs systèmes. Le chariot de *Mère Courage*, (représentée en 1954 par le Berliner Ensemble à Paris[152]), est resté inoubliable, mais tout autant

149 Même si Brecht connaît par exemple très bien Shakespeare, mais n'a eu accès à Corneille, notamment, que via la théorie allemande, ce qui a pu susciter une certaine mécompréhension de son œuvre, qui n'est vu qu'à l'aune d'un théâtre dramatique, en occultant sa dimension épique.

150 Barthes, Roland, « Les tâches de la critique brechtienne » in *Essais Critiques*, Le Seuil, Points, Paris.

151 Dort, Bernard : « Le Général et le Particulier », in l'*Arc* n° 55, 4e trimestre 1973, p. 3, cité par Meyer-Plantureux, Chantal, in Bertolt Brecht et le Berliner Ensemble à Paris, Marval et Arte Éditions, Paris, 1995, p. 9.

152 Au théâtre Sarah-Bernhardt – qui ne deviendra le Théâtre de la Ville qu'après sa rénovation, en 1968, le Berliner Ensemble joue *Mère Courage et ses enfants*, avec Helene Weigel, la femme de Brecht, dans le rôle de la cantinière Anna Fierling. C'est la représentation qui fit connaître pour la première fois la forme esthétique et sensible que prenait le théâtre épique brechtien, notamment à tout le groupe de la revue *Théâtre populaire*, (Roland

la silhouette d'Arturo Ui[153], où la figure d'Hitler est travaillée à la fois par l'allure d'un gangster de film noir, mais aussi par celle d'un clown sinistre dont les rides sont reconstruites, voire *étrangéisées* par le maquillage. Si la tâche de la scène est de « montrer le monde », tous les objets, les accessoires, les éclairages confiés à un « architecte de scène » sont, dans une logique anti-illusionniste, porteurs ostensibles, théâtralisés, de *sens* – tel ce siège de juge trop grand pour lui dans *Le Cercle de craie caucasien*. Et la musique des *songs*, confiée à de grands compositeurs comme Kurt Weill, Eisler ou Dessau[154], l'est tout autant : elle impose à la scène son propre commentaire et participe à la distanciation. Brecht note ainsi de la partition de *La Mère* que, porteuse d'« un gestus de conseil amical, elle permet en quelque sorte à la raison de se faire entendre[155] ».

La notion de *gestus*, fondamentale dans une dramaturgie qui se donne pour objet l'étude du comportement des hommes entre eux, relève par essence d'une sémiotique théâtrale qui part de l'observation pour aboutir à une composition où la mimique cède le pas à la gestuelle. À la fois mimétique et symbolique, elle constitue un texte qui dépasse la pantomime réclamée par Diderot en instituant un « gestus social » ; comportement fondamental du personnage, qui comprend, selon le *Petit Organon* : « attitude corporelle, intonation et jeu de physionomie[156] ». Dramatisation par le corps, « le gestus est un ensemble d'attitudes qui par nature met à jour une pensée », note Deleuze[157]. À travers le gestus, le comédien trouve un point d'appui essentiel de *l'effet-V*[158] en tant qu'il permettrait une dialectique du familier et de l'insolite.

Barthes et Bernard Dort, entre autres) qu'elle marqua profondément. Nous y revenons plus bas, dans la sous-partie, *Fresques brechtiennes*.

153 La pièce est d'abord monté par le Berliner Ensemble en RDA en 1959, par Vilar en France en 1960, mais aussi par Heiner Muller en 1995.

154 Kurt Weil est un compositeur allemand né en 1900 et mort en 1950. Il compose la partition de *l'Opéra de Quat'sous*, *Grandeur et décadence de la ville de Mahagonny*, ainsi que *Les sept Péchés capitaux*, de Brecht. Hans Eisler (1898-1962), compose pour sa part les musiques de *La Vie de Galilée*, de *Têtes Rondes et Têtes pointues*, ou encore *Sainte-Jeanne des Abattoirs*. Paul Dessau (1894-1979) compose entre autres la musique de *Mère Courage et ses enfants*.

155 Brecht, Bertolt, « Sur l'emploi de la musique pour un théâtre épique » in *Écrits sur le théâtre*, Pléiade, *op. cit.* p. 708.

156 Brecht, Bertolt, « Petit Organon pour le Théâtre », 61, Écrits sur le Théâtre, *op. cit.* p. 375.

157 Deleuze, Giles – Cours du 29/01/1985 – http://www2.univ-paris8.fr/deleuze/, consulté le 31 août 2018.

158 Abbréviation pour le terme *Verfremdungseffekt* (de l'allemand *fremd* : étrange, étranger, inconnu). L'Effet-V est l'autre nom de l'effet de distanciation.

La distanciation, confie le metteur en scène André Steiger à Denis Guénoun, « mériterait d'être désignée d'un syntagme plus poétique et que je nomme quant à moi *l'aveu de théâtre.* » Et de préciser : « L'aveu de théâtre c'est le théâtre qui s'avoue comme un art de la simulation et de la stimulation[159] ». Elle apparaît, après les recherches de Meyerhold, comme une des formes les plus abouties, les plus cohérentes, et les plus engagées de la théâtralité, c'est-à-dire d'un théâtre qui s'affiche en tant que tel et qui, contre le reflet, privilégie la réflexion, soit un théâtre réflexif. En cela l'épique ne se borne pas à être déplacement d'accents : il met plutôt au jour la pratique théâtrale – celle du comédien, du metteur en scène, mais aussi du spectateur –; il radicalise l'impossibilité de l'identification dans le travail de l'artiste. Ce qui est ainsi désigné touche à l'essence même du théâtre, comme le notent Christian Biet et Christophe Triau : « jouer avec la conscience affichée de sa théâtralité, reconnaissant ainsi le spectateur comme seul juge et reconstructeur des signes offerts sur la scène – principe fondamentalement épique, si ce n'est le principe fondateur de la scène[160] ».

Ainsi, il est remarquable que des metteurs en scène contemporains, reprenant Brecht, citent exactement les productions scéniques du théâtre épique : Schiaretti reprend le chariot de *Mère Courage*[161], Besson le fauteuil du juge Azdak[162], Martinelli le tapis roulant où marche sans fin Schweyk[163] à mesure qu'il ne s'approche pas de Stalingrad. Par ailleurs, et au-delà de ces hommages, l'épique dialogue sans cesse avec le dramatique sur la scène contemporaine. C'est ce que rendaient patent il y a peu *Les Éphémères*, création collective du Théâtre du Soleil sous l'égide d'Ariane Mnouchkine[164], qui proposaient une rude épreuve au spectateur en lui offrant sur des plateaux, multiples et tournants, poussés par des manipulateurs/montreurs vêtus de noir, une série de micro-drames de

159 *Avec Brecht*, Apprendre 11, Actes Sud Papiers, 1999, dir. Banu, George p. 42.

160 Biet, Christian et Triau, Christophe *Qu'est-ce que le théâtre*, Gallimard, coll. « folio essais », 2006. « Évolution des lieux et des espaces », p. 259.

161 Scharietti monte *Mère Courage* en 2002 au Théâtre de la Colline à Paris; on peut voir encore quelques photos du spectacle ici : http://www.colline.fr/fr/spectacle/mere-courage, consulté le 19/10/2021.

162 Benno Besson a monté *Le Cercle de craie caucasien* en 1978 à Avignon, mais aussi au Théâtre de la Colline à Paris en 2001. http://www.colline.fr/fr/spectacle/le-cercle-de-craie-caucasien, consulté le 19/10/2021.

163 Voir http://www.nanterre-amandiers.com/2004-2005/schweyk/, consulté le 19/10/2021.

164 Création le 27 décembre 2006 au Théâtre du Soleil, Cartoucherie de Vincennes.

forme naturaliste. Dans un dispositif bi-frontal, le spectacle soumettait ainsi au regard (irrité ou enchanté), deux dramaturgies antinomiques. Il semble symptomatique qu'après quarante ans de recherches inspirées de Meyerhold, cette troupe ose confronter le drame absolu, tel que le stigmatise Szondi, à la monstration, portée comme dans le bunraku au statut d'art. L'expérience prouve que la confrontation entre dramatique et épique, au sens où l'entendait Brecht, reste féconde, même si elle peut en l'occurrence conduire à l'impasse. Avec cette expérience limite, l'on mesure combien le désir d'illusion reste vivant au théâtre, mais aussi combien le spectacle du travail peut être source de plaisir.

Le théâtre épique est-il alors une tentation utopique ? D'un côté, la mission politique que Brecht lui assignait s'est effondrée avec le mur de Berlin : beaucoup de metteurs en scène ont beau concevoir encore et assurer toujours que leur pratique théâtrale est politique, (ce qui demande toujours éclaircissement[165]), peu croient encore qu'un théâtre de l'ère scientifique puisse conduire les spectateurs à élaborer des jours meilleurs[166]. De l'autre, le travail de démontage du drame instauré par Brecht s'est conjoint avec d'autres recherches, – celles d'Artaud, de Pirandello, mais aussi de Craig, de Kantor, de Grotowski… –, jusqu'à ce que la nébuleuse du « post-dramatique » relègue finalement l'épique brechtien au niveau du dramatique, puisqu'il conserve comme lui une fable et des personnages. C'est en ce sens que Heiner Müller peut dire : « utiliser Brecht sans le critiquer, c'est le trahir[167] ».

Et pourtant, au-delà de ces pertes, si l'on ose dire, le terme d'épique colle dorénavant au théâtre contemporain comme une étiquette difficile à retirer. Il l'a emporté même sur le qualificatif de dialectique que lui avait préféré (stratégiquement ?) son créateur. L'étrangéisation est partout et la distanciation est une tarte à la crème du logos contemporain. Certes, elle est rarement ce qu'en faisait Brecht : étrangéisation des relations sociales comme mode de regard critique sur le monde, (même

165 Voir à ce sujet *Les cités du théâtre politique*, Hamidi Kim, Béatrice, Éditions L'entretemps, Paris, 2013. Ou *Politique du Spectateur, les enjeux du théâtre politique aujourd'hui*, Neveux, Olivier, Éditions, La Découverte, Paris, 2013.

166 Ce que préconise, par exemple, Gérard Noiriel, qui dans *Histoire, Théâtre et Politique*, en appelle au retour à un théâtre épique de type brechtien, et directement connecté aux sciences sociales. Noiriel, Gérard, *Histoire, Théâtre, Politique*, éd. Agone, Marseille, 2010.

167 Muller, Heiner, « Fatzer ± Keuner » *Brecht Jahrbuch 1980*, Frankfurt a.M. 1981, cité par Jourdheuil, Jean, « Bertolt Brecht, de 1947 à 1995, une chronique allemande », in *Bertholt Brecht, la théorie en débat, Études Germaniques*n° 250, Klincksieck, p. 371-392, 208.

si on peut en trouver une formidable illustration dans certains spectacles, comme *Les Marchands* de Joël Pommerat[168]). Elle devient plus volontiers distanciation de la fable elle-même, la scène devenant un lieu d'interrogation sur la perception. De ce nouveau rapport à la scène et à l'histoire racontée peuvent partir des travaux aussi opposés que ceux de Claude Régy et de la troupe de *La nuit surprise par le jour*[169], soit deux façons différentes de faire de l'épique aujourd'hui. L'un propose un théâtre abstrait, déréalisant, cérébral, voire « spirituel », en assignant au comédien le rôle de passeur : ralentissement des corps et du phrasé, exténuation de la lumière, plateau vide qui suggère qu'il y a au-delà un vide, il est aussi loin de la mimésis illusionniste que de la théâtralité exhibée et tend vers une mystérieuse « non-représentation » qui sollicite l'imaginaire du spectateur. À l'inverse, les acteurs d'Eric Louis et de Yann-Joël Collin sollicitent sa participation active, en l'associant à la représentation comme *work in progress*, concentrée sur le présent de l'acte. « On travaille avec ça », (le présent), précise le metteur en scène, « ce n'est pas pour refaire "le théâtre dans le théâtre" ou jouer avec la distance. Au contraire c'est pour montrer que tout se passe *là, maintenant, avec cette matière* [...] les acteurs mettent en branle le texte comme ils mettent en branle le plateau[170] ». Il faut sans doute se garder d'appeler ces deux dramaturgies épiques, mais force est de constater qu'elles partent, pour s'en éloigner, des réflexions de Brecht sur l'épique au théâtre.

De même, et dans une tout autre direction, l'épique vient féconder ce que l'on a pu appeler des dramaturgies rétrospectives[171], telles que les avaient explorées Strindberg. C'est ce qui rapproche des œuvres aussi différentes que *Juste la Fin du Monde* de Lagarce (1990) et *Littoral* de Mouawad (1997), dont les protagonistes sont des avatars du sujet épique, pour reprendre la formule de Szondi. Le modèle épique serait ici le roman à la première personne. Louis (chez Lagarce) et Wilfried (chez Mouawad) sont des protagonistes devenus Prologues ou des Prologues

168 La pièce est représentée pour la première fois au Théâtre national de Strasbourg le 20 janvier 2006, puis au Festival d'Avignon en juillet de la même année.

169 La Nuit Surprise par le jour est fondée en 1993 par Yann-Joël Collin, avec Eric Louis, Cyril Borthorel, Gilert Marcantognini, tous issus de l'école du Théâtre National de Chaillot, dirigée par Vitez.

170 Entretien avec Yann-Joël Collin, 2003, http://www.theatre-video.net/video/Entretien-avec-Yann-Joel-Collin, consulté le 19/10/2021. Nous soulignons.

171 voir Sarrazac, *Poétique du drame moderne, de Henrick Ibsen à Bernard-Marie Koltès*, Seuil, « Poétique », Paris, 2012.

devenus protagonistes. Leur parole première est épique, elle s'adresse à nous sans nous désigner, elle narre. Mais par un jeu énonciatif et temporel, elle fait advenir le drame, elle l'évoque au sens quasi magique du terme. Il suffit d'une phrase pour que l'épique ouvre sur le dramatique, d'une façon certes arbitraire mais beaucoup moins que le flou soudain de l'image qui a longtemps signalé le flash-back au cinéma. Pour l'un c'est un simple jeu de pronoms, le passage des « autres » lointains à « toi, vous, elle » qui donne l'adresse scénique et permet de mettre en place la relation familiale. Pour l'autre c'est une anacoluthe qui réclame sans didascalie un jeu scénique : « je ne savais pas encore que mon père était mort et c'est ce que je vais apprendre à l'instant[172] ». Dans l'un et l'autre cas le drame que nous suivons est donné comme rétrospectif, et relève de la subjectivité du protagoniste : nous la voyons s'objectiver sur scène avec certitude chez Mouawad où fantasmes et fantômes s'incarnent sans difficulté ; nous restons dans le doute chez Lagarce, qui ne nous permet pas de savoir d'où parle Louis, si ce n'est de la scène. Dans les deux cas également l'épique-cadre (ou l'épique comme forme narrative encadrante) permet de faire advenir le dramatique, en continu dans la deuxième partie de *Littoral*, en alternance dans *Juste la Fin du monde*.

La diversité de la scène contemporaine a donc peut-être gardé du théâtre épique les principes oxymoriques, ou dialectiques si l'on préfère, que lui assignait Brecht : ériger le spectateur en interprète ultime, (en quatrième auteur, eût dit Meyerhold) en stimulant son étonnement dans le même temps qu'on s'adresse à sa lucidité ; et lui inspirer des émotions vécues en toute conscience. Les moments d'illusion parfaite chers à Stendhal[173] existent peut-être encore, mais ils ne sont pas ou plus ce que le public va chercher au théâtre. Certes, si l'on confronte Brecht à Aristote, force est de conclure que l'expression « théâtre épique » est un oxymore, dans la mesure où le dramaturge marxiste a cherché des procédés qui n'étaient pas inhérents au dramatique tel que l'avait défini le philosophe grec. Mais l'on peut également observer que le « théâtre épique » n'est pas épique au sens premier du terme, non plus qu'au

172 Mouawad, Wajdi, Littoral, Actes Sud papiers, 1999, p. 13.

173 Voir Stendhal, « Ces instants délicieux et si rares d'illusion parfaite ne peuvent se rencontrer que dans la chaleur d'une scène animée, lorsque les répliques des acteurs se pressent par exemple, quand Hermione dit a Oreste, qui vient d'assassiner Pyrrhus par son ordre "Qui te l'a dit ?" », Racine et Shakespeare, 1825, Éd. Honoré Champion, 2006, p. 42.

sens de narratif porté par l'allemand *Epische* (il n'a jamais pu l'être) et il relève moins aujourd'hui de la narration que de la monstration. Il a pourtant imposé sa marque, et un nouveau sens à l'adjectif qui désigne une tendance non contradictoire au dramatique mais vitale à toute dramaturgie, et florissante aujourd'hui, l'épisation comme *conscience active et partagée de la théâtralité.*

L'on pourrait en rester là. Simplement, ce n'est pas ce rapport que le théâtre sait entretenir avec lui-même qui nous intéresse le plus. La réflexivité de la pratique théâtrale est devenue une nouvelle donne des spectacles contemporains, il est vrai. Mais en vérité, les retours et les reprises de l'épique – entendu non pas seulement dans le sens que lui donnait Brecht, mais comme une nébuleuse d'attributs qui viennent d'abord de l'épopée homérique et dont Brecht a pu s'approprier une partie – se modifient au gré des périodes, et se présentent autrement sur les scènes actuelles. Il s'agit d'abord d'une nouvelle place accordée au grand récit ; et, on le verra, d'une certaine manière de s'emparer de l'Histoire. Des épopées théâtrales de différentes sortes semblent ainsi s'épanouir sur les plateaux du théâtre public, qui reprennent, réveillent et retravaillent la définition aristotélicienne de l'épique. Quel est le sens de ce goût renouvelé pour les grandes (H)istoires ? C'est là tout l'objet de notre enquête.

PREMIÈRE PARTIE

L'ÉPIQUE AUJOURD'HUI, MORT DE BRECHT, RETOUR À ARISTOTE ?

LE RETOUR DU GRAND RÉCIT AU THÉÂTRE

INTRODUCTION

Un retour à la narration (*Is post-modernism dead ?*)

Dans l'ouvrage dirigé par Michèle Pralong et Arielle MacLeod, *Raconter des histoires, Quelle narration au théâtre aujourd'hui*[1] *?* la réflexion commence avec une hypothèse, qui emprunte sa formule au nom d'une exposition d'art contemporain montée en Angleterre en 2009 par Nicolas Bourriaud : le post-modernisme est mort, « *post-modernism is dead*[2] ». « La fragmentation, l'élimination de toute hiérarchie, le croisement des points de vue, la déconstruction narrative[3] », censés occuper jusque-là le terrain artistique, selon les théories de Jean-François Lyotard exposées dans *La Condition post-moderne*[4], seraient des principes en perte d'influence. À supposer que ce projet postmoderniste toucherait effectivement une « butée » aujourd'hui, comme l'avance Michèle Pralong, comment alors serait-il dépassé, par quoi serait-il remplacé ? C'est dans le cadre de cette interrogation que se place notre exploration des formes épiques dans le théâtre contemporain.

Car en effet, le théâtre comme la littérature ont fait l'épreuve de l'éclatement ou de la crise du récit après la seconde guerre mondiale. Dans le domaine théâtral, Hans Thies Lehmann a fixé dans un ouvrage à présent bien connu – *Le Théâtre post-dramatique*[5] – les conséquences ou les symptômes de cet éclatement. « Le théâtre post-dramatique est un théâtre qui exige "un événement scénique qui serait, à tel point,

1 Meyer MacLeod et Pralong, *Raconter des histoires, quelle narration pour le théâtre d'aujourd'hui ?*, MetisPresses, Coll. voltiges, Genève, 2012.

2 « *The Tate Triennial 2009 at Tate Britain presents a collective discussion around this premise that postmodernism is coming to an end, and we are experiencing the emergence of a global altermodernity.* » Nicolas Bourriaud, Altermodern Manifesto ; http://www.tate.org.uk/whats-on/tate-britain/exhibition/altermodern/explain-altermodern/altermodern-explained-manifesto, consulté le 19/10/2021.

3 Meyer MacLeod et Pralong, *op. cit.*, p. 11.

4 Lyotard, Jean-François, La Condition post-moderne, Éditions de minuit, coll. critique, Paris, 1979.

5 Lehmann, Hans-Thies, *Le théâtre post-dramatique*, [1999], L'Arche, Paris, 2002.

pure présentation, pure présentification du théâtre qu'il effacerait toute idée de reproduction, de répétition du réel[6]" », explique Lehmann en citant Sarrazac. Le théâtre post-dramatique se conçoit en effet comme un dépassement du « drame » en tant que modèle d'écriture fondé sur la reproduction d'actions. La scène y est considérée comme « point de départ et non comme lieu de re-copiage », c'est-à-dire qu'elle prime par rapport à ce qu'il s'agit d'y représenter, elle n'est plus au service d'un espace « au-delà », d'un espace fictionnel – elle est auto-référencée. Autrement dit, seul le plateau, seul le lieu et le temps de la co-présence envisagée entre artistes et spectateurs préexistent au spectacle et président à son élaboration, et non pas la fiction ou le drame, ou encore le récit qu'il s'agirait de mettre en scène. Aussi, le texte n'est plus qu'un matériau parmi d'autre, un des éléments hétérogènes dont la confrontation sur scène fera émerger non plus des signes mais « des forces, des intensités, des pulsions[7] » dans l'instant de leur présence. C'est ainsi que Lehmann renvoie dos à dos l'épique et le dramatique, comme deux manières différentes de placer la « fable » au centre, et s'intéresse à l'inverse au « théâtre comme point de rencontre des arts » et des disciplines.

> [Le théâtre post-dramatique] connaît la juxtaposition et la mise à niveau de tous les moyens confondus qui permettent au théâtre d'emprunter une pléthore de langages formels hétérogènes au-delà du drame, allant même jusqu'à une auto-interruption du caractère esthétique comme tel. Le théâtre post-dramatique peut réaliser un montage des éléments lyriques, épiques et dramatiques (« rhapsodiques » pourrait-on dire avec Sarrazac) en n'appliquant ces notions pas seulement au caractère des structures langagières ; ou il peut chercher la proximité extrême du « réel », du quotidien, de l'a-morphique en apparence. [...] Le théâtre post-dramatique engloberait donc un éventail d'expressions artistiques du « spectacle vivant » dont bon nombre ont surgi en France dès les débuts des années 1980 sous la dénomination de « danse contemporaine ». [...] Face au modèle de la représentation se trouve l'idéal utopique de la « présence » radicalisé dans le théâtre post-dramatique [... qui] cherche par tous les moyens à [la] rendre consciente[8].

Le théâtre post-dramatique n'est donc pas seulement le lieu d'une prise de parole rhapsodique, – où l'acteur est tantôt conteur, tantôt

6 Sarrazac, Jean-Pierre, *Critique du Théâtre. De l'utopie au désenchantement*, Paris, 2000, p. 63.

7 Hans-Thies Lehmann, *Le Théâtre Post-dramatique*, L'Arche, Paris, 2002, p. 52, Lehmann définit ainsi, reprenant les termes de Lyotard, « un théâtre énergétique ».

8 *Ibid.* p. 14.

personnage en dialogue avec d'autres, tantôt porteur d'une parole poétique et lyrique – il est le lieu d'un assemblage de formes, d'images, de tentatives et d'expériences (physiques, plastiques, filmiques… et en dernière instance : scéniques) dont le principal objectif est de mettre l'accent sur la dimension « performentielle » de l'action – que Lehmann ne définit pas autrement que comme ce « quelque chose *qui se passe*[9] » au moment du spectacle. Sur les ruines du grand récit unificateur, sur les décombres de la fable et de l'histoire, le « présent » serait alors quêté, nous dit Lehmann, comme « idéal utopique » : soit sans doute comme le lieu éphémère d'un être ensemble, comme le temps suspendu d'une réconciliation – de la seule réconciliation envisageable entre la pluralité des points de vue et les fragments d'idéologies diverses qui sont notre héritage.

Il n'est pas du tout évident que l'on en ait fini avec ce désir, ou fantasme, du « présent ». Une véritable idéologie théâtrale s'est ici réinventée, et s'est intégrée à l'horizon d'attente qu'on pourrait qualifier de « post-moderne » qui est encore le nôtre aujourd'hui. En revanche, force est de constater que le récit, lui, est de retour. Les programmations contemporaines du théâtre public subventionné en regorgent : pièces de répertoires, fresques brechtiennes, adaptations romanesques, créations historico-narratives[10]… Même si les manières de raconter ont changé, même si la pratique du montage s'est généralisée, que le répertoire s'est *épicisé*[11] et que l'on ne feint généralement plus, quand on est acteur, d'ignorer les spectateurs derrière un quatrième mur, enfin même si les adresses et les différents modes d'adresses en direction du public se sont multipliés, « raconter » reste manifestement l'activité essentielle des dramaturges et les spectacles-récits la matière privilégiée

9 « Le théâtre postdramatique est *théâtre du présent*. […] nous nous contenterons de comprendre ce présent comme quelque chose *qui se passe* c'est-à-dire de revendiquer une catégorie de la théorie de la connaissance, voire même de l'éthique comme caractéristique pour le domaine esthétique. […] » *Ibid.* p. 232.

10 En guise d'exemple des attentes institutionnelles vis-à-vis du récit : la nomination de l'auteur Wajdi Mouawad à La Colline en avril 2016. « Cette nomination d'un auteur vient affirmer le choix d'un théâtre du récit, lyrique, populaire et métissé » aurait indiqué la ministre de la Culture, Audrey Azoulay, dans son premier communiqué. http://www.lexpress.fr/actualites/1/culture/wajdi-mouawad-a-la-colline-un-souffle-epique-entre-liban-et-quebec_1780103.html, consulté le 19/10/2021.

11 Voir prologue historique et critique, dernière sous-partie : « L'épique comme célébration du code théâtral dans les créations contemporaines – ou : *épique vs dramatique, round 4* »

des programmateurs. Aussi, l'adjectif « épique » est-il en vogue et, dans un tel contexte, il ne désigne ni un théâtre brechtien, c'est-à-dire marxiste, ni cette théâtralité débridée et consciente d'elle-même qui en est, en partie du moins, l'héritage, (mais qui n'est plus un marqueur pertinent pour distinguer les formes du paysage théâtral contemporain, tant on la trouve partout). « Épique », dans les discours de la critique et des auteurs eux-mêmes, vient d'abord qualifier aujourd'hui ce qu'on appellera des « grands récits » : des spectacles narratifs au long cours, dépassant souvent en nombre d'heures les limites habituelles de la séance théâtrale – créations géantes qui tendent à fonder une catégorie de programmation à part. Citons, pour exemple, quelques unes des créations programmées dans le *IN* du festival d'Avignon 2016 : *Les frères Karamazov* (d'après le roman de *Dostoïveski*, mis en scène par Jean Bellorini)*, Les Damnés*, (d'après le film de *Visconti*, mis en scène par Ivo Von Hove)*, 2666* (d'après le livre de *Bolaño*, mis en scène par Julien Gosselin). Au moins trois spectacles auxquels on pourrait apposer le mot « fleuve », comme aux romans dont ils sont les adaptations. Le sens de l'adjectif « épique » s'est donc incontestablement transformé, depuis que Brecht l'a associé à sa définition d'un théâtre critique, distancié et politique. En effet, le vecteur idéologique qui soutenait la recherche brechtienne s'est affaissé mais cela n'a pas empêché le théâtre contemporain de se réapproprier la formule des écrits théoriques : « Et la scène commença à raconter[12] ». « Épique » renoue donc avec son sens premier, celui de *narratif,* mais revêt aussi, semble-t-il, la dimension de l'épopée que lui donnait Aristote. Que s'est-il donc passé entre Brecht et nous, et comment serait-on passé en France d'un théâtre de la *déixis* à ces nouveaux grands récits contemporains ? Quels sont-ils enfin, et d'où nous viennent-ils ?

12 Brecht, *Écrits théoriques*, *op. cit.* p. 310.

RÉCIT DU GRAND RÉCIT THÉÂTRAL

Histoire récente

Pour comprendre le sens de cette présence du grand récit sur les plateaux contemporains, il nous faut d'abord parcourir, même brièvement, le demi-siècle de pratiques scéniques qui nous sépare de la découverte brechtienne, et prêter une attention particulière aux types de spectacles et même de projets que l'on a pu qualifier explicitement d'« épiques » depuis les années 50, en étant attentifs à la manière dont le sens de l'adjectif, petit à petit, s'est décalé. Car ces grands récits de plateau qui prennent une place singulière et notable sur les scènes françaises depuis les années 90 résultent en partie de la filiation brechtienne, mais se situent aussi dans le sillage d'autres « grandes aventures » théâtrales de la seconde moitié du XXe siècle, « aventures » définies comme telles, et qui inspirent encore la conception que le théâtre public contemporain se fait de lui-même, de sa « noblesse », de sa « grandeur », (pour utiliser un lexique épique justement) enfin des missions qu'il se donne et qui légitiment son existence. Nous tâchons donc ici d'éclaircir les liens qui peuvent exister entre les « aventures » épiques, ou les « grands projets » de la deuxième moitié du XXe siècle d'une part, qui ont pu être décisifs à l'égard de la manière dont le théâtre se pense encore aujourd'hui, et d'autre part la manière dont les attributs généraux de l'épique ont circulé, notamment ceux qui touchent à la question du grand récit. Nous nous arrêterons donc sur les moments qui semblent les plus décisifs à l'égard de ces croisements en France – l'*aventure* institutionnelle vilarienne, la découverte des *fresques* politiques et sociales brechtiennes, et l'élaboration d'un *théâtre-récit* chez Vitez – avant d'observer précisément deux cas, qui semblent pouvoir faire office de repères pour notre question tant ils synthétisent de nombreux éléments de l'épique théâtral apparus au cours des années qui les précèdent : *1789*, l'épopée révolutionnaire de Mnouchkine, créée en 1970 à la Cartoucherie de Vincennes, et *Le Mahâbhârata*, la légende indienne de Brook, créée en 1985 dans les carrières de Boulbon. À partir de là, nous pourrons entrer de plein pied dans notre période, et observer, à partir des spectacles de notre corpus, ce qui s'est transformé dans notre manière d'être « tentés » par l'épique.

L'AVENTURE VILARIENNE

Vilar, dans l'histoire du théâtre français, ou, devrait-on dire, dans la « mémoire » française du théâtre tel qu'il s'est développé après la seconde guerre mondiale, a tout du prophète. Et pourtant, il n'est certes pas l'inventeur unique d'un théâtre « populaire », au sens d'un mouvement qui fait « de l'art dramatique un instrument d'acculturation des couches défavorisées et d'intégration, d'union géographique et sociologique du peuple-nation[1] », dont les origines pourraient facilement remonter à la Révolution Française[2], et qui est notamment une réalisation de l'idée portée par Firmin Gémier au tout début du XXe siècle : celle d'un théâtre par le peuple et pour le peuple[3]. Mais il a néanmoins participé, avec l'appui de Jeanne Laurent[4] et dans le

1 Juilliard, Jacques et Winock, Michel (dir.), *Dictionnaire des intellectuels français*, Paris, Le Seuil, 2002, p. 1344, cité par Jean-Claude Yon, dans « Les Prémices du théâtre populaire en France au XIXe siècle », in *Théâtre populaire et représentations du peuple*, Denizot Marion (dir) Presses universitaires de Rennes, coll. « Le spectaculaire », 2010, p. 29.

2 C'est l'hypothèse de Romain Rolland dans son *Théâtre du peuple, essai d'esthétique d'un théâtre nouveau*, qu'il publie en 1903 – hypothèse exagérée, « généalogie fantasmée » selon Jean-Claude Yon, et qui ne repose pas sur la réalité de ce qu'aurait été le théâtre entre 1789 et 1799, même si la révolution française est assurément un moment clé dans l'élaboration de l'idée d'un théâtre « national » et « pour » le peuple. Voir Jean-Claude Yon, *op. cit.*, p. 29.

3 Firmin Gémier, héritier de la vision unanimiste de la fête rousseauiste, mais aussi influencé par Romain Rolland et inspiré par le Théâtre du Peuple de Bussang, créé par Maurice Pottecher en 1895, est notamment le créateur d'un Théâtre National Ambulant, avec lequel il parcourt la France, transportant un chapiteau pouvant réunir jusqu'à 1600 spectateurs. Pour ce théâtre qui se définit comme une fête, il invente le personnage de la foule, parfois composé de plus de 200 interprètes, et fait volontiers se mêler acteurs et spectateurs dans un espace globalement conçu comme aire de jeu, salle et scène comprises. À l'issue de la première guerre mondiale, en 1920 il crée un premier Théâtre National Populaire dans la salle des fêtes du Trocadéro.

4 Jeanne Laurent est nommée sous-directrice des spectacles et de la musique au Ministère de l'Éducation Nationale en 1946. À ce poste pendant six ans, elle est responsable d'une

contexte favorable de la Libération, à la fondation institutionnelle d'un théâtre qu'on appelle encore aujourd'hui « public », et dont le nom de baptême fut en 1951 : « théâtre, service public ». Celui-ci fut conçu par Vilar comme lieu du rassemblement citoyen et de l'assemblée démocratique, à l'image (fantasmée) du théâtre grec, et devant s'opposer en tous points au théâtre excluant et mercantile, au théâtre de divertissement mondain et « bourgeois » du Paris des années 50 – selon un lexique redevable au contexte politique de la même époque. Le théâtre « national » et « populaire » (TNP) de Jean Vilar s'assignait donc la tache de « réunir dans les travées de la communion dramatique le petit boutiquier de Suresnes et le haut magistrat, l'ouvrier de Puteaux et l'agent de change, le facteur des pauvres et le professeur agrégé[5] », et c'est ce rêve de fonder une communauté égalitaire de spectateurs, une communauté se voulant, à l'instar de la République, une et indivisible, qui guida jusqu'au bout les réformes ou les mesures entreprises aussi bien à Chaillot, qu'en Avignon, où Vilar institua un festival dont la renommée est aujourd'hui mondiale. Ces réformes et ces mesures seront presque immédiatement décrites, racontées et commentées comme des batailles. Roland Barthes, dans la revue *Théâtre Populaire*, dont il est l'un des fondateurs, parle ainsi du « combat[6] » de Vilar. La métaphore épique est activée d'emblée. Elle aurait pu n'être que le fruit d'un enthousiasme passager. Au contraire, il semble plutôt que le projet vilarien se soit définitivement fixé dans les mémoires comme une « aventure », et qu'il ait donné un cap de nature épique au théâtre public, cap dont ce théâtre ne s'est sans doute jamais départi. Or, l'aventure vilarienne se déploie sur un plan aussi bien artistique qu'institutionnel, esthétique que social, théâtral que politique.

---

politique de décentralisation dramatique, destinée à accroître et populariser la diffusion du théâtre en province.

5 Vilar, Jean « Petit Manifeste de Suresne, 1951 », in *Théâtre, Service public*, Gallimard, 1975. Nous soulignons.

6 Barthes, Roland, « Ruy blas », *Théâtre Populaire*, mars-avril 1954, repris dans *Écrits sur le théâtre*, *op. cit.* p. 75.

UN RÉPERTOIRE EN COMMUN[7]

La cohérence du projet de Vilar pousse d'abord le metteur en scène à affirmer pour le TNP la création d'un répertoire de textes classiques – dans un sens élargi du terme, c'est-à-dire un ensemble de textes allant du théâtre grec jusqu'à Brecht, en passant par Shakespeare (*Richard II* en 1948…), Corneille (*Le Cid* en 1949…), Molière (*Dom Juan* en 53) ou Kleist (*Le Prince de Hombourg* en 1952…) – série de « chefs-d'œuvre » internationaux de l'art dramatique dont les thèmes, parce qu'ils seraient universels, seraient aussi populaires. Jean Vilar refuse ainsi la conception ouvriériste de Sartre, qui voulait que l'on donne aux couches sociales les plus défavorisées un théâtre précisément adressé à elles, c'est-à-dire les mettant en scène dans leurs difficultés. Quant à sa définition du « chef d'œuvre », elle se veut ici à la fois inductive et pragmatique : le chef d'œuvre, pour Vilar, est « le point de ralliement au niveau le plus élevé, du plus grand nombre[8] ». Car un théâtre populaire doit d'abord être un théâtre qui rassemble et attire ce « plus grand nombre ». Ainsi, le chef d'œuvre de l'art dramatique est le théâtre où personne ne s'ennuie, de quelque condition qu'il vienne. *Le Cid*, par exemple, est un chef d'œuvre, parce que « *Le Cid* réussit partout[9] », et c'est pour la même raison qu'il est populaire. Écartant, donc, une conception restrictive du mot « peuple » – celle qui vient du latin *plebs*, le bas peuple, et qui repose sur des principes de différenciation et de hiérarchisation –, au profit d'une vision unanimiste – celle que l'on tire du terme *populus*, et qui réfère à la cité toute entière –, Vilar défend l'idée d'un art qui met à la disposition de tous ce qui appartient à tous. C'est le sens de l'expression « service public » : qui rend accessible le patrimoine culturel de l'humanité, qui extrait ce patrimoine de sa gangue « sacrée » et surtout bourgeoise – le théâtre à l'italienne, et l'ensemble des pratiques

---

7 Nous employons ici le terme de « commun » au sens d'un bien partagé, et nous allons expliquer ce qui innerve la question du « chef-d'œuvre » comme bien partagé chez Vilar, avec comme objectif celui de créer un théâtre à la fois « national » et « populaire ». Mais la notion de « commun » se retrouvera à nouveau dans notre troisième partie, cette fois de façon beaucoup plus centrale, en tant qu'horizon de nouvelles aventures épiques contemporaines.

8 Voir Vilar, Jean, « Jean Vilar s'explique » in *Le Théâtre, service public*, Présentation et notes d'Armand Delcampe, Paris, NRF, Gallimard, 1975, p. 188-191, p. 189.

9 Vilar, Jean, « Mémorandum », *Le Théâtre, service public*, *op. cit.*, p. 233-252, p. 242. cité par Cécile Falcon dans son article « Peuple et héros populaire sur la scène du théâtre national populaire de Jean Vilar » in *Théâtre populaire et représentations du peuple*, *op. cit.* p. 135.

sociales qui s'y jouent – pour le rendre à l'ensemble de la cité – dans d'autres lieux et d'autres dispositifs – accomplissant ainsi non seulement une mission éducative, mais aussi civique. Le théâtre apparaît alors dans les discours du metteur en scène, héritier ici de Rousseau, comme un lieu *et* une pratique de rassemblement autour de ce que nous avons *en commun* – la grande œuvre, en l'occurrence ici le grand *texte.* Enfin comme un instrument qui permettrait la rencontre supposée émancipatrice, voire libératrice de chacun avec ce qu'il y aurait de plus haut ou de plus « beau » dans ce patrimoine culturel – que porteraient les voix des acteurs et qui ne se limiterait pas toujours pour Vilar à la dimension politique du texte[10]. En dépit de ce que l'on pourrait nommer aujourd'hui le « texto-centrisme » du directeur du TNP, il convient de noter l'humilité qu'implique un tel discours : c'est en « régisseur[11] » que Vilar entendait mettre à disposition le sens d'une œuvre, supposant ainsi la soumission du metteur en scène à l'instance auctoriale, et surtout la position de retrait qui doit être la sienne, pour laisser toute la place à cette rencontre entre les spectateurs et le texte, *via* les acteurs qui, eux-mêmes, cultivent un style « ennemi des passions ou du moins [ennemi] d'un jeu trop expressif et passionné[12] ». De fait, Vilar, en digne héritier de Copeau et de son esthétique du « plateau nu », se distingue à l'époque par des mises en scène d'une grande sobriété :

> Il fallait restreindre au lieu d'étaler, la grâce est à ce prix. [...] Comme disait Hébertot, « Chaillot, c'est le théâtre des trois tabourets », de même qu'il y a à Paris, un théâtre des Trois Baudet[13].

10 Cécile Falcon détaille ainsi les différentes controverses dont les mises en scène de Vilar ont fait les frais, notamment celle de *Ruy Blas*, de Victor Hugo, au succès incomparable mais que de nombreux critiques ont pu trouver vaine, tant elle mettait l'accent sur l'intrigue sentimentale plutôt que sur des enjeux politiques. Roland Barthes la qualifie ainsi d'« acte inutile » dans le numéro de mars-avril 1954 de la revue *Théâtre populaire.* Voir Falcon, Cécile, « Peuple et héros populaire sur la scène du théâtre national populaire de Jean Vilar » in *Théâtre populaire et représentations du peuple*, *op. cit.*, p. 141-143.

11 « Le régisseur que je suis n'a pas fait et ne fait pas de théâtre uniquement pour créer ou parfaire un "style" » Vilar, Jean, cité dans *Le Théâtre, service public et autres textes* [1975], présentation et notes d'Armand Delcampe, Gallimard, « Pratique du théâtre », rééd. 1986, p. 251.

12 Vilar, Jean, *Mémento*, du 29 novembre 1952 au 1er septembre 1955, présentation et notes d'Armand Delcampe, coll. « Pratique du théâtre », Gallimard, Paris, 1981, p. 176.

13 Vilar, Jean, « Un lieu théâtral : Avignon », Le lieu théâtral dans la société moderne, textes réunis par Denis Bablet et Jean Jacqot, Colloque CNRS, 1963, p. 153-159.

Si la « grâce » est dans la sobriété de la mise en scène, le « salut » réside certainement dans la voix du poète, pour le directeur du TNP, ou plutôt, encore une fois, dans la *rencontre* potentielle et espérée des spectateurs avec le poème dramatique, avec le texte.

POUR UNE RENCONTRE[14]

On pourrait sans doute résumer l'ensemble des initiatives prises et des rituels inventés par le TNP comme une manière de favoriser cette rencontre, entendue sur un mode collectif. Vu d'aujourd'hui, Vilar a tout l'air, en effet, d'avoir joué un excellent rôle d'« entremetteur », et c'est sans doute la dimension la moins négligeable de son œuvre – à condition que l'on s'accorde encore une fois, bien sûr, pour valoriser le caractère non seulement esthétique mais aussi social d'un projet comme celui-ci, pour prêter une attention véritable aux formes qu'il dessine dans l'environnement qui est le sien : sur un territoire, et au sein de dynamiques sociales, économiques et politiques. Ainsi, change d'abord la position géographique des salles que la troupe occupe, non plus seulement dans la capitale et dans le cœur de la capitale, mais en banlieue parisienne (Suresnes…) et en province (Avignon…). Ensuite, l'architecture même de ces salles et leur articulation à la scène sont modifiées par des travaux : le fameux rideau de scène qui marque la distinction scène/salle, et la rampe qui la perpétue pendant le spectacle, sont supprimés. En outre, les plateaux sont agrandis de telle sorte que les comédiens puissent jouer hors du cadre de scène. Car il ne s'agit pas seulement de favoriser le « don » que les acteurs peuvent faire au public, mais aussi de créer une « communion » entre la salle et la scène. C'est ainsi, du moins, que Vilar projette la « rencontre » qui doit avoir lieu, entre toutes les instances de la représentation. Et c'est pourquoi, dans la cour du Palais de Papes, en Avignon, Vilar s'inspirera plus concrètement encore de cet idéal qu'est pour lui le modèle grec : une assemblée unie de spectateurs face à la scène entièrement visible, une foule regroupée sans distinction et à ciel ouvert, dans l'enceinte de murs historiques, et face aux « chefs-d'œuvres » qui sont les siens[15]. Dans la

---

14 Nous reviendrons sur le concept de rencontre en troisième partie, et nous reconnaîtrons alors à quel point il est central pour reconstruire un épique politique.

15 « Destinataire, le peuple devient aussi le détenteur de la grande œuvre, qui lui appartient alors en propre : "Toute œuvre de génie est du peuple, même si certains hommes du peuple, précisément, s'insurgent contre elle" ». Vilar, Jean, « lettre à Saladier à propos de

cour du Palais, sans doute encore plus qu'ailleurs, la séance théâtrale est conçue et se prépare alors comme une cérémonie – profane – et l'acte de la représentation se déroule comme un rituel – social : c'est-à-dire voué à constituer l'ensemble des individus divisés en un « peuple » unique… et idéal. Vilar n'avait pas d'illusion quant à l'effectuation concrète de cette idée mais elle tendait néanmoins son action. Car enfin il s'agira toujours, quoi qu'il arrive, de faire du théâtre un facteur de « réunion et d'affection entre les Français[16] ».

Aussi, la baisse des prix des places, les politiques d'abonnement, les politiques d'accueil (faire que chaque spectateur puisse se sentir « chez lui » dans le théâtre, rendre le lieu simple et familier), les manières de communiquer (la publication d'une revue mensuelle et détaillant la programmation, *Bref*, la distribution gratuite d'un programme contenant le texte intégral de la pièce[17], mais aussi, à la fin des représentations, de questionnaires invitant chacun à former un jugement sur la valeur esthétique des spectacles) – enfin ce que Laurent Fleury a pu nommer « politiques de public[18] » – l'ensemble de ces facteurs a permis l'institution de nouvelles conventions destinées à remplacer les codes de distinction bourgeois qui prévalaient jusque-là dans les théâtres, et qui furent vécus de manière traumatique par le metteur en scène lui-même à son arrivée dans la capitale[19]. Vilar leur substitue ainsi de nouvelles habitudes, de nouveaux rituels, et fonde une religion théâtrale spécifique : laïque, bien sûr, mais aussi sociale, politique et non absolument dénuée de nationalisme romantique. L'ensemble de ces initiatives et le succès des spectacles

La Mort de Danton », cité par Falcon, Cécile, *op. cit.* Le système est circulaire et parfaitement réciproque, il est une autre image du modèle de la fête rousseauiste, loué dans la *Lettre à d'Alembert sur les spectacles*.

16 Vilar, Jean, « Où vont les festivals ? », Janus, 1964, in *Le Théâtre service public et autres textes* [1975], présentation et notes d'Armand Delcampe, Gallimard, « Pratique du théâtre », rééd. 1986 p. 468.

17 « L'accessibilité à l'intégralité du texte constitue une marque de respect, tant de l'auteur que du public, les deux piliers du théâtre selon Jean Vilar. Élément d'une collection, il sert ainsi, tant la constitution d'une mémoire que la possibilité de l'identification d'un public à son théâtre » Fleury, Laurent, *Le T.N.P. de Vilar : une expérience de démocratisation de la culture*, Presses universitaires de Rennes, 2006, p. 141.

18 Fleury, Laurent, « Le modèle du TNP de Jean Vilar » in *Théâtre populaire et représentations du peuple*, *op. cit.*

19 Vilar, Jean, *Chronique romanesque*, Paris, Grasset, 1971, p. 48-49. Vilar y raconte le souvenir aigu qu'il a des codes bourgeois lors de sa première sortie parisienne au théâtre dans les années 1930 : coût du vestiaire, obligation de laisser un pourboire aux ouvreurs sous peine d'humiliation sociale, mais aussi entretien du mystère et de l'énigme.

contribuèrent ainsi à fonder un modèle, qui est resté, en France, celui du théâtre public, attaché aujourd'hui encore au souvenir de ce théâtre « national » et « populaire », qui sut bel et bien à l'époque séduire « un public bigarré, mobilisé par les comités d'entreprises, les syndicats, les associations comme les Amis du théâtre populaire (ATP), ainsi qu'une critique savante et radicale, ralliée autour de Roland Barthes et Bernard Dort dans la revue *Théâtre populaire*, dirigée par Robert Voisin[20] ». C'est ce même groupe d'amis qui, en 1954, découvre avec un enthousiasme débordant la première mise en scène de Brecht en France : *Mutter Courage*[21].

FRESQUES BRECHTIENNES

Du point de vue des auteurs de la revue *Théâtre Populaire, Mutter Courage* est en effet plus qu'un événement, c'est un « éblouissement[22] ». La représentation répond aux attentes théâtrales que le modèle vilarien avait dessinées mais pas encore comblées : elle effectue ce « Grand commentaire » de l'époque, elle est ce « théâtre désaliéné que nous postulions idéalement et qui s'est trouvé devant nous en un jour sous sa forme adulte et déjà parfaite[23] », écrit Barthes. C'est que le groupe de *Théâtre Populaire* méprise lui aussi la majorité des pratiques théâtrales de son époque, dont les tares peuvent être réunies sous un seul et même vocable : « bourgeoises ».

> Ce théâtre que nous vomissons, c'est le théâtre de l'Argent ; le théâtre où l'on paye cher ses places, c'est-à-dire où le public n'est sélectionné que par sa fortune ; où la pauvreté (le travail) est reléguée au plus loin possible du spectacle ; où le luxe vaniteux des décors et des costumes, apprivoisé sous le nom hypocrite de « bon goût français », postule toute une économie sordide du faux or, du mensonge visuel, monnayé contre le billet de mille francs du fauteuil d'orchestre ; où les thèmes du répertoire ne présentent jamais qu'un

20 Biet, Christian et Triau, Christophe, *Qu'est-ce que le Théâtre ?* Gallimard, 2006, p. 949.

21 Les premières représentations en langue allemande et dans la mise en scène de Brecht eurent lieu en France sur la scène du théâtre à l'italienne Sarah-Bernhardt, devenu Théâtre de la Ville en 1968, en juin 1954. La pièce y fut reprise en 57 avec un grand succès.

22 Barthes, Roland : « L'Éblouissement », *Le Monde*, 11 mars 1971, repris dans *Écrits sur le théâtre*, Éditions du Seuil, 2002, p. 330.

23 Barthes, Roland, « Mutter Courage », in *Théâtre Populaire* n° 8, repris dans *Écrits sur le théâtre, op. cit.* p. 185.

> homme minuscule, enfermé par son particularisme de fortune, dans une psychologie sans rapport avec le tragique de l'Histoire [...][24].

L'« aliénation » postulée par Barthes, et que viendrait défaire enfin *Mère Courage*, est donc celle du public de théâtre à une certaine mythologie dramatique, appartenant à un théâtre fondamentalement aristotélicien d'une part, où il s'agit de pouvoir croire en ce que l'on voit et d'être ému par identification au personnage ; et un théâtre psychologique d'autre part, qui présente les problèmes de l'homme comme étant de ressorts uniquement privés, et qui ne peut donc prétendre à autre chose qu'à l'anecdote, c'est-à-dire au *petit* récit d'une aventure singulière, que Barthes oppose ici au « tragique de l'histoire », c'est-à-dire aux logiques économiques et politiques plus vastes qui s'imposent à nos existences et les conduisent sans que l'on en ait forcément conscience. La tâche de la revue avait donc surtout été jusque-là « démystificatrice » voire « destructrice[25] » à l'égard du théâtre contemporain. À l'intérieur de ce paysage honni, le Théâtre National Populaire de Vilar fait généralement exception, et c'est pourquoi, selon Barthes, « chaque geste de Jean Vilar, chaque moment de son effort [était] véritablement l'épisode d'un combat[26] ». Mais la rencontre avec Brecht, non pas avec sa théorie, laquelle avait déjà circulé en Europe[27], mais avec son théâtre, impose un tournant aux objectifs de la revue. À partir de juin 1954, en effet, elle se donnera pour tâche de faire connaître et comprendre la dramaturgie brechtienne. Une autre croisade commence.

UN THÉÂTRE POPULAIRE « ACCOMPLI »

Car ce qui éblouit dans la *Mère Courage* du Berliner Ensemble, c'est d'abord un « théâtre populaire accompli », c'est-à-dire un théâtre « dont le dessein profond ne peut être compris que du peuple[28] », nous dit Barthes, soit qui propose d'abord un système d'empathie avec les

---

24 Barthes, Roland, « Éditorial », *Théâtre Populaire*, janvier-février 1954, repris dans *Écrits sur le théâtre*, *op. cit.* p. 57.

25 *Ibidem.*

26 Barthes, Roland, « Ruy blas », *Théâtre Populaire*, mars-avril 1954, in *Écrits sur le théâtre*, *op. cit.* p. 75.

27 *Le petit Organon pour le théâtre* avait notamment été traduit et publié en France dès 1948.

28 Barthes, Roland, *Mère Courage aveugle, Théâtre Populaire*, juillet-août 1955, in *Écrits sur le théâtre*, *op. cit.* p. 183.

problèmes fondamentaux d'une condition sociale (et non pas d'un seul individu privé), et qui est, ensuite, un théâtre marxiste ; un théâtre où les événements tragiques n'apparaissent précisément pas aux spectateurs comme une fatalité, car ils sont en position de les juger, car ils savent, comme dans Guignol, ce que les personnages ne savent pas. Ainsi *Mère Courage est aveugle*[29], mais nous voyons plus qu'elle ne peut voir ; nous apercevons que sa situation est fabriquée par d'autres qui y trouvent un intérêt, et nous pressentons les moyens qu'elle aurait pour y remédier.

> Toute la dramaturgie de Brecht est soumise à une nécessité de la distance, et sur l'accomplissement de cette distance, l'essentiel du théâtre est parié : ce n'est pas le succès d'un quelconque style dramatique qui est en jeu, c'est la conscience même du spectateur, et par conséquent son pouvoir de faire l'histoire[30].

L'empathie n'est donc pas sans retenue, elle ne plonge pas dans une identification totale avec le personnage, elle est, dans le théâtre de Brecht, toujours soumise à la nécessité du recul, de la distance, et c'est cet art de la distance – ou *distanciation* – qui tient le spectateur, si l'on peut dire, « en conscience », donc, plus loin, en « capacité » d'interroger et de changer le cours des choses. Ceci a déjà été commenté dans notre prologue, nous nous permettons donc de ne pas y revenir. Ce qui nous intéresse, cette fois, n'est pas seulement le sens politique du théâtre épique brechtien mais aussi la nouvelle esthétique qu'il dévoile, notamment aux auteurs admiratifs de la revue *Théâtre populaire.* Cette esthétique de l'épique tient à la précision d'une *écriture* scénique, qui utilise tous les objets, les costumes, les éléments de décors, les gestes et les voix comme des *signes* adressés à l'intelligence d'un spectateur herméneute.

UNE ÉCRITURE SCÉNIQUE

« Cette *Mutter Courage* nous a enseigné le rôle que pouvaient jouer les objets et les matières au théâtre[31] », dit Bernard Dort. Le fameux chariot qui se délabre et grandit jusqu'à écraser le personnage principal, les vêtements élimés et rétrécis, les corps qui se recroquevillent au fil

---

29 Barthes, Roland, *ibidem.*

30 *Ibidem.*

31 Dort, Bernard : « Le Général et le Particulier », in l'*Arc* n° 55, 4e trimestre 1973, p. 3, cité par Meyer-Plantureux Chantal, in Bertolt Brecht et le Berliner Ensemble à Paris, Marval et Arte Éditions, Paris, 1995, p. 9.

du temps de la représentation *racontent* en effet la durée de la guerre, et racontent également comment cette guerre ronge les choses et atteint les êtres. Avec la pratique brechtienne s'affirme donc une pratique de l'écriture de scène, à la fois concrète *et* signifiante, charnelle *et* critique, spectaculaire *et* politique. Cette conjonction d'aspirations contraires ne pouvait que ravir les auteurs de la revue *Théâtre Populaire*[32]. Brecht, dans ses écrits théoriques, affirme aussi tout ce que son théâtre doit aux formes anciennes : théâtre élisabéthain, mystères du moyen-âge... Les références culturelles et scéniques ont donc changé par rapport à celles de Vilar, et à la grande sobriété, à la beauté austère se substituent le fourmillement de détails et la jubilation d'un jeu avoué. David Bradby compare ainsi les deux mises en scène de *Mère Courage*, celle de Vilar en 1951, et celle du Berliner en 1954.

> Au lieu de montrer mère Courage comme une femme qui ne comprend pas comment elle crée sa propre tragédie, Vilar retint, parmi les éléments qui composent son personnage, ceux qui suggèrent une héroïne populaire pure et dure, qui survit à tous les désastres ; et la pièce devint la chronique de son optimisme invincible face à la souffrance et aux privations. Le style de Vilar metteur en scène était diamétralement opposé à celui de Brecht. Tandis que la mise en scène très austère de Vilar mettait l'accent sur l'héroïsme, la passion, l'abnégation, chez Brecht le plateau fourmillait de petits détails soigneusement observés, et la mise en scène donnait la priorité au rationalisme plutôt qu'à la passion[33].

C'est que l'un s'intéresse à l'individu et à son absolue singularité – sur laquelle se fonde l'héroïsme –, tandis que l'autre s'intéresse aux humains et à ce qu'ils partagent d'aveuglement et de conscience. Au traitement vertical de la trajectoire du personnage chez Vilar, se substitue le traitement horizontal du petit monde observé par Brecht, où il s'agit de faire parler non pas l'intériorité de la mère ou de ses enfants mais la surface matérielle de leurs conditions d'existence[34]. Dans ce type de

---

32 « Lorsqu'on a souhaité un théâtre populaire éclairé par le marxisme et lorsque d'autre part on demande un art qui surveille rigoureusement ses signes, bref lorsqu'on veut une dramaturgie qui soit à la croisée d'une pensée politique et d'une pensée "sémantique", il n'est plus guère besoin de dire pourquoi on aime Brecht » Barthes, Roland, « J'ai toujours beaucoup aimé le théâtre... » Esprit, 1965, repris dans *Écrits sur le théâtre*, *op. cit.* p. 21.

33 Bradby, David, *op. cit.* p. 143.

34 Ces deux traitements se superposent à deux manières de configurer l'épique, que nous identifierons dans notre seconde partie, comme un épique ancien, d'un côté, fondé sur

réalisme, auquel Barthes consacre de nombreuses pages, les objets ont une importance considérable et sont en effet précisément choisis. Ils se détachent et s'extraient d'un fond artificiel, mur ou cyclorama uniformément éclairé de blanc ou de gris, d'où ils acquièrent toute leur densité de *signes* pleinement assumés comme tels. Ainsi, sur la scène brechtienne comme dans une nature morte en peinture : « c'est l'irréalisme du fond qui provoque le réalisme de l'objet[35] », qui lui donne sa charge signifiante et son relief de chair. L'attention confiée aux détails, aux couleurs, aux matières (dans *Mutter Courage*, les cuirs et les tissus, le gris et ses différentes nuances, l'usure savamment travaillée des teintes…), mais aussi aux gestes (Mère Courage passant de la poussière sur le visage de sa fille, le dos courbé de l'aumônier se retirant, pudiquement, au moment où la mère reconnaît le corps de son fils[36]…) font de chaque scène un tableau à la fois signifiant et vivant aux yeux du critique : un traitement du réel intelligent et tendre, charnel, rendant à l'humanité ce qu'elle peut sur l'histoire qui la dépasse. Car enfin, l'Histoire est le « verso » de chacun de ces tableaux, et c'est parce que la plupart des personnages n'y comprennent rien qu'ils nous touchent.

POUR QUELLE « GRANDE » FORME ?

Mère Courage est ainsi la première *fresque* brechtienne jouée en France. Et comme on vient de le voir, il faut sans doute entendre le terme en sons sens pictural, d'abord, avant de l'entendre en son sens historique. Car outre le soin porté à la « composition » de la scène, le théâtre de Brecht implique aussi des « tableaux de grande taille » où se rassemble une kyrielle de personnages qui permettent de « croquer » différentes catégories sociales, incarnées dans des « figures » types. Parmi celles-ci, d'innombrable figures du peuple, qui, si toute l'œuvre de Brecht devait être peinte sur une seule toile, l'occuperaient à la manière d'un tableau de Brueghel. Les Madame Sarti, les Groucha, les bandits, les marchands et les soldats, les cantinières et les prostituées font partie d'une même galaxie de personnages, tous plongés dans le même enfer – celui d'un

---

l'individu, et un épique matérialiste, fondé sur les logiques économiques et historiques qui gouvernent l'existence des hommes.

35 Barthes, Roland, Commentaire, Préface à Brecht, *Mère Courage et ses enfants*, L'Arche, 1960, repris dans *Écrits sur le théâtre*, *op. cit.* p. 275.

36 *Ibidem.*

capitalisme agressif – tous s'en débrouillant à leur manière, et tous en proie, enfin, aux mêmes apories morales. Les « tableaux » qui composent les pièces du théâtre épique de Brecht et qui sont titrés comme tels passent donc régulièrement de scènes intimes – où se jouent notamment les dilemmes moraux de ces personnages et certains conflits resserrés – à de grandes et larges scènes de société, scènes de foire ou de carnaval, scènes de bal ou de procès, où l'on voit tout un monde se croiser, cohabiter, et où l'image se structure par des plans différents, (aussi bien visuels que sociologiques) entrant en tension les uns avec les autres. Dans *La vie de Galilée*, par exemple, l'inauguration de la fameuse « lunette » du savant par les autorités vénitiennes[37] se joue à l'Arsenal ; la didascalie spécifie « près du port », et l'on comprend que l'ensemble se dessine sur le quai lui-même, à l'extérieur, dans l'espace public, et seulement *devant* la façade de l'Arsenal, qui sert donc de toile de fond au tableau. Celui-ci oppose le plan de la cérémonie officielle – où l'on distingue d'abord ceux qui appartiennent à la sphère politique d'un côté, (les membres du Conseil et à leur tête le Doge), et les universitaires de l'autre, (le Curateur) – puis l'espace d'expression de Galilée lui-même, coincé sur une estrade avec sa lunette mais ne cessant d'intervenir en direction de son ami sur le côté, Sagredo, riant sous cape de la supercherie et de la fraude mais dénonçant aussi l'insupportable vanité du cérémonial. Dans ce tableau sont également présents Virginia, (seule figure féminine), qui porte le « coussin de velours » de la lunette sur le côté, et Federzoni, le « polisseur de lentilles », qui se tient à l'arrière de l'estrade, avec le trépied. Par ailleurs, le tableau s'ouvre aussi, à travers la même lunette, vers le reste de la ville – ici le public. En effet quand les conseillers mettent l'œil à l'instrument et le braquent vers l'extérieur, aucune didascalie ne l'impose, mais tout semble indiquer que cet extérieur couvre l'espace des gradins, aussi les spectateurs figurent un instant des pécheurs qui déjeunent, et l'ensemble des quartiers vénitiens que l'on peut observer depuis l'Arsenal. À première vue, le tableau fait ainsi converger de l'intérieur toutes les lignes vers la lunette, qui perce le quatrième mur et retourne le regard voyeur vers les spectateurs. Sauf qu'en réalité, la composition du tableau est aussi fracturée par des lignes (c'est-à-dire des regards, c'est-à-dire des intentions) antagonistes et des exclusions de

37 Brecht, Bertolt, *La Vie de Galilée*, L'Arche, 1990, trad. Elsa Recoing, Tableau 2 « Galilée remet à la République de Venise une nouvelle invention ».

plans. La fresque épique fonctionne ainsi par série de grands tableaux qui sont autant de grandes scènes publiques, avec une multitude de personnages mais aussi de détails, et toute une série de micro-tensions, à la fois sociales et politiques.

Par ailleurs, ces tableaux sont toujours les pièces détachables d'un récit en cours, mais d'un récit discontinu, fragmentaire, avec du vide et des espaces (des ellipses) entre ses différentes parties. Ils peuvent ainsi figurer différentes étapes d'une chronique historique. C'est le cas, par exemple, de la *Résistible Ascension d'Arturo Ui* qui, dans un va-et-vient permanent entre l'histoire du gang des choux-fleurs et celle de l'Allemagne nazie, retrace chronologiquement l'ascension politique d'Hitler ; ou encore une fois de *La Vie de Galilée*, dont chaque tableau correspond à des moments marquants du parcours scientifique du personnage, confronté chaque fois différemment aux autorités politiques et religieuses, s'y soumettant ou les défiant, de ses premières inventions à la livraison des *Discorsi*, en passant par sa reddition.

Ces instruments de la distanciation que sont les panneaux, les titres, ou les *gestus* des personnages sont donc non seulement des outils esthético-narratifs, appartenant à ce que l'on pourrait appeler « l'appareil épique » de la scène brechtienne, mais ils contribuent aussi à faire passer du récit singulier à la tragédie historique, de l'anecdote à la fresque sociale. Ce changement d'amplitude, précisément commenté par Jean-Pierre Sarrazac, est celui de « la pièce-parabole[38] ». Celle-ci met en regard, dans un jeu de comparaison constant, et selon un principe d'analogie, la fable imagée, voire exotique ou onirique, et la réalité documentée, l'Histoire. Les oscillations entre l'un et l'autre font se rejoindre ainsi le singulier et le général, le petit et le grand, l'insolite et le paradigmatique, l'exemple et la loi. La grande forme brechtienne est donc paradoxale parce qu'elle se fonde toujours sur une stratégie du « détour » et n'est jamais que le développement d'une petite forme, « forme simple », ou « brève » pour reprendre l'analyse de *La Parabole ou l'enfance du théâtre*, tout en visant la loi générale – historique et marxiste. Or cette forme simple, à l'instar du conte et de la légende, est toujours issue d'un « geste verbal élémentaire[39] ».

38 Sarrazac, Jean-Pierre, *La Parabole ou l'enfance du théâtre*, Circé, coll. « Penser le théâtre », 2002.

39 « Car la parabole procède bien, à l'instar du proverbe, du conte et de la légende, de ce que Jollès appelle un "geste verbal élémentaire". En l'occurrence inventer-raconter une

À travers cette anecdote, cette fable, légende ou conte qu'elle amplifie, la fresque brechtienne s'enracine donc dans une oralité originelle, et dans un rapport à la fois primitif et cognitif au récit. Ainsi, à propos des paraboles que Sarrazac qualifie de « peu complexes », comme *La Bonne âme* ou *Turandot*, le critique constate qu'elles sont prises « dans le flux très ample et très débordant d'une tradition orale ». C'est pourquoi « lorsque Brecht décide de faire se dérouler dans une Chine ancestrale et imaginaire ces deux paraboles [...] ce n'est certainement pas pour le pittoresque mais dans le but d'utiliser à ses propres fins une tradition orale autrement plus puissante que l'européenne[40] », et qu'il peut « greffer » alors à son théâtre épique :

> Le conte des "trois dieux suprêmes" qui viennent rendre visite aux humains mais ne parviennent à trouver un logis que chez la dernière des prostituées, et celui de la jeune femme qui, voulant faire le bien, se trouve constamment dépouillée et qui n'a point d'autre recours que de s'inventer un cousin, de se dédoubler afin de reprendre d'une main ce qu'elle vient de donner de l'autre ; la version grotesque et populaire de la légende d'une princesse nymphomane qu'excitent les qualités intellectuelles de ses nombreux prétendants offrent au dramaturge une matière extrêmement plastique, extensible à volonté, susceptible de développements infinis. Chansons, poèmes, intermèdes prennent naturellement place dans ce mode de récit digne des mille et une nuits ou des rhapsodies de l'Antiquité[41].

On reconnaît dans cette « matière extrêmement plastique, extensible à volonté, susceptible de développements infinis » décrite par Sarrazac les éléments caractéristiques de l'épopée homérique telle qu'elle est analysée dans *La Poétique*[42]. On comprend ici à quel point la « grande forme » brechtienne se distingue de la grande forme dramatique traditionnelle, celles du « bel animal » ou de la pièce « bien faite », telle qu'Aristote en a fixé les règles. Là, comme dans l'épopée, ou comme dans les *Contes des mille et une nuits*, comme aussi dans le théâtre de Shakespeare ou certain mystères médiévaux, la temporalité du récit peut s'étendre sur une ou plusieurs vies, les espaces fictionnels peuvent se multiplier à l'infini, et l'action se décliner en des épisodes divers qui peuvent même, loin de

histoire simple et familière qui soit le comparant d'un comparé d'ordre intellectuel et/ou spirituel », explique Sarrazac. *Ibid.* p. 46.

40 *Ibid.* p. 131.

41 *Ibid.* p. 131.

42 Voir Prologue théorique, définition de l'épique chez Aristote.

tout respect envers une économie dramatique de type organique, se répéter. *Homme pour homme*, par exemple, fait moins avancer le processus de transformation du docker en soldat qu'il n'en propose des répétitions-variations dans des situations chaque fois différentes. Ici enfin on a le temps et l'espace pour penser, pourrait-on dire sur le ton détaché du spectateur fumeur de pipe mis en scène dans *l'Achat du cuivre*. S'écartant des normes classiques et occidentales, la dramaturgie brechtienne peut donc, comme l'explique Sarrazac, être comprise comme une « dramaturgie du débordement » : les détours les plus fantaisistes sont possibles, comme les emboîtements successifs des récits dans une seule et même histoire (c'est notamment la structure du *Cercle de craie caucasien*). En outre, différentes formes d'écriture « chansons, poèmes, intermèdes », tout comme des registres distincts s'y croisent, se superposent, se succèdent, se mêlent et s'entrechoquent. À la manière de Galilée qui ne pense jamais mieux qu'en dégustant des olives, dans les grandes pièces épiques le bouffon, la chronique historique, le drame et la satire s'assemblent et s'épaulent dans un montage ludique, fait pour créer du jeu et de la pensée. Philippe Ivernel a montré notamment comment pouvaient jouer l'un avec l'autre, dans *Arturo Ui*, le show des gangsters, (mélodrame policier façon « Al Capone ») la chronique historique documentée (l'ascension d'Hitler), mais aussi la parodie du drame shakespearien « scandée par une imitation, tantôt bouffonne, tantôt triviale, toujours ironique et "distanciée" de l'hexamètre élisabéthain[43] ». Chacune de ces dimensions et chacun de ces « genres » peut prendre le dessus sur les autres et focaliser autrement l'attention du spectateur, selon le contexte et les mises en scène, de sorte que toujours la parabole opère un nouveau *déplacement*, soit un nouveau rapport anecdote/signification, ou bien récit/critique du récit. Dans *La Bonne âme*, pour finir, le mouvement d'amplification propre à la parabole est doublé d'un mouvement contraire : un resserrement du focus critique sur un espace de réflexion précis – le petit commerce de Chen-Té (débit de tabac), métonymie de la vie sociale. Ainsi, à l'émerveillement produit par la métaphore ou le détour fabuleux, se succèdent en permanence l'interrogation, l'examen méticuleux, l'attention quasi scientifique à l'égard de tel détail de comportement, de tel échange, de tel « gestus ». Avec Sarrazac, on peut donc conclure :

---

43 Philippe Ivernel, « Quatre mises en scène d'Arturo Ui » in *Les Voies de la création théâtrale*, II, Éditions du CNRS, 1970, p. 53-109, cité par Sarrazac, *ibid.* p. 126.

> Le résultat de ce jeu contradictoire entre l'ampleur du détour et la précision du retour sur la réalité, entre le plaisir et l'intellection du destinataire de la parabole, c'est une « grande forme » paradoxale. Une « grande forme » qui ne serait jamais une forme pleine, autosuffisante. Une grande forme surtout, qui ne prétendrait pas refléter la réalité. Une grande forme non point organique mais résultant d'un incessant travail de montage, d'interruption, de fragmentation. Une grande forme qui resterait toujours inféodée à un sévère principe d'économie, voire de parcimonie. Bref une « grande forme » qui ne serait qu'une petite forme reprise et développée[44].

Le théâtre épique brechtien est donc une manière particulière de s'emparer de la question du récit, et du grand récit. Comme Vilar, Brecht ambitionnait de toucher un public large, et comme pour Vilar également, la pratique théâtrale (celle du spectateur comme celle du plateau) avait pour lui un sens politique. Mais si le premier s'appuie sur un patrimoine éternel, universel, pour réunir ou plutôt faire exister dans une forme idéale le « peuple » dans les rangs des spectateurs, si toute son entreprise est tendue vers cette vision, si elle s'appuie pour cela sur des formes héroïques spécifiques, et qui font éclater sur le plateau « la douleur ou le bonheur d'une seule ou d'un seul[45] », le second s'efforce d'inventer un matériau théâtral original et propre à modifier la société de son temps. Ce faisant, c'est un rapport critique à l'Histoire que Brecht impose, s'emparant de contenus folkloriques, traditionnels ou exotiques et les *déplaçant*, les mettant en relations permanente avec l'actualité sociale, économique et politique de son époque, tout en les faisant varier, s'allonger, s'étirer, ceci pour chercher toujours cet endroit d'équilibre entre la petite forme qui corrode et la fresque qui engage – dans tous les sens du terme.

ONDES DE CHOC DU THÉÂTRE ÉPIQUE

Mutter Courage, auquel Barthes et Dort assistent en 1954, parvenait ainsi à réconcilier des différentes aspirations de la revue *Théâtre Populaire*, aspirations qui donnèrent non seulement le nouvel horizon de la critique théâtrale, (bientôt séduite par la sémiologie), mais aussi le « la » de la mise en scène à venir : celle-ci sera politique – c'est-à-dire engagée – ou

44 Sarrazac. *Ibid.* p. 132.

45 Vilar, Jean, *Chronique romanesque*, Grasset, Paris, 1971, p. 211 – cité par Dort, Bernard, « L'œuvre de Vilar : Une utopie nécessaire », dans les Cahiers théâtre Louvain, 56, 57. *Jean Vilar, théâtre et utopie.*

ne sera pas. Or, à partir du milieu des années 50 les représentations des pièces de Brecht se multiplient. À commencer par celle du *Cercle de Craie Caucasien*, l'une des plus marquantes de cette époque, selon David Bradby, et signée Jean Dasté[46], lequel semblait attiré non pas tant par « la vision politique de Brecht », mais bien davantage par « sa manière vigoureuse d'utiliser des éléments de littérature populaire[47] ». Roger Planchon contribua aussi, en se mettant « à l'école de Brecht » d'une certaine manière, c'est-à-dire en s'inspirant très clairement des créations du Berliner Ensemble, à diffuser tôt ses textes avec les mises en scène de *La Bonne Âme de Sé-Tchouan*[48] et *Grand Peur et misère du 3e Reich*[49]. Brecht est ainsi rapidement consacré, selon une expression de Jean Dasté, comme « le poète dramatique populaire de [cette] époque[50] ». Avec les publications des textes par l'Arche et celle des commentaires de Benjamin par la revue *Théâtre Populaire*, le rayonnement de l'auteur augmente encore au cours de la décennie suivante, explique Bradby, et c'est un véritable « raz-de-marée brechtien » qui submerge les théâtres décentralisés. « En consultant une liste (compilée par *Atac Informations*[51]), de toutes les pièces jouées entre 1947 et 1972 dans les théâtres décentralisés, on voit que Brecht occupe la troisième place après Molière et Shakespeare[52]. » Que tant d'efforts se soient portés sur un seul auteur contemporain ne pouvait qu'influencer en profondeur les recherches du théâtre décentralisé : jeu des acteurs, mise en scène, décor, écriture dramatique – l'« épique » brechtien se propage et atteint toutes les dimensions de l'art théâtral.

Les années qui suivent la découverte de Brecht en France sont donc marquées par une forme d'émulation autour du théâtre politique, avec un certain nombre de désaccords qui grandiront jusqu'en 68. Des auteurs comme Adamov et Vinaver nourrissent la veine sociale et historique, dont Planchon apparaît comme le metteur en scène chef de file[53]. Parallèlement,

46 Créé au Théâtre des Champs Élysées à Paris le 8 décembre 1957.

47 Bradby, David, *Le Théâtre Français contemporain, 1940-1980*, Trad. Française et Georges Dottin, Presses universitaires de Lille, 1990, p. 144.

48 En 1954 au Théâtre de la Comédie, à Lyon.

49 En 1958 au Théâtre de la Cité Villeurbanne.

50 Dasté, Jean cité par Bradby, *op. cit.* p. 144.

51 Mensuel d'information de l'association technique pour l'action culturelle, fondée en 1966.

52 *Ibid.* p. 146.

53 Planchon apparaît alors comme l'un des plus éminents héritiers du théâtre brechtien, filiation qui est, surtout, une filiation de plateau : c'est la recherche de matérialité, le

les centres dramatiques se multiplient, de même que les jeunes compagnies s'implantent de plus en plus dans des zones urbaines déshéritées ou dans des villes de province qui ne possèdent pas encore de théâtre municipal, dans l'attente d'obtenir un statut de Troupe Permanente.

Mais au cours des années 60, des influences venues de l'étranger contribuent à faire grandir un sentiment de malaise vis-à-vis d'un certain « impérialisme culturel » de la part du gouvernement De Gaulle, incarné alors par les Maisons de la Culture de Malraux, devenues les gardiennes d'une supposée « grandeur nationale », soit d'un prestige culturel français lié à un patrimoine et à un répertoire. Des compagnies comme Le Living Theater, alors en tournée en Europe, et le Théâtre Laboratoire de Grotowski, qui vient jouer *Le Prince Constant* à l'Odéon en 1966, révèlent à l'inverse un théâtre de l'immédiateté, un théâtre de pulsions viscérales, un théâtre du « présent » occulté par la trop grande fidélité à Brecht. Par ailleurs, de nombreux directeurs de centre dramatiques, accusés d'élitisme et d'inadaptation, se trouvent remis en question en 68[54], notamment par des foules étudiantes qui occupent

souci du réalisme, les détails des éléments de décors et d'accessoires, qui intéressent Planchon au plus haut point. (Voir « Roger Planchon : Héritier Et/Ou Fondateur d'une tradition de théâtre populaire ». Denizot, Marion in *L'Annuaire théâtral*, n° 49, printemps 2011, *Héritage et filiation du théâtre populaire*, p. 41). Cette dimension matérielle ou plutôt cette « écriture scénique » qui s'affirme dans le travail du metteur en scène au fil des ans s'expérimente aussi dans de grands spectacles de divertissement, comme l'adaptation des *Trois Mousquetaires*, de Dumas en 58 – spectacle intéressant en ce qu'il concilie différents besoin du nouveau directeur du Théâtre de la Cité, (nommé en 57) : à la fois trouver son public et « faire des recettes », tout en travaillant une écriture de plateau fortement inspirée des leçons brechtiennes, et qu'un roman comique comme celui de Dumas permettait de faire saillir, notamment via le jeu des acteurs. Les « gags » du roman étant l'occasion d'un jeu distancié et de nombreux clins d'œil à la grammaire brechtienne (celle des pancartes, etc.), tout autant que la partie dramatique et historique portée par les personnages du Cardinal, ou de la Reine, celle d'une parodie de jeu à la Vilar. Barthes sera ouvertement critique – « distraire *ou* penser – les deux ensemble, si possible, mon cher Planchon » (Barthes, Roland, « Les Trois Mousquetaires », *Écrits sur le théâtre*, *op. cit.* p. 269.) ; mais cette critique reste le signe d'une attention particulière et somme toute bienveillante des auteurs de la revue *Théâtre Populaire* pour leur « poulain », un metteur en scène qui représentait l'espoir d'une révolution brechtienne dans le théâtre français. (Merci à Tommaso Zaccheo, à qui je dois cette réflexion).

54 En 1967 déjà, lors d'un colloque qui se tient pendant le festival d'Avignon au sujet de la « politique culturelle des villes », des affrontements se font jour : des directeurs de centre nationaux, en particulier Roger Planchon, se revendiquent créateurs et à ce titre exigent plus de pouvoir, défendant leur indépendance contre la mainmise municipale. La place que commencent à prendre les administratifs aux postes de direction culturelle (aux dépens des artistes, selon Planchon) est aussi un point de friction. Le mot d'ordre qui

les théâtres locaux afin d'y réaliser assemblées générales et débats. On en vient à la conclusion qu'il existe une forte opposition ouvrière à la vision gaullienne de la France, et que ces opposants ne sont pas attirés en nombre suffisant dans les théâtres, tout comme la grande majorité de la population, que le théâtre ne parvient pas à intéresser. Il faut aller aux devants de ce « non-public[55] » et trouver le répertoire adapté, ou mieux : l'inventer collectivement. C'est ce que fera l'épopée révolutionnaire de Mnouchkine, que nous étudierons plus bas. Mais avant cela, il nous intéresse d'observer comment le théâtre public des années 70, qui ne s'envisage plus désormais que comme politique, et qui est toujours tendu vers l'horizon du « populaire », va métaboliser, après Brecht, la question du récit.

sort de ce colloque est alors « le pouvoir aux créateurs ». Un an plus tard, la déclaration de Villeurbanne, (rendue publique le 25 mai 1968) réunit au total une quarantaine de signataires, tous directeurs de structure (Maisons de la culture, CDN, etc.). Le texte, (reproduit à la fin du livre de Robert Abirached, *La Décentralisation théâtrale*, t. III : 1968, le tournant, Avignon, Actes Sud, 1994, p. 195-200) masque les différends entre « animateurs » d'un côté et « créateurs » de l'autre, qui a surgi en 1967, et ce au profit d'une « auto-critique » (Dort, dans « La fin d'un rêve », *Théâtre réel : essai de critique, 1967-1970*, Paris, Seuil, 1970, p. 246.). Battant leur coulpe, les responsables de ces institutions condamnent en effet la culture « héréditaire, particulariste, bourgeoise » qu'ils y ont dispensée. « Dans un même mouvement, ils mettent en avant l'existence d'un "non-public." – concept forgé pour l'occasion – irrémédiablement étranger aux libations culturelles offertes, même à tarif réduit, et enregistrent la remise en cause de la notion de culture comme patrimoine d'œuvres artistiques. Ils en proposent une conception plus anthropologique, entendue comme une forme donnée à des pratiques sociales diverses et non hiérarchisables, mais aussi une exigence plus politique, la culture étant définie comme entreprise de politisation ». Loyer, Emmanuelle, « 1968, l'an I du tout culturel ? » in *Vingtième siècle, Revue d'Histoire* 2008/2 (n° 98), p. 101-111.

55 « Il y a d'un côté le public, notre public [...] et il y a, de l'autre, un "non-public" : une immensité humaine composée de tous ceux qui n'ont encore aucun accès ni aucune chance d'accéder prochainement au phénomène culturel. » La Déclaration de Villeurbanne dans Abirached, Robert (dir.) *La Décentralisation théâtrale 3 : 1968, le tournant*, Paris, Cahiers Théâtre-Éducation de l'ANRAT, n° 8, Arles, Actes Sud-Papiers, 1994, p. 196.

THÉÂTRE ET RÉCIT DANS LES ANNÉES 70, LES ÉPOPÉES D'ANTOINE VITEZ

Peter Brook, Ariane Mnouchkine mais aussi Antoine Vitez, Patrice Chéreau, Jean-Pierre Vincent, seront les grands noms de ces années-là. Ils incarneront tour à tour les figures « héroïques » de la mise en scène en cette fin de XXe siècle, et leurs combats marqueront durablement l'institution théâtrale. Mais les trois premiers sont sans doute de ceux qui se sont le plus intéressés au récit, qui ont tenté explicitement de raconter au théâtre de longues histoires, et qui par conséquent ont renouvelé la définition de l'épique après Brecht.

Ainsi Vitez, qui s'inscrivait contre la tendance principale de l'époque et dont le mot clef était « historiciser », pratiquait un art du dépouillement influencé par Meyerhold, et cherchait sans doute à travers les notions de « répétition[56] » et d'« impossible[57] » des alternatives aux pratiques de ses contemporains. Une de ses premières tentatives dans ce sens est l'adaptation du livre de Tournier, *Vendredi ou la vie sauvage*[58]. Dans son journal de travail, en 1973, il prend note de ce choix d'aller vers d'autres types de textes que les pièces de théâtre elles-mêmes :

> Le théâtre, ce n'est pas seulement les pièces de théâtre. J'ai toujours trouvé un peu vain cet acharnement à chercher des auteurs, j'entends ressasser cette antienne depuis vingt-cinq ans, mais on disait déjà auparavant, on a toujours dit : « il n'y a plus d'auteurs », etc. L'important, ce n'est pas qu'il y ait, dans une suite logique, d'abord des auteurs, puis des producteurs qui les produisent, puis des metteurs en scène qui les « montent » comme on dit de cette curieuse façon obscène, l'important ici, c'est le mouvement du théâtre qui se nourrit de tout ce qu'il trouve : pièces anciennes, modernes, poèmes, romans, tout. Je « monterai » la Bible, disait Vakhtangov[59].

56 Voir Vitez, Antoine, *Écrits sur le théâtre*, t. 2. La Scène. 1954-1975. P.O.L. éditeur, 1995.

57 « Ce qui caractérise pour moi le plaisir de faire du théâtre, c'est précisément d'affronter l'impossible », Vitez, Antoine, « Faire théâtre de tout » in *Le théâtre des idées*, Gallimard, Paris, 1991, p. 199.

58 Créé au Château de Vincennes le 7 mai 1973.

59 Vitez, Antoine « *Vendredi ou la Vie sauvage*, d'après Michel Tournier, 1973 » in *Écrits sur le théâtre*, t. 2, P.O.L. éditeur, 1995, p. 355.

Vitez nous livre ici le sens de sa fameuse formule « faire théâtre de tout ». Ce qu'elle remet en question, ce n'est pas le texte littéraire, (Vitez se souciera toujours d'un théâtre « fondé sur le texte[60] ») mais le genre même de la *pièce de théâtre*, même si celle-ci constitue la matière privilégiée par Vitez tout au long de sa carrière. Aussi, un an plus tard, il s'attaque à l'Évangile selon Saint Jean, et voilà comment le metteur en scène définit et rêve le spectacle :

> Un récit. Et ce qui est *récité*, raconté, est de nature fantastique, merveilleuse ; on montre des prodiges, on fait voir l'invisible et entendre l'inouï. Ceci est l'achèvement – pour moi – d'une chaîne de recherches sur la narration au théâtre[61].

On retrouve ici l'idée selon laquelle le récit permet à ce qui ne peut pas être vu, ou figuré sur scène, d'exister imaginairement pour les acteurs et les spectateurs, à la manière d'une évocation. Le terme, parce qu'il charrie aussi avec lui le « fantastique », le « merveilleux », et les « prodiges », suggère en outre un certain rapport au public, de l'ordre de l'envoûtement. Par ailleurs, les notions d'« invisible » et d'« inouï » employées par le metteur en scène rappellent les développements de Brook autour de la notion de théâtre « sacré[62] ». Dans les notes de Vitez en effet, plusieurs allusions au théâtre de Brook indiquent une inspiration commune, ou du moins des correspondances dans leurs recherches respectives, et qui touchent peut-être à cet « intérêt pour l'irrationnel[63] », qu'assume tout à fait Vitez, à côté de son athéisme. C'est sans doute cet intérêt, cette quête un peu diffuse qui l'attache au récit, puisque, comme le précise Aristote[64], le récit permet d'offrir une place à l'irrationnel, de la lui tailler dans la langue. Plus loin dans les mêmes journaux, le désir affirmé par le metteur en scène de disposer les acteurs en cercle évoque en particulier la tradition du conteur à laquelle puise abondamment

60 Vitez, Antoine « *Les Miracles* d'après les Évangiles, 1974 », in *Écrits sur le théâtre, t. 2, op. cit.* p. 374.

61 Vitez, Antoine « *Le Texte est un Sphinx* » in *Écrits sur le théâtre*, t. 2, *op. cit.* p. 400-402.

62 Nous revenons sur cette notion, ainsi que sur celle de « théâtre brut » plus bas, dans l'étude consacrée au *Mahâbhârata*, mis en scène par Brook en 1985.

63 « Je suis toujours plus attaché à ce qu'on appelle la Raison, à l'esprit des Lumières. Mais je ne vois là nulle contradiction avec mon intérêt pour l'irrationnel. Ou le Sacré. Dans mon esprit, ces deux notions se touchent. » Vitez, Antoine, « La Foi et la Raison », in *Le théâtre des idées*, *op. cit.*, p. 154.

64 Voir Prologue théorique et critique, définition comparée de l'épopée et de la tragédie par Aristote.

le dramaturge anglais, tout comme la simplicité de jeu propre à cette tradition et que Brook réinvestit dans un théâtre qu'il nomme cette fois « théâtre brut[65] » :

> Un espace clos – un peu comme le *Songe d'une nuit d'été* de Brook. Et les acteurs assis ou agenouillés tout autour, en cercle ou en fer à cheval [...]. Un espace clos. Un espace de nuit. Comme une longue veillée, des ombres imprécises, des gens qui racontent des histoires dans la nuit – ainsi la Résurrection de Jésus comme les rêves qu'on fait des personnes chéries qui sont mortes[66].

Car dans *Les Miracles*, en effet, il n'y a qu'un seul personnage selon Vitez, qui est le Christ lui-même. Autour de lui, les acteurs sont chargés de raconter l'histoire par épisode, tableau après tableau, miracle après miracle. Ces « raconteurs » ou « récitants » ou « conteurs » prennent donc la parole à tour de rôle et racontent chacun selon « sa mode ». « Si l'un d'eux est acrobate tout est acrobatie, et prend des voies aériennes, et si l'un d'eux est chanteur tout devient musique et chant[67] ». Et le metteur en scène de noter : « les acteurs sont les apôtres du récit[68] », confondant volontairement l'action des personnages et celle des comédiens, et assimilant au prêche le récit en tant que tel.

Mais c'est sans doute avec *Catherine*[69], en juillet 75, que le « théâtre-récit[70] » de Vitez s'affirme comme tel. Pour « porter la chair romanesque au théâtre, l'épaisseur romanesque[71] », le metteur en scène se refuse à adapter le roman, c'est-à-dire à réécrire, « par soustraction[72] », une pièce

65 Nous revenons sur cette notion, ainsi que celle de « théâtre sacré », plus bas, dans l'étude consacrée au *Mahâbhârata*, mis en scène par Brook en 1985.

66 Vitez, Antoine « *Les Miracles* d'après les Évangiles, 1974 », in *Écrits sur le théâtre, t. 2, op. cit.* p. 374-375.

67 Vitez, Antoine, « Le texte est un sphinx », *op. cit.* p. 402.

68 *Ibid.* p. 375.

69 *Catherine* d'après *Les Clôches de Bâle* de Louis Aragon, est créée en juillet 1975 dans le cadre du 29e festival d'Avignon. Mise en scène de Antoine Vitez.

70 Vitez, Antoine « *Catherine* d'après l*es Cloches de Bâle*, d'Aragon » in *Écrits sur le théâtre, t. 2, op. cit.*, p. 456. L'expression « théâtre-récit » est une référence au dernier roman d'Aragon, *Théâtre/Roman.*

71 Vitez, Antoine, *Le théâtre des idées*, Gallimard, Paris, 1991, p. 204.

72 *Ibidem.* « Une adaptation, cela consiste généralement à isoler les dialogues pour faire apparaître par soustraction la "pièce de théâtre" qui se trouverait plus ou moins cachée derrière cette indication de scène trop longue qu'est le texte romanesque lui-même. C'est une conception extrêmement naïve. Il peut se faire aussi qu'on écrive des dialogues à partir d'un roman, en les ajoutant aux dialogues qui s'y trouvent déjà. Généralement les pièces faites comme cela ne restent pas dans l'histoire du théâtre. »

de théâtre. L'enjeu, en effet, est de pouvoir « jouer tout[73] », transmettre la vie, l'esprit et les détails de l'univers romanesque sur le plateau. Chez Vitez, la solution se trouve dans la personne même de l'acteur. Un exercice que le metteur en scène pratiquait avec ses élèves au Conservatoire permet ainsi de court-circuiter l'adaptation : celui de la remémoration en direct des acteurs-lecteurs.

> Le montage du spectacle sera fait à partir des souvenirs que le metteur en scène et les acteurs (le metteur en scène étant lui-même acteur) gardent de la lecture du livre. Et des associations d'idées provoquées par ces souvenirs. Il y a donc bien là une tentative d'écriture plus ou moins collective, nourrie d'une connaissance globale de l'œuvre d'Aragon, et enrichie par la présence et les souvenirs d'Aragon lui-même sur son propre ouvrage. Pratiquement, le texte du roman est toujours respecté, mais l'ordre pourra en être bouleversé[74].

Ce sont bel et bien des règles du jeu que met en place Vitez. Comme pour *Vendredi*, la question de la mise en scène se pose comme un problème mathématique : « soit un groupe d'acteurs qui s'empare d'une histoire et se donne à tâche de la raconter[75] ». À partir de là se décide ce qu'on a le droit de faire (et de ne pas faire) : ici, « se souvenir », et possiblement dans le désordre. À la frontière de l'exercice et de la performance, les comédiens de *Catherine* restituent donc l'intégrité non pas du roman lui-même, mais son intégrité vécue ou sentie, incorporée, intégrée dans la mémoire de chacun. Ils le font texte à l'appui, mais sans pour autant « monter » l'histoire, c'est-à-dire la « figurer » sur le plateau. Au contraire, c'est, en un sens, leur « non-adaptation » qu'ils mettent en scène. Ils se placent autour d'une table pour dîner, et le spectacle aura la durée de ce repas, de l'entrée au dessert. « Vitez commence à parler tout en mangeant. Il prend le livre d'Aragon. Il frappe soudain sur la table, il parle de Libertad, l'ami anarchiste de Catherine, il prononce ses discours (il l'imite en utilisant les objets qui l'entourent : cuillère, balai[76]) », décrit Muriel Plana. Ainsi le livre circule de mains en mains

73 « Comment jouer tout ? le tout ? et pas seulement des personnages, mais aussi des rues, des maisons, la campagne, et les automobiles, la cathédrale de Bâle, la vie ? » Vitez, Antoine « *Catherine d'*après les *Cloches de Bâle, d'*Aragon » in *Écrits sur le théâtre, t. 2, op. cit.*, p. 458.

74 *Ibid.*, p. 456.

75 Vitez, Antoine *Vendredi ou la Vie sauvage, op. cit.* p. 358.

76 Plana, Muriel, *Roman, théâtre, cinéma : Adaptations, hybridations et dialogue des arts, Bréal*, Paris, 2004, p. 55.

et chacun tour à tour se souvient, lit, joue, incarne, cite. Même s'il ne se délivre que par fragments, le roman est donc présent de bout en bout, et Vitez invente ainsi une sorte de dialogue direct entre les comédiens et le livre, entre la situation dramatique et la matière romanesque. Aussi, les personnages se scindent ou se dédoublent, les objets signifient d'abord une chose, puis une autre. Seule Nada Strancar se consacre à un seul personnage, celui de Catherine. De sorte que les autres rôles n'existent que « fugitivement », et que les seuls personnages en scène sont finalement les acteurs eux-mêmes, habillés comme tous les jours, mangeant de la « vraie nourriture », « dans le temps vrai[77] » de la représentation. Dans ce spectacle, le metteur en scène développe donc avec ses acteurs une forme de théâtre épique qui consiste à *jouer l'acte de réciter*, et qui s'amuse des différents codes de représentation ou de récitation possibles. Se superposent sans jamais se substituer l'un à l'autre le repas d'acteurs, espace concret, et l'espace fictif des *Cloches de Bâle*. C'est l'imagination de l'acteur et du spectateur qui se charge ainsi d'évoquer, voire de *convoquer* à partir de l'un le second, à partir de quelques signes dérisoires – miette de pain et cuillères – tout le paysage romanesque.

> Il y a des objets qui existent, des histoires vraies ou des objets d'art, des poèmes [...] et le metteur en scène est simplement celui qui prend un de ces objets et qui essaie de le raconter. Ce faisant, il écrit en signes de théâtre son propre poème scénique. Et naturellement, plus grande sera la responsabilité de l'acteur dans le spectacle, plus grand sera le rêve et plus aisée la mise en scène de l'impossible[78].

La sobriété des moyens utilisés (ici les objets présents et nécessaires au repas, à savoir couverts et nourriture) permet en effet de laisser plus de liberté (donc de responsabilité) à l'acteur – cette dernière étant entendue ici comme une *marge d'évocation* plus grande, liée à cette disproportion entre la petitesse du signe et la grandeur du signifié. De même, le détournement d'objets et le changement de rôles servent un théâtre où la convention est exhibée et où les pouvoirs de la métaphore sont démultipliés. Vitez se réfère dans ses entretiens à l'idée de Brook d'un théâtre « mal fait[79] ». Brook – raconte Vitez – se serait inspiré du

77 Vitez, Antoine, *Le théâtre des Idées*, *op. cit.* p. 206.
78 Vitez, Antoine *Vendredi ou la Vie sauvage*, *op. cit.* p. 358.
79 Vitez, Antoine, *Le théâtre des Idées*, *op. cit.* p. 206.

ta'zieh, la forme traditionnelle du théâtre iranien représentant, comme les Miracles ou les Passions en Europe, des scènes religieuses. Pendant les événements racontés au cours de ces spectacles populaires iraniens, intervient à un certain moment le doigt du Prophète. Il faut donc le représenter. Mais il est impossible de construire à l'avance un accessoire, car cela est trop grave, trop grand, trop dangereux à représenter. Alors « on prend toujours, au dernier moment, la première chose qui se trouve à portée de main. Parfois un objet misérable en plastique, un bout de papier, une pointe Bic, n'importe quoi. La chose la plus vile représente alors la chose la plus importante : le doigt du Prophète[80]. ». Il y a une forme d'aléatoire ici défendue dans le choix de l'objet qui s'applique en partie à *Catherine*, (en partie seulement car le travail y est très soigneusement réglé et pensé, non pas improvisé, et les objets traités de manière précise). La situation scénique – le repas entre acteurs – implique bel et bien la non-préciosité des accessoires et des supports de signification. Cette idée du « mal-fait » épouse en outre une « utopie » propre à Vitez qui est une utopie de l'acteur, et qu'il définit lui-même comme cette « croyance folle que *l'acteur peut tout*[81] », qu'il est « une espèce de représentant universel des autres, d'intercesseur », capable de tout représenter avec les plus petits moyens. Dans une création comme Le *Soulier de Satin*, récit théâtral fleuve s'il en est un, et qui s'est déroulé toute une nuit dans la cour d'honneur du Palais de Papes en juillet 1987[82], la même loi d'une fabrication précaire, rapide, légère, est revendiquée et détermine le choix des acteurs, qui n'ont pas besoin d'être précisément dans leur « emploi » :

> « Il faut que tout ait l'air provisoire, en marche, bâclé, incohérent, improvisé dans l'enthousiasme ! » écrit [Claudel] dans son avant-propos. Et nous devons tenir compte de cela ; il est impossible d'aller en sens contraire. Cela déterminera le choix de la distribution – sa fantaisie[83].

« L'enthousiasme », écrit Claudel, et Vitez a su donner une interprétation scénique de la formule : « collage, impertinence, désinvolture

80 *Ibid.* p. 216.

81 *Ibid.* p. 206.

82 Création le 9 juillet 1987 dans la Cour d'honneur du Palais des papes, dans le cadre du 40e festival d'Avignon.

83 Vitez, Antoine, « Le Soulier de Satin de Paul Claudel, 1987, Journal de Travail », in *Écrits sur le théâtre, IV, La Scène, 1983-1990*, P.O.L, Paris, 1997, p. 240.

sublime, anachronisme constant, de la vulgarité bourgeoise (dans le goût des prosateurs du début de ce siècle) à la pureté de saint Jean de la Croix ; toutes les formes sont ici inventoriées, et de même façon tous les modes de jeu sont par nous employés[84] ». Il y avait certainement désir d'embrasser le monde dans la grande parabole claudélienne, comme celui d'embrasser le Tout dans les mises en scène de Vitez, et de le faire avec la petitesse des moyens du théâtre, mais aussi avec les ruptures de ton, les changements de registres, et une forme d'innocence dans le jeu qui permet étrangement de donner du souffle à l'ensemble.

> Et comme dans un livre, les acteurs se succèdent sur la scène ainsi que se succèdent les pages du récit. Il n'y a pas d'interruption, il faut laisser place au suivant, la parole entre *à force* dans l'action. L'obligation d'avancer – autrement dit de raconter l'histoire – domine tout. Mais pour représenter le Monde entier, sa grandeur, il faut la petitesse du théâtre. Car aucune scène ne sera jamais à la mesure du Monde. Il serait fou de vouloir gonfler la mise en scène comme un ballon grotesque pour la porter aux dimensions de ce que l'on évoque. Au contraire, l'énigme proposée par le sphinx Claudel est d'avoir à trouver la forme qui donnera, sur l'aire étroite et nue de la scène, tout le sens[85].

Vitez établit ici des liens essentiels pour la question de l'épique, entre la grandeur de la forme d'un côté, et la petitesse des moyens de l'autre, qui produit justement *le souffle* du spectacle. Cette équation « grandeur de l'objet / ou du sujet / ou de la forme + petitesse des moyens scéniques et techniques = souffle épique », nous la retrouverons dans de nombreux projets de notre corpus (chez Bellorini, notamment, dans cette partie, mais aussi jusque dans les aventures utopiques de la troisième partie, comme celle du Théâtre Permanent de Gwenaël Morin, ou les festivals du Lyncéus et du NTP). En outre, Vitez associe dans cette citation le récit à la question du rythme, à l'obligation « d'avancer » dans l'histoire, à la rapidité des enchaînements, et ce principe formel, celui de la rapidité, est une nouvelle règle du jeu : elle oblige à un style, elle implique une désinvolture complète (et choisie) à l'égard du réalisme. Et justement, d'un autre côté le metteur en scène associe la profondeur du sens à la simplicité des signes. Vitez hérite en cela de Copeau et de Vilar : son école est celle de la sobriété. Et si chaque texte est pour lui porteur d'une énigme posée par son auteur, et qu'il est en charge d'interpréter,

84 *Ibid.* « Le Soulier de Satin », (programme de la saison 1987-1988) ; p. 258.
85 *Ibid.* « L'acteur entre », p. 260.

c'est à travers le corps et la voix de l'acteur que celle-ci se délivre, voilée dans les mots, cachée dans l'action. Ainsi chaque acteur qui entre en scène porte avec lui « une part du secret[86] », dit Vitez. C'est aussi en ce sens que l'acteur est pour lui cet « intercesseur ». « L'acteur entre et il parle. On va savoir[87] », écrit le dramaturge un peu plus loin. Et c'est là le mystère, l'espoir, ou l'utopie d'un tel théâtre.

Cette croyance, ou cette « utopie » de l'acteur qui peut tout, chez Vitez, s'oppose et répond à celle qu'il identifie dans le travail du théâtre du Soleil, et qu'il qualifie d'utopie humaniste : « la tentative perpétuellement recommencée d'inventer le phalanstère, et pour cela de vivre déjà selon un mode de vie phalanstérien[88] ». Nous ne pouvons revenir ici sur l'intégralité de l'aventure du théâtre du Soleil et sur ce qui justifie pareille proposition, mais nous notons, et retenons pour la suite, cette idée que l'« utopie » et le « grand récit » de plateau sont deux notions qui souvent se marient l'une à l'autre. Plus précisément encore, nous notons que l'« épopée » théâtrale, dans cette seconde partie du XXe siècle et sans doute surtout en ce milieu des années 70 et pour la décennie qui suit, a le sens d'un « grand projet », c'est-à-dire d'un projet soulevé par une ambition politique et éthique forte, qui dépasse le cadre strictement théâtral. Il est donc temps de regarder de plus près deux spectacles, qui se trouvent être deux créations incontestablement et unanimement qualifiées « d'épiques » et qui en cela apparaissent, pour le sujet qui nous occupe, comme des points clés de l'histoire théâtrale récente – de même que leurs deux metteurs en scène, que l'on a déjà cités – sont incontestablement de ceux qui jouent un rôle dans la manière dont l'épique a été remis en jeu sur les plateaux français après Brecht.

86 *Ibidem.*
87 *Ibidem.*
88 Vitez, Antoine, *Le théâtre des idées*, *op. cit.* p. 201.

DEUX ÉPOPÉES THÉÂTRALES DE RÉFÉRENCE

Le grand récit national de Mnouchkine, la légende indienne de Brook

En 1970, Ariane Mnouchkine investissait pour la première fois la Cartoucherie de Vincennes avec *1789*[1], et trois ans plus tard, elle y ajoutait un second volet : *1793*[2]. Le diptyque a fait date. D'abord parce qu'un lieu désaffecté devenait tout à coup lieu de théâtre, sans l'aide financière ni la participation institutionnelle de l'État ; ensuite parce que les spectateurs ne s'y installaient pas selon les codes habituels, sur des gradins, face à la scène ; et puis parce que l'histoire nationale s'emparait du plateau, *des tréteaux* de la metteuse en scène et de ses acteurs, ou plutôt parce que ces tréteaux s'emparaient de l'histoire ; parce que s'y rendre était presque une action militante et parce que tout cela, enfin, ressemblait à une révolution. 281.370 spectateurs pour *1789*, 102.100 spectateurs pour *1793* ; en tout, et en trois ans, les deux pièces forment le plus gros succès de la troupe du Soleil, devant *Les Shakespeare*[3], (253. 000 spectateurs dans un

1 *1789, La révolution doit s'arrêter à la perfection du bonheur*, création collective du Théâtre du Soleil, mise en scène d'Ariane Mnouchkine, décor de Roberto Moscoso, costumes de Françoise Tournafond. *1789* a été créé le 11 novembre 1970 au Piccolo Teatro de Milan, puis repris à la Cartoucherie fin décembre de la même année. En 1973 Ariane Mnouchkine réalise le film du spectacle pendant les 3 dernières semaines de représentations. Tournée en France et à l'étranger : Villeurbanne, Besançon, Caen, Le Havre, Martinique, Lausanne, Berlin, Londres, Belgrade. 281 370 spectateurs. https://www.theatre-du-soleil.fr/fr/notre-theatre/les-spectacles/1789-1970-223, consulté le 20/08/2018.

2 *1793, La cité révolutionnaire est de ce monde*, création collective du Théâtre du Soleil, mise en scène d'Ariane Mnouchkine, décor de Roberto Moscoso, costumes de Françoise Tournafond. Création le 12 mai 1972 à la Cartoucherie. À partir du 15 novembre 1972 : reprise de *1789* en alternance avec *1793* à la Cartoucherie jusqu'en mars 1973.102 100 spectateurs. https://www.theatre-du-soleil.fr/fr/notre-theatre/les-spectacles/1793-1972-224, consulté le 20/08/2018.

3 Création de *Richard II* le 10 Décembre 1981 à la Cartoucherie. Création de *La Nuit des Rois* le 10 juillet 1982 au Festival d'Avignon. Pièce jouée en alternance avec la précédente à la Cartoucherie. Création de *Henry IV* le 18 janvier 1984 à la Cartoucherie. Pièce

même intervalle de temps et pour les trois pièces, *Richard II*, *La Nuit des Rois*, et *Henry IV*), et devant *Les Atrides* (286.700 spectateurs, en trois ans également). Toutefois il n'est pas non plus anodin de noter que c'est lors de ces trois créations géantes, chacune composées de plusieurs pièces, chacune s'annonçant comme un cycle, que le succès de la troupe fut le plus grand.

Quinze ans plus tard, en 1985, lors de la 39e édition du festival d'Avignon, Peter Brook présente le *Mahâbhârata*[4] et investit pour la première fois un autre lieu, à 15 kilomètres de la Cité des papes : les carrières de Boulbon. Cette fois aussi, la création est restée dans les mémoires. *Maha* en sanscrit signifie « grand » et « total ». *Bhârata* est d'abord le nom d'un personnage légendaire, puis celui d'une famille, ou d'un clan. Ainsi, le titre peut se comprendre comme « La Grande Histoire des Bharata ». Il faut ajouter que *Bharata*, par extension, signifie « hindou » et, plus généralement, « homme ». *Le Mahâbhârata* est donc « La Grande Histoire de l'Humanité ».

En fait, ce « grand poème du monde », comme il se nomme lui-même, raconte la longue et furieuse querelle qui opposa deux groupes de cousins, les Pandavas, qui sont cinq frères, et les Kauravas, qui sont cent. Cette querelle de famille, qui éclate et se développe à propos de l'empire du monde, s'achève par un immense combat qui met en jeu le sort de l'univers tout entier. La « grande histoire des Bhârata », attribuée au poète Vyâsa, est donc l'une des deux grandes épopées de l'Inde

---

jouée en alternance avec les deux précédentes. Tournées 1982-1984 : Festival d'Avignon, Festival de Munich, Los Angeles (Olympic Arts Festival), Berlin (Berliner Festspiele). 253 000 spectateurs. https://www.theatre-du-soleil.fr/fr/notre-theatre/les-spectacles/les-shakespeare-richard-ii-1981-158, consulté le 20/08/2018.

4 *Le Mahâbhârata* est créé dans les Carrière Boulbon le 07-07-1985 à l'occasion du 39e festival d'Avignon ; mise en scène de Peter Brook ; adaptation de Jean-Claude Carrière ; d'après Vyasa. « Le Mahābhārata, le Grand Bhārata, en fait la "Grande (Geste) des Bhārata", est l'une des deux épopées sanskrites qui ont servi de toile de fond et d'inépuisable réservoir à la littérature hindoue ultérieure. Lorsqu'on dit seulement : l'"Épopée", avec une majuscule, on se réfère toujours au Mahābhārata qui, par son étendue – plus de cent mille stances divisées en dix-huit chapitres –, représente le document majeur du début de l'hindouisme. [...] La tradition indienne inscrit cet immense ensemble épique au compte d'un seul auteur, Vyāsa, à qui l'on impute, au surplus, beaucoup d'autres ouvrages. Ce Vyāsa serait à la fois le conteur et l'un des personnages centraux du poème. En fait, vyāsa est un substantif que l'on peut traduire par "compilateur", quoique, littéralement, le terme désigne moins celui qui recueille que celui qui diffuse » Esnoul, Anne-Marie « MAHĀBHĀRATA », Encyclopædia Universalis [en ligne], consulté le 22 août 2018. URL : http://www.universalis.fr/encyclopedie/mahabharata/

ancienne avec le Râmâyana[5] (la « marche de Râmâ ») ; elle compte plus de 100 000 vers et demeure l'un des fondements de la culture indienne – sa mémoire est toujours vivante dans l'Inde actuelle, en particulier en Inde du Sud, où les conteurs populaires en récitent encore aujourd'hui des passages en public.

Avec ces deux spectacles, on entre de plain-pied dans le renouvellement scénique de la notion d'épique.

L'ÉPOPÉE RÉVOLUTIONNAIRE : *1789-1793*

« UN NOUVEAU THÉÂTRE HISTORIQUE » À DIMENSION IMMERSIVE

Le diptyque de Mnouchkine, au début des années 70, semble encore se situer dans une sphère d'influence très brechtienne. En témoigne la critique élogieuse qu'en fait Bernard Dort, saluant dans la proposition de *1789-1793*, « un nouveau théâtre historique » : non pas celui de quelques « grandes individualités » mais celui « des gens du peuple » qui vivent les événements au quotidien, un quotidien trivial mais aussi un « quotidien politique », et dans lequel sont immergés les spectateurs.

> Ceci, qui n'était encore qu'esquissé dans *1789*, fonde *1793* : tout part de « l'Assemblée du quartier des Halles, la section de Mauconseil », tout y ramène ; c'est à travers cette section que nous voyons et vivons la Révolution ou, du moins, trois années de cette Révolution (de 1792 où est demandée la déchéance du Roi jusqu'en 1793 où est promulguée la « loi du maximum » pour les prix, « dernière grande victoire populaire »). Et, après avoir, dans *1789*, été appelés à participer à la fête où le peuple revit ce qu'il a vécu, ce qu'il a fait et n'a pas fait, les spectateurs sont conviés à devenir sinon des sectionnaires du moins le public de l'époque qui, dans une église désaffectée devenue le lieu de réunion de la section, écoute, voit et juge l'histoire vécue au jour le jour par les sectionnaires[6].

---

5 « C'est après les temps védiques, aux alentours de l'ère chrétienne, mais à une date qu'il est impossible de préciser, qu'apparut le Rāmāyaṇa, la "Geste de Rāma", ou la "Marche de Rāma", la seconde des deux grandes Épopées indiennes » Renou, Marie-Simone « RĀMĀYAṆA », Encyclopædia Universalis [en ligne], consulté le 22 août 2018. URL : http://www.universalis.fr/encyclopedie/ramayana/

6 Dort, Bernard, « L'histoire jouée », *L'Avant-Scène Théâtre*, n° 526-527, octobre 1973, p. 9.

Un théâtre donc, qui bannit de l'action les héros attendus, officiels, et opère un focus sur les habituels figurants de l'histoire. Mieux encore, un théâtre qui nous plonge au cœur de l'activité politique concrète telle qu'elle s'exerce à cette échelle, celle du peuple parisien et de ses sectionnaires : se rassembler, se parler, assister aux réunions de sections, « écouter, voir et juger » des événements, délibérer, décider, voter, etc., telles sont les actions auxquelles on assiste et auxquelles, dans une certaine mesure, on participe. Il faudra mesurer l'écart entre une telle proposition et celle du metteur en scène Joeël Pommerat, par exemple, au cœur de notre période, avec un spectacle comme *Ça Ira, Fin de Louis*, créé en 2015[7]. Ici, dans les commentaires de Bernard Dort, on entend aussi bien les échos de formules venant du *Théâtre Politique* de Piscator, des désirs démentiels de mettre les masses ouvrières en scène, de faire de la séance théâtrale un « gigantesque champ de bataille, une gigantesque manifestation[8] », que ceux des écrits brechtiens où s'affirme le désir d'en finir avec un théâtre culinaire et bourgeois, tissé d'intrigues psychologiques, clos sur lui-même, nous happant seulement dans la fiction. En effet la scène appartient ici aux classes populaires : elle est prise d'assaut par des bateleurs qui nous racontent la Révolution telles qu'ils la perçoivent, et elle est, concrètement, non seulement ouverte sur le public mais aussi tout à fait éclatée entre des pôles de jeu multiples et des plateaux divers, tréteaux autour desquels les spectateurs sont debout, comme à la foire, ou comme autour des *mansions* qui servaient à figurer les différents lieux de la fiction dans le mystère médiéval. L'ouverture du récit théâtral vers un peuple fictif se double donc d'une ouverture scénographique du plateau vers les spectateurs, ainsi que d'une ouverture symbolique vers le « reste du monde », ce monde matériel, réel, du public qui est dans la salle.

LA DISTANCE OU L'HISTOIRE JOUÉE

À cette dimension immersive du spectacle s'ajoute une dimension proprement « réflexive ». Ainsi, tandis que l'espace est configuré de telle sorte que le public puisse s'identifier avec celui de l'époque, le type de jeu auquel ont recours les comédiens interdit, quant à lui, toute indentification.

7 Voir Deuxième Partie – S'attaquer au Mythe National.

8 Piscator, Erwin, *op. cit.*, p. 69.

> Les acteurs ne se donnent jamais totalement pour tel ou tel personnage populaire, fût-il anonyme. Ils restent des comédiens d'aujourd'hui qui jouent des hommes d'autrefois, dans *1789*, « des bateleurs qui racontent la Révolution », dans *1793* des « sectionnaires, des sans culottes qui se racontent la Révolution ». Sans cesse, une distance née du décalage entre le comédien et sa fonction vient rectifier l'illusion[9].

C'est presque un ABC du théâtre épique brechtien que l'on retrouve dans ces quelques lignes : une scène qui « raconte » par le biais de bateleurs encadrant la fiction[10], (on est dans le narratif-encadrant mentionné plus haut) ; des acteurs qui refusent l'incarnation, cette « métamorphose totale » de la personne en personnage[11] et qui font plutôt *jouer devant eux* leurs personnages tels des marionnettes ; et l'affirmation d'une « distance », due précisément à ce jeu, à cet espace laissé vacant entre soi d'un côté et le raconté, le montré, le fictif de l'autre. Cette distance déréalise et introduit aussi l'humour, l'ironie, la critique, dans un théâtre « au deuxième degré[12] » comme l'appelle Denis Bablet ; un théâtre où se mêlent, enfin, différentes formes et traditions théâtrales, allant de l'allégorie à la farce, du théâtre forain aux meetings politiques, en passant par le pastiche d'opéra ou par les marionnettes du *Bread and Puppet theater* de Peter Schumann. Brecht n'aurait certainement pas désavoué l'Ariane de *1789*.

Par ailleurs, le spectacle, qui, si l'on en croit Denis et Marie-Louise Bablet, pourrait aussi porter le titre de « 1789 ou Comment la bourgeoisie confisqua une révolution », s'attache à dénoncer un processus de confiscation du pouvoir, et des rapports systématiques de domination entre classes sociales. L'ensemble en passe par une injonction de mise en scène : « montrer clairement », (qui est qui et qui fait quoi), utiliser

9 Dort, Bernard, *op. cit.*, p. 9.

10 « Intervenant – La prise de la Bastille, ça a été un exemple flagrant. Toutes les improvisations, qui avaient été faites sur la prise de la Bastille, n'ont convaincu personne finalement. / Intervenant 2 – Et chaque petite improvisation elle racontait quelque chose. Elle racontait, racontait, racontait. Et à la fin on a trouvé que raconter, pris vraiment dans le sens le plus propre, c'était la solution. Et on a raconté. » *Entretien avec Ariane Mnouchkine à propos de 1789*, 22 février 1971, ORTF, collection "Théâtre d'Aujourd'hui". http://fresques.ina.fr/en-scenes/impression/fiche-media/Scenes00405/ariane-mnouchkine-a-propos-de-1789.html, consulté le 19/10/2021.

11 Brecht, Bertolt, « L'Achat du Cuivre » *in Écrits sur le théâtre*, éd. Pléiade, Gallimard, en collaboration avec l'Arche Éditeur, Paris, 2000, p. 592.

12 Bablet, Denis et Marie-Louise, *Le Théâtre du Soleil ou la quête du bonheur*, diapolivre, Éditions du CNRS, Paris, 1979, p. 36-43.

des signes clairs, immédiatement intelligibles aux yeux des spectateurs. Il s'agit de nous faire reconnaître des rapports de forces, marqués dans l'Histoire, entre noblesse, tiers-état, et bourgeoisie :

> Cette volonté apparaît dès les costumes : ceux des nobles avec leurs fraises, leurs chapeaux de mousquetaires, leurs richesses, ceux des paysans traités à la Le Nain dans les scènes de misère, et à la Watteau lorsqu'on les voit faisant une naïve confiance au roi et à ses déclarations, ceux enfin des marchands et des bourgeois, la classe montante, qui relève déjà davantage du XIXe que du XVIIIe siècle, parce que c'est à cette époque-là qu'elle profitera pleinement de ses conquêtes du temps de la Révolution[13].

De même Necker est immédiatement reconnaissable, parmi les différentes marionnettes des « états généraux », grâce à son accent suisse ; cette fois encore la convention est soulignée aux dépens du naturalisme ou d'une imitation vraisemblable des personnages historiques. Les accusés font donc les frais du comique et du grotesque, et la dimension critique du spectacle s'en trouve accrue. Du côté des victimes, à l'inverse, on voit des scènes, moins drôles, notamment au début du spectacle, qui font office de « tableaux de la misère en l'an 1789 ». C'est véritablement *le gestus du pauvre*, si l'on ose dire, que nous donne à lire Mnouchkine : sur chacun des tréteaux, un homme revient abattu en son foyer, et annonce à sa femme, qui tente désespérément de faire taire les pleurs de son enfant : « Ma femme, je n'ai pas trouvé de feu » / « Ma femme, je n'ai pas trouvé de pain[14] ». À la fin de ce même tableau, qui se déroule presque simultanément sur 5 plateaux, le père étouffe l'enfant que le couple ne peut nourrir, et ce dans un dernier cri, déchirant, animal, de la mère. Le geste, expression tangible, matérielle, et en même temps paroxystique de la famine, est à la fois concret et symbolique, et sa démultiplication sur différents plateaux permet de dépasser le simple mélodrame familial pour accéder à un niveau poétique supérieur, toujours pathétique, certes, mais aussi allégorique et critique.

Ces différents éléments, où se confondent l'héritage brechtien, la construction meyerholdienne, et celui des traditions théâtrales asiatiques,

---

13 *Ibidem.*

14 Premières minutes du spectacle. Voir *1789 : un film du Théâtre du Soleil* / réalisation d'Ariane Mnouchkine ; création du Théâtre du Soleil ; production de Alexandre Mnouchkine et Georges Dancigers ; images de Bernard Zitzermann – Paris : Les Films Ariane [éd.] ; Paris : Ariane video [distrib.], 1974 (copyright du film), date de l'édition vidéo : 1977.

continueront d'imposer la marque de fabrique du théâtre du Soleil dans d'autres spectacles. Néanmoins, *1789* et *1793* ont de particulier *l'histoire nationale* qui leur sert de matière ; soit l'idée et la volonté de « partir d'un patrimoine commun à tous les français[15] » (comme le préconisait Vilar, mais avec le répertoire), et d'en faire le tremplin d'un théâtre « populaire ». S'affirme ici une équation essentielle pour la définition de l'épique contemporain, qui relie l'Histoire nationale d'un côté, et la dimension populaire de l'art théâtral de l'autre.

HISTOIRE NATIONALE ET THÉÂTRE POPULAIRE, QUELLE ÉQUATION ?

> Joué avec un immense succès jusqu'au 14 juillet 1971, *1789*, demeure le modèle mythique d'une action théâtrale collective et politique dont le théâtre français contemporain offre peu de témoignages[16].

En regardant la captation qui reste aujourd'hui la trace principale du spectacle, et puisqu'il faut bien aussi s'y fier pour tenter de comprendre ce qu'a pu avoir de « mythique » une des représentations de 1970, on note, successivement : la foule amassée en désordre devant les différents plateaux, et non pas bien paquetée et rangée sur les seuls gradins ; la présence de différentes générations de spectateurs, des enfants à la fois surexcités et fascinés aux adultes qui ont des visages d'enfants ; les acteurs qui sont tout près d'eux et qui, de visage à visage, leur adressent la parole, les invectivent, leur racontent des histoires, mais aussi les bousculent, passent au milieu d'eux, les déplacent ; on note l'incroyable investissement physique et vocal de ces mêmes acteurs ; on note évidemment la tonalité festive de l'ensemble, ses nombreux moments purement ludiques et participatifs ; la place de la musique, accompagnant et portant toujours le jeu, tambours battant, parfois jusqu'à la transe ; on note surtout la place du récit, encadrant mais aussi infiltrant régulièrement le cœur du spectacle, le tissant en reliant chacune des petites scènes jouées… On note enfin que le personnage principal de ce spectacle est bien le « Peuple », entité politique abstraite que les

15 Von Bomhard, Alexandra, *Le Théâtre du Soleil répète 1789 à la Cartoucherie de Vincennes*, Notice, Contexte historique. https://fresques.ina.fr/jalons/fiche-media/InaEdu05427/le-theatre-du-soleil-repete-1789-a-la-cartoucherie-de-vincennes.html, consulté le 22/08/2018.

16 Chollet, Jean, « 1789, Théâtre du Soleil », Encyclopædia Universalis [en ligne], URL : http://www.universalis.fr/encyclopedie/1789-theatre-du-soleil/, consulté le 22 août 2018.

acteurs incarnent ici de manière concrète, et ce de deux façons. D'abord à travers de multiples figures singulières, comme celles de « Marie », de « Gaspard », et toutes celles, plus éphémères, des bateleurs, des acteurs de foire, des acrobates, celles des conteurs de la prise de la Bastille qui forment l'ensemble du « Peuple de Paris », ou celles encore, outre-mer, des nègres esclaves… Ensuite, ce « Peuple » de 1789 est incarné grâce à l'utilisation généralisée du pronom « on » par les acteurs, un « on » qui permet de désigner tous ceux qui agissent pendant ces journées de juillet et de les identifier comme un seul et unique Sujet. Outre le dispositif immersif, la proximité des acteurs et des spectateurs, la porosité même des espaces de la fiction et du réel, la représentation de la fête révolutionnaire et les effets de mise en scène cités plus haut, c'est donc aussi à travers une parole chorale[17] que la dimension « populaire » de l'Histoire prend une forme théâtrale. De même, l'action – presque jamais individuelle, mais collective, et souvent *massive* – donne bel et bien le sentiment de partir d'« en bas », de sous les tréteaux, enfin de « nous », les spectateurs, ou du moins *de notre place*, pour assaillir et occuper la scène. Implicitement, ce théâtre désigne donc aussi son public comme peuple, et comme c'est de l'histoire nationale qu'il s'agit ici, ce peuple est, au moins dans la fiction, mais également, on vient de le voir, dans l'organisation de l'espace théâtral, central et actif. Il y a bien là quelque chose de galvanisant, mais surtout, c'est le vocabulaire de toute une époque qui s'expérimente, qui se joue. À peine deux ans plus tôt, mai 68 refondait cette mystique du peuple révolutionnaire, réactivant le « sens positif » du mot tel qu'a pu le définir il y a peu Alain Badiou :

> 23. « Peuple » est […] une catégorie politique soit en amont de l'existence d'un État désiré dont une puissance interdit l'existence, soit en aval d'un État installé dont un nouveau peuple, à la fois intérieur et extérieur au peuple officiel, exige le dépérissement. / 24. Le mot « peuple » n'a de sens positif qu'au regard de l'inexistence possible de l'État. Soit un État interdit dont on désire la création. Soit un État officiel dont on désire la disparition. « Peuple » est un mot qui prend toute sa valeur, soit sous les espèces, transitoires, de la guerre de libération nationale, soit sous celles, définitives, des politiques communistes[18].

---

17 Voir à ce sujet, entre autres études, le dossier *Choralités*, dir. Christophre Triau avec la collaboration de George Banu, *Alternatives théâtrales* 76-77, janvier 2003.

18 Badiou, Alain, Bourdieu, Pierre, Butler, Judith, Didi-Huberman, Georges, Khiari, Sadri, Ranciere, Jacques, *Qu'est-ce qu'un peuple ?*, La fabrique, 2013, p. 21. À propos de la notion

Ces dernières phrases de l'article « 24 notes sur les usages du mot peuple[19] » éclairent en effet les enjeux politiques des choix dramaturgiques décrits. En effet, on sait que la Cartoucherie s'est avant tout construite non seulement *sans* participation financière de la part de l'État, mais aussi *contre* l'institution théâtrale et culturelle de la fin des années 60[20]. C'est donc aussi autour de cette définition du mot « peuple » entendu comme l'ensemble de ceux qui ne sont pas compris dans la sphère institutionnelle, que se résout l'équation posée entre « histoire nationale » et « théâtre *populaire* ». Car si l'une (l'histoire nationale) est le point de départ affiché du spectacle, l'autre (un théâtre « populaire ») sa revendication profonde et son ambition, les deux formules n'adhèrent pas de manière évidente l'une à l'autre, au contraire. « L'histoire de France » n'est pas une donnée objective, et bien qu'on l'entende d'abord ici comme un patrimoine, qui sert de base et de référence commune aux spectateurs et aux acteurs (et qui permet, donc, une certaine acception du terme « populaire » alors entendu au sens vilarien, et rousseauiste, comme ce qui peut être accessible et partagé), ce patrimoine demeure une construction partiale et orientée, c'est-à-dire colorée, filtrée par une idéologie[21]. Aussi les comédiens, en s'emparant de l'« histoire nationale »,

---

de peuple, voir aussi *Théâtre populaire et représentations du peuple*, *op. cit.* et aussi *Le peuple, mythe et réalité*, dir. Paul, Jean-Marie, Presses universitaires de Rennes, 2007.

19 *Ibid.*

20 Quand la troupe s'installe à la Cartoucherie, durant l'été 1970, cette ancienne usine militaire, qui appartient à la Ville de Paris, est à l'abandon. Jeanine Alexandre-Debray, responsable du Parc Floral, autorise cette installation alors même qu'elle n'est pas habilitée à le faire, et les travaux, d'ampleur considérable, sont alors entrepris par les acteurs eux-mêmes, sans que la ville ni le ministère de la Culture n'y participe. De 1971 à 1973, quatre autres troupes s'installent à la Cartoucherie : celle de Jean-Marie qui y crée le Théâtre de la Tempête ; celle d'Antonio Díaz-Florían qui s'y installe avec l'Atelier de l'Épée de Bois ; Tanith Noble y crée l'Atelier du Chaudron ; et enfin s'y installe le Théâtre de l'Aquarium. La transformation du lieu en ensemble théâtral est donc une expérience intuitive puisque cinq lieux y sont créés de façon progressive et non préméditée. Elle est également une pratique militante puisque ces cinq troupes ne reçoivent aucune aide publique pour cette installation. Enfin, elle est une entreprise collective puisque la récupération de ce lieu a nécessairement provoqué une solidarité entre ses occupants. Bien que ces cinq troupes n'aient ni le même âge, ni la même pratique, au moment où elles s'installent à la Cartoucherie, elles ont néanmoins pour points communs : de vouloir contribuer activement au renouvellement de l'art théâtral, de ne pas disposer d'un lieu de travail, de ne pas chercher à prendre place dans l'institution et de ne pas être inspirées par le traditionnel espace théâtral à l'italienne.

21 Voir *Comment on écrit l'histoire*, Veyne, Paul, Édition du Seuil, 1978. « Les événements ne sont pas des choses, des objets consistants, des substances ; ils sont un découpage que nous opérons librement dans la réalité, un agrégat de processus où agissent et pâtissent

doivent s'efforcer de se l'approprier pour l'éprouver et la partager avec le public autrement, selon d'autres perspectives. Ils l'« essaient » dit Ariane Mnouchkine[22] : comme on essaye un costume, ou comme on tente de reconstituer une situation, un accident ; ils *essaient* « de s'approcher de la réalité de l'événement tel qu'il avait eu lieu et tel qu'il avait été reçu par *la masse des gens*, la masse des Français à cette époque[23] ». Pour que l'histoire nationale devienne la matière d'un spectacle *populaire*, elle doit donc justement être sortie de sa gangue institutionnelle et redevenir le fruit d'expériences et d'incarnations multiples, assumées comme subjectives et partiales, qui en démontent le caractère « officiel », voire « universel ». Ce mode d'expérimentation de l'Histoire va devenir central pour les retours de l'épique quelques décennies plus tard, et nous y reviendrons dans notre seconde partie, (non seulement autour du spectacle de Pommerat, mais aussi de ceux du Birgit Ensemble, ou des D'Ores et déjà[24]). Il s'agit de mettre à l'épreuve le grand récit national et ses images d'Épinal, de les mettre à l'épreuve *d'un temps* – en l'occurrence, celui de 1970, deux ans après 1968 – d'un certain « esprit » du temps, et également à l'épreuve des *subjectivités* de ceux qui sont en droit de se considérer alors comme l'incarnation réelle et présente *du peuple français* : soit les comédiens eux-mêmes, et les spectateurs supposés du spectacle. Car comme on vient de le voir avec Badiou, en 1970, le mot « peuple » désigne sans aucun doute une force politique réelle, concrète et active, potentiellement présente dans les rangs des spectateurs et dans la troupe de Mnouchkine, et qui ne demande qu'à s'incarner en tant que telle. Car s'incarner, alors, c'est prendre la parole, et cette prise de parole, qui est avant tout affirmation de soi, comme l'a analysé De Certeau à propos de 1968[25], est aussi une prise de pouvoir (– et cette question de la prise

des substances en interaction, hommes et choses. Les événements n'ont pas d'unité naturelle ; on ne peut, comme le bon cuisinier du *Phèdre*, les découper selon leurs articulations véritables, car ils n'en ont pas. » p. 58. Voir aussi Ricœur, Paul, « L'objet de l'histoire, c'est le sujet humain lui-même » *Histoire et Vérité*, Paris, Seuil, 1955, 2e éd. augmentée, 1964, p. 44. À l'encontre de l'esprit du temps, Ricœur mettait en garde dans cet ouvrage contre la fascination d'une histoire prétendument objective où il n'y aurait plus que des structures, des forces et des institutions, et non plus des hommes et des valeurs humaines.

22 Voir extrait cité plus bas.

23 *Ibid.* Nous soulignons.

24 Voir ces deux chapitres de la Deuxième partie : « S'attaquer au Mythe national » et « Tenter un épique déterritorialisé ».

25 Michel de Certeau a ainsi formulé explicitement le lien qui s'est fait naturellement en 68 avec 89 : « En mai dernier, on a pris la parole comme on a pris la Bastille en 1789. »

de parole sera de nouveau fortement problématisée des années plus tard, dans une autre mise en scène de la Révolution Française : celle de *Ça Ira, Fin de Louis*, de Joël Pommerat, en 2015-2016).

Ainsi, pour construire le spectacle de manière collective, mais aussi concrète et subjective, pour rompre avec les versions déjà éculées ou clichées de l'Histoire, l'équipe a fait le choix d'une méthode : l'improvisation[26].

> Journaliste – Est-ce que 1789 est une reconstitution historique ?
> Ariane Mnouchkine – Non, non, je ne pense pas. Non, je pense que même au théâtre il n'y a pas de reconstitutions quelles qu'elles soient, enfin. Je pense qu'il y a une interprétation, il y a un éclaircissement, il y a une image donnée qui est d'ailleurs subjective, qui est partiale. Ne me dites pas qu'il y a une reconstitution historique. Je crois qu'alors, s'il y a une volonté de reconstitution, il y a un mensonge immédiat, enfin…
> Intervenant – Je crois qu'au départ, on a tout fait pour que ça ne soit pas une reconstitution puisqu'on a évité de choisir l'identification aux personnages, le parti pris de faire jouer les événements par des bateleurs, par des comédiens, déjà ça met toute une distance entre la reconstitution et le spectacle. Et en fait le début, le tout début du spectacle est justement une mise au point à ce sujet. La fuite à Varennes traitée sur le mode d'une reconstitution un peu en fin de compte.
> Journaliste – Oui, précisément.
> Intervenant 1 – C'est-à-dire d'une certaine fidélité à une image, à l'image telle qu'elle est traditionnellement ancrée dans l'esprit des gens.

Et, plus loin :

> Ariane Mnouchkine – Ce qu'on a essayé de faire, si vous voulez, c'est exactement le contraire. C'est-à-dire d'utiliser ces images justement *pour essayer*[27]. Ça semble prétentieux mais c'est ce qu'on voulait faire, le fait d'essayer de s'approcher de la réalité de l'événement tel qu'il avait eu lieu et tel qu'il avait été reçu par la masse des gens, la masse des Français à cette époque. Et alors, à ce moment-là, on se partageait, le matin en arrivant en répétition, on se partageait en petits groupes, 5 ou 6 groupes, et chacun

---

C'est autour de la prise de parole que s'exerce une prise de pouvoir, qui passe par la représentation entendue comme système langagier et système politique. « Se donner les conditions d'un langage propre, c'est se donner le pouvoir de s'organiser une représentation. C'est exactement ce que fait le spectacle, d'une manière performative. Voir De Certeau, Michel, *La prise de parole et autres écrits politique*, Points/Seuils, 1994.

26 On retrouvera cette méthode dans de nombreuses autres œuvres du corpus. Voir Deuxième partie, *Chapitre 4, s'attaquer au Mythe national*.

27 Nous soulignons.

> de ces groupes improvisait, c'est-à-dire imaginait des situations et des scènes en essayant de traiter le mieux possible ce moment du spectacle et de l'histoire. Ce qui fait qu'on arrivait avec quelquefois 6 ou 7 ou 10 improvisations sur le même sujet. Alors donc il y a eu aussi quelques fois des improvisations qui étaient épouvantables, et dont on sentait tous que, enfin on sentait confusément qu'il y avait quelque chose, il y avait une idée. Alors à ce moment-là tous les groupes se remettaient à travailler dans cette direction-là. Et quelques fois, l'obstacle qui avait fait buter le premier groupe qui avait eu l'idée mais qui n'avait pas réussi à le réaliser, quelques fois un autre groupe le réalisait. C'est… il y a eu une infinité si vous voulez de solutions et chaque jour on ne savait pas très bien ce qui allait se passer. On arrivait avec une idée déterminée, on se disait voilà, aujourd'hui, on trouve la Bastille. Bon et puis en fait, on ne trouvait pas du tout la Bastille […][28].

Ainsi, comme le suggère Alain Badiou, l'épopée révolutionnaire de *1789-1793*, incarnant et mettant au centre non pas les grands personnages de l'histoire mais les anonymes du « peuple », par différents moyens dramaturgiques et scéniques (choix des personnages, choralité, récit, action collective, place faite aux spectateurs), se veut un geste de réappropriation et d'émancipation, adossé à l'institution (à l'État, à l'École, à l'Histoire), comme l'est la Cartoucherie elle-même, en tant que lieu théâtral, à ce moment-là de sa création. « À quoi devons-nous la liberté sinon aux émeutes populaires ? […] Réveillez-vous ! Mais réveillez-vous donc ! », s'exclame Marat pendant le spectacle.

L'ÉPOPÉE ET LA FÊTE, LE RÉCIT ET LA PERFORMANCE

1789-1793 est donc, en un sens, un appel à l'action : ce spectacle qui se regarde debout, dans l'inconfort, tendu pour mieux voir, bousculé par les autres spectateurs et les acteurs eux-mêmes, empêche de « s'installer », soit de rester à une seule et même place, celle du regardant qui surplombe le spectacle et l'action. Au contraire, ce qui semble caractériser la séance au vu de la captation du spectacle, c'est plutôt une atmosphère de désordre : des spectateurs debout sont des spectateurs mobiles. Aussi, malgré le nombre, chacun dispose d'une certaine liberté de mouvement, et l'on voit au fil du spectacle, grâce aux plans larges de la captation,

28 *Ariane Mnouchkine à propos de 1789*, Retranscription. http://fresques.ina.fr/en-scenes/impression/fiche-media/Scenes00405/ariane-mnouchkine-a-propos-de-1789.html, consulté le 22/08/2018.

les masses se composer et se décomposer autour des tréteaux. Enfin, les spectateurs, le temps de la représentation, *font foule*[29], foule foraine ou foule politique selon les moments du spectacle et de l'action, qui, précisément, a lieu en plusieurs lieux, les dépasse autant qu'elle semble naître au milieu d'eux. Sans même parler de l'ambiance conviviale que sait créer Ariane *autour* de la représentation, dans le théâtre même comme *lieu* – lieu de vie et de vie collective, où boire et manger sont de mise, où l'hospitalité fait loi –, la dimension festive de *1789* vient de ce dispositif immersif et éclaté, et de cette mobilité des spectateurs. Et ce au moins autant que des véritables moments de fête *joués* au cours du spectacle, comme, par exemple, après la prise de la Bastille[30].

Mais ce passage mérite justement qu'on s'y attarde. S'il est un moment épique dans le spectacle, c'est bien, et de manière exemplaire, celui-ci. En effet, la prise de la Bastille, la fameuse, l'équipe du Soleil renoncera à la jouer, à la mimer. Après que plusieurs groupes s'y soient essayés, aient proposé différentes improvisations, soit différentes manières de représenter l'événement, les comédiens et la metteuse en scène se rendent à l'évidence :

> Intervenant 1 – La prise de la Bastille, ça a été un exemple flagrant. Toutes les improvisations, qui avaient été faites sur la prise de la Bastille, n'ont convaincu personne finalement.
>
> Intervenant 2 – Et chaque petite improvisation racontait quelque chose. Elle racontait, racontait, racontait. Et à la fin on a trouvé que raconter, pris vraiment dans le sens le plus propre, c'était la solution. Et on a raconté.
>
> [Extrait]
>
> DIDASCALIE (Chuchotements)
>
> Comédien 1 – Et on dit que la famine de 88-89 a été la plus terrible de tout le XVIIIe siècle. Et en plus, au printemps, tout le monde mourait de faim, aussi bien le peuple des campagnes et que celui des villes. En plus, il y a eu l'appel de [inaudible].
>
> Comédienne 1 – [inaudible]. Vous vous rendez compte, ils sont à Paris. Alors, il y a eu dans ce climat de tension, de famine, c'était le dimanche 12 on

29 Voir Lucet, Sophie, « Foule » in *Le Dictionnaire critique de l'acteur, 2012*, Amiel, Vincent, Farcy, Gérard-Denis, Lucet, Sophie et Sellier, Geneviève (dir.), Presses universitaires de Rennes, 2012.

30 La troupe met plutôt en scène, on va le voir, la fête révolutionnaire sous ses aspects spontanés. Ce n'est pas la fête révolutionnaire instituée, la cérémonie à dimension éducative dont parle, notamment Mona Ozouf dans son ouvrage *La Fête révolutionnaire (1789-1799)*, Collection Folio histoire Gallimard, Paris, 1976.

apprend, qu'est-ce qu'on apprend ? Le 12 juillet, on apprend que Necker a été renvoyé. Et ça a fait comme une… Necker est très populaire et Necker il est populaire parce qu'il y a quelques temps, il a eu le courage de divulguer les dépenses scandaleuses de la Cour et ça la Cour ne lui a jamais pardonné. La Reine ne lui a jamais pardonné.

Comédien 2 – Le 12 juillet au petit matin, la nouvelle est arrivée à Paris. Necker, Necker était renvoyé. Il faut vous expliquer que Necker était l'unique homme de confiance du peuple à la Cour. 10 ans, 10 ans auparavant, il avait publié un livre où il signalait les dépenses monstrueuses de la Cour. Il fallait faire quelque chose, quoi, quoi faire ? On a organisé deux manifestations et elles sont parties du Palais Royal. Une d'elle, une d'elle s'est heurtée au jardin des Tuileries aux troupes étrangères. La troupe a chargé contre la foule, à cheval. Il y a eu des femmes, des enfants piétinés, on disait même qu'un vieillard…

Comédienne 2 – Et dans toutes les églises de Paris, les hommes se sont rassemblés en compagnonnage pour essayer de s'organiser et de faire quelque chose[31].

L'extrait cité témoigne ainsi de ce qui est audible, au même moment, à différents endroits de la salle, auprès de différents comédiens. Tout le récit de la prise de la Bastille se fera en effet comme en « stéréo » dans les bouches d'une dizaine d'acteurs, chacun s'adressant à un groupe de spectateurs différent, rassemblés autour de lui. L'audition des spectateurs se trouve donc démultipliée, et leur attention peut se concentrer sur un seul récit comme sur plusieurs, selon la distance qui les sépare des zones de jeu éclairées. Les récits commencent alors à voix basse, récits chuchotés, confidentiels. Puis peu à peu, le murmure cède place aux voix parlées, les récits gagnent en amplitude, occupent l'espace sonore, le volume augmente de nouveau et la parole devient tout à fait *publique*, les voix se chevauchent, les mots traversent le cercle restreint des auditeurs pour en atteindre d'autres, plus éloignés ; parallèlement, s'approche dans la narration le moment tant attendu de la *prise* du fort lui-même, et à cet instant les voix sont hautes et fortes et bientôt se confondent, on entend partout « la Bastille ! … la Bastille ! » cent fois répété, comme un code allumant chez chacun une nouvelle « fureur de dire » et voilà justement que se raconte comment le peuple met le feu à la bâtisse ; enfin, quelques secondes plus tard, les conteurs peuvent crier,

31 Ariane Mnouchkine *à propos de 1789*, Retranscription. http://fresques.ina.fr/en-scenes/impression/fiche-media/Scenes00405/ariane-mnouchkine-a-propos-de-1789.html, consulté le 22/08/2018.

exaltés, et à l'unisson : « ON A PRIS LA BASTILLE ! ! ! ». Une voix s'élève alors au-dessus du tumulte et proclame la version officielle de l'événement : « LE PEUPLE EST VAINQUEUR ! ». Cette dernière phrase est le détonateur d'une explosion de joie générale : de toutes les coulisses, de tous les rideaux et sur tous les tréteaux, surgissent des forains, des acrobates, des danseurs, dans des costumes colorés et sur fond de musique de cirque. Des animations prennent place sur les tréteaux et la fête inonde littéralement le théâtre, comme accouchée par l'effort du peuple, qui coïncide ici avec l'effort de dire, dans une performativité exemplaire de la parole qui finit par laisser place au corps. Cette longue montée en puissance du récit jusqu'à l'explosion finale, en correspondance exacte avec, dans la fiction, la montée du danger d'une part, celle de l'indignation populaire d'autre part, est un exercice physique relevant presque de la cérémonie rituelle, s'apparentant à une performance évoluant jusqu'à la transe. Les tambours qui accompagnent les conteurs et soutiennent le crescendo, accentuent cette impression que quelque chose se joue là qui dépasse nos codes de représentation habituels pour s'approcher d'une dimension plus primitive de l'acte de raconter. L'énergie des acteurs-conteurs ne cesse pas d'augmenter – quitte à ce qu'ils perdent en maîtrise – jusqu'à l'atteinte de son paroxysme. Ce qui est joué au fond, ce qui est tenté : c'est l'exploit, le dépassement. Non plus celui des parisiens face à la Bastille en juillet 1789, mais celui des bateleurs du spectacle, qui en transmettent l'expérience par la parole. Ainsi, l'épique a ici une triple fonction : il se substitue bel et bien à l'action comme le récit du témoin ou du messager dans la tragédie antique ; il est aussi le chant narrativisé d'une grande action, d'une action héroïque ; il permet enfin, et paradoxalement, alors même qu'il suppose une distance accrue avec ce qui est raconté, une impression de vérité aigue à cause de la dépense énergétique qu'il suppose, et que la représentation de l'action ne saurait atteindre puisque les acteurs s'épuisent *effectivement* dans cette exercice, et qu'inévitablement *quelque chose se passe* ou *est en train de se passer* ici dans la réalité de leur effort et de leur concentration qui ne pourrait se passer de manière équivalente dans une *mimésis* par l'action. Dire, raconter, c'est en effet la seule chose que les acteurs n'ont pas besoin de jouer mais qu'ils *font*, « pour de vrai ». Ainsi, la modalité épique – qui est un moyen de refuser l'identification de la situation présente à la situation fictive, et l'identification de l'acteur (et par la même occasion du spectateur) au personnage – devient paradoxalement le mode par lequel peut être performée, soit réalisée au présent, non pas une action, un tableau, mais *l'énergie* que cette action, que ce tableau, que cette fiction supposent – cela dans et par le récit. Ce n'est donc pas pour rien que celui-ci aboutit à de l'action pure et aux jeux des corps : jonglage, acrobaties, etc. Une correspondance inattendue relie ainsi, *via* l'énergie de l'acteur, l'épique et la performance, ces deux modalités *a priori* opposées de la *mimesis*, du « représenter[32] ».

Chez Brook, lecteur d'Artaud, cette correspondance est évidente. Sa création de la pièce de Weiss, *Marat/Sade*[33], à la scène et à l'écran, apparaît en effet comme une « synthèse du gestus brechtien et de la pulsion vitale artaudienne et grotowskienne[34] ». Ariane Mnouchkine l'avait-elle vu avant de travailler à *1789* ? Sans doute. Pourtant, quelques années, plus tard, dans le *Mahâbhârata*, c'est très différemment que le récit *cadre* le spectacle, et que l'épique *performe*.

L'ÉPOPÉE INDIENNE, LE MAHÂBHÂRATA

À la lecture des articles de presse qui ont pu décrire et commenter les représentations du spectacle de Peter Brook, on note, comme chez Mnouchkine pour *1789-1793*, l'attribution presque systématique par la critique du caractère exceptionnel du spectacle dans l'ensemble de l'œuvre du metteur en scène.

> [...] un sommet difficile à dépasser pour Peter Brook lui-même : il a comme jamais réussi à « représenter de façon adéquate une idée invisible » à mêler

32 Sans doute la formation d'Ariane Mnouchkine auprès de Jacques Lecoq peut-elle expliquer cette réunion paradoxale, qui se réalise ici *via* le jeu de l'acteur Voir Freixe, Guy, *La filiation Copeau-Lecoq-Mnouchkine*, L'Entretemps, 2014.

33 Écrite par Weiss en 1964, elle est mise en scène une première fois par Brook en Michael Birkett (producteur), Peter Brook (réalisateur), avec la collaboration de la Royal Shakespeare Company, Marat/Sade [film], s. l., Marat Sade Productions, United Artists Corporation (distribution, 1967), 1966, 116 min.

34 Pavis, Patrice, *Le gestus brechtien et ses avatars dans la mise en scène contemporaine.* L'Annuaire théâtral, (25), 95–115. doi :10.7202/041380ar, 1999.

> parfaitement ce qu'il admire tant dans le théâtre de Shakespeare : le « *théâtre brut* » et le « *théâtre sacré*[35] ».
>
> C'est là que la mise en scène de Peter Brook semblait coller, comme par magie, à l'essence même du texte. À ses mystères, à ses éclats, à ses non-dits[36].

Ici le « sommet », ailleurs la « magie », « le mystère » et l'« éclat », ou encore la « splendeur unique du spectacle[37] » : les formules journalistiques abondent qui, même si elles exigent d'être relativisées[38], contribuent à faire du *Mahâbhârata* de 1985 dans les Carrières de Boulbon un événement « mythique ». *Extra-ordinaire* de par les dimensions du spectacle d'abord : neuf heures de représentations, en trois soirs ou en une seule nuit, vingt-cinq comédiens, cinq musiciens, la majesté d'une carrière et d'un théâtre en ruine, dix ans de travail et cinq voyages en Inde, telles sont les mesures théâtrales de ce « grand poème du monde ». *Extraordinaire* aussi parce que semblant exprimer de manière sensible une part d'« invisible » et de « mystère ». Or la dimension narrative, le caractère de légende, l'exotisme de l'histoire, mais aussi la présence fictive des dieux et celle, réelle, notée plus bas, des quatre éléments (eau, air, terre et feu), enfin le lieu-même de la création du spectacle – les carrières de Boulbon, voûte de pierre à ciel ouvert – constituent effectivement des séries de signes qui convergent vers la production d'un sentiment de « sacré ». Le spectacle de Brook se présente donc avant tout comme une *cérémonie*

Le terme n'est pas anodin, et il fait aussi partie de ceux que l'on recroisera souvent au gré de notre enquête sur l'épique. Il faut entendre par là que la séance théâtrale est conçue comme un rituel public, dramatisant un conflit pour mieux en assurer l'issue ou la réparation, au sein d'une structure qui en passe par le rassemblement, la performance, et enfin la dispersion des spectateurs et des acteurs. Au cours de cette

35 Scali, Marion, « Mahabharaton, Comment Peter Brook déplaça le *Mahâbhârata* » *Libération*, 16/11/1985 p. 33. « Théâtre brut » et « théâtre sacré » sont deux des catégories définies par Brook dans *l'Espace vide*, avec le « théâtre mortel », et « immédiat ». Le théâtre brut est populaire et participatif, le théâtre sacré s'attache à rendre visible une idée invisible. Nous revenons sur ces définitions plus bas.

36 Pasquaud, François, « Le *Mahâbhârata* » *Télérama*, 24/01/1990.

37 Voir extrait cité plus bas.

38 Le vocabulaire journalistique que nous avons relevé correspond notamment à celui de Peter Brook lui-même dans ses ouvrages. Le spectacle est donc commenté avec les propres mots de Brook (qui sont aussi ceux d'une époque).

séance, il doit y avoir, comme dans toute cérémonie rituelle : *transformation*. Ce point est en tout cas essentiel pour Richard Schechner, qui le développe dans *Performance, Expérimentation et théorie du théâtre aux USA*[39]. Transformation dans le drame, c'est-à-dire dans la fable ; transformation pour les acteurs, « dont la tâche particulière consiste à subir une réorganisation temporaire de leur corps/esprit, ce que j'appelle un "transport[40]" » ; et transformation pour le public – temporaire quand il ne s'agit que d'un divertissement, mais irréversible quand il s'agit d'un rituel social véritable. Ici, faire du théâtre une cérémonie (alors qu'il est, dans les sociétés modernes et occidentales, un divertissement avant tout), veut dire accentuer voire réactiver, par tous les moyens de l'art justement, sa dimension *rituelle*, et donc tendre (pour de faux mais évidemment pas seulement), à la transformation véritable de l'ensemble de ses participants[41]. Dans *1789*, le fait de se rendre puis de se retrouver dans un lieu éloigné de la ville, non-institutionnel qui plus est, et dans un spectacle qui fonctionne grâce et par la création de *désordre* (mobilité des corps, éclatement de l'espace de jeu, dramatisation de la fête révolutionnaire, etc. – ce désordre pouvant efficacement créer le caractère « liminoïde » ou le statut d'« entre deux » propre à la phase rituelle selon Turner[42]), produisait déjà une forme cérémonielle puissante. Voyons comment cela fonctionne ici.

---

39 Schechner, Richard, *Performance, Expérimentation et théorie du théâtre aux USA*, Éditions théâtrales, 2008, p. 95. Schechner s'inspire ici de l'analyse des drames sociaux de Victor Turner. Voir Turner, Victor *From Ritual to theater* (1984) *Anthropology and performance* (1986).

40 *Ibidem.*

41 Une compagnie comme celle du Living Theater, avec un spectacle comme *Paradise Now*, créé en 1968 à Avignon, ne s'en défend pas. Au contraire, la dimension spectaculaire ou représentationnelle tend à être dépassée par la dimension rituelle, et c'est bien la *transformation* permanente de l'homme occidental que vise le spectacle. Voir Jouve, Émeline, *Avignon 1968 et le Living Theater*, Éditions Deuxième époque, coll. Linéaris, 2018.

42 « La réparation possède aussi des caractéristiques liminales, un statut "d'entre-deux" et en tant que tel, fournit une reproduction et une critique des événements menant et participant à la "crise". Cette reproduction peut passer par l'idiome rationnel du processus judiciaire ou par l'idiome métaphorique et symbolique du processus rituel. » Turner, Victor, *Dramas, Fields and Metaphors*, Cornell University Press, Ithaca, 1974, p. 37-41, cite par Schechner, *Ibid.* p. 95.

LE *MAHÂBHÂRATA*, CÉRÉMONIE THÉÂTRALE

> La splendeur unique du spectacle présenté en Avignon tenait, bien sûr, d'abord à son lieu (la carrière Callet à Boulbon) dont le demi-cercle de pierre, sous l'immense voûte nocturne, pleine de souffles et d'étoiles, composait un décor d'une impressionnante majesté, digne du théâtre antique. Les Quatre éléments y tenaient leur place du début à la fin. L'air, bien sûr, qui circulait librement ; la terre, couverte de sable blond ; le feu brûlant sans cesse en différents foyers, et encore multiplié en minuscules bougies au ras du sol, ou sinuant comme un bleu serpent de flamme ; l'eau enfin, omniprésente : un ruisseau s'écoule, au fond, sur toute la longueur de l'espace scénique, et trouve un écho dans une large flaque, à l'avant-scène droite, proche des premiers spectateurs. Le jeu de l'eau et du feu (par les torches qu'on y éteint ou les coupelles allumées glissant à sa surface) est d'une extrême richesse symbolique [...] au début, l'eau participe du rituel, de la magie. Au terme, elle est l'image du désastre[43].

La description de Jean Mambrino pourrait ressembler à celle d'un sanctuaire. Elle laisse deviner surtout le désir de retranscrire, à l'aide de tout un faisceau de formules et d'images, une présence primitive : l'eau, l'air, la terre, le feu apparaissent ici comme les symboles vivants de forces physiques et éternelles, qu'on ne sait nommer mais qui semblent bel et bien « participer » à la fiction – aux victoires des personnages comme aux désastres, aux enfantements comme aux destructions. Dans le dispositif spectaculaire, ils se présentent aussi comme les éléments de base d'une cérémonie possible, et comme les composants concrets et nécessaires à l'accomplissement d'un « rituel » ou d'un culte. La performance sera donc envisagée ainsi.

Cela commence par l'activation de la mémoire du poète, Vyasa[44]. Non pas simplement pour raconter mais surtout pour écrire. Le spectacle entier consiste ainsi en l'évocation de la légende en vue de sa transcription, selon le mouvement inverse, dans la fiction, à celui qui commande normalement l'œuvre théâtrale : ici on ne jouera pas ce qui

---

43 Mambrino, Jean, « Une histoire de l'Humanité : Le *Mahâbhârata* conçu par Peter Brook » *Études*, 1985/11 (T363, N5).

44 Vyasa est l'auteur du *Mahâbhârata* selon la mythologie hindoue. Dans l'adaptation de Carrière, il est, après l'entrée de l'enfant, la toute première apparition théâtrale : « un homme entre Il est maigre, vêtu d'un vieux pagne boueux. Ses pieds sont nus et sales. » Il est aussi le premier à prend la parole : « Vyasa – Est-ce que tu sais écrire ? / Enfant – Non, pourquoi ? / Vyasa – J'ai composé un grand poème. J'ai tout composé, mais je n'ai rien écrit. J'ai besoin de quelqu'un pour écrire ce que je sais. » Carrière, Jean-Claude, *Le Mahâbhârata, Récit théâtral*, Albin Michel, 2008, p. 29.

est écrit, on écrira ce que l'on voit se jouer. Fictivement, le spectacle se construit donc sur une absence de texte, et comme un acte d'écriture en soi. Le scribe est Ganesha[45]. L'oreille attentive et le regard curieux, ceux d'un enfant. Celui-ci, figure relai des spectateurs, est un assistant du récit. Les questions qu'il pose permettent son développement, et *in fine*, sa réalisation. « Si tu l'écoutes jusqu'au bout, tu seras un autre[46] »… c'est-à-dire, bel et bien *transformé.* Dès le départ, l'ensemble des actions qui auront lieu sur le plateau est annoncé dans sa portée initiatique, dirigée vers le jeune garçon qui les accompagne comme vers le public qui les regarde. L'immense cavité des carrières de Boulbon sert donc de théâtre à cet apprentissage, à ce « grand poème du monde », comme le *Mahâbhârata* se définit lui-même, supposé transformer ses auditeurs. Dans cet « espace des origines », (c'est ainsi que Georges Banu nommera la carrière[47]), il est alors permis de penser aux *(paléo)performances* dont Richard Schechner faisait l'hypothèse qu'elles se réalisaient dans les grottes du paléolithique et permettaient ainsi la transmission des expériences d'une communauté, encodées dans les gestes, les danses, et les peintures en action (« *action painting* ») réalisées pour de plus jeunes :

> Chaque performance évanescente conservait et transmettait le script, ce qui importait bien plus que chaque re-présentation. Ces scripts étaient un savoir performatif vital auquel on donnerait plus tard le nom de « sacré », et ces performances deviendraient des « rituels[48] ».

De même, avec le *Mahâbhârata*, en juillet 1985, non seulement la fiction mais aussi le déroulement de la séance semblent installer quelque

45 Ganesh ou Ganesha, mais aussi Vinâkaya ou Ganapati est le dieu de la sagesse et du savoir dans l'hindousime. C'est l'un des plus vénérés. Il est reconnaissable à sa tête d'éléphant à une seule défense, plantée sur un corps humain à quatre bras, et généralement assis en tailleurs. Juste après le premier échange entre Vyasa et l'enfant, une « silhouette s'approche » : « Enfant – Qui est-ce ? Là ? / *Un personnage apparaît, qui marche en se dandidant et porte une tête d'éléphant sur un corps d'homme. Il tient à la main de quoi écrire, et un gros livre. Vyasa le salue.* / Vyasa – C'est Ganesha. Sois le bienvenu. […] Ganesha – J'ai entendu dire qu'on cherchait un scribe pour le grand poème du monde. Eh bien me voici. » Carrière, Jean-Claude, *Le Mahâbhârata, Récit théâtral*, *op. cit.* p. 31.

46 Carriere, Jean-Claude, *Le Mahabharata*, Édition Belfond, 1989.

47 Banu, Georges, *Dictionnaire du théâtre*, *op. cit.* « Brook ». Voir aussi, sur la question du retour aux origines : Monique Borie, *Antonin Artaud, Le théâtre et le retour aux sources. Une approche anthropologique* Collection Bibliothèque des Idées, Gallimard, 1989.

48 Schechner, Richard, Pecorari, Marie, « Les "points de contact" entre anthropologie et performance », *Communications* 1/2013 (n° 92), p. 125-146.

chose qui serait de cet ordre. La manière d'accéder à la carrière, entre autres, participe de la « ritualisation » de l'arrivée sur le lieu du théâtre, de l'entrée progressive dans le monde de la fiction :

> À Avignon, les 23 comédiens et les 5 musiciens montaient la route qui menait à la carrière et on pouvait les voir surgir un peu avant l'heure de la représentation [...] comme s'ils venaient d'ailleurs. Chacun portait une marque du *Mahâbhârata*, écharpe indienne, tunique : ils semblaient ne pas pouvoir s'extraire totalement, à la ville, de ce qui les occupait sur scène. Dans ce sens, on peut dire qu'ils ne jouaient pas à proprement parler des rôles, mais avaient choisi, au fil du travail, les héros (difficile aussi de parler de personnages) auxquels ils correspondaient[49].

L'éloignement du site, la poussière, la côte à grimper et l'effort que cela implique, participent en effet de la mise en condition du spectateur, de même que la vue des comédiens s'approchant de l'espace de jeu « comme s'ils venaient d'ailleurs » – d'une autre vie, d'un autre temps, ou du poème indien lui-même. En outre, l'extrait cité laisse imaginer un brouillage des frontières du réel et de la fiction : quand les comédiens sont hors du théâtre, « en ville », ils restent habités par ce qui les « occupe » sur scène – et quand ils sont sur scène, ce ne sont pas des « personnages » qu'ils incarnent, ce ne sont pas des « rôles » qu'ils endossent, mais des « héros » auxquels ils « correspondent », et qu'ils auraient sans doute « choisis » d'être. Tout laisse ainsi penser que quelque chose « de plus » (que du théâtre) est en jeu, aussi bien pour les comédiens que pour les spectateurs, quelque chose qui nous « occupe » (un souci, une interrogation, un enseignement ?) et qui dépasse le seul cadre de la fiction, le seul espace-temps de la représentation.

UN RÉCIT HÉROÏQUE ET MYTHIQUE

Cette « chose » en plus, nous pouvons faire l'hypothèse, sur la base du dernier extrait d'article cité, qu'elle est en lien avec la matière héroïque et mythique du récit, du spectacle.

> Premières questions.
> Partir d'un récit des origines ? Garder la part du mythe, avec par exemple un conteur ?

49 *Libération*, article cité.

> Ou au contraire attaquer directement dans le drame, à la manière d'une tragédie, par exemple par une scène violente (ça ne manque pas) entre les Kauravas et les Pandavas déjà adultes ?
> La deuxième solution est peut-être trop « occidentale ». Sans doute faudra-t-il garder les deux dimensions, même si elles paraissent contradictoires : l'histoire narrative, comme un fleuve à méandres, courant sur plusieurs générations, avec des récits parallèles – et l'histoire concentrée, dramatique, autour du conflit.
> De toute façon, le conflit est central. Peter se demande quelquefois si le cœur du poème n'est pas justement une tentative grandiose pour définir la notion de « conflit ».
> Pourquoi nous battons-nous ? Et pour quoi ?
> Qu'est-ce qui se bat en nous ?
> Conflit-mystère[50].

Ces notes de Jean-Claude Carrière traduisent le premier souci de l'adaptation : comment passer du poème épique à l'action théâtrale ? Deux options se présentent : l'une, aristotélicienne (et occidentale), veut faire de l'histoire-fleuve un drame resserré autour d'une action unique et conflictuelle ; l'autre, proprement « épique » dans le vocabulaire d'Aristote, mais aussi plus « indienne » ou « orientale » dans celui de Carrière[51], implique la présence du récit et du conteur sur toute la durée de la représentation, qui serait alors en mesure de porter cette « part du mythe » dont parle l'écrivain, le mythe de la naissance et de la constitution du poème lui-même.

C'est finalement cette option qui construira le cadre du spectacle : le *Mahâbhârata* de Brook sera d'abord, en effet, un « récit des origines », donc un récit mythique[52]. Et Vyasa, le compilateur légendaire des aven-

---

50 Carriere, Jean-Claude, *À la Recherche du Mahâbhârata, Carnet de voyages en Inde avec Peter Brook, 1982-1985.*, Édition Kwok on, 1997. p. 28-29.

51 Les deux expressions convergent ici, par le biais de l'implication d'une figure de conteur, d'une part, et celle d'intrigues et d'épisodes multiples à l'intérieur du même récit d'autre part. D'une manière générale, les différentes caractéristiques de l'épopée homérique peuvent la rapprocher des grands récits orientaux : étalement de l'action sur le temps très long (dépassant potentiellement celui d'une vie humaine, et pouvant décrire le sort de plusieurs générations), son déploiement sur des espaces variés…

52 Il s'inscrit ainsi dans ce que Sophie Lucet nomme « le temps de la mémoire des origines », et qui commencerait avec les années 60. « Ce sont tout d'abord les arts qui se préoccupent de mémoire, et ce dès les années soixante, en concurrençant la perspective historique pour en revenir à la mémoire mythique, voire utopique, des origines ; depuis cette période, et comme le signale Georges Banu, les théâtres de la mémoire semblent en effet remplacer le théâtre historique car si la conscience du temps les relie, le premier entend le temps comme expérience extérieure à l'homme, tandis que le second le perçoit

tures que renferme le livre, le personnage principal de ce premier niveau de la fiction. Ainsi le *Mahâbhârata* met en scène, avant tout, l'activité de l'aède ou du rhapsode, avec son auditeur, son scribe, et les chimères qu'il suscite, dans nos imaginations comme au plateau. Celles-ci sont convoquées par sa voix : on assiste ainsi à l'incarnation en direct des phénomènes et des personnages narrés. « C'est justement ce que nous avons vu en Inde où parfois nous avions l'impression d'assister à la naissance du théâtre car alors tu ne sais plus si le personnage qui est devant toi est un prêtre ou un acteur. Il est les deux à la fois. Il est l'un qui va devenir l'autre » explique Carrière. Vyasa est celui qui convoque naturellement les morts (les ancêtres) en racontant leur histoire, et qui est susceptible d'intervenir lui-même auprès d'eux quand il le faudra, pour débloquer les situations du récit. (Ainsi Vyasa fait l'amour à deux princesses pour que le poème continue – il féconde ses personnages.) Ici, comme dans *1789*, le récit-cadre permet certes de distancier les intrigues proprement dites, et d'introduire une première convention susceptible de nous faire accepter tous les codes de représentation à venir. Mais il permet aussi de jeter un pont entre le monde fabuleux et étranger du *Mahâbhârata*, et le public occidental des Carrières ou des Bouffes du Nord. La simplicité du rapport entre le conteur et son premier auditeur, l'enfant, le contact très naturel qu'ils établissent entre eux (et par extension avec les spectateurs) dès les premiers mots du spectacle, le fait même que Vyasa soit joué par Alain Maratrat[53], français, comme une sorte de grand-père « troubadour » à l'européenne et non pas comme « un poète initié aux secrets du monde » ou « un vieux gourou impressionnant, un yogi de soixante-dix ans[54] » tel qu'il peut être représenté dans l'iconographie indienne, permet de placer le cadre fictif initial à un niveau accessible aux émotions des spectateurs. Autrement dit, chacun peut être cet enfant qui écoute. Alors seulement peut se déployer un monde de héros et de figures mythiques, de légendes et d'aventures, de situations extraordinaires aussi bien qu'improbables. Les méandres de

---

comme expérience constitutive de l'homme » in *Mémoire(s) en création dans les arts de la scène*, dir. Lucet, Sophie, Lemonnier-Texier, Delphine, Proust, Sophie, Presses universitaires de Rennes, 2017. Citant Banu, Georges, *Mémoires du théâtre*, Arles, Actes Sud, coll. « Le temps du théâtre », 1987, p. 19.

53 Acteur français, né en 1950, il rejoint la compagnie de Brook en 1974.

54 Banu, Georges « Le *Mahâbhârata* ou les pouvoirs d'une histoire », Entretien avec Brook, Peter in *Alternatives théâtrales*, N° 24, juillet 1985, p. 8.

l'histoire peuvent suivre leur cours bizarre, et les tonalités véritablement *épiques* du récit peuvent déferler : les tournois et les guerres – et leurs cortèges d'exploits et de destruction – ainsi que les grandes étapes de l'apprentissage, ses sacrifices obligés et ses joies hautes. Tous les traits qui caractérisent l'épopée dans la *Poétique* d'Aristote vont donc se retrouver ici : le récit et la longueur du récit, la multiplication d'épisodes divers et variés autour d'une action centrale, la possibilité d'épisodes simultanés, de boucles prospectives et rétrospectives (*flash-back*), mais aussi – d'un point de vue non plus formel mais de contenu – la possibilité d'actions et de situations invraisemblables, surprenantes ou irrationnelles, associées à la même violence affective et la même hauteur d'enjeux qui caractérise la tragédie (enjeux d'ordre politiques, amoureux, philosophiques). Le pari étant, pour Peter Brook, que l'histoire se raconte et qu'on l'écoute effectivement comme l'enfant sur le plateau, c'est-à-dire en « en subissant le charme au premier degré », (en la suivant et en se demandant qui sont ces gens, ce qu'ils vont faire, ce qu'il va se passer…), tout en recevant « des impressions dont la totalité devient l'expression de quelque chose qui ne s'exprimerait pas d'une manière aussi profonde par le langage parlé ou écrit[55] ». Ce serait la part invisible du *Mahâbhârata*, son enseignement sacré et caché dont Carrière formulait plus haut qu'il pouvait être en lien avec ces questions « pourquoi nous battons-nous ? Et pour quoi ? Qu'est-ce qui se bat en nous ? » ; ou que Brook reformule lui-même comme « une manière de vivre un monde en situation de catastrophe » :

> Est-ce qu'il faut se retirer du jeu, ou bien agir, ou bien quoi ? La question « ou bien quoi ? » est celle que tout le monde se monde se pose aujourd'hui, et là, le *Mahâbhârata* ne donne aucune réponse, mais une immense nourriture[56].

Pas de réponse positive donc. Mais la décision de croire en la formule du *Mahâbhârata*, selon laquelle le fait même d'écouter cette histoire nous « [donne] de la vertu[57] », ou *une sorte de* vertu, une « nourriture » en tous cas, traduisant le « si vous écoutez cette histoire, à la fin vous serez un autre », ou l'expression constamment répétée par les indiens : « *Mahabharata is good for you* ». Le récit ferait accéder, par lui-même, à une forme de régénérescence. Autrement dit, la conviction est partagée

---

55 *Ibid.*
56 *Ibid.*
57 *Ibid.*

chez l'auteur et le metteur en scène qu'« une vraie histoire a une action ». Et que cette action va « au-delà de toute analyse de contenu[58] ». C'est cette hypothèse (ou cette foi ?) qui fonde l'un des principes du travail de Carrière et de Brook : « conserver l'émerveillement. Préserver honnêtement la capacité de s'émerveiller devant des histoires belles et inconnues[59] ». Voilà qui implique de s'attaquer à la mise en scène de l'épique proprement dit, et à l'incarnation de ses héros. Brook et Carrière en passeront par le récit, mais aussi par l'invention d'une « autre » langue dans notre langue, et par une certaine manière de travailler avec les acteurs.

METTRE EN SCÈNE L'ÉPIQUE : UN RETOUR À L'ORIGINE

Le défi de Brook et de Carrière est celui de représenter, avec les moyens propres au théâtre occidental, non seulement la puissance informulée de cette histoire, mais aussi la dimension inédite (pour nous, Occidentaux) des situations dans lesquelles se retrouvent les personnages, la richesse des évocations et l'ampleur philosophique qu'elles recouvrent.

> On ne peut pas ramener le *Mahâbhârata* à nos habitudes de voir les choses. Il faut l'accepter tout entier, grand fleuve inépuisable, héroïque et sexuel, comique et profond, unissant les princesses aux brahmanes, mettant côte à côte les monstres de la nuit, les ascètes aux pouvoirs magiques, les tricheurs et le fils du Soleil, montrant l'auteur lui-même intervenant dans son poème, et aussi des combats fantastiques, des vœux prodigieux, des malédictions des dieux étonnés par les hommes, et la Mort elle-même renonçant à exterminer[60].

Il n'y a donc pas d'identification au premier degré qui soit possible. Un déplacement de nos codes et de nos catégories de perception est nécessaire. Le récit-cadre le permet en partie. Il autorise l'étonnement ou le simple émerveillement devant ce qui se présente, sous quelque forme incohérente ou invraisemblable que ce soit. Mais la langue aussi doit être pensée et le vocabulaire intelligemment choisi pour empêcher des associations trop évidentes avec des manières de se figurer l'humain qui seraient propres à l'Occident.

58 *Ibid.*

59 Banu, Georges, « Chercher le cœur profond » Entretien avec Carriere, Jean-Claude in *Alternatives théâtrales*, N° 24, juillet 1985.

60 Carrière, Jean-Claude, in *Le Monde* du 27 juin 1985, Le « *Mahâbhârata* », « *tout est illusion, hormis la pensée* » Mathilde de la Bardonnie.

Quant à l'écriture proprement dite, tout langage archaïque ou archaïsant parut aussitôt inacceptable, car il eût fait surgir immanquablement des images encombrantes de notre moyen âge et de nos vieilles tragédies. De l'autre côté, tout langage moderne, familier, argotique, parisien était à l'évidence impossible. Il fallait aussi rejeter tous les mots polis et usés par le français classique et néo-classique (« tourment », « affliction », « courroux »). Ne restait qu'un vocabulaire restreint, simple et précis, et la possibilité de juxtaposer ou d'opposer des mots qui d'ordinaire ne se fréquentent pas. Quatre mots sont au centre de ce vocabulaire : « vie », « mort », « sang », et « cœur[61] ».

De même qu'il existait un risque de ramener, de réduire, enfin de *coloniser* par le vocabulaire les expériences décrites dans l'épopée indienne, il fallait également contourner le risque d'ésotérisme, ou le langage d'initié, qui aurait encore accru la distance entre ces personnages et un public occidental. Il s'est donc agi, pour Carrière, de trouver une forme de langage épuré, simplifié, « brut », qui évite au maximum les références trop précises aux cultures auxquelles les deux langues de l'adaptation appartiennent (le français pour l'adaptation théâtrale, l'anglais pour l'adaptation cinématographique), voire qui les déjoue. Car le défi est de créer, avec quelques mots – « ceux qui traversent sans dommage les siècles et les cultures[62] » – des associations ou des oppositions nouvelles, d'autres images fortes et presque incongrues. C'est ainsi que l'auteur, pour traduire le *dharma* – forme de loi intérieure en relation avec l'ordre cosmique, et qui inspire profondément les décisions des personnages – se refuse à utiliser la traduction habituelle de « pensée secrète ». Le dharma ressemblant beaucoup plus à une forme d'inconscient qu'à un devoir pensé, ce sont certains textes de Levi Strauss sur le langage de tribus nord-amérindiennes qui vont finalement permettre à Carrière de trouver la formule – centrale pour le *Mahâbhârata* – de « cœur profond ». C'est que la langue doit devenir le lieu d'un mystère, et d'un choc. Brook, dans le sillage d'Artaud, quête dans les mots et les sons une

61 Carriere, Jean-Claude, *Le Mahâbhârata, Récit théâtral*, Préface, Albin Michel, 2008. p. 23.

62 « Quelques mots, généralement monosyllabiques, traversent sans dommage siècles et cultures. Souvent des mots rayonnants, qui offrent plusieurs sens, comme *sang, cœur, chair, vie, souffle* » Carrière, Jean-Claude, *À la Recherche du Mahâbhârata, Carnet de voyages en Inde avec Peter Brook, 1982-1985*, Édition Kwok on, 1997, p. 35.

communication physique, originelle, que seule la plus aigüe des poésies peut inventer[63].

La mise en scène – et avec elle la musique, les costumes, les accessoires, les lumières – rencontre, en un sens, le même problème : ouvrir son langage (scénique) à certains rythmes et à certaines images de l'Orient sans tomber dans le piège de la couleur locale ou du pittoresque.

> On a tout de suite éliminé l'art classique indien (dans le jeu, la danse, le chant, la musique) parce que c'est un art uniquement accessible aux Indiens… Par contre on a vu qu'en Inde il y avait un style de théâtre, une autre façon, indienne elle aussi, de raconter le *Mahâbhârata*, qui existe partout, qui est populaire. Ce style populaire c'était exactement le nôtre, ce que nous appelons dans notre terminologie *le spectacle du tapis (carpet show)*. C'est *Ubu*, c'est la même manière de jouer, le même climat. Et on a pensé que pour que le *Mahâbhârata* soit à la fois très proche de notre public et à une certaine distance, il ne fallait pas partir du haut, mais du bas[64].

Ce style *populaire* dont parle Brook ici, et qui s'oppose à l'art classique indien, c'est aussi celui que désigne la formule d'un « théâtre brut » ou d'un théâtre *à l'état brut* dans la terminologie du metteur en scène, soit un théâtre *de peu*, un théâtre que l'acteur fabrique seul avec ses mots, son corps, et quelques accessoires. « Le sol, la sueur, le bruit, l'odeur », résume Brook dans *l'Espace vide*[65]. Assez différent de la formule vilarienne, le théâtre populaire évoqué ici est simplement ce théâtre « du bruit et des applaudissements », un théâtre potentiellement cru, grossier, obscène qui peut avoir lieu partout, qui n'est pas *dans* un théâtre mais qui, d'une certaine manière alternatif, (d'« *une autre façon* ») a lieu « sur des charrettes, des roulottes ou des tréteaux, avec un public qui reste debout ou assis autour d'une table, devant un verre, un public qui participe et qui renvoie la balle[66] ». Un théâtre qui ne s'installe pas donc, et qui n'a pas non plus de « style » homogène, cohérent ; qui se fabrique dans des conditions précaires, éphémères et qui par conséquent utilise un arsenal de conventions illimité : « on tape sur un sceau pour

63 Voir, de la même manière, comment Ted Hughes s'applique à la création d'une sorte de langue des origines pour la mise en scène de *l'Orghast*, par Brook en 1971. Borie, Monique, « Les Origines de l'être et du théâtre » in *Les Voies de la création théâtrale*, N° 13, 1985.

64 Banu, Georges « Le *Mahâbhârata* ou les pouvoirs d'une histoire », Entretien avec Brook, Peter in *Alternatives théâtrales*, N° 24, juillet 1985, p. 8.

65 Brook, Peter, *L'espace vide, Écrits sur le théâtre*. Le Seuil, 1977, coll. Points Essais. p. 91.

66 *Ibidem*.

évoquer une bataille, on se sert de farine pour rendre la pâleur d'un visage effrayé[67] ». Ce théâtre, selon le metteur en scène anglais, (et le témoignage qu'il fait des formes populaires indiennes semble lui donner raison), « existe partout », est universel. De la même manière qu'il existerait dans la langue les moyens de trouver une parole « brute », directe, sans fioriture, crue et forte, déjouant les références, il existerait partout une manière « brute », simple et artisanale, de convoquer les héros et les dieux, de raconter l'histoire. Aussi, le tapis, chez Brook, est la version essentialisée d'une certaine manière d'envisager le sol comme aire de jeu *originelle*, horizontale et suscitant la participation. Le tapis est cet espace passager et à la fois concentré de l'imagination et du jeu. C'est l'espace de l'acteur-conteur qui ne se transforme pas en coulisse mais maintient toujours le contact avec le public qui l'écoute. Dans le *Mahâbhârata*, les tapis sont multiples et à même le sol, ils créent des surfaces de jeu plurielles qui côtoient celles de la flaque, du filet d'eau, des flammes, et correspondent à l'injonction de Brook à ses acteurs : « Vous devez être un conteur aux vingt-cinq visages[68] ». Les ingrédients du rituel, du « sacré », (l'eau et le feu), s'articulent ainsi à l'espace « brut » du conteur, dans un lieu globalement lavé de reliefs et d'artifices, grande surface plane où ne reste que la terre pour évoquer l'Inde. Cette fois encore, de même que Carrière construit la langue du *Mahâbhârata* sur une constellation de mots essentiels (le « cœur », le « sang », la « mort ») autour desquels s'échafaude le sens, se constitue au niveau de l'espace, – avec la terre, l'eau et le feu – une sélection plastique essentielle à laquelle s'ajouteront lumières, couleurs, tissus, et à partir de laquelle pourra se déployer « l'imagination matérielle », qui, selon Bachelard, « peut ranimer sans cesse les images traditionnelles », qui « met en vie certaines vieilles formes mythologiques[69] ».

Aussi, c'est un travail systématique de l'évocation et de la suggestion que sollicite Brook pour faire accéder auditeurs et spectateurs à la grandeur des actions et des situations, aux mystères du poème. L'acteur italien Vittorio Mezzogiorno[70], qui a dû endosser le rôle du guerrier

67 *Ibid.* p. 93.

68 Carriere, Jean-Claude, *À la Recherche du Mahâbhârata, Carnet de voyages en Inde avec Peter Brook*, *op. cit.* p. 117.

69 Bachelard, Gaston, *L'eau et les rêves : essai sur l'imagination de la matière*, José Corti, Paris, 1987, p. 183.

70 Acteur italien, né en 1941, rejoint la troupe pour *le Mahâbhârata*.

parfait, Arjuna, raconte notamment comment, pendant plusieurs mois, les comédiens ont suivi un rigoureux entraînement au tir à l'arc pour finalement, au moment des répétitions, n'avoir que de petits bambous à la main. C'est néanmoins cet entraînement, qui pourrait paraître absurde, qui aura permis à l'acteur de trouver le geste caractéristique de son personnage. « Jamais je n'aurais imaginé qu'après tout ce travail de tir avec un vrai arc, ce qui resterait dans le spectacle, ça serait ce simple geste d'enfant qui joue[71] ». La guerre et la virtuosité du guerrier se trouvent spontanément condensées, ramassées en un seul geste, sobre et évocateur.

De même, le voyage en Inde que font les acteurs tous ensemble au bout des cinq premiers mois de répétitions aura pour fonction de faire emmagasiner à chacun sensations, impressions, afin qu'une chose commune et indicible les relie, et puisse se partager au moment du jeu. Peter Brook travaille en effet à créer une matière « invisible » – cette mémoire sensible et collective (du voyage, du travail, des discussions, des expériences physiques de l'entraînement… etc.) – qui fera partie du spectacle sans pour autant être vue directement. Seulement, ce que partagent les acteurs avec les spectateurs au moment de leur performance, c'est cet ensemble tacite d'expériences incorporées, c'est cette intelligence charnelle de l'histoire racontée, filtrée par leur manière de l'avoir vécue, avec les autres, sur le temps long et dans différents espaces. Peter Brook aura fait en sorte que cette matière invisible et dense existe, que cette vie se créée entre ses acteurs et le texte, notamment parce que le plateau reste selon lui cet espace où tout se voit, où rien n'échappe. C'est pourquoi « l'avant » compte presque plus que la forme elle-même, c'est cette vie et ce temps-là, et les évolutions intimes des acteurs dans leur rapport aux personnages et à l'histoire, que Brook semble cultiver, soigner le plus. La mise en scène est ensuite un travail de réduction et d'épure : la « forme » est une opération qui vient densifier encore, en le stylisant et en l'arrachant à sa naturalité, un geste, c'est-à-dire une expérience, c'est-à-dire *du temps*.

En effet, Vittorio Mezzogiorno témoigne du fait que son metteur en scène ne lui « donn[ait] pas de directives », mais l'a laissé au contraire trouver seul un chemin pour approcher le héros qu'il devait incarner :

71 Mezzogiorno, Vittorio « Chercher le dieu dans l'homme et l'homme dans le Dieu » Propos recueillis par Martine Million, *Alternatives théâtrales*, N° 24, juillet 1985, p. 25.

par l'approche physique d'abord, grâce à l'exigence des entraînements auxquels se soumettait l'acteur, mais aussi en tentant peu à peu d'aborder le personnage non plus par sa dimension héroïque, divine, (donc inaccessible) mais au contraire en « essay[ant] de vivre avec des sentiments, des situations ». « Tout le travail réalisé », explique Vittorio, fut peut-être « d'essayer de me renforcer moi-même pour recevoir un personnage comme Arjuna[72] ». Ainsi, c'est au bout d'une sorte de travail sur soi, non seulement d'amélioration de sa condition physique, mais aussi d'ouverture et de confiance, comme à mi-chemin entre l'homme qu'est l'acteur et le personnage fantasmé, que le héros a sans doute, sur scène, pu « exister[73] ». Ainsi, le travail collectif, le voyage, les formes diverses d'exercices (au sens de Slotedijk[74]) en amont de la représentation, mais aussi le parler de cette langue brute, poétique, différente, visent à faire briller sur un simple tapis le mystère d'une présence. Le cérémonial de Brook tient en l'organisation d'un détour – un détour par le fabuleux, l'exotique, le rêve même – qui permette de traverser un conflit cosmique et originel, de mesurer son humanité à l'aune des héros représentés, et de sortir… *transformé.*

72 Sotigui Kouyate, qui joue Bhishma, témoigne d'une trajectoire comparable : « Si tu t'inspires de figures divines, tu t'égares. C'est quelque chose qui se travaille en soi. Il faut être à la fois soi et autre chose, la part de divin en soi, ne pas se limiter au soi de tous les jours. Pour moi, jouer, c'est être. Avec Brook, j'ai plus appris en six mois qu'en vingt ans, et humainement aussi. Il m'a donné les moyens d'approfondir ce qu'il y avait en moi, par sa méthode de travail et ses conseils. Le fait même de laisser l'acteur libre, c'est déjà son œuvre. L'acteur doit aller au fond de lui-même, découvrir ce qu'il a en soi qu'il ignore ou peut-être qu'il sent, mais qu'il n'a pas assez de courage ou de volonté pour exprimer. Alors Peter, très calmement, avec douceur et patience, le guide dans cette direction, il amène tout doucement l'acteur à retrouver sa direction, et c'est mieux que de te l'indiquer. […] L'essentiel que j'ai appris, je crois, avec Brook, c'est la faculté de vaincre les obstacles. Ce n'est pas tant une histoire de technique qui s'apprend dans les écoles, cette libération des blocages. Il faut pouvoir confier ses difficultés et être mis en confiance pour cela, et à ce stade, il ne te donne pas la solution, il dit "qu'est-ce que tu en penses toi-même ?" » in *Alternatives théâtrales*, *op. cit.* p. 27.

73 Sur le mystère de cette présence, voir *Brûler les planches, crever l'écran*, dir. Farcy, Gérard Denis, et Prédal, René. l'Entretemps, coll. « Les voies de l'acteur », 2001.

74 Voir Introduction.

CONCLUSION PROVISOIRE : ÉPOPÉE NATIONALE *VS* ÉPOPÉE MYTHIQUE ET UNIVERSELLE

Peter Brook et Ariane Mnouchkine, à la fin des années quatre-vingt, présentent ainsi deux visages différents de l'épique théâtral, l'un politique et historiquement engagé, l'autre métaphysique, et rattaché au combat éternel de l'existence humaine. D'un côté Mnouchkine crée avec le diptyque *1789-1793* dans la Cartoucherie de Vincennes une épopée révolutionnaire et collective ; fondatrice d'un sentiment d'appartenance à un peuple et à une nation, travaillant la question du patrimoine historique et culturel commun ; ainsi qu'un dispositif théâtral immersif et éclaté, accentuant la dimension participative de l'audience. D'un autre côté, Brook, avec le *Mahâbhârata* dans les Carrières de Boulbon, invente la possibilité d'une épopée légendaire, mythique, fabuleuse, dans une langue inconnue. Un conte universel qui divise l'humanité en deux clans, constitués chacun d'individualités héroïques et divines, et dont le conflit ramène aux grandes questions de l'existence et des attitudes possibles face à la déréliction du monde ; qui se déploie à l'intérieur d'un dispositif ancestral, semi-circulaire, laissant distincts les acteurs de la fable et ceux qui la regardent, selon un protocole proche du rituel initiatique.

Nous pouvons le résumer encore autrement : là où Ariane Mnouchkine s'intéresse au peuple et au politique, Peter Brook se penche sur l'(H)umanité dans une vision transhistorique.

Mais dans les deux cas, on retrouve la présence forte du récit, et celle, encadrante, de narrateurs ou de conteurs, avec le recours aux formes « brutes » de l'évocation à l'aide de moyens relativement réduits – soit un art de la suggestion, un art du geste et de la stylisation, un savoir-faire qui ramène le plus grand dans le plus petit et l'incommensurable dans une seule chose, un seul objet ou un seul mouvement. De même, un amour des formes traditionnelles et populaires des théâtres extra-occidentaux (et surtout orientaux) est caractéristique du travail de ces deux metteurs en scènes, qui sont aussi tous deux des « voyageurs ». Enfin chacun d'eux semble partager la conviction qu'il existe des formes originelles et partant des invariants anthropologiques de l'art de conter

– que Brook appelle alliances du *brut* et *du sacré*, et que Mnouchkine appelle *populaires*.

Ce point commun – le récit et ses formes brutes – et ce point de divergence – une histoire nationale fortement ancrée dans le temps et qui peut être programmatique pour notre présent, donc tournée vers le futur, d'un côté, et une histoire mythique universelle tournée vers le passé de l'autre – sont essentiels. Il faut voir ce que les deux décennies suivantes ont fait de cet endroit de clivage, comme de cette recherche commune.

GRANDS RÉCITS ET SUCCÈS DU THÉÂTRE PUBLIC DES ANNÉES 2000

Quatre études

La grandeur de l'aventure vilarienne, comme l'a spécifié Barthes, venait de la difficulté du combat à mener dans un certain contexte, à la fois politique, social, institutionnel. Celle des fresques brechtiennes tenait au projet de redessiner par le théâtre – soit par un type de fiction, donc un type d'affects (proprement *épiques* au sens ancien, c'est-à-dire héroïques), et par une manière de les médiatiser par une théâtralité spécifique, (à la fois ludique et sans « mystère », pour le dire vite) – les potentialités politiques d'une classe sociale. Ce moment de l'histoire du théâtre est fondateur : il donne durablement au théâtre public une mission, celle d'une éducation citoyenne, et d'une critique de la réalité sociale et politique. Mais cette fonction, cette mission ou ce devoir se ramifie au fil des années et oriente de différentes façons les créations. Avec Vitez, quelque chose s'est déjà légèrement transformé. Metteur en scène encarté au Parti Communiste jusqu'en 1980[1], Vitez a néanmoins empreint d'un désir de sacré son travail, et sans doute particulièrement celui qu'il a entrepris autour du *théâtre-récit*. Et un peu plus tard encore, dans les années 70 et 80, les grands récits de Brook et Mnouchkine font apparaître deux potentiels de l'épique qui dérivent tous deux de cette histoire : d'un côté une épopée nationale, politique, programmatique, et de l'autre une épopée universelle, existentielle, fondatrice. Dans la première la figure héroïque est le peuple, le peuple comme entité collective, unifiée par l'appartenance à une même condition politique et sociale et se proposant de renverser son destin en l'identifiant à celui de la nation. Dans l'autre les figures héroïques sont des êtres semi-divins, fortement

1 Voir Lambert, Benoit et Matonti, Frédéric, « Un théâtre de contrebande. Quelques hypothèses sur Vitez et le communisme » *in Sociétés et représentations*, Éditions de la Sorbonne, 2001, n° 11. https://www.cairn.info/revue-societes-et-representations-2001-1-page-379.htm, consulté le 23/08/2018.

individués, et dont les combats vont décider du sort de l'humanité, du monde, du cosmos. Notre hypothèse est que ces deux versants assez clairement opposés de l'épopée théâtrale à la fin du XXe siècle se sont fondus (voire noyés) dans des esthétiques et des projets qui délaissent l'idée de sacré tout autant que le militantisme pour se ranger derrière de nouveaux mots d'ordres, comme ceux de *l'être ensemble*, attachés aux allures inquiètes des démocraties européennes et post-modernes. C'est un rêve un peu général, humaniste et consolateur, qui semblerait s'imposer avec les nouveaux grands récits du théâtre contemporain. L'analyse des figures héroïques qui prennent place sur les plateaux contemporains, les combats représentés et la manière dont ils nous concernent – quel « nous », justement, viennent-ils concerner ? – permettra ou non de le démontrer.

En restant dans le cadre du grand récit théâtral comme forme épique paradigmatique, nous nous pencherons sur les intentions des projets que cette forme vient soutenir, (et pourquoi, en quoi, elle s'avère nécessaire), à partir des années 2000. Nous effectuerons donc un saut d'une quinzaine d'années dans l'histoire du théâtre, afin de mesurer ce qui tourne, ce qui meurt, ce qui est mis entre parenthèses et ce qui revient en force depuis les grands récits de Mnouchkine et de Brook. Les travaux de quatre metteurs en scène, qui revendiquent tous un rapport à l'épique – dans leurs notes d'intention, leurs discours, leurs entretiens –, vont nous servir de cas d'étude. Pascal Rambert, Wajdi Mouawad, Jean Bellorini et Thomas Jolly, nous font ainsi passer de projets qui se rapprochent encore de ceux de nos deux devanciers, jusqu'à des compromis étonnants entre un projet politique inchangé depuis les années cinquante, et de grandes formes du divertissement et du ludique propres à une autre ère, aussi bien esthétique qu'économique et politique.

JUILLET 2000 – RÉCIT MYTHIQUE REVISITÉ SOUS FORME DE QUÊTE D'AUTHENTICITÉ : LE *GILGAMESH* DE PASCAL RAMBERT

Durant l'été 2000, Avignon est capitale européenne de la culture et ouvre son cinquante-troisième festival, dirigé par Bernard Faivre d'Arcier[2]. Depuis 1947, la semaine d'art dramatique de Vilar est devenue une véritable institution du théâtre subventionné, sa gestion s'est professionnalisée[3], les collectivités qui le financent se sont multipliées (municipalité, département, région, et plus tardivement mais massivement l'État), et non seulement sa durée s'est élargie (environ trois semaines) ses lieux ont augmenté (une vingtaine de sites pour le festival IN) mais son audience et sa renommée sont devenues internationales. Pascal Rambert ne fait pas encore partie, alors, des grands noms de ce festival, lequel porte haut ceux de Pina Baush (qui fait l'ouverture avec *Le Laveur de vitres*) ou de Jacques Lassale, qui occupe la cour d'honneur avec une *Médée* d'Euripide jouée par Isabelle Huppert. La même année, une exposition intitulée *La Beauté, fabula* couvre l'intérieur du palais des papes et interroge, avec des œuvres contemporaines et anciennes, le sens de son titre. Le champ de tournesols de *Gilgamesh*, sur l'île de la Bartelasse, espace de jeu pour des acteurs qui refuseront de jouer le drame pour mieux le *dire*, le réciter et le chanter, offre une réponse singulière à la question.

ÉPOPÉE VITALISTE

L'épopée de Gilgamesh, récit akkadien recomposé à partir de tablettes d'argile rédigées en langue summérienne et datant du IIIe millénaire av. J.-C., est connu comme le plus vieux récit écrit dont serait porteuse

2 Bernard Faivre d'Arcier est sorti de l'ENA en 1972 et a alors chosi, en tant qu'administrateur civil, le ministère de la culture. Il prend la tête du festival une première fois entre 1980 et 1984. Son second mandat commence en 1993, et se termine en 2003.

3 Notons qu'entre la mort de Jean Vilar et l'arrivée d'Olivier Py en 2014, il n'y avait plus eu de metteur en scène à la direction du festival, mais majoritairement des administrateurs : Paul Puaux, allié de Vilar dès le début, Alain Crombecque, Bernard Vaivre d'Arcier, Hortense Archambaul et Vincent Baudriller.

l'humanité. Elle raconte l'histoire du cinquième roi d'Uruk[4], Gilgamesh – un souverain impétueux et tyrannique. Pour mettre un terme à ses excès, et à la demande des habitants d'Uruk, les Dieux créent un être capable de le défier : Enkidu, l'homme sauvage, l'homme des steppes. Mais leur affrontement ne laisse aucun vainqueur, et les deux hommes, de rivaux, deviennent amis. Ils se lancent alors ensemble dans de grandes quêtes et de grands combats, notamment contre le géant Humbaba de la forêt de Cèdres du Liban, puis contre le Taureau Céleste envoyé par le Dieu Anu à la demande de sa fille, Ishtar, que Gilgamesh avait éconduite. Enkidu est plus qu'un ami, c'est un frère, c'est un double. Mais il tombe malade et meurt brutalement. Inconsolable, Gilgamesh tente l'impossible pour le faire revivre. Au bout de six jours et sept nuits au cours desquels il pleure l'ami et le porte finalement en terre, il décide de chercher la vie éternelle et se rend sur l'île où vit Ut-napishtim, l'immortel. Celui-ci raconte alors à Gilgamesh d'où il tient ce privilège divin : seul survivant du Déluge, c'est parce qu'il a sauvé l'humanité que les Dieux lui ont accordé cette vie sans fin. Gilgamesh ne peut prétendre à une telle récompense. Résigné, le héros rentre alors à Uruk, la ville qu'il a bâtie, où il décide de mener une existence heureuse et sage jusqu'à sa mort.

Le récit est initiatique et c'est le récit d'un seul héros. Il s'agit d'une épopée de la vie humaine, plus que de celle d'un peuple ou d'une civilisation. Le choix de Rambert se distingue ainsi d'emblée de ceux de Mnouchkine et de Brook sur lesquels nous nous sommes penchés (même si, évidemment, Rambert est quand même ici plus proche du second que de la première). Ni épopée de la nation, ni grand récit de l'humanité, l'épopée de Gilgamesh raconte la soif de vie d'un seul homme, son désir inextinguible d'exister intensément et pour toujours, et retrace un parcours unique, dressé d'exploits, verticalisé par l'amitié et par l'amour, mais aboutissant finalement à un vertige, un gouffre de questions posées par l'individu face à la mort.

> Quête de soi, érotisme, naissance, besoin de l'autre, amitié, quête du monde, épreuves qui nous feront nous perdre puis nous retrouver, projet où l'on bâtit sa vie, bataille pour celle-ci, folie d'une vie sans fin, refus de soi effacé, rayé, oublié, besoin de mémoire sans fin, passage, relais, paroles, corps dansants, tout ici renvoie à l'homme, à la vie. À l'envie de vie, sans fin, immense.

4 Uruk (prononcé Ourouk) est une ville de l'ancienne Mésopotamie, dans le sud de l'Irak. Le site est aujourd'hui appelé Warka.

> Tout renvoie ici, par métaphore, à l'envie d'art, notre seule vie sans fin, immense, à nous, mortels[5].

Le vocabulaire de Rambert a des accents nietzschéens. C'est une épopée vitaliste qu'il projette ici, et il a choisi le personnage du Grand Vivant par excellence comme héros. Gilgamesh est à la fois une incarnation du jeune roi et du rebelle. Sa jeunesse est impétueuse, fougueuse, violente parfois, rejetant toute idée de mort, et la figure du révolté dépasse en lui la personne royale. Il incarne également par définition la figure de l'explorateur, puisqu'il est celui qui voyage jusqu'aux confins du monde et de la vie pour quêter l'inaccessible. De même, son expédition avec Enkidu dans la montagne de Cèdres, et bien qu'elle soit sans doute inspirée de faits historiques, notamment d'entreprises militaires portées par de grands rois aux frontières de la Mésopotamie, a quelque chose du périple impossible, de l'aventure hors-norme. Enfin son amitié avec cet homme qui contrebalance ses excès n'est pas seulement une amitié virile et passionnée, elle est aussi sensuelle et semble préfigurer les amitiés masculines grecques, comme celle qui lie Achille à Patrocle. Toutefois, Gilgamesh n'est pas, comme les héros grecs, un héros sans âge, (il n'est pas comme Ulysse, qui, rentrant à Ithaque, est reconnaissable par son chien, parce qu'il possède les mêmes traits et les mêmes qualités). Dans les récits mésopotamiens au contraire, le héros vieillit et perd ses forces. Aussi la déploration de l'ami perdu laisse place à une interrogation profonde : cette réalité fondamentale à laquelle l'homme ne peut échapper, la mort, comment la comprendre ?

LA LANGUE NUE DU POÈME

Pascal Rambert s'empare de la question en se concentrant sur la définition de l'« être ». En l'explorant dans des contextes, des cultures et surtout des langues différentes, le metteur en scène en cherche non pas l'essence, mais les variations.

> Plusieurs fois, à New York, à Damas, à Paris, à Los Angeles, à Londres, à Berlin, tu as expliqué cette question d'ETRE. La première fois il y a dix ans, quand pour la première fois tu t'es arrêté à New York [...] tu entendais de façon très forte, leur "I AM untel". [...] Tu entendais qu'il y avait dans le AM

5 http://www.theatre-contemporain.net/spectacles/Gilgamesh-lhomme-qui-ne-voulait-pas-mourir/ensavoirplus/idcontent/9732, consulté le 22 août 2016.

> une conscience d'être, quelque chose de plus (que toi, que qui ?) qu'ailleurs. Et tout le contraire à Damas ou au Caire quand tu apprends qu'en arabe parlé le verbe ETRE ne se dit pas, ou pour ainsi dire N'EXISTE PAS, ou pour mieux dire qu'il est TOUT EN DIEU. Donc tu penses que si l'ETRE n'est pas dans le tout-venant parlé, il doit bien être quelque part. C'est ce que tu viens chercher à Damas. Et c'est pour ça que tu montes Gilgamesh avec des Arabes et des Américains. Pour voir comment l'ETRE dans sa supposée sur-présence et dans sa supposée absence navigue[6].

À la manière de Peter Brook, (et certes aussi d'Ariane Mnouchkine), Rambert vient en effet chercher ses acteurs en Irak, en Syrie, en France et aux États-Unis. Mais il ne s'agit pas tant ici d'aller chercher des traditions théâtrales différentes que simplement des manières « d'être », et notamment d'aller observer comment le *verbe* « être » existe dans chacune de ces langues ; enfin comment chacune ainsi s'en rapporte au texte – dont Rambert estime, en revanche, qu'il est universel.

> Gilgamesh se jouera comme une passion, décides-tu, dans tous les sens du mot : ta propre passion incontrôlée pour ce texte qui raconte le refus de la mort. Et dans le sens d'une Passion comme on représentait la Passion du Christ. Tu expliques à tes acteurs à Damas, à Paris, à New York, que Gilgamesh se fera comme une passion. Tu expliques que tout le monde autrefois connaissait la Passion du Christ et qu'une fois l'an chaque village en entier se mettait à rejouer cette Passion. Tu expliques qu'ici avec Gilgamesh, c'est la même chose. Chacun possède en soi le texte de Gilgamesh. Bien sûr, personne ne pourrait en dire une seule ligne. Mais chacun, prétends-tu, possède en soi la ligne de fond : le refus de se voir soi, disparu, oublié, effacé. Et c'est cela que nous allons faire, dis-tu. Nous allons montrer des gens en action, saisis par la langue. Pris par les mots. Roulés dans la *cagoule de velours en déploiement*[7].

La question de l'« être » (et de l'« action » comme fondatrice de l'être) est donc directement reliée au rapport à la langue chez Rambert – cette « cagoule de velours en déploiement », qui laisse imaginer une sorte de masque fluide où nos expressions, notre vie intérieure et nos mouvements souterrains trouveraient leurs reliefs. C'est par les mots et dans les mots qu'on existe, semble-t-il nous dire. Alors tout se passera dans la langue, dans le simple déploiement d'une langue et d'un être-dans-la-langue

---

6 Rambert, Pascal, *Récit de la préparation de Gilgamesh, jusqu'à la première répétition en Avignon*, Les solitaires intempestifs, 2000, p. 47.

7 *Ibid.* p. 48-49.

(ou d'un *Dasein*[8] du langage si l'on préfère). La fougue du personnage de Gilgamesh et le souffle épique du poème ne seront pas prétextes à un théâtre « ludique », « festif », mettant en scène sa propre théâtralité par une série d'actions et d'effets « avoués », mais à un *chant* commun des acteurs, que Rambert définit ici comme une *Passion* – et il faut entendre le sens religieux, musical et théâtral du mot. Si le metteur en scène s'en réfère aux mystères médiévaux racontant les souffrances du Christ, le point précis qui l'intéresse dans cette comparaison est le fait que chaque acteur comme chaque spectateur en connaissait alors le récit. De même, l'universalité du *thème* de Gilgamesh, pour parler en termes musicaux à notre tour, devrait permettre d'en chanter les paroles sans les savoir. Comme à la messe chrétienne où tout un chacun chante ou murmure les versets de la bible à voix basse sans véritablement les connaître, et comme si chaque bout de phrase « remontait » aux lèvres. Il s'agit donc bien pour Rambert de créer à son tour les conditions d'une *cérémonie*, où l'on célèbrerait cette fois les profondeurs mystérieuses de l'*être* humain par le Verbe (rendant ainsi hommage à une sacralité humaine et poétique universelle). Une cérémonie ou un rituel qui serait récitation instinctive et comme immémoriale de l'histoire *du désir de vivre*. Ainsi c'est l'épopée comme poème et comme chant – chant d'une *intuition* universelle plus que d'une mémoire collective ici ? – qui semble intéresser surtout le metteur en scène. De fait, il décide de faire entendre au plateau les trois langues – le français, l'arabe et l'anglais – et son travail s'affirme d'emblée comme musical.

> Les trois langues à l'intérieur de la version finale se mêleront. La structure littéraire du texte – très archaïque – avec ses répétitions, ses redites, permet ce traitement. Une version à un tiers française, comme elle le sera dans la version définitive que je veux présenter au public, offre la place au chant des autres langues[9].

Le travail va donc se concentrer sur la diction du poème, tendant vers une forme de simplicité pure, et laissant résonner ses échos en anglais et

8 L'être-là ou l'être-au monde, de Heidegger, dans *Être et temps.* Notons par ailleurs que Rambert semble se situer ici dans le sillage des acteurs et metteurs en scène des années 90 – notamment autour de Gabily et du groupe T'Chan'G – pour qui interpréter un texte, c'est avant tout, et en direct, se confronter à une langue. La langue et le poème *font* le mythe.

9 Rambert, Pascal, *Récit de la préparation de Gilgamesh, jusqu'à la première répétition en Avignon, op. cit.*

en arabe, laissant du vide et de l'air dans le processus de communication du sens et du récit, un vide qui fait une place à l'altérité du chant dans les autres langues. Cette altérité devient donc immédiatement musicale et poétique. Elle contribue au mystère qu'il s'agit de mettre en scène.

Ainsi, cette épopée, on le sent, s'écrit « sur » celle de Brook : elle s'y réfère autant qu'elle s'y oppose, puisque le sujet est devenu ici l'individu dans le monde des origines, soit le Sujet individuel détaché de toute histoire, de tout contexte, un Sujet…« pur » ? (Mais qu'est-ce que ça peut bien vouloir dire ?)

Cela commence autour de la table, à la manière d'une conférence, brochure à la main et sans costume. Cela pourrait ressembler à la *Catherine*[10] de Vitez (notons en passant que Rambert a été l'élève de Vitez pendant quelques mois, entre janvier et juin 83…). Tour à tour, les quatorze comédiens énoncent des morceaux de la légende, de courtes séquences de texte, parfois seulement une phrase. Ils se servent de tableaux noirs, où ils viennent inscrire au fil de la lecture des chiffres et des symboles, à la craie. Lorsqu'il manque un mot dans le manuscrit, une voix dit « Lacune de texte ». Le spectacle reste ainsi, pendant sa première partie du moins, « littéral », et au ras de la théâtralité. Ici, nous informe un autre article, (et c'est là que Rambert s'éloigne de ses prédécesseurs), les voix sont tendues mais blanches, « jamais démonstratives[11] ». Le même principe de sobriété est à l'œuvre pour ce qui concerne les décors et les accessoires. Sur le carré de terre battue que constitue la scène, clairière au milieu d'un champ de tournesols, quelques éléments de jeu racontent le voyage et la vie collective : une plaque chauffante, un frigo, des valises, dont se servent simplement, au gré de leurs besoins ou de leurs occupations, les acteurs pendant les quatre heures de temps qu'ils passent ensemble.

> On pouvait s'attendre à un spectacle dans l'esprit de Peter Brook ou d'Ariane Mnouchkine, qui serait une recréation d'un moment de la nuit des temps, une proposition mi-archéologique mi-imaginative. Ce que réalise Pascal Rambert est tout le contraire. C'est une lecture intermittente, une récitation qui explose dans l'espace mais retourne régulièrement à la fidélité du texte

10 Voir plus haut, Chapitre 1 : Récit du grand récit - 4) *Théâtre-récit des années 70.*

11 Solis, René « Gilgamesh, un chant d'amour », *Libération*, le 17 juillet 2000 – http://next.liberation.fr/culture/2000/07/17/gilgamesh-un-champ-d-amour_330318, consulté le 23 août 2016.

> dit dans sa nudité. Pour Rambert, le théâtre ne repose pas sur une adaptation dialoguée mais sur les mots bruts, livrés tels quels, distribués aux acteurs comme une partition musicale à un orchestre[12].

N'en déplaise au journaliste des *Échos* – dont la frustration est ici légèrement palpable – et même aux références qui sont encore les nôtres en matière de théâtre *épique* (que l'on entend toujours, depuis la désactivation progressive de son sens politique, comme une célébration de la théâtralité[13]), Rambert exploite donc le récit et le mythe de manière minimaliste : une « lecture », une « récitation », des mots « bruts ». Le grand récit n'est porté que par les voix, pour un théâtre qui semble s'affirmer de manière atypique, entre poésie sonore et danse contemporaine. Ce *Gilgamesh* en Avignon, en 2000, et à l'heure de la célébration de la « Beauté », pourrait donc être vu, depuis aujourd'hui, comme un achèvement des années 90 à l'égard du culte du Poème et des Poètes « purs » qui s'opposent à toute actualisation politique, afin de retrouver une sorte d'origine de la théâtralité. Celle-ci se cherche au milieu de plantes tournées vers le soleil, telles le *theatron* grec. En effet les tournesols, qui ondoient sombrement autour de la scène, appellent le mythe.

LA PLACE DU MYTHE

Les champs ont été semés pour eux, sur l'île de la Bartelasse, plusieurs mois avant la première, de sorte que la forêt de tournesols est en pleine floraison à la mi-juillet. Du soleil tombé par terre, du soleil au bout des bras. Le décor naturel a ici la même valeur que la caverne mythique de la Carrière de Boulbon pour le *Mahâbhârata*, il produit à lui seul une beauté d'un autre ordre, une beauté cosmologique et mythique, qui dépasse les horizons d'attente définis par les cultures, les langues, les géographies, une beauté qui remonte à plus loin : à *ce que c'est qu'être vivant*. (Et n'est-ce pas, justement, « manger le soleil » que de vivre sur terre ? Les plantes le savent, elles, qui le dévorent et le synthétisent, afin que nous, les animaux, puissions le manger à notre tour). Or, parmi tous

12 Costaz, Gilles, « Un vieux roi dans les tournesols », *Les Échos*, le 21 juillet 2000 – http://www.lesechos.fr/21/07/2000/LesEchos/18198-156-ECH_un-vieux-roi-dans-les-tournesols.htm, consulté le 23 août 2016.

13 *Cf.* Prologue théorique VI. L'épique comme célébration du code théâtral dans les créations contemporaines – ou : épique vs dramatique, round 4.

les êtres vivants, Gilgamesh est un ogre. Aussi la *passion* qui est la sienne et que cherche à traduire Rambert n'est pas seulement existentielle, elle est biologique et cosmologique, universelle et instinctive. Les tournesols, tournés avidement vers la lumière, servent à la révéler. Et les acteurs, qui sont d'abord présentés comme nos contemporains ou nos semblables (sans costume, texte en main), vont devoir aussi incarner cette passion de vivre par une sorte de retour à l'origine, et se *déshabiller* de leurs singularités culturelles, non seulement métaphoriquement, non seulement dans leur manière de dire les mots, mais concrètement aussi. La nudité va donc « atteindre » les acteurs comme par contagion, à mesure que le spectacle avance et qu'ils pénètrent le champ de tournesols. Elle prend ainsi la place dévolue à l'érotisme et la sensualité dans le texte, au fil des épisodes racontés par les acteurs.

> Les correspondances directes avec le récit sont claires : la courtisane se met nue pour faire l'amour avec Enkidu, mais ce geste influe sur les autres qui enlèvent aussi leurs vêtements, comme si le désir était contagieux, ou comme si simplement le jeu déteignait sur la vie. Pascal Rambert a d'ailleurs un talent sans pareil pour érotiser ses acteurs. Il aime la nudité d'un amour qui n'est ni pesant, ni esthétisant, seule la vérité des corps l'intéresse[14].

À la lecture de ces descriptions, on comprend également combien le travail de Rambert n'allait pas dans le sens d'une représentation mimétique. Les actions des acteurs et la récitation du texte se croisent et parfois se « correspondent », mais le rapport de l'un à l'autre n'est jamais illustratif, et le spectateur seul le construit. Quant à la nudité, elle semble aller dans le même sens que le travail sur la langue : chercher une forme de simplicité pure pour mieux accéder au mystère absolu du désir que dessine et raconte en creux l'histoire.

> Dans un champ de tournesols sans fin – car il y a le soleil dans l'Épopée de Gilgamesh – il faut imaginer non pas une reconstitution, ni une approche moderniste, mais plutôt, conformément au travail que je poursuis depuis toujours, la rencontre entre archaïque et contemporain.
>
> Archaïsme pour Mémoire, Parole enfouie qui éclaire le présent.
>
> Contemporain pour Minimalisme, Parole absolue fuyant les réalismes.
>
> Il faut imaginer un travail sur le verbe, un travail de chœur, laissant place entière au mystère des phrases, au mystère des mots brisés dans l'argile du poème.

---

14 Solis, René, *op. cit.*

> Il faut imaginer la joie d'une lecture libre, offrant à tout un chacun, artistes puis spectateurs la possibilité de peupler d'épiphanies d'imaginaire le lieu où rien ne nous prend plus la main[15].

« Le lieu où rien ne nous prend plus la main », c'est le monde qui est le nôtre, un monde sans Dieu pour nous tenir ni nous conduire. Rambert parle en athée. Mais il semble également qu'il cherche à proposer, « en contrepartie » du vide, la possibilité d'un autre Mystère – dans les mots – et d'une autre Sacralité – dans la langue. Aussi, « Parole enfouie » et « Parole absolue » se répondent dans son discours, chacune ornée de leur majuscule. Ces deux « Paroles » apparaissent se fonder dans l'écart d'avec le langage ordinaire, soit d'avec le monde qui est le nôtre, tel qu'on l'arpente et le parle au quotidien, et auquel s'oppose ici un passé « archaïque » d'un côté – avec son langage propre, codé, la « Parole enfouie » – et un monde « absolu » de l'autre – avec son langage *autre*, c'est-à-dire poétique, qui fait accéder aux dimensions cachées de l'existence. On comprend alors que la tentative de Rambert consiste en partie à nous faire accéder à ces deux mondes, par le biais de ces deux types de « Paroles », qui se rencontrent au fil du spectacle et s'entrelacent l'une l'autre. L'enjeu n'est pas alors seulement de l'ordre de l'écriture, ou de la « poétique ». Il concerne également la mise en scène et les acteurs. Car cela se joue en grande partie dans l'action de la prise de parole et dans la diction : un minimalisme qui n'est pas forcément réaliste. Voilà la contradiction que les comédiens doivent tenir. La tâche est ici d'être « simple », au sens d'authentique, (*à soi*), sans coller à une parole usuelle, sociale. C'est dire qu'il s'agit aussi de rendre suffisamment « étrangère » la langue du poème pour nous faire entendre la charge insoupçonnée ou oubliée des mots : le sens « enfoui », le sens « caché », ou encore le sens que Rambert nomme « absolu » (comprendre à l'origine) des choses.

Aussi Rambert est en quête d'une forme de naturel sans réalisme. La notion de « naturel » mériterait d'amples développements – notamment historiques – que nous ne nous permettrons pas ici. Mais les affinités du metteur en scène avec un certain théâtre « belge[16] » comme il le dit

---

15 Rambert, Pascal, *Récit de la préparation de Gilgamesh, jusqu'à la première répétition en Avignon.*

16 « Je voudrais m'attaquer aux bases mêmes du théâtre, à cette idée qu'il faudrait "faire croire" à quelque chose. Mon but serait d'arriver à ce que les acteurs soient en mesure d'inventer le texte et le jeu. Je suis obsédé par la suppression des sas entre coulisses,

lui-même, ou plutôt avec un théâtre qui ne chercherait pas « à faire croire » en quelque chose, et qui abolirait « les sas entre coulisses, scènes et salles », l'amènent à travailler cette notion dans un sens particulier : celui d'une *dé-théâtralisation* du jeu qui l'éloigne radicalement de ses prédécesseurs en termes d'appropriation du grand récit par le théâtre. Ce sont des principes de liberté, d'indifférence, et de facilité qui président aux mouvements des corps et des voix, sans pourtant empêcher que ceux-ci soient élaborés avec art. Ce qui nous étonne, malgré tout, aujourd'hui, c'est de voir à quel point cette recherche d'authenticité *via* le minimalisme des mouvements du plateau, qui serait garant d'une forme de simplicité, empêche les corps de s'exprimer, alors même que c'est là le sujet de l'histoire. Comme si la quête de Rambert (mettre la lumière sur un désir authentique, et les mots sur une *passion* universelle) lui faisait élever de nouvelles idoles, couvrant en partie le déploiement de la vitalité dont il est question dans le texte.

Toutefois, le mythe que Rambert cherche ici à traiter, et cette rencontre entre archaïsme et contemporain qu'il veut opérer, n'est pas seulement poétique. Elle a aussi, pour le metteur en scène, un sens qui, politiquement, l'engage et engage l'acteur.

LE MYTHE INVESTI PAR LA POLITIQUE

> Ce qui m'intéresse, c'est de multiplier les points de vue.
>
> C'est de produire non pas un théâtre mais des théâtres : un acteur américain ou français ne donnera jamais de l'Épopée la même lecture ni la même interprétation qu'un acteur syrien. Il s'agit d'activer les imaginaires, il s'agit de les faire parler dans leurs singularités au travers de l'œuvre ouverte qu'est l'Épopée de Gilgamesh.
>
> Monter l'Épopée de Gilgamesh dans sa version intégrale – une nuit entière peut-être – dans toutes les langues des acteurs et sous le ciel de préférence.
>
> Avignon me semble l'endroit indiqué et cela au moment où l'Europe célébrera deux mille ans d'occident chrétien. Il me paraît alors sensible de remonter plus haut encore et d'ouvrir la mémoire sur cinq mille ans d'écriture[17].

---

scènes et salle. Ces pistes sont depuis longtemps explorées ailleurs, en Belgique ou aux États-Unis par exemple, mais très peu en France, où l'essentiel passe par la langue et son respect. » / Rambert, Pascal Interviewé par René Solis – *Libération* – 09.01.2001. Nous reviendrons dans notre seconde partie sur la manière dont la vague flamande a orienté de nombreuses pratiques scéniques à partir des années 2000.

17 Rambert, Pascal. « Ce qui m'intéresse, c'est de multiplier les points de vue. » http://www.theatre-contemporain.net/spectacles/Gilgamesh-lhomme-qui-ne-voulait-pas-mourir/ensavoirplus/idcontent/9732, consulté le 19/10/2021.

On ne peut s'empêcher, à la première lecture de ces notes, de penser à une sorte de super-Pentecôte païenne :

> Le jour de la Pentecôte, ils étaient tous ensemble dans le même lieu. Tout à coup il vint du ciel un bruit comme celui d'un vent impétueux, et il remplit toute la maison où ils étaient assis. Des langues, semblables à des langues de feu, leur apparurent, séparées les unes des autres, et se posèrent sur chacun d'eux. Et ils furent tous remplis du Saint Esprit, et se mirent à parler en d'autres langues, selon que l'Esprit leur donnait de s'exprimer[18].

La Pentecôte est en effet perçue et présentée, dans la tradition chrétienne, comme la réception du don des langues qui permet de porter la promesse d'un salut universel aux confins de la terre. Des spectateurs de toutes nations sont supposément présents. Évidemment, le but de Rambert n'est pas de se rattacher à la chrétienté, puisqu'il entend remonter « plus haut encore » dans l'Histoire de l'Humanité. En revanche, le caractère universaliste de l'événement se retrouve dans sa performance, qui confronte ainsi Monde ancien et Nouveau monde. Ce qui l'intéresse, nous dit-il, c'est que la présence des trois langues, l'Arabe, le Français et l'Anglais, permet de « multiplier les points de vue » sur l'histoire, de faire se côtoyer au cours du spectacle plusieurs interprétations, (et plusieurs traductions), soit plusieurs lectures du texte. De sorte que le spectateur peut cheminer entre chacune et choisir d'écouter l'une plus que l'autre, retenir telle formule ici, telle autre là, dans les bouches d'acteurs de différentes nationalités. Par ailleurs, c'est dans l'optique d'une ouverture des sens non seulement poétique mais aussi culturelle et politique (voire géo-politique) que Rambert utilise les différentes langues au plateau, et travaille avec des acteurs de différentes nationalités. Dans une optique d'ouverture mais aussi de décentrement. La question de la mémoire et de l'histoire est en effet décalée du calendrier occidental, c'est-à-dire de la mesure chrétienne du temps, pour embrasser une conception plus vaste de ce que l'on nomme notre « passé », pour nous faire changer d'échelle.

Par ailleurs, l'Irak est le berceau de l'épopée de Gilgamesh, et réunir Français, Irakiens (même si le projet ne pourra aboutir en Irak, et que Rambert travaillera finalement avec des acteurs syriens) et Américains quelques années seulement après la première guerre du Golfe tient,

18 *Nouveau Testament*, Actes des Apôtres, A. 2.

d'une certaine manière, de l'utopie : du rassemblement impossible sur un sol d'origine, qui est en l'occurrence un sol littéraire, poétique et théâtral. Plus concrètement encore, cela tient aussi de la manifestation d'un désaccord, et de l'affirmation d'un refus, celui d'une politique d'exclusion à l'égard des immigrés en Europe[19] :

> Tu as expliqué cent fois à tes acteurs pourquoi tu montes Gilgamesh. À New York. À Damas. À Paris. Tu as dit : « je monte aussi Gilgamesh parce que j'ai honte de mon pays. Je viens vous voir pour que nous nous associons et que nous réalisions quelque chose jamais réalisé dans le monde[20] ». Je viens vous voir parce que dans mon pays plus de quatre millions de gens veulent mettre les étrangers dehors ou leur faire la peau s'ils le peuvent. Je viens vous voir parce que j'ai honte d'être français. Je viens vous voir pour que nous fassions le contraire de ces quatre millions de Français et qu'au lieu de nous crisper sur la présence de l'autre, nous nous détendions. Ensemble, à Avignon peut-être, nous montrerons, *sans la ramener*, que c'est visiblement possible. Et auditivement aussi, nous le montrerons[21].

Notons que Rambert écrit ces mots avant le 11 septembre 2001, avant la seconde guerre du Golfe en Irak, et avant toute une nouvelle

---

19 L'immigration serait devenue un véritable sujet de société en France à partir des années 80 et plus encore dans les années 90. Après les 30 glorieuses, en effet, et suite à la crise économique des années 70, une politique plus stricte de contrôle des flux migratoires s'établit dans le pays. « La France ne veut plus être un pays d'immigration », dit Charles Pasqua, ministre de l'intérieur, en 1993. Mais la question passe aussi au centre du débat droite-gauche au cours de ces années-là, occultant la prise en main à l'échelle européenne. « Le compromis qui émerge durant les années quatre-vingt et dont on reconnaît toujours les traits aujourd'hui, malgré les remises en cause dont il a fait l'objet ces dernières années, est le fruit d'un équilibre entre des exigences contradictoires et des forces aux intérêts divergents. Il autorise aux entreprises françaises une participation aux marchés mondialisés et ouverts, réclamés plus ou moins discrètement par certains acteurs économiques, préserve les relations diplomatiques entretenues avec un certain nombre de pays – qui souvent furent des colonies françaises – fournisseurs d'une main d'œuvre régulière ou non – sans exiger des principales forces politiques de refondation idéologique prenant acte des transformations provoquées par l'approfondissement européen. Il génère cependant des contradictions, des compromissions parfois, qui font en permanence des questions d'immigration un point chaud du débat politique et des conflits sociaux nourrissant des crises successives de l'immigration, dont l'issue est toujours incertaine, parce que les mesures touchant à l'immigration expriment souvent plus un rapport de forces qu'elles ne sont l'expression d'une politique. » Rygiel, Philippe Les politiques d'immigration en France des années 1970 aux années 1990. Cahiers de l'institut CGT d'histoire sociale, 2013, p. 22-26. https://halshs.archs.fr/halshs-01279392/document, consulté le 22/08/2018.

20 *L'épopée de Gilgamesh*, tablette, 4, ligne 547, Tournay et Shaffer, *L'Épopée de Gilgamesh*, Cerf, Paris, 1994.

21 *Ibid.* p. 47.

série de problèmes migratoires. Il en ressort que le cœur du poème – la quête impossible de Gilgamesh – se charge non seulement d'une ambition philosophique et poétique, mais aussi politique. À la racine du projet, il y a une indignation qui cherche le moyen de s'exprimer, de se dire, et qui veut trouver son dépassement et sa résolution dans la performance théâtrale elle-même.

La forme et la tonalité de l'engagement de Rambert (qui s'enracine dans un sentiment de colère et de « honte », comme il le dit) inscrivent ainsi son *Gilgamesh* dans une certaine catégorie du théâtre politique, tel qu'il se renouvelle en France après 1989, et que Béatrice Hamidi-Kim a nommé la « cité du théâtre politique œcuménique[22] ». Celle-ci se serait formée, si l'on suit l'analyse de la chercheuse, au cours des années 90 à travers l'engagement citoyen des artistes du théâtre public, suscité notamment par la guerre en ex-Yougoslavie, avec des figures de la même génération que Rambert, comme Olivier Py. « À partir d'une émotion première, et d'une réaction de colère, les artistes montent en généralité, et s'inscrivent à la fois dans la topique du sentiment et dans la topique de la dénonciation[23] ». L'intention de Rambert semble en effet épouser un tel mouvement. Le début de la note de présentation de *Requiem pour Sebrenica*[24], écrit par Olivier Py deux ans plus tôt, en est une autre illustration : « Au départ de *Requiem pour Srebrenica*, il y a un constat immédiat : le drame qui se joue en Bosnie ne m'est pas étranger. Au fond de mon âme, l'évidence que les sbires de Milosevic interpellent ce qu'il y a de plus noir et de plus abject de la condition humaine [...][25] ». Ainsi, plus clairement que Rambert, Py fait de son engagement politique un devoir *moral* (et chez lui spécifiquement, cela veut dire : chrétien). Béatrice Hamidi-Kim l'explique : « ce ne sont plus uniquement les

22 Hamidi-Kim, Béatrice, *Les cités du théâtre politique en France de 1989 à 2007. Archéologie et avatars d'une notion idéologique, esthétique et institutionnelle plurielle.* Thèse de Lettres et Arts soutenue et présentée publiquement à Lyon le 12 novembre 2007. Sous la direction de Christine Hamon-Siréjols. Selon l'auteure, les formes du politique au théâtre depuis 1989 peuvent être classés en quatre grandes « Cités » : celle d'un théâtre post-politique, celle du théâtre politique œcuménique, théâtre populaire d'art – service public ; celle d'une refondation d'une communauté théâtrale et politique ; celle enfin du théâtre de lutte.

23 *Ibid.* p. 331.

24 Spectacle écrit en 1998 et mis en scène en 1999 par Olivier Py, création au Gymnase Aubanel, pendant le festival d'Avignon.

25 Cité par Hamidi-Kim, *ibid.* p. 335.

principes de la Nation républicaine qui sont évoqués, mais les Droits de l'homme, dont les artistes présupposent qu'ils devraient être acquis partout [en Europe] ». Il y a donc un humanisme universaliste au départ de ces projets. Celui de Rambert dépasse d'ailleurs le strict cadre européen. Mais il partage avec Olivier Py cette idée que l'artiste peut dresser des remparts « contre la barbarie », et faire de son travail l'endroit (éphémère) d'une « Humanité rassemblée ». C'est l'appartenance à une même condition (« Humaine ») qui légitime et fonde dans ce cas précis le spectacle, en tant qu'il réunit effectivement des êtres de nationalités, de cultures et de langues différentes. Le caractère épique du Poème, qui opère dans le cas de *Gilgamesh via* le retour à un texte d'origine, et grâce à un focus sur l'individu, se confond donc avec cette cité politique à tendance humaniste et morale. « Car cette cité se caractérise par une grande confiance, voire une foi, dans les pouvoirs de l'art et de la culture. Si l'art est politique, c'est en tant qu'instrument de lutte, mais contre un ennemi moins politique que moral : la barbarie[26] ».

Les années 2000 commencent donc avec ce type de retour au long poème épique. Nous parlons de retour dans la mesure où le désir de Rambert ne peut pas complètement être déconnecté de celui de Brook – de Brook sans doute plus que celui de Mnouchkine, puisque nous sommes plus avec *Gilgamesh* du côté d'une épopée existentielle et d'un récit des origines, que du côté d'une épopée programmatique, nationale et politique... Encore que, d'une certaine façon, Rambert combine déjà ces deux aspects de l'épique en faisant du récit de la quête originelle de son héros un projet politique pour les citoyens internationaux que sont ses acteurs. Se réinvente en tous cas dès ce spectacle une façon de s'approprier une légende extra-occidentale, orientale, avec des moyens scéniques fort différents de ceux que l'on a notés jusqu'alors : minimalisme des effets et priorisation de la parole, au service d'une recherche d'authenticité du jeu, et plus loin de l'authenticité d'un contenu : cet élan vital absolu qui anime le héros. Cet élan vital fait du *Gilgamesh* de Rambert un récit universel, mais aussi recentré autour d'un individu isolé, délié, et non pas autour d'un collectif, ou d'une communauté. Car l'universel est alors à chercher du côté des individus (et, ici, de leurs pulsions vitales plus encore que de leurs sentiments) – alors que le particulier serait précisément du côté des communautés culturelles,

26 *Ibid.* p. 336.

sociales et politiques. Voilà déjà sans doute quelque chose de nouveau par rapport au souci des grands devanciers étudiés dans le chapitre précédent.

Par ailleurs, la trajectoire du metteur en scène, qui dix ans plus tard créera *La Clôture de l'Amour* (texte où les personnages portent les noms des acteurs eux-mêmes, et spectacle que, par ailleurs, un article des *Inrock*, sans connotation péjorative aucune, qualifiera de « scène de ménage homérique[27] », oxymore qui en dit long sur le devenir de l'épopée contemporaine), nous permet de penser qu'avant d'être nommé par leurs prénoms, signe d'un autre passage, les acteurs de Rambert incarnent déjà, en 2000, un individu représentatif de rien d'autre sinon que de lui-même : un sujet absolument unique et particulier, extrait de son Histoire, extrait de sa société.

Dès lors, le mythe n'est plus une grande forme extérieure, ou un récit historique. Pour Rambert, le mythe loge *à l'intérieur* de soi, il a trait au mystère d'une individualité originelle. Le spectacle s'efforce de délivrer ce mystère par une « Parole » universelle et par un « Poème » polyglotte – nouveau testament multiculturel.

Enfin, ce récit du désir fraye avec une esthétique de la performance plastique et physique, qui n'emprunte pas, contrairement à Brook ou Mnouchkine, à des formes de théâtralités épiques extra-occidentales. La mise en scène privilégie les corps nus et les voix blanches, sans détour par le pittoresque ou les traditions du récit orientales, ni démonstration de théâtralité. Le travail musical et chorégraphique de Rambert sur le texte permet ainsi de prendre la mesure de ce que le *post-dramatique* en tant que nouvelle ère esthétique[28] est venu changer au récit : ici, danse, poésie et voix forment une partition scénique horizontale, à l'intérieur desquelles des différences d'intensités viennent réclamer des interprétations plurielles, aussi bien philosophiques que politiques, mais dont *l'ouverture* est capitale.

Pour conclure, Rambert s'inscrit ici dans une double lignée. La première est celle des « Poètes » des années 1990 (après Lagarce, après Gabily, et dans le sillage de Py), qui, contre un geste dramaturgique qui se serait usé – celui d'utiliser le répertoire pour en donner une

27 Arvers, Fabienne et Sourd, Patrick « Clôture de l'Amour : rencontre avec Pascal Rambert et ses deux comédiens » in *Le Figaro*, 30 septembre 2011, http://www.lesinrocks.com/2011/09/30/scenes/cloture-de-lamour-rencontre-avec-pascal-rambert-et-ses-deux-comediens-118908/, consulté le 23/12/2016.

28 Voir plus haut, introduction de Partie « *Is post-modernism dead ?* »

« lecture » (de préférence historique et politique) – ont cherché à réinventer le théâtre *par le poème*[29]. La seconde influence de son travail vient de la danse contemporaine et de la performance – qui l'intéressent en ce qu'elles « n'essaient pas de faire croire en quelque chose ». Notons que, cette année-là, en Avignon, pendant que *Gilgamesh* est au milieu des tournesols sur l'île de la Barthelasse, le *Laveur de vitres* de Pina Baush prend place sur une montagne de roses, au centre de la Cour d'Honneur. Le floral les rapproche, mais pas seulement. L'humanisme vitaliste de Rambert pourrait prendre à son compte cette expression de la chorégraphe : « la barbarie positive de l'enfance[30] », une arme métaphorique et poétique contre la barbarie réelle d'un environnement politique conflictuel. Ce *Gilgamesh* serait donc à la croisée de plusieurs histoires théâtrales, certaines finissantes, d'autres renaissantes, qui concourent à une sorte de grand récit post-dramatique et humaniste à la fois, un récit de l'« être », vivant et désirant. L'épique sert un retour aux origines, celles de la théâtralité *et* de l'humanité, et propulse sa quête en direction d'un substantialisme transculturel de l'« être » humain. Enfin, l'épique est donc ici au service d'une quête d'authenticité… du Sujet.

Au même moment, au début des années 2000, émerge un auteur et un metteur en scène dont l'ambition est également d'embrasser différentes périodes de l'existence, de la jeunesse à la fin de la vie, pour en dire quelque chose qui dépasse les clivages culturels. Cette fois, pourtant, il s'agit de proposer une définition de l'Être non pas déterminée par une puissance d'agir, par un élan ou un désir, mais par un héritage familial. Ce qui fait se tourner la quête vers le passé, le regard vers l'intérieur, et qui transforme l'aventure… en *introspection.*

---

29 Voir « Dépasser la fin du répertoire », Entretien avec Olivier Py réalisé par Christian Biet, in *Théâtre/Public – Le répertoire aujourd'hui*, juillet-septembre 2017, N° 225, p. 55. Nous retrouverons cette lignée active dans notre troisième partie.

30 Boissières, Anne, *Approche philosophique du geste dansé, De l'improvisation à la performance*, Presses universitaires du Septentrion, p. 200.

LE RÉCIT DE LA QUÊTE IDENTITAIRE : WAJDI MOUAWAD

Wajdi Mouawad est né en 1968, au Liban, pays qu'il doit quitter avec ses parents pendant la guerre civile, pour s'exiler d'abord en France, puis au Québec. Il commence à écrire au moment qui nous intéresse, juste après la chute du mur de Berlin, au début des années 1990. Dans la plupart de ses pièces, récits mythiques, nationaux, familiaux et intimes s'entrelacent, et en particulier dans un quatuor couronné de succès, *Le Sang des promesses.*

Celui-ci se compose d'une trilogie – *Littoral, Incendies, Forêts* – et d'un spectacle – *Ciels*[31]. Ces quatre titres, derrière lesquels sont suggérés les quatre éléments – l'eau, le feu, la terre, et l'air – dessinent une cosmologie, même si la dernière pièce a une place à part. En juillet 2009, à Avignon, *Littoral, Incendie* et *Forêt* sont jouées en intégrale, pendant plus de onze heures, ce qui place aussi naturellement l'ensemble, en tant que performance, juste derrière *Le Soulier de Satin* de Vitez, dernière épopée d'aussi longue ampleur jouée dans la cour d'honneur du Palais des Papes. Or, ce qui nous intéresse, c'est précisément ce qui a changé entre temps dans la manière de définir un tel travail, et comment le sens de l'épique, depuis la fin des années 80, s'est radicalement transformé.

L'ORDRE DU RÉCIT : *MIMÉSIS* ET *CATHARSIS*, RETOUR À ARISTOTE

La trilogie aborde la question de « la promesse non tenue », explique l'auteur dans son dossier artistique, « ou plutôt de celle que l'on profère et que l'on tente de tenir, et des raisons pour lesquelles on ne la tient pas, les conséquences et les raisons de ces conséquences ». Un même thème, une même énigme donc, relie des histoires aux schémas similaires : *Littoral, Incendies* et *Forêts* sont trois quêtes, sous forme d'enquêtes. Elles commencent toutes par la mort d'une mère ou d'un père, qui entraîne

31 *Littoral*, la plus ancienne pièce de la tétralogie, a été créée le 2 juin 1997 à Montréal, au Théâtre d'Aujourd'hui, lors du 7e Festial de Théâtre des Amériques, sa première représentation en France a eu lieu à Limoges, au Théâtre de l'Union, en septembre 1998. Une nouvelle version est créée en mars 2009. Entre temps *Incendies* est créé en France en mars 2003 à l'Héxagone Scène Nationale de Meylan, et au Québec en mai 2003 au Théâtre de Quat'Sous. *Fôret* est créée en mars 2006 à l'Espace Malraux, Scène nationale de Chambéry et de la Savoie. Enfin, *Ciels* sera créée à Avignon le 18 juillet 2009.

celui qui reste, l'orphelin, (fils, fille ou frère et sœur ensemble), dans une recherche obstinée des origines, processus qui se termine en général par une révélation – renversant la conception que se faisait le personnage de sa propre identité. Ainsi Wilfrid dans *Littoral* décide d'offrir une sépulture à son père dans son pays natal, et traverse à cette occasion, cadavre sur le dos, des terres en guerre ; il y traîne son fardeau de village en village, et accumule des rencontres significatives, qui l'amènent chaque fois à se connaître un peu plus, un peu mieux, jusqu'à l'arrivée finale sur le bord de mer, où tout sera déposé : le corps paternel et le sens de sa vie. De même, les jumeaux Jeanne et Simon héritent à la mort de leur mère de deux lettres, une pour un père inconnu et qu'ils croyaient mort, une pour un frère dont ils ne soupçonnaient pas l'existence. *Incendie* est le double récit de la vie de Nawal, cette mère perdue, dans un Liban à sang et à feu, et de l'enquête de Jeanne, qui tâche de retrouver les destinataires des deux lettres. Le frère et la sœur découvriront qu'ils sont les enfants d'un viol, et que le violeur est également leur frère, né du premier et grand amour de leur mère. Enfin Loup, dans *Forêt*, doit *lire dans le crâne de sa mère :* interpréter des radios, remonter le fil des visions et des crises d'épilepsie, afin de comprendre *de quoi* elle est morte. Elle va plonger elle aussi dans d'autres temps et d'autres espaces : non pas le Liban en guerre cette fois, mais la France de 14-18 et de 39-45, au cœur de la forêt des Ardennes, où elle découvre une généalogie de femmes, qui ont toutes dû abandonner leur fille. Trois voyages, où le merveilleux coïncide avec l'Histoire, dans un chemin qui mène progressivement de l'aveuglement à la révélation.

Ainsi, ce avec quoi Mouawad renoue, c'est d'abord la fable. L'auteur en effet revendique, malgré la suspicion que la narration suscite dans un monde littéraire et théâtral post-seconde guerre mondiale, de *raconter des histoires* :

> Il est possible de témoigner de l'effritement du monde par l'effritement de l'art, mais il existe aussi une manière de *tenir* qui consiste à redonner de la cohérence au milieu de l'incohérence. Il y a différentes manières de dire « il était une fois… ». Or, qu'importe la manière, puisque chaque fois que quelqu'un dit cela, il redonne de la cohérence en disant « début-milieu-fin ». On peut très bien faire cela tout en sachant parfaitement qu'aucune cohérence n'existe réellement dans la vie[32].

32 Mouawad, Wajdi, Archambault Hortense et Baudriller, Vincent, *Voyage pour le festival d'Avignon 2009*. Festival d'Avignon, P.O.L, 2009. p. 11, nous soulignons.

« Tenir », comme « tenir ensemble » les segments contradictoires de nos vies, et « tenir » comme « tenir bon » dans la bataille de l'existence. Dans les deux cas le récit s'avère être nécessaire, parce qu'il donne unité (début, fin) et cohérence (intelligibilité) à une représentation du monde qui pourrait très bien rester obscure, emmêlée, fragmentée. Ce n'est pas autrement qu'Aristote expose les vertus de la *mimésis*, dans la *Poétique*, en la distinguant de l'histoire.

> Aussi la poésie est quelque chose de plus philosophique et de plus élevé que l'histoire ; car la poésie parle plutôt du général, et l'histoire du particulier[33].

Parce qu'elle synthétise, recompose et dessine des traits essentiels, toute forme de représentation ou d'activité *poétique* selon Aristote, loin de s'en tenir à une quelconque copie du réel, nous instruit et nous « fait raisonner sur la nature de chaque chose[34] », ayant par conséquent cette capacité de nous faire accéder à de l'universel. Elle possède donc plus de vertus analytiques que la chronique ou l'histoire, qui est donnée ici comme une opération descriptive, forcée d'adhérer à l'anecdotique et au particulier. C'est pourquoi, dans la tragédie, qu'Aristote place au sommet de la création poétique, « le point le plus important » est « la constitution des faits », (ou « l'agencement des actes accomplis »), comprenant péripéties et reconnaissances, car la tragédie est « une imitation non des hommes, mais des actions, de la vie, du bonheur et du malheur[35] ». C'est la *mise en intrigue* qui fait de la tragédie un genre philosophique, soit la manière d'enchaîner les faits ou d'opérer des renversements entre eux, enfin d'établir *l'ordre et les liens* qui permettent de donner un sens à la vie des hommes, à leurs échecs et à leurs réussites.

De même, Mouawad, pour qui l'expérience de l'exil loin de son pays en guerre est fondatrice, part de cet état de fait : le monde que nous connaissons est un « charnier[36] ». Face aux hécatombes du XXe siècle,

33 Aristote, *La Poétique*, *op. cit.*, chapitre 9.

34 *Ibid.* chapitre 4.

35 *Ibidem.*

36 Mouawad, Wajdi, in *Voyage pour le festival d'Avignon*, *op. cit.* p. 17. « Pour les gens de notre âge, ([…] nés aux alentours de 1968), on peut dire, comme une litanie : nous sommes nés à la fin de la guerre du Vietnam et nous nous sommes éveillés avec la guerre du Liban, puis celle de l'Iran contre l'Irak. Nous avons été dépassés par la guerre des Malouines, et puis nous avons senti la nécessité de prendre la parole avec la guerre en ex-Yougoslavie. les

la narration s'impose pour lui comme un « lieu de survie » : parce qu'elle redonne bel et bien une logique, un ordre, parce qu'elle permet d'élaborer, tout simplement, un sens. Aussi Mouawad raconte, et raconte avec les éléments les plus traditionnels de l'art dramatique : avec des personnages qui ont un nom, un objectif, qui entreprennent une action, rencontrent des obstacles mais sont accompagnés aussi d'adjuvants, entrent en conflit avec d'autres, tombent amoureux, et accomplissent, enfin, leur destin. À l'échelle structurelle, on retrouve même dans les pièces du *Sang des promesses* les éléments de l'action tragique posés par Aristote : la péripétie (« retournement de l'action en sens contraire »), la reconnaissance, (« retournement qui conduit de l'ignorance à la connaissance », et qui peut accompagner la péripétie, comme lors du dénouement d'*Oedipe Roi*, de Sophocle, auteur auquel se réfère Mouawad presque aussi régulièrement qu'Aristote) et l'événement pathétique (« action qui provoque destruction ou douleur, comme les agonies présentées sur la scène, les douleurs très vives, les blessures et toutes les choses du même genre[37] »). De plus, les pièces de Mouawad mettent toutes en scène la rencontre des personnages avec leur histoire comme une rencontre avec une forme de fatalité. Il y a, ici comme dans les tragédies grecques, et bien que les dieux soient absents, des oracles aux sens cachés, et un savoir profond à acquérir pour comprendre *qui nous sommes*. Et ce savoir ne peut prendre, apparemment, que la forme d'un récit. « Comment en vient-on à la mort ? est une question qui nous sauvegarde[38] » écrit le dramaturge, et c'est sans doute celle qu'il remet en scène à chaque fois. Or, le type de réponse qu'il propose à cette question, soit le type de compréhension qu'il provoque par le biais de ses récits, est absolument émotionnelle, empathique, sensible. C'est donc non seulement un théâtre qui raconte, et qui repose pour cela sur des ressorts dramatiques anciens, en partie tragiques, mais c'est aussi un théâtre cathartique auquel il s'applique : un théâtre des émotions fortes, un théâtre où l'identification aux personnages est indispensable.

hécatombes du Rwanda ont été les relais à la guerre du Golfe et ont précédé les ravages du Kosovo. Nous n'avons encore rien compris aux massacres en Algérie et personne ne nous a parlé du Tibet et très peu de la Somalie. Nous sommes devenus adultes avec le début de l'Intifada de septembre 2000 et notre quotidien a éclaté contre le récif du 11 septembre 2001. »

37 Aristote, *La Poétique*, trad. Dupont-Roc et Lallot, *op. cit.* chapitre 6.

38 *Ibid.* p. 41.

> Électre reconnaît Oreste, Œdipe reconnaît sa mère, Ajax reconnaît sa folie : chacun est mis devant son aveuglement, qui lui révèle qui il est. Cette expérience de l'instant de la révélation est pour moi l'expérience la plus profonde qui puisse être. Pour arriver à la révélation, il faut passer par la narration. Il faut faire croire au spectateur qu'il va mourir et ne le lâcher qu'au moment où il est convaincu d'être dans la mort, afin qu'il ressente de nouveau le sentiment de la vie. C'est complexe, car cela passe par le corps, par la sensation, par l'émotion, liés par le récit et non par la subrogation esthétique de ce que tu as devant toi, ni par la morale ou un message. C'est une expérience de la narration vécue à travers un ou plusieurs personnages en situation. Le spectateur est projeté dans une situation qui l'arrache à lui-même. Si bien qu'autour du récit et de sa croyance se constitue la communauté des spectateurs de théâtre : à un même moment, vivant la même expérience, ils croient tous à la même histoire, du moins ils la suivent et la comprennent. Ils sont tout simplement émus. C'est ce moment-là de l'émotion commune que je cherche à explorer de façon critique dans mon théâtre[39]

En un sens, donc, ce théâtre récupère bien un certain nombre de critères propres à la tragédie grecque – les références de l'auteur vont dans ce sens, les thématiques de l'aveuglement et de la révélation aussi. En outre, la manière dont le dramaturge s'en réfère au « corps », aux « sensations » au sentiment de la mort et à celui de la vie, rappelle la définition de la *catharsis* dans ses connotations médicales, cette « purge » d'émotions telle que la décrit Aristote dans la *Politique* :

> Cette émotion-là envahit complètement certains individus, mais, quand ils ont recours aux chants qui bouleversent l'âme, nous les voyons apaisés et guéris par les chants sacrés, comme s'ils prenaient une médecine ou un purgatif. Nécessairement, les gens sensibles à la pitié, à la crainte, et ceux qui sont émotifs en général, et les autres dans la mesure où ils participent à ces émotions, éprouvent ces effets : tous subissent une sorte de purge et ont un sentiment de légèreté joint à du plaisir. C'est ainsi que les chants qui ressortissent à la purgation procurent aux hommes une joie qui ne fait pas de mal[40].

Le grand récit théâtral tel que Mouawad le conçoit serait un équivalent de ces « chants qui bouleversent l'âme » des tragédies grecques. S'ils ne peuvent avoir la même fonction religieuse dans les théâtres occidentaux qui les accueillent, ils auraient du moins un rôle similaire à jouer pour la santé physique et mentale des spectateurs : permettre la délivrance

39 Mouawad, Wajdi, in *Voyage pour le festival d'Avignon*, *op. cit.* p. 29.

40 Aristote, *Politique*, VIII, 1342a.

d'une « émotion commune ». Aussi, dans les trois pièces du *Sang des promesses*, Mouawad réserve leur place aux chants, c'est-à-dire au lyrisme. *Littoral, Forêt, Incendie* se terminent toutes trois par des récitatifs, qui sont les points d'orgue émotionnels de ses spectacles.

Mais l'auteur entend aussi que son récit « arrache » le spectateur à lui-même au profit d'une identification totale avec ses personnages, et le « tienne » ainsi hors de sa subjectivité jusqu'au moment où subitement il le « lâche », en proie au plus grand trouble affectif. Cela, enfin, nous rappelle autre chose. Car le théâtre n'est pas véritablement, (n'est plus ou n'a jamais été) le lieu de l'identification sans recul, sans distance. Il semble en effet que ce soit bien plus au cinéma que Mouawad emprunte son modèle de transmission d'affects, et d'action sur le spectateur : celui d'une immersion subjective et complète dans la fable. Par ailleurs, la tragédie (grecque) n'est visiblement que l'une des sources d'inspiration de l'auteur. L'on voit bien qu'en dehors des ressorts déjà notés (révélation, péripétie, reconnaissance, sur fond d'Histoire politique et nationale), d'autres logiques narratives viennent nourrir l'écriture du spectacle : c'est notamment sur le modèle de l'épopée homérique, en particulier de l'*Odyssée*, que se construisent les histoires de ses personnages – qui sont tous, dans le *Sang des promesses*, sur le chemin tortueux d'*un retour*. Voyons donc d'abord comment l'épique, chez Mouawad, féconde le drame.

UN DRAME ÉPICISÉ

Regardons de plus près *Littoral*, la première des trois pièces. Quinze personnes entrent sur le plateau, et se mettent en ligne, en fond de scène. Un homme presque nu est au centre de la ligne et du tableau qui se forme, il a les bras levés à l'horizontale, évocation simple d'une figure christique. Les notes d'une flûte ou d'un instrument à vent montent dans la salle, une musique traditionnelle puissante, à la mélodie orientale, envahit le plateau. Suit une scène étrange, semblable à un rituel, mais qu'on n'aurait du mal à déchiffrer, où tous les acteurs se détachent de la ligne et se regroupent autour de l'homme nu pour le couvrir de peinture blanche, de même qu'ils balafrent de blanc la toile de fond de scène. Un noir recouvre tout. Enfin Wilfrid (l'homme peint en blanc) s'empare de vêtements, les enfile et s'avance vivement à l'avant-scène. Seul, il nous fait face tandis que tous les autres acteurs sont de dos, en ligne, derrière lui. Alors s'adressant à un juge absent, que le public se met à incarner par le jeu de la double énonciation théâtrale, le voilà qui nous parle :

> C'est en désespoir de cause, monsieur, que j'ai couru jusqu'ici pour venir vous voir. On m'a dit que vous étiez la bonne personne pour ce genre de choses, alors je n'ai pas hésité, et je suis venu, même si on me disait que vous étiez très occupé et que vous ne receviez les gens qu'avec des rendez-vous, mais les gens racontent n'importe quoi. La preuve, je suis là devant vous. [...] Je suis devant vous. On m'a dit aussi que tout ce que j'aurais à faire, ce serait de vous raconter mon histoire. Vous dire un peu qui je suis[41].

Et voilà que le récit commence, émanant d'emblée d'un « Je » qui nous embarque dans son point de vue, et s'articulant dès le départ autour de la question : « qui je suis ». L'une des clés d'interprétation est donnée : la dimension psychanalytique de ce qui va se réaliser sur le plateau. Rapidement, la parole devient alors performative : elle fait surgir ce qu'elle raconte. Ainsi, cette longue adresse se termine un peu plus loin par « je ne savais pas encore que mon père était mort et c'est ce que je vais apprendre à l'instant. Allô ? ». La conversation qui suit, dont on n'entend qu'une partie, est celle de l'annonce de la mort du père. Puis le personnage raccroche, et, sans transition, le récit au public reprend : « Je suis pas resté à la maison parce que je voulais plus être quelque part [*sic*] ». Le problème qui se pose au personnage dans ces premières minutes de spectacle est aussi bien d'ordre psychologique que théâtral : il va falloir trouver le moyen d'échapper à l'espace. Le pont est jeté pour la future apparition des fantasmes et du rêve, pour le déploiement d'un conte merveilleux.

Ce qui nous est présenté sur scène est donc à des degrés variables mais importants, tributaire de la prise de parole d'un personnage, c'est la matrice initiale qui installe le drame de toute la première partie. On assiste donc à une forme d'*épicisation subjective*, selon le vocabulaire de Szondi[42] : Wilfrid n'est pas l'aède de l'épopée, le narrateur extérieur et omniscient, il est acteur de ce qu'il raconte, comme dans une nouvelle de Maupassant ou un roman à la première personne. Cette modalité de la prise de parole constitue le personnage en sujet ; c'est-à-dire qu'elle impose, comme le roman, un point de vue. Or, Mouawad le rappelle dans sa préface, nous

41 Mouawad, Wajdi, *Littoral*, Actes Sud papiers, 1999, p. 13.

42 Notamment pour décrire la manière dont une conscience unique devient le prisme à travers lequel se donne le drame, dans *Le Songe*, de Strindberg. Voir prologue théorique.

avons affaire ici à un « théâtre de la prise de parole[43] ». Celui-ci est centré sur le personnage de Wilfrid, et ouvre ainsi sur une intériorité, qui se développe comme les fleurs japonaises chères à Proust et à Meyerhold : scènes de fantasme. Fantasmes juvéniles, culturels : cela commence un peu plus loin, dans un *peep show* où Wilfrid est parti « se réchauffer » :

> *Au moment où le client vient, surgit tout à coup un chevalier en armure, ensanglanté, qui se retrouve debout face au client et à Wilfrid, tandis que le client poursuit son éjaculation.*
>
> LE CHEVALIER (à la vue du client éjaculant). AAAAaaaaaAAAAAH!!!!!
>
> LE CLIENT (à la vue du chevalier ensanglanté). AAAAaaaaaAAAAAH!!!!!
>
> LE CHEVALIER. Tiens, meurs, yeux livides. Cœur perfide. Je t'ai entendu dans ta souillure depuis que je chutais pour venir vers toi, te retrouver ici et t'égorger, meurs, astre noir, meurs. Ah! souillure, souillure de la chair, mille fois souillure! Où suis-je? Dieu! Bien que je me voie éveillé, je suis peut-être en train de rêver? Non, je ne rêve pas, je touche et je crois! Et toi, qui es-tu, ange ou démon? Parle avant que je ne te frappe!
>
> WILFRID. Je m'appelle Wilfrid et mon père est mort!
>
> LE CHEVALIER. Wilfrid est un nom que j'entends. Si tu as le cœur aussi noble que ton regard, secours-moi, car je suis perdu.
>
> WILFRID. Toi, t'es qui?
>
> LE CHEVALIER. Je suis le chevalier de Guiromelan. Au service d'Arthur, mon roi malade. Parti à la recherche du très Saint-Graal, Morgane m'a capturé et m'a emporté sur ses ailes de corbeau en me hurlant aux oreilles : « Toi, je ne te tuerai pas. Mais je t'enverrai tout vivant en enfer. » Que l'on arrête ces gémissements[44].

Ainsi surgit Guiromélan, et avec lui le topos du chevalier de la Table Ronde : un univers et une langue. C'est dès lors une autre ligne qui vient s'enlacer à la ligne de récit principal, et avec laquelle Mouawad fait intervenir un autre univers épique référencé, imaginaire et en l'occurrence chevaleresque, mais qu'il traite d'emblée avec une distance amusée, qu'il parodie. Les compétences héroïques du chevalier (savoir se battre, éliminer des adversaires par le combat), ne sont ici mises au service que de l'éradication de la scène de *peep show*, jugée moralement inconvenante par le personnage lui-même. En effet, Mouawad ne garde qu'une fonction bien précise à son personnage : Le Chevalier, ici, est le protecteur de l'enfance. C'est ainsi que trois scènes plus loin, Wilfrid et Guiromélan se prêteront serment avec un grand sérieux :

---

43 *Ibid.*, p. 2.

44 Mouawad, Wajdi, *Littoral*, Actes Sud-Papiers, 1999, p. 22.

> LE CHEVALIER. Je ne t'abandonnerai jamais. Sans toi je ne suis rien, tu me rêves et j'existe.
> WILFRID. Et moi, je ne t'oublierai pas.
> LE CHEVALIER. Comment pourrais-tu m'oublier ?
> En m'oubliant tu me donnes la mort.
> Et plutôt mille fois me donner la mort que de m'oublier au seuil de ta mémoire.
> Wilfrid, je te fais une promesse de chevalier :
> Au-delà de nos catastrophes de cœur, nous resterons toujours fidèles l'un à l'autre.
> Mon amitié pour toi est si grande que malgré toi je resterai ta force.
> Ton amitié est si claire que tu n'as qu'à ouvrir la bouche pour que moi, pauvre rêve, je parte en voyage.
> Wilfrid,
> Rien n'est plus fort que le rêve qui nous lie à jamais[45].

Les fonctions du rêve, de la mémoire, de l'enfance sont ici accusées par Mouawad au cours d'une scène à la tonalité solennelle, où le serment se joue entre les deux personnages, agenouillés l'un face à l'autre, au centre du plateau.

Ce n'est pas tout. Au rêve qui est la garantie de l'enfance, s'ajoutent les délires cinématographiques de Wilfrid, manière pour lui de mettre en scène et de regarder avec recul les événements qui lui arrivent, et qui perturbent sa psyché.

> LE REALISATEUR. Attention ! Trois, deux, un ! … ACTION ! Wilfrid. Continue à avancer. Tu avances et tu penses à la mort de ton père, tu penses à lui, tu imagines probablement qu'il est mort tout seul, poignardé quelque part, tu penses au regard de ton père, à ses yeux, à son désarroi de mourir seul tout seul au fond d'une ruelle obscure.
> WILFRID. Je ne sais pas d'où me vient cette manie d'avoir toujours l'impression que je suis ne train de jouer dans un film.
> LE REALISATIEUR. Wilfrid, je n'existe pas, je le sais bien, mais est-ce que tu sais de façon certaine si tu existes toi-même ? As-tu plus de vie réelle que moi ? Marche, Wilfrid, marche. Nous tous ici nous n'existons que dans tes gestes, tes résonances, ton mouvement. Marche Wilfrid, marche, marche[46]…

Les paroles du réalisateur permettent de donner à entendre ce qui se passe dans la tête du personnage : un flux de pensées aux tonalités aussi bien métaphysiques que comiques. C'est toute l'intériorité que le roman sait développer dans le monologue intérieur ou le commentaire

45 *Ibid.* p. 33.
46 *Ibid.* p. 16.

du narrateur qui s'installe ici sur le plateau. Par ailleurs, là encore, la dramaturgie s'explique elle-même, dénonçant les sauts de la fiction vers un autre niveau (fantasmatique), tout en demandant au lecteur-spectateur comme à Wilfrid de bien suivre, malgré tout, le cours du récit. À travers le réalisateur, c'est la fiction (Shéhérazade) qui dit elle-même : suis-moi quoi qu'il arrive, fais-moi confiance, laisse-toi porter, laisse-toi déposséder, laisse-toi hypnotiser, « Marche, marche... ». Si bien qu'un peu plus loin, devient possible une scène totalement fantastique à la didascalie acrobatique : « *Wilfrid est dans deux bureaux et un magasin. Un préposé et un agent des pompes funèbres, un vendeur* », scène qui donne lieu à un triple dialogue.

La parole fait donc naître et surgir les personnages mémoriels ou rêvés, comme une déclinaison de l'imaginaire du personnage principal (« Mais moi j'ai un gros problème vous savez, j'imagine beaucoup[47] ») et le rappelle de temps à autre, avec virtuosité, fantaisie, humour, mais de façon *in fine* terriblement efficace : elle impose de la même manière le personnage du Père, comme une présence – un fantôme – qui n'est pas maîtrisée par les rites de la fantaisie enfantine, mais qui surgit, prend sa place dans un échange fantastique et comique, repris par le rêve à répétition. On est ici au creux de la licence du « surnaturel » permise par l'épopée par opposition au drame[48].

Enfin, ces fantasmes sont à leur tour dramatisés : ainsi le monde mental de Wilfrid prend une existence scénique et dramatique égale à celle du monde extérieur (de monde vécu pour de « vrai »). Comme dans le *Songe* de Strindberg, les personnages fantasmatiques acquièrent une existence scénique autonome, au point que le Chevalier peut dialoguer avec le Père (c'est d'ailleurs l'occasion d'un commentaire comique : « C'est vrai qu'un mort qui parle à un rêve ce ne doit pas être très bruyant[49] ») ; au point, plus audacieux, plus radical encore, que le Père peut dialoguer avec les autres fils que Wilfried rencontre sur la route dans la seconde

47 *Ibidem.*

48 voir prologue théorique, définition comparée de la tragédie et de l'épopée.

49 *Ibid.* p. 103 : « Le chevalier – Ah ! mort ! / Le Père – Ah ! rêve ! / Le chevalier – Où trouverons-nous l'unique chose qui nous donne la paix ? / Le Père – Je te le dis, chevalier, je te le dis. nous ne sommes rien. c'est ce que nous cherchons qui est tout. Parole de mort. / Le Chevalier – Facile à dire. Mais pas facile à faire, je te jute. parole de rêve. / Le Père – Ça marche. ils dorment tous. / Le Chevalier – Quel calme tout à coup. / Le père – C'est vrai qu'un mort qui parle à un rêve, ce ne doit pas être très bruyant. »

partie, et qu'il peut jouer le Père de Joséphine, (la dernière rencontre, qui sera amoureuse) pour l'aider à faire son deuil à son tour ; au point enfin que ce Père développe une parole autonome, de soliloque lyrique dans les récitatifs de la fin.

Notons à présent que la matrice épique est un échafaudage qui n'a pas besoin d'être maintenu jusqu'au bout. En effet, la pièce est construite en deux parties. De la première, qui se passe « Ici » et « Hier », (ce sont les deux premiers chapitres du récit), à la seconde, qui se passe « Là-bas », avec « L'autre », sur le « Chemin », et jusqu'au « Littoral » (ce sont les chapitres suivants), on passe de l'*énonciation* épique à la *fable* épique. Autrement dit, dans la deuxième partie l'épique théâtral et subjectif s'efface (en tant que le protagoniste était présentateur voire narrateur du drame), ou plutôt il s'accomplit, voire est dépassé par un épique littéraire, référentiel, et par un jeu notamment intertextuel : Ulrich, premier personnage rencontré « au pays » est un Tirésias (« Je suis l'aveugle qui lit dans la nuit[50] ») mais c'est aussi un avatar d'Homère, ses premiers mots reprennent le *Chant 1* de l'*Iliade*[51]. Ce faisant, le personnage propose également au héros (et au spectateur) une fiction-miroir pour interpréter le sens de ce qui l'attend : le pays dans lequel il vient d'atterrir est un pays en guerre, comparable à Troie déchirée. De même, la plainte de Priam chantée par Ulrich est aussi celle de Wilfrid, mais inversée : c'est le père ici qui vient enterrer le fils, c'est Priam qui supplie Achille de se souvenir de son père pour le forcer à la compassion. De la même manière, Joséphine, autre orpheline de la guerre (civile), et qui transporte avec elle des annuaires pour arracher les noms des morts à l'oubli, est une Antigone (« Ulrich l'aveugle m'a dit que je sauvais une mémoire. Il m'a appelée par un nom que je n'avais jamais entendu avant. Il m'a dit Bonne route, Antigone[52] »). Enfin les trois garçons rencontrés, les trois doubles du personnage principal, sont des avatars d'Œdipe, d'Hamlet et de l'Idiot, portant chacun un rapport au père différent : le premier a tué le sien, le second doit venger son assassinat, le troisième ne l'a jamais connu. Or, c'est la rencontre de

50 *Ibid.* p. 65.

51 *Ibid.* p. 65 « *Chante, déesse, la colère d'Achille le Péléide, la colère maudite qui causa mille souffrances aux Achéens, chez Hadeès, au pays des morts, précipita maintes âmes vaillantes de héros et fit d'eux la proie des chiens et de tous les oiseaux… chante, déesse, le malheur du vieux Priam à genoux aux pieds d'Achille le Péléide, le suppliant pour qu'il lui remette la dépouille de son fils Hector […] Souviens-toi de ton père, Achille […]* » en italique dans le texte.

52 *Ibid.* p. 15.

chacun avec Wilfrid qui leur permet de faire leur deuil. (« Tu as accepté de nous permettre de vivre notre propre deuil, celui qu'aucun de nous ici n'a pu vivre / Tu as accepté d'une certaine façon que tous ici nous devenions toi et que tu deviennes chacun de nous[53] »). Enfin, chacun de ces personnages rencontrés sur la route est issu d'un village, soit d'une communauté, et au-delà de cette communauté, au-delà même de ces personnages qui se baignent finalement dans la mer, au-delà enfin de cette jeunesse massacrée qui veut vivre, et qui finit par se « purifier » dans une eau « lustrale », il y a un peuple qui n'est jamais nommé. Un peuple que l'on peut interpréter comme étant libanais, si l'on se fie au récit de Mouawad comme à une auto-fiction, mais qui pourrait être n'importe quel peuple, n'importe quelle nation blessée. Ces personnages sont donc porteurs d'une parole proprement épique : ils se veulent eux-mêmes aèdes (pour l'ensemble de l'humanité)

> SIMONE. On a notre histoire. Un homme cherche un lieu où enterrer le corps de son père. Et à travers cette histoire chacun racontera la sienne. Nous raconterons notre histoire aux gens en redisant et refaisant ce que nous avons dit et ce que nous avons fait. Sur les places publiques nous irons et nous raconterons notre histoire.
> MASSI. Il ne nous reste plus maintenant qu'à en trouver la fin.
> SIMONE. Nous trouverons la fin lorsque nous aurons trouvé le lieu où enterrer le père.
> JOSÉPHINE. Justement, le brouillard se lève, regardez !
> SIMONE. La mer !
> MASSI. La mer[54].

Pour finir, dans ce passage de la première partie à la seconde, le fantastique (issu du fantasmatique) laisse place au merveilleux ; de même la représentation du mental laisse place à une représentation du réel (la préface dit que le premier personnage réel que rencontre Wilfrid est Simone, qui apparaît au début de la seconde partie). En même temps, c'est ici aussi que l'on passe du « Je » au « Nous », de la conscience immature, enfantine à l'élaboration partagée d'une réponse à la tragédie collective de la guerre civile, du récit d'un seul aux récits de tous, et pour finir de la parole mémorielle à la parole-mémorial dans les récitatifs du mort.

53 L'on pourrait ajouter que cette même phrase pourrait être mise dans la bouche d'un spectateur. Se dévoile en creux la visée dramaturgique – cathartique et accomplissant la communion – de la pièce.

54 *Ibid.* p. 117.

C'est dire que par où qu'on le prenne ici, l'épique féconde le dramatique. Mouawad construit ainsi, avec une impressionnante maîtrise, un échafaudage où se superposent les niveaux de récit, de celui qui est directement adressé aux spectateurs, donnant naissance à celui du drame fantasmé ou vécu, du souvenir éveillé, du rêve, jusqu'au voyage initiatique dramatisé, embrassant lui-même toute une série d'univers référencés, renvoyant aux tragédies grecques, aux épopées homériques, mettant surtout en scène des rencontres archétypales et symboliques. Tout se passe aussi comme si on avait à faire à un théâtre qui se cherchait en explorant avec brio des formes modernes de narration. Les deux pièces suivantes, *Incendies* et *Forêt*, sont fondées sur des thèmes semblables, (la quête de soi sous forme d'enquête sur la filiation débouchant sur la rencontre de l'Histoire comme tragédie), mais elles renoncent à cette prise de parole médiatrice, (celle du personnage principal qui médiatise le drame, comme le fait Wilfrid) c'est-à-dire à cet épique subjectif, ou au sujet épique (Szondi) pour imposer d'emblée, notamment dans *Forêts*, une dramaturgie du merveilleux : tout part en effet de l'os étrange niché dans le crâne d'Aimé, la mère perdue, cet os qui est en fait un fœtus fossilisé, qui serait en fait celui d'un jumeau mort-né, ou plutôt tué par sa jumelle… etc.

OÙ L'ÉPIQUE PRODUIT LA SAGA THÉÂTRALE

Dans les tragédies grecques, et bien sûr en particulier dans *Œdipe Roi*, c'est un personnage d'extraction noble, un prince ou un guerrier, qui a affaire avec son destin et avec celui du peuple qu'il représente ou qu'il dirige. Et, parce qu'une erreur s'est glissée dans son histoire, ou celle de sa lignée, ou parce qu'une faute tragique a saisi son lignage sans qu'une origine de la faute soit trouvable, ce héros se transforme en celui qu'il faut bannir, le bouc-émissaire, le *pharmakos*[55], la souillure de la cité. Sophocle crée ainsi des personnages ambigus, étrangers à eux-mêmes, des énigmes, et dont le sort demeure lié au salut collectif – c'est exactement le cas d'Œdipe. Mouawad emprunte ce schéma dramatique mais invente d'autres liens entre ses héros et les communautés qu'ils représentent ou dont ils sont issus. Il choisit ainsi des personnages tout aussi ambivalents

55 Voir Naquet, Pierre-Vidal, et Vernant, Jean-Pierre *Mythe et tragédie en Grèce ancienne*, (1972) La Découverte, 2005.

ou énigmatiques mais dont le statut social compte peu : Wilfrid, le héros de *Littoral*, Loup, héroïne de *Forêt*, Simon et Jeanne, les jumeaux d'*Incendies*, se définiront essentiellement par leur histoire familiale. À la noblesse du héros, (et aux exploits, aux puissances suggérées par cette noblesse), se substitue *l'humanité* du personnage principal. Mouawad ne retient donc pas des pièces de Sophocle la dimension politique impliquée par une certaine définition de l'héroïsme au Ve siècle av. J.-C., et qui tient à une représentation problématique du *tùrannos* comme personnage politique. Ce dernier accède en général à la royauté par une voie indirecte, en dehors de la descendance légitime, et se qualifie par le pouvoir de ses actes, de ses exploits ; fils de ses œuvres en même temps que de l'Heureuse Chance, il règne alors, non par la vertu de son sang, mais par les siennes propres – ce qui est à la fois le cas et non pas le cas d'Œdipe. Enfin le *turannos* finit par disposer d'un pouvoir suprême et dangereux, pouvoir qu'il a su conquérir en dehors des normes ordinaires, certes, mais qui le place pour le bien et pour le mal au-dessus des autres hommes et au-dessus des lois. Les héros de Mouawad, eux, n'ont pas cette fonction problématique dans leur propre environnement social et politique. Ils sont tout entier absorbés et contenus dans leur histoire familiale. Et s'il est vrai que celle-ci les plonge également dans une Histoire plus large, c'est que les déchirements de la communauté ou les crises politiques de la nation l'impactent, mais non l'inverse. Chez Mouawad, on est dans le cas d'un épique qu'on pourrait appeler *victimaire.* Les héros sont toujours des victimes de l'Histoire, ils ne la « font » pas. En cela ils sont simplement « humains », en cela ils permettent l'identification. La tragédie grecque d'un côté, l'épopée homérique de l'autre, laissent place alors à un *grand récit humaniste.*

Les guerres, la famille, le sang, l'amour, la mort, la naissance, le viol, la promesse, l'inceste, le meurtre : tout cela se noue dans les méandres d'un récit-fleuve et débordant, d'un récit-dramatique nourri de poésie lyrique, s'emparant de formes de langages variés (d'un québécois juteux pour le niveau 1 de la fiction, aux récitatifs en vers sur les parties finales, en passant par des citations d'Homère), avec un goût pour les emboîtements, la multiplication des épisodes, les changements de plans et les répétitions qui ne rappelle pas seulement le genre de l'épopée, mais aussi celui des contes arabes, et en particulier des *Mille et une nuits*, dans lequel le spectateur ne peut qu'être *embarqué.* « La grande mer / Qui emporte tout / Et qui m'emporte d'ailleurs, / Qui m'emporte, qui m'emporte, qui m'emporte, qui m'emporte, qui m'emporte, qui m'emporte, qui m'emporte[56]... » répète le Père comme une litanie à la fin de *Littoral.* Cette grande mer, c'est le récit lui-même. Et de fait, métaphoriquement, il engloutit tout : personnages, situations, Histoire... et spectateurs. Ceux-ci sont bel et bien, comme l'annonçait le discours de l'auteur un peu plus haut, enlevés et ballotés aux grès des flots houleux de la narration, et, si l'on pouvait s'autoriser à filer la métaphore, on dirait que le mal de mer les y guette. Ce trop-plein du récit va avec un trop-plein d'archétypes, littéraires et culturels, qui pour être efficaces empêchent aussi de « respirer » à l'intérieur de la fiction, et quelque part d'en *sortir.* On est toujours submergé par la portée symbolique des images et des situations : c'est tantôt la tragédie œdipienne qui se rejoue à l'échelle d'un homme ordinaire, accentuant ainsi ses implications psychanalytiques plutôt que politiques, tantôt d'autres crimes qui viennent chaque fois rappeler d'autres mythes. De ce point de vue, on s'est fortement éloigné des notes de Brecht dans le tableau de *Mahagonny* : il n'est pas possible de *s'extraire* de la fiction chez Mouawad, elle embrasse même ses dimensions méta-littéraires. Quant aux détours, ils n'en sont pas vraiment ici car l'on reste toujours « accrochés » à la même quête, au même récit, et plus celui-ci est tortueux et complexe, plus au contraire il nous oblige pour le comprendre à y rester « accroché », tout en pratiquant une gymnastique de l'imagination assez exigeante (le père qui est le frère qui est en fait le bourreau qui est en fait le fils qui fut enlevé pendant la guerre etc.). En outre, tous les registres, toutes les images, et tous les genres investis par le récit nous sont donnés, déjà fondus et déjà enchaînés, pour servir le drame, le *mélo*drame.

Le mélodrame, étymologiquement œuvre dramatique avec musique, est une des variétés du drame comme genre. Il se singularise par l'utilisation d'effets spectaculaires et par sa manière de provoquer des sensations fortes, au service d'une intrigue morale où les innocents persécutés sont sauvés par de gentils héros. La composition dramatique y met en scène une succession de malheurs où les sentiments sont exagérés et appellent un jeu outrancier et grandiloquent. Enfin la musique y a pour fonction de soutenir le caractère émotionnel du jeu et de déclencher les larmes de la foule. Il est notable que la saga de Mouawad présente un certain

56 *Ibid.* p. 135.

nombre de traits commun avec ce genre, d'ailleurs fort populaire, du XIXe siècle. En premier lieu, la musique accompagne ici aussi le spectacle et participe à cette grande fusion par le récit de l'Histoire nationale et mondiale et des histoires intimes : dans *Littoral*, la mélodie triste et profonde du début, légèrement orientale, évoquant le caractère primitif d'un rituel, reviendra à la fin, pour clore le drame. Entre les deux, des codes musicaux (un air de piano pour toutes les scènes de film, par exemple) seront employés pour chaque type de scène. Toutes les transitions sont permises grâce à ce procédé, qui fluidifie les changements autant qu'il porte la dimension émotionnelle du récit.

D'une certaine manière, aussi, les fictions de Mouawad répondent à cette fascination pour le « mal » qui caractérise le monde du mélodrame. En effet, ce rapport ambigu au crime et à l'horreur est caractéristique du mélodrame historique. D'abord, la désignation des méchants y est claire puisque le monde représenté « est foncièrement manichéen, bâti sur la rencontre violente entre le bien et le mal conçus comme des pôles contraires[57] ». Mouawad renouvelle cette « rencontre » du bien et du mal dans son théâtre en faisant souvent fusionner les deux pôles dans un seul et même personnage, c'est-à-dire en réunissant dans un être unique l'innocence et le crime. Nihad, le fils perdu de Nawal dans *Incendies* a ainsi été la victime avant d'incarner le bourreau, de sorte qu'ici finalement, comme dans la tradition, le bon, quand il est malheureux, devient (le) méchant. D'un autre côté, la représentation du mal régnant engendre bel et bien la fascination, comme l'indique la transformation du Boulevard du Temple en « Boulevard du Crime ». « En dépit du triomphe final de la vertu, c'était l'instant du mal régnant qui captivait le public comme le rappelle la célèbre apostrophe "Tremblez tous !", lancée par les méchants[58] » explique Jean-Pierre Ryngaert en citant un article de Peter Brooks[59]. De la même manière, les drames de Mouawad viennent parfois chercher des combles d'horreur et des excès cauchemardesques avec une certaine complaisance dans les scènes

57 Brooks, Peter « Une esthétique de l'étonnement : le mélodrame », in *Poétique* n° 19, 3e trimestre, 1974, p. 347.

58 Ryngaert, « Figures du mélodrame dans les écritures d'aujourd'hui » in *L'Annuaire théâtral : revue québécoise d'études théâtrales*, n° 50-51, 2011-2012, p. 171-180. URL : http://id.erudit.org/iderudit/1017320ar, consulté le 19/10/2021.

59 Brooks, Peter (et non pas Brook, Peter) « Une esthétique de l'étonnement : le mélodrame », *Poétique* n° 19, 3e trimestre, p. 340-356.

liées à la guerre – scènes de viol, de torture, ou d'inceste. En mettant au jour sur le plateau les crimes refoulés de la famille, et de la nation comme famille[60], Mouawad nous saisit à cet endroit du plaisir coupable et voyeur, tout en nous emplissant de compassion pour notre « humaine condition », si profondément « ambiguë » : « belle » et « pathétique » à la fois. Ainsi, à la fin d'*Incendies*, horreur et bonheur se font face et Nawal lègue à ses enfants le choix de décider où commence l'histoire :

> Jeanne, Simon,
> Où commence votre histoire ?
> Á votre naissance ?
> Alors elle commence dans l'horreur.
> Á la naissance de votre père ?
> Alors c'est une grande histoire d'amour.
> Mais en remontant plus loin,
> Peut-être que l'on découvrira que cette grande histoire d'amour
> Prend sa source dans le sang, dans le viol,
> Et qu'à son tour,
> Le sanguinaire et le violeur
> Tient son origine dans l'amour[61].

Dans le mélodrame, également, « la famille est le lieu d'affrontements, de trahisons, de désespoirs, d'abandons, de séparations terribles. » Ryngaert précise qu'il en est de même « depuis les grands textes anciens, certes, mais la réception [n'est pas la même] quand les événements évoqués sont contemporains[62] ». En effet, une distance est supprimée. De telles

60 Au sens où les évènements politiques ne sont pas traités avec un regard d'historien et ne font pas l'objet d'une analyse contextuelle. Les crimes et les guerres sont toujours aperçus dans le drame comme des déchirements entre frères, ils sont toujours l'expression d'une violence venant faire exploser des secrets ou des tabous qui sont l'équivalent d'affaires familiales. En outre, comme on l'a noté, les personnages sont définis chez Mouawad par l'appartenance à une communauté qui informe leur histoire et leur lègue un héritage sous forme de récit à déchiffrer, à connaître. Simplement, cette communauté a plusieurs dimensions, et s'envisage à plusieurs niveaux, emboîtés les uns dans les autres. Notamment ces deux-là : la famille et la nation. La nation n'est ici entendue que comme une structure familiale plus large, à haut pouvoir définitionnel sur l'individu. Les crimes de guerre d'une nation ont pour le sujet la même portée significative que les crimes familiaux, et ont le même impact sur son identité. Au final, seule la mise en récit de soi, et son exposition théâtrale, permet d'embrasser et finalement transcender ces différents cercles d'appartenance. Le grand récit est alors nécessaire pour faire jouer ensemble toutes les dimensions de l'identité, et pour, *in fine*, tenter d'y échapper.

61 Mouawad, Wajdi, *Incendies*, Actes Sud-papiers, 2003, p. 88.

62 Ryngaert, *op. cit.* p. 174.

situations dramatiques, quand elles se jouent dans le cadre quotidien de la famille, nous rappellent plutôt certains feuilletons télévisés que nos tragédies antiques. Or, justement, dans la trilogie du *Sang des promesses*, l'intrigue est avant tout familiale. La quête d'identité sous forme d'enquête sur ses origines est toujours d'abord une recherche à propos de qui sont ses parents, ses grands-parents, ses arrières-grands-parents. Et même si cette enquête croise un récit Historique, le théâtre de Mouawad est bien un théâtre de l'intime aux formes épiques, et non pas l'inverse.

De même, si ce théâtre brasse l'histoire nationale et mondiale avec les histoires de vie d'êtres humains lancés malgré eux dans le tourbillon des haines et des guerres, ces guerres ont une double fonction. Elles ressemblent à celles que nous voyons à travers le prisme des écrans de nos téléviseurs et dans cette mesure elles sont un autre support de l'identification du spectateur au personnage. Mais elles sont aussi les incarnations d'une seule et même guerre immémoriale, telle que pouvait la raconter Thucydide, Xénophon, Homère enfin. Elles sont une image du chaos. Un chaos moins politique que purement mythique : à la fois toile de fond et reflet d'une identité forcément schizophrène et compliquée, exilée et apatride, d'une identité qui a besoin de se raconter pour se trouver en l'autre et avec les autres, pour se transmuer en un « nous », que Mouawad appelle lui-même : une *communauté unifiée par le récit.*

Qu'est-ce alors que ce « nous », que cette « communauté » ? On pourrait répondre qu'il s'agit d'abord d'une somme d'individus qui ont les mêmes problèmes, qui sont aussi des victimes réelles ou possibles de l'Histoire et qui s'unissent pour s'émouvoir. Ce « nous » est un ensemble de voix qui s'accordent pour raconter le même récit : tous les personnages qui composent la trilogie en viennent à un moment à cet endroit de l'*accord* – sur une version des faits ou plus généralement sur le passé – sans lequel le drame ne pourrait s'achever. Cet accord est composé de notes différentes mais jouées en mêmes temps, comme en musique et, comme en musique, tout est là question d'harmonie, soit d'une certaine idée de la justesse (qu'on voudrait faire rimer ici avec justice, tant le récit se présente comme une consolation, ou une réparation – pour les personnages-victimes-fictives et pour l'auteur-victime-réelle). Ainsi, c'est une (Histoire)-somme ou mieux une (H)istoire-maison (!) qui est finalement conquise par les personnages, ce qui est une certaine définition du *grand* récit : un récit complexe et à plusieurs niveaux, à l'intérieur duquel s'enchâssent des récits seconds, particuliers, référencés, et qui lui permettent, par addition de points de vue, d'être restauré dans sa complexité, ses ambivalences, son intégralité – si tant est qu'elle est possible –, ou disons plutôt, dans sa *globalité.* Une histoire-maison soit un *grand récit global*, pouvant raconter à chacun de quoi il hérite, réconcilier chacun avec ce qui le précède, et permettre à tous, en dépit du charnier, de vivre ensemble, en donnant un sens commun au présent.

Concluons : À la différence de ce que l'on a pu voir dans le *Gilgamesh* de Rambert, le héros mythologique et universel est ici un personnage sans attribut spécifique (ni roi, ni prince ; ni particulièrement vertueux, ni particulièrement méchant), dont les problématiques sont avant tout identitaires : « qui je suis » et « d'où je viens » sont les réponses recherchées. C'est donc une plongée dans le passé qui donne naissance au récit : un passé qui est familial d'une part, et national d'autre part. Ces deux héritages cachés au début de l'intrigue déterminent le destin du personnage, jusqu'à ce que celui-ci parvienne à les identifier, à les formuler, enfin à les *raconter. Faire récit de qui nous sommes, voilà ce par quoi nous pourrions nous sauver de l'horreur*, semble nous dire Mouawad. Ordonner les souvenirs, les restes et les fantasmes, ce serait là rendre un sens et une dignité à ce qui est non seulement éclaté, éparpillé, fragmentaire, mais aussi oublié, dénié, dénigré. Le faire collectivement, réunis par les mêmes émotions, et plus exactement par la même *compassion*, voilà qui justifierait la pratique théâtrale selon le metteur en scène, et l'orienterait également vers une forme de sauvetage des rapports entre êtres humains.

> Quiconque choisira d'y venir avec l'espoir d'y trouver un miroir à la hauteur de ses doutes y trouvera la possibilité d'être un « je » au milieu d'un nous ; un nous composé de je ; car si aujourd'hui nous constatons combien *Nous sommes en manque* sans pour autant être en mesure de dire réellement de quoi, le théâtre nous offre la bouleversante possibilité de l'être ensemble[63].

Le grand récit épique revêt bien ici une fonction spécifique, consolatrice, adossée à un sentiment de crise politique mais surtout morale, orientée vers l'absorption d'une souffrance à la fois nationale, familiale et intime. Une souffrance qui s'exercerait donc sur ces trois niveaux de l'existence de l'individu, qui apparaissent ici comme les trois niveaux de la quête identitaire. Les récits épiques dramatisés de Mouawad témoignent enfin

63 Mouawad, Wajdi, *Voyage pour le festival d'Avignon*, *op. cit.* p. 31.

d'une manière de se poser les problèmes de l'existence individuelle contemporaine où les questions (et les réponses) psychanalytiques croisent des questions (et des réponses) à la fois morales et historiques.

Après la fresque brechtienne, l'épopée nationale ou la légende sacrée, le récit englobant comme grande fable unificatrice serait donc un nouveau paradigme de l'épique. Toutefois, le théâtre de Mouawad s'ancrant, quant à la fiction, dans un héritage anglo-saxon – puisque l'auteur s'est formé théâtralement au Québec –, on pourrait penser que les metteurs en scène issus d'une tradition théâtrale française revendiquent et travaillent autrement le recours au grand récit. Voyons alors ce qu'il en est chez l'un de ceux qui s'inscrit le plus ouvertement dans un héritage national, vilarien et mnouchkinien : Jean Bellorini.

JEAN BELLORINI, OU LE RÉCIT D'UNE *VIEILLE FRANCE*

Tempête sous un crâne, adaptation des *Misérables*, de Victor Hugo, *Paroles Gelées*, adaptation du *Quart-Livre*, de François Rabelais, *Iliom* de Ferenc Molnár et *La bonne âme de Sé-tchouan*, de Brecht[64], sont quelques-unes des créations de Jean Bellorini, directeur du Théâtre Gérard-Philippe, à Saint-Denis, entre 2014 et 2020, avant d'être nommé à la tête du Théâtre National de Villeurbanne. Ces spectacles témoignent tous du désir qui est au centre du travail de l'artiste : celui de raconter des histoires[65]. Chacune de ces créations, en effet, est conçue autour d'une

64 *Les Misérables*, adaptation du roman de Victor Hugo pour deux voix est créée en 2009 au TGP-CDN de Saint Denis. En 2010, l'adaptation sera reprise en deux époques et pour cinq comédiens sous le titre *Tempête sous un crâne*, crée au Théâtre du Soleil par la Compagnie Air de Lune. En janvier 2012, Jean Bellorini crée au Théâtre National de Toulouse Midi Pyrénées *Paroles Gelées* d'après l'œuvre de François Rabelais, présenté en mars 2012 au TGP-CDN de Saint-Denis, puis en tournée dans plus de vingt-cinq lieux. En juin 2013, il met en scène *Liliom* de Ferenc Molnar, qui prend place dans une réelle fête foraine au Festival Le Printemps des Comédiens à Montpellier (production Cie Air de Lune). En octobre 2013, Jean Bellorini dirige dix-huit comédiens et musiciens dans *La Bonne Âme du Se-Tchouan* de Bertolt Brecht, spectacle créé au Théâtre National de Toulouse Midi Pyrénées, présenté à l'Odéon-Théâtre de l'Europe, puis en tournée dans dix lieux.

65 « [...] le théâtre que j'aime [est] un théâtre où l'on raconte des histoires, et où entre acteurs et spectateurs se crée une réalité concrète et imaginaire. » Jean bellorini, France

fable forte, et la dimension narrative y est constamment soulignée. Ici comme chez Mouawad, est activée la même définition du théâtre, celle d'un rassemblement autour d'un récit, et en l'occurrence, pour les adaptations de roman : d'un *grand* récit. *Tempête sous un crâne* et *Paroles Gelées* sont non seulement de longs spectacles, (plus de trois heures) mais ils sont aussi créés à partir d'œuvres littéraires qualifiées de « majeures », ou d'« incontournables », de celles enfin que l'on nomme « classiques » dans les programmes scolaires, et que Vilar aurait pu qualifier de « chefs-d'œuvre ». Comme chez Vilar aussi, l'on retrouve dans les discours de Jean Bellorini l'ambition de réaliser un théâtre « populaire », et qui se définit par la référence claire au metteur en scène du TNP, et par l'emploi des mêmes termes : « car le théâtre, c'est un service public, il en faut là où il n'y en a pas. Il faut l'eau, l'électricité, et le théâtre[66] » dit-il lors d'une interview à la radio en décembre 2015. Enfin, dans le dossier artistique de *Paroles Gelées*, Jean Bellorini pose cette affirmation : « l'aventure collective dans laquelle la troupe est embarquée est une *épopée populaire*[67] ». Sont donc réactivés ici autour de l'épopée les notions de *collectif*, de *populaire*, et de *récit.* Mais la manière de s'y rapporter diffère de chez Mouawad, dont le projet théâtral se noue autour de l'intention de provoquer des émotions fortes chez le spectateur, (une *catharsis*). Le théâtre de Jean Bellorini nous offre cette fois un autre exemple des tendances politico-esthétiques « épiques » du théâtre public subventionné, et qui tendent à fonder un épique qu'on pourrait appeler, dès à présent et pour les besoins de l'hypothèse : un « épique pédagogique ».

RACONTER

Tempête sous un crâne commence par l'apparition de deux acteurs, sur un plateau presque nu, debout sur un lit de ferraille. Un garçon et une fille, jeunes, écharpe rouge nouée autour du coup et grand manteau gris d'hiver sur le dos de l'un, élancé, et plutôt féminin ; doudoune bleu électrique et bonnet vert sur la tête de l'autre, plus petite, mutine, un

Inter, *L'humeur vagabonde*, jeudi 3 décembre 2015, https://www.franceinter.fr/emissions/l-humeur-vagabonde/l-humeur-vagabonde-03-decembre-2015, consulté le 25/08/2018.

66 *Ibidem.*

67 *Paroles Gelées*, d'après François Rabelais, adaptation Jean Bellorini et Camille de la Guillonière, mise en scène Jean Bellorini, compagnie Air de Lune. Dossier artistique. Nous soulignons.

peu « garçon manqué ». Depuis ce lit comme lieu exemplaire du rêve et de la fiction[68], le récit commence. Alors, entre l'avant et le fond de scène, ne jouant qu'avec l'espace, en se déplaçant d'un point-clé du plateau à un autre sans nul accessoire (ou parfois seulement une bougie à la main), tous deux vont mettre leur énergie dans l'acte exclusif de nous *dire le récit.*

> Au-delà de l'incarnation d'un personnage, pour un acteur, au théâtre, il y a la nécessité, grâce à la langue, de raconter des histoires. [...] Le spectateur est libre, libre de s'inventer son propre théâtre grâce aux acteurs qui doivent être suffisamment disponibles, et au plateau, un espace vide, antichambre de tous nos rêves[69].

Raconter, presque au milieu de rien, dans une adresse simple aux spectateurs, là résiderait la seule nécessité de la pratique théâtrale, selon le metteur en scène, ce qui implique qu'écouter une histoire soit aussi le besoin principal et essentiel auquel répondrait cette pratique. Et c'est bel et bien le postulat de Jean Bellorini, qui peut écrire par ailleurs : « L'homme a besoin de mythes, de récits pour se réapproprier sa propre langue et, par conséquent, sa propre vie. Il a besoin, comme dans une prière, de communier avec son semblable à travers les histoires racontées[70] ». Or, dans ce dispositif en effet, les mots sont les supports essentiels de l'imagination, et toute la fiction s'élabore à partir de leur puissance évocatoire. La participation conjointe de l'acteur qui raconte et imagine ce qu'il raconte, et des spectateurs qui écoutent et imaginent ce qu'ils écoutent, fabrique le spectacle : « si les spectateurs acceptent d'imaginer avec les acteurs qui croient à ce qu'ils sont en train de raconter, tout d'un coup ça devient palpable [...] et entre acteurs et spectateurs se crée une réalité [à la fois] concrète et imaginaire ». Surtout, ce dispositif

68 Sur ce point de départ de la fiction, il faut reprendre les belles pages que Foucault écrit sur l'hétérotopie du « lit » des parents, ces contre-espaces ou utopies localisées que les enfants connaissent bien, dans *Corps utopiques et Hétérotopies*, Éditions lignes, Paris, 2009 : « C'est sur ce grand lit qu'on découvre l'océan, puisqu'on peut y nager entre les couvertures, et puis ce grand lit c'est aussi le ciel puisqu'on peut bondir sur les ressorts, c'est la forêt puisqu'on s'y cache, c'est la nuit puisqu'on peut y devenir fantôme entre les draps, c'est le plaisir enfin, puisqu'à la rentrée des parents, on sera puni. » Conférence de 1966 sur France Culture https://www.youtube.com/watch?v=lxOruDUO4p8, consulté le 10 avril 2018.

69 Bellorini, Jean, « École de la langue, Impressions » in *États provisoires du poème XV*, *Esprit public*, Cheyne Éditeur, 2015, École de la langue, Impressions.

70 *Ibid.*

permet théoriquement la communion dans un seul et même effort de concentration et d'imagination – d'aucun dirait, de « croyance », et n'est-ce pas ce que préconisait également Vilar ? En tous cas, c'est autour de cet acte-là, et de cette communion rêvée, que se réalise et se déploie le projet de Bellorini, soit un théâtre qui est fondamentalement *épique*, au sens de l'adjectif qui est commun à Brecht et Aristote, mettant l'acteur-conteur, c'est-à-dire l'aède, au centre, et la fable posée entre nous comme une chose indépendante, et donnée en partage.

L'on pourrait noter que ce théâtre s'appuie également sur une tradition ancienne, celui du bateleur, de l'acteur-conteur de tréteau, qui raconte et fabrique seul et presque sans accessoire tout un récit, toute une fiction qu'il présente aux spectateurs réunis autour de lui. Mais il convient de préciser en quoi le projet de Bellorini se distingue en réalité de celui, par exemple, d'un Dario Fo. Le propre de l'acteur italien était en effet de faire revivre la figure du jongleur médiéval se produisant sur les places publiques, baignant dans la même lumière que les spectateurs, sans maquillage ni costume, incarnant surtout une parole actuelle, politique, et contestataire. Chez Bellorini en revanche, la boîte noire reste essentielle, avec des lumières qui délimitent un espace onirique et fictif clair : « ce théâtre-là se transporte n'importe où, mais ça ne veut pas dire qu'il n'y faut que deux bouts de ficelle. [...] Partout où l'on va, [salle des fêtes ou collèges] on transforme les salles, on reconstitue un théâtre, on reconstitue les trois murs, on amène un peu de lumière, et avec des effets extrêmement simples on fabrique des images spectaculaires comme de la neige avec des ventilateurs[71]... ». Autrement dit, le metteur en scène et son équipe reconstituent un espace protégé : un espace d'évasion. Et c'est cette fonction-là du récit qui est d'abord et avant tout activée.

> Je dirais que la force d'un spectacle c'est aussi de pouvoir oublier le quotidien, cette normalité triste, cette difficulté à dire que l'on va bien aujourd'hui. On a le droit de l'oublier quand on s'évade de soi-même, presque [*sic*], grâce au théâtre, ou à la danse, ou face à un tableau, ou à la lecture d'un texte. Il est nécessaire que cet équilibre opère entre l'oubli de soi et en même temps de manière flagrante l'apparition du monde un petit peu plus perceptible encore que la sensation qu'on en a tous les jours[72].

71 France Inter, L'humeur vagabonde, jeudi 3 décembre 2015. https://www.franceinter.fr/emissions/l-humeur-vagabonde/l-humeur-vagabonde-03-decembre-2015, consulté le 02/09/2018.

72 *Ibid.*

Nous sommes donc ici dans un théâtre dramatique qui s'élabore à partir d'une fiction narrative. Cette dernière répond à des besoins précis, nous dit Bellorini : s'évader, oublier, mais aussi voir mieux. Et trouver un équilibre entre les deux. Sont réactivées ici les traditionnelles fonctions attribuées à la fiction, ainsi que la délicate équation qui s'impose depuis ses débuts au théâtre public subventionné et que le metteur en scène reformule : le devoir d'être à la fois divertissant et… critique. On lit pourtant ici un très léger déplacement d'accents, et qui donne à percevoir quelque chose de sans doute propre au contemporain : la réalité posée comme « normalité triste » d'un côté et le récit entendu comme consolation, de l'autre. Regardons de plus près comment Bellorini y travaille.

CE QUI CONSOLE (1) : UN VIEIL AIR OUBLIÉ, UNE CHANSON FRANÇAISE

Reprenons le début de *Tempête sous un crâne*. Les deux acteurs debout sur le lit sont seuls dans le halo bleuté de la lumière qui a été conçue pour eux dans ce début de spectacle. Dans un premier temps, leurs voix et leur engagement physique feront tout. Il y'a donc une manière de s'emparer du roman comme avant tout d'une « parole », une seule et même parole-fleuve, circulant sans heurt d'un personnage à un autre et du dialogue au récit. Les deux acteurs de cette première partie des *Misérables* sont donc avant tout des véhicules de cette parole en perpétuelle métamorphose : des aèdes. Ils transmettent l'énergie propre à la prose de Hugo – éloquente et argotique, extrêmement structurée mais aussi déballée, débondée, logorrhéique – en se la partageant tantôt en chœur, tantôt en solo. Le premier travail est donc avant tout un travail musical et rythmique sur le texte : c'est un chant sans mélodie qui nous est adressé, jouant sur les distances comme sur les volumes, sur les tonalités et les types de voix, sur les accélérations et sur les silences, enfin sur la possibilité de l'accord.

Car parfois en effet, ils scanderont à l'unisson, et parfois encore, leurs voix seront soutenues et portées par des instruments. Le spectacle entier est en effet accompagné de musique. Comme le sont d'ailleurs toutes les créations de Bellorini. Dans *Tempête sous un crâne*, la batterie et le piano soutiennent ainsi activement – et en direct – le rythme général et parfois la diction d'un passage. « Tout ce qu'on entend dans le spectacle est mis en vie en direct sur le plateau » dit le metteur en scène[73], insistant encore une fois sur le caractère collectif et simultané de ce qui se joue entre acteurs, musiciens et spectateurs. Par ailleurs, outre l'accompagnement musical régulier de certaines scènes ou transitions, le spectacle emploie de manière privilégiée la chanson, (chantée par un acteur ou l'un des musiciens), venant régulièrement ponctuer – et arrêter – l'action, la commenter ou offrir un contre-point lyrique. Il y a quelque chose des « songs » de Brecht que l'on retrouve, même si la portée critique du chant n'est pas saisissable ici. En tous cas, c'est bien la chanson de variété qui a le beau rôle – voix nue sur piano ou sur accordéon. Aussi, c'est toute une tradition populaire et française, (s'en référant de loin au cabaret de village, mais aussi au music-hall ou encore à certaines émissions télévisuelles et radiophoniques d'un autre temps[74]) qui se trouve sollicitée, non sans nostalgie. De même, un univers (fictif) se trouve comme naturellement « appelé » par ces chansons, ces instruments et ces types de mélodie : celui d'une France des années 20-30, dans sa version idéalisée et folklorique – ouvrière et courageuse, humble et débonnaire. Une France des « petites gens », celle du Front Populaire, une France joyeuse, et qui chante *à l'unisson*. Une certaine idée du peuple, en somme – au sens social et ethnique (*plebs* et *volk* à la fois) – solidaire, fraternel, uni et surtout : sympathique.

CE QUI CONSOLE (2) : REPRÉSENTATION DU (BON) PEUPLE

Les figures incarnées par les deux conteurs de cette première partie vont dans le même sens. Le grand manteau gris et l'écharpe rouge autour de la silhouette élancée suffisent à évoquer une figure de poète communiste, la doudoune et le bonnet bleus coiffant la plus petite donnent une image actualisée du Gavroche en hiver. Au cours de la seconde partie, les trois acteurs qui s'ajoutent au duo, incarnant de manière plus stable les personnages de Marius, Éponine, (l'aînée des Ténardiers), et Javert, accentuent la même tendance esthétique et le même esprit qu'on pourrait dire « popu », avec des costumes aux couleurs vives et aux coupes *vintage*,

73 *Ibid.*

74 Mais c'est le propre de toute le courant « vintage » de remettre au goût du jour ces types de représentations ou de manifestations. On pense, par exemple, au Bal « populaire » du 104, à Paris, qui fait passer dans un lieu d'art contemporain le motif de la « guinguette » de village… non pas sans la « dépoussiérer », nous dit le site… http://www.104.fr/fiche-evenement/le-bal-pop.html, consulté le 19/10/2021.

des jupes qui tournent, un béret, une mobylette… La créatrice de décors et de costumes qui a pu inspirer Bellorini (quand elle n'a pas collaboré avec lui) sur presque chacune de ses créations, Macha Makaeïeff[75], a en effet imprimé aux allures des personnages l'imaginaire des Deschiens[76], c'est-à-dire celui d'une humanité désolée mais comique, bien que cet imaginaire ait perdu ici de son caractère bouffon et irrévérencieux. Un *humanisme sensible* balaye cette fois l'insolence, pour envelopper de tendresse les incarnations de la « misère » propre au roman de Hugo. Le « peuple » qui nous est donné à voir est donc relativement inoffensif, même s'il n'est pas toujours « bon », et c'est surtout une forme de nostalgie qu'il suscite et qu'éclairent les lampions de couleurs de la scénographie (dans *Tempête sous un crâne*, les lampions arrivent à mi spectacle et restent jusqu'à la fin[77]). À travers une image de la pauvreté expressément datée et en même temps « charmante » (« charmante » parce que datée) – sont donc mises à distances certaines potentialités *dures* du roman. Mais ce au profit d'autre chose. Car au final, la référence plus générale à l'univers esthétique des films de Jacques Tati et des Deschiens semble avoir pour fonction de fabriquer et d'exalter les signes (même nostalgiques) du « joyeux ». Les lampions, les vêtements de couleur, l'accordéon, et la chanson viennent entourer des figures d'acteurs jeunes, énergiques, qui prennent en charge le récit sans s'embarrasser de rôles, avec un esprit de simplicité et d'enfance – lié à leur manière de faire *face* au public, avec autant de fausse naïveté que de vraie générosité – qui semble compter pour le metteur en scène. Car cette générosité dans l'acte de dire et de se déplacer sur le plateau, cette adresse frontale et claire, cette jeunesse des voix et des corps, cette simplicité des effets, enfin cette *joie du récit que l'on fabrique en direct* permet une certaine relation au spectateur : l'instauration d'une écoute bienveillante et la fabrication d'un être ensemble fondamentalement *rassurant :* dans et par l'attendrissement appelé par le roman, d'un côté, l'émerveillement pour les pouvoirs du récit et la générosité du dire, de l'autre.

---

75 Macha Makaeïeff, directrice du Théâtre de la Criée à Marseilles depuis 2011, est metteur en scène, créatrice de décors et de costumes. Au début des années 1990, elle crée le style « Deschiens » avec Jérome Deschamps et une troupe du même nom, constituée autour de Yolande Moreau, François Morel et Olivier Saladin. À partir de 1993, « Les Deschiens » devient une série télévisée composée de sketchs courts et diffusée sur Canal +.

76 Voir note précédente.

77 Dans mon souvenir, du moins.

LA QUESTION DU SOULAGEMENT, OU L'AVENTURE DÉVERTICALISÉE : UNE DÉFINITION DE L'ÉPIQUE POST-MODERNE ?

L'ambition du « populaire » chez Bellorini en passe donc d'abord par la mise en place d'un univers esthétique forain, évoquant la fête ou le bal de village. Elle se donne ensuite dans la représentation d'une certaine idée du « peuple », éloignée de quelques décennies, et en partie lissée par l'esthétique *vintage* et la nostalgie qui l'accompagne : c'est l'évocation du petit ouvrier, de l'instituteur, du village, enfin d'une « France » idéalisée, un pays merveilleux qui semble sortir directement des images de nos livres d'enfants. Par ailleurs, cela s'énonce aussi dans la manière de donner à voir sur le plateau un groupe d'acteurs « jeunes », liés par une langue et un texte classique, mais se débarrassant en même temps de la hiérarchie culturelle imposée *a priori* par l'œuvre au profit d'un rapport léger et surtout décomplexé à l'art, au texte, au théâtre, tout en réaffirmant avec force sa fonction pédagogique.

ILL. 1 – *Tempête sous un crâne*. Photographie Guillaume Chapeleau.

LA TRANSMISSION PÉDAGOGIQUE, MISSION CHEVALERESQUE EN CONTEXTE DÉMOCRATIQUE

Revenons à l'utilisation des chansons de variétés par Bellorini dans ses spectacles. La chercheuse Diane Scott s'est intéressée précisément à la question dans un article relativement critique de la revue *Incise*[78], où elle montre que le procédé a deux fonctions : soulager l'attention d'une part, se débarrasser des hiérarchies culturelles et artistiques du modernisme d'autre part.

Dans *Tempêtes sous un Crâne*, la majorité des morceaux sont originaux, (mais écrits à la manière de chansons de variété française, on l'a dit). Dans *Parole Gelée*, on repère cette fois l'utilisation de véritables « tubes » internationaux comme *Still Loving You* de Scorpions, *Unchained Melody*, ou un Purcell revisité par Era. La présence de la chanson dans le spectacle (comme dans bien d'autres d'ailleurs, car il est vrai que le phénomène est répandu) n'est pas précisément un procédé racoleur ; elle favorise plutôt une écriture *du numéro* : « chaque séquence fait tout, comme une succession de clips, ce sont des spectacles-dominos, sorte de cousins théâtraux de l'émission de divertissement[79] ». Nous n'accompagnons pas Diane Scott dans le procès du divertissement intenté au spectacle, mais constatons avec elle un fonctionnement : ainsi les boucles de séquences (texte et chanson) permettent successivement de soutenir puis de soulager l'attention, de récupérer des forces pour la suite. L'enjeu est clair : éviter l'ennui (au théâtre, « le diable c'est l'ennui », dit Brook[80]). Aussi, le caractère « populaire » du spectacle tiendrait, en partie du moins, à sa manière de joindre tous ses efforts pour *relancer* notre attention en permanence. C'est ce qui permet aux journalistes de qualifier le spectacle d'*épique* dans un sens bien particulier : celui du récit perpétuellement rebondissant, de l'action sans cesse relancée et projetée en avant. « Les treize interprètes, comédiens, musiciens, chanteurs, s'emparent du verbe rabelaisien avec l'appétit de leur héros et s'engouffrent dans l'épopée avec une vigueur et un souffle formidable[81] » peut-on lire

78 Scott, Diane, « Paroles gelées ou le soulagement », in *Revue incise 1. (qu'est-ce qu'un lieu ?)*, Éditions Studio-Théâtre d'Ivry, p. 68.

79 *Ibidem.*

80 Brook, Peter, *Le Diable c'est l'ennui*, *Propos sur le théâtre*, Actes Sud Papiers, cah. anrat, 1992.

81 Chénieux, Annie, *Une aventure pantagruelique*, in Le Journal du Dimanche, 19 mars 2012, http://www.lejdd.fr/Culture/Theatre/Actualite/Paroles-gelees-au-theatre-Gerard-Philipe-a-Saint-Denis-495762, consulté le 17 août 2016, cité par Scott, Diane, *op. cit.*

ainsi dans *Le Journal du Dimanche* à propos de *Paroles gelées.* La vigueur et le souffle, motifs épiques s'il en est, sont évoqués ici comme les réponses rythmiques et contemporaines à l'« appétit » et la force de Gargantua lui-même ; ils deviennent alors les qualificatifs du jeu, et désignent le caractère de « performance », au sens sportif du terme, que recouvre le travail de l'acteur. La dramaturgie du numéro irait ainsi de pair avec un modèle du comédien :

> [...] non plus le comédien des années 1990, singulier autant qu'il lui était possible, cultivant son étrangeté et son malaise, anti-héros de la scène volontiers souffreteux, mais au contraire la bête de scène, qui n'a peur ni des contre-ut ni des saltos arrière. Le comédien 2.0 est un virtuose, c'est l'ouverture d'une ère d'hyper-compétence. Compétence, qui, en bonne logique marchande, va de pair avec l'efficacité : le mode de jeu relève d'une forme d'abattage de *one-man-show.* L'adresse est très énergique, misant sur la force maximale des effets, que l'on dirait soumis à la loi de la relance permanente de l'attention des spectateurs. Rien n'est en-deçà du seuil perceptif, tout est en mode « plein feu[82] ».

L'acteur épique ou la bête de scène, donc, serait au service d'une forme efficace – Diane Scott sous-entend, pour sa part : rentable. Mettons de côté l'acidité d'un tel point de vue, qui ne fait pas justice au projet de Bellorini, (ni comme directeur de structure ni comme metteur en scène), et surtout qui manque l'essentiel du point de vue de notre enquête, à savoir : prendre la mesure de ce qui constitue à la fois une continuité et une rupture depuis l'épique Brechtien. En effet, dans les adaptations de Bellorini comme dans les grandes pièces épiques de Brecht, les enchaînements de numéros – où texte, musique, et images se succèdent, et où le travail de l'acteur consiste à nous faire passer de l'un à l'autre sans jamais nous lasser – participent d'une certaine recette dramaturgique. Qu'on parle de « montage ludique » et de « dramaturgie du débordement » pour Brecht d'un côté (Sarrazac[83]), ou d'une dramaturgie de « l'accumulation » pour Bellorini de l'autre (Scott[84]), il convient de reconnaître que dans les deux cas, on fait face à un certain *régime de théâtralité*, à la fois ludique et festif, qui semble être devenu l'un des visages les plus fréquents de l'épique contemporain. Autrement

82 Scott, Diane, *Ibid.* p. 71.
83 Voir plus haut, *Fresques brechtiennes* et *Prologue théorique, Brecht, une théorisation de l'épique.*
84 *Ibidem.*

dit : Brecht nous a *passé les recettes* dont il avait déjà lui-même hérité des dramaturgies qui le précèdent. C'est donc une certaine tradition théâtrale que l'on constate ici comme toujours vivante. La différence, c'est que ce régime de théâtralité était au service d'une Cause explicitement politique, dans le théâtre épique brechtien. Ici, il vaut d'abord *pour lui-même*, mais si l'on suivait les discours de Bellorini, on pourrait dire qu'il sert en réalité la Cause théâtrale en tant que telle, ou plutôt : la Cause *poétique*. Le type de théâtralité déployé dans ces spectacles guide en effet vers la langue et la littérature pensées comme lieux d'émancipation possible. L'épique entendu comme théâtralité débridée vient donc bel et bien servir un projet post-vilarien et post-brechtien. Le théâtre est un service public, selon les mots de Bellorini, et il est peut-être également : une école. Mais, et c'est là que se creuse une différence par rapport aux années précédentes : il faut que celle-ci soit gaie. Sinon, cela pourrait reconduire une hiérarchie douteuse entre ceux qui savent et se prennent au sérieux d'un côté, et ceux qui écoutent de l'autre. Ainsi, la légèreté et la tendresse formeraient les remparts consolateurs de Bellorini – non seulement contre la « normalité triste », mais aussi contre un rapport pédagogique vertical et aliénant[85].

Or justement, le metteur en scène a créé, dès son arrivée à la direction du TGP, une « Troupe éphémère » avec une vingtaine de jeunes gens âgés de quinze à vingt ans, amateurs de théâtre, débutants ou non, vivant à Saint-Denis et ses environs. Depuis lors, l'équipe, qui se renouvelle chaque année, répète tous les samedis un spectacle qui est présenté au printemps, dans la grande salle.

> En janvier 2014, en prenant la direction du théâtre Gérard Philipe de Saint-Denis, un théâtre de création, un théâtre d'art, j'ai voulu mettre la transmission au cœur du projet. Septembre 2014 : naissance de la troupe éphémère. Première rencontre avec une cinquantaine de jeunes de Seine-Saint-Denis âgés de 14 à 23 ans. Je leur raconte mon rêve, celui d'inventer un théâtre de l'imaginaire dont la matière première serait un roman [...]. Je leur dis mon désir d'inventer un spectacle à vingt-cinq, sur mesure, où nous nous partagerions la parole d'un personnage. Nous serions tous une facette différente de

85 Sur cette question, voir Rancière, *Le spectateur émancipé.* Nous nous permettons de ne pas nous arrêter ici sur la définition de cette possible « aliénation » au sein du rapport pédagogique entre le maître et l'élève, soit l'acteur et le spectateur, car nous y reviendrons plus amplement dans une autre étude, autour du projet de Gwenaël Morin, en Troisième partie.

> ce même personnage, miroir possible où chaque spectateur aurait la liberté de voir sa vérité[86].

L'épique tient ici non seulement à une fabrication artisanale du récit (qui laisse du jeu à l'imagination, et de la liberté au spectateur) mais aussi au fait de pouvoir construire un tel récit à vingt-cinq, et *pour* vingt-cinq. Le projet de transmission du metteur en scène est profondément inclusif et se fonde sur une égalité des points de vue entre tous. « Nous nous partagerions la parole », dit-il, s'incluant dans le processus, et veillant à ne pas se situer « au-dessus » des comédiens. Son « rêve » est à la fois démocratique, égalitaire et sensible. Le « sur mesure » raconte en effet l'attention à l'identité singulière du groupe, et de chacun dans le groupe. Un peu plus bas :

> Il faut éduquer le désir, le désir de beauté, loin du matériel, loin du virtuel, à l'opposé du consumérisme.
>
> C'est ce voyage-là que le théâtre propose. Le théâtre n'est pas pour les forts, pour les riches, pour les puissants. Il réhabilite la fragilité. Il est pour chacun, dans l'unique de chacun. Et c'est à travers la langue que cet « unique » survient.
>
> Il y a une forme de noblesse, de grandeur, à réhabiliter la poésie, comme moyen de penser plus haut, de « persévérer dans son être[87] ».

Et c'est le Poème, encore une fois, qui est au cœur du projet épique. Un projet qui se dévoile ici dans sa dimension chevaleresque, empreint de cet *humanisme sensible* dont nous parlions plus haut et qui apparaît à présent plus nettement, un projet mené par et au nom des « humbles », à travers et même grâce à leur « fragilité ». La scène est donc non seulement le lieu d'un apprentissage mais aussi celui d'un « ennoblissement » (démocratique) *via* le poème. Aussi l'on comprend mieux, en lisant ces lignes, ce que vise le registre festif décrit plus haut. L'épique comme tonalité, dans les spectacles de Saint-Denis, est au service d'une *transmission* à la fois pédagogique et poétique. La dimension énergique du jeu relevée par Diane Scott s'en éclaire tout autrement. Elle est l'un des aspects du projet chevaleresque, sa générosité traduite sur scène en vitalité et en dons joyeux d'une poésie déballée. Le tout en instituant un certain rapport aux œuvres. Revenons à nos chansons. Et sortons un moment du TGP.

---

86 Bellorini, Jean, « École de la langue, Impressions », *op. cit.* p. 33.
87 *Ibid.* p. 35.

QUEL SOULAGEMENT ?

La seconde fonction à laquelle serait vouée la présence des chansons dans de nombreux spectacles du théâtre public serait, selon Scott, un soulagement, non pas de l'attention cette fois, mais du respect dû aux canons de l'art : « Se joue dans cette présence résolue de la variété au théâtre public une bascule de première importance, parfaitement délibérée : se débarrasser des pesanteurs de la hiérarchie culturelle[88] ». Diane Scott s'appuie cette fois sur les propos du metteur en scène Benoît Lambert :

> Quelque chose a commencé quand je me suis mis à utiliser dans mes spectacles les musiques que j'écoutais et cela s'est renforcé avec la rencontre avec Jean-Charles Massera qui se positionnait contre une vision catastrophiste de la consommation [...]. On a donc fait des spectacles qui nous ressemblaient, avec de la variété, des musiques de Daniel Balavoine et de Michel Berger [...][89].

Ce « quelque chose » qui a commencé, c'est ce que Diane Scott appelle, en reprenant un des mots dont Jameson qualifie la culture du postmodernisme : le *soulagement.* Ce dernier correspond au « relâchement de la tension devenue intolérable qu'imposait la canonisation de l'idéal artistique du modernisme[90] ». En effet, les exigences de l'art dans sa définition moderne, et notamment celle de son irréductible autonomie vis-à-vis de la sphère marchande et politique, ont longtemps placé au sommet de la création des œuvres à la fois considérées comme « pures » (de tout intérêt extérieur à l'art) et comme « canons », c'est-à-dire des œuvres-modèles, imposant une série de règles formelles et de contenus normés. La fin du XIXe siècle marque le premier moment de la rupture vis à vis de ces normes par les avant-gardes, rupture portant d'abord sur les *contenus* de l'œuvre : établir les sujets non-nobles comme dignes d'être représentés, remettre en cause la hiérarchie des genres eux-mêmes, etc. Mais à partir du milieu du XXe siècle, cette rupture en vient à concerner de manière quasi exclusive les aspects *formels* de l'œuvre : les contenus ne sont plus une question artistique, seules les formes et leur renouvellement – à savoir, l'utilisation de nouveaux supports et

88 Scott, Diane, *op. cit.*, p. 68.

89 Lambert, Benoit « Table ronde » in « Penser le spectateur », *Théâtre/Public* n° 208, avril-juin 2013, p. 61, cité par Scott, Diane, *Ibid.* p. 69.

90 *Ibid.*

de nouveaux matériaux, empruntés au monde quotidien par exemple – constituent l'objet de la recherche en art[91]. Dès lors, le mélange du pur et de l'impur, du noble et du vulgaire, d'une culture d'élite et d'une culture populaire, devient la base de l'art dit « postmoderne ». La présence de la variété dans le théâtre public contemporain (notamment quand il met en scène des textes « classiques ») en est une expression. Et, encore une fois, on ne suivra pas Diane Scott quand elle considère que de tels emprunts à la production marchande ou à l'industrie culturelle est un signe « débonnaire et jouasse », de « populisme esthétique ». Ce serait accuser bien facilement un très large pan de la création théâtrale contemporaine, et nous croyons en outre qu'il y a ici une erreur de diagnostic : ce que produit l'alignement de matériaux venant de l'industrie « pop » avec d'autres qui sont patrimonialisés et rangés aux étagères des

---

91 « En effet, à partir du modernisme greenbergien, par réaction à l'invasion du kitsch dans la production culturelle, le contenu cesse d'être un problème artistique, ou plus précisément, la forme devient le contenu. Les images commerciales ont ceci de particulier que, bien qu'elles recourent aux mêmes moyens que les œuvres artistiques, elles sont astreintes à produire un contenu identifiable par le consommateur, afin de remplir pleinement leur fonction : faire vendre un produit ou la représentation d'un mode de vie. Le contenu incarne alors, par extension, l'image instrumentalisée. Dès lors, le plus sûr moyen pour l'art de se distinguer du kitsch devient l'abandon du contenu : l'art sera le seul lieu du monde qui ne fournit pas de contenus, seulement des formes. De façon plus précise, l'histoire de l'art de la seconde moitié du XXe siècle est souvent interprétée depuis Greenberg, en passant par Adorno jusqu'aux critiques les plus contemporains, non pas seulement comme un dépassement des conventions artistiques, mais comme un dépassement des formes artistiques : la recherche de nouvelles formes, n'appartenant pas auparavant au registre des formes artistiques, constitue l'objet de l'art. Autrement formulé, cela signifie que l'objet de l'art contemporain est son autocritique. Ainsi, il devient compréhensible que le spectateur ne puisse se rapporter aux œuvres, dans la mesure où celles-ci instaurent un régime d'auto-référentialité ; [...] leur signification n'a pas cours dans un monde autre que celui du monde artistique, avec ses références cryptées. Elles ne font signe que vers elles-mêmes ou d'autres formes. Ce schème d'explication attache ainsi deux valeurs morales à cette dynamique des avant-gardes : la liberté (affranchissement des formes antérieures) et l'autonomie (par rapport au monde – c'est-à-dire tout ce qui n'est pas interne à la sphère artistique). C'est cette double caractéristique qui rendrait l'art contemporain si difficile à appréhender pour le spectateur : les formes présentées le désorientent, dans la mesure où elles le ramènent toujours à ce qu'il ne considère pas comme spontanément artistique ; elles ne meuvent rien en lui, dans la mesure où leur signification ne nous est pas destinée. La question "qu'est-ce que ça veut bien pouvoir dire ?", provoquée par la désorientation devant une œuvre, ne serait pas pertinente, dans la mesure où les œuvres refusent un contenu sémantique, et où le contenu formel est le résultat d'une recherche autotélique, c'est-à-dire qui ne vise qu'elle-même. » Morizot, Baptiste et Zhong, Estelle *Esthétique de la rencontre*, Seuil, Coll. La couleur des idées, 2018.

« classiques » ou des « chefs d'œuvres », semble bien plutôt de l'ordre du décloisonnement de l'un *par* l'autre, et d'une mise en circulation de leurs charges affectives et signifiantes respectives. C'est créer du dialogue entre hier et aujourd'hui, c'est faire discuter les époques autant que les matériaux. Ceux-ci se requalifient alors mutuellement, l'un devient plus riche qu'il n'y paraissait, l'autre plus disponible qu'il ne semblait – les deux s'en trouvent changés, troublés, complexifiés, et bizarrement, s'approprier leurs contenus est alors une opération plus facile. Si nous devions rejoindre Diane Scott sur un point, ce serait alors seulement celui-ci : de tels emprunts permettent de produire « des spectacles qui nous ressemblent », comme le dit Lambert. L'œuvre « n'est plus le lieu d'un dépassement, mais d'une reconnaissance du "soi[92]" ». C'est là que résiderait, alors, le soulagement : les normes formelles ne s'imposent plus d'en haut, et l'on peut s'emparer des produits *mainstream* qui nous séduisent pour les inclure avec distance dans la représentation, tout en jouissant de cette distance entre ceux qui perçoivent le décalage et reconnaissent la référence. Il est vrai que ceux-là n'écoutent « Still loving you » dans *Parole Gelée* (par exemple) ni comme à sa sortie en 1984, ni comme à leurs quinze ans, mais comme un objet culturel déplacé, et savoureux parce qu'il est déplacé ; il n'y a pas d'adhésion innocente à l'objet, mais une distance avec lui qui est savoureuse en soi. Toutefois, si le clin d'œil est générationnel, le tube est suffisamment connu pour susciter une participation émotionnelle qui va au-delà, et le décalage même est reconnaissable par chacun, que l'on situe la référence ou non. Car ce qui est reconnu alors par l'ensemble du public, c'est plutôt une *attitude*, libérée du respect dû au texte, et qui horizontalise les hiérarchies entre les matériaux culturels pour créer un être-ensemble unifié participant au but consolateur : produire de la communauté autour du récit.

Ce qui est intéressant, ici, c'est de voir comment de tels spectacles, dont les ambitions sont clairement vilariennes, c'est-à-dire populaires, fonctionnent dans un nouveau contexte esthétique et culturel – celui du post-modernisme qui permet des emprunts décomplexés à différents types de matériaux culturels – mais aussi dans un certain contexte politique et social – celui, par exemple, du TGP à Saint-Denis, où Bellorini s'efforce de produire des invitations au partage pour un public non homogène. Le soulagement, soit l'horizontalisation de l'épique, semble nécessaire

92 *Ibid.*, p. 72.

pour accueillir *tout le monde* au cœur du dispositif. Rassembler est, encore une fois, la priorité de ce théâtre-là. C'est d'ailleurs la fonction concrète du personnage du Savant, aussi drôle que docte, qui intervient à chaque passage compliqué pour traduire la prose rabelaisienne dans *Paroles Gelées*. Son rôle est au moins aussi pédagogique que simplement phatique : il explique Rabelais, mais réveille et ravive surtout une complicité scène-salle. Il tisse, via une forme de pédagogie d'ailleurs régulièrement tournée au ridicule, une complicité partagée autour du spectacle, autour du poème. Et cela fonctionne.

Toutefois, un déplacement essentiel, depuis Vilar, est à noter : ici, c'est la scène qui joue l'être ensemble, c'est elle qui donne à fantasmer la communauté, et ce sont les acteurs qui surenchérissent dans l'*accord*. Il nous semble que le rassemblement rêvé par un tel théâtre est ainsi activé en tant que *représentation* du rassemblement, *représentation et signes* de l'« être ensemble », qui viennent bel et bien du plateau – donc de la fiction, et d'une esthétique – plus que de la composition de la salle, même si de vrais efforts sont faits dans de nombreux théâtres, et notamment à Saint-Denis, pour « varier les publics ». C'est ce déplacement qui peut provoquer alors deux types de « fausses » critiques : les unes dithyrambiques parce qu'elles prennent ce qui se joue sur le plateau comme signe effectif que la communauté ici se réconcilie bel et bien avec elle-même – ce qui n'arrive (heureusement) jamais ; les autres amères, (comme celle de Diane Scott), reprochant au spectacle de mettre en scène son projet social pour mieux *le vendre* – comme si *la mise en spectacle* des intentions éthiques du projet transformait forcément l'œuvre en *une marchandise de l'être ensemble* – ce qu'elle n'est pas non plus.

On retrouve ces deux points de vue autour de la question de la troupe. *Parole Gelée*, *Tempête sous un crâne*, et les spectacles suivants de Bellorini (*La Bonne Âme de Se-Tchouan, Karamazov…*), sont des spectacles de troupe, de « bande », et qui mettent en scène, en effet, la communauté, le groupe, allons jusqu'à dire la « famille » théâtrale :

> Ce qui fait troupe, stade supérieur dans l'échelle de la cohésion, c'est que le groupe existe de ce que chacun y joue un rôle qui complète les autres : il y a celle qui chante, celle qui danse, celui qui parle, celui qui sait, le gay qui fait rire tout le monde, *naturellement* doué pour le *show*, etc. Chaque personne est spécialisée, ce qui donne au groupe une consistance de corps, et comme dans la littérature populaire, du Club des Cinq à Fred Vargas, la typification

> permet une reconnaissance immédiate du personnage, par trait de caractère, accessoire, rapport à la parole – le groupe est révélation de l'individu et sa cohésion est fonction de cet emboîtement de chacun dans l'ensemble. C'est le motif de la bande de potes, heureuse et ingénieuse (il y a toujours un moment dans les spectacles faits pour rassurer où le motif du théâtre comme « bonne famille » fait son apparition). Dans cette perspective, le collectif induit un rapport spécifique à la distribution, non plus définie en fonction des personnages d'une pièce, mais donnée comme un préalable, en amont de tout répertoire : le groupe est le thème premier des spectacles des collectifs, et leurs discours est d'abord une certaine morale de l'être ensemble[93].

À travers le jeu choral, les effets de diction simultanée, ou légèrement décalés, à travers la manière d'investir physiquement et tous ensemble un plateau presque nu, à travers même les effets de « bricole » pour établir un décor et les accessoires nécessaires au récit (la simple bougie à la main au début de *Tempête sous un crâne*, par exemple, ou le rectangle d'eau et les cirés jaunes dans *Parole Gelée*) le groupe, le collectif, se met effectivement en scène lui-même, indépendamment du contenu de la fable. Il se représente comme ensemble constitué, comme corps solidaire, comme entité organique, comme un « nous » qui peut réussir à susciter une sorte d'envie chez les spectateurs. Les adresses et les références multiples à un paysage culturel supposément partagé avec la salle ont alors une vocation inclusive, offrant une image (peut-être sympathique et idéalisée) de la société que nous, spectateurs, formons en face du plateau et avec lui, et nous confirmant l'existence d'une communauté – même restreinte, même éphémère – à laquelle on appartiendrait. Le succès de telles « bandes[94] » théâtrales tient en partie à cet *être-ensemble-exposé*, et l'on pourrait faire l'hypothèse que ce « nous » qui suscite le désir, est l'une des forces artistiques et aussi (paradoxalement) institutionnelle et économique, des collectifs d'aujourd'hui – qu'ils se nomment ou non comme tels. Le collectif est en effet « une expérience politique de redistribution du pouvoir », en même temps qu'« un mode de travail, contemporain de la crise sous sa forme pérennisée » aussi bien qu'« une étiquette sur le marché du spectacle[95] ». De ce point de vue il est évident que le carac-

93 *Ibid.* p. 70.

94 Voir Lucet, Sophie, « Pour un art de l'écoute » in *Du Collectif*, *Théâtre(s) en Bretagne*, N° 19, 2004, mais aussi Freixe, Guy et Doyon, Sophie, *Le Collectif dans les Arts vivants depuis 1980*, L'Entretemps, coll. « Les points des les poches », 2014, ou encore Autant-Mathieu, Marie-Christine *Créer Ensemble*, L'Entretemps, coll. « Voies de l'acteur », 2013.

95 Scott, Diane, *op. cit.* p. 74.

tère bricolé du spectacle peut être considéré comme une *représentation* de l'artisanat théâtral plus qu'une manière concrète de faire beaucoup avec peu (puisque ces spectacles coûtent cher, en vérité). Ce lexique de la « débrouille » est bel et bien *choisi* par la mise en scène. Il alimente bel et bien une mythologie du collectif, et de la troupe. Mais il participe aussi de cet humanisme sensible que défend Jean Bellorini. Le problème n'est pas qu'un tel travail, comme l'insinue Scott, propose une morale trompeuse « de sortie de crise », *via* la représentation d'une « jeunesse endurante[96] » qui en réalité ferait le lit du néo-libéralisme triomphant dans les institutions culturelles. Car ce n'est pas sûr que ce soit juste d'une part, et il n'est pas sûr non plus, d'autre part, que cette jeunesse triomphante, réunie en bandes ou en collectifs, ne soit pas *quand même* en train d'inventer des solutions épiques hors de ce système culturel et économique[97]. Le problème – et il dépasse largement le travail de Jean Bellorini – tient encore une fois à la *représentation* du populaire, en tant que cette dernière indique un déplacement de l'épopée vilarienne vers une esthétique de plateau. Le registre de « l'épopée », du « souffle » et de la « vigueur » sont passés au service d'un théâtre qui se présente comme « populaire », mais dans un sens majoritairement scénique, donc fictif et régulièrement fantasmé (mais existe-t-il un sens concret du mot qui soit aujourd'hui valable ?). Et ce en dépit de tous les efforts des politiques de public mises en place dans les théâtres, bien qu'ils ne soient pas vains pour autant. Ainsi, *Paroles gelées* et *Tempête sous un crâne* proposent les *signes* du populaire (et d'un populaire joyeux) en mêlant les produits de la culture de masse à une image rassurante et idéalisée du peuple sur scène, nourrie et renforcée par l'énergie d'une équipe qui a tout du corps fraternel et soudé. Mais ces deux performances ne peuvent pas abolir pour autant les distinctions et les hiérarchies qui les font exister comme pratiques sociales, ni même complètement aplanir la fonction pédagogique sur laquelle elles se fondent comme pratique politique. L'esthétique du soulagement, qui indique une rupture avec les signes d'une culture d'élite et qui propose du même coup une mythologie du

96 « Il est agréable de se dire que l'ingéniosité et l'énergie conjuguée au groupe sont les clefs du succès et c'est ainsi que Paroles gelées avalise un récit du succès, une morale de sortie de crise, pas seulement culturelle. L'huile de coude et la jeunesse endurante comme remèdes au chômage, voilà la morale, peut-être du spectacle, probablement son mode d'écriture et de celle du collectif contemporain. » *Ibid.* p. 74.

97 Ce sera ce qu'on démontrera dans notre troisième partie.

rassemblement égalitaire, ne peut pas empêcher qu'il s'agisse malgré tout, et en définitive, de ne se rassembler qu'avec soi-même. Or, cela n'est pas l'affaire exclusive de Jean Bellorini, qui, on le voit, prend le problème à bras le corps et propose, *via* cet épique pédagogique, une solution au problème, mais de tout le théâtre public.

« Le populaire est aujourd'hui l'alibi d'un affaissement[98] », dit Diane Scott. Et si on la croyait, faudrait-il alors en conclure que le grand récit, et plus loin le genre épique, s'est complètement vendu aux nécessités politiques du consensus (rêvé) et de la consolation (de surface) ? De quoi l'« épique » serait-il donc le nom ?

Le travail de Jean Bellorini est intéressant en ce qu'il présente une image, un *cliché* au sens photographique du terme, des transformations de l'exigence brechtienne et du désir vilarien (à présent inscrit et figé institutionnellement dans les chartes des théâtres publics). Jouer de « grands » textes et raconter de « grandes » histoires à un « peuple »… désormais en partie absent de la salle, dans son sens social, mais qu'on réinvente présent sur le plateau. Par ailleurs, si l'exigence mobilisatrice brechtienne a disparu, elle a néanmoins laissé sa place à un projet de transmission pédagogique et poétique, nouvelle épopée chevaleresque des temps modernes pour l'ex-directeur du TGP. Quant au régime de théâtralité épique, il est quant à lui bien présent, et se réalise au sein d'un bal de signes qui réfèrent en permanence à la joyeuse activité ou au joyeux artisanat de la troupe elle-même. Ce type d'épique qui réanime l'image d'un théâtre forain et sympathique, mettant en scène une troupe jeune, pleine de gouaille et d'élan comme « antidote à la tristesse du quotidien », Bellorini en est incontestablement un des chefs de file. Mais il faudrait voir à présent comment la même lignée historique et politique (celle de Vilar et de Brecht) peut prendre, quelques années plus tard, et chez un metteur en scène plus jeune, une forme tout à fait différente.

98 *Ibid.* p. 74.

THOMAS JOLLY : LE GRAND RÉCIT DE RÉPERTOIRE OU LA CRÉATION D'UNE ÉPOPÉE THÉÂTRALE *MAINSTREAM*

Thomas Jolly nous intéresse entre autres choses pour son succès, dont nous estimons qu'il peut être une réponse symptomatique à l'énigme que nous avons toujours à résoudre (pourquoi et comment le grand récit a-t-il repris une place prépondérante sur les scènes du théâtre public ?). Comme Jean Bellorini, et sans doute plus que lui, il participe d'une mouvance qu'on pourrait nommer pour l'instant, faute de mieux, « *l'épique-pop* », usant sans complexe de la référence à la culture de masse et plaçant l'apologie de la fête théâtrale au cœur de son travail. Il s'agirait donc encore une fois d'un théâtre aux ambitions vilariennes, c'est-à-dire populaires, mais adaptées à la donne esthétique, formelle et plus généralement culturelle du post-modernisme. Ce n'est pas tout, il nous faut ajouter qu'ici aussi, comme dans notre cas précédent, la troupe et la dimension collective du travail sont mises en avant. D'ailleurs, le nom de la compagnie, qui est un porte-drapeau idéologique et éthique – aussi bien que commercial – le dit bien : *La Piccola Familia*[99]. La petite famille, en italien. Comme l'enseigne d'une bonne auberge, le nom nous raconte qu'ici l'on nous accueille avec chaleur, et que le spectacle est *bon*, sans être trop raffiné (comme un « bon » plat), puisque c'est en famille qu'il se fabrique, (qu'il se cuisine), et puisque c'est la famille qui nous reçoit. En même temps, les sens sont réversibles, car la « petite famille » c'est aussi le clan ; elle a une dimension exclusive aussi bien qu'inclusive, et l'on peut imaginer que l'une joue plus que l'autre selon la logique de l'adresse : aux spectateurs – qu'il faut faire venir – ou à l'ensemble du champ – à l'intérieur duquel il s'agit de se distinguer.

En revanche, Thomas Jolly ne s'appuie pas sur la même matière que Jean Bellorini, ni que Wajdi Mouawad. Il ne s'agit ici ni d'une épopée-fleuve contemporaine, où la guerre, les vies amoureuses, amicales et les

99 « Nous sommes une compagnie de six comédiens, La Piccola Familia, et à l'instar de cette compagnie fondée ensemble, nos spectacles se créent collectivement. Nous sommes donc un groupe de travail avec un langage et des contours définis ». Jolly, Thomas, entretien avec Jean-François Perrier : http://www.festival-avignon.com/fr/spectacles/2014/henry-vi, consulté le 02/09/18.

générations se croisent, ni d'un grand roman adapté pour le plateau. Ce sont les pièces du répertoire qui ont intéressé le metteur en scène jusqu'ici, et entre autres les chroniques historiques de Shakespeare. Mais c'est tout de même en les *épicisant* qu'il s'en est emparé. Voyons ce que cela veut dire.

LE MARATHON

On est obligé d'y revenir : dix-huit heures de représentation, près de sept entractes, dix mille vers en quinze actes, vingt comédiens pour cent cinquante personnages et trois cents costumes, le spectacle avec lequel Thomas Jolly, après quelques autres créations plus discrètes[100], a finalement acquis sa renommée, *Henry VI*, est une trilogie recomposée en deux cycles de deux épisodes chacun, qui comprennent eux-mêmes quatre parties. On ne peut donc pas ne pas présenter d'abord le spectacle comme une explosion de records. Avec une telle création, jouée pour la première fois en intégrale à l'édition 2014 du festival d'Avignon, le metteur en scène s'inscrit d'emblée dans une histoire du théâtre, qui est une histoire de performances semblables – et il peut noter son nom à la suite de ceux de Vitez, (*Le Soulier de Satin* toute une nuit dans la Cour d'Honneur en 1987) de Brook (avec l'intégrale du *Mahâbhârata* dans les Carrières) ou de Mnouchkine (avec différents spectacles, dont précisément, ses *Shakespeare* dans le même palais, ou plus récemment *Les Éphémères*, une huitaine d'heures à Châteaublanc), soit les initiateurs des grands et longs récits des années 80-90 dont nous avons précédemment parlé. Avant Thomas Jolly, Olivier Py, l'actuel directeur du festival, avait déjà apposé son nom au bas de cette lignée avec les vingt-quatre heures (sur vingt-quatre) de *La Servante* en 1995. En tous cas, il n'en aura pas fallu moins pour que le jeune metteur en scène s'impose dans le paysage du théâtre public subventionné.

L'épopée est donc, cette fois, un marathon. Et ici, on l'aura compris, le marathon est autant celui du travail d'une troupe pour être reconnue dans les conditions actuelles de la production théâtrale que celui du spectacle lui-même. Car il semble qu'une certaine part de gigantisme soit nécessaire pour être aperçu. Il y a en effet fort à parier que les notions non seulement de durée, mais de lutte, mais encore d'« énormité » si

100 *Arlequin poli par l'amour* de Marivaux, *Toâ* de Sacha Guitry, et *Piscine (pas d'eau)* de Mark Ravenhill.

l'on peut se permettre le vocable, (« énormité » de l'effort d'un côté, soit du travail à fournir sur le chemin du succès, mais aussi, parallèlement, « énormité » du spectacle, soit de sa longueur, de ses effets, de ses contenus, de ses enjeux) aient à voir avec la manière dont les jeunes troupes d'aujourd'hui se représentent leur aventure : soit la « percée » espérée et envisagée dans le milieu professionnel et, parallèlement, le travail de création lui-même. Cette forme d'épique qui doit être pensée à la fois *sur* et *en dehors* du plateau, tirerait donc une partie de sa définition du contexte néo-libéral qui est le nôtre[101]. Revenons, justement, à *Henry VI* :

> Épopée, saga, fresque historique, aventure théâtrale au long cours, odyssée dramatique… Quel qualificatif employer pour cet événement qui rompt avec les habitudes et oblige à sortir des calibrages et des conventions d'un théâtre qui parfois semble s'étioler, se réduire, se censurer lui-même[102] ?

Si l'on en croit le début de cette présentation par Jean-François Perrier dans le programme du Festival *In* d'Avignon 2014, *Henry VI* défie les notions de genre et les catégories grâce auxquelles la création théâtrale se définit habituellement. Mais ce que ces quelques lignes – si anodines soient-elles – révèlent déjà, c'est que la pièce n'est ni véritablement « épopée », ni « saga », ni « fresque historique » en leur sens classique, ni même qu'elle est tout cela à la fois. Seule chose certaine : son metteur en scène signe ici une « grande forme » et on n'a pas vraiment les mots pour le dire, ou plutôt la formule de « grande forme » ne permet pas de penser exactement ce qui se joue ici (et qui se traduit dans la description du programme par l'accumulation des qualificatifs plus que par les qualificatifs eux-mêmes). En réalité, Jean-François Perrier a répondu à

101 Car le gigantisme est un trait singulièrement partagée par les jeunes compagnies : l'édition 2016 du festival l'illustrait de manière étonnante, avec deux créations géantes et un feuilleton quotidien, soit trois types de performances sur la durée qui venaient toutes de jeunes metteurs-en-scène : Thomas Jolly bien-sûr avec *Le ciel, la nuit et la pierre glorieuse*, tous les jours à la Bibliothèque Ceccano, Jean Bellorini (moins jeune et déjà beaucoup plus reconnu) avec *Karamazov* dans les Carrières de Boulbon pendant 5h30, et surtout Julien Gosselin avec *2666*, son adaptation du roman de Roberto Bolaño qui fait suite – et marque un pas de plus dans l'ambition de démesure – aux *Particules Élémentaires*, spectacle-récit déjà imposant en terme de durée, (3h50 avec entractes) et d'effets (visuels et musicaux), créé avec une partie de sa promotion du Théâtre du Nord, à Lille.

102 C'est ainsi que Jean-François Perrier ouvre sa description du spectacle dans le programme du Festival *In* d'Avignon 2014. http://www.festival-avignon.com/fr/spectacles/2014/henry-vi ; consulté le 18 août 2016.

la question qu'il pose avant de l'avoir terminée : *Henry VI* est d'abord et avant tout « un *événement* » ; et pour cela, il n'a pas besoin de s'inscrire dans un genre littéraire ou théâtral précis, mais il se trouve en effet que les coordonnées propres à l'épique (et notamment la modification du temps nécessaire à l'histoire, mais aussi le type d'histoire – celle des guerres et des règnes) lui permettent de le faire. Voilà donc ce qu'a réussi Thomas Jolly, au-delà de toute classification programmatique : faire évènement. Or, en effet, l'enjeu n'est-il pas celui-là dans le flux extrêmement serré et rapide de la vie culturelle contemporaine ? C'est en écartant les mailles du tissu, en se taillant une place au centre et en modifiant les coordonnées (de temps, et d'argent) imposées par la production de spectacles, qu'*Henry VI*, sa troupe et son metteur en scène sont devenus *visibles.*

Ainsi, la durée crée l'événement. Elle le crée parce qu'elle impose, d'abord, une autre manière de se rendre au spectacle. L'on se prépare à dix-huit heures de représentation : on y pense, on se demande si l'on va tenir, on prévoit éventuellement à boire, à manger, de quoi se couvrir, on imagine peut-être les possibilités de partir, etc. Le simple fait d'avoir conscience de la durée – et de la durée comme épreuve en premier lieu, épreuve physique, sportive, mentale (celle de la concentration), épreuve psychologique aussi – agit sur nous en amont du spectacle, de même que la longueur du temps effectivement passé sur place, du temps vécu, et du temps partagé avec des centaines d'autres personnes, a un impact sur notre manière de nous rapporter au spectacle en aval. La durée permet donc d'élargir le cadre de la réception sur les rives de notre espace-temps quotidien. Autrement dit, elle assure au spectacle d'avoir des effets sur nous, spectateurs, dans l'avant et l'après de la séance proprement dite. Elle crée aussi une expérience de spectateur qui se distingue forcément, (et indépendamment de la qualité du spectacle), de la majorité des expériences possibles au théâtre. Elle permet enfin d'échapper à des habitudes, c'est-à-dire au moins en partie à une forme de consommation de l'art théâtral, (et l'on pourrait dire : de l'art tout court). L'article proposé par *Les Trois Coups*, en juillet 2014, le dit d'une autre façon :

> Que permet le théâtre que n'autorise aucun art ? Le rite. L'épopée *Henry VI* montée par Thomas Jolly, avec le brio et la conviction d'une troupe remarquable, en fait la flamboyante preuve par dix-huit. Dix-huit heures de représentation, près de sept entractes, dix mille vers en quinze actes, vingt comédiens et

> trois cents costumes : la durée comme remède à la distraction de l'époque. Démesure sans hybris, car Thomas Jolly maîtrise cette saga de main maîtresse, sans pompe ni longueurs. Une généreuse prouesse[103].

« La durée comme remède à la distraction de l'époque ». Il faut revenir sur cette idée. Ce qui se met à compter avant toute chose, dans l'expérience et l'appréciation d'un spectacle qui dure dix-huit heures, c'est en effet la performance, aussi bien celle des artistes que celle du public qui reste jusqu'au bout (et ressort badgé !). À chaque entracte on se retrouve, on regarde qui est encore là et combien de sièges sont vides, on observe son propre état de fatigue, on est à soi-même et les uns par rapport aux autres un spectacle digne d'intérêt : celui des effets de la durée sur notre corps et notre esprit. Il y a donc effectivement une communauté qui finit par se créer, liée et causée par ce temps passé ensemble, notamment à s'observer les uns les autres, et par les quelques menus échanges qui ont lieu. Or la communauté, semble nous dire l'auteur de l'article, serait ce qui se construit contre ou en résistance à une forme de « distraction ». On imagine alors que la « distraction » est ici le nom donné à ce que fait l'individu pour occuper ses vacances, ses moments de vide, ses plages de temps disponible. À la distraction, l'auteur de l'article oppose le « rituel ». Contre une consommation d'intérêt exclusivement personnel, une consommation qui aurait pour unique but de se « distraire » de soi, donc, le rituel établirait des pratiques renforçant les liens entre les êtres, et telle serait la singularité du théâtre. Mais en réalité, les habitudes qui ont cours aujourd'hui dans un théâtre même « public » ne sont plus des rituels, ce sont bien des habitudes de consommation culturelle, rendues invisibles à elles-mêmes. Pour que le rituel soit un rituel, ou plutôt pour que ce rituel soit efficace, c'est-à-dire qu'il réactive des liens concrets et sensibles entre les individus présents, ou des liens imaginaires entre ces individus et le reste du corps social, il faut que ce rituel soit effectué avec conscience. Peut-on parler de rituel dans ce cas précis ?

Certes, les dix-huit heures du spectacle rendent à nouveau conscientes toutes une série de petites actions que l'on effectue les uns avec les autres au cours des entractes (les toilettes, la cigarette, le café et le sandwich), précisément parce qu'on a tous besoin de les effectuer, et ce autant de

103 Enjalbert, Cédric, « *Henry VI* de Thomas Jolly : l'éclatante saga d'une nuit d'été », *Les Trois coups*, 25 juillet 2014, https://lestroiscoups.fr/henry-vi-de-william-shakespeare-la-fabrica-a-avignon/, consulté le 19 août 2016.

fois qu'il y a de pauses ; sans parler de la pratique du « commentaire » du spectacle, critique ou non, et qui devient – a une chance de devenir – de plus en plus collective au fil des heures. De même, les retours à la fiction, qui sont des retours à la boîte noire, ont une importance différente, car ce sont des étapes clés du parcours, des sortes de « passages » de niveau, où l'on est chaque fois, même si c'est très peu visible quand le spectacle a du succès, de moins en moins. Une sélection opère au fil du voyage et les derniers spectateurs, si nombreux soient-ils, seront des *happy few* comme les appelle Stendhal, et se sentiront comme tels. Pour marquer et rythmer ces passages, pour tisser même, de manière encore plus serrée, les liens entre les spectateurs et le spectacle auquel ils assistent, Thomas Jolly a inventé un personnage d'entremetteuse qui, huit fois, nous rendra visite :

> Une ravissante rhapsode, la clownesque Manon Thorel – voix narquoise qui rappelle que l'on est jamais seul dans la longue traversée –, guide le spectateur de la chaleur du jour vers le cœur de la nuit. Berger pour le spectateur égaré, aiguillon pour les assoupis, sa présence attendue soulève les rires[104].

Rhapsode à la « voix narquoise », mais aussi conteuse en robe noire ou bonne fée du récit, la comédienne incarne quoi qu'il en soit un guide complice : elle résume les épisodes précédents, explique et commente l'action, distancie le spectacle et ironise à souhait. Sur son proscénium, elle est aussi une sorte de nouveau choryphée, ou bien, si l'on veut rester dans le lexique du rituel, de chamane contemporaine, qui permet le passage vers d'autres réalités, et les sauts d'un niveau de fiction à un autre. Et parce qu'elle revient régulièrement, elle contribue à installer et construire en effet « du rite ». Mais elle le fait au second degré, à la manière dont ce rite peut s'effectuer dans une salle d'incroyants postmodernes (et pour qui Artaud est mort depuis longtemps) – c'est-à-dire de façon absolument *ludique.* Autrement dit, le « voyage » que propose Jolly n'est pas celui de Peter Brook, quand bien même sont revendiquées les mêmes choses, ou répétés les mêmes mots : le « rassemblement » et le « rituel ». Ces mots-là – et donc la question de l'épopée qui les embrasse – ont bel et bien changé de sens.

D'ailleurs un autre terme, profondément lié à ceux que l'on vient d'évoquer dans une dramaturgie comme celle de Peter Brook, a disparu

104 *Ibidem.*

– celui de « sacré ». (Dans ses nombreuses interviews, où Thomas Jolly déploie à l'envie le discours théorique qui accompagne sa création, nous n'avons pas croisé le mot, alors que la question du « rassemblement », de la « communauté », et du « récit » reviennent sans cesse). Et sans doute pour le metteur en scène s'agit-il de mettre l'accent sur ce qui se passe non pas dans l'idéal, entre les spectateurs et les acteurs, mais plutôt sur ce qui advient réellement, concrètement : voir et écouter quelque chose avec plusieurs personnes au même moment et au même endroit, suivre une histoire, se laisser porter par une langue… pendant dix-huit heures, mais sans aucun mysticisme. Ainsi, les *happy few* de la fin pourront se parer d'un pin's « J'ai vu la représentation en entier », ou comme le dit Frederic Maurin[105], « en termes choisis "I did it !" ». L'exploit, encore une fois, prévaut – ici l'exploit du spectateur lui-même (et un spectateur à qui l'on prête l'emploi du « je » plutôt que du nous, soit dit en passant). C'est dire aussi combien le parcours des dix-huit heures s'assimile à un jeu participatif, immersif, et combien l'expérience proposée n'est pas si loin du jeu vidéo (et sa rhapsode d'une sorte d'accompagnatrice de niveaux dans la boîte noire). Un jeu vidéo au folklore bien précis, celui du monde shakespearien tel que les ingrédients d'une culture post-moderne permettent de le revisiter, de le re-styliser, de l'éclairer et de le mettre en musique. Chez Thomas Jolly, cela prend l'allure d'un univers à la fois médiéval, manga et baroque. La formule du pin's signifie ainsi que la performance, au sens sportif du terme, a remplacé la cérémonie. Et le pin's lui-même, en tant que produit dérivé du spectacle, est un indicateur d'encore autre chose : que le rituel – si l'on considère malgré tout qu'il y a rituel – a une valeur marchande. Qu'ainsi ces dix-huit heures, durée qui semblait au départ rompre avec des habitudes de consommation et donc de digestion des œuvres[106], sont moins une manière de s'opposer à un cadre de programmation, de production et de réception que d'en exhausser un autre : celui de l'œuvre-géante. Tous les théâtres nationaux ne commencent-ils pas à avoir la leur dans leur programme de saison, à côté du spectacle jeune public, du texte contemporain et du classique de répertoire ? L'épopée-marathon est devenu un créneau de programmation, accompli, exhaussé et sans doute aussi transcendé par Thomas Jolly.

---

105 Maurin, Frédéric, « Globalement, Shakespeare » in *Théâtre/Public*, *État de la scène actuelle*, juillet-septembre 2016, N° 221, p. 88.

106 voir Morizot, Zhong, *Esthétique de la rencontre*, *op. cit.*

SHAKESPEARE POUR TOUS

Car le succès d'*Henry VI* est indéniable. Il tient notamment à la manière dont la Piccola a veillé à ce que le spectacle soit absolument accessible. De sorte que le théâtre public n'aura jamais à ce point épousé l'ambition qui est la sienne depuis Vilar, celle d'être « populaire » au sens, cette fois, quantitatif du terme : soit d'avoir toujours fait salle comble. Car le sens de l'expression a changé en effet et Thomas Jolly le sait. Il revendique donc l'existence non seulement des pin's, mais aussi de ces « à-côtés » du spectacle que sont les formats courts circulant dans les villes – places publiques, écoles, salles des fêtes – avant et pendant les dates de représentations : *H6m2* pour *Henry VI* (soit la même pièce mais compressée en quarante-cinq minutes, sur six mètres carrés, et jouée par quatre acteurs), ou *R3m3* pour *Richard III* (bureau secret de Richard, avec ses notes, dossiers, photographies, ordinateur, écran de surveillance, le tout manipulable – *selfies* compris – comme dans une exposition interactive ou un parc d'attraction), ou encore *L'Affaire Richard*, un texte pour deux acteurs qui se joue en appartement. À côtés de ces petites formes qui accompagnent et plébiscitent la grande, l'on en compte d'autres qui ne sont pas théâtrales mais numériques, faisant fi des limites de temps et d'espace propres au théâtre, et ayant vocation à dépasser également celles d'une sociologie habituelle du public des salles subventionnées : un jeu vidéo, *Richard III Attacks*[107], et même un « twitch » où l'on peut jouer en ligne et se filmer en train de jouer, enfin un chatt et des comptes twitter pour rester connecté avec les personnages d'*Henry VI*. La Piccola familia déploie donc une panoplie d'outils et d'applications pour agrandir sa communauté de spectateurs, et Thomas Jolly de l'expliquer en réinvestissant la rhétorique vilarienne, soit en appliquant à la lettre la politique du théâtre public subventionné, (mais en y ajoutant l'humour et la distance) :

> Je ne veux pas transiger avec l'exigence de monter *Henry VI*. *Henry VI* c'est dix-huit heures de poésie baroque, c'est une histoire complexe, la guerre des

107 Où le but pour le joueur, comme Richard, est d'aller tuer une série limitée d'autres personnages jusqu'à décrocher la couronne. « Un outil que certains professeurs de français utilisent pour préparer leurs élèves à venir voir Richard III » explique Thomas Jolly en entretien. Voir la deuxième partie de la rencontre de la SACD avec le metteur en scène, au Conservatoire d'Avignon le 21 juillet 2016, 20'12. https://www.youtube.com/watch?v=wZtSCAMd2NQ, consulté le 20 août 2016.

> deux roses, la guerre de cent ans qu'on a tous oubliée… etc., mais je ne veux pas couper, je ne veux pas adapter, je ne veux pas changer de langage pour rendre ça plus facile, je ne changerai rien à l'œuvre sur le plateau, donc : je mets en place ces formats-là pour développer la compétence du recevoir plutôt que la complaisance du déjà-vu, du déjà-connu, du déjà-reçu, parce que je ne transigerai en rien sur l'exigence de mon objet. Et c'est là où beauté du théâtre et vérité du théâtre, exigence et populaire, ne sont pas antinomiques. Ils sont même intrinsèques au théâtre (quand on n'est pas populaire on est élitiste, quand on n'est pas exigent on est populiste, le théâtre se tient exactement entre les deux). Ils vont de pair. Et, oui, il y a des gens qui n'avaient jamais mis les pieds au théâtre et qui ont vu *Henry VI* et qui y ont pris un grand plaisir, et d'autres qui l'étudient depuis des années qui l'ont vu aussi et qui l'ont aussi apprécié, même si ce n'est peut-être pas de la même façon. En tous cas ils l'ont reçu. Il faut développer la compétence du recevoir pour que le théâtre soit une grande porte ouverte pour tout le monde. Et les œuvres aussi[108].

« Compétence du recevoir » *versus* « complaisance du déjà-vu » ? Thomas Jolly défend ici une forme de pureté poétique à laquelle s'opposeraient toutes sortes d'adaptations contemporaines de la langue de Shakespeare – celles qui pourraient la rendre quotidienne, commune, « déjà-connue », plutôt de la livrer « telle quelle » c'est-à-dire *a priori* lointaine, et méritant initiation. (L'opposition tient-elle dans le cas d'une traduction ? Nous ne sommes pas sûre…). Monter le spectacle en 18 heures sans couper ni remanier la langue se présente ainsi comme une exigence première, une exigence littéraire de la part du metteur en scène. D'un autre côté, parce qu'on aurait besoin d'être « initié » à cette langue (ou de développer nos « compétences du recevoir » si l'on préfère le vocabulaire technocrate ici sollicité), de même qu'on aurait besoin d'être initié à l'Histoire pour plonger dans les intrigues d'*Henry VI*, les formes courtes développées par la compagnie, ou leurs avatars numériques, sont défendues comme outils pédagogiques et moyens d'« acculturation » du profane, employant les voies ou les lieux qui sont censées être les siens, développant sa « compétence du recevoir » par les codes et les modèles de la consommation dans l'économie du loisir qui est supposément la sienne… On voit ici combien l'idée vilarienne de théâtre populaire se transforme.

Par ailleurs, le long voyage que la *Piccola Familia* nous propose, a, tout comme celle de Bellorini, un caractère éminemment pédagogique.

108 *Ibidem.* 20'51.

D'abord, et cette fois encore comme dans un jeu vidéo, il y a plusieurs niveaux d'immersion et les premiers doivent être faciles à traverser. Le spectacle commence donc avec un artisanat « de bric et de broc » et sur une tonalité potache[109] : la guerre entre Français et Anglais se fait à coups de grands rubans colorés, Jeanne d'Arc meurt sur un bûcher de chaises, on crie « tagada » à tue-tête pour faire les chevaux, tandis que le Cardinal de Winchester, inquiétant et maniéré, se promène en tenant en laisse un petit chien agressif et ridicule. Les gags de ce genre se multiplient et viennent alimenter la grande fête de théâtre à laquelle le metteur en scène nous convie[110]. Avec un seul grand échafaudage de métal qui se déplace au fil du spectacle et peu d'accessoires, mais ses vingt acteurs au plateau, Thomas Jolly chorégraphie et met en musique les scènes de groupe de manière à donner un véritable souffle à l'ensemble, et il le fait dans un esprit de carnaval, bariolé, criard parfois, frisant la vulgarité. Vulgarité par ailleurs assumée et justifiée : car le mélange des genres et des registres est, comme on le sait, le propre de l'auteur anglais et de la poésie qui est la sienne, passant régulièrement de la bouffonnerie au sensible, du grossier au sublime. Puisque Shakespeare permet une théâtralité débordante, ce sera le créneau de la Piccola : multiplier les effets, utiliser tous les possibles de la machinerie et de la boîte de scène, s'emparer goulûment du plateau. (La suite, en s'obscurcissant, devient néanmoins plus classique, et formellement plus attendue. Les scènes de la fin du deuxième acte se succèdent ainsi entre deux personnages sur des diagonales, et l'esthétique chargée se fige en des expressions théâtrales plus scolaires.)

Par ailleurs, il convient de noter un principe régulier, propre à l'*épicisation* de ce répertoire shakespearien – et qui s'ajoute aux résumés de la Rhapsode : celui du tracé des grandes généalogies embarquées dans la guerre des Deux roses, les Yorks et les Lancastre. Sur un immense drap tendu en fond de scène, au feutre noir et dans une lumière ocre, une sorte de Merlin coiffé d'un chapeau rond fait défiler les lignées princières. Le procédé permet que l'histoire soit intelligible, que les personnages soient clairs, que l'on comprenne toujours ce qu'il se passe. Il n'a pas de vertu *critique*, seulement *didactique*. « Un spectateur

109 Voir Maurin, Frédéric, *op. cit.* p. 87.

110 Notons que Jolly dit aussi « Le rire est pour moi le plus joli rendez-vous de "commun" » Quatrième partie de la rencontre organisée par la SACD, *op. cit.* 23'02.

perdu est perdu à jamais » répète souvent Thomas Jolly en interview ; il décide ainsi de le prendre par la main, et le conduit pas à pas dans les méandres des chroniques historiques de Shakespeare. L'épopée sera ainsi une *(H)istoire bien comprise.*

Car on sait que la trilogie est inspirée de l'œuvre de Raphael Holinshed. L'épopée se nourrit de l'histoire nationale, qui pour Thomas Jolly est aussi une histoire européenne, voire civilisationnelle. Selon lui, *Henry VI* expose un monde en transition, entre un moyen-âge finissant et une époque moderne qui émerge à peine.

> [Henry VI] est un roi de l'ancien temps, plutôt bon mais inadapté, empêtré dans les temps modernes. De nouveaux modèles émergent alors sans être bien compris. La perception du monde et de soi dans le monde sont bouleversées par la naissance du commerce. Les premières idées capitalistes apparaissent suivant le développement de la navigation. Des terres et des continents ignorés sont découverts. La terre s'arrondit. L'essor de l'imprimerie et la Réforme initiée par Luther provoquent une révolution religieuse qui amorce un nouveau rapport à la croyance et au Ciel favorisé par un accès immédiat aux textes sacrés. Max Weber l'a expliqué. Politiquement, la monarchie se réinvente. En Angleterre, Élisabeth Ière pose des actes forts sur sa gouvernance. L'usage des armes à feu explose. On assiste à la naissance de l'idée d'individu[111].

Ce moment de bascule et de bouleversement mondial est donc celui qui intéresse le metteur en scène. Si le début du spectacle présente la guerre de manière bricolée, festive et chatoyante, peu à peu les lumières changent, les LED remplacent les éclairages traditionnels, et l'univers se glace : une mécanisation est en route aussi sur le plateau. Néanmoins, c'est toujours comme un *blockbuster* que Thomas Jolly pense la construction du spectacle.

> J'étais assez content de me rendre compte que tout le monde a perçu le côté grand spectacle cinéma/série d'*Henry VI.* Quand j'ai découvert la pièce en 2004, j'ai regardé d'un trait la première Saison de *24 heures chrono.* Je n'en revenais pas de ce que je venais de voir et je me suis dit : "Tiens, il y a quand même quelques procédés narratifs similaires". Les séries télé ont pompé Shakespeare, il a inventé ce que l'on nommerait aujourd'hui le *mainstream* […]. Je pense que si Shakespeare était vivant aujourd'hui, ce serait une sorte

111 Jolly, Thomas, Entretien « *Henry VI*, un pivot de l'histoire de l'humanité » *Philophie magazine*, le 17 octobre 2014, http://www.philomag.com/lepoque/breves/thomas-jolly-henry-vi-un-pivot-de-lhistoire-de-lhumanite-10372, consulté le 20 août 2016.

> de James Cameron ou de Peter Jackson, quelqu'un qui fait du très grand spectacle, à très grande échelle et très populaire[112].

L'Histoire est donc un parfait prétexte à série, et à fiction-géante. De même que les guerres sont prétextes à violences et carnages exutoires, et la complexité des intrigues prétexte à suspense. Et si Thomas Jolly s'en justifie avec l'idée selon laquelle nous avons besoin de récits, et de grands récits, précisément parce que notre époque en serait dépourvue, il nous semble que ce besoin est tout autant une pulsion de consommation (tendant ici au *binge-watching* théâtral[113]) que le metteur en scène est parvenu magistralement à exploiter, qu'une nécessité philosophique à laquelle on ne soit pas certain qu'il ait répondu.

L'épicisation d'*Henry VI* tient donc d'abord au seul fait de monter *intégralement* la trilogie : Thomas Jolly associe les pièces en un gigantesque parcours de fiction, une longue histoire, un grand conte enfin, avec des mises au point régulières, des étapes à franchir, et des rituels de passages qui ont pour vocation de faire des spectateurs une petite communauté, une petite famille (une *Piccola Familia* élargie), réunie autour de Shakespeare à la manière d'un village lors d'une veillée d'antan[114]. Ainsi la compagnie réactive une idée à la fois fantasmée et historiquement

112 Jolly, Thomas Entretien réalisé par Bruno Debruisseau, « Shakespeare a inventé le mainstream », *Les Inrocks*, 28 avril 2015, http://www.lesinrocks.com/2015/04/28/scenes/thomas-jolly-shakespeare-a-invente-le-mainstream-11744809/, consulté le 20 août 2016.

113 Pratique compulsive consistant à visionner d'une traite plusieurs épisodes, voire l'intégralité d'une série.

114 À propos de ce désir, de cette ambition mais aussi de cette vision du théâtre, Thomas Jolly s'est de nombreuses fois exprimé sans équivoque. On cite en guise d'exemple ces mots les plus récents, et qui font un retour sur l'expérience d'*Henry VI* en Avignon : « On ne remplacera pas un être humain en face d'un autre être humain, et être ensemble au même endroit c'est déjà un début de solution. *Henry VI* ne se regarde pas, il se traverse, et il ne se traverse pas seul mais en communauté. C'est la plus belle chose qui se soit passé sur ce projet – en dehors de la qualité qui était présente au plateau et de l'investissement des acteurs – c'est que des gens ont passé un temps de vie ensemble. Là je crois qu'on renouait avec une vieille utopie qui était la mienne des Dyonisies, celles de l'antiquité grecque ou romaine où la cité entière était arrêtée pour assister ensemble aux jeux du théâtre ou du cirque, sport et art : et le temps était arrêté pour cela. Là c'est la même chose, *Henry VI*, tout s'arrêtait pour les gens, et puis pour nous-mêmes, et nous traversions ce moment-là, et vous avez raison, il y a de l'ennui, de l'endormissement, mais aussi des repas pris ensemble, du dialogue avec son voisin, de la prise de connaissance avec son voisin […] y-a-t-il un autre endroit au monde où 1000 personnes pendant 18h sont ensemble pour écouter de la poésie et une histoire ? […] c'est pour ça que c'était un vrai endroit de théâtre. » Jolly, Thomas, Entretien avec Philipe Lefaix pour *Les mots de*

fondée du théâtre, et se coule avec aise dans la charte politique des institutions artistiques publiques… tout en proposant une épopée sous forme d'*entertainement*, aussi bien dans ses inventions marketing que dans sa manière de puiser au bain de la culture « mainstream ». Olivier Py et Agnès Trolly font donc bien de lui demander, en 2016, d'écrire avec ses acteurs un feuilleton théâtral et mémoriel, résumant les soixante-dix ans du festival d'Avignon : la forme sera à la fois culturellement correcte, politiquement irréprochable, et absolument alléchante. Tous les midis, dans la cour de la médiathèque Ceccano, le public se pressera pour écouter cinquante minutes de sketchs, traitant avec l'irrévérence souhaitée (et correcte) les grandes figures du festival et ses grands spectacles, utilisant une simplicité de moyens rendant parfaitement hommage à un théâtre artisanal et à une tradition populaire, celle des tréteaux, du théâtre de foire, des bateleurs. Ainsi, avec une estrade et deux pans de murs, une série de panneaux et cette écriture noire et pointue qui est devenue la charte graphique d'*Henry VI*, cinq ou six acteurs vêtus de noir et blanc (un classique de l'« exercice » d'école), changeant de rôles en permanence, quelques perruques, un tambour qui bat le rythme des scènes, des hommages sous forme de citation, une histoire sous forme de défilé rapide et en fonction des thèmes qui changent chaque jour, la Piccola Familia redessine proprement une cosmologie théâtrale et française, à l'intérieur de laquelle Thomas Jolly ne manquera pas, cela va sans dire, de se *placer*.

Thomas Jolly, avec cette création, fait donc apparaître un autre visage de l'épopée théâtrale contemporaine. Après la quête d'authenticité dans les champs de tournesols de Rambert, après le récit identitaire de Mouawad et le théâtre-récit-forain (mais adapté pour la boîte noire) de Bellorini, ce jeune metteur en scène impose presque un genre nouveau : celui du *blockbuster théâtral*. Avec lui apparaît une étonnante façon de s'emparer du discours vilarien pour l'appliquer à l'économie du théâtre public. De sorte qu'un « chef d'œuvre » de l'art dramatique (pour parler comme Vilar) devient véritablement l'objet d'un *événement narratif spectaculaire*. Avec lui, un aspect de l'épique comme « grande forme » se révèle : partant du désir d'échapper aux habitudes de consommation du théâtre public, et pour cela de sortir des contraintes de production

---

minuit, 16 juillet 2016, https://www.youtube.com/watch?v=ZF6Uhh7b9FI, consulté le 19 août 2016.

usuelles, le grand récit lance en réalité un nouveau produit sur le marché théâtral : le spectacle XXL, étiqueté « épopée » par la critique. Ce dernier – contenant prédisposé à de multiples contenus, pourvu qu'il y ait suffisamment de matière pour le remplir, donc une grande histoire à raconter – est à présent disponible à la commande dans de nombreux programmes de centre dramatiques et de scènes nationales. Il est intéressant, alors, de constater que les dimensions du monument ont conquis le domaine de la création théâtrale, qui est par excellence celui de l'énergie dépensée *en vain*, sans nourrir d'objet final et autonome qui en porterait la trace. Des *monuments éphémères*, voilà donc ce que sont de nombreux grands récits dramatiques actuels. Mais cela a un autre nom : « l'événement ». Un monument précaire n'est rien d'autre qu'un évènement, ou bien, dans la langue du marketing, cette chose qui fait le *buzz.* Sans rien dire des intentions tout à fait louables du projet de Thomas Jolly, *Henry VI* et ses « à côtés » (jeux vidéo, pin's etc.) témoignent pourtant de la forme contemporaine et ambiguë que peut prendre l'ambition vilarienne. Néanmoins, notre intuition de départ, selon laquelle une filiation existait entre la grande aventure sociale et politique du théâtre public en France à partir des années 1950 et la question du grand récit théâtral contemporain semble se confirmer. Car chacune des créations étudiées se donne pour fonction de réunir un certain « peuple » auquel le spectacle donne un visage, une image : nue, émotionnelle et instinctive chez Rambert, celle d'un peuple de nulle part et de partout, celle de l'homme-individu universel ; torturée, compassionnelle et humaniste chez Mouawad, celle de la communauté enfin réunie avec elle-même par le récit ; pittoresque, courageuse, sensible et joyeuse, chez Bellorini ; enfin consommatrice d'histoires chez Jolly. Malgré ce qui les sépare esthétiquement, dramaturgiquement et du point de vue de leurs héritages (Brook est plus chez Rambert et Mnouchkine chez Bellorini), tous tendent à donner à leur travail la même fonction : fabriquer un îlot *d'être ensemble* harmonieux, créer une micro-communauté unifiée.

RASSEMBLEMENT DES DONNÉES – CAR NOUS SOMMES TOUS AVIDES DE COMMUNAUTÉ

En peinture classique, l'un des moyens de distinction les plus éminents pour l'artiste était de s'éprouver dans le genre du tableau historique, car il était considéré comme le genre le plus noble. Et ce d'une part parce que la noblesse des affects représentés (le courage, la grandeur d'âme…) était censée, par le biais de l'identification aux personnages, susciter la même noblesse de sentiment chez le spectateur, et contribuer ainsi à son élévation morale ; d'autre part parce que le tableau exigeait du peintre une très grande qualité de composition formelle, de par la complexité et la richesse de l'action qu'il s'agissait de représenter. Avec *Henri VI*, Thomas Jolly s'est fait reconnaître en excellant, lui aussi, dans une *grande forme* théâtrale : celui de la chronique historique de grande ampleur, et plus encore, d'un théâtre embrassant une infinité de tonalités et de registres différents, enfin : un « grand théâtre », au sens patrimonial et consensuel du terme. Dans les faits, cela signifie que le metteur en scène a su transformer la chronique en une narration au long cours, en un feuilleton haletant, et qu'il a su peindre la richesse de l'action en utilisant tous les possibles de l'artisanat théâtral, faisant ainsi de son spectacle une véritable fête de plateau. La monumentalité de l'ensemble empêchera qu'on l'ignore, et le projet du metteur en scène n'est pas passé inaperçu. Mais si cette machine à effets est si généreuse, elle nous laisse pourtant assez indifférent aux enjeux du drame. Aucun affect épique ou « noble », pour reprendre cette terminologie plus ancienne, ne laissera vraiment en nous sa trace au point de se rappeler à notre souvenir en d'autres occasions, au point d'orienter notre action.

Or, il ne semble pas que l'on puisse dire autre chose des quêtes identitaires chez Mouawad ou des romans dramatisés de Bellorini. Aussi, il ne s'agit pas de reprocher aux uns et aux autres de ne pas nous imposer ces verticalités éthiques que l'épopée ancienne met en scène. Il nous faut simplement constater que les attributs épiques qui ont traversé le temps sont bien plutôt d'ordre *modal* (le récit comme mode poétique), *formel* (le format du *grand* récit, autrement dit la « grande » forme), et *scénique* (l'appareil épique brechtien comme mise en place outillée d'une théâtralité généreuse et avouée) que d'ordre *éthique* (la grandeur d'âme, le courage et l'honneur comme pôles d'orientation de l'action humaine), ou encore *idéologique.*

Et ce certainement pour différentes raisons. D'abord, au théâtre comme en peinture, la transmission directe d'affects aux spectateurs par le biais de l'identification aux personnages nous semble une affaire autrement plus compliquée qu'il y a quelques siècles. Notre œil s'est habitué à une quantité d'images trop importante, nous inondant trop quotidiennement d'affects en tous genre, pour que la *peinture* d'une action humaine suscite d'emblée notre identification plutôt que notre intérêt formel. De même, le cinéma et la vidéo sont trop puissants pour embarquer nos subjectivités dans des situations fictives pour que notre attitude face au théâtre et à ses situations artificiellement fabriquées ne soit pas elle aussi, d'abord et avant tout, distanciée. Sans doute l'identification théâtrale a de toutes façons toujours été intermittente, oscillante, mais il semble d'autant plus difficile de la faire jouer à plein aujourd'hui, même ponctuellement, que la dimension conventionnelle de l'œuvre s'impose au premier plan, étant ce qui la distingue des autres arts. Pour le dire autrement, si le cinéma a sans doute fait reculer dans un premier temps la force d'impact affectif des fictions théâtrales, elle a certainement accentué, dans un second temps, l'effectivité de la représentation comme création proprement scénique, artisanale, concrète, plastique et vivante – et n'est-ce pas ce sur quoi *Le Théâtre Post-dramatique* de Lehmann préconise justement de mettre l'accent ? Aussi la dimension épique de la représentation ne se transmet probablement plus, affectivement, *mimétiquement* de personnage à spectateur, mais elle se déploie scéniquement, par la mise en branle d'une énergie de plateau renversante, ou qui se veut renversante. Ce qui fait sans doute de ces différentes épopées théâtrales des spectacles éminemment festifs, mais dépourvus de verticalité éthique, et de *passions* épiques. Ce sont des épopées théâtrales *horizontales.*

GRAND RÉCIT ET ATTRIBUTS DE L'ÉPIQUE À L'HEURE POST-POST-MODERNE : SYNTHÈSE

En effet, chacun des spectacles étudiés est un grand récit qui présente les attributs d'une théâtralité *épique* en un sens non brechtien : temps de représentation élargi, espace scénique imposant, nombre d'acteurs sur scène supérieur ou égal à huit, équipe technique conséquente, effets scéniques nombreux et variés, multipliant jeux de lumière, de scénographie, et régalant à intervalle réguliers les spectateurs de « surprises » diverses, liées à la machinerie tout autant qu'à l'utilisation merveilleuse ou incongrue des accessoires – et ce même quand ces effets apparaissent comme une manifestation du « faire beaucoup avec peu » – enfin déploiement sur scène d'un jeu hyper-rythmé et physique, faisant varier sans cesse les registres et les codes.

Ajoutons que le chant et la musique ont une place particulière dans ce premier ensemble de spectacles. La musique est en effet presque essentielle au *format* du grand récit en ce qu'elle crée un liant susceptible d'assembler les différentes séquences narratives, d'accentuer les effets dramatiques d'attente ou de suspense qui permettent de passer de l'une à l'autre sans décrochage (ni de l'attention, ni de l'émotion), de reconstituer enfin le *flux* et le *souffle* d'une oralité originelle propre aux épopées anciennes. Chez Mouawad, c'est d'autant plus évident qu'il utilise de manière privilégiée des sonorités orientales. Dans le *Gilgamesh* de Rambert, mais aussi dans les adaptations de roman de Bellorini, cette musicalité est inscrite dès le départ dans les voix des narrateurs-conteurs au plateau. C'est dire que la parole est envisagée d'emblée comme *chant*, même quand elle s'empare d'une matière prosaïque, d'un roman. Ce traitement rythmique du texte comme poème, à oral, est l'une des façons d'opérer la *transmodalisation* du texte littéraire pour la scène, soit du roman à l'épopée théâtrale. S'inverse alors, dans ce passage du texte au plateau, le cours de l'histoire littéraire selon l'interprétation qu'en fait Benjamin. La disparition de l'épopée au profit du roman est en effet pensée par Benjamin comme la fin d'un rapport oral et potentiellement collectif à une histoire exemplaire, au profit d'un rapport silencieux et solitaire à une histoire individuelle, unique.

> Ce qui distingue le roman du récit (et de l'épopée au sens étroit), c'est qu'il est inséparable du livre. Le roman n'a pu se propager qu'avec l'invention de

> l'imprimerie. La tradition orale, qui constitue le fond de l'épopée, est d'une toute autre nature que ce qui donne corps au roman [...] le conteur emprunte la matière de son récit à l'expérience : la sienne ou celle qui lui a été rapportée par autrui. Et ce qu'il raconte, à son tour, devient expérience en ceux qui écoutent son histoire. Le romancier, lui, s'est isolé[1].

L'appropriation par le théâtre de la matière textuelle romanesque fait du roman, d'une histoire unique, de ce temps significatif d'une vie individuelle, destiné à l'appropriation jalouse et silencieuse d'un lecteur, un objet destiné à un ou des conteurs et pour un auditoire. Le temps raconté, dès lors, est transformé. Il se soumet à la nécessaire efficacité et contraction du temps théâtral, de même que l'adaptation du texte doit le soumettre aux lois d'un chant : celles d'un langage rythmé et prononcé pour devenir une expérience sensible et collective.

Mais même dans ce cadre, les spectacles de Bellorini s'agrémentent souvent de chansons, « pauses musicales » ou « respirations » qui permettent de recharger la représentation en énergie. Chez Jolly, la musique soutient aussi, très activement, le rythme du récit. Alliée à la danse, à des chorégraphies frontales et basiques qui impliquent physiquement et simultanément tous les acteurs au plateau, elle permet notamment de reconstituer des figurations stylisées et métaphoriques de scènes de guerre ou de combat. C'est dire combien la musique (et en l'occurrence, ici, la danse) sont les véhicules de l'épique sur scène. En outre, et à la différence des autres spectacles étudiés, la « bande originale » d'*Henry VI* réfère aux films d'action historiques d'Hollywood ou aux séries du même genre, dont elle capture l'atmosphère[2]. Le travail sonore a alors pour fonction non seulement de lier la narration mais aussi d'installer un « climat épique » nous signifiant ou plutôt nous immergeant dans le caractère trépident de l'action – le théâtre empruntant alors au cinéma sa logique affective immersive.

Et pourtant, ces attributs à la fois modaux, formels et techniques ne sont pas exactement les signes d'un retour à une forme dramatique

---

1 Benjamin, Walter, *Le Conteur*, in *Œuvres III*, Gallimard, coll. folio essai, p. 120-121.

2 Nous renvoyons pour preuve au le site de la Piccola Familia http://www.lapiccolafamilia.fr/la-bo-dhenry-vi/ (consulté le 27/12/2016) où la bande originale du spectacle, signée Clément Mirguet, (qui compose aussi bien pour le théâtre que pour le cinéma) est disponible à l'écoute. La musique est riche et grave, assise sur un ensemble de cordes imposant, et parfois pompeux. Elle évolue au fil du spectacle vers des aspects plus technologiques, et plus « rock » comme lors de la révolution de Jack Cade, par exemple.

traditionnelle, ou au bel animal d'Aristote. La narration, notamment, n'a plus besoin d'être dramatisée (soit de passer forcément dans le dialogue). Le récit s'est émancipé de la structure dramatique, (il n'apparaît plus tel que les discours de messagers pouvaient le mettre en scène dans les tragédies grecques, par exemple). Il s'est autonomisé dans la narration face public (chez Mouawad et Bellorini, entre autres) ou dans la lecture en direct (chez Rambert, et avant lui Vitez, avec *Catherine*). De même, des monologues tout à fait extra-diégétiques, sur le mode du *debriefing* avec les spectateurs (la conteuse-rhapsode de Jolly, le dramaturge-savant de Bellorini) permettent de faire avancer le récit sans passer par l'action dramatique mimétique, et en privilégiant plutôt ce qui assure un lien vers la salle. Soulignons alors que plus le texte prend la forme du commentaire, décalé ou ironique de préférence, plus ce lien se renforce, car à l'interaction et à l'adresse directe s'ajoute un autre plaisir : celui de la connivence, du clin d'œil ou du partage de références. Autrement dit, le retour en force du récit sur les scènes contemporaines ne coïncide pas avec un retour du drame absolu tel que Szondi en avait dressé les contours[3]. L'axe *intra-scénique* a bien reculé au profit de *l'axe-theatron*, ou *axe scène-salle*, comme le postulait Lehmann[4], et cela semble avoir été complètement incorporé par le théâtre contemporain. Nous rejoignons ici les propos de Michèle Pralong, que nous avons évoqués au début de cette partie. Selon cette dernière, le retour de la narration aujourd'hui serait à comprendre en tension avec la notion de fiction.

> La dimension narrative du théâtre et sa dimension fictionnelle, contrairement à l'amalgame que l'on fait parfois, ne se recouvrent pas : la première définit l'activité de mise en intrigue permettant de raconter une histoire dans une perspective de concordance plus ou moins discordante, tandis que la seconde désigne la capacité de la scène à ouvrir sur un ailleurs supposant de faire « comme si », comme si le plateau était l'antichambre de Bérénice, comme si l'acteur était Titus. Bien plus, ces deux dimensions du travail théâtral fonctionnent en tension : il peut y avoir une présence scénique fictive sans pour autant que celle-ci soit inscrite dans une quelconque narrativité, et inversement le récit – c'est un trait récurrent aujourd'hui – peut tenter de s'émanciper de la fiction[5].

3 *Cf.* Prologue théorique.

4 Hans-Thies Lehmann, *Le Théâtre postdramatique* 1999, trad. P.-H. Ledru, L'Arche, 2002, p. 205.

5 Pralong, Michèle, « Y a-t-il un retour de la narration au théâtre aujourd'hui ? » *op. cit.* p. 28. La démonstration de Michèle Pralong est ici relative à une analyse du concepts de *mimésis* chez Paul Ricœur, définie comme activité de mise en intrigue.

Car tout ce qui est fictif au théâtre est également concret, réel. La spécificité du langage théâtral se fonde sur cette ambivalence, dont le théâtre post-dramatique a tendu à supprimer le premier pan. En rejetant la notion de personnage, il implique en effet que l'acteur ne représente plus autre chose que lui-même ; en refusant l'action mimétique il impose que toute action ne renvoie qu'au processus engagé sur le plateau. C'est l'une des raisons pour lesquelles, explique Pralong, la nudité s'est faite à un moment donné si courante sur les scènes contemporaines. Elle souligne en effet combien le corps de l'acteur est une « butée incompréhensible du réel » : même costumé et maquillé, soit utilisé pour ouvrir sur la fiction, ce corps excède la fiction, car il est *in fine* celui de l'acteur en chair et en os. « Le théâtre contemporain dénude peut-être les corps pour montrer la réalité nue du théâtre[6] ». Il y avait sûrement quelque chose de cet ordre dans le *Gilgamesh* de Rambert : un présent / un réel absolu quêté dans la nudité et le type de prise de parole des acteurs, ainsi que dans la naturalité du décor, quand bien même le récit raconté est on ne peut plus ancien. Comme si l'origine était finalement dans le présent, dans le creux mystérieux de l'« instant ».

Cela dit, précise Pralong, le « réel » dont se prévaut la scène performantielle n'est peut-être pas si éloigné de ce que Roland Barthes décèle dans le fonctionnement de toute représentation réaliste et qu'il nomme « effet de réel », soit un ensemble de procédés et d'artefacts visant à donner l'illusion de la réalité. Le théâtre post-dramatique proposerait en ce sens un antidote au monde fictionnel du théâtre traditionnel en utilisant, pour rompre l'illusion référentielle, des procédés auto-réflexifs qui insistent sur l'« ici et maintenant », autrement dit sur le « présent » de la représentation, et qui soulignent l'interaction entre le public et les acteurs. De sorte que l'on peut dire de ce théâtre qu'il porte *the stamp of authenticity*, le « sceau de l'authenticité », selon l'expression de Mateusz Borowski et Marlgorzata Sugiera[7]. Le théâtre post-dramatique met ainsi en place une nouvelle forme de réalisme, « un réalisme qui ne se situe pas dans le rapport de contiguïté entre le monde et l'œuvre, mais dans le processus de communication engendré par la scène, produisant

6 *Ibid.*

7 Borowski, Mateusz et Sugiera, Marlgorzata « From the Realism of Representation to the Realsm of Experience » in *Fictional realities / real fictions, contempory theater in search of a new mimetic paradigm.* Cambridge Scholars Publishing, 2007.

ainsi un déplacement de paradigme dans la façon de concevoir l'inscription du réel au théâtre[8] ». Ce nouveau paradigme réaliste, *fondé sur l'authenticité de l'acte théâtral et de la relation acteurs-spectateurs*, reste néanmoins une construction artistique, basée sur des procédés produisant des « effets d'authenticité », pourrait-on dire avec Pralong en ajustant la formule de Barthes. Si de nombreux créateurs racontent à nouveau, ils le font alors dans un rapport inédit au réel, qui intègre la proposition post-dramatique de l'authenticité tout en renouant avec les méthodes de mise en intrigue. Selon Pralong, le renouvellement du théâtre documentaire d'un côté, et l'émergence du récit de soi de l'autre sont des manifestations d'un désir de raconter qui cherche ainsi à contourner la fiction. Pour preuve, *La Chambre d'Isabella*, spectacle à la dimension narrative extrêmement puissante, créé par la Need Company[9] en 2004, commence avec l'intervention du metteur en scène en personne, Jan Lawers, venant expliquer que le spectacle est né d'une légation d'objets africains de son père. Si l'authenticité des objets est invérifiable, celle-ci fonctionne quand même comme déclencheur du récit. Un tel spectacle est d'ailleurs un exemple paradigmatique de la rencontre entre une esthétique post-dramatique – faisant se croiser danse, théâtre, musique, performance et arts plastiques sur le plateau – et le récit comme mode poétique, voire le grand récit comme format. En effet *La Chambre d'Isabella* s'inscrit dans une trilogie – *Sad Face / Happy Face*, dont elle constitue la première partie, suivie du *Bazar du Homard* (2006) et de *La Maison des Cerfs* (2008) – une trilogie qui dure six heures, avec une douzaine d'artistes-performers au plateau. En outre, l'ensemble, qui porte le sous-titre *Trois histoires sur la condition humaine*, se veut précisément une réflexion sur les manières de narrer l'existence.

> Les trois parties de *Sad Face | Happy Face* traitent chacune une façon de raconter. La première partie, *La chambre d'Isabella* est une réflexion sur le passé, et c'est le texte le plus linéaire que j'ai jamais écrit. Cette linéarité, j'en avais besoin, car ce texte m'avait été inspiré par un événement très personnel : le décès de mon père. […] La deuxième partie, *Le Bazar du Homard*, parle du futur et est construite comme un rêve ou comme un cauchemar, si on veut. Dans un

8 Pralong, Michelle. *op. cit.* p. 15.

9 La Need Company est fondée en 1986 par l'artiste-plasticien et de théâtre Jan Lawers avec la chorégraphe Grace Ellen Barkey. Basée à Bruxelles, elle est composée de performers et d'artistes de disciplines diverses et de nationalités différentes, et produit aussi bien des œuvres théâtrales que plastiques et musicales.

> rêve, le temps, l'espace et le lieu sont interchangeables, et dans l'art, le début n'est pas nécessairement le début et il n'est pas évident qu'il y ait une fin. [...] La troisième partie, *La maison des cerfs*, c'est le présent. Le présent – et c'est là qu'on touche à l'essence même du théâtre – peut se concevoir de deux façons : le présent du monde qui nous entoure, j'entends par là le monde dans sa grande signification politique et historique ; et le présent du monde que nous percevons en regardant quelqu'un qui fait quelque chose et qui sait qu'on le regarde. Le médium théâtral et la réalité des comédiens au moment de l'événement. Le théâtre de qualité se soucie toujours de la recherche de la réalité du médium en lui-même[10].

Les points qui nous intéressent et qui caractérisent la façon dont le contemporain travaille l'épique sont tous relevés par Jan Lawers : le récit de soi comme point de départ et qui fonde l'authenticité du geste artistique, le récit linéaire comme solution pour donner du sens à ce qui n'en n'a pas (ici, le décès du père), l'ouverture à la grande Histoire comme dimension de signification collective, enfin le présent et la réalité de l'acte théâtral comme valeur scénique absolue. Comme chez Mouawad, c'est l'intime (la « chambre ») qui recouvre ici les dimensions de l'épopée (cette chambre accueille les objets hérités d'une histoire européenne et mondiale, celle de la colonisation), et les enjeux de la grande histoire s'inscrivent dans ceux de la petite à travers un récit linéaire de longue ampleur, à tiroirs et références multiples, mais qui ne s'embarrasse pas d'illusion référentielle mimétique – les espaces s'y superposent, différentes temporalités s'y confondent, (comme dans « un rêve ou un cauchemar », dit Lawers), les morts et les vivants peuvent se côtoyer et s'exprimer dans le désordre, des voix disparates ou des entités abstraites peuvent se relayer pour contribuer au récit (comme les parties droites et gauches du cerveau humain, incarnées chacune par une danseuse dans *La Chambre d'Isabella*). Ce à quoi s'ajoute, chez le flamand, l'interdisciplinarité et le plurilinguisme – que nous avions trouvé également chez Rambert – et qui font signes vers une identité éclatée, décentrée, plurielle, ouverte. En outre, le plurilinguisme a pour effet d'opacifier le rapport au langage, et comme de le tourner vers lui-même – autrement dit : il accentue la valeur en soi des phrases et des mots comme sons, indépendamment des contenus sémantiques qu'ils portent, indépendamment de tout « message ». La langue est d'abord

---

10 http://www.needcompany.org/FR/sad-face-happy-face, consulté le 02/01/2017.

un chant. Ainsi, tous les signes – verbaux et non verbaux – émis par la scène, acquièrent une autonomie sensible, et s'expriment bien plutôt comme des forces, au sens Deleuzien[11], exaltant un phénomène vivant et en cours. De même, la musique et la danse contribuent à un enchantement permanent du plateau et à l'éclosion d'émotions diverses, que l'œil du spectateur vient librement choisir et cueillir, tant la pluralité de l'action scénique lui offre de possibilités distinctes et simultanées. Enfin, la frontalité du dispositif et de presque chaque acte narratif ouvre le plateau dans son ensemble vers les spectateurs, comme une zone d'abondance et de partage plutôt que comme une boîte noire close sur elle-même.

Isabella raconte l'histoire de sa vie, mais elle ne la raconte pas toute seule. Tous ceux qui ont compté pour elle la racontent avec elle, les nombreux morts de sa vie : Anna et Arthur, ses parents, Alexander et Frank, ses amants. Et ensemble, non seulement ils racontent l'histoire d'Isabella, mais ils la chantent. « Ce n'est pas la première fois qu'il y a de la musique *live* et que les comédiens chantent dans un spectacle de Jan Lauwers, mais cela ne s'était jamais fait d'une façon aussi ouverte et invitante qu'ici. Contrairement aux autres cultures, la culture occidentale s'est éloignée du chant de groupe : chez nous, le chant de groupe n'existe plus que dans un cadre professionnel. Le chant fait toujours référence à une dimension rituelle. Par rapport à la parole, il est une autre forme d'échange d'énergie, et il crée une autre communication avec le public. Il relève de la fête et de la célébration[12] ».

Ouvrir, inviter, réunir autour de soi (Jan Lawers faisant figure de grand maître du jeu) mais aussi communier, célébrer – notamment par le biais du chant, comme on l'a vu plus haut – tels sont les principes de cette mise en scène, qui partage avec les exemples étudiés précédemment un même motif : celui de la fête théâtrale.

---

11 Voir Sauvagnargues, Anne, Deleuze et l'art, PUF, 2015, p. 234 « Qu'est-ce qu'un signe ? Un groupement de forces, une interprétation des forces, [...] c'est-à-dire un mode d'affection : le signe est la force en tant qu'elle est non pas interprétée mais éprouvée dans une relation vitale qui permet à l'artiste d'être un expérimentateur, un opérateur de forces. »

12 *La Chambre d'Isabella*, Dossier, http://www.needcompany.org/FR/la-chambre-d-isabella, consulté le 10/01/2017.

POURQUOI LA FÊTE THÉÂTRALE ?

La scène, même quand elle *raconte* de manière aussi assumée que chez Lawers, Rambert, Mouawad, Bellorini ou Jolly, doit donc rester le lieu d'une co-présence authentique, ou qui donne, du moins, les signes de son authenticité. Que les acteurs-conteurs rappellent à intervalle régulier aux spectateurs qu'ils sont là, avec eux, en train d'imaginer une histoire, et qu'ils prennent parfois le recul nécessaire pour la juger, la critiquer, ou simplement l'expliquer, maintient à distance l'illusion référentielle et surtout ramène le présent de l'acte et de la situation – eux qui racontent, nous qui écoutons – au cœur du propos lui-même, quitte à lui donner une forme tautologique. Ainsi la conteuse-rhapsode chez Thomas Jolly, quand elle intervient, intervient moins pour nous résumer les derniers épisodes dramatiques ou nous aider à comprendre les prochains que pour réveiller simplement le lien, raviver le contact entre le plateau et la salle, souffler sur les braises. La fonction est phatique. Il faut mettre en jeu, il faut faire jouer *la relation.* Au cours d'un entretien, Thomas Jolly exprime ainsi l'envie jalouse qu'il ressent vis à vis du lien que savent faire exister les *rock stars* avec leur audience en concert. Il avoue sans ambages : « C'est mon rêve[13] ». Ce rêve est alors associé directement à la compréhension de la séance théâtrale comme un évènement festif.

> Il faudrait qu'on puisse penser ça : que les gens crient, chantent, huent. Trouver le moyen de « re-festiviser » si on peut le dire comme ça, le moment de la représentation. Que ce soit vraiment un moment de vie partagée, comme dans un concert, comme au stade. La pensée n'est pas une chose austère et triste. La pensée est joyeuse, colorée et festive. [...] Dans *Henry VI* on a eu une huée une fois et j'en suis très fier. Les spectateurs se sont mis à huer un personnage parce qu'ils n'étaient pas d'accord avec lui. On a là une véritable appropriation, physique, de l'histoire par le public. [...] Pourquoi ce n'est pas le cas tout le temps ? [...] Est-ce qu'on est obligé de se taire ? On ne sait pas s'émouvoir, on ne sait pas quoi faire de nos émotions dans notre culture, et c'est dommage, et pour le théâtre c'est triste. Le théâtre est un art vivant et le public doit être sollicité d'avantage pour en faire un évènement. Non pas une cérémonie, mais un événement festif[14].

13 Jolly, Thomas, Entretien avec Lucet, Sophie, dans le cadre d'un séminaire de Master intitulé *Poétique du politique* à l'université de Rennes 2, le 9 avril 2015.

14 *Ibid.*

Tendre à faire du théâtre une fête, ou, à défaut, mettre la fête en scène : l'idée était déjà dans l'épopée révolutionnaire de Mnouchkine et a parcouru presque tous nos exemples de la période contemporaine, à des degrés divers. Elle aurait remplacé, si l'on en croit Jolly, le principe cérémoniel. Elle serait l'expression athée et contemporaine de la célébration de la communauté. Si le grand récit est à ce point associé à l'idée de fête, c'est donc peut-être que tous deux seraient censés occuper la même fonction : rassembler d'abord, et constituer la foule en une communauté unie autour de l'objet théâtral ensuite. Le terme de foule, de masse, est d'ailleurs prioritairement choisi par Jolly pour parler des spectateurs, (qu'il préfère encore, sinon, mentionner au singulier avec le substantif « public[15] »), comme l'on désigne ceux des concerts et des stades. Les référents sont donc les grands divertissements d'aujourd'hui, et non plus les cérémonies politiques d'un passé mythifié. Exit, du même coup, la notion de « peuple », car ce n'est pas une communauté spécifiquement politique qui est recherchée. On comprend dès lors pourquoi chez Jolly la dimension festive de l'action au plateau se confond avec une bande originale immersive et une machinerie relativement impressionnante. Ici, *grand récit, grand spectacle* et enfin *grand public*[16] vont ensemble.

---

15 *Ibid.*

16 Sur la notion de « grand public » comme recouvrant une certaine idée du « populaire », nous nous appuyons sur les analyses de Diane Scott : « L'idée courante veut que ce "tous" de la culture soit synonyme de "le plus grand nombre possible". Moyennant quoi, un spectacle qui fera salle comble sera dit "populaire". Un film qui cartonne au box office est évidemment qualifié de populaire, c'est une réussite culturelle : *Intouchables, Le Dîner de cons*, etc. Le peuple est une notion quantitative. Renvoyant en cela à une conception peut-être dégradée de la démocratie : le peuple, c'est la majorité. On trouve cette idée par exemple dans les enquêtes de terrain de Fréderic Martel qui a le mérite de tracer cette droite convenue assez loin : la culture de masse résout la tension entre cultures savante et populaire et partant, réalise l'oecuménisme du projet culturel. Ainsi les objets de la culture industrielle globalisée seraient la vérité du populaire, *Le Roi Lion* ou *The Artist* seraient l'aboutissement de la culture dans sa vocation historique. L'idée a l'air caricaturale ou étrangère au théâtre, qui échapperait par nature à l'industrialisation, mais la loi de l'audimat est aussi une loi du théâtre, l'a priori qui préside à la programmation théâtrale en général est le même que celui du blockbuster hollywoodien, il s'agit de coller à ce qu'on se dit qu'est "le public". Il semble y avoir là une évidence (des gens susceptibles d'aller voir ceci ou cela) alors qu'en fait, convoquer l'idée du public recouvre une opération de pensée dont il faut déplier l'artificialité. La traduction même de "mainstream" en "grand public", par exemple, occulte la dimension de domination (contenue dans le mot anglais, qui signifie "courant" et/ou "dominant") et toute la question du rapport de force politique et financier que par ailleurs et pourtant Martel décrit par le menu. » Scott, Diane, « Public » in *Théâtre public* n° 208 *Penser le spectateur*, avril juin 2013, p. 54.

Ce n'est pas toujours le cas. Néanmoins, l'exhibition des dessus et des dessous du plateau, le partage des codes de jeu, l'auto-dénonciation de conventions esthétiques, l'engagement physique des acteurs, l'utilisation de la musique, de la danse et des chansons, tout cela alimente en effet un certain *régime théâtral* – festif – qui semble accompagner presque tous les grands récits du théâtre public. Au point de se demander si ce régime n'est pas devenu l'autre nom de l'épique narratif. Ou son adjuvant indispensable. Qu'est-ce qui explique qu'un tel motif soit devenu à ce point un paradigme ? Nous avons déjà vu avec Diane Scott qu'une dramaturgie du numéro et de l'accumulation se superposait chez Bellorini à la linéarité du récit, et que la question du rythme mais aussi de l'adresse frontale dans ce cadre était dépendante d'une certaine gestion de l'« attention » des spectateurs, selon une logique de la relance permanente qui permet d'éviter l'ennui, surtout pendant les longs récits. Ceci plaiderait plutôt en faveur d'un recours nécessaire, quand on s'efforce de raconter de longues histoires, à ce régime de théâtralité. Mais les propos de Thomas Jolly sont sans ambiguïté : la fête théâtrale n'est pas seulement un moyen (pour mieux raconter telle ou telle histoire, ou pour que le public « tienne »), elle est visée comme une fin. Elle est recherchée pour elle-même. C'est bien plutôt le récit qui en est un prétexte.

Une réflexion de Christophe Triau semble corroborer cette hypothèse. Dans un article appelé *l'Illusion ludique*, Triau s'intéresse à un ensemble de traits qui seraient caractéristiques du travail d'une génération de créateurs, celle qui émerge au début des années 90, et qui précède donc de dix ans les œuvres sur lesquelles nous nous sommes penchés. Le contexte institutionnel est le suivant : au cours des ministères de Jack Lang à la Culture, de 1981 à 1986 puis de 1986 à 1993, la gestion artistique des grands lieux du théâtre public a été confiée à des praticiens de la « génération 68 », Patrice Chéreau, Giorgio Strehler, Jean-Claude Gallotta, et d'autres encore. Il s'agit alors, pour les enfants de cette génération, non seulement de « revendiquer une place dans ces institutions et un accès aux outils » qu'elles fournissent, mais aussi de contester son « usage récent » par la génération des pères, accusés de compromission « politique et/ou artistique, avec la logique marchande, institutionnelle et spectaculaire » de l'époque – avec, pour le dire comme Triau, « les années 80[17] ». Un ensemble de

17 Triau, Christophe, « L'illusion ludique », in *Théâtre Public* n. 194, septembree 2009, *Une nouvelle séquence théâtrale européenne ?*

pratiques s'affirment alors contre un même modèle, associé à la figure phare et toute puissante du metteur en scène : « celui d'une théâtralité trop sûre d'elle-même, trop consciente de ses pouvoirs et s'employant à les déployer ou à les exhiber ». On stigmatise une déviance chez ces metteurs-en-scène qui ont pris la direction des institutions vilariennes, mais qui se seraient écartés de l'ambition d'un théâtre véritablement « populaire », c'est-à-dire accessible (intelligible) et généreux (dans la diversité d'affects et d'idées qu'ils peuvent faire partager aux spectateurs), au profit de leur recherche artistique, autocentrée, fermée à l'intelligence des non-initiés. Ce sont les grandes machines théâtrales et les spectacles-systèmes (herméneutiques et esthétiques), objets scéniques à la fois dénoncés comme trop impressionnants et auto-suffisants, appartenant au règne de la consommation spectaculaire, qui sont critiqués. Se constitue donc chez ces jeunes acteurs et auteurs[18] du début des années 90 un discours et une pratique qui s'efforcent d'en revenir « aux fondamentaux », soit de mettre en jeu ce qui fait la spécificité de l'art théâtral : la présence vivante de l'acteur face à celle des spectateurs, sa fabrication en direct, à vue, d'une fiction, enfin le caractère fondamentalement instable, précaire, fragile de cette fabrication.

> Les formes en furent diverses, qui impliquèrent souvent le refus d'une logique de représentation mimético-naturaliste (laissée, pour schématiser, à d'autres médias comme le cinéma ou la télévision…) et celui de l'imposition d'une lecture interprétative. Derrière les multiples pratiques, c'est comme une tentative de réaffirmation d'identité minimale et de revendication des constituants d'une singularité théâtrale qui était en jeu, ceux-ci se retrouvant alors ostensiblement mis en valeur, si ce n'est exhibés : tout particulièrement la présence non médiée et non différée de l'acteur, le présent de la représentation, la co-présence et l'expérience de la communauté entre la scène et la salle (avec pour corollaire l'aspiration à une implication « participative », même virtuelle ou métaphorique, du public), la mise en œuvre d'une expérimentation des perceptions sensibles et d'une ouverture du sens plus que la confrontation à un discours herméneutique, la manifestation du jeu propre à la performance[19].

Aussi, bizarrement, ce n'est pas un retour à Vilar ou à Brecht qui est réclamé, ni celui d'un théâtre qui aurait l'ambition politique de mobiliser, d'une manière ou d'une autre, son public. Car c'est précisément le rapport aux spectateurs qui se repense alors, dans *l'exclusion de toute verticalité.*

---

18 Parmi lesquels Georges Gabily occupe une position particulièrement forte, que Triau souligne. voir « L'illusion ludique », *op. cit.*

19 Triau, Christophe, *ibid.*

Le plateau n'est plus le lieu de l'imposition d'un système esthétique et signifiant, ni même celui de l'élaboration d'un discours quelconque à transmettre. Il est redéfini comme celui d'une fabrication artisanale, imparfaite et surtout « en direct » de poésie et d'imaginaire, ouverte à des interprétations plurielles, et avec, souvent, une relative pauvreté de moyens mais un combustible essentiel : l'énergie des comédiens, preuve de leur vitalité, et, partant, du caractère *vivant* de leur art. Selon Triau, c'est à cette aune qu'il faut reconsidérer les « grandes aventures » théâtrales des années 90. *La Servante* d'Olivier Py[20], *Violences* ou *Gibiers du Temps* chez Gabily[21], *Vole mon dragon* de Nordey[22] et *Henry IV* de La nuit surprise par le jour[23], ces spectacles déjà « fleuves » qui précèdent de peu les années étudiées, « n'entendaient pas être des spectacles-sommes », note l'auteur, mais

> des traversées dont l'excès même décalait la possibilité de la maîtrise, la rendait même impossible, et la remplaçait par le risque du déséquilibre et l'investissement de chacun, l'inaccomplissement et le jeu propre à la théâtralité ainsi revendiquée – un souffle ludique, pourrait-on dire, qui intégrerait comme le constituant pleinement son inaccomplissement naturel[24].

Le *souffle ludique* : voilà sans doute une expression heureuse pour désigner le régime de théâtralité festif dont nous parlions un peu plus haut. Ce souffle ludique, impliquant ferveur du jeu bravant ou plutôt balayant l'objectif de l'œuvre achevée et accomplie, mettant en avant le processus et l'expérience, aurait remplacé le *souffle politique* de l'épopée révolutionnaire chez Mnouchkine et le *souffle sacré* de la légende indienne chez Brook dans les années 80. Il constitue sans doute la nouvelle *force épique* contemporaine depuis les années 90.

Quoi qu'il en soit, ce qui partait avant tout d'un désir de jeu et de mise en valeur du jeu comme phénomène vivant, direct et naturellement participatif, désir qui impliquait aussi celui d'un certain rapport

20 *La Servante*, écrite et mise en scène par Olivier Py, est crée en 1995 à Avignon, et dure vingt-quatre heures.

21 *Violences*, et *Gibiers du temps* écrites et mises en scène par Didier Georges Gabily, sont respectivement crées en 1991 et en 1995 au TNB.

22 *Vole mon dragon*, pièce écrite par Hervé Guibert en 1987, est créée dans la mise en scène de Stanislas Nordey pour une équipe à moitié composée de malentendants, entre langage parlé et langage des signes, à Avignon en 1994.

23 *Henry IV*, mise en scène par Yann-Joël Collin, est crée en 1998 au TNB.

24 Triau, Christophe, *op. cit.*

d'égalité complice avec le public, ce qui était, surtout, au départ, une pratique dissensuelle, et perturbatrice, affirmée contre une forme d'art institutionnalisé, serait devenu à son tour une norme, présente aujourd'hui de façon majoritaire sur les plateaux français, (et sans doute européens). Triau décrit cette dernière comme la fixation d'une « tendance tautologique » de la scène contemporaine : celle d'un théâtre qui se manifeste et se raconte lui-même comme théâtre, du jeu qui se montre, se démontre et se partage lui-même comme jeu. Cette nouvelle « loi », qui apparaît parfois comme *raison d'être* de la création théâtrale, a ses défenseurs : Denis Guénoun, dans *Le théâtre est-il nécessaire*[25] ? affirme en effet qu'à la différence de tous les autres arts, c'est avant tout un partage de l'expérience du jeu que peut offrir le théâtre, et que les spectateurs sont tous à considérer comme des joueurs potentiels ; Florence Dupont s'en réfère quant à elle au *ludus* latin pour revendiquer un théâtre qui prend la forme d'une « fête collective, [qui] doit utiliser ce qui fait fête pour son public », « une fête théâtrale débarrassée de l'impératif du sens, mais conservant une valeur identitaire[26] ». Primerait alors, devant le récit comme devant toute proposition de contenu, la relation théâtrale qu'il s'agit d'instaurer et qui s'envisage, en effet, comme *partage* – d'un certain nombre de codes, de conventions, et du jeu lui-même. « L'acte de mise en scène consisterait essentiellement à développer la relation ludique : à entretenir le lien, c'est-à-dire le jeu », dit Triau. « Comme s'il s'agissait de maintenir sans cesse la communication, par toutes les modalités possibles de l'adresse ». Et pour cela, il faut aller « chercher » le spectateur, l'« entrainer dans le jeu », le « séduire ». Les moyens de cette séduction ? On l'a vu : les références, les numéros, l'adresse en permanence renouvelée. C'est, comme le dit Triau, « une séduction par la dépense » qui s'exerce sur les spectateurs. Même pauvre, la scène se présente comme lieu de l'abondance (d'effets, de codes, de registres) et de la dépense somptuaire (d'énergie des acteurs). L'enchantement qui s'en suit n'aurait alors qu'un seul but, si l'on suit toujours Triau : « la production du désir plus que l'imposition d'une proposition esthétique singulière : la création d'un désir du théâtre en général, et pour lui-même ». Elle aurait donc en

25 Guénoun, Denis, *Le Théâtre est-il nécessaire*, Circé, 1997, p. 165-166, cité par Christophe Triau, *ibid.*

26 Dupont, Florence, *Aristote ou le vampire du théâtre occidental*, Aubier/Flammarion, 2007, p. 302-306, cité par Christophe Triau, *ibid.*

partie ce sens, la tentation *épique* du théâtre contemporain : produire le désir… de lui-même. On retrouve ici l'un des effets mentionnés au sujet de Bellorini et de sa « bande » d'acteurs. Les « bandes » au plateau (selon l'appellation lancée par le critique Jean-Pierre Thibaudat pour décrire ces pratiques collectives qui renouvellent la création théâtrale dans les années 1990), parce qu'elles font la démonstration en direct de leur « être-ensemble », créent le désir de la communauté qu'elles forment et font circuler l'énergie de jeu qui les rassemble. Ce théâtre qui s'avoue (devrait-on dire : qui se déballe ?) n'est plus un théâtre épique au sens brechtien, il est tout entier tourné vers le désir de produire autour de lui une forme *d'adhésion ludique*, quand bien même celle-ci se fonderait au départ sur une distance, un recul, voire une posture ironique :

> Et, parce qu'elle reposerait sur le partage d'une distance – une distance ludique, même si celle-ci a pour vocation dans un deuxième temps de créer une adhésion – par rapport à la proposition théâtrale toujours manifestée comme telle (c'est-à-dire : comme théâtrale) et seulement telle, elle supposerait l'instauration partagée d'une sorte de posture ironique, alors fondatrice d'une connivence (nous pouvons tous tirer jouissance du jeu puisque tous nous ne sommes pas dupes, nous savons que c'est du jeu). Une ironie qui ferait lien, l'instauration d'une distance qui paradoxalement aurait pour fonction de créer une adhésion consensuelle (le consensus ne portant pas sur le propos de la pièce, sur les situations représentées, mais sur l'exaltation partagée du théâtre) : ainsi, ce que l'on serait tenté d'envisager, en termes brechtiens, comme une sur-distanciation (montrer en permanence la théâtralité) ne servirait alors pas tant un théâtre critique, qu'une communion dans la jouissance de la théâtralité. Drôle de paradoxe que celui d'une telle illusion ludique, donc, qui rechercherait l'adhésion et aspirerait à produire une immédiateté (celle du partage festif) au moyen de l'instauration d'une distance (ironique)[27].

Christophe Triau a décrypté ici le fonctionnement paradoxal de cette modalité festive du théâtre « épique » contemporain, et qui n'a plus ou presque plus rien à voir avec le théâtre épique de Brecht. En outre, si la loi de la dépense, du rythme, de l'emballement de la machine scénique sont bien des marqueurs encore pertinents, et qui sont le symptôme d'un rapport de séduction parfois harcelant au spectateur, l'empreinte de l'ironie, fondée sur cette distance joueuse avec le drame, nous semble moins prégnante aujourd'hui qu'elle ne pouvait l'être dans les créations mentionnées par Triau. Elle ne l'est pas chez Mouawad, elle l'est

---

27 Triau, Christophe, *Ibid.*

assez peu chez Bellorini, elle ne l'est que par intermittence chez Jolly, pour ne parler ici que des cas que nous avons étudiés[28], mais qui nous intéressent d'autant plus que ces metteurs en scène encore jeunes sont tous directeurs d'institutions, l'ont été, ou ont candidaté pour l'être, et représentent ainsi une forme d'autorité artistique, de *doxa* esthétique. Jolly, on l'a vu, plaide même plutôt pour un spectateur qui s'oublierait au point de huer un personnage qui lui déplairait, comme si toute frontière – toute distance, donc – pouvait disparaître entre la fiction racontée et la réalité de la situation théâtrale. Une théâtralité généreuse se déploie dans ces différentes esthétiques théâtrales, mais souvent sans le second degré de la génération de créateurs qui précède (même si on peut *jouer* à s'oublier, et huer les méchants). La communauté recherchée dans le partage exalté des pouvoirs du plateau et dans ceux du récit semble se dessiner sous un profil plus sérieux, plus… moral. Sans doute le récit en tant que tel a-t-il repris une place aussi importante que le caractère ludique de son exploitation scénique. Sans doute le récit, pour le dire de manière figurée, *se prend-il de nouveau au sérieux ?*

DES ÉPOPÉES MORALES OU L'INVENTION D'UN ÉPIQUE VICTIMAIRE

Nous l'avons vu, ces récits ont bel et bien intégré les exigences esthétiques d'un théâtre post-moderne, ou post-dramatique. Ils n'ont plus cure d'illusion référentielle, ils mélangent les genres et les codes avec adresse, croisent les temporalités, et ménagent cet indispensable « effet

28 Nous pourrions en ajouter bien d'autres, parmi lesquels Julien Gosselin, à propos duquel nous avons évoqués dans d'autres notes deux créations de théâtre-récit : *Les Particules Élémentaires* adaptées du roman de Michel Houellebecq, qui dure seulement 4 heures, et surtout *2666*, d'après l'œuvre inachevée de Roberto Bolaño, qui dure 11 heures. Chez Gosselin, on retrouve une machine théâtrale quasi opératique, qui se rapproche certainement plus de ce contre quoi les praticiens nommés plus haut (Jean-François Sivadier et ses acteurs, Yann-Joël Collin et La Nuit Surprise par le jour…) ont à un moment donné adossés leurs pratiques. Nulle distance ludique ici, parce que très peu de « jeu » au sens artisanal du terme, l'acteur étant pris dans un système scénographique, filmique, esthétique et musical qui le dépasse. Ni distance, ni humour, donc, ne viennent « creuver » de temps à autre le gigantisme de l'opération esthétique, ou simplement faire grincer la démonstration de virtuosité de la mise en scène.

d'authenticité » de l'acte théâtral et de co-présence de ses différents participants qui sont la manifestation sans cesse renouvelée du souci – devenu primordial – porté à *la relation* (scène-salle). De même, le rapport aux références – notamment musicales – est un rapport « soulagé » de toute exigence imposée par un canon de l'idéal artistique, et les emprunts aux produits de la consommation culturelle *mainstream* permettent de créer une série d'effets de reconnaissance et de célébrer le moment de la séance comme celui de retrouvailles sociales et générationnelles. Enfin, la fête, comme régime théâtral dominant, achève d'« horizontaliser » tous les rapports que la scène entretient avec ce qui n'est pas elle : la salle d'un côté, et ce à quoi elle réfère (sa « réalité » de référence) de l'autre. Tout ceci participe donc d'un rapport immanent à la scène, au récit, et à la fiction. De même, une philosophie pluraliste traverse ces esthétiques bigarrées, ces numéros simultanés, et le plurilinguisme du plateau. Pourtant, à l'intérieur de ce cadre du grand récit contemporain, de ce cadre « horizontal » et ouvert, les affects sollicités excluent de plus en plus souvent l'ironie et la distance au profit de la compassion et de l'amour, ou du moins peuvent passer par les unes mais *à condition* de finir avec les autres. *Les Misérables* adaptés par Bellorini, la Trilogie du *Sang des Promesses* de Mouawad, celle de Lawers, *Sad Face / Happy Face* sont des chants non pas de combats, non pas de héros, mais d'une humanité qui ne peut être que victime d'elle-même, et dont la seule gloire est de *continuer quand même*, comme le raconte la chanson pop et mélancolique qui sert de fil rouge à *La Chambre d'Isabella* : « *He's the man who never stops [...] he goes on, and on, and on, it just goes on [...]* ».

Aussi la possibilité de l'humour n'est accordée qu'à la condition d'être compensée par un humanisme compassionnel qui recouvre la signification générale de l'œuvre. Le gag (comme chez Jolly le petit chien du Cardinal ou les « tagadas » des chevaux) permet alors de cloisonner, d'encapsuler le comique dans une forme convenue qui soutient le rythme du spectacle sans atteindre les « bonnes » intentions du projet. Il est peu de grands récits comiques, en vérité, sur les plateaux du théâtre public. La comédie est soit le lot du théâtre privé, garante alors de sa rentabilité, soit réservée à des formats spectaculaires plus classiques (c'est-à-dire plus courts), ou encore à des formes performantielles et peu narratives[29]. La

29 Le travail des Chiens de Navarre, collectif d'acteurs menés par Jean-Christophe Meurisse, depuis 2005, est un exemple assez probant d'un théâtre comique et post-dramatique,

longue et grande narration théâtrale ne transporte que la joie de son auto-fabrication (ce qui est déjà quelque chose, et dans un spectacle comme *La Chambre d'Isabella*, par exemple, cela fait énormément), mais peu d'affects mimétiques joyeux. La mort et les horreurs de la guerre, en revanche, y ont leur place. On l'a constaté : la matière romanesque des grands récits de plateau des années 2000 se construit généralement autour d'un individu, d'un héros, dont l'histoire intime se trouve être dévorée par l'Histoire mondiale, le plus souvent celle du XXe siècle. Les génocides et les holocaustes, la torture et le viol y figurent. Une guirlande de crimes et d'atrocités se tresse à la narration, sans pour autant que celle-ci ne cesse un seul instant d'être celle du personnage principal, celle de l'être sur qui se fixera l'émotion. À la différence de l'épopée homérique, le héros n'est plus celui qui, avec et pour une communauté, *agit* l'histoire (se bat, et fait basculer le sort d'une guerre et le destin d'un peuple – Achille) mais l'anonyme, l'homme privé qui la *subit* sans la comprendre. L'Histoire est devenue une super structure, plus grande que les hommes, qui les dépasse et qui souvent les broie. Dans l'épopée grecque à l'inverse, les individus sont à la taille des événements ; ils peuvent se hisser à la hauteur d'un combat qui à lui seul décide de tout. Au-dessus d'eux, certes, les Dieux leur donnent le souffle de la victoire, ou les poussent à la défaite. Mais leur mort est héroïque dans les deux cas. Car cette mort, qu'elle soit victorieuse ou non, est toujours *obtenue* à la cime de l'exercice d'une vertu essentielle et qui définit celui qui la possède : l'honneur. Cette mort-là n'est plus la nôtre. Cet honneur ne nous regarde plus.

Parce que l'individu ne se définit plus de la même manière. Ses vertus, dans les sociétés pré-modernes, étaient d'une nature intrinsèquement morale *et* sociale. L'individu se confondait avec le rôle qu'il avait à jouer dans un collectif, et son bonheur (ou disons la représentation qu'il pouvait se faire d'une vie *bonne*, et des biens qu'il s'agissait d'acquérir

---

qui se construit à partir d'improvisation et se *performe* sans récit, de sorte qu'« autour d'un scénario réduit à son plus simple appareil gravitent les situations les plus outrées, les déchaînements ponctuels, les fatigues extrêmes et les violents déchirements, qui participent tous de cet *hyperprésent*. Ce refus de fixer une forme et de "re-présenter" soumet le spectateur à l'énergie suicidaire de propositions plus explosives les unes que les autres, et dont le résultat est souvent la pure hilarité, ou bien l'ébahissement, celui qu'on éprouve devant les folies futuristes ou dadaïstes. » Viel, Tanguy, texte de présentation saison 2011-2012 du Théâtre de Gennevilliers CDN de création contemporaine. Nous soulignons.

à cette fin) n'était pas séparé de celui de la communauté à laquelle il appartenait.

> Dans la plupart des mondes antiques et médiévaux, comme dans beaucoup de sociétés pré-modernes, l'individu est identifié et constitué dans et par certains de ses rôles, rôles qui le lient aux communautés dans et par lesquelles seules peuvent être atteints les biens spécifiquement humains : j'affronte le monde en tant que membre de telle famille, foyer, clan, tribu, cité, nation, royaume. Il n'y a pas de « je » en dehors de ces catégories[30].

À l'inverse, il semble qu'il n'y ait pour nous de « je » véritable *qu'en dehors* de ces catégories. C'est celui, précisément, que cherche à mettre en scène Rambert, un « je » absolu et qui se résume à un élan ou une pulsion désirante dans son interprétation de *Gilgamesh*[31]. Le soi spécifiquement moderne est défait de ses rôles sociaux. Sa véritable existence se joue toujours « ailleurs ». Et les biens qu'il cherche sont admis comme pluriels en tant qu'ils sont toujours *privés*. On reconnaît (en démocratie, et dans un régime philosophique pluraliste), la variété et l'hétérogénéité de ces quêtes, de ces biens. Ainsi le soi moderne a gagné la souveraineté sur son propre domaine, et en même temps a perdu les limites traditionnelles qu'offrent une identité sociale et une vision de la vie comme orientées vers une fin fixée par avance (par exemple, pour un guerrier de *l'Iliade*, et selon les mots de Vernant, celle de la « mort glorieuse[32] »). C'est pourquoi notre rapport à l'Histoire, à la tradition

30 Macintyre, Alasdair, *Après la vertu, étude de théorie morale*, Presse universitaire de France, Quadrige, p. 168. « Dans de nombreuses sociétés traditionnelles, pré-modernes, c'est par son appartenance à divers groupes sociaux que l'individu s'identifie et est identifié par les autres. Je suis frère, cousin et petit-fils, membre de cette maisonnée, de ce village, de cette tribu. Ces caractéristiques ne sont pas accidentelles, on ne peut les ôter pour révéler "le vrai moi". Elles font partie de ma substance, elles définissent, au moins en partie et parfois entièrement, mes obligations et mes devoirs. Les individus héritent d'un espace particulier au sein d'un entrelacs de relations sociales ; sans cet espace, ils ne sont rien, parias ou étrangers dans le meilleur des cas. Qui se reconnaît comme personne sociale n'occupe pourtant pas une position statique, mais est parvenu à un certain point d'un voyage aux buts fixés ; avancer dans la vie, c'est progresser (ou ne pas progresser) vers une fin donnée. Une vie achevée est donc un accomplissement et la mort est le point où l'on peut être jugé heureux ou malheureux, d'où le proverbe employé dans la Grèce antique : "Nul ne peut être dit heureux tant qu'il n'est pas mort" » *Ibid.* p. 34-35.

31 Voir Première Partie, « Récit mythique revisité sous forme de quête d'authenticité : le Gilgamesh de Pascal Rambert ».

32 Vernant, Jean-Pierre, *L'individu, l'amour, la mort*, Gallimard, coll. Folio-Histoire, Paris, 1989.

et à la communauté (laquelle ? l'idée même a perdu de son évidence) est compliqué, torturé, ou *tordu* comme on le dirait d'une silhouette courbée et à moitié retournée vers ce qui la précède : parce que ce rapport est subi comme une structure étrangère, qui revient peser sur l'individu et déterminer sa trajectoire *malgré lui*. C'est d'ailleurs presque comme un retour du refoulé (qui prend la forme d'une mémoire enfouie, cachée) que la grande (H)istoire réapparaît sans cesse dans les récits de Mouawad. La rencontre entre notre histoire privée et les événements d'une séquence historique collective est comprise comme une chose à la fois inévitable *et* accidentelle. C'est l'accident de cette rencontre et ses répercussions sur l'identité du sujet qui fait alors l'objet du récit. Car une fois l'individu déconnecté de ses rôles sociaux, cette identité *en soi* est devenue un problème *pour soi*. Aussi le théâtre s'est mis à l'école d'une « égo-histoire[33] » pour détourner l'expression de Pierre Nora et l'employer ici au sens d'une histoire de l'égo, non pas de l'historien mais de l'anonyme. Ce faisant, les personnages principaux sont devenus des victimes et le récit s'est moralisé, c'est-à-dire dé-politisé. (Puisque le sens de la morale a changé lui aussi : là où morale et structure sociale ne faisaient qu'un à l'âge héroïque ou dans les sociétés pré-modernes, elles se sont progressivement déconnectées l'une de l'autre ensuite[34]). Le récit ne recouvre donc plus de fonction glorifiante, ni même d'excitant à la valeur ou à la vertu, parce que ces dernières n'ont plus de sens *a priori* dans le contexte démocratique moderne. Le spectacle en appelle à la compassion tout en créant un fil narratif, qui, même tortueux, semble seul susceptible de *relier* l'individu à une Histoire collective, c'est-à-dire de retricoter des liens, (de causes à effets, entre autres) qui nous rattachent à un monde complexe et à une réalité fragmentée. Et s'il a besoin d'être long, c'est que les fragments sont épars et l'Histoire lointaine. Nous re-*lier*, à une *communauté globale* (l'humanité ? Car quelle autre sinon ?) faute de structure acceptable à échelle locale, pour nous

33 Nora, Pierre, l'égo-histoire est « un genre nouveau, pour un nouvel âge de la conscience historique », « L'exercice consiste à éclairer sa propre histoire comme on ferait l'histoire d'un autre, à essayer d'appliquer à soi-même, chacun dans son style et avec les méthodes qui lui sont chères, le regard froid, englobant, explicatif qu'on a si souvent porté sur d'autres. D'expliciter, en historien, le lien entre l'histoire qu'on a faite et l'histoire qui vous a fait » *Essais d'égo-histoire*, Gallimard, Collection Bibliothèque des Histoires, 1987 « Présentation », p. 8-10.

34 Alasdair MacIntyre suit justement le fil de cette séparation dans *Aprés la vertu*, *op. cit.*

modernes, post-modernes et super-individus, telle serait alors l'ambition philosophique de ces grands récits.

On comprend alors que le répertoire dramatique et les grands classiques de la littérature romanesque soient également une matière privilégiée pour « cette manière de faire du théâtre » qu'est devenu le grand récit de plateau. Nous soutenons en effet que cet épique théâtral n'est pas seulement un format ni un genre de théâtre (comme le théâtre-récit pouvait l'être aux yeux de Vitez), mais qu'il correspond à un désir d'embrasser un projet, et un texte – qu'il soit de répertoire, roman, légende, ou création – comme *« une histoire à raconter aux spectateurs »*. C'est donc *un certain élan vers la salle*, qui se diffracte en une série d'effets et d'adresses, et qui se prolonge de longues heures, que ce grand récit contemporain. Avec Hugo et Rabelais, et même avec Brecht ou Dostoïevski, Bellorini met en avant un patrimoine littéraire et poétique, comme le fait Jolly avec Shakespeare. Ce patrimoine est un *commun* que l'on fait passer sur le devant de la scène, que l'on déballe avec prodigalité et que l'on peut *reraconter* ensuite comme une grande histoire. La dimension sacrée (et qui tenait d'un certain rapport aux auteurs, notamment chez Vilar) a été remplacée par la dimension ludique – selon un déplacement progressif qui nous aurait fait passer de la quête d'un sentiment de sacré à celle de l'authenticité de l'acte théâtral, puis de l'authenticité au caractère vivant du jeu, du paradigme du vivant à la vitalité de l'énergie déployée sur le plateau, et de la vitalité au ludique. Souffle ludique, donc, qui est celui de ces entreprises, et qui assure, même, leur réussite.

Car tout ce qu'elles réclament, c'est, finalement, la compagnie des spectateurs. Jan Lawers n'en fait pas mystère, le nom de sa troupe l'avoue : *We need more company…*

UN BESOIN À COMBLER, CONCLUSION DE LA PREMIÈRE PARTIE

Mais c'est négliger le fait que ces spectacles entendent aussi se profiler comme des projets politiques. Les quatre cas étudiés ont tous un lien de filiation avec les grands récits théâtraux du siècle précédent, et revendiquent tous, surtout les trois derniers, une même ambition politique, idéologique : celle d'un théâtre, encore et toujours, « populaire », c'est-à-dire un théâtre qui aurait la puissance de réunir « tout le peuple », par-delà même le fait que le concept de « peuple » ait perdu de sa tenue théorique. Ce n'est plus le peuple français comme acteur politique et potentiellement révolutionnaire qui est convoqué dans cette définition, ni le peuple social (le bas peuple, la classe ouvrière), mais une catégorie de public plus large encore et qu'il n'est par conséquent plus possible de qualifier : celle du plus grand nombre, embrassant les différences ethniques et les distinctions de classe, et dont les limites sont même au-delà de la nationalité puisque la communauté appelée et désignée par ce théâtre tend à devenir celle, tout simplement, de l'humanité.

Aussi, et d'une manière assez paradoxale, la mission de démocratisation culturelle est bien toujours en cours, les choix de répertoire en témoignent. Mais l'*aventure* originelle et constitutive s'est figée dans le cahier des charges institutionnelles commandées par l'État, au détriment de toute redéfinition précise du « peuple », de la « démocratie », et de la « culture ». C'est au-delà des difficultés d'entente sur les termes que ces théâtres de grands récits ont vocation à créer quelque chose comme *une communauté*, et ce même si celle-ci n'est unie que pour un soir. Car le rassemblement s'effectue non pas tant autour de valeurs spécifiques – sinon d'un humanisme large et consensuel – qu'autour d'une narration. Ces quatre exemples sont donc quatre façons assez paradigmatiques d'essayer de fabriquer une communauté autour d'une fable, ou plutôt d'utiliser la fable pour fabriquer de la communauté. Quatre manières d'être attaché à la longueur de l'histoire[35], à la variété des épisodes et à la richesse des événements pour mieux – dans l'ordre : réunir, captiver, consoler, soulager, tout en célébrant la forme elle-même. Le *Gilgamesh* de Rambert, néanmoins, se situe légèrement à l'écart puisque le type de théâtralité qu'il utilise se veut plus sobre, mais non pas moins

35 « Vous prenez le temps de raconter une histoire, de la déployer. Vous ne vous posez plus la question du temps. Vous dites : "je vais raconter cette histoire, et cela prendra le temps qu'il faut". Si vous n'êtes capables que de faire des voyages d'une heure, vous n'irez jamais plus loin qu'à Bruxelles. Si vous voulez aller au Japon c'est 12 heures, c'est un peu la même chose. Il y a des histoires, des aventures, des sensations qu'on ne peut vivre que dans un certain déploiement du temps. » (Conférence de presse du 6 juillet 2009 – Wajdi Mouawad pour « Littoral, Incendies, Forêts » https://www.theatre-video.net/video/Conference-de-presse-du-7-juillet-1475 ?autostart), consulté le 25/08/2018.

cérémonielle. Chez Mouawad, Bellorini, Jolly, on voit s'affirmer le désir d'une forme théâtrale artisanale et festive, s'avouant et se désignant elle-même, et se servant même du caractère romanesque et parfois compliqué de l'action pour exhausser le caractère épique de sa théâtralité, soit en mettant en place des outils de narration qui désignent et dénoncent la forme théâtrale en même temps qu'ils racontent les événements. Chez Rambert en revanche, l'intérêt de la forme repose sur le caractère unique et singulier des voix et de leur chant, pour que soit simplement *entendu*, en différentes langues, un récit universel et fondateur, interrogeant une pulsion humaine universelle. Mais de même, des distinctions demeurent entre nos trois autres exemples, qui sont pourtant assez caractéristiques de la manière dont le théâtre français s'empare de la narration depuis une vingtaine d'années. Chez Mouawad, dont l'esthétique est plus anglo-saxone, l'épopée prend la forme d'un *récit global*, où l'Histoire, le mythe, la nation et la famille sont des structures imbriquées les unes dans les autres, reliées par un fil narratif au déroulement complexe, semblable à celui d'une saga mélodramatique et tendant à produire une communauté larmoyante. Chez Bellorini, le roman rabelaisien ou hugolien voire celui de Dostoïevski tout comme le théâtre de Brecht offrent la matière d'un *théâtre-récit-forain* visant le consensus joyeux autour d'images nostalgiques et folkloriques des « petites gens » ou du « bon » peuple, et – par le biais de la troupe en action sur la scène – d'une jeunesse énergique et optimiste. Chez Jolly, enfin, la chronique historique de Shakespeare donne le prétexte à une narration de grande ampleur, un *blockbuster théâtral* permettant de réunir le public pendant des journées et des nuits entières à la manière d'un mystère médiéval devenu attraction immersive. La formule du théâtre « populaire » se réinvente alors avec les outils d'une consommation culturelle *mainstream* tout en visant une forme de monumentalité dépassant les circuits de production habituels.

C'est que l'idée de « faire œuvre » a bel et bien changé depuis les années 50. À l'aventure vilarienne, qui fut aussi bien voire plus institutionnelle qu'esthétique, se substituent, directement et exclusivement *sur le plateau*, des machines narratives et théâtrales imposantes et puissantes[36],

36 Thomas Jolly revient ainsi souvent sur cette idée que la dimension de l'*entertainement* ne doit pas être négligée au théâtre, et avoue sa fascination pour la machinerie, et ce que l'on pouvait nommer, dans un théâtre médiéval, les « secrets ». De même, et encore une

qui font *face* aux spectateurs. La frontalité – car nous sommes, pour tous les cas étudiés dans cette première partie, dans le cadre d'un théâtre frontal – de ces machines à effets, de ces images fabriquées en direct, peut produire en effet une impression de *grandeur*, mais qui est pour le moins équivoque. La fiction comme phénomène se réalisant en direct au théâtre, avec toutes les variétés de styles et d'esthétiques imaginables qui contribuent à la construire scéniquement, peut subjuguer et laisser admiratif le temps de sa réalisation, et tout à fait vide d'affects ensuite. L'effervescence momentanée du plateau est en effet contagieuse, en particulier, nous semble-t-il, quand celle-ci est due à l'énergie fabricatrice des acteurs ; et elle peut suffisamment impressionner son public pour que la critique se mette à parler de spectacle « épique » ou d'« épopée théâtrale », donnant ainsi une dimension à la fois grandiose et brechtienne au spectacle (sans que l'on ne sache plus bien laquelle de ces deux acception prévaut), alors même qu'il y a là d'abord une gigantesque *mise en scène* esthético-politique, même si cette dernière n'a rien de mal intentionné – c'est souvent même le contraire. Car comme on l'a souligné, notamment avec le travail de Bellorini, les intentions du populaire et la mise en scène de ces intentions ne suffisent pas à changer la donne sociologique et politique des salles du théâtre subventionné. En ce sens, les projets de Vilar et de Brecht – avec tout ce qui les distingue et que nous avons analysé dans notre premier chapitre – sont bien derrière nous et ont été remplacé par autre chose : un fantasme de l'« être ensemble » ou ce que Mouawad appelle le désir d'une « communauté unifiée par le récit » qui semble suffire à légitimer, et à orienter en partie la pratique théâtrale, et qui produit le type de spectacles que nous venons d'étudier. Or, ce fantasme qui sert de tendeur à de nombreux projets scéniques est flou autant que vide. « Être ensemble » *pour quoi faire*, ou plutôt *pour être qui ?* Il manque justement les caps et les horizons de l'épopée pour nous le dire, et pour que cette idée prenne aussi une dimension concrète, s'émancipant, donc, de son caractère fantasmatique, général,

---

fois, le théâtre de Julien Gosselin, qui s'impose depuis maintenant trois ans sur toutes les scènes du théâtre public national, tend bien-sûr au même gigantisme opératique, mais dans une toute autre esthétique. Il faudrait d'ailleurs certainement prendre le temps d'analyser les spectacles qu'on aurait envie d'appeler « spectacles-concert » de ce metteur en scène, et qui sont une autre manière de réinventer le théâtre-récit, mais qui ne cherche pas du tout à s'inscrire dans les mêmes rails politiques tracés dans cette première partie, de Vilar jusqu'à Jolly.

ou sous-déterminé. Dans l'« être ensemble », en effet, réside en puissance un avenir aussi menaçant qu'émancipateur.

Mais ce fantasme, ou cette idée fixe, nous raconte à quel point le théâtre public français s'est fait, au fil des années, l'enfant responsable d'une certaine conception de la démocratie : le fils en charge de récupérer l'héritage familial (supposément grec), spolié ou volé par l'économie de marché – même si cet héritage est revu à minima. « Être ensemble », en effet, est une définition plutôt pauvre de ce qui fait démocratie, et ne peut constituer que son « degré zéro ». Mais cette idée couvre finalement bel et bien un récit, identitaire, auto-justificateur, et peut-être épique, celui du théâtre public lui-même. Ces différents projets visent donc, chacun à leur manière, à combler ponctuellement un besoin politique : celui d'une communauté réunie, unifiée sur le modèle de la veillée de village. L'on ne tranchera pas encore quant à savoir s'il s'agit là d'un prélude, celui d'une revitalisation de l'idée démocratique, ou d'un doux épilogue.

DEUXIÈME PARTIE

DES PERFORMANCES HISTORIQUES ET POLITIQUES

TENTATIVES PRATIQUES EN VUE D'UN THÉÂTRE ÉPIQUE DISSENSUEL ?

POINT SUR LA TRAJECTOIRE

Changement de voie

Nous nous sommes intéressés jusqu'ici au fondement structurel de l'épique, c'est-à-dire au récit. Nous nous sommes donc penchés sur de grands spectacles narratifs, à la théâtralité souvent généreuse, débordante, inclusive, en constatant ce qui avait changé depuis les deux grands spectacles de la période précédente qui font date en matière d'épopée : *Le Mahâbhârata*, de Peter Brook et *1789*, de Mnouchkine. Or ces changements pourraient être résumés (rapidement) ainsi : dépolitisation et moralisation de l'épique. Pourtant, les intentions qui habitent les nouveaux grands récits de plateau demeurent politiques, mais en un sens large, vague, et lâche (nous allons nous expliquer dans l'introduction qui suit). On revendique un rassemblement sans vecteur idéologique, un rassemblement *pour le rassemblement*. Et c'est cela même qui est représenté au plateau, et que l'on tente d'activer dans la salle.

Aussi, il est temps pour nous de changer de voie, ou plutôt de commencer à prendre un chemin plus étroit. L'épopée n'est pas seulement un grand récit, elle est aussi grand récit d'un peuple, ou d'une communauté. Elle est non seulement histoire mais aussi Histoire fondatrice[1]. Ce sont donc les spectacles qui se chargent explicitement d'explorer des périodes historiques précises que nous allons maintenant regarder de près.

Nous commencerons alors par aborder l'Histoire nationale – en présupposant que nos récits fondateurs gisent toujours à cet endroit. La Révolution française, en effet, semble le lieu privilégié et obsédant des interrogations de nombreux spectacles (français) contemporains. Nous en étudierons deux, qui fonctionneront comme des révélateurs

1 L'usage de la majuscule pour distinguer l'Histoire (en tant qu'ensemble de faits et d'événements réels entre telle et telle date) de l'histoire (au sens de fable) sera souvent nécessaire dans cette partie. Il va sans dire que cette majuscule n'implique aucune sacralisation de notre part vis à vis de la « grande » Histoire.

de contraintes et de paradoxes qui s'imposent au traitement *épique* de l'Histoire en contexte démocratique, et qui tantôt dépassent largement le cadre de l'art théâtral, et tantôt au contraire lui sont explicitement liés. Comment un rapport *critique* à l'Histoire institutionnelle peut-il épouser la forme *épique* sur scène, et comment les contradictions que cette double ambition fait surgir trouvent-elles une résolution (ou non) dans la *performance* en tant que telle ? La mise au jour de ces problèmes (qui relient aussi bien des questions de jeu que des questions plus vastes de traitement subjectif de l'Histoire), dans notre premier chapitre, nous mènera, dans un second, à poser plus frontalement les questions non pas seulement formelles mais aussi philosophiques d'un épique démocratique. Nous regarderons alors de près ce qu'il se passe quand le geste héroïque se déplace d'un contexte ancien ou traditionnel (le monde qui nous est dépeint dans l'épopée homérique par exemple, qu'il soit en guerre ou en paix, qu'il s'agisse de l'*Iliade* ou de l'*Odyssée*) à un contexte démocratique, post-moderne et égalitaire. Nous verrons alors sur quel curseur l'épique démocratique se déplace, et entre quelles bornes il peut (et *doit* absolument, perpétuellement), se renouveler.

Nos découvertes nous conduiront alors à élargir notre cadre d'observation, et, dans le dernier chapitre de cette partie, nous sortirons de l'Histoire nationale pour nous intéresser à un épique historique *déterritorialisé*, susceptible de mettre en jeu d'autres types d'acteurs, et d'autres formes d'héroïsmes.

De manière générale, dans cette seconde partie, l'épique s'articulera donc aux notions qui sont attachées aux contenus sémantiques traditionnels de l'épopée, mais qui seront réévalués au fil de nos études de cas : l'héroïsme, la grandeur, l'action, la communauté et/ou le collectif. D'une manière générale aussi, la notion d'enquête sera régulièrement sollicitée, puisque tous ces spectacles se fondent sur des recherches, puisque toutes ces équipes effectuent, à un moment ou un autre, un travail d'historien, dont il faudra justement faire ressortir les invariants (la subjectivité individuelle comme prisme d'observation d'une période historique) et les différences (selon que l'attention se porte sur les idées et les discours, ou bien les figures, ou encore les témoignages, ou enfin les archives et les traces médiatiques). L'enquête sera alors la forme, plus ou moins exposée au plateau, que prend une certaine quête d'Histoire à la fois fondatrice et programmatique, et une certaine quête d'épique.

INTRODUCTION

Représenter l'Histoire, deuxième voie de l'épique

Nous venons de voir qu'une partie, et peut-être la majeure partie de ce que l'on nomme aujourd'hui « théâtre épique », tient au *mode* (narratif), au (grand) *format* de la représentation, et, souvent, à un certain *régime de théâtralité* (festif). Les nouveaux spectacles épiques sont donc avant tout de « grandes formes narratives ». Ce sont de longs spectacles-récits, qui s'insèrent dans des « rails » politiques déjà anciens, posés par et pour le théâtre public à partir des années 50 : ceux d'un théâtre qui s'est voulu à la fois national *et* populaire – ce qui a pu vouloir dire exigeant *et* accessible, avant de vouloir dire critique *et* ludique. La succession des « grandes aventures » institutionnelles qui ont marqué l'histoire du théâtre public a en effet donné à ces différents termes des acceptations et des sens différents, et qui se sont, on l'a vu, légèrement décalés au fil des années. Celle de Vilar est restée dans les mémoires l'aventure originelle[1], fondant un rapport de l'institution avec son public, conçu longtemps comme « peuple », mais qu'on n'ose plus aujourd'hui, honnêtement et sans rougir, nommer comme tel. Or, les spectacles-récits que nous avons étudiés, et qui ne constituent bien-entendu qu'un échantillon des nombreuses propositions « épiques » du même ordre, ou qui se sont revendiquées telles pour des raisons semblables depuis les années 90 et 2000, ont en commun de se réclamer de l'héritage vilarien et d'une audience « populaire » dans un sens revu : car ce sont précisément la narrativité et (paradoxalement) la longueur de ces spectacles qui sont censé en faire des objets artistiques *accessibles* à tous, voire même « *appréciables* » par tous. Autrement dit, la question du populaire s'est comme déplacée de ce qu'elle pouvait dire du public présent (une sociologie de la salle) pour venir raconter quelque chose du spectacle lui-même et de l'éthique à l'œuvre dans le spectacle.

---

1 Même si cela est faux historiquement, Vilar avait eu des prédécesseurs. Voir Première Partie, *L'Aventure vilarienne.*

Ainsi, par ses modes d'adresses, par son caractère festif et ludique, le caractère « populaire » de la représentation peut se mettre en scène lui-même, et déployer toute une panoplie d'éléments qui appellent et font signe vers la réunion, le rassemblement, la communauté. C'est pourquoi nous avons identifié que ces types de récits (ce type d'épique) manifestaient tous une même inquiétude, ou un même souci – qu'on pourrait sans doute qualifier de « démocratique », mais en un sens lâche. Chacun à leur manière – récit poétique et mythique (Rambert), récit global et victimaire (Mouawad), récit romanesque et joyeux (Bellorini), ou encore grand récit dramatique de répertoire (Jolly) – ces spectacles clament une seule et même préoccupation : celle de l'« être-ensemble ». Celle de la fabrication spontanée d'une « communauté » par les affects qui se dégagent du récit, *de l'acte de raconter lui-même.* On comprend alors que la longueur de l'acte soit devenue partie intégrante de sa définition, car s'il s'agit d'« être ensemble et de se tenir chaud », si l'on ose dire, cela ne fonctionne efficacement et comme rituel qu'avec le passage des heures. Il s'agit bien, donc, d'activer encore un cérémonial, mais un cérémonial qui n'est plus conçu comme religieux ou mystique (Brook), qui s'est sécularisé dans le contexte démocratique égalitaire et post-moderne, et dont le modèle serait celui de la veillée de village.

En effet, une certaine nostalgie transparaît dans ces types de représentations narratives de longue durée et à tendance « ritualisante » ; une nostalgie qui touche à la manière dont se pense, ou plutôt *désirerait* se penser, l'ensemble de la société qui fait théâtre au cours d'une séance (c'est-à-dire au cours du type singulier d'événement social que constitue la représentation) comme un collectif démocratique, et plus encore : un collectif démocratique qui serait re-soudé (réparé ?) au point de faire (ou de refaire ?) communauté. Et la communauté qui se rêve ici, confusément et sans s'avouer, porte en effet de nombreux traits, selon nous, d'une *communauté-village*, idéal ou fantasme d'une communauté ressentie comme « naturelle », décrypté par l'historienne d'art Estelle Zhong dans son livre *L'Art en commun*[2] :

> La difficulté à imaginer des formes de communautés adaptées au profil d'individus urbains, d'horizons et cultures très divers, très sensibles à leur différence et leur singularité, conduit à la résurgence d'un idéal, à la fois dans le domaine politique et artistique. Cet idéal s'apparente à celui d'une communauté vécue comme « naturelle », à laquelle l'on se sent appartenir sans écart, sans arrière-pensées.

2 Zhong, Estelle, *L'Art en commun*, Les Presses du Réel, Paris, 2018.

Cet idéal est à la fois teinté de nostalgie d'une unité perdue : elle possède ce faisant certains traits du village traditionnel. Mais elle ne s'abîme pas totalement non plus dans le conservatisme, et tente d'allier à cette nostalgie du village des traits plus contemporains, comme la reconnaissance de singularités qui n'était pas forcément le trait le plus développé dans les villages d'autrefois. La communauté villageoise a ceci de confortable, par rapport à la crise du collectif actuel, qu'elle suppose une appartenance de fait : on y naît, on y vit, on y meurt souvent. La question de l'appartenance, qui est précisément la question problématique est ainsi magiquement résolue. Par ailleurs, elle résout d'autres points délicats dans l'invention de communautés contemporaines : elle suppose notamment des valeurs communes auxquelles chacun adhère sans y penser, en tant que les membres d'un village sont relativement homogènes culturellement[3].

---

3 *Ibid.* L'on peut être plus explicite sur les raisons de la résurgence d'un tel idéal. Estelle Zhong s'attache notamment à montrer comment la mutation de l'individualisme dans nos sociétés contemporaines, mututation théorisée par Pierre Rosanvallon dans *La société des égaux*, et qui est une généralisation contemporaine de l'individualisme de distinction, impose de nouvelles difficultés à la constitution de collectifs sociaux ou politiques. L'individualisme de distinction caractérise la structure sociale dans laquelle la tendance des individus est de rechercher une forme de singularité dans la distinction sociale qui les sépare d'une masse, d'un peuple, d'une majorité. Cet individualisme de distinction caractérisait d'abord l'aristocratie de l'Ancien Régime. C'est ensuite le milieu artiste qui a le plus sensiblement et le plus décidément incarné cette dimension psychologique de l'individualisme. Mais, paradoxe étrange, l'individualisme de distinction finit par s'exprimer aujourd'hui à l'échelle de la société tout entière, par exemple sous les espèces du phénomène de mode. C'est cette démocratisation de l'individualisme de distinction que Rosanvallon appelle *individualisme de singularité*. « Il y a aspiration à être important aux yeux d'autrui, être unique. Il y a la formulation implicite d'un droit égal pour chacun à être considéré comme une star, un expert ou un artiste ; avoir ses idées et ses jugements pris en compte, reconnus comme ayant une valeur [...]. [Cette aspiration] se lie dorénavant au désir d'être regardé par autrui dans sa particularité, avec son histoire et ses caractéristiques propres, de ne pas être "considéré comme un numéro" elle s'identifie à la volonté d'être quelqu'un » (Rosanvallon, Pierre, *La société des égaux*, Paris, Seuil, 2011, p. 310-311.) Le besoin de reconnaissance caractéristique de l'individualisme de singularités n'est pas un besoin de reconnaissance sociale : ce n'est pas notre position sociale (classe socio-économique, caste professionnelle, ethnie, sexe etc.) que l'on veut que les autres reconnaissent. Autrement dit, l'individualisme de singularités tend à transformer la parole citoyenne : je ne parle pas en tant que représentant ou échantillon d'un groupe social donné ; je parle en tant que moi-même, en tant qu'individu singulier dont les positions ne sont pas réductibles à celles d'un individu appartenant aux mêmes catégories sociales que moi. Elles n'y sont pas réductibles, car je (l'individu contemporain) me représente davantage comme déterminé par ma trajectoire personnelle que par mon inscription sociologique. Voilà qui fournit un éclairage au déclin de l'adhésion partisane ou syndicale ces vingt dernières années : un individu caractérisé par l'individualisme de singularités ne peut plus se retrouver aisément dans des constructions politiques fondées sur des conditions sociales partagées. Dès lors, la question de l'appartenance à un collectif devient problématique. En face, l'idéal de la communauté-village s'apparente à celui d'une communauté vécue comme « naturelle », à laquelle l'on se sent appartenir sans écart, sans arrière-pensées.

La communauté village constitue « une sorte de négatif de l'"impossible" communauté contemporaine », explique encore Estelle Zhong : à ce titre, elle « apparaît par transparence dans tout un ensemble de discours et de pratiques politiques et artistiques ». Ainsi, nous pouvons supposer que cette résurgence un brin nostalgique, et toujours un peu inavouée, du fantasme d'une « communauté village » concerne et même rassemble les épopées théâtrales que nous avons observées jusqu'ici. Que ce fantasme constitue l'horizon, même flou, même inassumé, de ces spectacles. Nous pourrions même imaginer que c'est lui qui, au fond, donne une partie de sa définition contemporaine et théâtrale à l'adjectif « épique ». Estelle Zhong note que « le village comme communauté a ceci d'attractif qu'il incarne l'idée d'une spontanéité dans l'appartenance, dans la reconnaissance des valeurs, d'une immédiateté dans les relations interhumaines ». Or justement, les esthétiques et les dispositifs observés qui accompagnent ces narrations longues, la progression globalement organique des récits mis en scène, embrassant les ruptures, les césures et les numéros, tendent à constituer ce premier ensemble comme un « théâtre-œuf », (même si l'expression n'est pas des plus heureuses) – un théâtre frontal mais qui ne se pense jamais dans un rapport de confrontation avec son public, mais plutôt dans un rapport d'inclusion généreuse avec lui, les gradins formant imaginairement un cercle chaud dans l'obscurité autour de la scène éclairée. Ces dispositifs et ces esthétiques, donc, semblent bel et bien faire signe vers le désir consolateur et rassurant d'une communauté unie *naturellement* par les pouvoirs du récit.

Mais encore une fois, il s'agit bien de « signes » émanant du plateau et non pas d'une réalité de la salle. Si cette dernière est « unie » avec elle-même d'une quelconque façon, elle ne l'est certainement pas « naturellement » par une sorte de fusion spontanée autour de l'histoire racontée. Ou plutôt : si homogénéité il doit y avoir, alors cette dernière existe déjà avant que tout cela ne commence : elle est socio-culturelle. Aussi, les bénéfices de l'inclusion par le récit, s'ils existent, ne sont que *métaphoriquement* distribués à un ensemble plus large (– qui peut se projeter aussi bien comme un ensemble social que politique, et désigner des unités abstraites comme le « peuple », « la nation », « l'Europe », « L'Occident » ou « les êtres humains » selon le degré d'universalisme du spectacle). Dans l'espace concret de la séance, soit dans la salle de théâtre public, ces bénéfices ne concernent qu'un ensemble déjà socialement et culturellement relativement uni, et, surtout, n'existent qu'en tant que représentation.

Par ailleurs, la nostalgie d'une communauté-village a des répercussions sur les effets politiques du spectacle ; il ne s'agit pas du tout ici de réduire l'ensemble précédent à un ensemble réactionnaire, mais simplement d'observer la nature des affects sollicités par de tels dispositifs. La compassion générale et humaniste y a une place centrale, et cette compassion est à la fois morale et a-politique, tout en ayant le mérite ou l'avantage de faire consensus, et donc de tendre à fabriquer un ensemble uni. Justement, « dans un village, les relations ne sont pas régies par la loi, mais par la morale. À ce titre, une communauté-village n'a pas besoin d'État, dans la mesure où les événements rencontrés n'appellent pas une résolution par le droit[4] ». Le philosophe américain John Dewey, lorsqu'il s'interroge sur l'apparition de l'État dans *Le Public et ses problèmes*, explique ainsi « que les associations du type famille ou voisinage n'entrainent pas un besoin d'organisation politique, dans la mesure où les conséquences des actions de chacun sont perçues par tous, et n'ont ainsi pas besoin d'être réglementées et prises en charge par l'État[5] ». Si l'hypothèse est juste, selon laquelle l'idéal sous-jacent aux projets que nous avons observés jusqu'ici est celui de la communauté-village, cela expliquerait alors le caractère a-politique de ce premier ensemble, malgré le fait qu'il s'en réclame. L'indistinction entre *le* politique et *la* politique sont en effet caractéristiques de la vie sociale telle qu'elle s'organise dans une petite communauté homogène et idéale. Il n'y a qu'à lire la description du village de Wiltshire par Hudson et reprise par Dewey pour s'en convaincre :

> Chaque maison formait un centre de vie humaine lié à la vie des oiseaux et des bêtes, et les centres se touchaient les uns les autres comme un rang d'enfants qui se donnent la main ; tous formaient un seul organisme, poussés par une seule vie, mus par un seul esprit, comme un serpent multicolore au repos, tendu de tout son long sur le sol [...] toutes les pensées et tous les sentiments se communiqueraient librement d'une personne à l'autre, sans même qu'il soit besoin de paroles ; tous seraient des participants en vertu de cette sympathie et de cette solidarité qui unissent les membres d'une petite communauté isolée[6].

4 *Ibid.*

5 *Ibid.*

6 Hudson, W. H, *A traveller in Little things*, cité par Dewey, John, *Le Public et ses problèmes*, 1915, Paris, Gallimard, 2005, p. 123-124. Et cité par Zhong, *ibid.*

Sympathie, solidarité, et organicité de la vie sociale apparaissent ici comme les marques d'une existence collective idéale. Une sorte de vie politique sans politique. Au sens où la première, qui se confond étymologiquement avec l'organisation de la vie en société (la ou *le* politique au sens 1), n'a pas ici besoin de la seconde, qui désignerait l'ensemble des actions et des luttes concrètes pour que des droits soient respectés, pour que des lois soient appliquées (la politique au sens 2). Tout simplement parce que dans une telle situation idéale, les écarts de pouvoir et les inégalités de situations entre chacun sont trop peu importants pour qu'apparaissent des groupes d'intérêts séparés. C'est un ensemble sans fracture. Où vie quotidienne et vie politique ne font qu'un, où il y a une sorte d'évidence à agir pour le collectif. Par ailleurs, cet idéal de la communauté-village décrit ici par Hudson et repris par Dewey ressemble étrangement à l'organisation fantasmée de la petite communauté politique chez Rousseau et aux représentations qu'elles se donne à elle-même, qui servent précisément de modèle à Vilar pour penser l'assemblée, ou plutôt le *rassemblement* théâtral[7]. Car les traits qui s'exposent dans la description de Hudson sont aussi ceux d'une *communauté-nation fantasmée*, qui a partie liée en effet avec l'idée d'un théâtre *national populaire* dans les années 1950 (elle lui sert même de vecteur idéologique après la Libération) mais qui semble complètement obsolète aujourd'hui. Nos sociétés démocratiques contemporaines, loin de ressembler à des « petites communautés isolées », ne peuvent reposer ni sur la participation spontanée ni sur une solidarité sans demande de contrepartie. Autrement dit, l'organisation de la vie en société (la politique au sens 1, étymologique), ne peut se vivre ni se penser sous le régime « naturel » d'une morale spontanée qui serait une extension des relations entre membres de la même famille, ou d'une même petite communauté (d'un même village), c'est-à-dire sans politique au sens 2. À l'inverse, dans la communauté villageoise décrite par Hudson, soit « dans de telles conditions d'intimité », nous dit Dewey, « l'État est une impertinence ». Tout se passe comme si c'était ces « conditions d'intimité » que notre premier ensemble de spectacles se chargeait de reproduire, à savoir cette « sympathie et cette solidarité » *naturelles, spontanées*, qui sont susceptibles de fonder un être-ensemble moral… et a-politique.

---

7 Voir première partie, L'aventure *vilarienne*.

On comprend alors que même lorsque ce type de spectacle traite d'une matière historique (c'est le cas de Mouawad avec la guerre civile libanaise, mais aussi de Lauwers avec sa trilogie *Sad Face / Happy Face*, tissée sur fond d'histoire du XXe siècle), celle-ci reste un *paysage*, à l'intérieur duquel évoluent, luttent, et pâtissent les individus, dont les interactions subjectives et intimes demeurent au cœur de notre attention, au fondement de notre mouvement d'empathie. Par rapport à la nécessité de produire un grand récit, compassionnel et englobant, la description du contexte (du « paysage »), elle, reste au second plan. On pourrait même aller plus loin et souligner que cet arrière-plan historique est souvent considéré dans ces récits comme l'*autre* de l'individu, l'ennemi abstrait contre lequel il se bat, l'obscur passé qu'il ignore, ce qui fait partie de lui mais l'empêche, d'une certaine manière, d'être ce qu'il veut être, ou d'être avec les autres. Ainsi l'Histoire, dans cet ensemble, est une donnée extérieure qui *s'impose*. Elle est l'autre nom du destin, ou de la Providence. Non seulement l'individu devrait réussir à s'en dégager pour être « lui-même », mais aussi pour parvenir à se relier de nouveau à ses contemporains. Aussi, raconter, raconter et raconter encore serait un exorcisme : sortir l'(H)istoire de soi et *se* sortir de l'(H)istoire pour « être ensemble » *malgré elle* ; soit pour re-créer indéfiniment des liens d'empathie entre tous, des liens qui permettent de recoudre les fractures et recouvrir les séparations qu'opèreraient des forces sociales, économiques ou politiques.

Mais si notre hypothèse est juste, si le théâtre public (subventionné par l'État) se met en devoir d'agir en vue d'une « réparation » démocratique quelconque, et si les œuvres que l'on qualifie d'« épiques » dans les discours artistiques, journalistiques ou universitaires qui les accompagnent constituent bien une manière d'agir en ce sens (en s'efforçant, par un certain régime de théâtralité – abondante, généreuse, inclusive – de re-souder le collectif assemblé au cours de la séance pour pointer vers l'existence possible d'une communauté – humaine, sociale et politique – qui a elle-même tendance à être fantasmée comme une communauté-village), alors il y a, nous semble-t-il, un paradoxe à soulever. Pourquoi cette tentative de réparation démocratique en passerait-elle par une transmission d'affects plus moraux que politiques ? Pourquoi la communauté-village comme référence inavouée pour penser le possible collectif démocratique contemporain ? Une première réponse serait de dire qu'il faut bien commencer par quelque chose, et qu'il y a des « êtres-ensembles » plus faciles à constituer que d'autres – et c'est d'ailleurs pourquoi nous ne condamnons aucunement ce premier pan de l'épique, même si, au regard de l'objectif postulé (et qui est de nature politique), et au vu des coordonnées sociales, culturelles et économiques du théâtre public (au regard de « qui » est généralement dans la salle), il ne nous semble pas opérant, ou pas suffisamment. Une seconde pourrait être de dire que ce type d'épique, et le singulier glissement de signification qui le marque depuis Brecht (depuis un théâtre populaire dans les faits, ou dans la salle, à un théâtre de la *représentation* du populaire ; depuis un théâtre armé, dressé et combatif, à un théâtre moral, sympathique et rassembleur), est inspiré par le jeu économique dans lequel il s'insère. Épique ne peut plus être synonyme de révolutionnaire tout en s'inscrivant dans les logiques de production néo-libérales du théâtre public. Une troisième réponse, plus féconde pour nous, pourrait être de dire qu'on ne sait pas, en réalité, vers quel type de collectif s'orienter, ni quelle type de communauté politique inventer, et que par conséquent, bon nombre de spectacles continuent de s'efforcer de fabriquer des affects et des genre de rituels qui rassemblent de la même façon depuis les années 50, même s'il n'y a plus besoin de rassembler ceux qui sont aujourd'hui dans la salle, d'abord, et même si l'on ne veut plus – nous, individus du XXIe siècle – être « rassemblés » de la même manière qu'il y a vingt ans, ensuite[8]. Cela voudrait dire que pour imaginer une autre communauté que la communauté-village, pour se représenter de nouveaux collectifs à la potentielle effectivité politique en contexte démocratique actuel, il faudrait aussi inventer d'autres cérémonials, d'autres genres de « veillées » théâtrales, il faudrait se tourner, enfin, vers d'autres types d'épopées.

Justement, d'autres spectacles qu'on appelle aussi « épiques » et qui se sont créés au cours de la même période (années 90-2000-2010) ne présentent pas les caractéristiques énoncées ci-dessus de grande forme narrative et inclusive sur fond d'Histoire entendue comme destin.

C'est le cas du fameux *Rwanda 94*, du Groupov, créé en 1999 à Liège après cinq ans de travail collectif, et qui tourna ensuite pendant des années en Europe. En matière de traitement critique et politique de

8 Et ce notamment en raison du type d'individualisme qui nous définit, rétif à l'assimilation, et que Pierre Rosanvallon a théorisé comme un individualisme de singularités. Voir note 2.

l'histoire européenne récente, *Rwanda 94* fait office de spectacle épique « somme » selon Olivier Neveux : somme « des formes et dispositifs que le XXᵉ siècle avait sinon inventés, du moins perfectionnés et aiguisés[9] ». Le spectacle commence ainsi par une séquence de « théâtre-témoignage », un long récit de Yolande Mukagasana, rescapée du génocide, qui raconte les jours, les massacres, la fuite, la perte : faits concrets, images personnelles, détails précis, souvenirs vivants. Le point d'ancrage de la représentation est donc une parole authentique : nous parlons bien de ce qui est *arrivé* à cette personne qui est assise *là-devant-nous*, qui en représente des milliers d'autres, et qui s'exprime dans un temps qui ne figure rien, qui est le temps réel dont elle a besoin pour dire, pour raconter – comme la condition de tout discours possible *sur* les événements. Autrement dit, le caractère indiscutable de l'horreur doit nous saisir d'abord (par la performance du récit, par les émotions) pour que l'on accompagne ensuite un processus d'enquête historique, et que nos émotions se transforment en affects politiques. La première séquence du spectacle fait donc partie d'une démonstration, d'un mouvement général pensé pour nous mobiliser. Alternent alors des séquences de « théâtre-documentaire », et de « théâtre d'agit-prop », un « oratorio militant » et une « séquence didactique » donnée par le metteur en scène lui-même. Chacune de ces formes succède à l'autre avec tranchant, pour redonner du temps et de l'épaisseur historique aux événements, pour permettre au regard distance et réflexivité, pour permettre de comprendre enfin, l'histoire *par l'Histoire.*

Ce que l'on observe ici c'est un autre type d'épique qui vient peut-être prendre le problème dans l'autre sens. En s'occupant moins du récit, ou de la forme narrative de l'épopée, que de ses contenus traditionnels – l'histoire d'une communauté, d'un collectif ou d'une nation – cet autre catégorie de l'*épos* fait passer le contexte au premier plan. Ce dernier n'est alors plus exactement un « paysage », sinon la matière même du spectacle, et le lieu de ses interrogations. Autrement dit, en représentant l'histoire d'un peuple, les épopées théâtrales qui vont nous intéresser à présent font aussi celle des formes politiques et économiques qui le gouvernent. Mais comment celles-ci passent-elles au centre, exactement ? Selon quelles modalités d'écriture et de traitement au plateau ? Et qu'est-ce que cela vient transformer dans le jeu des acteurs, dans les

9 Neveux, Olivier, dans Politique du Spectateur, *op. cit.*, p. 109.

types d'adresse aux spectateurs, dans les manières de penser le spectacle et la représentation ? Et si c'est bien l'aventure d'une communauté qui se met en scène, comment sont traités ses héros et ses grandes actions ? Que deviennent les questions traditionnelles de l'épopée, celles, notamment, de l'honneur et du devoir ? De quelles façons, et autour de quels dispositifs, ce théâtre « qui fait de l'histoire » s'empare-t-il des contenus épiques traditionnels ? Ces catégories de l'épopée homérique sont-elles même encore pertinentes ? Et si par hasard elles ne le sont plus, quelles sont celles qui les remplacent ? Enfin, qu'est-ce que cette mobilisation de l'épique historique sur les plateaux d'aujourd'hui recouvre comme enjeux plus larges, esthétiques et politiques ?

Nous quittons donc l'épopée théâtrale entendue comme grand récit inclusif pour nous tourner vers une autre définition de l'épique, pensé comme lieu d'élaboration de l'histoire collective, et ce en cherchant à identifier ce qui s'invente depuis *Rwanda 94*. Aussi, nous laissons Aristote derrière nous, pour retrouver non pas forcément Brecht, mais des dramaturgies plurielles et des créations de plateaux originales qui semblent déterminées à renouveler notre manière de mettre l'Histoire en scène – et, en premier lieu, l'Histoire nationale.

S'ATTAQUER AU MYTHE NATIONAL

Briser les idoles / les héros / le récit heroïque pour fonder un nouvel épique historique

Il existe des représentations figées des événements du passé comme des représentations figées des morts. En changeant constamment d'échelles et de cadres d'observation, l'Histoire est l'activité scientifique qui les réveille, et elle est en même temps le récit (l'histoire) que cette recherche produit. C'est dire qu'elle est à la fois une activité et un discours. Leur renouvellement et leur remise en cause à tous deux sont gages de leur vitalité, soit de leur potentielle *utilité* pour penser le présent. Les récits historiques, (au pluriel, donc), nous parlent autant de la période qu'ils visent que de ce qui intéresse (au sens propre et figuré du terme) leur contexte d'écriture. Et ces « intérêts » mêmes sont susceptibles de nous révéler les catégories avec lesquelles pense l'époque de l'historien. De la même manière, les projets artistiques qui se penchent sur des séquences précises de notre histoire nous parlent autant du passé qu'ils mettent en scène que de la société à laquelle ils appartiennent. C'est ce qu'ils sont susceptibles de révéler des outils conceptuels qui nous sont propres et du monde dans lequel on vit qui nous intéresse – non seulement le monde réel, mais l'espace mental que l'on partage, avec ses endroits d'espoirs et de contritions, ses lieux communs et ses zones interdites. Les périodes choisies d'abord, les modes d'enquête ensuite, et enfin les dispositifs mis en place sur le plateau, les types de jeux (les écarts, les déplacements, les mouvements d'identifications et la singulière manipulation des temps qu'ils impliquent), sont des indicateurs d'un présent en train de se penser. Aussi, ce sont les spectacles qui prennent à bras le corps une période, sans qu'un texte préalablement écrit ne vienne indiquer *a priori* le rapport entre la matière historique d'un côté, et ce que décident d'en faire les artistes de l'autre, qui vont constituer nos cas d'études. Autrement dit, nous nous intéresserons exclusivement ici aux projets qui sont fondés sur l'*écriture* de ce rapport. Dont le but explicite est de « faire de l'histoire », c'est-à-dire de construire un certain récit historique au plateau qui serait le produit d'une recherche et d'un processus d'enquête unique. De sorte qu'il soit plus facile pour nous d'observer comment l'histoire et l'histoire nationale en particulier, son récit et son « roman » (à supposer qu'il y ait encore un « roman national[1] »), ses idoles et ses mythes, sont pensés, remis en jeu, révoqués ou réinventés, et grâce à quels dispositifs. Est-ce que ces dispositifs, est-ce que ces *praxis* traduisent, elles aussi, une forme de nostalgie à l'égard d'une communauté ou d'une unité perdue, ou bien s'efforcent-elles au contraire de mettre en lumière les fractures ? Qu'est-ce que ces tentatives pratiques cherchent à éclairer ? Et que veulent-elles faire à la salle ? Ou *dans* la salle ? Autrement dit, qu'est-ce que cet autre pan de l'épique contemporain quête, si sa quête est différente ?

Pour répondre à ces questions, nous choisissons d'aller d'abord et directement au traitement de la séquence historique la plus représentée dans le théâtre public français, celle de la Révolution de juillet 1789. Nous postulons en effet que si quelque chose change et « tourne » dans le rapport que la pratique théâtrale (du théâtre public en France) entretient avec l'histoire, cela « tourne » notamment autour de cette séquence historique particulière de l'histoire nationale, qui concentre à elle-seule tant de mythes, tant d'espoirs, tant d'idéaux politiques dans lesquels ce théâtre public se reconnaît. Mais pourquoi et comment, justement, s'y reconnaît-il encore ? Qu'est-ce que son traitement sur les scènes contemporaines nous apprend de ce qu'il se joue d'encore absolument particulier pour

1 L'expression désigne depuis *Les Lieux de mémoire* de Pierre Nora (1984), l'utilisation de l'histoire comme « grand récit » pour fabriquer et faire aimer la nation, aussi bien dans la recherche qu'à l'école. On en trouve les premiers linéaments sous le Second Empire (le roman national étant aussi un roman impérial) mais c'est surtout sous la 3e Republique, et avec les programmes Lavisse (1902), que se fixent les clichés, les scripts aussi, d'une histoire visant à édifier, à faire des républicains et à glorifier la France à travers les temps : c'est en effet une histoire téléologique, celle de la France éternelle, de la France d'avant la France, qu'il s'agit de construire et d'inventer. « Nos ancêtres les Gaulois… » : un tel récit historique est habité par des rois et des figures héroïsés, par une identité essentialisée, et par une chronologie sacralisée comme la lente émergence de la France comme puissance. Jusqu'en mai 1968, le roman national s'enseigne ainsi et inspire aussi beaucoup de travaux universitaires, marqués par les catéchismes nationaux et républicains. Après une phase de déconstruction, d'élargissement et de relativisation à l'échelle globale, mais aussi en cassant les approches trop exclusivement chronologiques, en faisant une plus large place à l'histoire des dominé(es), il y a depuis la fin des années 1970 un retour de ces approches.

nous, contemporains, dans ce moment-là de l'Histoire ? Qu'est-ce qui s'est décalé dans la représentation de cette séquence ? Et qu'est-ce que cela nous apprend de la manière dont l'épique historique se décale aussi ?

Il faut choisir les cas qui ont eu le plus de succès pour comprendre. Nous commençons par le plus récent : la curieuse et paradoxale « épopée » à laquelle se décide Joël Pommerat avec le spectacle *Ça Ira, Fin de Louis*, créé en 2015 au Manège de Mons en Belgique[2]. Et nous comparerons alors cette proposition avec celle, un peu plus ancienne, du groupe de comédiens réunis au sein du Collectif des d'Ores et déjà : *Notre Terreur*. Qu'est-ce qui réunit ces deux tentatives dans leur manière de se rapporter à cette séquence mythique de notre histoire ? Mais qu'est-ce qui les distingue aussi, et qu'est-ce que cela dit des possibilités qui semblent s'offrir en termes de renouvellement de l'épique ?

ÇA IRA, FIN DE LOUIS (1) – LA RÉVOLUTION FRANÇAISE SORTIE DU RÉCIT NATIONAL

DU CONTE À L'HISTOIRE OU LE VIRAGE DE JOËL POMMERAT

Joël Pommerat fait confiance aux récits. Dans son théâtre, et sans doute de manière paradigmatique dans ses adaptations de contes pour enfants, l'*épique* est le berceau du *dramatique*, il l'encadre et le protège autant qu'il joue avec lui. Si toutes les pièces de l'auteur présentent un cœur dramatique net, avec une fable claire et des personnages identifiables, des écarts, des frottements permanents ne cessent ainsi d'avoir lieu entre ce qui nous est proprement *raconté*, par l'intermédiaire d'une voix *off* ou d'un présentateur, narrateur ou conteur au plateau, et ce qui est *joué* ou *mimé*.

> La forme privilégiée de mélange épique/dramatique chez Pommerat tient, comme nous l'avons vu, au principe du conteur : dans *Le Petit Chaperon rouge*, il se nomme « L'Homme qui raconte », dans *Pinocchio* c'est « Le présentateur » et

---

2 Plus exactement, le 16 septembre 2015, dans le cadre de Mons capitale de la culture. Le spectacle tourne ensuite, entre autres, au théâtre des Amandiers, à Nanterre du 4 au 29 novembre 2015, où il sera repris en 2016.

> dans *Cendrillon*, c'est « une narratrice dont on n'entend que la voix ». Dans les trois cas, la pièce s'ouvre et se ferme sur cette parole du récit. Dans *Le Petit Chaperon rouge*, le conteur prend en charge presque la moitié du texte publié (vingt pages de dialogue pour dix-sept pages de récit conté), ce qui pousserait presque ce texte du côté de l'écriture mimo-dramatique. Dans ces trois pièces, les contes sont portés par une voix très présente, et un relai presque naturel semble se créer, à la lecture, entre cette voix du conteur et le texte didascalique[3].

Et pourtant, qu'il s'agisse des contes ou de ses autres pièces, toutes fonctionnant grâce à ce cadre épique (ou épique encadrant, tel qu'on l'a défini dans notre prologue), nul désir d'« épopée » n'était lisible dans ce théâtre jusqu'à sa dernière création. Loin de cette théâtralité généreuse, abondante, exhibée, (centrifuge ?) qu'on a repérée dans les grands récits de la première partie, Pommerat excellait dans la mise en scène d'une réalité stylisée, découpée de manière tranchante sur des plateaux vides et nus, espaces mentaux pour des récits (centripètes ?) et des drames concentrés. À la frontalité, de même, le metteur en scène préférait souvent la proximité du bi-frontal (*La réunification des deux Corées*), ou du cercle (*Ma Chambre froide, Cercles/Fictions*), de même qu'au récit linéaire il privilégiait en général les séries de fragments et les suites de numéros discontinus (comme dans le faux cabaret *Je tremble 1* et *2*).

Néanmoins, *Ça Ira (1), Fin de Louis*, en 2015, fait sortir de ses gonds un tel théâtre. En apparence, tout change[4] : un retour au frontal avec un plateau d'une vingtaine de mètres d'ouverture, une jauge d'au moins cinq cents spectateurs, une quarantaine d'acteurs dont la moitié de figurants, un récit historique et linéaire, déplié dans le détail de ses événements, et un sujet qui tient du mythe national. Soudain, tous les critères de l'épique semblent remplis, alors même que le directeur d'une telle « entreprise » leur tournait jusqu'ici le dos. Ce virage qui fait passer du conte à l'épopée – sur le plateau – et de la « veillée » à l'« assemblée » – dans les gradins –, est particulièrement intéressant pour notre enquête, que nous pouvons faire virer de bord à notre tour.

---

3 Bernanoce, Marie, « Conte et théâtre : quand le récit hante les dramaturgies jeunesse. », Agôn [En ligne], Dossiers, (2014) HS n° 2 : Mettre en scène le conte, mis à jour le : 27/11/2015, URL : http://agon.ens-lyon.fr/index.php?id=3109, consulté le 19/10/2021.

4 Cela dit, Pommerat avait déjà fait entrer l'Histoire dans ses fictions, même si c'était par la porte du drame, et par le registre de l'étrange, comme dans *Les Marchands*, par exemple, créé en janvier 2006, au Théâtre National de Strasbourg.

Après un théâtre épique voué à créer le sentiment d'« être ensemble » au sein de son public, en voilà un qui cherche à faire ressentir les fractures et les dissensus. Et l'on a ici une ligne de partage.

DE LA RUE À LA CHAMBRE : LES IMPLICATIONS D'UN DÉPLACEMENT

Ça Ira, (1) Fin de Louis dure 4h30, et son titre laisse présager une suite. Nous sommes ici précisément dans l'exercice de la peinture historique, dont nous avons parlé plus haut. Mais ce ne sont pas des scènes de batailles que nous peint Pommerat. Circonscrivant son sujet aux années 1787 à 1791, le metteur en scène a aussi délimité trois lieux où se passe l'action : les appartements du roi à Versailles, l'Assemblée de députés à Versailles également, et les comités de quartiers où se réunissent les parisiens. Trois *intérieurs* qui sont chaque fois des lieux « de réunion », soit les coulisses des événements tels que l'on se les représente le plus souvent, dans les rues de Paris. Ces trois espaces sont trois théâtres différents d'une *parole-action* : une parole toujours délibérative, parfois hésitante, feutrée et tournée vers la scène (chez le roi), mais le plus souvent frontale, adressée aux spectateurs, portant l'urgence de convaincre animant les membres des deux camps, qui s'en emparent avec force pour faire pencher l'Histoire d'un côté ou de l'autre du plateau, et des gradins – nous allons y revenir. C'est dire que l'accent est mis sur le moment du débat et de la prise de décision politique, plus que sur les agissements du « peuple ». Pommerat distingue donc d'emblée son travail de l'épopée révolutionnaire de Mnouchkine, qui plongeait à l'inverse ses spectateurs au cœur des délibérations populaires mais aussi des actions révolutionnaires proprement dites, passant du dialogue-au récit-à l'action de manière organique, nous conduisant énergiquement de l'un à l'autre comme pour imprimer en nous la trajectoire qui mène du sentiment de l'injustice à la révolte collective, autrement dit, en terme spatiaux : à la rue. Le bouillonnement et l'effervescence sont sans doute les « états » que l'un et l'autre s'efforcent de représenter pour décrire la révolution. C'est ainsi qu'elle est définie, et cela n'a pas l'air d'avoir changé. Mais si la mise en scène de tels états affectifs en passe dans le premier cas par un dispositif scénographique éclaté, par une mise en mouvement des spectateurs eux-mêmes autour des espaces de jeu, et par le déploiement d'une forme de *liesse théâtrale*, impactant aussi bien le jeu des acteurs que les changements de décors, d'accessoires, de registres et de formes scéniques (du récit aux marionnettes du *Bread and Puppet* en passant par de vraies scènes de drames) – bref, par l'instauration du *désordre*, du mélange et de la confusion comme lois de l'organisation du spectacle et du temps de la représentation – dans l'autre cas, en revanche, le cadre scénique reste extrêmement épuré, propre, comme non entaché par les violences du dehors, à de rares exceptions près, qui font d'ailleurs événement[5]. Pommerat enserre donc son récit dans les lieux froids des institutions politiques contemporaines, dans les espaces sourds des bureaux, dans des *war rooms* cliniques – nouveaux topos de la représentation historique (ce sont notamment les espaces privilégiés à l'aide desquels un metteur en scène comme Ivo Van Hove traite l'action politique dans les pièces historiques de Shakespeare[6]). Les extérieurs et la foule en action sont remplacés par des pièces glaciales, des réunions houleuses et des assemblées divisées (prises néanmoins dans une circularité scénographique qui inclut la salle, nous allons y revenir). Sur l'espace de l'épopée, cette transformation est parlante : le cœur de l'action – politique et historique – s'est déplacé depuis les années 70. Il s'agit dorénavant de nous faire pénétrer dans des espaces inaccessibles, secrets, surprotégés : espaces presque mythiques, fantasmatiques, des *arcanes du pouvoir*. Ces espaces où précisément, nous n'avons jamais accès sinon de manière médiée – par la voie d'une chaîne parlementaire, de quelques documentaires sur l'Élysée, d'une interview ici ou là dans un salon, ou de toute autre émission conduisant dans le dédale des couloirs institutionnels notre intérêt pour la chose publique

5 Dans la dernière partie du spectacle, le « peuple » par l'intermédiaire de 3 femmes, fait irruption à Versailles pour s'adresser directement à « son » Roi, court-circuitant tout dispositif de représentativité.

6 *Lords of War*, présenté à Chaillot, en 2016 est à cet égard paradigmatique : le spectacle contracte les trois pièces de Shakespeare, *Henry V*, *Henry VI*, et *Richard III*, pour exposer trois portraits de rois, et trois « leaderships » politiques différents. Le plateau y est pensé sur le modèle de la « *war room* » de Churchill, entre espace privé, quartier général politico-militaire et bunker. Les informations du dehors parviennent essentiellement aux souverains comme aux spectateurs par l'image vidéo, directe ou non, filmée dans les couloirs. Aussi, *Ça Ira (1) Fin de Louis* s'oppose à *1789* et *1793* du théâtre du Soleil de la même manière que *Lords of War* peut se distinguer de l'*Henry VI* de Thomas Jolly que nous avons étudié dans notre première partie. Si la Révolution Française autant que Shakespeare fournissent – en tête de liste – matière à des épopées théâtrales contemporaines, celles-ci sont donc de deux ordres différents : le grand récit festif *versus* le drame concentré, les grandes actions du passé jouées avec une distance ludique *versus* leur adaptation contemporaine dans les cadres scéniques d'un réalisme (cinématographique) froid et stylisé.

aussi bien que notre œil un peu voyeur, et Pommerat ne manquera pas de moquer en passant ces médias-là – ces espaces qui sont l'endroit méconnu donc désirable où « cela se passe ». Il est facile de constater ce que cette idée (cette impression, cette illusion ?) doit à nombre de fictions cinématographiques, télévisuelles, et aux séries contemporaines. Notre imagination du politique a été refaçonnée à la manière d'un « Château de cartes[7] », une forteresse moderne où quelques individus en costume trois pièces prennent les décisions qui changent notre quotidien sans que l'on n'y puisse rien. Si contradictoire et ambivalent que cela puisse paraître, chercher à « rendre le passé présent[8] », pour Pommerat, ce sera donc, en partie, placer la Révolution française à cet endroit (esthétique, filmique et politique) de notre imagination. Où le plaisir – d'être enfin « dedans », *dans* l'Assemblée nationale, *dans le* cabinet politique, *dans* la réunion des ministres ou la chambre des députés – croise le sentiment ambigu de notre impuissance.

Ajoutons que c'est aussi le principe de la tragédie classique que de voir ce qui se passe du côté des rois et des héros. La position semble donc typique pour les spectateurs, à la différence près qu'ils vont être associés, voir même convoqués aux décisions qui se prennent dans la fiction.

Le metteur en scène travaille alors avec ces distances étranges – entre les limites fort éloignées du plateau et les places des acteurs –, avec ces vides et ces silences qui contrastent avec un hors-scène que l'on imagine bouillant, grouillant, tumultueux, et qui fait pression sur un espace immense – notamment celui de la résidence royale, où les protocoles semblent avoir ralenti et presque figé les corps, la vie, comme dans un grand frigo. Il y a donc quelque chose de contracté dans cette occupation du plateau, où de petits groupes de personnages politiques aux costumes coupés droit[9] se déplacent ensemble comme pour échapper au gel. Les

---

7 *House of cards* est une série télévisée américaine créée par Beau Willimon, produite par David Fincher, Kevin Spacey, Eric Roth, Andrew Davies et Michael Dobbs, elle est l'adaptation de la série britannique homonyme, elle-même adaptée du roman de Michael Dobbs. La série est diffusée depuis le 1er février 2013 sur Netflix aux États-Unis et au Canada, et raconte l'ascension au pouvoir du personnage de Franck Underwood, et de sa femme Claire Underwood, joués par Kevin Spacey et Robin Wright.

8 Boudier, Marion, *Autour de Ça Ira (1) Fin de Louis*, de Joel Pommerat, Compagnie Louis Brouillard, p. 9.

9 Sur les costumes, ils sont en réalité moins « contemporains » que « basiques », c'est-à-dire tendant à l'intemporel, mêlant des coupes datant des années 70, 80, 90. Voir Isabelle Deffin : « Finalement nous avons cherché une forme de contemporanéité intemporelle

couleurs dominantes – le gris, le bleu, le blanc, le noir – accentuent ces impressions. Et pourtant, cela n'empêche pas l'espace de s'ouvrir. Seulement, ce n'est pas tant à la manière d'un débordement d'énergie, comme chez Mnouchkine, que cela a lieu, mais à partir d'une fracture, une cassure opérée par l'adresse. Le micro, comme objet symbolique de la prise de parole publique, est le point de faille qui élargit l'espace de jeu à tous les gradins. Autour de lui vont alors se tordre les silhouettes anguleuses qui cherchent à se l'accaparer.

Ill. 2 – *Ça ira (1) Fin de Louis*. Photographie Elisabeth Carecchio.

avec des costumes non historiques. Pour cela il faut trouver le "basique". [...]. Le côté intemporel intervient quand on essaye de ne pas figer le temps. Il faut mixer les éléments, repérer des basiques et les retravailler en utilisant parfois des choses un petit peu plus modernes. Quand un élément est trop spécifique d'une période, on gomme des petites choses. Quand on veut faire un peu ancien ou vintage, ça peut être intéressant de travailler sur la couleur. Des couleurs brunes, bleues racontent beaucoup les années 60 par exemple. » dans *Revue d'Histoire du Théâtre*, Octobre-Décembre 2015, – IV/n° 268 « Révolution(s) en actes »

PAROLE-SPECTACLE ET PUBLIC-CHAUDRON

Très vite, le spectacle devient alors essentiellement un spectacle de discours, adressé aux spectateurs comme à d'autres membres du parlement, qu'il s'agit, absolument, de convaincre. Alors que toute une partie des acteurs est placée avec les spectateurs dans la salle, afin d'inclure ces derniers dans la fiction de ces différentes assemblées, se crée un dispositif immersif où les idées révolutionnaires ont bel et bien l'air de s'élaborer collectivement, conflictuellement, et en direct. La fiction de cette salle en ébullition, dans laquelle nous sommes pris puisqu'à nos côtés de « faux » spectateurs se lèvent soudain pour marquer leur approbation ou leur indignation, s'agitent, font les cent pas dans les allées, s'égosillent et se rassoient, cette fiction, Joël Pommerat la désigne sous la formule d'« espace-chaudron[10] ». Nous pourrions aussi l'appeler « public-chaudron » tant le procédé est bel et bien une manière de rêver un public en action, un public *citoyen*[11]. Ainsi cela « chauffe » et gronde plus dans les gradins que sur la scène – ce qui est également, et encore une fois, une autre manière de déplacer l'action épique : de la scène vers la salle, et vers la parole seule. Les interjections fusent de toutes parts, on a parfois à peine le temps de savoir qui parle, et de quoi, qu'un autre s'est emparé du micro, et l'on suit avidement ces combats sans épée ni canon, où le bon mot seulement décide et l'emporte. Une sorte de nouveau « Waterloo » où nous sommes tous des Fabrice, ne sachant où donner de la tête ni comment prendre les armes. Il y a quelque chose d'assez terrifiant d'ailleurs dans cette guerre des mots, que Pommerat nous démontre comme étant la nôtre – voilà le début et le fondement de notre démocratie occidentale, dit le spectacle : la parole est partagée à l'arrachée et c'est dans cette immense confusion que les décisions se prennent – car les arguments et les visions du monde, pour s'entrechoquer avec fracas, gagnent ou perdent sans qu'une compréhension profonde de leur différence n'ait le temps de s'asseoir ni de s'assurer.

10 « Autour de Ça Ira (1) Fin de Louis, Entretien avec Olivier Neveux et Christophe Triau » in *Théâtre/Public* N° 221, juillet-septembre 2016, p. 12.

11 à entendre ici au sens de : qui participe par la pensée et par une prise de parole spontanée à des décisions politiques immédiates.

UNE FICTION DÉMOCRATIQUE (1) : PARTICIPATIVITÉ/REPRÉSENTATIVITÉ – ENTRE DEUX NÉOLOGISMES

Et pourtant, tout est fait pour que l'on sente que l'enjeu de chaque prise de parole, (et même du spectacle entier) est notre compréhension de ce qui se *dit*, et même plus que cela : notre *adhésion* à telle ou telle proposition. Des votes (votes à main levée, celles de ces « forces vives[12] » que sont les acteurs amateurs assis parmi nous) ont lieu régulièrement, qui valident ou non l'avancée du processus décisionnaire, et nous font croire, par l'intermédiaire de ces mains qui ne sont pas les nôtres, de ces cris et de ces réactions qui ne sont pas les nôtres, que nous participons à l'élaboration de cette démocratie originelle, principe après principe, discussion après discussion. Cet effet, presque de trompe-l'œil, de faire surgir les voix et les bras du public, fonctionne à plein comme illusion immersive. Christian Biet, dans son article « État d'urgence et représentation de la démocratie[13] » a relevé que l'immersion pourtant, ne faisait pas la participation, tout en questionnant si tel n'était pas, précisément, notre lot, en tant que citoyens d'une démocratie occidentale qui se vit au rythme de BFM TV, d'être *immergé*, (voire sub-mergé), *sans participer*. Or, de fait, troublée et amusée sans doute par un voisin qui se révèle être un acteur et tonne à mes côtés, je me garde néanmoins de l'imiter, et par distinction, ma place de spectatrice est d'autant moins ambiguë. Mais ces prises de distances régulières (*de l'autre*, qui parle et agit tout près, *à soi*) qui ont lieu au cœur de l'immersion elle-même, ne sont-elles pas heureuses en ce que l'écart permet, aussi, le jugement ? C'est toute la question. Et il ne semble pas que le spectacle nous permette de trancher, puisque nous le passons dans l'alternance de cet intérêt avide pour le conflit (idéologique, mais aussi concret, physique) qui se joue devant et parmi nous, pour ses différents acteurs, l'amusement et le plaisir de la *proximité* – plus encore que ceux de l'*immersion* – d'un côté, et, de l'autre, la fatigue d'un exercice qui s'assèche au fil des heures. « Assignés à notre fauteuil », commente Biet, nous ne savons pas si c'est « un jeu auquel nous convie le spectacle », celui d'élire mentalement l'acteur-rhéteur que l'on préfère, (jeu presque plus réjouissant que celui

---

12 Boudier, Marion, *Autour de Ça Ira (1) Fin de Louis*, de Joël Pommerat, Dossier pédagogique réalisé par Marion Boudier et la Compagnie Louis Brouillard, p. 16.

13 Biet, Christian, « État d'Urgence et représentation de la démocratie, à propos de Ça ira (1) fin de Louis » in *Théâtre/Public*, N° 220, avril-juin 2016, p. 135-138.

de (re)faire le choix des options politiques qui nous semblent les plus raisonnables[14]) ou si « c'est notre monde qu'il s'agit de reconnaître » : celui d'un flux continu d'informations, d'émotions, et de discours qui assaille et finalement sidère la pensée.

Cette question de la participation démocratique convoque ici la mémoire d'un autre spectacle, *L'Ennemi du Peuple*, monté par Thomas Ostermeier, et présenté en France à l'occasion du Festival (*In*) d'Avignon de 2012[15]. Plus spécifiquement, c'est le souvenir de l'ouverture – cruciale – proposée au milieu de la représentation que nous rappelons ici. La salle s'éclairait soudain, deux micros étaient offerts à l'audience, et le cas du personnage principal de la pièce d'Ibsen était débattu parmi les spectateurs. Un constat s'était alors imposé dès la première[16] : un étonnant désir de parole trouvait ici à s'exprimer, un désir de dire,

14 L'effort du spectacle, et son mérite, est toutefois précisément celui-là : remettre en jeu ces options, et refonder leur légitimité dans une réflexion vivante. Il faut vraiment, en un sens, refuser de « jouer le jeu » pour ne pas accompagner cet effort. Mais à la fois se prêter au jeu et le refuser, s'y impliquer et le regarder de loin, osciller, hésiter, cela définit sans doute l'expérience spectatrice, en général. Voir aussi Biet, Christian « Le spectateur / Les spectateurs, pour une posture critique de l'hétérogénéité » *Théâtre/Public* Avril/Juin 2013, N° 208, *Penser le spectateur.*

15 La pièce raconte l'histoire d'un jeune médecin qui veut rendre publique sa découverte : les eaux des thermes qui font la prospérité de sa ville sont gravement polluées. Mais le voilà désigné comme « ennemi du peuple » par les politicens, les journaux, les notables, la ville entière. *L'Ennemi du peuple* est ainsi la cinquième pièce d'Ibsen que met en scène Thomas Ostermeier ; interrogé par Jean-François Perrier pour l'édition du programme du festival d'Avignon, il s'en explique ainsi : « Avec le recul, je m'aperçois qu'aujourd'hui, je travaille vraiment au cœur de ce qui m'intéresse dans l'œuvre d'Ibsen, c'est-à-dire l'analyse politique et sociale du monde qui l'entourait. Je me sens moins intéressé par les thèmes psychologiques, par les questions sur le couple ou la famille. Avec *Un ennemi du peuple*, Ibsen pose la question essentielle de savoir si la vérité peut exister dans une société bourgeoise. C'est pour moi une interrogation fondamentale aujourd'hui, alors que nous sommes soumis à la dictature du marché. Comment peut-on faire pour mettre la raison plutôt que le profit au cœur de nos existences ? C'est un sujet que j'ai déjà abordé en mettant en scène *Mesure pour Mesure* de Shakespeare. À cela, il faut ajouter deux autres questions : celle de la radicalité de la pensée et des choix de vie, et celle de la possibilité ou de l'impossibilité d'une véritable démocratie dans un système capitaliste où le libéralisme sauvage écrase tout ».

16 Ce dont la presse fait état. Voir Solis, René « Ibsen fait début chez Ostermeier » pour *Libération*, le 19 juillet 2012 : « Comme s'ils avaient oublié les règles du théâtre, des spectateurs se lâchent et prennent les personnages de la pièce pour de vrais interlocuteurs. De la presse qui étouffe la vérité au scandale du Mediator en passant par l'arrivée démocratique de Hitler au pouvoir, dix minutes de déversoir, du plus pertinent au plus regrettable, que la mise en scène d'Ostermeier parvient à contenir avec habileté. » http://next.liberation.fr/culture/2012/07/19/ibsen-fait-debat-chez-ostermeier_834419, consulté le 03/09/18.

désordonné et compulsif, qui prenait appui sur la fiction pour s'étendre au-delà même des thèmes abordés par le spectacle, abordant tous les sujets du mécontentement politique et social et les jetant ici et maintenant, puisque l'occasion se présentait, aux oreilles de tous, et faisant finalement de la réunion publique, jouée par les acteurs et expérimentée dans la salle, une sorte de crachoir. Ce souvenir laisse tout aussi perplexe quant aux pouvoirs de la parole, soit à l'égard de ce que peut « le public » (nous nous garderons de parler cette fois de « peuple » même si le dispositif fonctionne sur une adéquation fictive des deux termes[17]) par la parole, quand elle lui est donnée ainsi, sans autre cadre que celui, vite éventré, de la fiction. Autrement dit, il est ici démontré, aux frais d'un petit sentiment de honte chez le spectateur, que toute parole ne se vaut pas dans l'espace démocratique, ni en qualité, ni en effectivité. À l'inverse, dans *Ça Ira*, l'on n'est pas mécontent que ceux qui parlent soient ceux qui ont « préparé » leur prise de parole, et qui l'ont même *répétée* – à savoir, les acteurs ! Mais dans cette fiction-même, les acteurs incarnent des personnages qui sont, de fait, rompus à l'exercice de la parole politique : des avocats, des députés, etc. Autrement dit, à l'inverse du spectacle d'Ostermeier, qui nous offre la possibilité d'expérimenter le dispositif démocratique sous la forme de la *participation*, l'on fait ici l'expérience de la *représentativité.* Les acteurs, dans la même salle que nous, assis à nos côtés, jouent et sont nos représentants, puisque nous nous gardons bien de prendre la parole directement. Nous spectateurs, à côté d'eux, jouons le rôle de figurants de l'histoire.

Notons par ailleurs que cela se termine de la même manière dans les deux spectacles : les deux « ennemis » du « peuple », singulièrement différents (l'acteur qui joue le médecin s'opposant à la prospérité économique de sa ville parce qu'elle met en danger la santé de ses habitants chez Ostermeier, l'actrice incarnant la noblesse la plus conservatrice chez Pommerat) sont lynchés à coup de peinture et autres liquides. La pratique est exutoire pour tout le monde, et dissout par la fascination visuelle les fractures qui se sont dessinées le temps de la prise de parole. Comme s'il fallait être sûr, dans un cas comme dans l'autre, de résorber, à un moment donné, le dissensus ?

---

17 Il s'agit en fait ici du public en tant qu'il lui est accordé par le spectacle l'identité fictive de « peuple ».

UNE FICTION DÉMOCRATIQUE (2) : LAISSER LA PLACE À L'INDÉTERMINÉ

On pourrait suivre Christian Biet et dire qu'il s'agit peut-être moins, au fond, d'un problème de participation démocratique effective – et potentiellement dissensuelle – que d'un problème de temps, soit, d'une certaine manière, un problème de traitement de l'information (théâtrale *et* politique), qui seul permet de réfléchir vraiment et de faire des choix :

> Comment ralentir ? Comment passer du saisissement au jugement et de l'état d'urgence à l'état de droit ? C'est au centre du spectacle, lors des débats sur la Déclaration des droits de l'Homme, que Pommerat semble répondre. Juste après le premier entracte, alors que l'assemblée s'est affranchie mais qu'elle est encore à Versailles, alors que les spectateurs reviennent dans la salle et qu'ils sont une fois de plus pris dans la violence des mots, le débat porte sur le choix que doivent faire les députés : légiférer dans l'urgence pour répondre à l'actualité ou prendre le temps de débattre afin de fonder un État de droit, voire un droit universel. Ralentir donc, supposer qu'on peut ne pas renoncer aux principes, imaginer qu'on puisse, dans le lieu de l'assemblée de la nation, sortir un moment des apparences pour s'éloigner de la réaction d'urgence et légiférer pour l'avenir. Produire une fiction juridique pour amorcer la réalisation d'une fiction politique fondée sur l'égalité, la liberté, le droit au bonheur. C'est alors que le ring, le temps d'une séquence, peut laisser place à l'élaboration, dans un lieu consacré à cet effet qui est le lieu du peuple, d'une réflexion fondatrice qui, longtemps, fournira un cap pour assumer des valeurs qu'on souhaite universelles. Car si le travail des contradictions retarde les actions, nous savons que ce retardement – la lenteur demandée (et obtenue) pour qu'on ait le temps de fonder les droits des hommes – est nécessaire, utile à l'idée de la justice et de la légitimité[18].

Oui, prendre le temps, cela fonctionne au moins pour les droits de l'homme, et ce n'est pas rien. C'est le temps qui permet à cette assemblée d'élaborer effectivement non pas les *modes d'action* politiques qui répondent à la crise, mais les *valeurs* générales et universelles, sous forme d'idées que l'on gravera dans le marbre, qui peuvent encadrer l'action politique en général. Le temps d'une séquence, donc, le spectacle met en scène l'élaboration du cadre abstrait et indéterminé qui préfigure celui des démocraties occidentales que l'on connaît. Mais ce ralentissement n'est qu'un moment, car au cours de ces 4h30 le spectacle nous met aussi face à autre chose : la continuité des discours finit par produire

18 Biet, Christian, *Ibid.*

leur équivalence. L'on sort fatigué et vidé de l'observation de ce moment historique comme après de longues recherches sur internet, qui conduisent d'article en article, de mot clé en mot clé, de nom propre en nom propre, et qui, comme le désire le spectacle « multiplient les points de vue », tous, d'une certaine manière, justifiés et convaincants (surtout quand ils sont incarnés avec autant de talent), mais sans qu'une architecture d'ensemble, qui créerait des hiérarchies, des priorités, et tracerait des chemins, nous tire de la confusion, nous « arme » et nous mobilise de l'intérieur.

C'est que Pommerat n'entend pas nous imposer d'hypothèse quant à ce qu'il y a d'important à penser pour nous dans ce moment de l'histoire.

> À l'opposé de la clarté pédagogique du réalisme historique, ces procédés de neutralisation visent à créer une forme de signifiance active, ouverte, qui déplacerait le spectateur dans son regard et son interprétation du monde[19].

Le spectateur est l'enquêteur. Le spectacle lui est offert comme terrain d'investigation et celui-ci n'est pas structuré par avance. Joël Pommerat nous laisse faire. C'est sans doute le propre d'une démarche artistique qui entend « montrer[20] » le réel, en déployer la complexité, et ne rien céder aux *a priori*, aux clichés, aux images folkloriques ni aux interprétations qui ont pu déjà la recouvrir, pour laisser leur place et leur crédibilité à tous les discours, faire exister toutes les positions. Ce que Marion Boudier, sa dramaturge, appelle en effet « procédés de neutralisation ». Ainsi, selon le metteur en scène, « repolitiser » la révolution, c'est avant tout « remettre la confrontation idéologique au centre du jeu plutôt que les querelles de personnes et les réalités psychologiques anecdotiques. Ce serait redonner à entendre ce qu'il y a de profondément concret et vivant, et pas forcément archaïque, dans ces idéologies, qu'on y souscrive ou non. Et ce serait donner à sentir la totale incertitude des événements[21]. » Cette voie qui consiste à rendre héroïques non pas les « grands » individus, mais les « grandes *idées* », est extrêmement intéressante pour repenser et renouveler l'épique. Il nous faut la retenir, car elle permet de dégager l'héroïsme de ses formes traditionnelles et conservatrices. Seulement, l'« incertitude » brouille

19 Boudier, Marion, *Avec Joël Pommerat, Un monde complexe*, Actes-Sud, 2015, p. 155.

20 « Autour de Ça Ira (1) Fin de Louis », Entretien avec Olivier Neveux et Christophe Triau, *op. cit.* p. 13.

21 *Ibidem.*

la piste. Il y a peu de place dans le spectacle pour la grandeur de certaines idées, car *toutes les idées* sont recouvertes à chaque instant par la multiplicité de propositions connexes ou alternatives, noyées dans la confusion générale et le postulat que toutes ces propositions se valent *a priori* (tous les discours se défendent, nous dit le metteur en scène). L'incertitude, du reste, est l'un des affects les plus souvent convoqués dans le théâtre de Pommerat, qui sait parfaitement rendre « trouble[22] », et ambiguë notre appréhension des situations théâtrales qu'il met en scène, notamment quand il s'agit de situations plus intimes. Mais si c'est aussi le cas ici, que faire alors de cette révolution ? Que penser de cette « épopée » paradoxale, toute en discours, tâtonnante, incertaine, et aux héros pluriels ? Comment s'expliquer le manque d'épique – à la fois au sens ancien du terme, et au sens tonal – c'est-à-dire de souffle, c'est-à-dire de représentations de la grandeur et de modèles héroïques dans l'épopée politique que nous donne à voir Pommerat ?

Peut-être que ce sont les événements contemporains au spectacle, et qui se sont joués sur une autre scène – celle des places publiques françaises – qui donnent les réponses les plus pertinentes à cette question. Le spectacle a été créé en septembre 2015 à Mons, en Belgique, et a entamé ensuite une tournée de plus de deux ans sur les grands plateaux français et européens. En 2016, *Ça Ira* s'est donc joué en même temps qu'une actualité qui livrait peut-être quelque chose de son sens profond : celle du « mouvement » de Nuit debout[23]. Faire des places de la République des villes françaises une arène discursive, où sont mises en débats les lois et chacune des mesures prises quotidiennement par le gouvernement, qu'elles soient répressives ou non, telle était la nature du mouvement, qui mettait lui aussi la parole politique au centre.

> Place de la République, on se crie « plus fort ! », « micro ! ». Ici a lieu la parole, la parole diverse, dissonante, hésitante, lyrique, café du commerce, réfléchie. Depuis le 31 mars la place est jour après jour investie par une parole citoyenne.

---

22 C'est le titre d'un ouvrage qu'il signe sur son théâtre. Troubles, Actes Sud Théâtre Hors collection, Septembre, 2009, Coédition Compagnie Louis Brouillard.

23 Le 31 mars 2016, à la suite d'une manifestation contre la « loi travail », un mouvement d'occupation des places prend corps dans différentes villes françaises, et ses revendications s'élargissent à une contestation globale des institutions politiques et du système économique, opérant ainsi une convergence de luttes dispersées. Sans leader ni porte-parole, Nuit debout s'organise par commissions et toutes ses décisions sont prises lors d'assemblées générales, et selon le principe d'une démocratie directe et participative.

> Des voix qui s'élèvent des quatre coins de la place, des chants, des cris, des slogans, des bêtises, des vers, des jeux de mots, des voix assurées, des voix qui s'éteignent, qui bafouillent, qui se brisent, qui vrillent, partent dans les aigus. C'est de cette réappropriation collective du langage que naît un réel espace public. L'occupation de la place permet à la foule amassée d'imposer sa présence dans l'espace urbain, et de fonder son existence en ville, de la manifester aux yeux de tout le corps social. Mais l'espace public n'a pas besoin de la place de la République pour exister, puisque c'est la réunion, le dialogue ouvert entre des inconnus, qui l'instaure en fondant le collectif. C'est le rassemblement d'individus dans l'effort conjugué de l'élaboration d'un sens commun (ce qui ne veut surtout pas dire univoque), qui fait de la place un espace public[24].

Le désir de faire exister une parole démocratique, qui soit partagée entre les citoyens mais aussi une parole effective, tournée vers l'action directe, a ainsi rempli les places publiques françaises pendant plusieurs mois. Sans doute s'agissait-il de fonder, avant tout, un lieu de langage. Un lieu de langage à ciel ouvert, c'est-à-dire infiniment inclusif, où c'est le rassemblement spontané des corps qui fabrique la communauté politique et le récit que cette communauté donne au lieu qu'elle occupe. Un récit qui, en l'occurrence, en 2016, fait « sauter la chape de plomb narrative de l'état d'urgence et de la stupéfaction ayant suivi les attentats de janvier et de novembre ». Au pied de la statue, en effet, « dans la préservation maniaque des mots et des bouquets », se fabriquait insidieusement un discours politique. « Un discours polarisé autour de l'émotion collective et de son corrélat – encouragé par les pouvoirs publics : le récit d'une cohésion face au "terroriste", cette altérité à laquelle est dénié le droit de cité[25] ». Nuit debout oppose à ce récit une cohésion d'un autre ordre, celle des corps bigarrés qui s'agglomèrent à seule fin de prendre part au débat public, et ce avec un langage proprement physique[26] ; celle de corps différents qui s'organisent pour communiquer, pour agir et pour cohabiter. L'espace urbain dévolu au passage et au vide est devenu ainsi pendant quelques mois espace d'*occupation*, et c'est bien en tant que tel qu'il a été perçu comme menaçant l'ordre public : car il contredisait la gestion (par la dispersion) de l'espace de la *polis.*

---

24 « Ici les corps politiques », Tribune de Paddeu, Flaminia, Klokner, Léo, Lucbert, Sandra, Taillandier, Fanny pour la revue *Urbanités*, 11/04/2016. http://www.revue-urbanites.fr/tribune-ici-les-corps-politiques/, consulté le 19/10/2021.

25 *Ibidem.*

26 Une gestuelle codifiée permet la communication entre celui qui tient le micro et ceux qui l'écoutent : les mains en l'air qui virevoltent, les bras qui se croisent au-dessus de la tête, le doigt levé qui demande la parole…

Le succès rencontré par *Ça Ira*, spectacle-assemblée des corps qui décident de *rester sur place*, de rester ensemble et d'occuper un lieu pour élaborer collectivement et par la parole une série de principes politiques, croise selon nous le désir – si confus soit-il – de renouvellement démocratique qui s'est exprimé au cœur du mouvement de Nuit debout. Et la « totale incertitude des événements » mise en scène par Pommerat, de même que l'indétermination des propositions qui remplissent l'espace discursif fabriqué par le spectacle, ou plutôt leur alignement, la manière de les déhiérarchiser *a priori*, dit sans doute quelque chose de la manière dont ce renouvellement s'imagine, se pense, se représente lui-même, et des limites sur lesquelles la représentation et cet imaginaire viennent buter. Car le même désir et les mêmes pannes du désir, si l'on ose dire, se réveillent et s'éteignent dans le spectacle et dans la réalité face aux difficultés infinies de la formulation collective des problèmes et de leurs solutions. La foi dans une parole démocratique, dans ce que *peut* cette parole en termes de changement politique, s'exprime et s'use dans *Ça Ira*, s'exprime et s'use dans Nuit Debout[27]. Le spectacle de Pommerat parviendrait ainsi à saisir et refléter un sentiment absolument contemporain et qui est à la fois une inquiétude, un enthousiasme, une *tentation*, une tentative, et même le désarroi qui répond presque automatiquement à cette tentative : celle d'un *compositionnisme*[28] par la parole, celle de l'élaboration de solutions politiques par un processus acéphale de discussion et de formulations successives qui ne privilégie *a priori* aucune

---

27 Toutefois, il faudrait sans doute distinguer ici différents régimes de parole démocratique. Venir « donner son avis » n'est pas du même ordre que s'installer au cœur de l'élaboration collective d'une constitution. Chez Pommerat, par exemple, le moment de l'écriture de déclaration des droits de l'homme est l'un des moments où la parole politique est la plus effective. Dans Nuit Debout, il se trouve que la fin visée est moins claire, et il n'y a pas toujours de vecteur immédiat à la prise de parole. En revanche, dans les deux cas, les prises de paroles sont alignées, et il y a consensus autour de la mise en place / en scène d'une aire de discours dissensuelle comme scène démocratique.

28 Nous employons le mot au sens que Bruno Latour lui donne. Voir « Guerre des mondes, offre de paix », article préparé pour Ethnopsy-les mondes contemporains de la guérison numéro spécial, Colloque de Cerisy, Guerre et paix des cultures, p. 61-80, 2002 : « le monde commun est à *composer* progressivement, il n'est pas déjà constitué. Il ne se trouve pas derrière nous et déjà fait, comme la nature, mais devant nous, comme une tâche immense qu'il va nous falloir accomplir peu à peu. Il n'est pas au-dessus de nous, comme le médiateur qui pourrait arbitrer les conflits, mais l'enjeu même de ces conflits, ce qui pourrait devenir, en cas de négociation, l'objet d'un compromis. Oui, le monde commun "*is up for grabs*" », nous soulignons. http://www.bruno-latour.fr/fr/node/180, consulté le 19/10/2021.

prise de parole particulière. C'est ainsi que la mise en scène du *dissensus* et de l'éclatement des points de vue dans *Ça Ira*, parce qu'elle représente toutes les propositions à égalité, est sans doute la clé de son succès – la clé, paradoxalement, du *consensus.* Ainsi, pour répondre à la question que nous posions plus haut (pourquoi l'absence de souffle et d'héroïsme – donc d'épique tonal – pour raconter de l'*action* épique, pour raconter l'*épopée* révolutionnaire ?), l'on pourrait avancer que si l'attracteur épique est bien celui d'un renouvellement de la démocratie, et plus précisément la réinvention d'un *collectif démocratique agissant*, ce dernier semble passer aujourd'hui, pour nous, dans nos représentations, par un mouvement acéphale de discussion absolument égalitaire. C'est l'immersion dans un tel mouvement que propose le spectacle. D'ailleurs, selon Guillaume Mazeau, conseiller historique du projet, ce moment de l'histoire permet précisément de représenter l'exercice d'une certaine parole politique : « une parole forte, grinçante, fatigante, répétitive, qui se cherche, provocante parfois, mais le plus souvent sincère et authentique[29] ». Aussi le spectacle ne glorifie qu'une chose : l'*exercice* de cette parole éclatée, dissensuelle et consensuelle à la fois. Il s'en tient au *processus* démocratique en tant que tel.

Mais si nous avons certainement besoin de la Révolution Française pour repenser notre démocratie – c'est ce que semble dire le spectacle –, si nous avons besoin de comprendre et de replonger dans cette histoire pour reconquérir au cœur de notre présent un foyer d'audace et de liberté, pour reconquérir un espace de délibération collective, un territoire de pensée politique, est-ce que nous n'avons pas besoin de lui prendre *plus ?* Et notamment *plus* que la question de la parole et de son partage ? Ce sont des idées, des concepts, des affects, des émotions et bien des modèles d'actions qu'il nous faut chercher, réveiller, réactiver.

> Quand on se trouve face à une situation décourageante, comme c'est le cas aujourd'hui, on a besoin de trouver des points d'appui imaginaires, symboliques, énonciatifs… Il se trouve que l'archive est un répertoire d'énoncés difficiles à prononcer dans un pur présent qui, lui, est marqué par une très grande frilosité en termes de prises de position politique sur ce qu'il est possible d'imaginer faire. Remettre sur la table cet imaginaire révolutionnaire, c'est faire de l'histoire monumentale, et on en a besoin[30].

29 Discussion du 8 novembre 2016 avec Guillaume Mazeau, conseiller historique de Joël Pommerat sur le projet.

30 Wahnich, Sophie dans « Usages de l'histoire, fétiches de la Révolution. Retour sur Ça ira (1) Fin de Louis de Joël Pommerat », Patrick Boucheron, Guillaume Mazeau et Sophie

Ce que Sophie Wahnish appelle ici l'histoire *monumentale* est un registre de l'histoire « qui encourage à agir », par distinction avec une histoire *critique* « qui juge et qui condamne » et une histoire *antiquaire* qui « adore, qui fabrique des fétiches et qui produit la communauté par des formes de religiosité, quelles qu'elles puissent être, à l'égard de ses objets[31] ». Ces trois registres sont empruntés aux trois propositions d'histoire pour la vie de Nietzsche[32]. Selon Wahnish, nous avons besoin des trois, mais à des degrés différents selon le contexte dans lequel nous nous trouvons. Ainsi, « quelque chose de la grandeur des Romains a servi aux Révolutionnaires et leur a même été indispensable, même s'il s'agissait de Romains de pacotille ». L'histoire monumentale, semble dire Wahnish, nous est peut-être aujourd'hui plus nécessaire que l'on ne croit, et peut-être plus nécessaire encore qu'une histoire critique.

> Celle-ci n'a pas le même enjeu, c'est un raffinement de la démocratie, alors qu'on est dans une période d'effondrement de la démocratie. Il ne faut évidemment pas céder sur l'histoire critique et la maintenir, mais il ne faut pas se leurrer sur l'espace de réception de cette histoire critique dans un contexte comme le nôtre[33].

Or, le problème, sans doute, c'est qu'entre l'histoire fétichisante qui veut créer l'unité et l'histoire critique qui tente au contraire d'approfondir les lignes de dissensus, l'histoire monumentale, c'est-à-dire celle qui choisirait de manière assumée de nous donner des modèles pour agir, c'est-à-dire une représentation *épique* (au sens des épopées anciennes, cette fois) de l'histoire, semble ne pouvoir que très difficilement se faire une place et surtout la tenir dans le cadre esthétique, éthique et institutionnel du théâtre public français, pris dans l'étau d'une double contrainte qu'il nous faut à présent mettre au jour.

Wahnich, revue *thaêtre* [en ligne], Chantier #2 : La Révolution selon Pommerat, mis en ligne le 9 juin 2017. URL : http://www.thaetre.com/2017/03/24/usages-de-lhistoire-fetiches-de-revolution/, consulté le 19/10/2021.

31 *Ibidem.*

32 Voir Nietzsche, Friedrich, « De l'utilité et de l'inconvénient des études historiques pour la vie » dans les Deuxièmes *Considérations inactuelles.* Nous y revenons plus bas.

33 Wahnich, Sophie dans « Usages de l'histoire, fétiches de la Révolution. Retour sur Ça ira (1) Fin de Louis de Joël Pommerat », *Ibid.*

LE POST-ÉPIQUE, OU LA DOUBLE CONTRAINTE QU'UN ART CRITIQUE S'IMPOSE

Ce qui nous intrigue ici, c'est pourquoi le renouvellement de l'épique – au sens de renouvellement des représentations de l'histoire sur les plateaux contemporains – se prive d'épique au sens ancien, c'est-à-dire de grandeur, de souffle et d'héroïsme ? Qu'est-ce qui fait obstacle et résiste à une mobilisation de l'histoire monumentale sur les scènes d'aujourd'hui ? Et au profit de quoi ? Comment ces catégories anciennes de l'épique homérique sont-elles considérées, revues, ré-agencées, reconfigurées dans les mises en scènes contemporaines de notre histoire ?

Tout d'abord, les héros de *Ça Ira* n'ont pas de nom[34]. Pommerat anonymise les personnages révolutionnaires que l'Histoire a retenus. Et ce, parce que la démarche est de les saisir *avant* qu'ils ne deviennent des « personnages ». En cours d'individuation. Le présupposé étant que ce sont les événements qui font de ces gens ordinaires des êtres exceptionnels, et non pas l'inverse. De ce point de vue, *Ça Ira* nous donne à voir quelque chose qui semble bien pouvoir s'appeler un « épique démocratisé ». L'anonymisation des individus (1), le désintérêt pour leurs histoires personnelles (2) et la mise au centre des idées (3), sont trois choix qui font muter l'épique en même temps qu'ils le rendent d'une certaine façon possible, c'est-à-dire à la fois acceptable, crédible et porteur en contexte démocratique, égalitaire et post-moderne. L'on pourrait aussi avancer que, puisqu'il n'existe pas de héros avant que l'on ait mis en récit leurs actions, Pommerat créé, avec *Ça Ira*, une épopée « d'avant toute épopée » ; qu'il invente ici un « pré-épique » – un épique du récit-d'avant-tous-les-récits – ou un « post-épique[35] » – épique du récit-d'après-tous-les-récits – ce qui revient au même. Car dans les deux cas, les héros sont supprimés. Mais en réalité cela va plus loin, puisque, outre le personnage, c'est le geste héroïque lui-même qui devient invisible. Ainsi, les décisions de ces personnages anonymes (c'est-à-dire leur action, c'est-à-dire l'action du spectacle en général) n'ont plus rien d'évident. Elles sont toutes cernées par la même *ambiguïté* : celles des circonstances.

34 D'une manière générale, tous les noms des personnages historiques sont tranformés dans la pièce, et seul Louis XVI est encore appelé « Louis ». Il est la seule trace d'un récit historique conventionnel encore présent. Pour le reste, les cartes sont brouillées afin de mieux faire entendre, détachés des noms propres, les discours et les propos de chaque député.

35 Biet Christian, *Ibid.*

Or l'ambiguïté ne fait pas *a priori* partie des couleurs de l'épique, qui fonctionne sur un clivage clair entre l'action noble et l'ignoble[36] (est-ce d'ailleurs l'une des raisons qui le rendent si *inactuel* ?). Ici, en tous cas, il n'y a pas de point de clivage, mais la démonstration d'un processus décisionnaire complexe, dans son inachèvement et son incertitude, que le spectacle nous invite à *revivre*. La grandeur de l'action et avec elle la possibilité du souffle épique sont anéanties, ensevelies par la valorisation du *processus* (démocratique). Par ailleurs, c'est parce que la mise en scène se donne comme but premier celui d'*immerger* les spectateurs dans la constitution du moment révolutionnaire, qu'elle cherche aussi une miscibilité, une intégration/adaptation/acculturation de la Révolution Française à 2016, observable dans les choix des costumes, du décors et surtout du dispositif qui nous privent dans le même temps de ce léger recul, celui nécessaire pour apercevoir la grandeur se manifester – une grande idée se faire jour, une grande décision s'affirmer. Au nom de l'impératif immersif et au profit d'une certaine modalité de la prise de parole démocratique est donc sacrifiée « la visibilité » de l'action héroïque, la « lisibilité » du geste épique, et enfin la perception d'une « grande action » (ou « grande décision »). L'épopée sans épique, (sans *affects* épiques, ceux que la grandeur suscite) est ainsi la formule paradoxale qui permet de décrire ce genre post-épique contemporain, et son rapport critique à l'histoire.

Cette contradiction a un corollaire, qui est énoncé par Pommerat lui-même : « Faire un spectacle sur la politique mais ne pas faire un spectacle politique[37] ». Il y a ici un double système contraignant qu'il faut mettre au jour. Car en effet, ce dernier n'est pas spécifique à Pommerat mais semble s'imposer à de nombreuses créations contemporaines, surtout à partir du moment où celles-ci choisissent de nous parler d'Histoire. Baptiste Morizot et Estelle Zhong en font l'analyse dans le domaine de l'art pictural et plastique. Cette double contrainte, notent-ils, est historique. L'art, après la seconde guerre mondiale, a hérité en effet de deux fonctions/définitions contradictoires : d'une part celle d'être résolument critique,

36 Nous nous en référons ici aux définitions de Stanley Cavell dans *Conditions nobles et ignobles, la constitution du perfectionnisme moral émersonien* Éditions de l'Eclat, Coll. « Tiré à part », 1993 « Il est indéniable qu'il existe des perfectionnistes aristocratiques ou esthétiques. Mais je voudrais dire que chez Emerson cela doit être interprété comme faisant partie de l'apprentissage de la démocratie » p. 119.

37 « Autour de Ça Ira » *op. cit.* p. 6.

et par là d'être le véhicule d'un progrès possible pour l'humanité[38] ; de l'autre celle de s'imposer comme lieu d'une liberté absolue, à l'abri de toute instrumentalisation par la sphère marchande et la sphère politique (la propagande). « La liberté absolue exige l'autonomie radicale de l'art par rapport aux autres domaines du monde, et est perçue comme une condition nécessaire à l'accomplissement même de l'art, c'est-à-dire à l'exercice de sa liberté critique[39] ». Mais l'on voit bien le problème qui s'impose dès lors aux artistes, car il semble extrêmement difficile de critiquer *depuis* le lieu d'une liberté absolue. « Critiquer quelque chose, c'est toujours critiquer *au nom* d'autre chose : on critique toujours *depuis* quelque part, depuis une certaine position dans un champ, depuis un certain engagement, une certaine conception politique du monde. Satisfaire l'exigence de l'autonomie radicale de l'art, d'un côté, et de la transformation du monde par l'art, de l'autre, s'avère alors impossible : exercer l'une des deux injonctions remet perpétuellement en question l'autre, et inversement[40] ». Toute une tradition militante[41] renonce donc de manière assumée à la première injonction, celle de l'autonomie, pour essayer plutôt de transformer de manière effective les manières de voir et d'agir du spectateur, et pour tenter positivement, par extension, de « changer le monde ». Cette tradition, toutefois, demeure marginale, et surtout sort de notre champ d'observation. Car l'« épique », on l'a vu, se fonde sur un désir de fondre la mission critique du théâtre avec une grande histoire, un grand récit, et vise l'audience large (« populaire ») et non le comité. L'aporie est donc plutôt dépassée, dans le cadre des esthétiques post-modernes qui recouvrent peut-être plus généralement les lieux de l'art subventionné (et dont font partie les théâtres qui hébergent les créations que nous étudions) soit par le consensus humaniste et généralisateur, (comme dans les spectacles de notre première partie), soit par un retournement : celui de la critique contre l'objet artistique lui-même.

38 « Toutes les œuvres d'art [...] sont a priori polémiques. L'idée d'une œuvre d'art conservatrice contient quelque chose d'absurde [...] les œuvres d'art témoignent que ce monde lui-même doit devenir autre chose, schémas non conscients de sa transformation » Adorno, Theodor, in *Théorie esthétique*, (1970) tr. Marc Jimenez, Paris, Klincksieck, 2004, p. 235 Cité par Morizot et Zhong, *ibid.*

39 Morizot, Zhong, *Pour une esthétique de la rencontre*, *op. cit.*

40 *Ibid.*

41 Voir Neveux, Olivier, *Théâtres en lutte, le théâtre militant en France depuis les années 1960 jusqu'à aujourd'hui.* Mais aussi plus récemment *Politiques du spectateur, Les enjeux du théâtre politique aujourd'hui*, Éd. La Découverte.

Plutôt qu'une critique du monde, l'art produit sa propre critique : « l'art préserve ainsi sa vocation critique tout en préservant aussi sa liberté absolue, en tant que l'autocritique préserve de l'instrumentalisation et de la compromission avec le monde[42] ». Ainsi, à la fin du XXe siècle, et sans doute plus fortement encore après 1989, « on passe subrepticement d'une mission hypercritique à une mission autocritique de l'art : l'œuvre d'art doit remettre en cause ses propres conditions d'apparition[43] ». Autrement dit, l'émancipation dont l'œuvre est une représentation concrète à la base[44] n'est plus qu'émancipation des contraintes et des cadres formels qu'elle s'est jusqu'ici donnés, en tentant, métaphoriquement, de raconter une émancipation plus générale. Autrement dit, l'art ne se libère en permanence que de lui-même (de ses propres règles, de ses propres conventions). « Dès lors, la définition de l'art peut se cristalliser comme affranchissement formel, c'est-à-dire littéralement comme la conjonction de la liberté absolue et de la liberté critique *exercée à son seul endroit*[45] ». La méta-théâtralité d'un côté, l'esthétique de la rupture (de codes de jeu, de registres…) de l'autre participent d'une certaine façon de cette autocritique du théâtre par lui-même, qui permet que chaque prise de position s'autodétruise après s'être énoncée ou affirmée, et qui de nouveau vient mettre *le jeu* sur le devant de la scène. Cela éclaire autrement ce pourquoi l'héritage de Brecht – son théâtre épique – semble s'être vidé de sa substance, ne nous laissant que la méta-théâtralité ludique comme arme après sa mort (1956). Ce que nous avions analysé avec Christophe Triau comme une tendance tautologique de la création théâtrale dans les années 90, ayant laissé une certaine empreinte dans le théâtre institutionnel de la décennie suivante, n'est peut-être en fait qu'une autre manière, pour l'art théâtral comme pour d'autres, de se sortir d'un système doublement contraignant qui empêche toute prise de position idéologique. Quitte à instaurer le culte d'autres idoles : celle des acteurs eux-mêmes, et avec eux, celle de la *vie* du plateau.

Pour l'observer, et sans quitter la question du traitement de l'histoire nationale, il faut se pencher sur le pan de la création théâtrale

42 Morizot, Zhong, *ibid.*

43 *Ibid.*

44 « Les œuvres d'art témoignent que ce monde lui-même doit devenir autre chose, schémas non conscients de sa transformation » Adorno, Theodor, in *Théorie esthétique*, tr. Marc Jimenez, Paris, Klincksieck, 2004, p. 235. Cité par Morizot et Zhong, *ibid.*

45 *Ibid.*

contemporaine que l'on considère justement comme le plus « vivant » actuellement au sein du théâtre public, et qui émane d'une certaine génération d'artistes. Cette génération (de quarantenaires aujourd'hui), qui est en train de prendre peu à peu les commandes des institutions subventionnées, a eu la singularité de reconduire un geste politique et éthique qui semblait s'être perdu depuis les années 70 : celui de se constituer, et de constituer son travail, en collectif.

CRÉATIONS COLLECTIVES ET TENTATIVES ÉPIQUES DEPUIS LES ANNÉES 2000 EN FRANCE

Les paradoxes de *Notre terreur*, ou la Révolution aux mains du collectif d'acteurs

Avec *Ça Ira*, de Pommerat, nous venons de voir que l'épique historique se joue en remplaçant la représentation d'actions révolutionnaires par celle d'une parole démocratique en train de se construire, les personnages principaux de cette scène de discours n'étant plus les individus, mais les idées. Toutefois, la question de la grandeur reste problématique, parce qu'elle oblige la pondération et la prise de parti, ce que à quoi le spectacle se refuse. L'anonymisation des figures accompagne ici une *invisibilisation* des hiérarchies entre les différents points de vue. Autrement dit, et pour reprendre les catégories nietzschéennes, l'Histoire est mobilisée sur un mode critique (mais qui revendique paradoxalement sa « neutralité ») plus que monumental. Nous avons postulé alors qu'une double-contrainte structurelle pesait sur cet épique théâtral, une double injonction à la liberté et à la critique qui empêche, d'une certaine manière, le spectacle de se penser comme effectif du point de vue de l'imaginaire révolutionnaire qu'il transmet. Selon nous, cette double contrainte, si elle retient un certain nombre d'effets, laisse une large place à autre chose : une forme spécifique de vitalité du plateau, qui s'épanouirait particulièrement dans les créations collectives. Regardons donc de ce côté, et observons comment, quelques années avant Pommerat, un certain collectif d'acteurs s'empare de la même période. Qu'est-ce que la création collective fait à l'épique historique, et inversement ?

Parmi les projets collectifs qui ont refleuri autour des années 2000 et 2010 sur les scènes françaises, ceux des d'Ores et déjà, tous élaborés à partir d'improvisations, semblent emblématiques d'un renouvellement, ou plutôt d'un « rafraîchissement » de l'action théâtrale, auquel s'intéresse la recherche universitaire[46] et que signale également la presse. À lire cette dernière un « sacré vent d'air frais » aurait alors soufflé sur les plateaux français[47]. (Signalons d'emblée que cette même presse – peut-être à cause des déplacements que la métaphore du vent et du souffle implique – fait souvent un lien direct entre travail collectif et renouvellement de l'épique[48], lien sur lequel nous allons évidemment revenir.) Le Collectif des d'Ores et déjà est pour sa part créée en 2002, et doit sa notoriété à trois créations successives, signées de la main de Sylvain Creuzevault, qui s'affirme rapidement comme le metteur en scène officiel de l'équipe : *Baal* de Brecht, en 2006 à l'Odéon, *Le Père Tralalère*, en 2008 à Colmar, et *Notre Terreur*, à la Colline en 2009[49].

46 Les productions scientifiques sont trop nombreuses sur cette pour qu'on les cite toutes ici. Mais à propos du « rafraichissement » on peut s'en référer, par exemple, à Quiriconi, Sabine, « L'Effet Tg Stan » in *Théâtre/Public*, n° 203 États de la scène actuelle – 2009-2011. Voir aussi Freixe, Guy et Doyon, Sophie, *Le Collectif dans les Arts vivants depuis 1980*, L'Entretemps, coll. « Les points dans les poches », 2014, ou encore *Du Collectif, Théâtre(s) en Bretagne*, N° 19, 2004, ou bien Besson, Jean-Louis « Les troupes : un enjeu pour le théâtre d'aujourd'hui ? » *in L'acteur entre personnage et performance, Présences de l'acteur dans la représentation contemporaines*. Études théâtrales 26/2003, Louvain *Théâtre Public*.

47 « Si les histoires qu'ils racontent, leurs esthétiques et leur jeu sont différents, tous ces collectifs ont en commun de faire souffler un sacré vent d'air frais sur le théâtre. C'est d'ailleurs leur raison d'être » Solino, Brigitte « Les modèles à géométrie variable des nouveaux collectifs de théâtre » dans *Le Monde*, 29.01.2011 à 14h09, https://www.lemonde.fr/culture/article/2011/01/29/le-modele-a-geometrie-variable-des-nouveaux-collectifs-de-theatre_1472411_3246.html, consulté le 03/09/2018.

48 Citons ainsi Beauvallet, Ève, « Le Collectif sur un plateau » dans *M le magazine du Monde* à propos du travail des d'Ores et déjà : « Véritable cas d'école en la matière, la compagnie D'Ores et déjà de Sylvain Creuzevault prépare depuis un an, avec vingt comédiens réunis dans une usine désaffectée en Lozère, une mise en scène très attendue du Capital de Karl Marx. "Un geste artistique tout à fait atypique", commente Daniel Besnehard, délégué général du Nouveau Théâtre d'Angers qui accueillera le spectacle en mars 2014. Creuzevault n'a rien créé depuis *Notre terreur* et *Le Père tralalère* en 2009. Il travaille complètement en retrait, presque en coopérative, en demandant un investissement total, sur des mois entiers, aux acteurs ». « Le prix à payer pour de nouvelles épopées ». *M le magazine du Monde* le 08/10/2013, https://www.lemonde.fr/culture/article/2013/10/18/le-collectif-sur-un-plateau_3497519_3246.html, consulté le 03/09/18.

49 Après dissolution de la compagnie, devenue « Le Singe », le même metteur en scène, avec une partie des mêmes acteurs, créera ensuite *Le Capital et son Singe*, à la Colline en 2014, et *Angelus Novus Anti-Faust*, à la Colline en 2016.

Cette dernière création de la compagnie nous intéresse particulièrement, en ce qu'elle s'empare elle aussi de l'Histoire en interrogeant la période révolutionnaire. Son succès, retentissant, est alors presque plus surprenant que celui de *Ça Ira*, dans la mesure où la troupe est encore assez peu connue, et où le dispositif choisi est beaucoup moins impressionnant : neuf jeunes hommes incarnent autour d'une simple table neuf députés du Comité de Salut public, dans le temps qui sépare la mort de Danton de celle de Robespierre. Un espace bi-frontal enserre l'action, qui ne se joue qu'avec quelques chaises, quelques accessoires, et un peu de peinture. Mais tous les soirs, l'improvisation d'une grande part du texte rend la séance particulièrement vivante, unique, intéressante.

Or, cette fois, contrairement à la pièce de Pommerat, le projet se construit de manière assumée autour d'un axe idéologique fort, qui vise l'adéquation du propos avec l'organisation de la troupe :

> Notre terreur est un conflit émané d'une expérience collective politique plutôt que la représentation d'une domination psychique et sociale exercée par un metteur en scène sur des acteurs théâtralement. La répétition, dans son processus, épouse formellement notre point de vue sur le gouvernement révolutionnaire, et nous agissons en petit comme ils ont agi en grand. Nous réfutons ce qui pourrait, projeté dans l'espace du récit, faire penser au Robespierre de la transmission réactionnaire, le grand prêtre, le seul maître de cérémonie, le chef hautain, le tyran de l'opinion, dominant les autres membres du gouvernement. Au contraire, nous incarnons ces hommes plutôt que de figurer leur légende ; en dévissant les statues qui dans nos têtes ont été vissées, nous les faisons redevenir n'importe qui. *Notre terreur* s'est écrit sur le plateau de répétition par tous les acteurs, et continue de l'être au cours des présentations devant les spectateurs[50].

Plusieurs choses sont à commenter dans cet extrait de la note d'intention de Sylvain Creuzevault. Notons d'abord que les acteurs affirment « agi[r] en petit comme [les révolutionnaires] ont agi en grand », c'est-à-dire, en écartant la domination d'un seul. En écartant, donc, la figure tutélaire unique incarnée par le metteur en scène, au profit de la production collective des formes et des idées. Cette organisation revendiquée du travail, et la présentation du groupe sous l'appellation de « collectif », inscrivent ainsi d'emblée Les D'Ores et déjà dans un

50 *Notre Terreur*, Note d'intention, dossier. http://www.colline.fr/fr/spectacle/notre-terreur, consulté le 03/09/18.

héritage théâtral « contestataire », si l'on peut dire, qui est celui des années 70 et sur lequel nous devons nous arrêter un instant.

À PROPOS DU COLLECTIF, RETOUR SUR LES ANNÉES 70

C'est au cours des années qui ont suivi directement mai 68 que s'est manifesté en France le désir de faire du théâtre autrement, c'est-à-dire d'opposer un fonctionnement alternatif à l'organisation traditionnelle de la « troupe » et à ces protocoles de création. Selon le témoignage que livre Jacques Delcuvellerie[51] de cette période, deux grandes tendances semblent s'affirmer contre une industrie théâtrale jugée conservatrice.

---

51 Que voulait dire le terme de troupe, à la toute fin des années 60 ? Apparemment déjà plus grand chose, si l'on en croit le témoignage – certes sans doute excessif mais néanmoins évocateur – livré par le metteur en scène Jacques Delcuvellerie, futur fondateur du Collectif du Groupov. « Les troupes, dans ma jeunesse (les années soixante), c'était l'horreur. Pour les coins les plus arriérés de Paris et de la province, cela signifiait apprendre et répéter une pièce en huit jours tout en en jouant une autre le soir, chacun – éternellement – dans son "emploi". Le talent originel des acteurs-piliers de la compagnie s'était depuis longtemps réduit à une collection de trucs, d'effets et de simulations. Ne parlons pas des décors réemployables, des rochers en carton, des costumes puisés dans les réserves, etc. Dans les endroits plus en vue l'académisme se drapait mieux, s'accordait le temps de quelques lectures avant de fixer qui entrait à cour ou à jardin, et vendait la marchandise emballée de quelques discours humanisto-populistes se recommandant sans vergogne de Jean Vilar. Dans tous les cas, compagnies ou troupes verrouillaient étroitement l'accès à la profession. Avoir du travail signifiait entrer dans leur pratique et nulle autre. Au sommet de l'échelle, les Pitoëff continuaient à distiller Tchekhov avec componction sur des plateaux exigus entre pendule et canapé, des gens qui avaient connu Artaud et ébranlé les planches en leur temps (Barrault), engageaient des *girls* nues et pailletées à trémousser leurs fesses sous notre nez au prétexte de nous restituer l'esprit du grand Rabelais, d'autres qui avaient séjourné quelques semaines à Berlin produisaient des spectacles en gris où se confrontaient en un mélange hasardeux le cabotinage français et l'idée plutôt austère qu'ils se faisaient de la "distanciation". La culture hexagonale et ses satellites tenaient pour "l'avant-garde" les pitreries langagières de Ionesco et les snobismes énigmatiques de Pinter, sans que rien n'y diffère des éléments constitutifs de la représentation communs à tous les théâtres de boulevard. Certes, je peins tout à l'excès. Il existait évidemment bien des gens honnêtes, intransigeants, passionnés, dans des registres très divers : Beckett, Roger Blin, Jean-Marie Serreau, Armand Gatti, etc. Mais, pour l'essentiel, tel était le sentiment de ceux qui allaient vivre les prolégomènes, les événements puis les péripéties de 1968. D'ailleurs, beaucoup de ce qui allait surgir et rayonner de ce bouleversement était alors caché ou très différent, Ariane Mnouchkine, Grotowski ou Dario Fo, par exemple. ». Delcuvellerie, Jacques, « Le collectif : un désaccord », *L'acteur entre personnage et performance, Présences de l'acteur dans la représentation contemporaines.* Études théâtrales 26/2003, Louvain, Actes du Colloque des 24 et 25 mai 2002, organisé par le Centre d'études théâtrales de l'université catholique de Louvain (U. C. L.) sous la direction de Jean-Louis Besson.

La première, portée par Planchon, le jeune Chéreau, Jean-Pierre Vincent, soit les metteurs en scène qui ont contribué à redéfinir la fonction du théâtre public après Vilar[52], se serait creusée dans le sillon de la réception brechtienne et l'influence, esthétique et sensible, du théâtre de Strelher. Sans remettre en cause le cadre et les paramètres essentiels de la représentation traditionnelle – toujours conçue comme « le processus par lequel un texte d'auteur accède à la vie scénique[53] » – cette tendance est néanmoins vectrice de propositions nouvelles et inattendues, aussi bien en terme de scénographie que de jeu, propositions qui accompagnent souvent, aux yeux des traditionnalistes, des lectures iconoclastes[54] des textes choisis, et qui sont, la plupart du temps, des œuvres du répertoire classique. Cette nouvelle vague d'artisans de la scène se nourrit donc, afin de faire exploser de l'intérieur le cadre interprétatif des œuvres, de toutes une série de travaux contemporains, à la frontière des sciences humaines et de l'art, (ceux d'Althusser, Foucault, Lacan, Barthes, Deleuze…), et fait intervenir au sein de ses équipes un personnage nouveau, venu d'Allemagne et qu'on appelle « dramaturge » en français, sorte de diplomate multifonction, entre le « documentariste, le critique, l'exégète, le philosophe, l'éveilleur du sens ou le censeur des idées reçues[55] ». Si elle rehausse donc l'exigence intellectuelle et esthétique des spectacles qu'elle produit, cette tendance n'a pourtant pas non plus changé fondamentalement les processus de travail, et ce malgré le temps passé « à la table », certainement plus conséquent, et les phases d'expérimentations et d'improvisation sans doute plus nombreuses, plus longues et plus approfondies. Elle n'a pas non plus modifié la structuration des équipes autour d'un « chef » unique et charismatique. Au contraire, on peut penser que c'est cette tendance, bien qu'infiniment féconde pour le théâtre public, et sans doute *parce qu'*elle l'a été, qui a sans doute porté ce fonctionnement à son hégémonie. Selon Delcuvellerie, il

52 Voir Première partie.

53 Delcuvellerie, Jacques, *ibidem.*

54 « Qu'on se souvienne », nous dit Delcuvellerie, « du choc et des imprécations au moment du *Tartuffe* de Planchon ou de *La Dispute* de Chéreau ». Roger Planchon a signé plusieurs mises en scène du *Tartuffe*, la première en 1962 (la première représentation a eu lieu le 22 novembre 1962 au Théâtre de la Cité de Villeurbanne) et la seconde en 1973 (la première représentation a eu lieu le 27 juin 1973 à Buenos-Aires). *La Dispute* est créée quant à elle par Chéreau en 1973 avec la troupe du TNP, au Théâtre de la Musique à Paris, pendant le festival d'Automne.

55 *Ibidem.*

serait d'ailleurs abusif de parler de « troupes » pour désigner les noyaux durs qui ont perduré dans la décennie suivante autour de chacun de ces metteurs-en-scène-leaders, dont les noms propres seront ceux qui brilleront et seront le plus retenus[56]. Ainsi, au fil de leurs créations, ces jeunes maîtres et bientôt vedettes de la mise en scène se sont non seulement intégrés à l'institution du théâtre public, mais l'ont aussi façonnée de manière profonde et durable, de sorte que le champ semble encore, quarante ans plus tard, majoritairement configuré pour accueillir des projets conçus et construits de la même manière : « désir du chef de monter un texte, phase complexe de confrontation des intuitions premières et de l'exploration de l'œuvre, répétitions, remises en question, accouchement progressif, représentations[57] ». Le « dossier artistique », qui permet de demander, (et éventuellement obtenir), des subventions pour créer, est une pièce-*témoin* de la présence de ces différentes étapes du déroulement du projet, auxquelles correspondent des types de textes – la « note d'intention » notamment, reste l'endroit d'autojustification du désir de l'« artiste » principal, soit de la tête-pensante du projet aidée ou non par son dramaturge, elle est la signature, plus ou moins théorique, plus ou moins poétique, (et toujours un peu énigmatique), de la *personnalité* censée être à l'origine de l'élan artistique. Le dossier est la (re)présentation sur papier d'un système institutionnel, d'une hiérarchie et d'une logique de travail.

La seconde tendance distinguée par Delcuvellerie rassemblerait des pratiques extrêmement différentes mais qui auraient en commun de refuser le processus de création et le mode de production dominant. Les influences originelles de cet ensemble vont, pour lui, « du happening et de la performance, nés dans les galeries d'art, à Grotowski, Kantor, le Living Theater, Richard Schechner, l'Agit-prop des années 30, le Bread and Puppet, le Teatro Campesino, l'Odin Teatret d'Eugenio Barba etc.[58] ». Il s'agit donc d'un ensemble bigarré et bouillonnant, une « constellation » qui englobe aussi bien « l'héritier de Grotowski, Thomas Richards, qui poursuit ses recherches à Pontedera, que ceux qui ont emprunté les pas d'Augusto Boal et de son théâtre invisible ». On y retrouve aussi les

56 On peut souligner le caractère ironique d'une telle réflexion, sachant qu'elle vient de Delcuvellerie, c'est-à-dire d'un metteur en scène qui est lui-même, quoi qu'il en dise, le *chef* d'un groupe, ou du moins son pilier.

57 *Ibidem.*

58 *Ibidem.*

grands projets collectifs de certains metteurs en scène par ailleurs plus classiques, mais dont une période se rattache à cet ensemble contestataire, comme Peter Brook avec *Le Mahâbhârata*, et ceux, bien-sûr, d'Ariane Mnouchkine, notamment *1789* et les *Clowns*, soit une certaine tendance de l'épique propre aux années 70 et 80, que nous avons étudiée dans notre première partie et qui serait liée en effet à cette utopie du « faire ensemble » (ce qui n'est pas du tout la même idée que celle de l'« être-ensemble » dont nous avons parlé plus haut, et dont on pourrait considérer qu'elle en est une version appauvrie). Enfin, s'y ajoutent des troupes qui vont du Wooster Group (USA) à Pipo Delbono (Italie), et que l'on trouve aussi en Belgique (notamment en Flandre), en Europe de l'Est, en Amérique latine ou en Afrique du Sud. En France – où la tendance alternative, suivant Delcuvellerie, est plus « marginale » – la troupe de l'Aquarium et le groupe T'Chan'G de Didier-Georges Gabily se seraient aussi inscrites dans cette mouvance. Or, on l'a vu rapidement, ces deux troupes furent également génératrices d'un théâtre épique renouvelé, documentaire et social pour l'un, poétique, brut, ludique et méta-théâtral pour l'autre. Enfin, il va sans dire que la création, au tout début des années 2000, de *Rwanda 94* par le Groupov, demeure une référence en matière de création à la fois épique et collective.

Les caractéristiques communes de ce vaste ensemble dit « contestataire » sont donc peu nombreuses, mais fondamentales. D'abord, les œuvres créées n'appartiennent pas au répertoire classique ni contemporain, ce sont des créations originales ; ensuite, « *le projet de la création scénique constitue de fait l'objet du processus de travail en lui-même*[59] » ; le processus ne s'accommode généralement pas des contraintes de production des théâtres traditionnels (l'élaboration d'un training ou l'étape d'un voyage, par exemple, changent les paramètres de temps de création, de même que ceux de l'espace sont bouleversés par l'occupation de lieux inhabituels, friches, extérieurs, etc.) ; en outre les productions de la troupe ne s'inscrivent pas dans le cadre strict de la représentation dramatique, elles se situent à la frontière d'autres disciplines (celles de la danse contemporaine par exemple), elles brassent « des pratiques artistiques multiples », ou bien « impliquent des comportements perturbant la relation acteur/spectateur (moments interactifs, spectacles avec option, etc.[60]) ». Enfin et surtout,

59 *Ibidem.*
60 *Ibidem.*

le processus de création affirme fortement et explicitement sa dimension collective, « que ce soit ou non à juste titre[61] ». La notion de « troupe » se trouve donc renouvelée, voire refondée par celle de « collectif » dans les années 70, qui elle-même se nourrit de ce désir de contestation des lois habituelles de la création théâtrale. La cohésion du groupe / de la troupe repose alors « moins sur une structure administrative que sur un "esprit" » singulier, qui est « au principe de sa fondation, qui se perpétue au fil de ses réalisations et évolue avec elle[62]. » Et cet esprit, autrement dit cette « identité collective », ne repose pas seulement sur des choix esthétiques mais « sur un mode de vie et de pensée, qui recoupe en bien des points certaines utopies de l'après 68 : refus du vedettariat, de la spécialisation, salaire égal, vie communautaire, partage des tâches artistiques et ménagères, quels que soient le sexe et le niveau de formation, apprentissage et training collectif; etc.[63] ».

Le « collectif » des années 1970 est donc un mode d'organisation et de structuration des équipes de théâtre qui tend à inverser le sens habituel de la création, passant de la logique qui fait tomber les ordres du sommet – soit des gradins, où le metteur en scène adopte l'œil du Prince pendant les répétitions – vers le plateau et les acteurs, à celle qui fait au contraire « monter » les propositions des acteurs et du plateau jusqu'à l'œil et l'esprit de celui qui intègre, oriente, recompose ; ou qui fait passer, directement, ces propositions émanées du groupe vers les spectateurs, dans les cas assez rares où personne ne prend la direction de l'ensemble – ce sera le cas, trente ans plus tard, des projets des Tg STAN[64], par exemple. Dans de tels cas, il est symptomatique que le travail à la table déborde sur le temps de répétition, qui peut même être tout à fait supprimé, car alors il est clair pour les comédiens qu'ils sont leurs

61 *Ibidem.*

62 Besson, Jean-Louis, « Les troupes : un enjeu pour le théâtre d'aujourd'hui ? » in *L'acteur entre personnage et performance, Présences de l'acteur dans la représentation contemporaines.* Études théâtrales 26/2003, ouvrage cité.

63 Besson, Jean-Louis, *Ibid.*

64 Tg STAN est fondé en 1989 par Frank Vercruyssen, Waas Gramser, Sara De Roo, Jolente De Keersmaeker et Damiaan De Schrijver, étudiants du Conservatoire d'Anvers qui ne voulaient pas intégrer des compagnies théâtrales existantes. Le nom du collectif est un acronyme pour *Toneelspelersgezelschap* (signifiant en néerlandais « compagnie d'acteurs » et *Stop Thinking about Names* (signifiant en anglais « Arrêtez de penser aux noms ») afin de marquer l'importance du collectif d'acteur sur l'individuel et l'absence de hiérarchie ou de fonctions précises dévolues à chacun au sein du groupe.

propres dramaturges, qu'ils sont ces acteurs-créateurs dont Bernard Dort annonçait le retour dans les années 1980[65] et qu'en dernière instance ils viendront témoigner *en leur nom*, face aux spectateurs, de ce qu'ils ont personnellement à « dire » ou à « défendre » à partir de tel ou tel texte. Le collectif est donc aussi la manifestation d'un *idéal actif*, politique et démocratique, (dans l'application de ce principe du « *bottom-up* », qui est aussi un principe de responsabilité de la part de ceux qui agissent et s'exposent sur scène), économique (refusant les contraintes d'une production efficace) et enfin artistique, dans la mesure où le changement de ces « règles du jeu » de la production et du travail transforme le type d'œuvres produites. Aussi, bien que peu de « collectifs purs[66] » se soient maintenus ou même recréés ensuite (le contexte idéologique a changé et l'élan contestataire s'est émoussé depuis les années 70, ce sont là des raisons historiques, politiques et économiques globales évidentes auxquelles s'ajoutent les difficultés liées à une répartition parfaitement égalitaire du travail et des décisions au sein d'un groupe d'artistes, Delcuvellerie les énumère[67]), bien qu'il n'y ait jamais eu, donc, de réalisation parfaite de cet idéal, et que ces tentatives d'accomplissement fussent toujours précaires, une « illusion productive[68] », elle, a continué à vivre, parfois à

65 Dort, Bernard, *La représentation émancipée*, Actes Sud, coll. Le Temps du Théâtre, 1988. « Le Retour des comédiens » p. 129-144. Dort parle d'ailleurs plutôt de « comédiens dramaturges » que d'acteurs-créateurs. Pour lui, néanmoins « le dialogue direct et à visage découvert entre acteur et spectateur » est une utopie, de même que la création collective, « également l'œuvre de tous et, indifféremment, celle de chacun » est un mythe.

66 La formule est de Delcuvellerie et désigne les équipes qui fonctionnent et travaillent selon des principes de décision absolument égalitaires.

67 « Du grand nombre des insuffisances notoires du "collectif pur", deux se distinguent particulièrement : (1) Une responsabilité et une autorité égales pour tous au niveau du principe, alors que, manifestement, seuls quelques-uns – voire un(e) seul(e) – font des propositions productives, assument les tâches pratiques, etc. Ce déséquilibre ne se supporte pas éternellement. (2) L'égalité postulée empêche paradoxalement le plus souvent l'expression libre de la critique indispensable à l'évolution des projets comme des artistes. Afin de ne pas compromettre l'entente du groupe, un pacte tacite entraîne cette attitude : "Je ne dirai rien de grave sur ton travail, fiche-moi la paix aussi". Une création d'exigence ne saurait naître dans un pareil climat, au mieux – et provisoirement – un collage plus ou moins habile de trouvailles. Certains groupes ont sombré, à l'inverse, de la paralysie collective entraînée par des psychodrames furieux et permanents que personne n'avait autorité à arbitrer. Évités ou exacerbés, quand les conflits dans un collectif ne portent plus clairement sur des enjeux politiques et artistiques, celui-ci est entré dans une phase où c'est sa survie comme entité qui est devenu son propre sujet et ce sujet est superflu. » Deculvellerie, Jacques, *ibid.*

68 Deculvellerie, Jacques, *ibid.*

bas bruit, mais innervant, nourrissant toujours la création théâtrale selon des proportions diverses au cours des années 80-90-2000 et enfin 2010.

Notre Terreur, parmi une constellation d'autres projets collectifs émergeant à peu près au même moment, serait peut-être le signe que cette « illusion productive » récupère de sa force au cours des années 2000.

LE PROJET DES D'ORES ET DÉJÀ : FILIATIONS CONTESTATAIRES

Créer collectivement, ou tenter de le faire, ou même seulement *se raconter* qu'on le fait, modifierait la création elle-même. Tel est le sens de l'« illusion productive » dont parle Delcuvellerie : le collectif est moins un fait avéré qu'une tendance qui, même si elle n'est qu'imparfaitement réalisée, oriente et transforme le projet. Autrement dit, « il existe[rait] une dimension politique aux tentatives d'organisation différentes de ces troupes ou de ces compagnies », et, par conséquent il ne serait « pas étonnant qu'elles engendrent des créations qui dérangent et interrogent ». C'est ce que postule le mentor du Groupov, pour qui la simple appellation de « collectif » signale un « désaccord » fondamental avec l'organisation générale du travail. (« Leur mode de production même implique un désaccord avec l'ordre du monde[69] »). Le cas de *Notre Terreur* est intéressant pour évaluer ce que de tels propos ont encore de pertinent (ou non) pour les années 2000 et 2010. Comme on l'a vu, les d'Ores et déjà clament haut et fort la teneur politique de leur travail : le protocole de création, par le biais d'improvisation collectives censées déjouer la toute-puissance du metteur en scène, y rejoint le désir de se débarrasser des conceptions thermidoriennes qui auraient recouvert la période qui les intéresse, et particulièrement l'action politique d'un homme – Robespierre – transformé en bourreau par l'Histoire.

> *Notre terreur* ne raconte pas la Terreur historiquement. Mais nous voulons que le paysage dramatique soit le plus précis possible. Sa composition doit permettre à notre problématique de s'y agencer. Quelle est-elle ? Elle est une question qui regarde Robespierre : est-ce tyrannie de l'opinion que de se dresser seul contre tous ? Soutenir sa conscience, est-ce mettre en défaut l'idée de volonté générale ? Ou au contraire, peut-elle être pensée, cette solitude d'agir dans laquelle il plonge un instant, comme liberté individuelle politique, un JE en tant que devenir du bien commun ? N'est-il pas une substance du NOUS ? Le risque n'en vaut-il pas la chandelle ? Le 9 thermidor, ON empêchera

69 *Ibidem.*

> Robespierre de revenir au NOUS. Il n'implorera point finalement, il accusera. C'est évidemment ce qui le perdra. Ce risque, nous avons décidé de le lui faire prendre sur le théâtre, et nous pensons qu'il le prit historiquement. Dans les deux cas, la fin est la même : il est écrasé. Mais Robespierre devait-il se taire quand une partie de la représentation nationale avilie fabriquait peu à peu sur sa tête le masque de l'ennemi à abattre, et, sur son corps une fois abattu, le lieu d'un symbole qui de nos jours encore est transmis tel quel et réactionnaire : l'homme de sang de la Terreur ? L'État français thermidorien se devait de créer une figure qui deviendrait LA violence révolutionnaire inaugurale, LA terreur, LE terroriste. Il devait se couvrir des forfaits que l'Histoire lui attribuerait. Il fit mieux, il fit l'Histoire[70].

Le metteur en scène place donc une figure historique polémique au centre de son dispositif, elle est le levier d'une critique historiographique qui loge au cœur même de sa mise en scène. Il précise encore :

> Nous désirons par le théâtre dénoncer cette imposture, lui rebrousser le poil ; ce n'est pas un jugement aveugle mais un désir de distinction. Évidemment, il y eut des morts, et évidemment il n'est pas pensé de vouloir renouveler l'expérience dans ces conditions. Mais la censure est d'avoir fait des morts le seul champ d'études (champ tronqué qui plus est), et de ce champ d'en avoir fait une réalité univoque qu'ON a insinuée dans l'imaginaire collectif populaire. Il suffit de lire les manuels scolaires : l'histoire, c'est toujours l'histoire de l'État. Tout ce qui lui est néfaste est attaché aux cordelettes du mensonge, l'oubli se cache au soleil, une puanteur. Le mouvement dominant de la transmission de l'histoire du gouvernement révolutionnaire de l'an II est aujourd'hui encore, et presque continûment (depuis lui), thermidorien en France, il est contre-révolutionnaire. Il l'est dans le fait même de concentrer autour de Robespierre, et sur son corps, la totalité de sa charge dérivative symbolique. *Notre terreur* décrie et révoque ironiquement cette transmission de la figure de Robespierre. Ironiquement, car justement cette figure n'a pas à être transmise dans cette solitude exclusive[71]

Cette longue citation de la note de Crezevault nous révèle que nous sommes bien ici dans le double sillage contestataire des années 70 : celui d'une contestation politique d'abord, à travers le désir du travail collectif, et de la mise en scène du collectif en tant que tel sur le plateau ; celui d'une contestation historiographique ensuite, qui passe par la volonté

70 Crezeuvault, Sylvain. Dossier de Notre Terreur. Disponible sur le site du Théâtre National de la Colline. https://www.colline.fr/sites/default/files/notre-terreur-prog.pdf, consulté le 03/05/2021.

71 *Ibidem.*

d'en finir avec les figures de héros et de monstres qu'un certain récit national ne cesse de reconduire. « L'histoire, c'est toujours l'histoire de l'État », et ce dernier, à travers les différents organes dont il se sert pour diffuser le récit qui le représente et construit son identité, et qui sont effectivement, entre autres, les manuels scolaires, laisse penser au « public » en général (au public démocratique, au sens de Dewey[72]) que si la révolution est bien le grand moment mythique d'une naissance, celui d'un « Peuple » instauré dans ses droits – ceux de l'Homme et du Citoyen –, et que si cette révolution est bien la grande fierté et le grand symbole d'une « Nation » éclairée et tournée vers l'Universel, elle le fut du moins jusqu'à un certain point. Au-delà, on glisserait dans la part sombre de l'événement, celle que l'on aurait pu, dû éviter : sa radicalité, et avec elle le sang, les meurtres, la « terreur ». C'est pourquoi *Notre terreur* comme l'indique le titre, est avant tout une entreprise de *réappropriation* de cette face occultée, et volontairement (c'est-à-dire politiquement) obscurcie, de l'histoire[73]. Soit une manière de l'assumer pleinement comme *notre* héritage, voire de la revendiquer (elle aussi ? elle, particulièrement ? – le caractère politique du spectacle se joue également dans ces questions) comme étant inscrite dans *notre* ADN d'individus historiques, de citoyens français, enfin d'acteurs politiques d'aujourd'hui. Les neuf comédiens, sur le plateau, diront donc : Robespierre, Saint-Just, Billaud, Prieur, etc. : c'est *nous.* Et tout l'intérêt du spectacle, son effet le plus puissant comme son problème majeur, est là.

Le projet de réappropriation de la période implique pour les acteurs un long travail de recherches. Il s'agit en effet de préparer l'incarnation – libre, car en fin de compte improvisée, mais néanmoins fidèle au

72 Dewey, John, *Le Public et ses problèmes* 1915, Paris, Gallimard, 2005.

73 « La première volonté politique du spectacle, qui fait qu'il est politique, c'est de faire un objet qui dans son mouvement intrinsèque rebrousse le poil de la perception des spectateurs qui arrivent quand même souvent avec l'idée que la Terreur, *ce n'est pas bien*. Nous ne savons pas si la Terreur c'est bien ou pas, ce n'est pas notre question, cela n'a aucune importance, mais nous disons qu'il faut regarder dans quoi elle s'est instituée, à quel moment, pourquoi. Il s'agit de comprendre, pas de juger. Je ne pense pas que la Convention nationale de l'an II, ou plutôt la Montagne, ait été composée de barbares qui auraient eu tous, et unanimement, un intérêt sanglant à établir la Terreur si elle n'avait pas été nécessaire. C'est une société très éclairée. Avec les conflits d'intestins qui vont avec. » explique plus précisément encore Crezevault dans un entretien réalisé pour la revue *Agôn.* voir Sylvain Creuzevault et Eric Charon « Notre terreur », *Agôn* [En ligne], Entretiens, mis à jour le : 16/06/2012, URL : http://agon.ens-lyon.fr/index.php?id=1174. Consulté le 03/09/18.

portrait que les discours et les archives en tous genres dessinent – qui de Carnot, qui de Saint-Just, qui de Robespierre :

> On a commencé par Michelet, pour avoir un éventail le plus vaste possible, et puis après on a resserré sur d'autres théoriciens, d'autres courants, des gens qui ont tranché, des gens qui ont plus cherché un éclairage spécifique, des gens qui ont un éclairage très bienveillant sur Robespierre, comme [Albert] Mathiez, [Bernard] Soboul… On avait la consigne de Michelet, tout le monde est parti de ça, et puis après finalement tout le monde est parti rechercher de la matière un peu partout. On est même allés rechercher des matières politiques, jusqu'à des écrits très contemporains sur ce qu'était l'égalité, la justice, tous ces mots qui sont tellement forts qu'ils en ont perdu leur sens. Il fallait revenir à nous. Moi, je suis parti vraiment de loin : qu'est-ce que ça voulait dire aujourd'hui de se donner une conscience politique, comment on pouvait avoir un regard sur ce qui s'était passé il y a deux cents ans sans avoir aujourd'hui la conscience de ce que c'était devenu… ? De manière journalière il fallait s'imprégner de ce qu'était la politique, la philosophie, pour essayer d'aller toucher l'homme après[74].

Ça Ira avait exigé des comédiens des recherches semblables. En effet, les deux projets – qui entendent s'attaquer au mythe sans reconduire son folklore ni ses représentations figées, convenues, et politiquement « correctes » – exigent un travail d'enquête[75]. Dans les deux cas, la plongée

74 Charon, Eric, *Ibid.*

75 Maxime Tshibangu, comédien dans *Ça Ira*, Entretien réalisé en janvier 2017 : « Lorsqu'il nous a présenté le projet, un mois avant le début de la création, Jöel nous avait donné à potasser, plusieurs livres sur la Révolution française (*Histoire de la révolution française*, de Michelet, *Histoire de la révolution*, d'Eric Hazan et *Nouvelle histoire de la Révolution Française*, de Jean-Clément Martin). J'avais appris par cœur la chronologie des événements politiques, entre 1887 et 1789 et en arrivant à Chateauvallon, les choses étaient moins floues. […] On a d'abord improvisé des discours, chacun à notre tour, seul au micro, comme c'est le cas dans les scènes d'assemblées du spectacle. Joël voulait, au cours de ce premier mois de travail, qu'on improvise sur toute la période de 1787, la réunion des notables, à la fuite du roi en 1791. La compagnie avait fait descendre dans le sud, quantité d'archives et d'autres documents, dont on s'est servi, pour préparer nos discours. Une équipe d'assistants, Guillaume Mazeau, Marion Bourdier, assistante dramaturge de Joël et Guillaume Lambert, qui à l'époque était à Science-Po, nous dénichaient des documents en rapport avec les situations d'improvisation. Et comme ces textes n'étaient pas toujours simples, (soit d'un style très juridique par exemple pour les archives parlementaires des États Généraux, soit en français du XVIIIe, soit tout simplement très techniques – va improviser avec, comme support, un document qui décrit la fiscalité en France à la fin de l'ancien régime !) nous avions besoin d'une sorte de traduction. Après, chacun organisait son travail à sa guise, certains écrivaient entièrement leur discours, d'autres, dont moi, s'attachaient surtout à identifier les idées principales et l'improvisaient. Comme l'espace de la prise de parole n'était pas défini, le fait de ne pas totalement écrire mon discours me

commence avec Michelet, soit avec la lecture du grand récit révolutionnaire sous sa forme la plus classique, pour s'attaquer progressivement à une historiographie à la fois plus spécifique et plus polémique. En revanche, Pommerat, qui travaillait avec une équipe plus grande, faisait appel à sa dramaturge, Marion Boudier, et à un historien, Guillaume Mazeau, pour abattre la première et laborieuse partie du travail, c'est-à-dire pour trouver et sélectionner les textes, les distribuer ensuite aux acteurs et donner matière à des discours réécrits, à des scènes réimprovisées. Le groupe des dix, qui constitue les D'Ores et déjà, fonctionne seul de ce point de vue, et l'orientation de ses recherches – si l'on en croit le témoignage d'Eric Charon qui endosse le rôle de Robespierre – n'est pas tout à fait la même. Il s'agit non seulement de ramener à soi, à sa propre conscience politique, mais aussi de « toucher l'homme », derrière le personnage historique. Car le projet reste centré sur des figures précises, distinctes, nommées : il y a neuf sujets identifiés et identifiables sur scène. C'est toute la différence avec *Ça Ira*, qui multiplie et anonymise les détenteurs de la parole dans l'Assemblée, et se concentre exclusivement sur des discours politiques. En outre, la note d'intention de Crezeuvault

permettait de rebondir sur celui d'un autre, soit en soutient, soit en opposition, et ainsi d'être concret. J'avoue que ça été un exercice difficile. À Chateauvallon, Joël n'intervenait quasiment pas sur les discours, il n'y a pas eu, là-bas, un travail de direction d'acteur, je crois que l'essentiel était pour lui, que nous traversions, en improvisation, les trois dernières années de la monarchie en France. Il est surtout intervenu sur les quelques improvisations collectives, et encore. Comme si le principal était d'élaguer. Quand on s'est retrouvés six mois plus tard, les choses étaient légèrement différentes. Joël et son équipe d'assistants avaient découpé la période 1787-1791 en plusieurs moments, qui allaient constituer pour une grand part les scènes de la pièce. Pour chaque moment, les assistants nous préparaient des petits dossiers de documents, qui exposaient à la fois des idées conservatrices et libérales. À charge pour chacun des comédiens de choisir alors son parti. Dans les faits, on a tous travaillé des textes pro-noblesse, pro-tiers-état et pro-clergé. la question de la distribution ne s'est posée que bien plus tard, (les personnages de Louis, ou Gigard par exemple, étaient des évidences). Durant cette période, Joël intervenait beaucoup plus souvent, il nous demandait principalement de ne pas singer les hommes politiques, mais de devenir *nous-mêmes* des politiques, d'utiliser des arguments politiques pour contrer la partie adverse. Pour les scènes de district, on a visionné pas mal de documentaires vidéo sur les révoltes en Égypte, Ukraine et en Roumanie. Pour ces scènes également Joël dirigeait les séances de manière active, pour qu'on reste centrés sur la problématique (s'armer ou non, faire face à la crise alimentaire….). Pour ces scènes de groupe, les assistants nous ont aussi fourni des documents relatifs à la vie des parisiens à la fin du XVIIIe et aux problèmes auxquels ils étaient confrontés. La dernière phase du travail est plus classique. Travail à la table (plusieurs semaines), mises en scènes et direction d'acteur… »

citée plus haut ne s'en cache pas, parmi ces neuf visages, c'est la figure fantasmagorique, excessive, héroïco-monstrueuse d'un seul homme qui reste centrale, celle de Robespierre. Au cœur du dispositif, donc : un homme qui dit JE, l'égo d'un sujet.

La comparaison avec *1789*, encore une fois, est intéressante. Les comédiens du Soleil s'étaient attachés eux aussi à sortir de sa gangue institutionnelle l'histoire nationale, mais pour l'expérimenter du point de vue du « peuple », en assumant l'identification du peuple français de 1789 à celui de 1970 (et l'identification de celui-ci aux acteurs en jeu), en assumant donc, la recontextualisation et l'appropriation des problématiques révolutionnaires. Là où le projet mené par Ariane Mnouchkine s'intéressait au peuple entendu comme masse et se *destinait* au peuple entendu comme masse, le projet mené par Crezevault s'intéresse, lui, aux figures décisionnaires du Comité devenu légendaire, celui du Salut Public, donc à une poignée d'individus, à l'intériorité torturée de ces quelques hommes – et surtout l'un d'entre eux – et aux effets qu'elle a sur la grande histoire. D'où l'espace clos, presque intimiste, du comité, de la réunion, qui s'oppose à l'espace ouvert et éclaté des tréteaux de 1789. *Notre Terreur* fonctionne sur un procédé d'identification individuel et non pas collectif à ses neuf personnages et plus encore, aux neuf *acteurs* présents sur le plateau, qui improvisent et créent en direct. Autrement dit, il ne s'agit pas de mettre en scène le même rapport à l'Histoire, et par conséquent le même épique. Le but de *Notre Terreur* est de contredire une tragédie sanglante, en rétablissant de la « normalité » là où l'on nous avait désigné le monstre ou l'idole, ou bien en parodiant l'image du monstre lui-même avec une théâtralité grandiloquente, qui vient singer l'icône. Ce sont les tonalités du spectacle – du réalisme au grand-guignol – et son dispositif – un bi-frontal immersif – qui réintroduisent de la vitalité, de l'énergie et de la pensée là où l'Histoire s'était figée. Le spectacle, de ce point de vue, est une merveilleuse et inspirante réussite. Il vient désordonner le récit historique en *troublant le genre* (!) de la tragédie attendue, par de grands coups de pinceaux non-conformes et surréalistes, par des circulations imprévisibles de l'énergie de plateau.

1789 visait tout autre chose : avec une distance qui cette fois se pose d'emblée – puisque ce sont des bateleurs qui parlent et racontent – il s'agissait de s'approcher « de la réalité de l'événement révolutionnaire tel qu'il avait eu lieu et tel qu'il avait été reçu par *la masse des gens*, la masse des Français à cette époque[76] », afin que l'histoire nationale devienne bel et bien la matière politique d'un spectacle *populaire*, la théâtralité des formes se mettant au service ici d'un regard distancié sur l'histoire mais aussi d'un esprit de convivialité festive, soit, en somme, d'une réflexion partagée et mobilisatrice dans un *espace public* reconstitué.

Cette différence de traitement de la période par les deux troupes, celle du Soleil et des d'Ores et déjà, concerne donc les types de personnages que l'on voit sur le plateau d'abord, (foule anonyme et populaire *versus* figures héroïques et distinctes, même si critiquées dans leur héroïsme) et le dispositif qui les encadre ensuite (l'espace commun éclaté *versus* l'espace privé resserré). Notre hypothèse est que, au-delà de choix artistiques subjectifs et absolument différents chez des équipes qui ont finalement peu en commun, ce changement dans la manière d'interroger l'histoire par et sur le plateau est induit par deux phénomènes contextuels, c'est-à-dire historiques : la manière dont le collectif d'acteurs se réunit et se définit en 2010, par distinction avec 1970, et l'évolution du mode de jeu que cela entraîne. À ces deux causes il faudra sans doute en ajouter une autre, structurelle cette fois, et qui révèlera peut-être une contradiction interne et profonde à la question de l'épique au théâtre.

FAIRE COLLECTIF EN 2010 : ÉCARTS (POLITIQUES) ET MODES DE JEU – AVEC UN DÉTOUR PAR LES FLANDRES

La comparaison des d'Ores et déjà avec la troupe du Soleil, et de *Notre Terreur* avec *1789-1793*, révèle en effet une chose : les termes de « collectif » et d'« aventure collective » ne semblent plus avoir tout à fait le même sens depuis la fin des années 90. Les collectifs français des années 2000, (citons, outre les D'Ores et déjà nés en 2002, le collectif des Possédés et La vie Brève nés en 2004, les In Vitro rassemblés en 2009, L'Avantage du Doute en 2010 ou encore Les Chiens de Navarre qui se réunissent en 2005) se forment sous l'impulsion de groupes de comédiens amis qui cherchent à travailler ensemble. Il ne s'agit pas d'un grand rassemblement d'acteurs internationaux opéré par un maître d'œuvre en

76 Mnouchkine, Ariane, à propos de *1789*, 22 février 1971, Ina. http://fresques.ina.fr/en-scenes/fiche-media/Scenes00405/ariane-mnouchkine-a-propos-de-1789.html. Nous soulignons. Consulté le 8 avril 2018. « Masse », « foule », « peuple » : on retrouve dans les termes employés par Mnouchkine un vocabulaire hérité du premier XXe siècle, notamment, de Gustave Le Bon dans *Psychologie des foules*, (1895).

vue d'une création qui regarderait du côté de l'utopie communautaire (Brook et Mnouchkine, pour une épopée mythique et universelle d'un côté, programmatique et politique de l'autre), mais plutôt d'une tentative de sauvetage de petits groupes distincts au milieu de la tempête concurrentielle du théâtre public en contexte économique néo-libéral. Pour cette raison, la dimension politique postulée par Delcuvellerie chez les collectifs doit être reconsidérée autrement que dans les années 70. À la grande aventure collective et à son grand dessein politique se substituent des projets qui, le plus souvent, assument le caractère éphémère de leur existence dans le cadre de la programmation festivalière qui prévaut en France et en Europe, (rarement plus de cinq dates en un lieu), tout autant que la précarité de leurs objets et les limites de leur ambition politique, qui ne s'affirme alors qu'avec la distance (la légèreté, l'humour, la dérision) qui convient quand on a conscience de son impuissance. Si d'ailleurs *Notre Terreur* fait partie des créations collectives les plus notables de ces dernières années, c'est sans doute parce qu'elle fait aussi partie, dans ce paysage de l'esquisse, souvent sensible, souvent délicate, souvent très drôle mais aussi souvent fugace, labile et incertaine, des créations les plus *déterminées* politiquement – et esthétiquement. Pourtant, les D'Ores et déjà ont ceci de commun avec les In Vitro, les Possédés, et d'autres collectifs français de la même génération de remettre au cœur de leur travail la question du Sujet et de l'individu, dont les entrailles sont déballées à l'occasion de (formidables, explosifs, et jouissifs) *numéros d'acteurs*. Les collectifs ré-institués depuis une vingtaine d'année partagent donc aussi, et surtout, une esthétique et un mode de jeu, qui, lorsque la création s'attaque à des questions d'Histoire, vont infléchir l'idée d'épique.

Expliquons-nous. Ce que nous donne à voir *Notre Terreur*, c'est pour l'essentiel, et improvisées sur un canevas très précis, les délibérations de Carnot, Collot, Barrère, Couthon, Saint-Just, Lindot, Prieur, Billaud, et Robespierre. C'est-à-dire leurs disputes, leurs joutes, leurs crises de nerfs comme leurs plaisanteries. Le spectacle s'organise en deux séquences. La première est naturaliste[77], toute rassemblée autour de

77 « C'est quasiment du reportage qui aurait passé la rampe des siècles. » peut-on lire ainsi dans un article de *La Dépêche*, http://www.ladepeche.fr/article/2010/10/20/930752-toulouse-le-garonne-seme-la-terreur-et-fait-sa-revolution.html, consulté le 19/10/2021. Le modèle pour le jeu nous est donné ici : le document, et plus précisément l'image vidéo

la table, principal élément de décor – concret et symbolique à la fois, puisqu'il raconte aussi bien la trivialité des réunions politiques, que les acteurs au travail. La seconde, en revanche, est fantaisiste et onirique, éclatée, burlesque, hyper-théâtrale, et le décor, la table, se disloquent. Les gradins, de part et d'autre du plateau, sont éclairés comme lui pendant la première partie, permettant régulièrement les invectives et les prises à parti des spectateurs. Et sur scène, les « neuf hommes en colère » (Martial Poirson[78]) qui constituent le comité, sont vêtus d'habits bon marchés, de jeans et de tee-shirts. Ils manipulent négligemment des gadgets sur la table, comme ce terrible taille-crayon en forme de guillotine – clin d'œil pour le déchiffreur de signes – et mâchent des quartiers de mandarine ou un bout de brioche tout en se donnant du « Salut Robespierre ! ». Le décalage, l'anachronisme, l'irrévérence, enfin le plaisir de la destitution des figures historiques au profit d'hommes « normaux », comme s'en réclame la note d'intention citée plus haut, sont immédiatement séducteurs. Il ne faut que quelques secondes au spectacle pour faire de nous les complices amusés des interactions entre les personnages, tout en maintenant notre niveau d'attention au plus haut grâce à l'excitation du jeu, la fragilité et le danger des improvisations que les acteurs entreprennent en funambules sous nos yeux. Ainsi, chez Crezeuvault, à l'inverse de chez Mnouchkine, cela commence non pas par la distance mais par un puissant effet de *proximité*. Le postulat n'est pas le même : parce que cette terreur est la leur, (la nôtre), les époques, les contextes, les langues même vont se confondre dans l'acte mimétique. Au contraire, dans les deux spectacles du Soleil, il fallait construire d'abord une identité fictive au groupe – des bateleurs pour *1789*, des sectionnaires pour *1793* – c'est-à-dire une posture d'énonciation, pour qu'il soit possible de *se raconter* la Révolution. Le caractère immersif du spectacle tenait à l'espace réel du récit, dans lequel étaient englobés les spectateurs. C'est le récit, en tant qu'activité assumée et annoncée comme telle, qui construisait l'espace de la séance comme un espace *commun*, tout en maintenant toujours, parce que telle était la convention de départ, la distance avec ses contenus, et ce même quand l'acte de

captant la réalité des expressions orales et gestuelles des êtres humains. C'est donc la reconstitution de la normalité de la vie, du flux vivant des interactions normales qui est salué ici, c'est-à-dire l'inverse d'une stylisation.

78 Poirson, Martial, « Neuf hommes en colère : Notre terreur (2009), horizon d'attente imprescriptible d'une politique des gestes » in *La Terreur en scène, Études théâtrales* 59/2014.

raconter atteignait son plus haut degré de performativité (comme, par exemple, dans le récit de la prise de la Bastille[79]).

La performance, chez Crezevault, se joue à un autre endroit : elle est interne au drame, et au mode dramatique qui est majoritairement celui du spectacle. Elle est liée à cette parole risquée car toujours nouvelle, que prononce l'acteur qui improvise en direct. Car en effet le commerce actif, alerte, riche et vivant des acteurs entre eux, et avec l'ensemble des éléments – sur le plateau et dans la salle – qui constitue leur environnement, s'accélère et s'intensifie d'être improvisé en permanence. Que soudain l'un des corps présents saisisse au bond le mot d'un autre pour lancer une nouvelle phrase, formule inventée sur le vif, risquée, rompant l'équilibre et posant un nouveau problème à résoudre (comment répondre, comment repartir, comment s'approprier ces mots-là pour les jouer), et c'est une petite crise qui éclate, et qui ne peut trouver de résolution que de manière vivante, soit connectée directement au présent et au concret de l'action scénique. La représentation est une suite de micro-crises de ce genre, et sa résolution active, quand bien même on n'aurait pas conscience qu'elle est en cours, nous offre en spectacle sa propre vitalité.

L'autre pan de la performance se réalise dans des numéros physiques et lyriques, comme le tout premier monologue de Saint-Just, incarné par Galard, qui ouvre le spectacle avec le discours de défense de Robespierre devant le peuple, discours fébrile et fiévreux, aux accents rhétoriques puissants, qui nous porte d'emblée à sympathiser avec l'énergie libertaire du personnage. Ou comme la « chevauchée » ludique autour de la table de Carnot (Léo Antonin) qui raconte un épisode militaire. Aussi, les registres parcourus par les acteurs nous font passer du sentiment de connivence – quand cela ressemble à une réunion syndicale d'aujourd'hui – à celui de l'admiration pour le jeu – quand cela bascule dans le numéro – avec une relative indifférence pour les temporalités historiques qu'on mélange. Autrement dit, l'on ne quitte l'effet de reconnaissance et de proximité que pour la conscience d'une différence qui touche non pas tant aux hommes du comité, et à leur courage politique, mais aux *acteurs eux-mêmes*, quand ils franchissent soudain un cap dans le jeu, dans le risque du jeu, du dévoilement et du déploiement d'énergies *extra-ordinaires*. C'est ni plus ni moins que la virtuosité du comédien qui refonde soudain l'écart

79 Voir Première partie.

entre ce qui se passe au plateau et les gradins, entre un « nous » et un « eux » qui ne sont pas le « nous » d'aujourd'hui et le « eux » d'hier, mais seulement le « nous » des spectateurs et ce « eux » des acteurs. Car au fond, ce sont bien *eux*, *les acteurs*, qui sont au premier plan : ce sont *eux* qui nous intéressent. C'est donc une vision de l'histoire à travers l'individualité des conduites de ceux qui la représentent qui se joue ici, et qui module l'épique.

Cette mise au premier plan du jeu et des *personnalités* en jeu dans le travail *collectif* est pour le moins intrigant. On pourrait croire en effet que l'effacement de la figure du metteur en scène accompagne celui de la personne de l'acteur (et surtout de l'acteur « principal ») et que l'« ensemble » s'impose plutôt que les individus. Pourquoi n'est-ce pas le cas ? L'une des causes (peut-être la plus structurelle) est très certainement liée au matériau avec lequel tout théâtre compose, qui est fait d'êtres humains qui veulent être vus sur scène, qui désirent s'exposer et être au centre de l'attention : les acteurs. Tout théâtre a à faire, à travailler, à transformer, à diriger ailleurs les pulsions narcissiques qui le rendent possible. Pour peu que le travail de torsion de telles forces (tous ces désirs individuels d'être vu, admiré et aimé, qui font vivre le plateau) vers un pôle différent (une question, un sujet, un récit), pour peu que cette torsion ou ce travail de redirection soit trop faible ou trop complaisant pour contrebalancer la puissance des pulsions premières, celles-ci se mettent à leur propre service. Tout est donc question d'équilibre des forces. Car par ailleurs, il semble juste de rendre l'acteur responsable du sens de sa parole ; cette responsabilité correspond à la connaissance particulière de la situation dont il dispose sur le plateau et que le metteur en scène ne saurait jamais avoir. La première cause donc, de cet étrange phénomène qu'est la présence prépondérante des individus-acteurs sur un plateau pourtant dit et revendiqué comme « collectif », serait liée au risque permanent de la complaisance pour toute œuvre théâtrale, en tant qu'elle est théâtrale, c'est-à-dire fonctionnant avec des individus qui désirent sur eux le regard des autres, et qui, en l'absence de metteur en scène, sont libres d'orienter à cette fin toute leur action de jeu. D'autres causes toutefois interviennent qui semblent liées à la rencontre entre une évolution récente du jeu de l'acteur en Europe, et le type de formation théâtrale qui prévaut en France.

En effet, il s'agit ici de comprendre un phénomène d'individualisation non plus du personnage représenté, mais du *performer* comme centre du processus. Autrement dit, il s'agit de comprendre une nouvelle forme de « présence » de l'acteur, que l'on retrouve sur de nombreuses scènes européennes et en particulier dans les travaux collectifs et les performances d'une certaine « vague flamande ». Depuis une quinzaine d'années en effet, la place qu'ont occupée en Europe et en France les créations de certaines compagnies venant des Flandres, non seulement d'acteurs mais aussi de danseurs et de performers, elles-mêmes constituées en collectifs, est suffisamment importante pour qu'on puisse estimer qu'à leur contact, les manières de créer chez les collectifs d'acteurs français qui naissent à peu près au même moment ou juste après s'en soient trouvé transformées. Il est possible d'imaginer qu'une certaine manière de « prendre la scène » – disons, « à la belge » – ainsi qu'une certaine façon d'interagir avec les spectateurs, ait influencé le travail d'une génération de comédiens français, qui cependant étaient eux-mêmes formés dans des conservatoires ou des écoles qui continuaient de mettre l'accent sur l'incarnation d'un *rôle*, donc sur la singularité subjective d'une interprétation… Autorisons-nous donc un détour.

Détour par les Flandres – le collectif, la question de la responsabilité de l'acteur

Lorsqu'il s'intéresse à la question de l'acteur et de la troupe au tout début des années 2000, Jean-Louis Besson note déjà le déplacement dont nous parlions plus haut au sujet de *Notre Terreur*, soit ce passage, pour le spectateur, d'un processus d'identification au personnage en un processus d'*intéressement* au jeu et à l'acteur :

> L'absence du metteur en scène implique de nouvelles méthodes de travail en répétition et permet une radicalisation de la distance entre le personnage et l'acteur, notamment lorsque celui-ci prend en charge plusieurs rôles différents, ou se fait narrateur d'un personnage… comme le souligne Marianne Van Kerkhoven – Institut du Théâtre Flamand : on s'est éloigné de l'identification au personnage pour mettre l'accent sur la personnalité de l'acteur lui-même[80].

De fait, c'est généralement la vitalité de la performance scénique et la virtuosité des numéros d'acteurs qui captent la majeure partie de

80 Besson, Jean-Louis, « Les troupes : un enjeu pour le théâtre d'aujourd'hui ? » in *L'acteur entre personnage et performance, Présences de l'acteur dans la représentation contemporaines*. Études théâtrales 26/2003, Louvain, *op. cit.*

notre attention, aux dépens des situations fictives ou des déboires des personnages. Quelles sont toutefois ces « nouvelles méthodes de travail », et qu'est-ce que veut dire « mettre l'accent sur la *personnalité* de l'acteur lui-même » ? Pour comprendre les propos de Marianne Van Kerkhoven cités par Besson, revenons sur l'exemple des Tg STAN. On l'a dit, le processus de création de l'équipe a ceci d'unique que pendant la quasi-totalité de leur période de répétition, les acteurs ne travaillent qu'à la table. La distribution des rôles n'est généralement pas fixée même si le nombre des comédiens est défini et limité. De plus, « la scénographie, en restant toujours en développement, exclut les constructions trop compliquées car, si les périodes de répétitions sont longues, l'idée de commencer le processus de création à partir d'une feuille blanche conduit forcément à laisser de côté un certain aspect matériel du travail[81] ». De même, parce que les comédiens répètent très peu au plateau, voire pas du tout, la représentation s'affirme, d'une certaine façon, comme une *continuation performée du travail.* Elle est un processus en cours et non pas un résultat ni une œuvre achevée. Quant aux acteurs, ils sont à la fois des artisans de la scène et de la séance proprement dite, parce qu'ils prennent part à toutes les composantes du spectacle (musique, décors, scénographie, costumes etc.) et ce jusque dans le temps de la représentation, à vue et en direct. Mais ils sont aussi et surtout ces « comédiens-dramaturges » (Dort) qui assument la responsabilité du sens des directions de jeu, et partant, de l'œuvre. Prendre un texte du répertoire, explorer ce qu'il a de fort aujourd'hui, le couper et l'adapter pour mieux « l'aider[82] » à nous parler directement, avoir un point de vue sur ce que l'on met en jeu de notre patrimoine littéraire et culturel commun : voilà ce que signifie pour les acteurs de Tg STAN s'affranchir du metteur en scène et réfléchir ensemble à ce qu'il s'agit de dire, à ce

81 Quiriconi, Sabine, « L'Effet Tg Stan » in *Théâtre/Public*, n° 203 États de la scène actuelle – 2009-2011.

82 C'est le mot de Franck Vercruyssen, entretien réalisé en mai 2013, à la maison de l'Architecture « C'est très important d'oser réinterpréter, en humilité, de comprendre quelque chose dans un temps. [...] Nos adaptations, c'est ça : on aide Tchékhov en le coupant, on aide Ibsen en le coupant, parce que si on ne le fait pas il va travailler contre lui-même. Parfois, parce qu'on est touché par une pièce, – donc il y a apparemment quelque chose qui dans cette pièce, touche – il faut la protéger, il faut l'aider. [...] Sinon, des pièces comme les Estivants, comme Platonov ou comme Maison de Poupée, si on laisse 100 % du texte se dire sur le plateau, personne ne va s'identifier avec le danger des personnages, et cela reste juste "le document d'un temps" ».

qu'il s'agit de jouer, de mettre à distance ou d'incarner pleinement. Aller au-devant des spectateurs sans que l'acte de représentation ait été au préalable ordonné, filtré, mis en forme par un metteur en scène, aller au-devant des spectateurs presque juste après le travail de réflexion et de discussion à la table, c'est venir parler directement en son nom de l'objet, c'est s'engager matériellement, concrètement, charnellement, en tant qu'interprète et passeur du texte, enfin c'est supprimer une partie de la distance entre acteur et spectateur. Il y a alors non seulement co-présence mais aussi co-réalisation de la performance avec les spectateurs, à vue : devant eux, avec eux.

C'est d'ailleurs une des particularités du travail des STAN : cette impression que les acteurs nous donnent de *nous parler*, directement. Cette simplicité de l'adresse. L'acceptation des erreurs de français, l'assomption d'une présence pleine incluant les maladresses, les incidents, les interactions imprévues sont les indices d'un contrat tacite : ce « nous sommes là, maintenant, avec vous, en train de partager cette histoire, ce propos, et c'est elle, c'est lui qui compte, peu importe que je me trompe, ou que je trébuche, le tout étant de transmettre et de partager cette chose-là le mieux possible, et si cela implique la distance, alors soyons distanciés, si cela implique l'incarnation, alors incarnons, identifions-nous complètement, et surtout, passons de l'un à l'autre avec liberté, sans révérence ». Ainsi les STAN explorent toujours « le terrain partagé, [par Brecht et Stanislavski] d'une identification aux rôles non pas absolue, mais contrôlée et consciente d'elle-même[83] », et ce en la mettant au service du « conflit d'idées » repérable dans le texte. En effet, ce sont alors les discours qui s'affrontent, plus que les personnages. « C'est bien l'idée elle-même qui se trouve incarnée et les termes du débat, loin de s'engluer dans le pathos aveuglant, nous apparaissent dans une clarté accrue[84] ». C'est donc au profit d'une clarté du discours et du propos, d'une clarté des idées que le comédien s'impose comme médiateur avoué, et avoué dans sa faillibilité. Brecht est là.

Les maîtres flamands des Tg STAN, Mattias de Koning et Jan Joris Lamers, fondateurs du collectif Maatschapij Discordia (littéralement,

83 Lescot, David, « L'acteur et son personnage : unité ou distance ? À propos de TG Stan » in *L'Acteur entre personnage et performance. Présence de l'acteur dans la représentation contemporaine*, sous la direction de Jean-Louis Besson, *Études Théâtrales*, Louvain-La-Neuve, nº 26, 2003, p. 54 ; cité par Sabine Quiriconi dans l'*Effet Tg STAN*.

84 *Ibidem*.

« discorde dans la société[85] »), pouvaient aller plus loin, récusant la notion même de rôle : « il n'y a jamais de transformation, il n'y a jamais d'incarnation. L'incarnation n'existe pas, nous n'y croyons du moins pas du tout. Tu es ce que tu es, tu ne peux rien y changer sur scène[86] ». La démarche est brechtienne au départ : elle se rattache à un certain refus de l'identification pour laisser place, dans la béance entre l'acteur et son masque, au point de vue, à la critique. Ainsi, à leurs débuts, Discordia pouvait présenter avec une distance critique et ironique des personnages ou des figures de théâtre. « Aujourd'hui, le travail s'est accentué dans le sens du caractère performantiel de leur partition scénique, plus improvisée et plus "naturelle" qu'à leurs premiers spectacles[87] ». Les acteurs sont là, et c'est leur statut, leur fonction d'acteur qui prime et qui s'impose à nous, plus que tout autre chose. Est-ce l'endroit où Brecht rejoint Schechner ? Oui, d'une certaine manière, tels qu'ils se trouvent réunis dans la revendication d'une posture d'énonciation, celle que Franck Vercruyssen, l'un des fondateurs des Tg STAN, définit sous le terme d'« honnêteté » :

> Il faut vouloir dire quelque chose. [...] Et si tu as l'audace de monter sur le plateau, voilà, tu es sur le plateau et tu dois l'assumer, et tu dois faire admettre qui tu es. Tu ne vas quand même pas ne pas être sur le plateau quand tu y es ! Tu as les moyens de ça et ta philosophie derrière – c'est-à-dire ce que tu appelles, toi, la vérité, l'honnêteté, le sentiment, ce que ces mots veulent dire pour toi. Tu veux être honnête mais quand tu es dans une sorte de concentration aveuglante pendant le jeu (trop Tchekhov, trop Stanislavski...) tu ne peux pas prendre en compte la réalité – par exemple, un avion qui passe pendant que tu joues... – et ce n'est donc pas honnête. Pour bien jouer, tout doit exister en même temps : le contrôle et l'absence de contrôle, le chaud et le froid, la fiction et la réalité concrète, le désir de plaire et celui de sentir[88].

85 Et qui défendent a priori des vues opposées à celles d'un Jan Lawers, par exemple, dont nous avons parlé dans notre première partie, et qui entend non pas faire discorde mais nous réunir par la musique et la performance.

86 Entretien réalisé par Esther Gouarné avec Mattias de Koming, 20 mai 2012, Brakke Grond Café, Amsterdam, cité par l'auteur dans « La performance au cœur de la représentation » in *Théâtre Public*, n° 211, *La vague flamande, mythe ou réalité ?, j*anvier-mars 2014, p. 11.

87 Selon Esther Gouarné, *Ibidem.*

88 Vercruyssen, Franck, « La manière STAN » entretien réalisé par Sabine Quiriconi, in *Théâtre Public*, n° 211, *La vague flamande, mythe ou réalité ?*, *op. cit.* p. 50 Sur la définition de la présence de l'acteur comme alliance des contraires voir aussi Farcy, Gérard Denis, et Prédal, René (dir) *Brûler les planches, crever l'écran*, l'Entretemps, coll. « Les voies de l'acteur », 2001.

C'est cette honnêteté dans l'acte d'être présent, d'être *là*, et de dire ce que l'on choisit de dire, qui fonde un certain rapport au texte, au jeu, et aux spectateurs. Il n'y a plus de raison de faire semblant de ne pas être ensemble en un lieu concret, puisque c'est cette seule réunion qui justifie la prise de parole et la prise de position à partir d'un texte, c'est-à-dire à partir d'un élément du monde (du répertoire, de l'histoire, de la culture) dont nous faisons partie et sur lequel nous pouvons nous exprimer. La posture d'énonciation décrite par Vercruyssen implique ainsi un déplacement facile dans un type d'incarnation ou dans un autre, pourvu que personne ne soit la dupe de personne : ce sera toujours Franck, Jolente, Damian qui s'adresseront la parole les uns aux autres, et qui parleront à x, y et z dans le public. Autrement dit, sur le plateau *et* dans les gradins, il n'y a que des individus singuliers se confrontant les uns aux autres, exprimant tour à tour ce qui les touche ou les font réfléchir, le tout dans le cadre des lois dramaturgiques – des « règles du jeu » – qu'ils se sont fixés.

Retour au Collectif français – la place de l'individu et l'invention d'une esthétique

En France, quand les collectifs d'acteurs s'emparent non pas d'un texte du répertoire mais créent ensemble une œuvre « de plateau » originale (c'est le cas de la Vie Brève, des In Vitro, des Chiens de Navarre, comme des D'Ores et déjà), il semble que le processus de mise en avant des personnalités s'accentue. De sorte que ce sont moins des comédiens-dramaturges que l'on voit face à nous, que des *acteurs-individus*, ou des *individus-acteurs*, ou, dit encore autrement, des acteurs qui *performent* leur individualité.

Si l'on considère en effet le texte et la mise en scène non plus comme des œuvres à part entière, ou des instances sacrées, mais comme des forces venant compenser, voire infléchir ou diriger les forces pulsionnelles du jeu, alors on peut considérer que leur absence ou leur affaiblissement produit un déséquilibre (de même que le respect idolâtre pour le texte ou pour l'image scénique en produit un autre) dans l'organicité générale et signifiante de la création. Les « créations de plateau » des collectifs d'acteurs ont donc toujours maille à partir, d'une certaine manière, avec la compensation de ce déséquilibre, mais depuis l'endroit du jeu lui-même, depuis l'endroit de travail des acteurs eux-mêmes (puisqu'il n'y a plus *que* des acteurs[89]). C'est le lieu de leurs recherches, la nature de leurs propositions, la qualité et l'exigence de leurs regard sur le plateau et sur leurs partenaires qui modulent cet équilibrage. Ainsi, quand le projet général est suffisamment précis pour aiguiser les responsabilités individuelles de chaque acteur, la vitalité du jeu se trouve mise au service d'autre chose qu'elle-même, (soit d'autre chose que le théâtre !), et la proposition générale s'en trouve d'autant plus intéressante qu'elle est enrichie par les curiosités à l'affût de chacun. D'un autre côté – c'est le risque – ces créations collectives (et de plateau) laissent aussi tout l'espace à l'expansion des « numéros » d'acteurs dont nous parlions plus haut. Ils sont l'équivalents sans doute de ce que l'on appelle les « morceaux de bravoure » dans les pièces de répertoire : monologues et tirades légendaires, qui restent pour l'acteur français le lieu par excellence où exercer sa virtuosité, ou faire s'épanouir tout son « talent[90] ». Mais ils apparaissent alors sous une forme plus libre, *décomplexée*, c'est-à-dire dégagée de tout projet dramaturgique qui les dépasse. Aussi, selon les thématiques (historiques ou privées) et les matériaux (archives, récits, interviews, ou bien mémoires et souvenirs personnels, pulsions physiques et psychiques) avec lesquels travaille l'acteur qui improvise, le « numéro » peut devenir l'endroit de dilatation d'une subjectivité non médiée, et qui se prend elle-même pour objet. Par conséquent, dans le spectacle

89 Bien-sûr, il s'agit d'une abstraction que nous nous permettons pour nous faire comprendre. Dans les faits, la plupart de ces collectifs fonctionnent quand même avec un guide, un directeur d'acteur, un metteur en scène. Néanmoins, sa position n'est plus la même, nous semble-t-il, que dans les grandes troupes des années 80, celles d'un Chéreau ou d'un Vincent.

90 Jan Lauwers, invité à l'une des séances du séminaire « Espace et Mise en scène », dirigé par Christian Biet, qui eut lieu au théâtre Gennevilliers le 4 mars 2015, pendant la période de représentation de « Place du marché 76 », disait ainsi, en substance : la différence entre un acteur belge et un acteur français, ou entre un performer et un comédien classique, c'est que le premier cherche dans sa partition les endroits de silence pour voir là où il va pouvoir inventer quelque chose, c'est-à-dire « être », dans les « trous » ; alors que le second compte ses lignes pour voir où, combien, et comment il va pouvoir jouer, c'est-à-dire « *parler* ». À en croire Lawers, ce que rechercheraient les acteurs français avant tout seraient donc plutôt de grands numéros de parole – et c'est ce que confirme le travail des d'Ores et déjà. Ce serait donc par la parole que les acteurs français, si l'on se permet le même degré de généralité que Lawers, auraient tendance à occuper la scène de manière spectaculaire, là où l'acteur-performer flamand, lui, d'une certaine manière, tendrait à « faire sa vie » sur le plateau autrement – peut-être de façon plus discrète, plus autonome aussi, suivant des flux de vie scénique qui recréent sans cesse des focus secondaires ou lointains, comme dans *La Chambre d'Isabella.*

qui tache de prendre à bras le corps une question, une situation ou un événement historique, on comprend que le *Sujet* individuel resurgisse malgré tout au premier plan, quand bien même la compréhension de la séquence se réclamerait d'une interprétation collective, marxiste ou objective de l'histoire.

Par ailleurs, en termes esthétiques, il semble naturel que la création de plateau laisse plus facilement place au réalisme des situations – sans doute plus immédiates à inventer, imaginer, improviser – de sorte qu'une *esthétique de la proximité* s'impose généralement comme point de départ du spectacle, tout comme elle s'impose aussi comme base du rapport entretenu avec les spectateurs : un rapport d'égal à égal et un rapport complice, nourri par de nombreux effets d'invectives, de références, de projections, et supposant, comme chez les TgSTAN, l'effacement du quatrième mur[91], et la possibilité de convoquer tel ou tel spectateur, là aussi *individuellement*. Un élément de décor est un signe particulièrement évocateur de cette esthétique de la proximité : la table. La table est devenue un topos des scénographies des collectifs français : table de conseil, table de la réunion associative ou du débriefing d'entreprise, table du rendez-vous avec le « psy » ou coach de développement personnel, table des dîners de famille, enfin tables du quotidien autour desquelles, au bout du compte, et dans les spectacles, explosent les relations interpersonnelles, les egos échoués et les âmes amères.

Ainsi, si l'on grossissait le trait, l'on pourrait dire que les propositions des collectifs français nés autour des années 2010 oscillent entre deux options de jeu : celles du parfait naturel, et celle du délire pulsionnel – avec des acteurs qui sont devenus maîtres dans l'art de passer, sans transition, de l'une à l'autre[92]. Les deux séquences de *Notre Terreur*, incarnent, chacune, un versant de ce mode de performance.

91 Quoi que ce ne soit pas toujours le cas. Le Collectif In Vitro, mené par la metteure en scène Julie Deliquet, est spécialiste des créations « refermées sur elles-mêmes » si l'on ose dire, où le naturalisme extrême des prises de parole s'épanouit dans un espace qui n'entretient pas ou presque pas de relation de continuité avec la salle.

92 L'autoportrait que se sont choisis les Chiens de Navarre pour leur site internet, extrait d'un article du journal *Les Inrocks*, est révélateur : « Ce qu'on ressent très fort en voyant une pièce des Chiens de Navarre, c'est précisément ce désir comme gonflé à l'hélium de recharger la scène, de la boursoufler et de la faire par instants exploser. Au cœur de la banalité, la scène s'augmente de tous nos espaces les plus imprévisibles, diffractions de nos fantasmes, métaphores surjouées de nos pulsions, quelque chose comme le surgissement de nos désirs les plus saillants et les moins calculés. D'où cette place laissée

Mais dans ce passage de l'adresse simple à l'impressionnant numéro de théâtre, de la trivialité à l'onirisme, du positionnement égalitaire entre les époques, et entre les instances de la représentation, au détachement un peu abstrait du méta-théâtre ou du jeu pour le jeu, entre les deux poids de cette bascule, quelque chose n'est-il pas évincé ? Quelque chose qui serait, précisément, la construction de notre *rapport* à l'Histoire racontée ? Soit la mesure de l'écart, la prise en compte des différences, l'observation, enfin d'une *relation* possible, de nous, à elle ? Des hommes que nous sommes, aux hommes qui ont été ?

LE POSTULAT DE L'ÉGALITÉ

Delcuvellerie posait, dans l'un de ses textes sur la création collective, cette « équation » : « plus le fait collectif est réellement au travail dans la gestation d'un spectacle plus ses représentations sont vivantes (ici et maintenant) dans la justesse de toutes ses composantes humaines et techniques[93] ». Il semble en tous cas que le caractère *vivant* du résultat soit bel et bien le moteur et la finalité du travail collectif d'aujourd'hui, (même quand celui-ci n'est pas « collectif » en tous les sens du terme). Ainsi, en cherchant à balayer les personnages-idoles construits par le récit national, au profit de la présentation d'hommes « normaux », d'anonymes au travail, *Notre terreur* entend bien faire de la Terreur un moment *présent*, et, comme *Ça Ira* avec les premières années de la révolution, rendre ce moment de l'histoire esthétiquement miscible à nos représentations contemporaines de l'action politique. Il est étonnant de remarquer que dans les deux cas, le caractère « vivant » du spectacle et le

---

à l'improvisation, dans l'élaboration du travail bien sûr, mais aussi dans la réalité de ce à quoi nous assistons : autour d'un scénario réduit à son plus simple appareil gravitent les situations les plus outrées, les déchaînements ponctuels, les fatigues extrêmes et les violents déchirements, qui participent tous de cet hyperprésent. Ce refus de fixer une forme et de "re-présenter" soumet le spectateur à l'énergie suicidaire de propositions plus explosives les unes que les autres, et dont le résultat est souvent la pure hilarité, ou bien l'ébahissement, celui qu'on éprouve devant les folies futuristes ou dadaïstes. » http://www.chiensdenavarre.com/chiens_de_navarre/nous_les_Chiens/nous_les_Chiens.html, consulté le 03/09/18.

93 Delcuvellerie, Jacques, *Collectivité de création et création collective* – 2011, disponible sur le site de la compagnie http://groupov.be/index.php/index/showtexte/id/43, consulté le 19/10/2021. On peut parler aussi de deux partitions qui se superposent souvent l'une l'autre : on (se) joue (de) l'Histoire avec l'histoire du groupe. Voir Lucet, Sophie, « Quand les artistes écrivent une contre histoire du théâtre sur le plateau », *Revue d'Histoire du Théâtre* n° 270, *Les oublis de l'histoire du théâtre*, Denizot, Marion (dir), avril-juin 2016.

« présent » de la performance sont subordonnés à l'abolition des figures héroïques ou *a priori* héroïques, et à l'alignement des temps. Comme si la réinvention d'*une action épique vivante* devait finalement en passer par une forme de *normalisation* des gestes et de la parole de ceux qui y sont engagés. Comme s'il fallait postuler, pour que la représentation soit possible, l'*égalité* des représentés et des représentants, des personnages et des acteurs, des êtres humains en général. Pourtant, pour le cas, particulier, de ces événements historiques, « est-il exact d'encastrer dans les rets de la reconnaissance ce qui semble de toute part s'y dérober ? Est-il pertinent d'accaparer dans l'analogie avec le présent, avec les formes actuelles de la politique, ce qui était alors répétition de rien (et dont on peine à trouver, par la suite, beaucoup d'autres épisodes similaires[94]) ? » Ce postulat de « l'égalité » est ainsi discuté par Olivier Neveux dans un article consacré au spectacle, déclenchant une série d'interrogations que nous nous permettons de reprendre ici : « Le peuple français avait, déclarait Saint-Just, le 24 avril 1793, voté "la liberté du monde". Notre époque donnerait-elle seulement la mesure de ce que cela pouvait signifier pour ceux qui en supportaient les conséquences[95] ? » De même, « peut-on si simplement réduire à "n'importe qui" [comme le revendique la note d'intention] ceux qui n'ont pas baissé le regard devant l'immensité d'une tâche sans précédent ni commune mesure ? Et, plus largement, quel est ce "notre" qui unit les terreurs, quelle est cette communauté qui unifie nos pratiques, transversales aux circonstances des époques ? [...] Et de ne pas jouer la farce qu'elle pourrait être (à en proposer ainsi le simulacre ou la répétition) que dit l'analogie esquissée, suggérée voire revendiquée entre le Collectif "d'ores et déjà" et le Comité de salut public[96] ? ». Enfin Olivier Neveux conclut, et nous l'accompagnons, car il pointe ici la même bascule que nous identifions tout à l'heure : « il n'est alors d'autre issue possible – à évincer ainsi l'histoire et ses contradictions propres, à s'y projeter sans en mesurer l'écart – qu'un ultime déploiement de méta-théâtralité, la figuration d'un grand cauchemar, une "rêverie" macabre, comme resserrée autour des "médiations trompeuses de l'intériorité" : les figures de Robespierre

94 Neveux, Olivier, « Le poids des générations mortes, le cerveau des vivants, Théâtre, histoire et politique : Notre terreur et Que faire ? (le retour) » in *Théâtre Public* n° 203, *États de la scène actuelle*, janvier-mars 2012, p. 59.

95 *Ibidem.*

96 *Ibidem.*

ou de Saint Just privatisées, figures de (méta)théâtre, grimaçantes, suffocantes, bouffonnes, tragiques ». Ce qui reste, c'est le théâtre des « querelles intestinales » – pour parler comme Crezevault[97] – entre les grands hommes, les rescapés de l'oubli, et les noms propres de l'histoire.

Ce qui est intéressant, pourtant, c'est que, du point de vue de Crezevault justement, le caractère « politique » du dispositif et de la forme de théâtre impliquée par *Notre terreur* dépend de ce processus de *subjectivisation* de l'histoire et de ses figures phares. En effet, pour le metteur en scène, l'entreprise de désacralisation des personnages historiques est aussi une entreprise de désacralisation de la chose théâtrale. Il y aurait une « Histoire » faite « Théâtre » c'est-à-dire faite « Fiction » qu'il faudrait faire trébucher de l'estrade, de même qu'il y a un « Théâtre » qui s'auto-constitue en domaine sacré et qu'il faut faire exploser dans le jeu, et plus précisément dans le rapport au spectateur. De sorte qu'oser s'approprier les contenus historiques, pour l'équipe, c'est aussi et plus largement les remettre « en partage », dans un espace scénique conçu comme une arène. Quitte à ce que cela implique parfois la confusion, les erreurs, les faux pas. L'improvisation est cette contrainte risquée pour l'acteur, celle qui rend possible à tout moment les ratés mais qui force une réinvention en direct de la situation théâtrale, et une *réappropriation en direct de la situation historique représentée.* Le caractère performantiel de l'action implique ainsi intensément les subjectivités en jeu et celles qui sont à la fois « en regard » et « en écoute » – celles des acteurs et des spectateurs – et ce en vue de la création d'une expérience unique et fragile, défiant toute « officialisation » du discours. Ainsi, Crezevault prend le cirque comme modèle du rapport entre acteurs et spectateurs : c'est une empathie du risque qui est partagée. C'est la conscience commune du risque qui permet la relation directe.

> Le fait qu'une chose soit dans un moment de partage direct sans que les formes crèvent les yeux et rendent brouillonne la perception d'un moment au sein d'une communauté de spectateurs ; de ce panel dont parlait Eric ; retrouver cette simplicité-là, ça ne veut pas dire que tout le monde peut le faire mais ça veut dire que tout le monde peut y avoir accès directement. Le cirque donne des émotions qu'aucune autre discipline ne donne parce que la mort est là, je pense. Le danger est réel, l'exposition osseuse. Et que la technicité nécessaire de tous les corps de discipline que contient le cirque, personne ne

97 Voir note 52, « les conflits d'intestins ».

> la maîtrise. Il n'empêche qu'il y a un rapport beaucoup plus direct à la soirée pour le spectateur. C'est même à mon sens cela qui libère la relation pour la rendre directe, entre circassiens et spectateurs. Nous n'y sommes pas du tout, mais c'est quand même plus direct que d'autres théâtres. Et c'est un vrai objet de discussion, parce que les acteurs aiment bien l'idée de faire des rôles. Mais nous sommes quand même un peu dans cette voie-là : une voie où le moment est unique et plusieurs pour tout le monde, et laisse avec ses erreurs, ses ratés, une autre forme de réflexion, et de souvenirs. Ce qui crée quand même une chose très particulière dans l'écoute, dans la perception du spectacle… La proposition vers laquelle on va est plus libertaire que sociale : un communisme par l'exposition réelle.
>
> E. C. : La proposition est loin d'une parole officielle, d'un art officiel. Il se veut plus un art populaire dans le sens noble du terme, plus direct, plus personnel, un art personnel, du moment… Notre ressenti.
>
> S. C. : D'ailleurs ce qui est populaire, direct pour nous, c'est que le spectacle puisse être regardé, aussi complexe soit-il, dans son objet d'étude de départ. Chacun peut s'asseoir, et le temps du spectacle contient, en lui-même, la possibilité d'un moment en commun[98].

Un art populaire « plus direct, plus personnel, un art personnel [et un art] du moment », enfin du « ressenti ». Eric Charon donne ici sans doute les mots clés d'une redéfinition du théâtre populaire et politique tel qu'il est entrepris par les équipes qui créent collectivement et au plateau depuis vingt ans, avec comme aiguillon celui d'une sensibilité subjective au sujet abordé. Une sensibilité d'acteur, donc, qui sans metteur en scène se taille un chemin à sa mesure dans l'histoire (et dans ses recherches, dans les documents et les archives) pour s'y faire une place, et pour y trouver, peut-être malgré lui, comme dit Crezevault, son *rôle*.

Il faut entendre le terme de rôle en ses deux acceptions : théâtrale et citoyenne. Car si les acteurs font leurs recherches en tant que comédiens-dramaturges, on l'a dit, leur responsabilité s'exerce aussi en tant que citoyens approchant et s'appropriant l'Histoire dont ils héritent. Les collectifs d'aujourd'hui ont donc le même désir que dans les années 70 de s'approprier l'Histoire en l'extrayant de sa gangue institutionnelle, pour l'*essayer* comme on essaie un costume et lui faire parler une langue contemporaine, adressée aux hommes et aux femmes de maintenant. (C'est ainsi qu'Ariane Mnouchkine décrivait le processus de recherches

98 Creuzevault, Sylvain et Charon, Eric, dans « Notre terreur », *Agôn* [En ligne], Entretiens, mis à jour le : 16/06/2012, URL : http://agon.ens-lyon.fr/index.php?id=1174, consulté le 19/10/2021.

collectives qui a mené à *1789*[99]). Cette dimension du travail collectif dans le traitement de l'Histoire est cruciale. Mais dans la bouche des acteurs des collectifs des années 2000-2010, à travers leurs corps et leur type de jeu, l'Histoire parlera aussi une langue plus personnelle, individuelle, subjective, sensible et quotidienne. Et cette Histoire *ressentie* n'est pas forcément une Histoire *épique*.

Aussi, nous pourrions reformuler autrement, à présent, les interrogations d'Olivier Neveux. Puisqu'il est évident, en effet, que ni Saint-Just ni Robespierre n'étaient « n'importe qui », comment se fait-il que la désacralisation (nécessaire) des figures historiques, et celles (tout aussi nécessaire) des acteurs et de l'art théâtral en général, entrainent ce qu'on pourrait appeler une *naturalisation subjective* du jeu qui annule la possibilité de mesurer les écarts entre les périodes et les contextes, et non seulement tend à privatiser mais aussi à *normaliser* les affects épiques en les ramenant à des éclats, à des pulsions ? Ou, pour le dire autrement : pourquoi l'appropriation individuelle et subjective de certains pans de notre histoire conduit-elle nécessairement à cette esthétique de la proximité dont nous parlions plus haut – avec comme revers une théâtralisation outrée sous la forme du numéro d'acteur ? Pour se débarrasser des idoles du roman national, n'y a-t-il pas d'autres possibles que le traitement carnavalesque d'un côté, et la normalisation (ou banalisation) des conduites et des affects de l'autre ? Peut-on faire autrement que de « ramener à soi » ? Comment, à l'inverse, quand on est à la fois comédien et dramaturge, trouver à se *hisser* à la hauteur des personnages que l'on veut représenter, si tant est qu'on s'accorde sur le fait qu'il y ait bel et bien des actions exceptionnellement *hautes* qui se soient dessinées à certains moment de l'Histoire ?

Résumons. Pour la même période historique, nous avons d'un côté le projet de Pommerat qui s'efforce de représenter des discours / des idées plutôt que des individualités – ce qui est déjà un renouvellement de l'épique historique – mais en nous les exposant, il les met tous/toutes à égalité sans affirmer un point de vue qui les pondère, et donc sans rendre véritablement intelligible ce qui est en train de se jouer, de se passer. Tout se mêle dans un état d'effervescence et de bouillonnement qui sacrifie la perception claire et distincte d'une certaine agentivité historique à l'intensité du moment présent. D'un autre côté, nous avons

99 Voir première partie, L'épopée révolutionnaire de 1789-1793.

le projet des d'Ores et déjà qui s'attache à l'inverse très fortement aux figures, mais en s'efforçant d'en subvertir la sacralité, tantôt en normalisant leurs comportements, tantôt en accusant leur théâtralité, dans tous les cas en les *des-héroïsant* – ce qui est, là encore, une autre manière de moderniser l'épopée. Seulement dés-héroïser, cela est vite dit, car cette fois, on assiste plutôt à un déplacement de l'héroïsme : depuis les personnages vers les acteurs eux-mêmes, c'est-à-dire vers les *individus* qui « performent » leur propre individualité devant nous sur le plateau. Au fond, tout se passe comme si, dans les deux cas, l'ici et maintenant de la vie performée en direct avait valeur d'impératif si puissant qu'il oblitère toute considération de l'écart qui nous sépare de la période ou des personnages observés. Ainsi, un autre défi de l'épopée contemporaine semble pouvoir se formuler ainsi : comment des affects d'ordre épique peuvent-ils s'affirmer à l'intérieur d'un sentiment général de proximité, d'*égalité* ? Comment fabriquer un « dedans » (un espace immersif) à l'intérieur duquel apparaîtrait pourtant la force éthique et politique d'un point de vue, d'une décision, d'une intention et d'une action au milieu de la mêlée ? Comment concilier enfin l'idée d'une « communauté d'action transversale aux circonstances [historiques] » (Neveux), et la possibilité, par exemple, de l'admiration – affect épique central ?

Les collectifs qui se sont formés depuis les années 2000 en France ont contribué à modifier l'horizon d'attente du spectateur contemporain, qui s'est reconstitué autour d'un nouveau type de présence et autour d'un nouveau type de contrat passé avec ceux qui sont sur scène : « nous sommes tous égaux dans le même espace-temps ». De là, les seules verticalités qui peuvent surgir semblent être de l'ordre de la performance du jeu – ou comment se dresse sur le plateau, en s'exposant, en se risquant, *l'individu-acteur*. Ce nouveau rapport scène-salle est donc une hypothèse de plus pour expliquer l'absence de souffle et d'épique dans l'épopée historique, ou plutôt son déplacement du côté des *performers* seuls. Mettre en scène une Histoire qui serait « monumentale » au sens nietzschéen du terme, mais sans revenir à des représentations traditionnelles de l'action héroïque, ni aux catégories conservatrices du « roman national », ni à un rapport scène-salle que l'on pourrait juger « dépassé », ni imposer, encore une fois « de point vue » politique au public : les contraintes sont fortes qui conditionnent le renouvellement de l'épopée théâtrale, et en modulent l'expression. À tel point que l'on peut se demander s'il est vraiment possible de faire naître des affects d'ordre épique dans un théâtre qui représenterait l'Histoire aujourd'hui. Ne serait-ce pas toujours opérer un retour réactionnaire ? Mais d'un autre côté, peut-on renoncer à l'*épos* en tant que registre et tonalité, peut-on renoncer au souffle ? À cette énergie que l'action héroïque communique ? N'existe-t-il pas finalement un problème à la fois plus général et plus profond – structurel – qui concerne tout théâtre qui entend se charger d'Histoire tout en refusant les paradigmes historiographiques d'ancien-régime, c'est-à-dire centrés sur des *individus* considérés comme des grands hommes, et qu'on présente comme des héros. Car qu'est-ce qu'un théâtre qui ne serait pas centré sur des *individus* ? Existe-t-il ? Est-il possible ? Peut-il exister et nous offrir malgré tout des affects d'ordre épique ? Peut-il nous embarquer, nous transporter d'admiration, nous soulever d'enthousiasme, galvaniser notre sens de l'honneur ? Mais quel sens de l'honneur ? La formule a-t-elle encore un sens ? Nous sommes arrivés au point où il devient indispensable de refonder ce qui jusque-là pouvait servir de marqueur tonal, affectif, esthétique, éthique et politique de l'épopée historique, afin de reconsidérer les limites et les possibles de son renouvellement dans un contexte ou un imaginaire démocratique, et pacifique.

COMMENT REPRÉSENTER L'HISTOIRE

Contraintes, apories et possibles pour un théâtre historique et épique en contexte démocratique

> Car c'est justement le caractère essentiellement abstrait de ce qui se passe réellement qui se refuse absolument à l'image esthétique.
> T. ADORNO[1]

Nous avons formulé plus haut, à propos de *Ça Ira*, une première contradiction s'imposant au difficile renouvellement contemporain d'un théâtre épique – c'est-à-dire, ici, d'un théâtre non pas spécialement narratif, mais bien historique et politique. Cette contradiction tenait à une double exigence pour le théâtre public et subventionné, une double exigence ou plutôt une double contrainte qui s'est construite à partir des années 50, après la seconde guerre mondiale, soit juste après des temps de propagande, et qui est consubstantielle à son identité : celle d'un théâtre qui se doit d'être à la fois résolument *critique* et absolument *libre*. Double contrainte, qui, on l'a vu, est logiquement intenable, et oblige au consensus humaniste et généralisateur, ou bien à une neutralité se tenant comme en-deçà de la formulation des problèmes et de toute pondération des options politiques présentées, ou bien encore à la méta-critique, qui est une autre manière de renoncer au projet historique – celui de rendre l'histoire intelligible. Mais *Notre terreur* nous a permis de révéler comment s'impose à ce pan de l'épique un second paradoxe, donc une seconde difficulté. Et celle-ci pourrait se dire en ces termes : produire une œuvre qui soit à la fois *historique* (attentive aux écarts) et vivante (c'est-à-dire « présente », là, maintenant).

1 Adorno, Theodor, *Minima Moralia. Réflexions sur la vie mutilée* (1951) trad. E. Kaufholz et J. R Ladmiral, postface de M. Abensour, Paris, Éd. Petite Biblio Payot, 2016 p. 193-194.

Dans un entretien réalisé en 2014, Jean-François Sivadier, qui s'est lui aussi attaqué à la question de l'épique historique – et celui de la révolution française en particulier – en mettant en scène *La Mort de Danton*, de Büchner en 2005[2], évoquait un paradoxe similaire :

> [J'aime] que la représentation soit un voyage.
>
> [...]
>
> Chez Tg STAN et les jeunes compagnies, il y a quelque chose de l'ordre de la proximité, de la séduction par la proximité. Le fait que ça se passe ici et maintenant, mais ça ne se passera *que* « ici et maintenant ». Moi j'aime bien aussi faire croire à quelque chose qui n'existe pas. Et quand même toujours travailler sur « l'ici et maintenant » comme si tout était improvisé, mais créer des espaces, des espaces imaginaires et des espaces sur le plateau, créer un espace avec le texte.
>
> [...]
>
> Le souffle du spectacle ça a énormément d'importance pour moi – alors que je pense que Tg STAN ils n'en parlent jamais – que le souffle dure au-delà de la représentation et que les gens sentent le souffle du spectacle[3]...

Créer du souffle *et* créer de la proximité ; de la présence immédiate *et* des pays lointains – il semble que le problème de l'épique contemporain soit de naviguer entre ces deux exigences. Et bien que Sivadier nous parle surtout, dans cet entretien, d'esthétique et de mise en scène, ce qui importe ici pour lui (et pour nous) – à savoir cette question du « souffle » – se joue aussi à l'écriture, et, pour les spectacles auxquels nous nous intéressons dans cette partie : dans l'écriture d'une relation des sujets (des individus) à l'Histoire (au changement historique). Car c'est à partir du moment où l'action représentée produit des effets qui dépassent la simple sphère privée de l'individu que des tonalités épiques

2 Créée en 2005 au TNB. Nous n'ajoutons pas l'étude de ce spectacle à notre corpus puisque nous avons fait le choix dans cette partie de nous pencher sur des créations de plateau originales, prenant directement l'histoire à bras le corps, et non pas une histoire déjà médiée, poétisée, représentée par un texte d'auteur. Ainsi nous conservons les questions que pose Sivadier sans explorer ses réponses propres puisqu'en effet, la question du souffle pour lui est reliée à celle du « poème ». Sa solution pour échapper au « présentisme » esthétique (si l'on peut se permettre de déplacer ici le concept historique de Hartog), se trouve dans la langue du poème et l'imaginaire qu'en creux elle dessine. Ainsi, dans le même entretien, il poursuit : « j'aime bien que ce qu'on voit soit extrêmement réel, que tout ce que font les acteurs, ils le fassent vraiment, et que ça dégage un espace, imaginaire, ailleurs. Je pense énormément à la poésie... Je pense énormément à résumer ce qu'on voit à une image, qui va ouvrir sur autre chose, sur le monde ».

3 Sivadier, Jean-François, Entretien réalisé le 23 octobre 2014, Paris.

« soufflent » sur le plateau, c'est-à-dire modulent le récit et la performance. Ainsi, réussir à se débarrasser des images d'Épinal qui sont semées par le récit national, par l'Histoire des manuels scolaires et l'Histoire mythifiée des discours politiques d'un côté, sans privatiser les figures et sans ramener les événements à des « intrigues » de l'autre, sans réduire les préoccupations des personnages à la taille des préoccupations de l'acteur et à la mesure d'une subjectivité contemporaine, sans s'ôter cette possibilité du *souffle* enfin – voilà encore une autre manière de formuler le problème d'un épique historique résolument démocratique, et actuel.

Or peut-être que ce problème n'est pas seulement dramaturgique. L'art théâtral, fondamentalement constitué par la co-présence d'un nombre limité d'acteurs d'un côté, d'une masse de spectateurs de l'autre, les uns devant nécessairement captiver l'intérêt si ce n'est fasciner les autres – ne résiste-t-il pas lui-même, *structurellement*, à l'abandon des représentations héroïco-épiques traditionnelles ? N'y-a-t-il pas un rapport de forces fondamentalement *non démocratique* à la base du fonctionnement de la performance, qui résiste absolument à la mise en place d'un épique pluralisé, égalitaire, à la fois dissensuel et pacifique ?

Expliquons-nous, et voyons d'abord en quoi la première difficulté de traitement est due à un changement de nos paradigmes historiographiques.

POUR UNE REPRÉSENTATION MATÉRIALISTE – ET ÉPIQUE – DE L'HISTOIRE

RÉSISTANCE STRUCTURELLE

C'est d'abord l'abandon d'une certaine conception de l'histoire qui rend son traitement difficile, et qui oblige à penser et repenser encore la question de l'épique. La première génération des *Annales* (et avant elle, la théorie matérialiste marxiste de l'histoire) a travaillé à défaire les résidus d'une histoire qui serait encore *individuelle*, centrée sur les agissements et les débats des hommes, et plus précisément, des hommes qui décident – soit ceux qui ont été, pendant des siècles, les héros de nos drames. Il a été intégré depuis que « raconter » l'Histoire consistait à déplier de grandes forces *impersonnelles*, économiques, sociales et politiques, qui meuvent les individus[4]. D'une certaine manière, l'on pourrait affirmer que l'école des *Annales* a contribué à nous déprendre (un peu) d'une conception « ancien-régime » de l'Histoire. Pourtant, il semble qu'un inconscient profond résiste à se représenter les choses de cette manière. La personnalisation de tous les débats politiques, même les plus récents, en témoigne. Les vieux héros « s'accrochent », dirait-on, et les visages qu'ils nous présentent sont déformés (voire encore agrandis ?) par la nostalgie qu'on en a. Le théâtre contemporain, ce théâtre-même qui se donne l'appellation de « collectif », leur laisse, lui aussi, la place ; il cède lui aussi aux voix des héros qui nous hantent : ainsi, *Notre terreur*, c'est l'histoire d'un « grand » homme entouré de huit autres, c'est un huis clos renfermant des déchirements interpersonnels et intersubjectifs.

Mais pourquoi cette résistance du vieil épique-héroïque traditionnel ? On a évoqué une série de causes contextuelles, conjoncturelles, qui tendent à faire du Sujet individuel (de l'Individu) *le* sujet. Mais est-ce que le théâtre ne porte pas en lui de façon structurelle la difficulté de dépasser le huis clos, c'est-à-dire la difficulté de raconter au plateau ces grandes forces massives et impersonnelles qui font l'histoire ?

De fait, il faut poser que notre capacité d'attention aux êtres humains est un champ perceptif dont les limites conditionnent l'architecture et la perception des boîtes noires (soit des plateaux en général, et tous les espaces scéniques quels qu'ils soient) pour l'intelligibilité narrative. Ces espaces dédiés à notre œil et à notre intelligence perceptive ne peuvent comprendre qu'un nombre limité de personnages, et les faire briller par leur poids décisionnel. Même si les tentatives de représenter

4 Le passage de l'histoire individualiste à l'histoire des forces macro-structurelles passe par Marx en philosophie, mais chez les historiens français, c'est Durkheim qui fait office de point pivot. Parmi les Durkheimiens, François Simiand, dans un article de 1903 intitulé « Méthode Historique et Science sociale » est l'un des premiers à fustiger les historiens de l'école méthodique (Langlois et Seignobos) parce qu'ils sont focalisés sur l'individu, l'événement et le politique qui sont considérés par lui comme des « idoles ». À l'inverse, Simiand défend une histoire économique et sociale à travers le paradigme de Durkheim. Après lui, viennent les fondateurs des Annales (Marc Bloch et Lucien Febvre) pour l'histoire médiévale et contemporaine. Dans ce tournant, l'individu a clairement changé de statut. De sujet il est devenu objet, réceptacle des forces sociales. Une génération plus tard, les forces sociales sont remplacées par les mentalités, les représentations collectives, etc. « L'historien renonçait à la logique et à la dynamique du récit ; il révoquait la perspective évolutionniste et les interprétations finalistes : pas plus que le présent le passé n'était assuré désormais ; il inventoriait l'épaisseur et la complexité du temps social » Revel, Jacques in « Histoire et sciences sociales : les paradigmes des *Annales* », in *Annales E.S.C.*, Paris, n°6, 1979.

la foule ou le peuple sur scène depuis le XIXe (et notamment dans le drame romantique) sont nombreuses, le théâtre en tant que dispositif, quand il veut représenter des phénomènes historiques de masse, se trouve presque malgré lui voué à reconduire un drame de facture (de structure) héroïque car il ne peut pas y avoir plus de x personnes sur scène (si important que soit ce x, il ne pourra jamais non plus dépasser le nombre de ceux qui le regardent, c'est-à-dire dépasser le nombre de spectateurs. Les agissants sont et ne peuvent rester, sur le plateau, que des *représentants* de la société, celle-ci demeurant une entité abstraite dépassant en grandeur tous les sujets en présence). Le caractère épique du drame revient presque toujours alors, même chez le plus grand dramaturge marxiste que l'on connaisse, même chez Brecht, à la manière dont les décisions de ces x personnes produisent des effets sociaux et politique d'ordre historique. Dès lors, les questions deviennent spontanément *éthiques* : comment quelques individus exprimant leur bassesse ou leur noblesse intérieure (leur faiblesse ou leur courage) vont-ils influer sur le cours de l'histoire ? C'est l'articulation *intériorité – décision – conséquences historiques* qui fabrique finalement presque toujours le schème épique, soit le schème de nos représentations théâtrales de l'Histoire : celles-ci redeviennent alors fatalement le drame intime d'un seul ou de quelques hommes au service de la chose publique, et autour duquel ou desquels se meuvent les masses anonymes – et *invisibles*[5]. C'est exactement ainsi que se joue *Notre terreur.*

Il y aurait donc bien une difficulté profonde au renouvellement de l'épique, et nous postulons qu'elle est structurelle, c'est-à-dire liée aux paramètres les plus basiques du théâtre comme art de la scène – art mimant la vie sur un morceau limité de temps et d'espace de telle sorte que notre œil et notre sensibilité puisse la percevoir et la comprendre. Des contraintes qui sont à la fois cognitives (liées à nos capacités perceptives de primates sociaux) et concrètes (liées aux capacités techniques du théâtre) s'imposent en effet à la mise en scène, et donc à l'écriture théâtrale : la quantité limitée de ce qui peut rester « visible » au plateau ; le nombre d'êtres limité qu'il est possible de représenter sur scène ; la

5 Et c'est sans doute la raison pour laquelle Piscator et bien d'autres après lui ont eu besoin du cinéma : pour représenter une réalité massive et anonyme qui ne pouvait entrer sur le plateau et dont il fallait signifier, par l'extériorité du média, qu'elle dépassait ce que l'on pouvait voir *en actes*, sur scène. Voir Première partie, le théâtre de Piscator.

quantité limitée d'actions différentes qu'il est possible d'embrasser, enfin la quantité limitée d'interactions variées entre des corps incarnés qu'il est possible de jouer. Dès lors que le théâtre devient, ou cherche à devenir, « historique », (et c'est bien le problème que s'impose un certain théâtre épique) il revendique de traiter des choses *qui dépassent l'échelle de ce qui est regardable.* Il est donc contraint de mettre en scène des sujets individualisés, sous peine de *s'abstraire* – sous peine de se refuser à ce qui le constitue en propre : la vie *vivante* en spectacle.

Adorno exprime très précisément cette difficulté dans ses *Minima Moralia, réflexions sur la vie mutilée* :

> L'extinction progressive de l'art est préfigurée dans l'impossibilité où nous sommes de plus en plus de représenter les événements historiques. L'absence d'un drame illustrant suffisamment le fascisme ne tient pas au manque de talent ; le talent s'étiole devant ce qu'a d'insoluble la tâche la plus urgente de l'écrivain. Il est contraint de choisir entre deux principes aussi inadaptés l'un que l'autre à un tel sujet : la psychologie et l'infantilisme. [...] La tendance à re-privatiser l'esthétique prive l'art de son terrain propre et vise à conserver l'humanisme. Les cabales des pièces trop bien construites de Schiller sont d'inutiles constructions auxiliaires reliant les passions des personnages et une réalité politique et sociale qui les dépasse et qui, de ce fait, est devenue parfaitement incompréhensible en termes de motivations humaines [...] Mais si l'on fait table rase de tout cela en vue de représenter la sphère politique dans ce qu'elle a d'abstrait et d'inhumain et en excluant les médiations trompeuses de l'intériorité, les choses ne vont pas mieux. Car c'est justement le caractère essentiellement abstrait de ce qui se passe réellement qui se refuse absolument à l'image esthétique. Pour lui donner une expression, l'écrivain se voit contraint de le traduire en une sorte de langage enfantin, en archétype pour le « rapprocher » une seconde fois non plus des émotions, mais de ces instances de la compréhension qui sont antérieures à la constitution même du langage et dont le théâtre épique ne saurait lui non plus se passer[6].

Ces instances de la compréhension dont parle Adorno sont précisément, à nos yeux, celles qui nous constituent comme primates sociaux et qui nous permettent notamment de comprendre, de suivre et de prédire une action en tant qu'elle est guidée par une intention. Nous avons donc besoin *d'intentionnalité* pour comprendre les transformations

6 Adorno, Theodor, *Minima Moralia. Réflexions sur la vie mutilée* (1951) trad. E. Kaufholz et J. R Ladmiral, postface de M. Abensour, Paris, Éd. Petite Biblio Payot, p. 193-194. Passage cité par Olivier Neveux dans l'article mentionné plus haut. in *Théâtre Public* n° 203, *op. cit.*

d'une situation. Or justement, l'abstraction du rapport capital/travail (« le caractère essentiellement abstrait de ce qui se passe réellement » selon Adorno, dans une perspective marxiste) et la manière dont il détermine les mouvements collectifs, nous prive d'accès aux intériorités susceptibles d'intentions. Aussi, le « théâtre épique » dont nous parle l'auteur, celui de Brecht, a beau s'inscrire dans une telle perspective historique, il ne peut renoncer à un système actanciel classique. Quelle est alors exactement l'originalité de sa solution pour représenter l'histoire ? Comment qualifier plus précisément le type d'« épique » qu'il invente ? La solution brechtienne, contrairement à ce qu'on pourrait croire, n'est pas mise en scène d'une vaste force anonyme. Au contraire, elle reste bel et bien focalisée sur des *individus*. Mais qui ne sont plus les héros d'antan.

RETOUR SUR LA SOLUTION BRECHTIENNE : UN HÉROÏSME DE LA CONSCIENCE

Paradoxalement, il est vrai que le théâtre épique brechtien, pour être marxiste, ne renonce pas aux intentions, car il ne renonce pas non plus à mettre en scène des héros, quand bien même ces héros sont en général extraits des couches les plus basses de la société. Et c'est sans doute pour cela que ce théâtre est aussi puissant, car il ne sacrifie nullement aux exigences de notre sensibilité : on y observe des intentions portées par des individus, guidant leurs actions, et qui ont non seulement des conséquences collectives, même minimales, mais qui sont souvent elles-mêmes le produit d'une *situation* collective (par exemple, la guerre dans *Mère Courage*). L'héroïsme brechtien est donc celui de personnages susceptibles de prendre des décisions qui vont influencer le destin des autres, tout en étant pris eux-mêmes dans une toile de causalités complexes. Toutefois, l'individu ou le groupe d'individus qui est au centre du drame a toujours un pouvoir décisionnaire bien singulier. En cela, Brecht, tel un dramaturge classique, procède lui aussi à une sélection, une *élection* : il place un individu ou un petit groupe d'individus au centre du drame et lui donne des problèmes à résoudre, il le somme de prendre des décisions. Seulement, ces personnages, ceux qui sont au premier plan et à qui les dilemmes s'imposent, ne sont plus des « grands », ce sont des « petits ». Mais des petits dont l'action importe, dont les décisions éthiques importent, parce qu'elles ont des implications, même minimes, sur le destin collectif. À cet égard, le dramaturge allemand poursuit ce que le drame romantique (notamment hugolien) avait commencé : une démocratisation de la représentation de l'Histoire, et donc une démocratisation de l'épique, via les types de héros choisis (ce qui poursuit également le mouvement de désincarcération de l'épique de la topique guerrière). Ainsi Galilée est, par excellence, ce héros en proie à un *choix de conscience* qui pourrait modifier le cours de l'histoire. Doit-il ou non assumer les *discorsi* face à l'Inquisition ? Va-t-il ou non laisser cette dernière maintenir le dogme religieux qui est en même temps une aliénation politique pour les humains qui l'entourent ? Va-t-il avoir le courage d'assumer que l'émancipation par la vérité scientifique qu'il propose est également une émancipation politique ? Au tableau 13[7], Galilée entrera pour dire : non, je n'assume pas. Alors, même renversée, la situation est bel et bien épique. Parce qu'il y a une disproportion entre cause et effets, et plus précisément, entre une simple décision du for intérieur, et ses effets gigantesques et multiples sur le monde extérieur. Galilée analyse la situation pour nous, dans les dernières scènes de la pièce, alors qu'il a déjà bien vieilli, et qu'il se retrouve face à Andréa, son disciple :

> Moi, en tant qu'homme de science, j'avais une possibilité unique. De mon temps l'astronomie atteignait les places publiques. Dans ces conditions tout à fait particulières, *la fermeté d'un homme aurait pu provoquer de grands ébranlements*[8].

Brecht métabolise bel et bien, ici, une forme d'héroïsme traditionnelle à l'intérieur d'un théâtre épique démocratique, et au contact d'une vision matérialiste et politique de l'histoire. Pour cela, il donne à la petite décision individuelle, et plus précisément à la bassesse (à la faiblesse) ou à la noblesse (au courage) de cette décision, une importance collective considérable, liée à un ensemble de circonstances, à des « conditions tout à fait particulières » qui *imposent* l'épique. Ainsi, à la fin de la pièce, le sens du geste de Galilée se révèle bel et bien comme lâche, malgré la tentative du disciple d'héroïser à nouveau le maître, (« la science ne connaît qu'une loi : la contribution scientifique », dit Andréa pour sauver moralement Galilée), parce qu'à la *fermeté* de cette

7 « 13. GALILÉO GALILEI RÉTRACTE, DEVANT L'INQUISITION, LE 22 JUIN 1633, SA THÉORIE DU MOUVEMENT DE LA TERRE / C'était un jour de juin qui passa promptement / Et pour toi et pour moi il était important / La raison sortit de l'obscurité / Et se tint sur le seuil un jour entier » Brecht, Bertolt, *La vie de Galilée*, L'Arche, trad. Eloi Recoing, p. 116.

8 *Ibid.*, p. 133. Nous soulignons.

décision (ici soulignée comme qualité héroïque) pouvaient répondre des conséquences immenses. C'est au vu des « grands ébranlements » qu'ils auraient peut-être provoqué que l'éthique commandait le courage et le dépassement de soi. La conscience du caractère « épique » *de la situation* empêche ainsi absolument Galilée d'accepter honnêtement l'interprétation d'Andréa. Le cadre qu'il pose est intransigeant : il n'y avait qu'une voie pour l'héroïsme, et nul compromis possible.

Galilée, ici, pourrait assumer la formule de D. H. Lawrence selon laquelle « il n'y a d'aristocratie que de la conscience[9] ». Il n'est nullement question de noblesse au sens sociologique dans cet aristocratisme-là, ou ce type d'héroïsme : il s'agit seulement du sens que prend une décision au vu des conséquences qu'elle peut avoir, et une fois ce sens perçu, de *la conduite éthique qu'elle impose* à l'individu.

Ainsi, on avait vu dans notre première partie que le théâtre brechtien procédait par tableaux, composant ensemble de véritables fresques sociales. Toutefois, il serait trop rapide d'affirmer pour autant qu'un tel théâtre ouvre, si l'on ose dire : « le grand soir des masses anonymes[10] ». Les anonymes ont leur importance dans le théâtre brechtien, certes, mais l'on constate néanmoins que ce dernier reste centré sur des destinées individuelles (et nommées). Ce sont des parcours d'individus singuliers qui se déploient sur scène, et qui prennent la forme d'épopées parce que l'adversité à laquelle ils font face est toujours colossale, et parce qu'ils doivent sans cesse faire des choix dont les implications sont non seulement politiques et éthiques, mais aussi, d'une certaine manière : historiques. Ce théâtre épique en un sens revu reste donc bel et bien branché sur

9 *The only aristocratie is that of consciousness*, cité par Jim Harrisson dans Harrisson, Jim et Snyder, Gary, *Aristocrates sauvages*, traduction Matthieu Dumont, Éd. Wild Project, coll. Tête nue, 2011 – extrait disponible sur https://www.wildproject.org/journal/11-harrison-snyder, consulté le 9 avril 2018.

10 Piscator, plus que Brecht, a tenté de mettre les masses en scène, et il lui a précisément fallu l'aide du cinéma pour cela. Il n'est pas anodin d'ailleurs que le théâtre de Piscator s'invente au même moment que le cinéma soviétique explose – le cinéma d'Eisenstein, notamment, (*La Grève, Le Cuirassé Potempkine, Octobre*…) qui est peut-être le véritable comparant dans le domaine des arts pour la représentation de forces historiques, massives et populaires, de forces *épiques* par excellence dans une perspective marxiste. La caméra, et surtout le montage vidéo sont pour cela des outils puissants, puisqu'ils nous permettent d'embrasser de grands mouvements collectifs, comme, un instant plus tard, l'intériorité d'un seul, perçant à travers une expression, glissant derrière un regard, et dans l'enchaînement de telles associations, grâce à la dextérité du montage, de représenter enfin les *rapports* qui font l'histoire dans une logique marxiste et déterministe.

des intériorités morales verticales, tendues pour ne pas déraper sur le sol escarpé du monde. La solution n'est sans doute pas si démocratique (et encore moins marxiste), mais elle est puissamment théâtrale. C'est que le théâtre, structurellement, n'est pas un dispositif démocratique, il est un dispositif optique qui ne fonctionne que si une masse de spectateurs est bel et bien captivée par la présence, l'aura et l'action d'un seul être humain, ou d'un petit groupe d'êtres humains. Il faut que cette présence individuelle s'impose à nous dans la performance, et que le sort du/des personnage(s) incarné(s) nous intéresse. La solution brechtienne parvient à composer avec cette donnée structurelle fondamentale, avec ce rapport de forces fondamentalement déséquilibré, tout en inventant une forme d'héroïsme valable pour un autre contexte philosophique et politique : un contexte d'égalité démocratique.

POUR UN THÉÂTRE ÉPIQUE DÉMOCRATIQUE : ENGAGER LE RAPPORT DE L'INDIVIDU À L'HISTOIRE

Brecht nous indique donc une voie pour redessiner un concept d'épique, et dans un sens différent, sans doute, de celui qu'on a l'habitude d'employer quand on parle d'épique brechtien[11]. Comme le montre l'exemple de Galilée, c'est le passage de la micro-décision éthique aux mouvements macroscopiques collectifs qui invite le *souffle* épique dans la représentation de l'(H)istoire. Pour le dire autrement, c'est la disproportion du rapport « décision individuelle – conséquences historiques » qui produit un effet de levier tel que des affects de l'ordre du transport, de la grandeur ou de l'admiration – soit précisément des affects épiques – sont activés chez nous, spectateurs. Nous sommes alors nous-même émotionnellement mobilisés d'une façon épique, et entraînés, embarqués vers le devenir que dessine, en creux, ou à l'horizon, le spectacle.

11 Ce n'est pas en tant qu'il est un théâtre narratif, anti-aristotélicien, culturellement et politiquement polémique, que ce théâtre nous intéresse ici, mais en tant qu'il rassemble des histoires qui sont bien des *épopées individuelles*. Autrement dit, c'est la manière dont Brecht métabolise des contenus épiques (et surtout héroïques) anciens dans un contexte historique marxiste qui nous donne ici matière à penser.

LES DIFFÉRENTES ARTICULATIONS DU RAPPORT INDIVIDU-HISTOIRE : CIRCONSCRIRE L'ÉPIQUE

Or l'articulation de l'individu à l'Histoire peut se retrouver dans différents types de formes artistiques, de la tragédie grecque au grands romans russes du XIXe et XXe siècles (*Guerre et paix* de Tolstoï, *Vie et destin*, de Vassili Grossman…). Seulement, cette articulation n'est pas toujours de type épique.

Ainsi, il y a tragédie sans épique quand les individus sont systématiquement *brisés* par les forces supérieures qui les gouvernent (les Dieux, ou Dieu tout court, ou les forces acéphales qui composent le système économique et politique qui est le nôtre, et qui semblent avoir remplacé les Dieux dans le ciel d'aujourd'hui), quand les hommes sont conscients de l'existence de telles forces et qu'ils ne parviennent pas à lutter contre elles. Pour le dire autrement : il n'y a pas d'épique quand les personnages représentés sont totalement impuissants. Ou quand ils tentent d'avancer mais que l'Histoire, elle, n'avance pas d'un iota.

Il n'y a pas d'épique non plus dans les drames (comme les drames naturalistes russes, notamment ceux de Tchekhov, et de manière plus visible encore ceux de Gorki) où les individus sont indifférents à la dynamique historique qui est en cours, ou ne l'aperçoivent tout simplement pas, et continuent à vivre « leurs petites vies », à exercer leurs jugements, à agir avec des intentions et des mobiles personnels comme si de rien n'était (chez Gorki, c'est exactement le cas des *Estivants*, par exemple). Il n'y a donc pas d'épique quand l'Histoire est en mouvement, mais que ce sont les humains, eux, qui sont en retard, et qui restent immobiles.

En revanche, quand de grands mouvements collectifs coïncident avec des mouvements historiques (même légers), alors l'épopée commence. Mais, curieusement, il peut aussi y avoir des épopées sans grandeur ni souffle épique c'est-à-dire des épopées sans épique. Pour que le souffle et la grandeur épique s'invitent dans le récit, il faut encore que les enjeux reposent sur des intériorités éthiques qui produisent des décisions individuelles : il faut un Achille, il faut un Ruy Blas, un Cyrano, un Hernani, ou encore une Mère courage, un Galilée, une Groucha, il faut enfin des individus qui sont *face* et *font face* à des formes d'adversité immenses, qui doivent prendre des décisions, et qui doivent *agir* – en fonction d'un sens éthique qu'ils s'imposent (ou pas) et quels que soient leurs espoirs de réussite. Si le récit se compose comme une symphonie de petites actions individuelles et contingentes, enclenchées par de petits mobiles et agrégées les unes aux autres plus ou moins par hasard, quand bien même cette multitude de petites actions contingentes finirait par produire une révolution, elle ne serait pas pour autant porteuse d'affects épiques, (on serait plutôt dans un schème type domino géant, obéissant à une version contingentiste du destin, représentée par excellence dans *Vie et destin*, de Grossman[12]). Le souffle n'intervient qu'avec la *verticalité éthique*, et plus précisément, dans la disproportion entre une micro-décision éthique et ses effets macroscopiques. Autrement dit : quand une décision (haute ou basse, lâche ou courageuse, facile ou difficile) sert de levier bouleversant le facies d'une civilisation / d'une société / d'une communauté.

Il faut donc un régime d'intentionnalité à l'œuvre pour qu'il y ait une forme de verticalité épique, et il faut que le rapport de l'individu à l'histoire soit agissant et non simplement victimaire, ou tout à fait hasardeux, ou même seulement d'ordre symbolique. Mais le concept d'épique *démocratique*, lui, est plus restreint encore.

L'ÉPIQUE DÉMOCRATIQUE, UNE CERTAINE MODALITÉ DE L'ÉPIQUE HISTORIQUE

L'épique que nous qualifions de démocratique (et que nous appelons de nos vœux) est une certaine modalité de l'épique historique que nous venons de définir. Il se distingue d'abord de l'épique ancien ou traditionnel, qui est celui que l'on peut trouver dans tout le théâtre et la littérature jusqu'à la révolution française. Dans cet d'épique traditionnel, en effet, des personnages sont *voués* par naissance à ce que leur verticalité morale influe le cours de l'histoire, car ils sont destinés par naissance à *diriger* les autres. La question cruciale du drame est alors « a-t-il fait son *devoir* ? » Et/ou : « a-t-il été *à la hauteur* du devoir que sa naissance lui impose[13] ? » (par exemple : le Cid ? Ou encore : Titus ?), C'est la

12 *Vie et destin*, de l'auteur Vassili Grossman, est achevé en 1962, et censuré par l'Union Soviétique. Il s'agit d'une immense fresque sociale dont le modèle assumé est *Guerre et Paix*.

13 Le devoir prend différentes formes selon le type de héros. Il peut consister à gouverner les autres, alors la question devient : est-il un bon ou mauvais roi ? Mais quand ce devoir est simplement de se battre pour son suzerain, ou son roi, ou son Dieu, la question est plutôt : est-il un chevalier ou un gentilhomme à la hauteur de sa lignée, de son nom ? Dans les deux cas, c'est l'honneur qui commande au devoir, c'est-à-dire que l'individu

question qui taraude tous ceux qui doivent « à leur sang » – ou à leur « lignée » ou encore à leur « nom » ou enfin à leur « rang » – quelque chose. Quand on passe d'un régime/contexte nobiliaire à un régime/contexte démocratique, alors la problématique du *devoir* se transforme. Elle devient une question de *responsabilité*[14]. Le dilemme qui s'impose à Galilée (assumer ou non ses écrits face à l'inquisition) met en jeu sa responsabilité plus que son devoir, parce que Galilée n'est voué à rien ! Simplement, il est fort d'une compétence scientifique qui le place non pas « au-dessus » des humains, mais bien *parmi eux* en position d'avoir un impact sur leur vie. Sa *responsabilité* est ainsi le revers de ses *puissances* (d'agir et de penser[15]), qui se sont elles-mêmes substituées dans l'équation du geste épique à la *naissance* (qui dotait automatiquement l'individu non seulement du pouvoir mais aussi du devoir de faire l'Histoire). Entendue au sens spinoziste, les puissances d'agir et de penser sont indépendantes de toute catégorie sociale, de tout lien du « sang ». Elles forment une compétence de vivre plus élaborée, elles sont des savoir-faire, ou si l'on veut des « pouvoirs » supérieurs et qui ont potentiellement une force d'action sur les existences des autres. C'est d'ailleurs en ces mêmes termes que les super-héros modernes s'imposent leur action de sauvetage de l'humanité, et c'est bien l'équation *puissances-responsabilité* qui est posée quand Spiderman se répète, tel un mantra : « un grand pouvoir implique de grandes responsabilités », même si son pouvoir à lui est surnaturel.

Mais précisément, nos représentations contemporaines de l'histoire nous interdisent de penser honnêtement un lien de cause à effet direct entre la décision d'un homme et ses répercussions macroscopiques, entre la verticalité éthique d'un for intérieur et le mouvement des plaques tectoniques de l'histoire. L'épique contemporain exige bien plutôt que l'on prenne en compte les forces collectives et souvent impersonnelles qui nous meuvent. Nos représentations contemporaines de l'histoire exigent donc de *dépsychologiser*, de *démoraliser* une partie de l'action dramatique. Pourtant, si on l'objective absolument, on l'a dit, le souffle et la grandeur sont perdues, soit dans la contingence, soit dans l'abstraction

---

agit toujours en fonction de ce que qu'il se doit à lui-même en tant qu'il porte tel nom, appartient à tel clan, etc.

14 Parallèlement, dans la sphère du pouvoir, c'est l'instance de la *légitimité* qui supplante le droit divin.

15 Voir Deleuze, Gilles, *Spinoza philosophie pratique*, éd. Minuit., Paris, 1970.

et le déterminisme, puisque souffle et grandeur sont liées au rapport disproportionné entre une micro-décision éthique et un mouvement historique collectif. Le problème, comme nous le disions plus haut, c'est que pour le déterminisme marxien, raconter l'Histoire c'est bien raconter comment le rapport « objectif » entre capital et travail détermine la superstructure politique – ainsi, une épopée marxiste véritable n'implique pas d'intériorités morales, elle ne s'articule pas à des décisions individuelles. Elle consiste plutôt en un *non-épique objectif*[16] (représenter les révolutions avec les mêmes nécessités causales et objectives que les crues d'un fleuve).

Entre l'épique ancien (dont les supers héros modernes sont les héritiers directs), et le *non-épique* contingentiste ou déterministe (qu'une certaine littérature romanesque peut donner à voir, et qu'un certain cinéma comme celui d'Eisenstein par exemple, est à même de représenter[17]) il y a donc un *épique démocratique* qui s'invente et qui *doit*, en permanence, se réinventer : dans ce dernier, les actions individuelles agrégées ont des effets qui certes sont souvent microscopiques, mais *leur verticalité importe encore*. Autrement dit, le geste d'un homme peut ne rien changer au cours global de l'histoire, seulement, la question de sa *responsabilité* compte toujours. Ainsi, la question éthico-politique reste au cœur du drame, même si on a arrêté de croire qu'elle pouvait, à elle-seule, changer le monde.

ÇA IRA ET *NOTRE TERREUR*, LES DEUX EXTRÉMITÉS DU SPECTRE

On aperçoit autrement, à présent, les deux tentatives que constituent *Notre terreur* et *Ça Ira* du point de vue du renouvellement de l'épique entendu comme renouvellement de la représentation du rapport individu-histoire. Chacune est à une extrémité du spectre. La première produit une représentation encore super-individuée, subjectivée, et privatisée de l'histoire, notre attention y est accaparée par des numéros d'acteurs qui prennent la forme de débordements de subjectivité et d'éclats

16 La super-struture politique est déterminée par l'infrastructure économique, et il n'y a pas d'individu qui compte dans une telle représentation – c'est pour cette raison que l'on tombe alors en dehors de l'épique.

17 Et encore : Eisenstein est un cinéaste controversé du point de vue de la critique soviétique, parce que son cinéma aurait trop d'accointances avec le cinéma américain. Voir Deleuze, cours en ligne du 25/01/1983. http://www2.univ-paris8.fr/deleuze/article.php3?id_article=208, consulté le 19/10/2021.

pulsionnels, et malgré le « collectif », c'est un épique ancien qui s'y trouve reconduit parce que centré sur des individus hyper singuliers : des acteurs, héroïsés comme acteurs. L'épopée nationale, ici, devient *épopée de singularités*, (si tant est qu'un tel paradoxe, surtout pour un collectif, est tenable[18]). La seconde en revanche, celle de Pommerat, produit une représentation de l'histoire *contingentiste et par les discours*. En pluralisant autant que possible les prises de paroles, donc les points de vue et les processus d'identification qui les accompagnent, le spectacle cherche (et parvient) en effet non seulement à dé-folkloriser l'événement, mais aussi à le dépsychologiser. Pour ne pas tomber dans un drame qui privatiserait la situation historique, non seulement il supprime les noms propres mais aussi démultiplie les trajectoires croisées qui la composent. Nous sommes donc au carrefour de dizaines de propositions de regards, et de micro-récits contingents, et nous n'avons pas le choix que d'observer patiemment comment cela se démêle, comment le chaos démocratique s'ordonne, tant bien que mal. Et la sortie du huis clos s'effectue aussi par les gradins. Une solution par le débordement : que le public figure lui-même les masses – des députés – et qu'il soit inclus dans l'imbroglio démocratique, dans la laborieuse tache de *composition*[19] d'un ordre politique à l'intérieur de ce dernier. Mais en refusant de choisir un point de vue, le spectacle s'ôte aussi la possibilité de donner au récit un cap qui le polarise – en dehors de la connaissance que nous avons de l'issue historique. Peut-on même affirmer qu'il y ait un récit à l'œuvre dans *Ça*

18 Est-ce à le tenir une nouvelle fois qu'échoue *Le Capital et son Singe*, la création suivante de Creuzevault ? Entre temps, en effet, des comédiens auront été renvoyés, d'autres seront partis, et « l'arène » au service d'un risque commun, celle que le metteur en scène décrivait plus haut, aura pris les aspects d'une fosse aux lions, et laissé place à la compétition de numéros d'acteurs. Le spectacle, parce que son horizon est moins clair, parce qu'il ne repose pas, précisément, sur un vrai récit politique, nous fait simplement passer d'un numéro à l'autre, selon une logique qui semble assez aléatoire, avec quelques moments d'éclats et beaucoup d'autres dont nous ne nous rappellerons pas.

19 Nous utilisons le terme de « composition » au sens que Latour donne au *compositionnisme*. Voir « Guerre des mondes, offre de paix », article préparé pour Ethnopsy-les mondes contemporains de la guérison numéro spécial, Colloque de Cerisy, Guerre et paix des cultures, p. 61-80, 2002 : « le monde commun est à *composer* progressivement, il n'est pas déjà constitué. Il ne se trouve pas derrière nous et déjà fait, comme la nature, mais devant nous, comme une tâche immense qu'il va nous falloir accomplir peu à peu. Il n'est pas au-dessus de nous, comme le médiateur qui pourrait arbitrer les conflits, mais l'enjeu même de ces conflits, ce qui pourrait devenir, en cas de négociation, l'objet d'un compromis. Oui, le monde commun "is up for grabs" », nous soulignons. http://www.bruno-latour.fr/fr/node/180, consulté le 19/10/2021.

Ira – Fin de Louis ? Nous avançons que non : il y a une chronologie, mais pas de récit pour autant, seulement une force révolutionnaire (« *Ça* ») qui se forme et advient au fil de ce long temps de la composition entre les forces, entre les différentes propositions idéologiques et politiques, entre les mille discours. C'est donc cette fois une « épopée » sans point de vue (donc sans récit ! et *a fortiori* sans épique), une épopée pluraliste et contingentiste qui remplace le récit national.

Encore que, le spectacle tend quand même à nous faire suivre un personnage plus que les autres, à nous intéresser à l'un d'eux un tout petit peu plus particulièrement qu'à tous les autres, et donc à accentuer un point de vue. Mais lequel ? Celui du Roi, qui tient le rôle-titre ? Certainement pas. Le *sort* de Louis ne nous *intéresse* pas, on le regarde seulement chuter, comme il est prévu qu'il chute, et son principal intérêt est d'incarner un roi impuissant et qui n'agit pas (on est donc bien sorti de l'épopée ancienne). Non, le point de vue le plus accentué par le spectacle est précisément celui qui se trouve au carrefour de toutes les positions, qui embrasse le plus de perspectives ; qui s'efforce de faire tenir ensemble les différents partis sans que cela éclate, et qui par conséquent, ne peut avoir pour objectif que de faire avancer l'histoire dans le sens de la modération (de la « neutralité » revendiquée par le spectacle ?) : c'est celui de Müller, le premier ministre. Il est le grand « négociateur » du compromis (impossible) à trouver, de l'équilibre (impossible) entre les forces, enfin du monde précisément impossible à *composer*. Il est à la proue d'un spectacle qui prend finalement le parti de la complexité, mais qui renonce à mettre l'accent sur une *agentivité particulière* des événements, c'est-à-dire sur l'un des acteurs de l'histoire dont on pourrait estimer qu'il fait basculer le destin collectif – ce qui impliquerait infailliblement de choisir un parti ! –, et qui abdique, donc, du point de vue du projet historique : celui de rendre l'histoire intelligible. La vague révolutionnaire passe sur lui et le noie.

DE QUELQUES HYPOTHÈSES SUR L'HÉROÏSME EN DÉMOCRATIE

Entre ces deux extrémités du spectre, entre ces deux formes spectaculaires de traitement de l'Histoire (et du rapport individu-Histoire), apparaît l'espace de réinvention d'une action épique proprement démocratique. Mais cette dernière doit s'écrire avec d'autres mobiles, et requiert d'autres qualités héroïques que l'épique traditionnel. Il nous faut les identifier. Quels sont les traits élémentaires du « Haut fait » en démocratie ?

MOBILE, VALEUR ET CONDITION DE POSSIBILITÉ DE L'ACTION HÉROÏQUE

On a vu que le « devoir » devient caduc, et laisse sa place à la notion de « responsabilité ». Le *mobile* de l'action épique, donc, change de nom.

De même se transforme ce qui la rend possible : non plus un « pouvoir » de gouverner (ou de *faire* l'histoire au sens large) donné par naissance, mais des « puissances d'agir et de penser », des compétences individuelles et singulières. Elles sont les conditions de possibilité pour l'action épique, c'est-à-dire la grande action, ou le haut fait.

Ce n'est pas tout, car il faut revoir aussi ce que nous appelions « honneur », et qui tient, cette fois, à la question de la *valeur* de l'action. Quand il n'y a plus de destinée à accomplir ni de lignée à servir ou à soutenir, il n'est plus question d'« honneur » à proprement parler : il devient question de « justice ». Le contexte démocratique est en effet un contexte fondamentalement égalitaire : « tous les êtres humains naissent libres et égaux en dignité et en droits. Ils sont doués de raison et de conscience et doivent agir les uns envers les autres dans un esprit de fraternité[20] ». Ce n'est donc plus au nom de ce que le héros *se doit à lui-même*, que le geste épique se réalise, (comme lorsque le preux chevalier sauve la veuve et l'orphelin[21]) – mais au nom de *ce qui est dû*

20 Déclaration Universelle des Droits de l'Homme et du Citoyen. http://www.un.org/fr/universal-declaration-human-rights/index.html, consulté le 19/10/2021.

21 Pour voir ce motif chevaleresque se transformer *exactement* au tournant d'un régime à un autre, il faut relire le début de *Quatre-Vingt-Treize*, de Hugo, quand le sergent du bataillon

à chacun. Autrement dit : l'honneur se met au service non plus d'un soi hautement revendiqué comme supérieur, mais des autres en tant qu'ils doivent tous être considérés comme des égaux.

C'est ainsi que la triade *naissance-devoir-honneur* laisse place à la triade *puissances-responsabilité-justice*.

On a ici un nouveau schème abstrait qui définirait potentiellement une autre action épique, valable en démocratie. C'est ce schème qui regarde Galilée, c'est lui aussi qui s'applique à l'action de Groucha, dans *Le Cercle de craie*, et qu'on pourrait voir à l'œuvre dans de nombreuses autres pièces brechtiennes.

Mais après le mobile et la valeur, qui sont les pôles essentiels de l'action, reste la question de ses modalités, c'est-à-dire du « comment ». L'action héroïque requiert traditionnellement honnêteté, loyauté, courage, générosité, soit ce qu'on appelle, traditionnellement, des *vertus*. Est-ce que ces dernières passent sans transformation d'un régime d'action épique à un autre ? Est-ce qu'on peut les considérer comme des modalités de l'agir indépendantes des mobiles et des finalités de l'action ? Ou bien vont-elles également changer de nom ?

LES VERTUS, OU LES MODALITÉS DE L'ACTION ÉPIQUE

Dans son ouvrage, *Après la vertu*[22], le philosophe écossais Alasdair Macintyre s'attache à redéfinir un concept de vertu qui ne soit pas « relativisable ». En effet, dans les structures sociales traditionnelles – d'où nous tirons le concept originel de vertu – cette dernière dépend de ce que l'on doit non seulement à une lignée, mais à cette lignée en tant

du « bonnet rouge » adopte une veuve et ses trois orphelins – symptomatiquement, l'égalité des hommes une fois admise, il n'y a plus d'honneur à sauver sinon celui d'une République morale, et c'est alors la force pathétique de la situation qui fait droit : « Les soldats silencieux faisaient cercle autour de cette misère. / Une veuve, trois orphelins, la fuite, l'abandon, la solitude, la guerre grondant tout autour de l'horizon, la faim, la soif, pas d'autre nourriture que l'herbe, pas d'autre toit que le ciel. / Le sergent s'approcha de la femme et fixa ses yeux sur l'enfant qui tétait. La petite quitta le sein, tourna doucement la tête, regarda avec ses belles prunelles bleues l'effrayante face velue, hérissée et fauve qui se penchait sur elle, et se mit à sourire. / Le sergent se redressa et l'on vit une grosse larme rouler sur sa joue et s'arrêter au bout de sa moustache comme une perle. / Il éleva la voix. / – Camarades, de tout ça je conclus que le bataillon va devenir père. Est-ce convenu ? Nous adoptons ces trois enfants-là. / – Vive la République ! crièrent les grenadiers. / – C'est dit [...] / – Venez, citoyenne. »

22 Macintyre, Alasdair, *Après la vertu, Étude de théorie morale*, Presse universitaires de France, Quadrige, 2013.

qu'elle s'inscrit dans une communauté, et qu'elle y tient depuis toujours un *rôle* (guerrier de père en fils, roi de père en fils, artisan de père en fils). Les positions sont fixes, donc l'action de chacun sur le collectif est déterminée par avance. Agir avec vertu, c'est agir en fonction de telle position, de tel rôle, et d'un « bien » commun posé par avance, par et pour le collectif (au sens de ce que l'on considère « être bien », « être bon »). La modernité, nous dit McIntyre, fait exploser les rôles, les positions fixes, et même les biens communs. Il n'y a plus que des biens individuels, des biens privés, donc que des quêtes individuelles, ou privées, et qui sont relatifs et relatives (on ne peut pas estimer que la quête de l'un est supérieure à la quête de l'autre. Chacune se vaut. Comme les croyances, on ne peut pas les juger ni les hiérarchiser). Dans un tel contexte, comment redéfinir ce qu'est une vertu ? Et donc comment redéfinir les modalités de l'action épique ?

C'est surtout en effet la privatisation du « bien » / des « biens » recherchés qui pose problème, et vient réduire considérablement, *a priori*, la portée des concepts de loyauté, d'honnêteté, de générosité, ou de courage – voire qui peut même les contredire si elles se réduisent à des intérêts égoïstes. Mais d'un autre côté, toutes ces vertus sont aussi libérées de leurs attachements traditionnels. Par exemple, il n'y a plus de loyauté de rattachement *par essence*, (ou appartenance absolue à une famille, à un ordre, à un clan voire même à une classe) mais seulement des loyautés d'*élection*, ou d'affinités électives (je choisis, par exemple, d'être loyale à un parti politique dont je soutiens les principes, ou à une cause sociale que j'estime juste, ou à des amitiés qui comptent à mes yeux). Les potentialités ouvertes à la loyauté sont donc démultipliées (je peux être loyale à plusieurs causes distinctes, et surtout en fonction de ce qui m'apparaît juste et important au fil de mon existence, de ce que je deviens, et non pas en fonction seulement d'une identité de naissance). Ainsi, dans le cadre égalitaire et pluraliste, la loyauté comme vertu peut se *pluraliser*, voire s'associer à des loyautés distinctes, et donner lieu ainsi à des luttes convergentes.

Dans un contexte égalitaire et démocratique, impliquant l'atomisation des corporations et des classes, donc l'individualisme, les vertus se *désessentialisent*, d'une part, pour se relier autrement, d'autre part, et, en dernier lieu : trouver potentiellement une définition *élargie* d'elles-mêmes.

Autrement dit, si elle est mise en scène, la circulation de vertus épiques dans de nouveaux collectifs, (et au service d'une action épique sur ces mêmes collectifs), pourrait donner à voir des schèmes d'*empowerment* spécifiques. Car les puissances d'agir et de penser qui sont à l'origine de l'action, et qui dans le champ esthétique correspondent à des types d'affects que nous nommons épiques (de l'ordre de l'admiration et du transport), ont aussi une traduction en théorie politique contemporaine, et cette traduction, c'est précisément celle d'*empowerment*, que nous employons ici au sens *d'extraction du sentiment d'impuissance à infléchir le cours de l'histoire collective.*

Dans ce cadre, la vertu épique traditionnelle et fondamentale de « générosité », qu'on définira, comme chez Descartes et chez Nietzsche, comme « surabondance de force » (*disponible* pour d'autres), mérite observation. Si ce que l'on doit à notre collectif – ou à nos collectifs – n'est plus normé (par différence avec le Cid, par exemple, qui lui, n'a pas le choix de mettre sa surabondance de force au service du roi d'Espagne) ; si la générosité n'est plus normée par aucune institution, la question devient alors : au service de quoi utiliser sa surabondance de force, quand on en a ? Et comment en avoir ? ! – ce qui est sans doute la première question épique. Une fois cette force ou ces puissances *acquises*, une fois que l'individu *s'est bricolé lui-même* pour en avoir en surabondance (et encore une fois, c'est toute la difficulté : il y aurait des schèmes initiatiques individuels à repenser de ce point de vue), l'utilise-t-il en vue d'améliorer son train de vie personnel, ou bien pour servir des collectifs ou des causes qui le dépassent ? Sachant que rien ni personne ne l'obligera jamais à le faire. Dans le monde qui est le nôtre, aucun pôle de valeur préexistant n'*oblige* a *priori* l'orientation de nos forces. On peut mettre sa surabondance de force et ses puissances au service de son propre confort, de ses « hobbies », comme au service d'autre chose de plus grand que soi – et l'épique commence seulement ici. (Mais encore faut-il pouvoir identifier, distinguer, hiérarchiser les Causes ! Là aussi, il faut trouver des schèmes initiatiques convaincants). En outre, la générosité entendue comme surabondance de force inclut dans sa définition-même l'idée du débordement ; cette définition implique donc le fait qu'elle soit spontanément et naturellement disponible pour *autre chose* que l'intérêt personnel ou privé. Aussi, et c'est sans doute là sa marque spécifique, elle agit *sans sacrifice.* C'est pourquoi l'on pourrait avancer que l'épique démocratique qui nous intéresse ne se confond pas avec le militantisme. S'il s'agit de trouver un modèle épique fonctionnel du point de vue individuel en contexte démocratique égalitaire et post-moderne, il faudrait chercher, après 1989, un équivalent du Cid, par exemple, ou de Dom Juan se mettant spontanément et joyeusement au service de Dom Carlos attaqué par des voleurs : « Mais que vois-je là ? Un homme attaqué par trois autres ? La partie est trop inégale, et je ne dois pas souffrir cette lâcheté[23] ». C'est parce que l'action épique s'exécute sans nul sacrifice qu'elle est fondamentalement toujours joyeuse. C'est d'une certaine manière aussi ce qui ôte à l'épique toute tonalité tragique. Le point de distinction entre les deux registres concerne ici le mode de réaction à l'égard de l'événement qui dépasse en grandeur. Dans le tragique, la grandeur écrase l'individu, alors que dans l'épique, l'individu prend en charge avec élégance et légèreté, autrement dit avec joie et même potentiellement avec humour, tout ce qui le dépasse en grandeur. Aujourd'hui, l'équivalent de ce modèle serait plutôt celui de l'aventurier et non pas du militant. À la différence du militant en effet, l'aventurier veut bien mourir pour une cause, mais à condition d'avoir *le droit de ne pas y croire*[24]. La grande cause, celle qui est plus grande que soi, et même *la plus grande qui soit*, ne semble plus pouvoir avoir de

---

23 Molière, *Dom Juan*, Acte III scène 3. C'est parce que l'action épique s'exécute sans nul sacrifice qu'elle est fondamentalement toujours joyeuse. C'est d'une certaine manière aussi ce qui ôte à l'épique toute tonalité tragique. Le point de distinction entre les deux registres concerne ici le mode de réaction à l'égard de l'événement qui dépasse en grandeur. Dans le tragique, la grandeur écrase l'individu, alors que dans l'épique, l'individu prend en charge avec élégance et légèreté, autrement dit avec joie et même potentiellement avec humour, tout ce qui le dépasse en grandeur.

24 Nous utilisons ici le concept d'aventurier tel que le dessine Stephane, Roger, dans *Portrait de l'Aventurier, T. E Lawrence, Malraux, Von Salomon.* Grasset, Points, 1965, « Parce que les aventuriers sont des séculiers, leur sentiment de dérision n'est pas seulement d'ordre spirituel, mais réellement d'ordre quotidien », p. 52. Voir aussi dans la même édition la préface de J.-P. Sartre « [L'aventurier a vécu jusqu'au bout une condition impossible : fuyant et cherchant la solitude, vivant pour mourir et mourant pour vivre, convaincu de la vanité de l'action et de sa nécessité, tentant de justifier son entreprise *en lui assignant un but auquel il ne croyait pas*, recherchant la totale objectivité du résultat pour la diluer dans une absolue subjectivité, voulant l'échec qu'il refusait, refusant la victoire qu'il souhaitait, voulant construire sa vie comme un destin et ne se plaisant qu'aux moments infinitésimaux qui séparent la vie de la mort. Aucune solution de ces antinomies, aucune synthèse de ces contradictoires. Abandonné à lui-même, chaque couple se déferait, les deux termes tombant chacun de son côté, ou s'anéantirait, les deux termes s'annulant l'un l'autre. Pourtant, au prix d'une tension insupportable, cet homme les a maintenus ensemble et tous à la fois, dans leur incompatibilité même ; il a été la conscience permanente de cette incompatibilité. Je le regarde s'éloigner, vaincu et vainqueur, déjà oublié dans cette cité où il n'a pas de place et je pense qu'il témoigne à la fois de l'existence absolue de l'homme et de son impossibilité absolue. » p. 24.

formulation dogmatique dans le contexte (pluraliste et relativiste, mais aussi désabusé) qui est le nôtre. Aussi, le personnage épique contemporain n'agit ni en vue d'une récompense, ni par devoir, ni parce qu'il a la foi (il n'a plus la foi !). Il agit simplement parce que la force déborde en lui (1), parce que la cause qui se présente est plus grande que lui (2) et parce que face à cette dernière il serait médiocre de ne pas agir (3). L'on retrouve ici une définition nietzschéenne de l'héroïsme : *s'adonner à des causes à l'égard desquelles son propre intérêt n'a aucune importance.* Le modèle contemporain du personnage épique ne serait donc ni l'Empathique (Mère Theresa) ni le Militant (celui qui agit parce qu'il croit en la valeur effective de son l'action) ni même le Soldat (celui qui agit par devoir) mais plutôt le Mercenaire reconverti. Celui qui, connaissant le monde qui est le nôtre, a arrêté de croire aux récits institutionnels et officiels qui se présentaient à lui pour donner un sens à son action, puis a pris l'habitude d'agir dans son propre intérêt seulement, et qui va pourtant, à la faveur d'une occasion inattendue, se remettre au service d'une cause plus grande que lui. De nombreux personnages de westerns, comme les sept Mercenaires, et qui sont précisément les avatars démocratisés des purs héros incarnés par les sept Samouraïs en contexte fictionnel encore nobiliaire[25], sont l'exacte illustration de ce modèle : ils sont d'anciens

25 Que se passe-t-il dans le film de Kurosawa ? L'action se déroule dans le japon médiéval du XVIe siècle, aussi les structures sociales y sont encore déterminées comme des castes : par la naissance. C'est d'ailleurs le drame comique du personnage de Kikuchiyo, né paysan, et qui dans toute la première partie du film, tente de se faire passer pour samouraï, avant de prouver par son action qu'il est digne et capable d'aider les six héros dans leur entreprise. Le film raconte ainsi comment un village de paysans obtient l'aide de sept guerriers contre les attaques répétées d'un groupe de quarante bandits. Toute la première partie tend à révéler, par soustractions progressives, la nature héroïque des samouraïs : leur force n'est pas d'apparat, ni ne tient dans les symboles – c'est l'enjeu de la toute première apparition de celui qui deviendra le chef de l'entreprise, Kanbei, que l'on voit méticuleusement couper sa chevelure afin de se faire passer pour bonze et délivrer par la ruse une maison d'un voleur – cette force n'est pas reliée non plus à un quelconque intérêt – il n'y a rien à gagner de matériel ni de symbolique dans le projet proposé – enfin surtout aucune Cause personnelle, même la plus noble, (comme l'entraînement chevaleresque, soit la discipline ascétique que s'impose celui des sept qui est reconnu par tous comme le meilleur combattant, et qui est aussi le plus discret dans ses actions, le plus silencieux) ne peut avoir plus de valeur que le besoin vital de cette force, appelée par un autre. Et ce quand bien même cet « autre » n'est que le vulgaire, et son attitude globalement égoïste. Les samouraïs offrent ainsi une sorte de modèle héroïque pur d'*une générosité en actes*, sans mobile, sans intérêt, et presque sans valeur aux yeux du monde dans lequel elle s'exerce (c'est-à-dire sans reconnaissance) : un être-là puissant qui s'inscrit et agit d'un seul mouvement, selon les lois éthiques qu'il s'est donné, dans un lieu et

vétérans, des criminels, des joueurs...(loin des chevaliers guidés par un Code d'honneur ou une Cause absolue), simplement, ils vont tous mettre leur surabondance de force au service de l'occasion qui l'appelle, et vont tous être confrontés au fait qu'ils *ne peuvent pas ne pas agir* au service de la cause qui se présente et qui a besoin d'eux – même sans foi dans cette cause, ni croyance dans la portée symbolique de leur action.

Aussi, il existerait un schème épique contemporain type qui serait le suivant : 1) le personnage ne peut plus croire en son récit initial, 2) il passe par la jouissance égocentrique, 3) il se reconvertit à une autre cause au service de laquelle il donne tout, sans pour autant lui accorder de foi absolue. Le cinéma hollywoodien des années 90 offre pléthore d'exemples de ce type, plus ou moins raffinés[26]. On en trouve beaucoup moins souvent au théâtre[27].

---

un milieu concret, où il n'y a jamais qu'une seule et stricte chose à faire. Le film a été maintes fois adapté et réadapté, d'abord par John Sturge avec *Les sept Mercenaires*, (*The Magnificent Seven*, en anglais), en 1960, film qui donne lui-même suite à une trilogie et à une série-tv. Dans le film de Sturge, le contexte est celui du Nord du Mexique fin XIXe.

26 Arbitrairement, et parmi d'autres, *Blood Diamond*, d'Edward Zwick, en exécute la conduite à la lettre, à travers le personnage de Danny Archer, incarné par Léonardo di Caprio : ancien soldat de l'armée américaine devenu mercenaire puis trafiquant de diamants en Sierra Leone au moment où le pays est déchiré par la guerre civile, Archer rencontre Solomon, simple pécheur qui a vu son village attaqué par les forces rebelles, et qui s'est fait prendre par elles au cours de cette attaque pour travailler dans les mines diamantifères de Kono. C'est guidé par l'intérêt qu'Archer, apprenant que Solomon a trouvé et caché à Kono un diamant d'une taille exceptionnelle, commence à l'aider à retrouver sa famille. Au cours du film néanmoins, (et assez lentement, précisément parce que la lucidité du personnage sur le caractère indémêlable du conflit politique en jeu est grande, et son cynisme difficile à vaincre), on voit les motifs d'Archer légèrement bouger et se transformer, notamment en contact d'une jeune femme, Maddy, journaliste. Progressivement, la « force » d'Archer, (c'est-à-dire l'ensemble de ses *puissances* : soit, ici, sa connaissance du « terrain » et des acteurs du conflit, et surtout ses compétences exceptionnelles de soldat, qui permettent aux trois personnages d'échapper à plusieurs attaques des différentes armées), se met entièrement – donc jusqu'à la mort – au service de Solomon, oubliant le gain que promettait le diamant. Archer meurt finalement seul dans les montagnes du Sierra Leone, en couvrant la fuite de Solomon et de son fils retrouvé. Le film se finit par la vente du diamant de Solomon, en échange du rapatriement de sa famille à Londres, puis la sortie de l'article de Maddy, qui fait éclater le scandale du trafic de ces « diamants de guerre », et se clôt sur la signature du « processus de Kimberley », censé mettre fin au commerce international des diamants finançant les activités militaires des « mouvements rebelles ». Dans ce schéma, le héros aura été cette force en action conduisant d'une situation de l'histoire à une autre, une force qui s'épuise dans l'action-même et ne lui survit pas.

27 La trajectoire de conversion de la journaliste Be-Be-Be, dans *Rwanda 94*, pourrait néanmoins être comprise selon un tel schéma. Le personnage passe en effet du carriérisme froid et égocentré à une enquête sur le génocide à laquelle elle se voue toute entière,

Enfin, il convient de noter qu'une configuration régulière de la situation historique se compose dans les représentations avec ce schème de l'action épique : la conjoncture des données et des flux y est telle que c'est la multiplicité des actes de chacun qui va amener la machine globale à un point de rupture. Le système peut alors évoluer dans deux directions opposées et c'est à ce moment là qu'intervient le ou les héros dans l'histoire (à la faveur d'une décision personnelle et éthique). Alors le point de bascule (de la situation initiale vers un changement historique) pourrait aussi, d'une certaine façon, être interprété sous l'angle d'une théorie du chaos : pendant longtemps des causes quantitatives qui ne changent rien à la situation historique se succèdent mais elles s'accumulent toutefois de telle sorte qu'à un moment donné il suffit d'une cause microscopique pour produire de grands effets. C'est-à-dire un changement que l'on avait pendant des siècles pris l'habitude d'attribuer à la force acéphale du « destin ». (Alors, qu'aujourd'hui, et d'une certaine manière, c'est le « système », projeté imaginairement comme le grand écheveau complexe des causes éco-socio-politiques, qui a pris la place du destin au regard duquel nous nous sentons, la majeure partie du temps, impuissant). Et dans ce type de représentation, c'est l'action épique qui l'a fait bouger, tourner, ou basculer. Le sentiment d'impuissance, enfin, se fracture : l'avenir est de nouveau *ouvert.*

Concluons ce portrait-robot de l'action épique. Une fois disparue la croyance en nos institutions, une fois disparue toute sorte de foi, le paysage de la fiction épique devient celui de nouveaux chevaliers errants : qui ne sont pas tenus par une norme. L'épique que nous avons dessiné ici s'appuie donc sur un héroïsme singulier, conçu à partir de cet « héroïsme de la conscience » à l'œuvre chez Brecht, et qui se dresse dans et par la surabondance de force (ou de puissances), et non plus dans et par la naissance. Sa spécificité est que cette surabondance de force n'est pas *essentialisable*, mais *acquérable.* On peut se fabriquer de telle sorte qu'on en ait à donner. Dès lors, la quête épique est double : se construire, se bricoler un soi suffisamment large et abondant en puissances variées d'abord, pour non seulement se désintéresser de ce qui nous regarde en propre, mais savoir repérer ensuite les problèmes qui méritent que, sans foi absolue, l'on soit, à l'égard de leur résolution, généreux *absolument.*

mettant à disposition les puissances qui sont les siennes pour le dévoilement de la vérité aux yeux du monde (via l'émission qu'elle présente).

Commencent alors toutes les quêtes véritables, toutes les possibles aventures de ce soi *élargi*, relié à des causes qui ne sont pas *a priori* les siennes, à des collectifs qui ne sont pas *a priori* le sien ; enfin commencent toutes sortes d'épopées possibles dans un contexte démocratique, pluraliste et égalitaire et même dans un contexte de paix, qui sont des épopées collectives, et où l'individu passe au second plan.

CONCLUSION PROVISOIRE : METTRE EN SCÈNE UN SOI ÉLARGI

POUR QUE L'ÉPOPÉE SOIT ÉPIQUE

Nous avons découvert que, pour qu'il y ait de l'épique dans un théâtre qui tente de représenter l'histoire, il fallait qu'il y ait un régime d'intentionnalité à l'œuvre dans le mouvement historique représenté. Aussi, nous avons pu poser que l'épique impliquait de penser l'action individuelle dans l'histoire, et de la penser non pas sur un mode *victimaire*, ce qui est la manière la plus évidente de la penser dans un contexte où l'on considère que ce sont des logiques macro-structurales qui font les dynamiques historiques, et que nous sommes, au regard de leur complexité, relativement impuissants, mais de la penser sur le mode *actif*. Autrement dit, ce sont les mises en scène d'*agentivités historiques particulières et complexes*, au sein d'un monde habité non plus par des Dieux, ni même par des hommes « libres », mais déterminé par des séries causales qui se superposent les unes aux autres et qui sont d'ordre social, économique et politique, qui feraient la singularité du nouvel épique, qui pourraient participer d'une représentation du haut fait ou de la *grande action* (non spécifiquement individuelle) en contexte démocratique et post-moderne.

Aussi, nous n'avons plus besoin de « héros » au sens traditionnel (de *leaders* charismatiques et autres « grands hommes ») pour fabriquer un théâtre épique contemporain. Nous avons besoin d'hommes et de femmes (d'individus) tout à fait ordinaires – des humbles ou des « petits » comme chez Brecht – mais qui se retrouvent néanmoins porteurs d'une action qui les dépasse et que l'on peut considérer, aux vues de ses implications et de ses conséquences, (éthiques et politiques), comme exemplaire. Le problème de la représentation de l'épique en contexte démocratique, égalitaire et post-moderne reste donc un problème de représentation de la grande action à un moment « t » de l'Histoire. Seulement, par « grande action », nous entendons l'action *difficile* – celle qui coûte à celui qui l'entreprend mais bénéficie à une majorité. Et nous entendons également l'action *nécessaire* – celle que l'on ne peut pas ne pas entreprendre au regard d'un certain concours de circonstances (historiques), et au vu des effets (collectifs) qu'elle est susceptible de produire.

Tracer l'Histoire de manière épique, cela suppose donc de trier, d'élire, de choisir des actions difficiles et nécessaires dans un certain contexte, soit des modèles et des points de vue dans la représentation, et non pas de s'en tenir au dépliement du trouble, à l'étalement de la complexité d'une situation historique, même si ce trouble et cette complexité doivent *aussi* être représentés. Seulement, si l'on veut que *l'épopée soit épique*, il y a nécessairement une adversité et une intentionnalité qui la combat à mettre en scène, même si la première est immense et la seconde microscopique, même si l'une ressemble à une toile aux ramifications infinies et l'autre à un geste voué à l'échec. Car, justement, en contexte historique démocratique et dans un monde déterminé par des séries causales multiples, il est rare qu'une action ait des effets directs et immédiats sur l'histoire (les *super-héros* n'existent pas). C'est la troisième caractéristique de la grande action, de l'action épique : elle n'est pas qu'individuelle, et elle a des conséquences imprévues, indirectes et multiples sur toute une communauté. Dès lors, peu importe qu'elle échoue à court terme, puisque le déplacement de grands blocs historiques ne se fait pas d'un seul coup, ni par l'action d'une seule personne. S'il semble échouer à première vue, le geste épique laisse malgré son échec une empreinte : la trace d'un possible, la voie d'un *exemple*.

C'est ici que l'on retrouve le concept nietzschéen d'« Histoire monumentale », décidément utile pour penser et imaginer le mode épique du traitement de l'histoire au plateau. Tendue vers l'action, réveillant des modèles pour les rendre à nouveau vivants et disponibles pour le présent, l'Histoire monumentale correspond, comme on l'a entrevu plus haut, à l'un des trois types d'Histoires pour la vie que Nietzsche relève.

EN QUÊTE D'HISTOIRE MONUMENTALE : OÙ TROUVER LA JOIE ?

L'Histoire monumentale se distingue d'abord de l'histoire antiquaire, qui conserve et soigne une mémoire en vue de fabriquer des objets de culte ou de rassemblement pour une communauté – de nombreux spectacles aujourd'hui mettent en jeu ce registre de l'histoire, tout comme le faisait, mais seulement en partie, le chant épique homérique. D'une certaine façon, on peut considérer que les projets que nous avons étudiés dans le premier temps de notre enquête participent de cette fonction : rassembler une communauté autour d'objets spectaculaires. Mais l'Histoire monumentale se distingue aussi du second registre de l'Histoire pour la vie que Nietzsche identifie, et qui correspond à l'Histoire critique. Celle-ci démêle le vrai du faux, trie, juge et condamne. Un large pan de notre théâtre public et notamment documentaire s'inscrit dans cette fonction dissensuelle, et c'est d'ailleurs le cas des spectacles que nous étudions dans cette deuxième partie. Seulement, l'Histoire monumentale a une fonction différente : celle de réveiller un *potentiel d'action*, soit un potentiel de *joie*. En effet, chez Nietzsche, l'histoire monumentale est pensée comme absolument positive. Elle est un réservoir de possibles où l'homme d'action vient puiser des impulsions vitales qui lui donnent la force d'agir. Elle est là pour convaincre qu'un ébranlement historique n'est pas inconcevable. Ce faisant, elle fait abstraction des causes pour ne retenir que les « effets en soi » de la grande action. Car les combinaisons de causes ne se répètent jamais exactement, tandis que les effets, eux, ont une longévité indépendante de leurs séries causales. L'histoire monumentale s'intéresse à ces effets, c'est-à-dire au sillage de l'action, et ce faisant elle néglige les circonstances, elle néglige le passé lui-même. En ce sens, elle est plus poétique que scientifique – « il y a même des époques qui sont incapables de distinguer entre un passé monumental et une fiction mythique[28] », nous dit Nietzsche. L'histoire monumentale trompe « par des analogies, par des séduisantes ressemblances » qui sont là pour donner le courage de *faire*, même si la chose à faire semble trop grande pour soi, pour donner l'*énergie* de mettre ses forces vitales au service d'une action qui nous dépasse. Elle permet de projeter au-devant de soi les possibles que le passé (l'inactuel) présente

28 Nietzsche, Friedrich Wilhem, « De l'utilité et des inconvénients de l'histoire pour la vie », *Considérations inactuelles I et II*, Gallimard, coll. folio essais, 1990. p. 107.

et de s'élancer vers eux. Elle produit des rêves (intempestifs) qui ont le pouvoir d'orienter l'action.

Par ailleurs, dans les *Considérations inactuelles*, les héros ne désignent pas du tout les grands hommes au sens habituel de l'expression (les hommes de pouvoir), mais de grands *vivants*. Or, les plus grands vivants, pour Nietzsche, ce sont ceux pour qui, curieusement, la vie n'a pas d'importance, et qui par conséquent, peuvent se tourner pleinement et joyeusement vers les plus hauts de ses possibles. « Qui pourrait croire les hommes capables de courir cette difficile course au flambeau qu'est l'histoire monumentale, et par laquelle seule la grandeur se perpétue ? ! Et pourtant, il en apparaît toujours quelques-uns que le spectacle de la grandeur passée fortifie et comble de bonheur, comme si la vie humaine était une chose merveilleuse et comme si le plus beau fruit de cette plante amère était de savoir que quelqu'un a jadis traversé l'existence d'un pas puissant et fier, qu'un autre y a médité, qu'un autre encore s'y est montré miséricordieux et secourable », mais, poursuit l'auteur, « léguant tous un seul enseignement : qu'il n'y a pas de vie plus belle que celle à laquelle on n'attache pas de prix ». Et, plus loin : « Quelle utilité l'homme d'aujourd'hui retire-t-il donc de la connaissance du passé monumental, de l'étude de ce que les temps anciens ont produit de classique et de rare ? » (autrement dit, de l'Histoire en tant qu'elle présente des événements glorieux ou des faits héroïques), réponse : « Elle lui permet de voir que telle grandeur a jadis été *possible*, et sera donc sans doute possible à nouveau ; il marche dès lors d'un pas plus assuré, car il a écarté le doute qui l'assaillait aux heures de faiblesse et lui suggérait qu'il poursuivait peut-être l'impossible[29] ».

Réveiller la joie d'agir, quand bien même les effets de l'action sont incertains, et ses gratifications invisibles – telle serait donc la fonction et la définition d'une représentation à la fois épique et dé-romantisée de l'histoire, ou d'une histoire monumentale portée sur scène. Il faut comprendre néanmoins que la joie d'agir n'est pas seulement réveillée de manière mimétique par des représentations d'actions joyeuses : des actions difficiles, laborieuses, dans des contextes hostiles et tristes peuvent en effet soulever de joie (et de force reconquise) quand elles sont la démonstration d'une quelconque grandeur. De même, la colère éveillée par le sentiment d'injustice, et surtout par l'absence de nécessité d'un

29 *Ibidem.*

enchaînement d'événements historiques, porte en elle un potentiel de joie, parce qu'un potentiel d'action. Mais pour que la grandeur, pour que le rire (olympien) de ceux qui agissent au mépris de leurs intérêts, ne soient pas pris dans les rets d'une représentation naïve de l'action historique, celle-ci doit se dessiner entre les lignes des contraintes que nous avons énoncées plus haut. Dans le jeu qu'il s'agit de trouver entre ces deux pôles : l'essentialisation de la cause et donc du conflit observé d'un côté, l'extrême pluralisation et objectivation des causes et des problèmes de l'autre. Opposition parallèle à celle-ci : personnification des enjeux d'un côté, contingentisme et déterminisme de l'autre. Dans le premier cas, l'individu peut agir comme un super-héros et faire directement bouger les plaques tectoniques de l'histoire, dans l'autre, les logiques de l'action sont tellement multiples ou tellement déterminées par avance que l'action individuelle n'a plus aucune importance. Il s'agirait de réussir à penser *entre les deux* l'action possible, de réussir à situer, *entre les deux*, ses éventuels modèles. Et comme l'action dont il est question ici ne peut plus être une simple action individuelle, agissant directement sur le destin de la communauté, ce sont sans doute aussi de nouveaux collectifs qu'il s'agit de représenter. Des collectifs *agissants*.

Peut-être qu'un certain épique historique que nous n'avons pas encore observé le tente déjà en pluralisant les récits, et en représentant d'autres types de communautés. Des communautés qui ne sont plus encloses dans une histoire nationale mais qui s'inscrivent et trouvent leur définition dans une histoire élargie et sur des sols multiples. Autrement dit, il y a peut-être des éléments de l'épique historique qui se réinventent du côté d'épopées non plus nationales mais peut-être européennes et occidentales, sinon mondiales. C'est peut-être en pensant autrement *le territoire de l'action* que l'on invente aussi d'autres types d'*acteurs*, donc un autre héroïsme, et une autre grandeur ?

Nous poursuivons donc notre enquête sur le renouvellement de l'épique historique en regardant du côté d'une histoire qui se jouerait sur un espace élargi, qui *déterritorialiserait* l'épique.

TENTER UN ÉPIQUE DÉTERRITORIALISÉ

De nouveaux récits épiques, pour de nouvelles communautés politiques

MILO RAU – L'EUROPE ATOMISÉE DANS DES RÉCITS INDIVIDUELS : IL N'Y A PLUS D'ÉTAT, QUE DES CITOYENS, IL N'Y A PLUS DE COLLECTIF, QUE DES INDIVIDUS

Milo Rau est un jeune metteur en scène suisse, formé à la sociologie en France et en Allemagne, et présent depuis une quinzaine d'années sur les scènes publiques européennes. *Hate Radio*, l'un des premiers spectacles qui l'a fait connaître en France[1], pourrait être considéré comme une réponse lointaine et décalée à la proposition du Groupov. Le génocide rwandais y est traité par ses coulisses, à partir d'un petit espace resserré, protégé, vitré, et qui appartient par définition à un « hors-scène » de l'actualité : celui du studio d'enregistrement de la Radio Télévision Libre des Milles Collines (RTLM), qui encourageait ses auditeurs au crime et à la haine raciale. Avec seulement quatre acteurs, et un dispositif unique (un bi-frontal autour du studio), où le réel semble avoir été capturé pour se rejouer sans distance, s'exposer sans théâtralité, dans un style naturaliste qui rompt avec les outils didactiques habituels, *Hate Radio* s'éloigne autant d'un théâtre épique de tradition brechtienne que de la forme dramatique traditionnelle, et se rapproche plutôt du genre de la performance. En effet, pour les acteurs, une grande partie du travail consiste bel et bien à « faire de la radio[2] ».

1 Créée en décembre 2011 au Hau Hebbel am Ufer à Berlin, la pièce tourne en France une première fois en 2012, à la Villette, et se joue notamment en mars 2015 au théâtre des Amandiers à Nanterre.

2 « *Hate Radio* était un spectacle dont toute la mise en scène consistait en fait à apprendre à faire de la radio – avec un texte pour le moins étrange, certes, mais pratiquement, c'était

Quant aux spectateurs, ils sont placés dans les mêmes conditions d'écoute que celles d'une émission en direct, un casque individuel sur la tête qu'ils peuvent retirer à tout moment, de sorte qu'ils peuvent aussi s'extraire du propos quand ils le souhaitent. La matière radiophonique, (le texte), est recomposée à partir d'un ensemble d'archives (celles du Tribunal pénal international pour le Rwanda), d'entretiens (notamment avec la présentatrice la plus connue de l'émission, Valérie Bemeriki, qui a été condamnée à la prison à vie), mais aussi toute une série de fragments d'actualité de l'époque, du tour de France aux chansons de Mireille Mathieu. En outre, les quatre acteurs qui jouent les rôles de quatre animateurs sont eux-mêmes des rescapés du génocide. Pourtant, « le document » que pourrait constituer le spectacle n'en est pas un, ce dernier reste une fiction, qui synthétise, compacte, redistribue les informations et les traces laissées par l'Histoire.

Le spectacle fait ainsi partie d'une série de propositions du metteur en scène, qui, avec la société de production qu'il fonde en 2007, « The International Institue of Political Murders » (IIPM), travaille à des reconstitutions d'événements historiques sous des formes qui ne cherchent pas l'exactitude du détail, mais veulent exposer « la face cachée[3] » du réel, tout autant que polémiquer avec lui. « Le théâtre laisse éclater ce qui semble caché et le montre, le raconte ou le réalise, comme dans un procès[4] » affirme Rau. La forme du témoignage (plus que le témoignage réel), qui vient porter, révéler et assumer sur scène une réalité restée invisible, a donc une place privilégiée dans ce travail. De même, le « procès » est l'un des dispositifs les plus fréquemment utilisés par le metteur en scène. À plusieurs reprises en effet, ce dernier procède à des reconstitutions de procès réels – ou *re-enactments* – comme celui des Pussy Riot à Moscou[5], ou celui des époux Ceausescu en Roumanie[6],

ça. » Rau, Milo, Entretien réalisé par Olivier Neveux et Christophe Triau in *Théâtre Public*, Juillet-septembre 2016, N° 221, p. 20.

3 *Hate Radio*, dossier de presse, Rau, Milo – Propos recueillis par Jean-François Perrier. Festival d'Avignon 2013. « Ce qui m'intéresse, c'est de montrer ce que personne ne voit vraiment. Avec *Hate Radio*, c'était le studio et le quotidien des animateurs. Il s'agissait de révéler la banalité du génocide à travers le travail quotidien des animateurs et journalistes. On les voit s'amuser et boire une bière, tandis que les cadavres s'amoncellent hors du studio. Le théâtre permet de montrer la face cachée. » http://www.festival-avignon.com/fr/spectacles/2013/hate-radio, consulté le 03/09/2018.

4 Théâtre/Public Entretien avec Olivier Neuveu et Christophe Triau.

5 *Le procès moscovite* qui retrace le procès des Pussy Riots créé à Moscou en 2013.

6 *The last days of the Ceausescus, Re-enactment of the Ceausescu-Trial*, créé en décembre 2009 à Berlin et à Bucarest.

et entreprend aussi d'en inventer de nouveaux, où il s'agit moins, cette fois, de mettre en scène une fiction que de faire advenir un événement, et d'« imposer une actualité » sur le plateau : c'est le cas notamment du *Zurich Trial*, qui place pendant trois jours de mai 2013 un hebdomadaire suisse d'extrême droite, *The Weltwoche*, devant les juges et les experts, pour des chefs d'accusation rédigés par un avocat zurichois[7]. La performance, suivie par la télévision et la radio suisse-allemande, ouvre alors le débat public, et amène sur scène une discussion considérée comme tabou dans la société civile.

L'ensemble de ces projets semble ainsi inventer une manière de représenter l'Histoire qui soit à la fois performative et interventionniste (tout se passe comme si le spectacle *intervenait* sur la réalité pour en transformer le cours). La question pour nous est de savoir ce que cette dernière ouvre comme voie nouvelle à l'épique, et ce notamment du point de vue du rapport individu-(H)istoire, que l'on a décrit plus haut. Or, en 2014, pour la première fois, Milo Rau entame un travail qui s'annonce comme un cycle, une trilogie. *Civil Wars, The dark Ages*, et *Empire*[8], sont ainsi crées entre août 2014 et septembre 2016 et se présentent comme les trois pans d'un vaste paysage, couvrant le continent européen d'Ouest en Est, et racontant les tribulations de son histoire depuis la fin de la seconde guerre mondiale. Dans chacun de ces trois spectacles, aux titres grandioses, une poignée d'acteurs, réunis dans un salon, une cuisine ou un bureau, témoigne. Pendant que l'un raconte, il est filmé par l'un des autres, et son visage en gros plan apparaît au-dessus du décor, en noir et blanc. Rien d'autre ne se passe pendant le temps de la représentation sinon le déroulement de ces récits, au plateau et à l'image. Ici, l'épique semble se composer à partir de traits antagonistes, entre majesté de la structure et petitesse des anecdotes, puissance de l'allégorie et trivialité du détail, grands mouvements racontés et immobilité de l'action scénique, *fictionnalisation* de l'Histoire et prise en charge de son récit par le sujet qui l'a vécue. L'épopée européenne de Rau se construit surtout

7 Trois violations de la loi figurent sur l'acte d'accusation : « propos alarmistes », « discrimination raciale » et « mise en danger de l'ordre constitutionnel ». Voir *Le Temps*, 1er mai 2013 « La scène convoque la "Weltwoche" devant ses juges » https://www.letemps.ch/culture/2013/05/01/scene-convoque-weltwoche-devant-juges, consulté le 25/08/2018.

8 *Civil Wars* est créée le 27 août 2014 dans le cadre du festival Zürcher Theater Spektakel à Zurich, Suisse, *The Dark ages* le 11 avril 2015 au Residenztheater, Munich, *Empire* est créé le 1er septembre 2016 au Theaterspektakel à Zürich, Suisse.

à partir d'un renversement qui nous semble symptomatique : celui d'une grande (H)istoire atomisée en petits récits individuels. Qu'est-ce que cela ouvre sur le spectre des possibles précédemment dessiné ? Et qu'est-ce que cela dit de notre manière d'envisager le passé, le présent et l'avenir, autrement dit, qu'est-ce que cela raconte de notre rapport à l'Histoire ? Quel théâtre épique, enfin, s'invente ici ?

DU DOCUMENTAIRE À LA PERFORMANCE : UN RÉEL TROIS FOIS ENCADRÉ

Au centre de l'immense plateau vide du théâtre des Amandiers à Nanterre, un plateau plus petit, de quelques mètres carrés seulement, déplaçable sur roulettes. C'est la façade abîmée d'une vieille maison ottomane, en pierre, avec un balcon, et des voûtes au rez-de-chaussée. Sur un air de piano, quatre personnes traversent la scène pour retourner le dispositif. Comme l'on tourne la page d'un livre d'enfant, où le dos et le verso présentent les faces extérieures et intérieures d'un même objet, ici apparaît l'intérieur de la maison, et se dévoile une pièce. Contre le mur se serrent un lit, une table, quatre chaises, une cuisinière à gaz avec une grande marmite sur son feu éteint, une cafetière, de la vaisselle sur le plan de travail, des placards, des carreaux jaunes et verts. L'une des personnes ayant retourné le plateau pénètre l'espace, « entre » dans la pièce, semble arranger deux ou trois détails. C'est un homme, svelte, en chemise blanche avec un gilet. Il s'assoit à la table, s'installe légèrement de trois quarts, face à quelqu'un qui dirige sur lui l'œil d'une caméra. Sur l'écran qui surplombe le dispositif, le titre « EMPIRE » s'efface. Le visage apparaît, en noir et blanc. Le gros plan l'abstrait du décor qui l'entoure. L'homme n'est plus qu'un visage. Un visage fin et plutôt jeune, une barbe, et des yeux foncés. Ramo commence à parler. En arabe. Il désigne du menton le mobilier. Il nous dit que cette cuisine, c'est la sienne, à Qamishli en Syrie. C'est lui qui a construit les placards. C'est lui aussi qui a construit la table. Il est menuisier.

On comprend rapidement que tout est « vrai » de ce qui se raconte ici. Que les êtres qui disent « je », comme Ramo, sont bel et bien ceux qui ont vécu l'existence qu'ils nous décrivent. Que ces gens face à nous sont bien des acteurs qui « racontent leur vie », et notamment leur vie d'acteurs – mais ce n'est pas là l'essentiel – au cœur d'événements qui les ont dépassés, dont ils ont fait partie. À quelques rares moments, des images vidéo, documents d'archives ou films réalisés sur place avec les acteurs eux-mêmes, viennent illustrer ces événements. Le reste du temps, nous restons avec le visage, la voix, dans la cuisine, nous écoutons le récit vrai. Quant à la série d'objets qui occupent cette pièce étroite : on imagine que ce sont des ersatz, succédanés ou peut-être traces véritables de l'histoire vécue. Peu importe leur statut, toujours est-il que ce plateau *sur* le plateau, apparaît bien comme un morceau de réalité déplacée, décalée, reconstituée, et que l'on a ouverte, (comme un fruit) aux regards et à l'ouïe des spectateurs. Un document artificiel. Un document « travaillé », réduit, condensé, conçu pour se rejouer, se re-déplier et se redire tous les jours, sauf que chaque fois l'acte de *re-dire* sera un acte de remémoration véritable que l'acteur ne jouera (mimera, feindra) pas, mais performera bel et bien, avec de surprenants instants où la réalité de la chose dite transcendera sa répétition – soit sa mise en récit, et par là, sa mise en fiction – laissant une émotion légère, ténue, fissurer le portrait qui nous fait face.

Espace à la fois intime et trivial, familier et concret, personnel et partagé, cette micro-scène est donc un foyer qui se détache du fond noir du théâtre, comme un petit tableau réaliste et coloré d'un cadre sombre et abstrait. La tension entre le réalisme concret des objets et l'abstraction formelle du cadre était déjà l'apanage des tableaux brechtiens tels que Barthes pouvait les décrire[9], et les plateaux roulants d'Ariane Mnouchkine, ses *Éphémères*, en assumaient également l'héritage (entre autres, bien-sûr). Mais il y a plus ici, car ce foyer est habité par quatre personnes qui ne parlent pas la même langue, et qui viennent d'endroits différents – de Syrie, de Grèce, de Roumanie, du Kurdistan. Il est donc aussi, métaphoriquement, un refuge, et un espace où se concentrent les temps, les territoires et les histoires. Il est un écrin pour des récits pluriels, multinationaux, et d'une certaine manière, pour des épopées au sens traditionnel du terme : soit des récits qui transportent ailleurs, racontent les déplacements, les passages de frontières, les retours impossibles. Cet espace, ce foyer, n'a d'ailleurs pas pour titre une formule ou un terme qui ferait signe vers son caractère frêle et ses dimensions quotidiennes, comme les *Éphémères*. Cet espace est celui d'*Empire*. Le titre du spectacle, troisième volet de la trilogie européenne de Rau, est lourd comme un char. Il inscrit ainsi, et de manière paradoxale, le lieu et les récits de ce refuge dans un cadre éternel, solide, impérissable. De même, le titre du

9 Voir première partie, Fresques Brechtiennes.

premier volet, *The Civil Wars*, (qui s'intéresse à l'enrôlement de jeunes belges et de jeunes français dans le Djihad), et celui du second, *The Dark ages*, (qui revient sur les années d'après-guerre en Allemagne, de siège à Sarajevo, de guerre en Bosnie-Herzégovine) en « imposent » à l'imagination et connotent la grande forme. En outre, les chapitres qui structurent les successions d'histoires dans les trois spectacles portent également des titres qui sont des marqueurs de la noblesse des récits : « *Part 1. Theory of Ancestry* », « *Part. 2. The Exiles* », « *Part 3. Ballad of the Common man* », « *Part. 4 On Mourning* », « *Part 5. Homecoming*[10] ». Les cinq chapitres d'*Empire* se présentent en effet comme les cinq parties parlées d'une tragédie grecque[11]. Les chants du chœur sont remplacés entre les différentes parties par une musique instrumentale et savante : un air de piano qui alterne avec un ensemble de violons. De même que l'on écoute des fugues de Bach dans *Civil Wars*, et de la musique baroque dans *The Dark Ages* (combinée, toutefois, au style électro du groupe Laibach). En outre, chaque pan de la trilogie convoque une référence du grand répertoire dramatique occidental : Tchekhov pour la partie ouest de l'Europe, Shakespeare pour les Balkans, les tragiques grecs pour ses rives orientales[12]. Mais pour tous, ce même dispositif : celui d'un petit espace réaliste et chaleureux abritant des récits personnels, qui sont autant d'éclairages sur une histoire plus large, nationale, européenne, mondiale. Ainsi, la subjectivité du récit individuel s'associe à un néo-classicisme froid, et s'insère dans le cadre grandiose des titres, de la structure et du thème – « l'Histoire ».

Tout au long de leurs récits, et dans chacun de ces spectacles, les visages des acteurs en gros plan nous regardent depuis le « premier étage » du

---

10 Chapitre 1. Théorie des origines, Chapitre 2. Exils, Chapitre 3. Ballade d'un homme ordinaire, Chapitre 4. Deuil, Chapitre 5. Retour. Nous retraduisons ici les titres d'*Empires* à partir d'une captation fournie par la compagnie. Voir aussi les titres des chapitres de *The Civil Wars*, en référence à différents traités de la philosophie occidentale : Chapitre 1. Les grands mouvements, Chapitre 2. Les vocations, Chapitre 3. Histoire de la Folie, Chapitre 4. Discours de la méthode, Chapitre 5. Apocalypse.

11 Soit, dans l'ordre : le *prologos* (avant le *parodos*, l'entrée du chœur), les trois épisodes (coupés par les *stacima*, chants du chœur), et l'*exodos* (la sortie du chœur).

12 « Les histoires racontées dans la trilogie européenne ont une forte dimension métaphorique : dans *The Civil Wars*, on commence avec Tchekhov et la sphère intime ; puis, dans *The Dark Ages*, on parle de la guerre et des grands mouvements migratoires en Europe, on retrouve Shakespeare ; et la troisième partie, *Empire*, fait référence aux grecs anciens et pose la question de la définition de l'Europe. L'Europe, comme un lieu où l'on arrive » Rau, Milo, Dossier de presse, *The Dark Ages*, Nanterre, Amandiers.

décor où ils sont assis. Toutefois, c'est d'abord à la caméra qu'ils parlent, c'est l'objectif qui reçoit leur discours et leur regard, de sorte que le lien entre eux et nous est médié, voire *tordu* par l'appareil qui s'interpose et fait dévier le discours en découpant, cadrant, grossissant ce que l'on voit en petit sur scène. La caméra fait ainsi palpiter l'Histoire sur les traits finement mobiles du visage de l'acteur. Et du même coup, elle fait aussi du moment (le moment raconté, et le moment en cours) une image, une image à peine mouvante, à la limite de la photographie, mais bel et bien vivante, qui est déjà du cinéma. Le documentaire théâtral de Rau prend ainsi un tour esthétique singulier, entre le portrait en noir et blanc, soit la forme la plus classique du portrait photographique, auquel sont données ici les dimensions d'un tableau historique, et le petit monde des objets et de la vie quotidienne qui forme le cadre du témoignage. Plus précisément, le dispositif articule trois cadres l'un à l'autre : le théâtre, plateau vide, premier cadre, fond noir, conventionnel et abstrait sur lequel se détache le décor ; le décor, second cadre, cette petite boîte remplie de réel et de concret ; par-dessus laquelle se détache à son tour le portrait en noir et blanc, dernier cadre, immense, qui tend à fixer notre attention, notre regard et notre intérêt. Ce sont trois zooms successifs, et trois mises au point différentes, du plus flou au plus net, du plus obscur au plus lumineux, du plus anonyme au plus singulier, du plus immobile au plus vivant. Le dernier cadre, où la dernière « zone », est ainsi celle qui concentre le plus de vie, comme on pourrait le dire d'un échantillon de bactéries sous l'œil du microscope, trois fois grossi.

Ainsi, autour du dispositif scénique choisi par Milo Rau se noue une grande partie des problématiques du projet : notamment le rapport entre l'étroitesse de la réalité scénique et l'ampleur des contenus du récit, rapport qui n'est pas du même type que celui de l'anecdote à la signification, levier de la parabole brechtienne[13]. Ici en effet, l'Histoire n'est pas déplacée dans un ailleurs, une fiction, une métaphore, elle est simplement regardée d'« en bas » d'une certaine manière. Dans l'immense obscurité du plateau s'allume et s'ouvre une fenêtre, c'est-à-dire un point de vue, d'où quelqu'un raconte, braquant une torche sur les événements qu'il a connus. Le point de vue est singulier, partial, partiel, et assumé comme tel. De même, c'est « de dos » que l'histoire se dit, c'est-à-dire aux temps du passé. Elle n'est pas re-projetée en avant de nous. Elle

13 Voir première partie, Fresques Brechtiennes.

n'est donc nullement *dramatisée.* Par conséquent, le cas de Rau rompt aussi ici avec les deux cas précédemment traités, celui de *Notre Terreur* et de *Ça Ira*, qui remettent tous deux en jeu l'instant des décisions, les moments-carrefours où les décisions se prennent, et qui par conséquent entreprennent tous deux de montrer d'une certaine manière – même en décidant de montrer sans montrer, c'est-à-dire sans choisir, sans hiérarchiser, sans désigner (*Ça Ira*) – comment les événements adviennent et comment l'histoire bascule, ou simplement « se fait » : au profit d'une décision ou d'une attitude individuelle, chez les d'Ores et déjà, au cours d'un lent processus de « composition » désindividué chez Pommerat.

Le témoignage comme forme-récit renonce à cette prise en charge de l'épique. Il produit une Histoire sur laquelle le plateau n'a pas de prise sinon de la *post-figurer.* C'est dans l'après des événements que l'on se situe pour en redire, avec distance, le cours. Mais sans chercher à en rejouer les étapes-clés, ni à en montrer les options alternatives, ni à mettre l'accent sur certains choix (politiques) aux implications décisives pour la communauté : en déroulant simplement le chemin d'un parcours individuel, un parcours de survie, de passage secret entre les balles. Histoire vue d'en bas, de dos, et aussi de biais, donc, puisque tous ces récits ne peuvent être que des récits alternatifs, de ceux qui sont passés « entre » ou à côté, par-dessous ou par-dessus les événements considérés comme « majeurs », c'est-à-dire les faits que traditionnellement l'on relate quand on parle d'Histoire.

Ainsi le témoignage est l'inverse d'une narration globale, il ne donne qu'une version fragmentaire, éclatée, et alternative du récit historique. C'est la manière dont l'individu traverse émotionnellement et affectivement les événements qui est éclairée. Aussi, le type de performance documentaire à laquelle nous convie Rau, comme mode d'accès au passé, est encore une autre manière de rompre avec ce qui caractérise traditionnellement l'épopée nationale : on n'y trouve nul accès à ce qui provoque les événements tels qu'on les connaît, on n'y aperçoit pas précisément les causes, on en voit à peine le déroulement. Ce sont leurs effets et leurs conséquences sur les vies individuelles que l'on observe, *avec le calme de l'« après ».* C'est un théâtre *post-dramatique* au sens littéral et précis de ce qui se laisse voir et entendre « après l'action », quand on ne peut plus rien faire sinon constater, et être ému.

ILL. 3 – *Empire*. Photographie Marc Stephan, Nanterre, 2017.

RENOUVELLEMENT DE L'ÉPIQUE VICTIMAIRE

Aussi, une nouvelle fois, l'histoire se raconte du point de vue des vaincus. Mais sans doute faut-il changer de terminologie. L'opposition vainqueurs/vaincus, à laquelle Benjamin, notamment, a recours dans ses notes *Sur le concept d'histoire*[14], pour dénoncer la méthode empathique de l'« historiciste », (empathique avec les vainqueurs, et par conséquent complice de ceux qui règnent dans le présent), et qui prévalait dans un cadre où il s'agissait d'imposer une vision marxiste de l'histoire, semble devoir être repensée aujourd'hui, et peut-être être remplacée par une autre : celle de ceux qui font et de ceux qui subissent. On n'aperçoit plus de manière claire les clans, la guerre est devenue plus sourde, plus invisible, mais l'on voit de loin (sur nos écrans) ceux qui font, et l'on écoute de près (ici, au théâtre) les récits de ceux qui vivent, traversent, s'en sortent, ou sont plongés dans les conflits qui toujours les dépassent. Ce sont ainsi deux échelles d'appréhension des événements historiques qui s'opposent, ou leur face visible et leur face cachée, plutôt que des

14 Benjamin, Walter *Œuvres III*, Gallimard, folio essais, 2000. p. 432.

vainqueurs d'un côté, des vaincus de l'autre. Aussi, les personnages / les personnes qui nous parlent dans la trilogie documentaire de Rau sont certes des victimes et des témoins, mais également des *anonymes* dont les existences sont soudain éclairées, à qui l'on donne tout d'un coup un Nom, (ce sont les premiers mots de présentation face caméra), des anonymes *héroïsés* enfin, grâce au double processus de sublimation et d'universalisation par lequel passe leur témoignage. Si particuliers ou anecdotiques soient-ils, leurs récits acquièrent en effet une valeur universelle en s'insérant dans le cadre formel que le dispositif leur donne, et notamment celui du portrait en noir et blanc. Ce dernier a une fonction sélective et élective ; il relève et rehausse le caractère unique et absolument singulier d'un visage, d'abord, de même qu'il abstrait ses paroles de leur contexte ensuite – contexte qui reste dans le noir ou qui ne fait pas partie du cadre –, au profit d'une mise en lumière de l'émotion qui parcourt ses traits, enfin. Cadrer le visage qui parle, c'est donc contribuer d'une certaine manière à *essentialiser* le discours. De même, le travail sur la langue des acteurs qu'opère Rau – le texte est une version réécrite de leur témoignage de départ – donne une valeur absolue au récit, le débarrasse de tout ce qui le parasite, le brouille et l'empèse. Aussi la parole se détache, nette, et presque littéraire de la bouche des acteurs. La rigueur classique de la forme tend ainsi à imposer une distance esthétique avec ce qui nous est le plus proche, (un visage qui nous parle), et avec l'intimité même de la situation théâtrale de départ (celle de la confidence, qui prend place dans un espace lui-même connu, familier, trivial, la chambre ou la cuisine). Et cette distance rehausse ce qui pourrait rester petit, relève et grandit l'anecdote. De sorte que les victimes qui prennent la parole, ou plutôt, encore une fois, les *anonymes* qui s'expriment face à nous et racontent leur trajectoire, deviennent plus que des victimes, plus que des témoins. Plus précisément, ils se révèlent, selon Rau, les incarnations de figures archétypales : les héros mythiques d'épopées contemporaines.

> Ce qui m'intéresse c'est comment un témoignage, quelque chose qui est très privé, très personnel peut devenir universel, allégorique, même. Comment un témoin, celui qui a survécu, peut devenir un personnage, une figure tragique ? La question qui est derrière, c'est comment écrire, avec des mots d'aujourd'hui, un drame ? Qu'est-ce que notre tragédie, en fait ? Comment est-ce que nous pouvons être transposés en Ulysse, et en toutes ces figures tragiques ? C'est

> ce que je cherche dans les castings. Je fais de très longs castings, dans des villes différentes. Pour *Empire* j'étais à Athènes, Paris, Berlin, en Roumanie. Et finalement j'ai trouvé ces quatre acteurs, selon un choix plutôt instinctif. Ce sont des acteurs, alors certes ils sont habitués à jouer des personnages, comme Médée, ou Jason [...]. Mais ce qu'on retrouve dans chacune de leur biographie, ce sont ces métaphores antiques. On n'a pas besoin d'une grande guerre pour retrouver Agamemnon ; ce sont des personnages qui perdent leur pays, partent en exil, et à la fin rentrent sans retrouver ce qu'ils ont perdu. C'est peut-être une histoire typique pour tout le monde [...] mais ici ça prend une valeur politique. La Syrie, le Kurdistan sont des pays tellement riches qu'ils sont tombés dans la guerre civile et qu'il est impossible d'y rentrer. Quand Agamemnon rentre chez lui, il est tué tout de suite après, et une autre tragédie commence. Ça continue, ça continue, ça continue... et c'est ce qui me donne tout de même un peu d'espoir[15].

Le travail de Milo Rau consiste bel et bien en une façon de révéler – au sens photographique et plus largement esthétique du terme – l'héroïsme des existences qu'il a sélectionnées, des êtres qu'il a choisis pour prendre la parole sur le plateau. Il apparaît assez évident, dans le discours tenu ici par le metteur en scène, qu'il choisit des « personnes », et des trajectoires – c'est-à-dire des « biographies » – autant que des acteurs. La liberté (voire le flou) qui entoure l'emploi des termes de « personnages » et de « personnes » dans les phrases que nous venons de citer l'indique : le casting de Rau est une recherche de « personnages » qui s'ignorent mais qui existent déjà, et dont on n'aurait plus qu'à écouter l'histoire. En présentant leur récit dépouillé, dans un cadre qui le magnifie, le simplifie et l'agrandit, l'« épopée » au sens que lui donne Rau peut enfin apparaître : soit une « histoire typique pour tout le monde », et, précise-t-il, « qui prend une valeur politique », parce que tout en s'apparentant aux formes archétypales d'un récit héroïque (on reconnaît dans la citation la trame épique de base de la guerre, de l'exil et du retour), elle reste attachée à notre présent. C'est là le sens de cet « épique victimaire », qui a peu à voir avec celui de Mouawad, par exemple, notamment parce qu'il n'est pas inséré dans une fiction englobante ni dans un grand récit, (ou s'il l'est c'est seulement en filigrane, il n'a pas besoin d'apparaître). En outre, les récits de Rau sont vrais, mais aussi pluriels et courts. Ils se poursuivent en alternance, chaque

15 Rau, Milo, France Culture, 03/03/2017, https://www.franceculture.fr/theatre/nanterre-et-aubervilliers-une-agora-theatrale-pour-les-exiles, consulté le 03/09/2018.

fois que celui qui l'avait commencé reprend la parole, selon une loi de composition à la fois musicale et arithmétique[16] qui fait passer d'une voix à une autre, d'un visage à un autre, d'un pays à un autre. Mais la parole, justement, est toujours reprise de côté, et l'histoire ne se poursuit jamais depuis l'endroit exact où on l'avait laissée, mais ailleurs. La trilogie documentaire de Rau est ainsi plus proche du recueil de nouvelles que de la fresque, et très éloignée de la saga. La stratégie émotionnelle du spectacle est aussi relativement différente de chez Mouawad. Elle repose sur la seule écoute de ces récits, et compte sur un processus d'identification naturelle qu'aucun effet pathétique ne vient renforcer, puisque jamais rien n'est « joué » au sens d'« agi » ou d'« incarné » de façon mimétique, soit revécu sur le plateau. L'action, pour les acteurs, consiste ici en une *récitation* qui est aussi une remémoration distanciée, à froid, des épisodes de leur propre vie, dans une langue qui a été découpée et des mots qui ont été préalablement choisis. Les gestes n'accompagnent que rarement la parole, et c'est le seul acte de dire qui est mis au centre, selon un effet de focus renforcé par l'écoute et les regards des partenaires sur le plateau, relais de l'attention des spectateurs et, bien-sûr, par la caméra et l'image cadrée sur le visage de celui qui parle.

> [Sur scène], il y en a toujours un qui parle et les autres qui écoutent, qui sont des spectateurs aussi. Tout le monde regarde. Il n'y a rien sauf des histoires. La compassion c'est la manière dont le théâtre fonctionne. Il y a une identification avec le héros sur scène. Et il y a un moment où l'on comprend que ça pourrait être moi, ou vous. C'est cette solidarité avec l'autre qu'on appelle compassion, catharsis ou *whatever*, qui est au cœur du théâtre[17]

Milo Rau revendique ainsi de revenir à une sorte de « fonctionnement de base » de l'art théâtral, et recherche une relation acteur-spectateur qui se pense sur le mode individuel, celui d'un mouvement empathique *d'individu* (spectateur) *à individu* (acteur, conteur, témoin et personnage central de son témoignage). L'identification avec le « héros » n'a aucun

16 « Le montage des pièces est très arithmétique. Tout est très précis. C'est pour cela que dans *The Civil Wars* on jouait des fugues de Bach, pour témoigner de l'arithmétique des compositions, il y a une logique cartésienne, ce n'est pas une logique de l'émotion : une façon de penser l'artificiel. » Rau, Milo, « Une autre réalité que celle de la performance », Entretien mené par Olivier Neveux et Christophe Triau, in *Théâtre/Public*, N° 221, juillet-septembre 2016, *États de la scène actuelle, 2014-2015*, p. 16.

17 Rau, Milo, France Culture, 03/03/2017, https://www.franceculture.fr/theatre/nanterre-et-aubervilliers-une-agora-theatrale-pour-les-exiles, consulté le 25/08/2018.

rapport cette fois avec le type d'actions racontées (qui peuvent être héroïques ou non), et il n'y a avant tout de héros ici qu'au sens où il y a un « je » au centre de chaque récit. Or, c'est bel et bien ce qui caractérise la dramaturgie du spectacle, qui présente en alternance quatre ou cinq sujets uniques et indépendants. Par ailleurs, le mouvement d'identification décrit par Rau ne se confond pas ici avec l'idée de « communion larmoyante » qu'on peut trouver dans les dramaturgies du grand récit traversées dans notre première partie. Nul élan implicite de grande communion ou de grande participation n'est présumé par le spectacle, qui tend plutôt à « immobiliser » la salle dans une attention silencieuse, suspendue aux lèvres de l'acteur : à son récit, c'est-à-dire à sa présentation des faits, à sa description de la souffrance ou « du mal social[18] » selon les termes de Rau. Si le metteur en scène parle de « solidarité » plutôt que de communion, donc, c'est aussi pour désigner l'expérience dans laquelle « on laisse l'autre dans sa douleur mais où on l'assiste, parce qu'on comprend qu'il est dans une situation qui en fait nous englobe tous[19] », et cette situation est historique.

Il convient également de noter que la « solidarité » dont il est question pour Rau, ce trait d'union espéré entre les acteurs et la salle, est d'autant plus nécessaire à l'alchimie de la séance qu'elle seule est susceptible de compenser les solitudes qui sont mises en scène. Les êtres qui racontent ne sont en effet nullement liés les uns aux autres sinon par le dispositif qui les réunit sur le plateau, et leurs trajectoires ne se croisent pas. L'histoire collective dont ils font partie et qui les rassemble est une toile invisible. Elle est ce fond noir et muet duquel ils se détachent, l'obscurité floue depuis laquelle apparaissent en net les destinées individuelles : l'inconscient du spectacle, en un sens. D'ailleurs, les récits qui se proposent à la caméra, et, par l'intermédiaire de celle-ci, au public, se présentent comme des récits psychanalytiques. Ce sont des épisodes de la vie réelle qui se racontent, en une parole qui s'élance en longs traits fluides, comme desserrée des rets vigilants de la pudeur et de la conscience, comme échappée d'une mémoire ouverte, tout en étant adressée à un destinataire non-identifié, aussi présent qu'absent, et dont chaque spectateur prend la place. À travers ce type de parole, Rau n'entend pas faire parler la psyché de ses acteurs mais bien quelque

18 Rau, Milo, Entretien avec Olivier Neveux et Christophe Triau, *Théâtre/Public*, *op. cit.* p. 17.
19 Rau, Milo *Ibidem.*

chose qui les dépasse, et qui serait, précisément, l'« inconscient d'une époque », ou des systèmes mythiques et épiques qui se répètent (pas forcément à l'identique), dans des récits singuliers :

> À travers la parole des acteurs, c'est un inconscient collectif de notre époque qui est visé. L'inconscient d'une époque, c'est toujours l'Histoire avec un grand H, dont nous sommes un peu les marionnettes sans le savoir. Évidemment, je ne me base pas sur la théorie de Freud qui n'a pas de dimension historique. Je trouve que c'est important de penser que nous sommes les objets d'une histoire qui nous dépasse, mais que nous pouvons comprendre à travers notre propre biographie. Au moment où celle-ci est exposée et rendue collective par l'acte même de la parole, on saisit quelque chose de soi-même. Notre démarche se différencie d'autres projets théâtraux, comme ceux de Rimini Protokoll par exemple, qui font venir des experts sur scène, des personnes étrangères au théâtre. Nous choisissons au contraire de travailler avec des acteurs, des professionnels de la parole qui re-racontent quelque chose que je réécris et qu'ils apprennent comme le texte d'un personnage. Ils se jouent eux-mêmes sur scène, si bien que l'analyse et la personnification coexistent. Les histoires racontées dans la trilogie européenne ont une forte dimension métaphorique : dans *The Civil Wars*, on commence avec Tchekhov et la sphère intime ; puis, dans *The Dark Ages*, on parle de la guerre et des grands mouvements migratoires en Europe, on retrouve Shakespeare ; et la troisième partie, *Empire*, fait référence aux grecs anciens et pose la question de la définition de l'Europe. L'Europe, comme un lieu où l'on arrive[20].

Ainsi, au fil de ces récits, et d'Ouest en Est, se redessine la carte d'une Europe en cours de transformation, une carte faite de routes imperceptibles, improbables et tordues, de fines et tremblantes trajectoires individuelles, parallèles souvent, mais non reliées les unes aux autres. Pourtant, au final, c'est cette carte qui intéresse Rau, soit le récit plus global d'un territoire collectif, la fameuse « tragédie » qui serait la nôtre et qui serait impossible à écrire comme telle, ou à écrire « d'en haut », puisque nous sommes dedans.

> Je crois que la société européenne et l'Europe en général est au bord d'un grand bouleversement, qui s'est depuis longtemps annoncé – et qui concerne la relation à notre passé, mais aussi à notre avenir. À quoi pourrait ressembler une Europe de l'utopie collective, comment fonctionnerait socialement une future Europe ? Il n'y a que des représentations très vagues et très académiques. Et cela se voit aussi dans les narrations de mes acteurs : le sentiment qu'une

20 Rau, Milo, Propos recueillis par Marion Siéfert, novembre 2015, Dossier du spectacle. http://www.nanterre-amandiers.com/2015-2016/the-dark-ages/, consulté le 19/10/2021.

> histoire se termine, avec toutes ses idéologies et ses espoirs, que la vieille Europe touche à sa fin – et personne ne sait vraiment ce qui va suivre. [...] L'activiste politique belgo-libanais Dyab Abou Jahjah, qui nous a accompagné durant notre enquête, avait prophétisé lors de la deuxième édition de *The Berlin Dialogues* : « Soit nous trouvons une histoire commune, soit nous aurons une guerre civile en Europe d'ici quelques années. » Ce qui, à mon avis, est une formulation plutôt optimiste. D'après ce que vient de révéler une étude de la NASA, la catastrophe écologique est devenue inévitable et le XXIe siècle va connaître de terribles guerres climatiques. Pour ceux qui s'intéresseraient à une description plus ou moins pertinente de ce qui attend notre planète à partir du milieu du siècle : c'est assez bien décrit dans l'Apocalypse de Jean[21].

Et, cette vision globale de l'histoire collective une fois posée, Milo Rau précise comment il envisage d'y présenter les trajectoires individuelles :

> Le noyau est le thème de l'engagement : *The Civil Wars* pose, comme un leitmotiv, la question de la possibilité de devenir actif politiquement et socialement. Mais elle pose en même temps une autre question de façon véhémente : pourquoi poursuivons-nous gaiement nos activités quotidiennes, bien que nous sachions qu'une catastrophe écologique va survenir en 2070 environ et que l'enfer éclatera sur terre ? Pourquoi faisons-nous comme si nous ne remarquions pas que l'Europe est en train d'être construite comme une forteresse ? Pourquoi supportons-nous toutes ces images atroces aux informations, dans les journaux, sur Youtube – sans rien faire ? Bien que – par exemple dans le cas de l'apocalypse écologique – nous soyons déjà complètement affectés ? Ces grandes questions politiques de notre temps se reflètent d'une façon ou d'une autre dans les histoires personnelles de chacun. [...] En ce qui concerne *The Civil Wars*, les personnages des acteurs sont pour moi plus intéressants que ne le seraient les personnages d'une tragédie d'Euripide, ils sont exemplaires. Oui, dans *The Civil Wars*, nous nous conduisons fondamentalement comme si nous étions tous des personnages d'un drame antique ou élisabéthain – comme si nos histoires étaient des mythes, les seules histoires méritant d'être racontées. Et c'est ce dont il s'agit à notre époque : trouver une langue qui soit la plus simple possible pour décrire ce qui nous arrive, pour ce bouleversement violent au centre duquel nous nous trouvons[22].

Milo Rau dévoile ici l'ambition politique de son théâtre : approcher une Histoire commune par le biais de récits individuels auxquels on donnerait une dimension héroïque, pour qu'à travers eux le bouleversement

21 Rau, Milo, Propos recueillis par Rolf Bossart et Andreas Frehner, Civils Wars, dossier de presse, http://www.nanterre-amandiers.com/wp-content/uploads/2015/03/DP-MILO-RAU.pdf, consulté le 19/10/2021.

22 *Ibidem.*

de l'Europe se raconte sous la forme d'une épopée collective, qui mette en question notre possibilité d'agir, nos manières de nous engager dans le réel. Mais ce bouleversement ne peut se raconter qu'en creux, silencieusement, dans la mise en relation des différents tracés, et cette mise en relation, si elle se fait, ne peut qu'incomber finalement au spectateur. Car le spectacle, lui, assume la déliaison, il ne présente que des individus, des trajectoires uniques, et dont le rapport avec les événements historiques est de circonstance. Il n'y a pas de récit collectif et structurel qui permette *a priori* de créer une armature à ces différents récits de vie. L'appel aux références du grand répertoire occidental, grec, élisabéthain, et russe, est aussi le signe de l'attachement de Rau à la plongée dans les fors intérieurs de subjectivités *individuelles*. Sauf que cette fois ces subjectivités sont les sujettes d'un mouvement historique qui se fait malgré elles, et pour ainsi dire : sans elles – contrairement aux drames où les personnages peuvent encore prendre des décisions qui ont un impact sur le destin collectif. Aussi, la possibilité de l'action (comme qualité *épique* du rapport individu-Histoire) est seulement *laissée à penser* par le spectacle, et non pas pensée par lui. « Je vais mourir dans un monde où je n'aurais pas participé à une seule action collective pour que ce monde soit meilleur » dit l'acteur Sébastien Foucault dans le prologue de *Civil Wars*, et s'il ouvre bien alors la question de l'engagement, comme le note Rau, ou celle de la capacité à « réagir » aux images du « mal social » qui nous sont présentées chaque jour, celle-ci ne se referme avec aucune réponse, sinon celle de l'empathie individuelle, portée par le fonctionnement-même du spectacle.

RÉALISME GLOBAL ET MISE EN CAUSE INSTITUTIONNELLE : AU NOM DE LA « JUSTICE »

« Puisqu'on a une économie mondialisée, pourrait-il y avoir une sensibilité, une sorte de compassion, qui le serait aussi ? » interroge Rau dans l'entretien réalisé pour *Théâtre/Public* en 2016. L'éclatement des récits présentés dans la trilogie va de pair avec l'absence de revendication d'appartenance des personnages/témoins à aucune communauté, sinon celle d'un continent en refondation. Aussi, l'espace dans lequel se pensent ces destinées individuelles est un chantier immense et vide, où les frontières n'ont plus véritablement de sens, mais où les alliances ne sont pas non plus déjà formées. Sans doute la présentation et l'addition de points de vue subjectifs est alors, pour Rau, un moyen d'inventer une base, celle d'une compassion et d'une solidarité commune. Mais quelles sont les communautés émancipatrices futures que cette solidarité peut contribuer à créer ? Le spectacle ne le dit pas. Pourquoi ? Il faut revenir sur l'opposition des vainqueurs et des vaincus – son effacement nous laisse malgré tout un peu pantois. Le problème est ici que ceux qui parlent sont seulement des « humbles » auxquels est conféré un héroïsme des temps passés, et que celui-ci les isole. Il manque un échelon dans le maillage de la carte. Entre les frontières – caduques – d'une Europe élargie, et les tracés de trajectoires individuelles, où sont, quels sont les ensembles traversés ? Les communautés de rattachement ? Les échelons intermédiaires ? Si ces « anonymes » au lieu d'être constitués en « héros », pouvaient partager une cause, pouvaient, par exemple, se constituer comme une communauté de « vaincus » contre un ennemi « vainqueur », le début d'une action stratégique serait envisageable, imaginable. Mais la trilogie européenne de Rau s'arrête en-deça de toute forme d'association. Elle laisse chaque solitude à elle-même, ou plutôt : elle les multiplie sans les conjuguer. C'est aussi d'une certaine façon ce qui permet au spectacle de s'exporter si bien. Ce n'est pas seulement que son dispositif scénographique soit conçu dans des dimensions qui lui permettent d'occuper à peu près n'importe quelle scène nationale européenne[23], c'est aussi que l'échelle à laquelle fonctionne la pensée historique du spectacle, l'échelle de l'individu, comme celle de l'atome en biologie moléculaire, permet de circuler dans tous les ensembles, de penser toutes les associations, rend possible toutes les solidarités, sans n'en défendre aucune. Puisque c'est d'individu à individu que se joue l'empathie à laquelle fait appel le spectacle, et puisque les existences racontées sont précisément présentées comme des « destinées », soit des parcours uniques, à la fois tragiques et universels, nul résidu de lien ne vient contrarier ou empêcher la solidarité compassionnelle sur laquelle repose la réussite du spectacle. Seul l'immobilisme des corps, et justement l'*absence d'action*, peut maintenir ce mouvement d'empathie à distance – ou le retenir. L'immobilité de la scène impose en effet l'immobilisation métaphorique de l'audience et des affects silencieux qui la parcourent. Scène et salle fonctionnent en miroir de ce point de

23 Parole rapportée – séminaire sur l'espace organisé par Christian Biet, Rencontre avec Milo Rau au théâtre des Amandiers, le 28 février 2017.

vue, le type d'attention exigé par le récit (chez le spectateur) *et* l'acte de raconter (chez l'acteur) se correspondent de part et d'autre du plateau. « J'ai toujours dit que j'étais un metteur en scène qui n'incluait pas le public mais qui l'immobilisait[24] » affirme Rau, mais ce n'est pas seulement par refus d'une grande communion pathétique, ou d'un certain régime de théâtralité inclusive (qui était le régime *épique* des récits de notre première partie), s'il y a immobilisation affective du public ici c'est aussi parce qu'il n'y a aucune action sur le plateau, et ce précisément parce que les *interactions* entre les personnes-témoins sont impossibles, autrement dit parce qu'il n'existe aucune *relation* entre elles. L'inaction est condamnée (comme le désengagement – c'est ce que nous dit le prologue de *Civil Wars*) mais le spectacle lui-même nous laisse dans une forme d'inaction déceptive. Et pourtant séduisante parce que magnifiquement figurée.

Néanmoins, cet « individualisme » singulier, propre au spectacle, et qui passe par la référence aux grands individus héroïques des épopées passées, a le mérite d'en découdre avec une idée encombrante : celle de « peuple », que l'on peut considérer comme la grande invention mythique ou factice de la pensée politique européenne, et qui est – on l'a vu – le personnage fantôme des salles du théâtre public en France. Il n'y a nul peuple en Europe, semble dire cette fois le spectacle, seulement des gens, une multitude de gens, et qui traversent (et racontent) *isolément des choses semblables.*

Aussi, c'est en épousant un certain libéralisme idéologique que le spectacle se vend, se diffuse, est apprécié. Son dispositif facilement modulable et transportable, (constitué d'un plateau en soi) accueillant des récits plurilingues et multinationaux, constitue d'un certain point de vue un théâtre parfait pour l'exportation. Il s'agit pour Milo Rau d'utiliser des moyens de description « globaux » pour rendre visible la complexité d'une réalité « globale ». Or, son outil de production principal, l'IIPM (*International Institute of Political Murder*), avec lequel il crée des pièces mais aussi des performances et des films, est bel et bien conçu pour lui donner une liberté d'action et une force d'impact qui dépasse les frontières et les modes de subventions des différents États européens au théâtre public. Sans lui permettre une véritable indépendance économique (toutes les créations de Rau sont des co-productions réunissant de

24 Rau, Milo, Entretien avec Olivier Neveux et Christophe Triau, *op. cit.* p. 17.

multiples partenaires européens, entre autres le Kunstenfestivaldesarts à Bruxelles, la Schaubuhne à Berlin, le Festival de Genève ou le Théâtre des Amandiers à Nanterre…), l'IIPM permet à Rau d'*intervenir* en « missionnaire du théâtre » si l'on ose dire, sur – ou du moins *à propos* – des réalités historiques douloureuses qu'il observe, sans se soucier des catégories formelles en vigueur dans les programmations, mais en inventant des formes artistiques (pièces documentaires, performances, *reenactments*, procès fictifs, films… etc.) en fonction des nécessités de son sujet. Et cela au nom du mobile épique contemporain dont nous avons parlé plus haut et qui est un idéal démocratique : celui de la justice.

> La postmodernité a complètement détourné [l'idée de justice], en disant que la justice n'existait pas, qu'elle n'était qu'un acte institutionnel… mais ce n'est pas vrai – sur ce point, je suis extrêmement volontariste : il y a la décision d'un groupe, d'une ville, d'une société, on peut prendre des décisions. J'ai toujours aimé le sociologue Jean Ziegler, avec qui on a beaucoup travaillé : pour lui, parce qu'on est en démocratie, on pourrait, dès demain, empêcher les grandes entreprises d'agir comme elles le font – par le vote par exemple. Je crois aux possibilités d'agir, et j'en ai toujours fait l'expérience. Évidemment, au moment où on exagère, on est tué *[il rit]*, ça a toujours été et ce sera toujours comme ça dans notre société. Et je ne pense pas non plus qu'après le capitalisme tout sera rose – ça ne sera pas *Mad Max*, mais cela sera quand même brutal et cruel, évidemment[25]…

Le projet du metteur en scène s'appuie donc sur une foi en la démocratie qui n'implique pas de renoncer à en améliorer les institutions. Son « réalisme global » n'est pas seulement à entendre comme une orientation esthétique, selon le sens traditionnel du terme « réaliste » dans l'histoire du théâtre en France, mais comme un mode d'investigation théâtrale, comme une démarche journalistique engagée dans la résolution de problèmes précis. Ces spectacles sont ainsi toujours d'abord des enquêtes (et le travail du metteur en scène commence bel et bien par une immersion dans le champ qu'il observe) sur ce que Rau nomme « le mal social », avant de devenir des présentations performées de la réalité observée, ou, dans le cas de la trilogie européenne, des récits de vie collectés.

> Je fais certaines pièces qui ne sont pas politiques au sens activiste du terme, et d'autres qui sont proches de la propagande. Mais je travaille à un seul but : le « réalisme global ». Nous sommes dans un monde globalisé : c'est

25 *Ibidem.*

> pour cela que je voyage beaucoup et que je fais beaucoup de pièces dans et sur l'Afrique, dans et sur la Russie. Via la technologie et les techniques de communication, on est partout, mais ce n'est le cas d'aucun art, ou de la politique. C'est pour cela que j'ai réalisé ce tribunal du Congo. Des entreprises vident des régions de 50 à 100.000 personnes pour sortir le coltan et l'or du sol, sans que ce soit illégal, car il n'existe pas de loi. Ce serait impossible ici ! Pourquoi n'existe-t-il pas une loi identique réglant partout ces choses ? Il n'y a pas non plus de moyens de description globaux, pour rendre cette complexité visible. Au théâtre en tout cas, cela n'existe pas. On en est toujours au niveau du XVIIIe siècle, avec les problèmes de petits bourgeois qui se dénudent sur scène. On a besoin d'une autre révolution esthétique. C'est pour cela que j'essaye de globaliser les structures de production, les sujets, les collaborations, les formes[26].

De même que Brecht déclarait en 1927 « la nouvelle dramaturgie désigne le théâtre épique comme style théâtral de notre temps[27] », Rau en appelle à une nouvelle « révolution » esthétique qui désignerait l'art ou le théâtre « global » comme l'art et le théâtre de notre temps. Leur fonction serait de fabriquer une sensibilité, une compassion globale, soit de rendre sensible aux réalités sociales et politiques éloignées, et de tenter d'agir sur elles comme si elles étaient les nôtres – parce qu'elles sont, en vérité, les nôtres dans le système mondial qui nous relie à elles. Notre théâtre, semble affirmer le metteur en scène, doit s'extraire de problématiques (et d'un répertoire ?) nationales et des questions formelles qui l'accompagnent, questions « bourgeoises » dit-il, reprenant et déplaçant ici le lexique accusateur de la revue *Théâtre populaire* des années 50 (celui de Barthes et Dort). Déplacement qui nous donne un indice sur ce qui pourrait être renommé « populaire », et qui s'écarte en bien des points de ce que l'on nommait comme tel il y a un demi-siècle : il ne s'agit plus pour l'art théâtral tel que le préconise Rau de faire appel à un folklore national ou exotique pour raconter en petit ce qu'il se passe en grand (modèle épique Brechtien). Il s'agit pour l'art d'« être partout » (et nous ajoutons d'« agir partout ») de la même manière qu'on peut l'être (et le faire) grâce aux réseaux sociaux et à un espace virtuel (internet). Concrètement, et dans la trilogie sur l'Europe

26 Rau, Milo, *in Le Soir*, 20 mai 2017 « Ici on vit en démocratie, on peut tout changer, rien n'est fatal » http://plus.lesoir.be/95303/article/2017-05-22/milo-rau-ici-vit-en-democratie-peut-tout-changer-rien-nest-fatal, consulté le 25/08/2017.

27 Brecht, Bertolt, « Considérations sur les difficultés du théâtre épique », in *Écrits sur le théâtre*, *op. cit.*

en particulier, cela peut vouloir dire : réunir sur un même lieu (théâtral) des territoires et des récits sans pour autant en faire une seule et grande fiction, mettre en réseau des problèmes politiques qui appartiennent à des aires géographiques différentes sans en démentir la complexité. C'est à une « conscience mondialisée » qu'en appelle Rau, mais l'on pourrait dire simplement « élargie », comme nous le faisions plus haut, et c'est le sens caché de ce « réalisme global ». Si Rau ne fait pas converger les luttes et les destinées, il décrit néanmoins les problèmes et les met côte à côte. Le postulat sous-jacent est que ces batailles nous appartiennent, nous concernent déjà, sont reliées à nous par une économie et des gouvernements qui sont les nôtres. *Le tribunal du Congo*, l'œuvre dont il est question dans le passage cité plus haut, réunit ainsi de multiples acteurs de massacres localisés mais d'un conflit en réalité mondial, car impliquant autant d'États occidentaux, d'ONG, de multinationales que d'élites locales. Ces acteurs comparaissent à une cour de justice fictive, un tribunal conçu sur le modèle du tribunal d'opinion de Bertrand Russel[28] et du Tribunal permanent des peuples[29] de Lelio Basso, sur plusieurs sessions et plusieurs jours, au Congo et en Allemagne. Si nous parlions plus haut d'« intervention » pour décrire le geste artistique de Rau, c'est donc aussi parce que ses œuvres ont une valeur démonstrative et performative : elles rendent effective une forme de justice pourtant encore fictive, mais que l'on peut considérer comme une première étape avant qu'un tribunal / une action réelle ne soit mise en place par des institutions internationales. Et si ces dernières n'existent pas encore qui auraient le pouvoir d'agir, Rau les invente, d'une certaine manière, en réunissant les personnes compétentes : experts, avocats, et victimes.

---

28 Bertrand Russell et Jean-Paul Sartre sont à l'initiative du premier tribunal d'opinion, (assemblée délibérative dans laquelle des personnalités dénoncent sous une forme juridique des actes qu'elles estiment répréhensibles, en particulier par rapport au droit international) : le Tribunal Russell, afin de juger « les crimes de guerre des États-Unis » au Vietnam.

29 Né à Bologne en juin 1979 à l'initiative du sénateur et théoricien italien Lelio Basso. Le Tribunal des peuples s'appuie sur la déclaration universelle des droits des peuples (Alger, 1976) et sur tous les instruments de droit international. Il peut s'appuyer également sur la Déclaration sur les droits des peuples autochtones adoptée par l'ONU et la Déclaration Universelle des Droits Collectifs des Peuples adoptée à Barcelone par l'Assemblée Générale de la "Conférence des Nations sans État d'Europe" (CONSEU). Ce tribunal s'est penché sur le Sahara occidental, l'Argentine, l'Érythrée, les Philippines, le Salvador, l'Afghanistan, le Timor-Oriental, le Zaïre, le Guatemala, le génocide arménien, l'intervention des États-Unis au Nicaragua, l'Amazonie brésilienne, le Tibet, etc.

Le théâtre épique qui s'invente ici est donc un « théâtre d'actions » au sens activiste du mot, ou comme on parle d'actions militaires, mais qui se passe curieusement de toute « action » mimétique au plateau. Ou du moins s'agit-il de représentation du théâtre d'intervention (tout dépend de l'impact effectif que réussissent à avoir les performances en dehors du réseau théâtral européen). Par ailleurs, il s'agit aussi d'un théâtre « populaire » qui a expressément quitté le cadre (« national populaire ») défini par Vilar, pour se projeter en avant de situations sociales et politiques à différents endroits du monde, et concerner ceux qui, de fait, subissent, les logiques imposées par d'autres. Néanmoins, l'Europe semble bel et bien – sans doute pour des questions économiques de production du théâtre public, mais pas seulement – l'unité élargie à partir de laquelle se pensent politiquement ces nouveaux spectacles, ces spectacles-actions. Une compagnie récente, plus jeune, s'intéresse ainsi explicitement à cette unité comme fondement d'une identité politique contemporaine.

LE BIRGIT ENSEMBLE : L'EUROPE DES GOUVERNANTS ET CELLE DES GENS – ALLERS-RETOURS

Le « Birgit Ensemble », c'est le nom que deux comédiennes, Jade Herbulot et Julie Bertin, donnent à leur duo de travail, au moment où elles se mettent à diriger une partie de leur promotion 2013 du Conservatoire National Supérieur d'Art dramatique. Au cours de leur dernière année d'école, en effet, les deux jeunes femmes décident de proposer à leurs camarades un spectacle de sortie sur l'histoire du mur de Berlin. Pour toutes les deux, le choix du sujet est inextricablement lié à la question « qui nous sommes », qu'elles se posent à l'échelle d'une génération : « Il fallait traiter d'un événement qu'ont connu de près nos parents. Et que nous avons presque connu nous-mêmes. Car nous sommes nés à ce moment-là, autour de ce moment-là et donc, dans ce monde-là[30] » – celui que la date du 9 novembre 1989 refonde, de manière symbolique du moins. L'Histoire est donc conçue ici comme un héritage direct, plus

30 *Berliner Mauer, Vestiges*, Dossier de presse. http://www.theatregerardphilipe.com/cdn/sites/default/files/pdf/dossier_-tgp-berliner_mauer_160129.pdf, consulté le 19/10/2021.

ou moins conscient, et dont il s'agit de s'emparer pour déplier le passé et dresser la carte de l'avenir. Pour se mettre « en capacité » de le faire. Autrement dit, il y a, pour les acteurs du Birgit, une opération pédagogique à mener, et leur création collective est aussi une auto-éducation politique et historique. En somme, leur geste pourrait être résumé ainsi : *s'éclairer*. Et embrasser les différents sens de la formule.

Aussi, *Berliner Mauer, Vestiges*, n'est que la première étape d'un parcours qui se dessine en tétralogie, et qui finira par s'intituler *Europe, mon amour*. Viendront bientôt *Pour un prélude*, forme plus courte et plus légère, qui traite du passage à l'an 2000, puis un diptyque de plus de quatre heures, *Mémories of Sarajevo* et *Dans les Ruines d'Athènes*, créé lors du festival d'Avignon (*In*) 2017, centré sur deux événements majeurs de l'histoire européenne récente, le siège de la capitale de Bosnie-Herzégovine entre 1992 et 1995, et l'impact de la crise économique grecque à partir de 2008.

> Nos objets de recherche, nous les trouvons dans l'histoire. Nous écrivons et concevons nos spectacles à partir d'événements de l'histoire européenne contemporaine et notre intérêt se porte tout particulièrement sur le passage du XXe au XXIe siècle. La bascule dans le troisième millénaire semble en effet avoir cristallisé un certain nombre de craintes et d'espoirs souvent contradictoires et caractéristiques d'un monde en pleine transition[31].

Si Milo Rau s'attache à transformer le présent par la représentation ou le *reenactment* de situations historiques, si son théâtre se donne souvent comme fonction de recouvrir le *réel passé* par un *réel présent* plus réel encore, et qui est celui de l'art, s'il est orienté vers l'action enfin (*rendre justice ici et maintenant* en révélant ce qui n'a pas été vu) – le regard est cette fois résolument tourné vers l'arrière et ce non pas pour supplanter l'Histoire et la prendre de court, mais dans une perspective explicative : comprendre d'où viennent les contradictions, les craintes et les espoirs d'« un monde en pleine transition ». Comme si le passé constituait une réserve de sens cachés qui serait susceptible de remplir un espace vide et à interroger (« une transition », une sorte de couloir de passage) qui serait notre « aujourd'hui ». Aussi c'est ce « passé proche » (comme on parle de futur proche) celui des trente dernières années, qui intéresse le Birgit, soit une chronologie, des événements, des dates – une histoire,

---

31 *Memories of Sarajevo* et *Dans les ruines d'Athènes*, dossier, http://www.legrandt.fr/sites/default/files/dossier_sarajevo_athenes_birgitensemble_mars17.pdf, consulté le 19/10/2021.

finalement, en son sens traditionnel, et en tant qu'elle constitue une mémoire. Mais justement, quels « vécus » ont constitué ce « mémorable » dont nous avons déjà perdu mémoire ou que nous n'aurions pas encore eu le temps de nous approprier ? Qu'est-ce qui fait « histoire » dans ce tout proche passé ? Qu'est-ce qui a fini par fabriquer une ou plusieurs « dates » officielles mais aussi des souvenirs officieux, qui sont pourtant des souvenirs historiques ? Et quelles traces – non seulement politiques, sociales, économiques, mais aussi et surtout affectives et symboliques – ces événements ont-ils déjà laissées ? Quels symboles se sont fabriqués, quelles habitudes de voir se sont imprimées, quelle mythologie s'est inventée et à quel moment exactement ? Le groupe se met ainsi à l'affût d'une *mémoire collective* comme de son testament et de son obscure identité. Car ces trente dernières années, on l'a dit, ce sont celles qui les ont vu naître et grandir. C'est donc aussi une recherche du temps non pas perdu mais inaperçu de l'Histoire, avançant en même temps que nos vies et sans qu'on réalise en faire partie, que cette recherche.

> Dès lors, notre intention n'est pas de transposer notre matière – essentiellement documentaire – de façon réaliste, véridique ou objective. Nous ne quêtons pas une « vérité historique ». Ce sont les symboles attachés aux événements dits « historiques » qui nous intéressent et, ainsi, leurs déformations et leurs transpositions possibles. Nous souhaitons que notre point de vue soit le plus singulier et le plus subjectif possible : restituer un savoir *a priori* objectif en une narration sensible des événements. Pour cela, nous creusons la distance qui nous sépare des faits que nous relatons par le traitement d'un matériau hybride : documents d'archive, discours, extraits de films, chansons, improvisations… Ce souhait est né du désir de ne pas se limiter à un style ou un registre en particulier. Nous voulons composer, à partir d'un matériau existant et non théâtral, une écriture unique qui n'appartiendrait qu'à nos spectacles[32].

Aussi, le travail du Birgit – « restituer un savoir objectif en une narration sensible », sans s'embarrasser de contraintes formelles, ni se plier aux lois d'un seul genre ou d'un seul registre – a une tonalité qui lui est propre. Cette écriture, qui en effet est singulière, se caractérise par sa légèreté. Dans les différents spectacles, les acteurs s'attaquent à la représentation d'événements historiques en gardant toujours la distance

32 Dossier artistique de *Memories of Sarajevo* et *Dans les Ruines d'Athènes*. http://www.legrandt.fr/sites/default/files/dossier_sarajevo_athenes_birgitensemble_mars17.pdf, consulté le 19/10/2021.

de ceux qui ne les ont pas vécus, tenant compte de leur médiatisation contemporaine (notamment télévisuelle), et qui peuvent les regarder de loin, avec empathie mais aussi avec sarcasme, et avec humour enfin.

Cet humour, puisqu'il provient d'un regard sur une situation qui n'a pas été connue, mais dont on reconnait pourtant qu'elle nous a fabriquée, est aussi autodérision. Celle-ci commande alors des modes de jeu, qui sont bien des façons de penser non seulement l'Histoire, mais aussi le politique (et le rapport de soi au politique aujourd'hui).

LE GROTESQUE, LA SATIRE ET LE CLOWN : FAÇONS DE PENSER LE POLITIQUE, 3 DÉBUTS DE SPECTACLES

Février 1945. Winston Churchill, Joseph Staline et Franklin D. Roosevelt se retrouvent pour se partager l'Allemagne. Le plateau est à peu près nu. Nous sommes au tout début de *Berliner Mauer.* Il y a des cartes sur le sol. Roosevelt, cigare à la bouche, est en fauteuil roulant, Churchill et Staline sont joués par des femmes qui portent toutes deux, l'une le faux-ventre et la pipe, l'autre la moustache et l'uniforme ; chacun est ainsi marqué par un ou deux attributs qui signent leur silhouette, et tous les trois sont grimés de blanc. Les expressions sont exagérées, les accents (anglais, russe, américain) soulignés, les grimaces outrancières, et tout, dans la manière de jouer, tend à faire de ces trois figures politiques des figures de cire, ou de playmobil. Les gestes raides, décomposés, saccadés, et qui fonctionnent ensemble, sont empruntés aux techniques du masque, et le caractère pulsionnel et naïf des attitudes à celles du clown. Ainsi tous trois brandissent leur carte – abusivement dessinée à leur avantage – avec une candeur d'enfant. Leurs ruses sont des ruses d'écolier ; leurs égoïsmes, dévorants ; leur appétit de pouvoir, énormes. Pourtant, ce sont eux qui décident. Et le plaisir est manifeste chez les acteurs d'incarner ceux qui « font » l'Histoire comme des bouffons, avatars des *zanni*, valets de la commedia de'll arte. Il n'a d'égal que le plaisir du déplacement sociologique que cela opère : les « grands » hommes destitués, reconduits à leur condition d'humains ordinaires, animaux comme les autres.

La caricature présente d'autres avantages. Elle est d'abord un moyen de s'emparer de personnalités réelles et méconnues sans s'embarrasser du souci d'exactitude. Elle permet ensuite de « croquer » les scènes officielles de l'Histoire avec cette rapidité efficace et ludique dont se prévalait déjà

Brecht pour la scène de rue[33] : une manière d'*emprunter* une attitude sans s'y fondre, de pointer des détails sans les recomposer, de raconter sans rejouer – ces « deux temps trois mouvements » qui font aller droit à l'essentiel. Or l'essentiel ici est d'ordre critique. Dans les spectacles du Birgit, les scènes politiques sont toutes, à l'image de cette scène inaugurale, des satires. Et de même que Brecht conditionnait l'imitation à sa finalité, celle de peindre un champ social sur lequel se dessinent des caractères, l'outrance du jeu limite ici le mouvement d'identification de l'acteur à son personnage et permet de planter celui-ci dans son contexte. Autrement dit, l'absence d'identification, conformément aux désirs brechtiens de renouvellement de l'art du comédien, laisse place à un point de vue déterminé sur le personnage et la situation. C'est ainsi que le fameux « gestus social » selon Brecht – l'expression, par les gestes et les jeux de physionomie, des rapports sociaux existant entre les hommes d'une époque déterminée – apparaît dans la stylisation. Sauf qu'ici, c'est d'une façon plus générale un « gestus historique » qui s'invente. Les acteurs du Birgit s'occupent peu, en effet, de représenter la lutte des classes à l'œuvre dans le mouvement sourd des événements. C'est le jeu de forces politiques individualisées qui les intéresse, et la manière dont il commande l'évolution de la situation. Aussi la caricature, et plus généralement la farce, est un moyen d'accentuer des différentiels de puissances entre ces forces, et de rendre claire, lisible, le rapport conflictuel qui est en train de se jouer. Loin de vouloir donner à sentir « l'incertitude totale des événements » pour reprendre les termes de Pommerat à propos de la révolution française, loin de choisir l'indistinction entre le passé et le présent, loin de se détacher des figures iconiques et du folklore des livres d'Histoire, le Birgit y puise. Et agrandit les traits des icônes pour mieux destituer les idoles.

Entre le drôle et l'étrange, donc, la grimace de Staline s'allonge, et les yeux bleus de la jolie blonde frisée qui l'incarne – Marie Sambourg – sortent de leurs orbites. Plus tard dans le spectacle, elle deviendra Gorbatchev, et prendra des pauses obscènes en parlant à l'ex-Roosevelt – Lazare Herson-Macarel – passé dans la peau de Ronald Reagan. Au téléphone, les accords des deux chefs d'État se jouent comme une

33 Voir première partie. La scène de rue est un des modèle du jeu épique : un témoin oculaire montre (gestes et commentaires à l'appui, mais en allant « trois fois plus vite ») comment les choses se sont passées dans un accident. Non pas reconstitution, mais démonstration, et qui se donne comme telle, la situation est dépeinte sans recherche de l'illusion ni de la participation affective du spectateur.

déclaration d'amour et de désir. La fin de la guerre froide approche, c'est l'union (ou la *prise de possession* ?) de l'Europe orientale par le Capitalisme occidental qui s'annonce sur fond de gémissements. Ce qu'il se passe est on ne peut plus clair, et c'est précisément le caractère grotesque de la situation qui fait qu'on ne sait plus quoi en penser. Derrière la trivialité comique de la satire, pointe le bizarre, l'étrange, et enfin… le cauchemar.

Le début de *Memories of Sarajevo*, créé quatre ans plus tard, s'apparente à une comédie musicale. Les Douze signataires du Traité de Maastricht annoncent en fanfare la création de l'Union Européenne. « Ô joie ! Ô joie ! » chantent-ils alors, entonnant avec enthousiasme la neuvième symphonie de Beethoven. Ils reprennent gaiement : « Vive la démocratie ! Vive la liberté ! Vive l'Europe ! ». Et on les voit défiler depuis une plate-forme surélevée qui servira plus tard de table de négociations, jusqu'au plateau, avec de grands saluts au public, pour y boire une coupe de champagne que leur tend leur nouveau représentant. Cette souriante cérémonie, ces chants à l'unisson, cette chorégraphie un peu figée, que n'interrompt même pas l'effondrement (un malaise, sans doute ?!) de la princesse du Danemark, s'arrêtent brusquement lorsque fait irruption, à l'improviste, François-Ferdinand d'Autriche. Au milieu des costards et des robes de soirée de 1992, son habit militaire façon ancien Empire détonne. Et pour cause, François-Ferdinand arrive tout droit du siècle passé, et c'est bien un fantôme qui réclame ici son invitation, telle la méchante fée du conte que l'on n'a pas conviée au baptême de la nouvelle enfant. Comme elle, et comme souvent lorsque les morts apparaissent sur scène en début de spectacle, il vient prophétiser une catastrophe. D'abord, l'échec de l'union en cours. À la question « qui décide ? », chacun lève la main, c'est en effet mal parti. Et puis : la guerre. C'est lui, François-Ferdinand, assassiné par un serbe, qui introduit l'épineuse question des frontières dans les Balkans, question qui est alors d'actualité puisqu'à ce moment-là, en février 1992, la Croatie et la Slovénie viennent d'obtenir leur indépendance dans un bain de sang, et que la Bosnie s'apprête à les suivre. Alors, puisqu'il le connaît bien, ce « peuple des Balkans », et qu'il a même « appris à l'apprécier[34] » au fil des années, notre Archiduc plein de vitalité s'offre le temps d'une leçon d'histoire. Le public est convié à ouvrir son programme. À l'intérieur de celui-ci, un papier de couleur assigne à chaque spectateur une identité : bosniaque, serbe et croate. Sous les ordres de l'Empereur, les jaunes lèvent

34 *Mémories of Sarajevo*, texte au 3 juillet 2017, p. 8.

haut leur feuillet comme un drapeau, puis les bleus, puis les rouges, puis tous ensemble. « Chers dirigeants, vous avez devant vous le maillage ethnolinguistique de la Bosnie-Herzégovine[35] ». L'intervention de François-Ferdinand aura ainsi servi à mettre en lumière, selon un procédé didactique parfaitement assumé, l'« indémêlable imbroglio[36] » des confessions religieuses et des identités nationales. Alors à sa dernière question « dans le cas où la Bosnie devient indépendante, que ferez-vous pour éviter la guerre civile ? », la réponse du porte-parole de l'UE – « une conférence de paix à La Hay » – sonne presque comme une blague, ultime fissure qui fait exploser la jolie vitrine bleue de ce début de spectacle. Pendant tout ce premier tableau en effet, les fausses notes et les dissonances se sont multipliées, l'incompétence et l'hypocrisie se sont peu à peu révélées, et dix minutes après le lever de rideau les fiers dirigeants en costume n'ont déjà plus l'air que de piteux pantins, représentants illégitimes d'une population (et d'une réalité) plus forte qu'eux.

ILL. 4 – *Memories of Sarajevo*, Avignon, 2017, photographie Pascal Victor. ©Pascal Victor / ArtComPress.

35 *Ibid.* p. 10.
36 *Ibid.* p. 8.

Athènes, 2017. Un nouveau jeu de télé-réalité « Parthénon Story », accueille des candidats nommés Ulysse, Cassandre, Médée, ou encore Oreste, qui veulent éponger leur dette. Une fois les présentations faites, on passe sur un espace qui les surplombe. Nous sommes tout d'un coup au Luxembourg, huit ans plus tôt : sur la même plate-forme qui servait aux négociations de paix de l'UE dans le spectacle précédent[37], Nicolas Sarkozy, Angela Merkel et Jean-Claude Juncker font le constat que la Grèce de Georgios Papandréou accumule un déficit budgétaire de 13 %, et non pas de 6, comme son gouvernement précédent l'avait annoncé. Les négociations de paix (du spectacle précédent) deviennent des plans de sauvetage. Cette fois, les personnages font partie de notre actualité, ils sont de ceux que l'on voit tous les jours à l'écran – plus exactement, ils sont des « personnalités » de la vie publique plus que des « personnages » historiques. La satire prend donc un nouveau tour, et s'appuie moins sur les éléments pittoresques du contexte, des costumes, du cadre. Elle se glisse dans les plis d'une esthétique plus réaliste, télévisuelle : le ton des répliques, les inflexions de voix, les gestes systématiques, les micro-détails qui font office de signature des caractères représentés, et qui sont des clins d'œil pour un public dont on suppose, cette fois, qu'il est en terrain connu. Le dos voûté d'Angela Merkel et sa manière de regarder ses interlocuteurs par en dessous, le très léger dodelinement de tête de Nicolas Sarkozy, l'autorité plate de Junker, la pause affalée et hautaine de Dominique Strauss Khan (*manspreading* qu'imite une femme, Éléonore Arnaud), font de ces scènes de réunion des moments de haute précision de jeu, où chaque geste, chaque mot, chaque hésitation et chaque temps contribue à acidifier le sens. Ici les clowns sont cachés derrière les cravates et les chiffres, tapis mais présents derrière leur trousse d'écolier et leur compétition de bons élèves : qui a gagné la palme de la balance commerciale ? C'est encore Angela ! Et elle sait bien qu'autour de la table, c'est elle *la meilleure*[38]. Et de la même façon,

37 *Mémories of Sarajevo* et *Dans les ruines d'Athènes*, joués en diptyque, présentent une structure de décor commune, qui fonctionne sur deux niveaux : un étage où ont lieu les négociations politiques entre dirigeants (plans de paix pour Sarajevo, plans de sauvetage pour Athènes), et un rez-de-chaussée qui est celui des habitations des citoyens ordinaires.

38 Voir *Dans les ruines d'Athènes*, texte au 3 juillet 2017 : « ANGELA MERKEL – Est-ce que tu as un chiffre pour le déficit de chez toi ? / NICOLAS SARKOZY – 139 milliards. / ANGELA MERKEL, *par en dessous, en notant* – Ah oui, quand même. 139 milliards. (*Elle range ses stylos un à un.*) À moi ! Nous sommes nous, en Allemagne avec un déficit

la choralité de l'ensemble, si elle est moins visible que dans les débuts de *Berlin* ou de *Sarajevo*, continue à régir tous les mouvements du plateau.

Une attention de nature musicale est donc accordée à ces scènes qui entendent reproduire, ou plus précisément répéter, sans s'y conformer, des situations qui auraient été à l'origine de prises de décisions aux effets macroscopiques. À l'intérieur de ces (fausses) reproductions – il faut rendre grâce ici à l'Ina et à Youtube, qui permettent ce genre nouveau qu'est l'imitation vidéo, nous allons y venir – les décalages tiennent aux modes de jeu (masque, clown, évocations soignées de personnalités politiques, comédie musicale), qui creusent la distance avec le matériau initial et introduisent, entre lui et nous, la fêlure du sarcasme. L'humour également présent dans le texte se travaille régulièrement à partir d'une logique illogique, qui détruit de l'intérieur la légitimité des discours et des figures : « il faut que l'on puisse vous prêter de l'argent pour que vous puissiez nous le rendre » explique en substance Christine Lagarde au président Tsipras *dans les ruines d'Athènes*. Ainsi, extraits, archives et documents historiques forment une matière théâtrale corrosive, satirique et joyeuse. Comme moyen de la satire et de la distance, en dehors du jeu et de l'écriture des dialogues ou des situations, il convient de noter l'utilisation d'un instrument singulier : les média.

---

de 3,2 %. / JEAN-CLAUDE JUNCKER – Ça, c'est admirable. / ANGELA MERKEL – Admirable, non. C'est même plutôt décevant par rapport aux critères imposés par le Traité de Maastricht qui indique, comme Jean-Claude l'a rappelé tout à l'heure, que la dette de chaque État ne doit pas dépasser 3 %. C'est ainsi dans un souci du respect de la Constitution que nous devons concentrer nos efforts vers une amélioration de la résorption de ce déficit. Nous avions d'excellents résultats en 2008, mais malheureusement la crise américaine des subprimes, comme vous le savez, nous a tous mis dans l'embarras. C'est pourquoi, nous avons entrepris des réformes austères économiques et sociales. Et nous observons depuis l'année dernière une croissance de 3,6 %, ce dont nous sommes très fiers, due à une augmentation des gains de productivité des entreprises. Également le taux de chômage a baissé de 6,5 % et nous nous en félicitons. Nous ne sommes pas encore à la hauteur de vos résultats magnifiques Jean-Claude, mais rappelons-le, vous êtes un si petit pays. Oui, autre nouvelle que j'ai appris avant-hier, – et je me réjouis que vous soyez là pour l'entendre – l'Allemagne, est désormais la première puissance commerciale du monde, avec un excédent de la balance commerciale à 167 milliards d'euros, ce qui veut dire qu'avec notre excédent commercial, on pourrait rembourser votre déficit budgétaire, Nicolas. »

MÉDIA ET NOUVEAUX AÈDES

Dans tous les spectacles du Birgit, (comme dans beaucoup d'autres, car c'est un *topos* des dramaturgies épiques contemporaines qu'il convient ici de relever[39]), les journalistes et les présentateurs ont une place de choix. Dans *Berliner Mauer*, une grande scène est accordée à la narration journalistique de la chute du mur, et devient l'occasion d'un véritable numéro d'actrice, emberlificotée dans les fils de son micro. *Dans les Ruines d'Athènes*, la chronologie du récit et la succession de ses étapes est assurée par le retour régulier de deux présentateurs, les animateurs du jeu télévisé *Parthénon Story*. Leur fonction est d'encadrer toutes les séquences qui se déroulent en 2017, et qui prennent pour objet/sujet les Athéniens. Ces derniers ne sont d'ailleurs pas représentés autrement, dans le spectacle, que par les candidats du jeu télévisé, et par nous, qui le regardons depuis la salle comme si nous étions devant nos écrans en Grèce.

Cette utilisation de l'appareil médiatique, souvent parodique donc, a d'abord une fonction narrative évidente. En effet, les épopées théâtrales d'aujourd'hui utilisent et s'approprient par là une donnée de l'existence contemporaine : les journalistes sont devenus les grands conteurs du présent, de l'actualité, c'est-à-dire de l'Histoire qui est en cours. En tant que tels, ce sont des personnages fort utiles pour incarner le récit des événements auxquels on s'intéresse. Ils permettent (comme les messagers des tragédies grecques) de narrer ce qui est trop difficilement représentable en actes ; ils permettent aussi jouer avec les temps et avec les espaces, c'est-à-dire de nous faire passer d'une époque à une autre, d'une aire géographique à une autre, d'accélérer ou au contraire de ralentir un récit, d'assumer des ellipses ou d'opérer des focus, de grossir certains détails des événements racontés. Ils sont aussi des machines à créer des points de vue. Les incarner sur scène, c'est donc incarner également des forces affectives et physiques qui incurvent et déforment ce dont elles parlent, autrement dit, qui *traitent* la réalité. L'incarnation de ces types de personnages, (selon le degré de crédibilité qu'on leur accorde dans le jeu) permet ainsi de démontrer/démonter un certain type de traitement, et de démontrer/démonter un certain type de point de vue.

39 Pour n'en citer qu'un, reprennons celui de *Ça Ira* : une journaliste de télévision espagnole commente en direct la cérémonie d'ouvertre des états généraux depuis les coulisses de la tribune officielle. Sa présence sert de fil conducteur à toute cette séquence.

En outre, même quand les journalistes sont absents dans les spectacles du Birgit, le téléviseur ou l'écran reste souvent le prisme implicite à travers lequel se donnent à voir les images qui se fabriquent sur le plateau. Les apparitions des personnages politiques, notamment, sont régulièrement traitées comme des apparitions publiques filmées et/ou retransmises en direct, manière de mettre en scène la parole politique comme une parole spectaculaire. Il en va ainsi de nombreuses allocutions des chefs à leurs partis dans *Memories of Sarajevo* ou dans *Les Ruines d'Athènes*, et, de façon paradigmatique sans doute, du discours de Kennedy en 1963 à Berlin-Ouest rejoué dans *Berliner Mauer.* D'un côté du dispositif bi-frontal – en RDA – on voit Kennedy en personne, incarné par l'acteur qui se tient, fringant, devant nous, et que sa femme, Jacky, filme avec son portable telle une groupie. De l'autre – en RFA – sa présence est seulement virtuelle et sonore, et l'on voit, projeté sur le mur qui coupe le plateau en deux, le film réalisé en direct par Jacky. Des applaudissements enregistrés viennent soutenir les accents populistes du discours, et participent d'une sorte d'excitation dans la salle, et le comédien (Kevin Garnichat) campe un Kennedy blond, au sourire ravageur, une star de cinéma parfaitement à sa place sur le plateau, et éminemment sympathique. Dans cette séquence, le spectacle joue et déjoue le *show* médiatique et politique : le divertissement nous comble autant que nous sommes en mesure d'en faire la critique. Ici, l'imitation scénique d'archives vidéo disponibles (sur l'Ina ou sur Youtube) rend possible un type de satire singulier, à la fois joyeux et caustique, tout comme il instaure un certain type de performance, proche du *reenactment* historique, et dont la fonction est pédagogique.

Les spectacles du Birgit déplacent ainsi constamment les images vidéo sur le plateau et les convertissent en matière théâtrale. Que ces images proviennent d'archives réelles, ou imaginaires, le déplacement est toujours, en soi, une opération de distanciation. Car le contenu de ces images *télévisuelles-rendues-scéniques* s'en trouve forcément modifié voire fissuré. Le décadrage des images sur la scène les dénonce comme potentiellement falsificatrices, déformantes, abrutissantes. D'une certaine façon, ce déplacement est donc aussi une destitution : les images perdent de leur pouvoir (notamment leur pouvoir d'envoûtement ou d'illusion). Mais cette destitution première se fait au profit de l'institution d'autre chose : le pouvoir de l'acteur, celui de son propre *show*, celui de la performance théâtrale elle-même. Celle-ci oscille entre le *reenactment* jubilatoire de situations historiques connues (comme le discours de Kennedy à Berlin), et la performance didactique et critique. Aussi, c'est bien notre statut de (télé)spectateurs que le spectacle vient interroger, tout en s'offrant la possibilité d'une jouissance commune de codes télévisuels partagés.

Les journalistes télévisés sont donc à la fois des aèdes et des coryphées modernes, ils font le lien entre les peintures qui nous sont faites de l'Histoire, (entre les images), et nous. Florence Dupont a elle aussi relevé, dans Homère et Dallas[40], les parallèles possibles entre une culture orale et épique ancienne, et le divertissement télévisuel contemporain. « La radio et plus encore, la télévision, ont réactivé cette culture orale des loisirs du soir, culture anonyme et populaire[41] ». La télévision se serait installée, nous dit Dupont, dans la niche culturelle où la radio l'avait précédée, « à l'heure de la veillée », tandis que la radio, quant à elle, serait passée « du domaine des loisirs vespéraux à celui de l'activité quotidienne[42] ». L'utilisation et la mise en scène de l'appareil médiatique est donc bien un jeu avec un code rituel et quotidien massivement partagé. Ce qui ne l'empêche pas, dans notre cas, d'être également critique, car elle installe un système qui produit à la fois des conventions et du récit, système dont elle joue et qu'elle déjoue pour montrer que l'Histoire est ainsi racontée et présentée par le médium auquel on emprunte la forme d'expression : qu'il s'agisse d'un JT, d'un jeu télévisé ou d'une émission de radio.

Le rapport aux médias participe donc d'une écriture à la fois critique et joyeuse, satirique et légère, qui donne en même temps matière à de brillants numéros d'acteurs. On est ici dans une Histoire vue par une génération qui ne l'a pas connue, et dans une distance qui tient compte – avec humour – de la médiatisation contemporaine. À ce volet comique et plaisant, répond toutefois, dans le travail du Birgit, un volet plus réaliste et sincère, qui sert à embrasser un autre pan de l'Histoire et un autre visage de l'Europe : celui du « vécu » des gens, habitants des villes que Jade Herbulot et Julie Bertin choisissent comme théâtre.

---

40 Dupont, Florence, *Homère et Dallas, Introduction à une critique anthropologique*, Éd. Kimé, Paris, 2005, p. 109.

41 *Ibid.* p. 111.

42 *Ibidem.*

UNE DRAMATURGIE DE L'ALLER-RETOUR, OU COMMENT TISSER DEUX RAPPORTS À L'HISTOIRE

Dans chacun de ces spectacles en effet, deux pôles peuvent être clairement identifiés. Ces deux pôles correspondent, d'une certaine façon, aux deux extrémités du possible quant à l'élucidation du rapport individu-histoire qui nous intéresse. D'un côté, la sphère politique, le monde des gouvernants – qui font les frais d'une satire – ; de l'autre celle des habitants – qui sont approchés à l'aide d'un traitement dramaturgique et d'un type de jeu qu'on pourrait qualifier d'empathique. Dans la première, quelques personnages prennent des décisions en comité réduit, et ces décisions ont un impact sur la vie de tous les autres. Nous sommes dans le cadre de la représentation super-individuée de l'Histoire que nous avons décrite plus haut. Dans la seconde, on plonge dans le « vécu » de ceux qui subissent les effets de telles décisions : ceux qui se voient interdire l'accès à l'est ou à l'ouest de leur ville, ceux qui décident de creuser un tunnel, ceux qui imaginent des trajectoires et des rythmes de course pour échapper à l'œil du sniper, ceux qui s'ennuient ou s'inquiètent dans une maison de télé-réalité. Cette fois, le cadre est celui d'une représentation horizontalisée de la situation historique, où c'est la somme de petits comportements individuels et contingents qui fabriquent l'Histoire. Ce qu'invente le Birgit entre ces deux possibles, c'est une représentation alternée qui fait se tisser deux types de récits historiques : le récit traditionnel mettant en scène les « grands » hommes, et le récit contingentiste représentant les foules anonymes – même si ce récit-là est en partie ré-individualisé, et nous allons voir grâce à quel traitement.

Les allers et retours entre les deux sphères sont plus ou moins mécaniques, selon les spectacles, et s'accordent aussi plus ou moins à une partition de l'espace. *Dans les ruines d'Athènes*, le mouvement pendulaire entre l'une et l'autre est systématique et rend ainsi très claire une logique d'écriture à l'œuvre dans l'ensemble de la tétralogie. Il y a l'espace d'« en haut », la plateforme qui constitue le toit du Parthénon, c'est là que l'essentiel se passe, c'est là que le drame historique – entre les « chefs – est en cours, et il y a l'espace d'« en bas », celui d'une habitation dissimulée dans la structure architecturale du temple, où agissent à leur niveau des individus qu'on pourrait dire abandonnés, même s'ils sont tenus par les règles du système qu'ils ont intégrées, et qui sont des règles de vie aussi bien que des *lois* – politiques et économiques. On pourrait dire, donc, qu'en haut vivent « les grands » et en bas « les petits » dans le spectacle. La structure sociale et politique représentée est donc de type pyramidal, moins démocratique que ploutocratique, et elle correspond aussi à un modèle philosophique. En effet, en haut c'est l'espace d'une rationalité libérale *hors sol*, à l'intérieur duquel se situent les décideurs, en bas c'est l'espace *concret* de ceux qui ont à inventer une vie avec cette rationalité qui n'a plus rien de rationnel quand elle est confrontée aux exigences du « terrain » de l'existence. C'est ici que le traitement de la seconde sphère devient intéressant. Car l'on voit bien que le problème des personnages du bas est de « bricoler » comme le dit de Certeau[43], des usages, et de s'inventer des chemins à partir d'un ensemble de données, une carte, imposées d'en haut. Carte ou plan, (« plan de sauvetage », « plan de paix »), ici, c'est du pareil au même. Ainsi, Ulysse et Oreste, dans la maison de Parthénon Story, produisent leur propre électricité en pédalant. De même, dans *Berliner* et dans *Sarajevo*, on pourrait passer tout le temps du spectacle à suivre les petites actions et les mouvements discrets de plusieurs personnages précisément silhouettés, nommés, mais qui en même temps ne sont ni plus ni moins que des individus dans la foule, ni plus ni moins que des Berlinois ou des Sarajeviens qui font ce qu'ils peuvent pour s'en sortir, *se* sortir d'un quadrillage de la vie humaine qui s'est rigidifié en mur, solidifié en balles et éclats d'obus. Une attention singulière est en effet donnée, dans l'écriture même des spectacles, à des instants de vie *typiques* – un adieu devant la ligne de démarcation du mur, l'ouverture et la découverte d'un panier de provision de l'ONU – qui sont des coups de projecteurs sur des habitudes ou des pratiques fabriquées par l'Histoire, et qui peuvent être aussi, d'ailleurs, des usages subversifs – le passage d'un code par le biais d'un berceau dans *Berliner* – ou encore des opérations de détournement – l'utilisation d'un landau pour faire provision d'eau potable dans *Sarajevo.* Dans ces types de scènes, les metteurs en scène du Birgit travaillent et approfondissent la stylisation du « gestus » à la fois social et historique dont nous parlions plus haut, mais font aussi autre chose. Elles individualisent, au sein d'un ensemble, les parcours qu'elles dessinent. C'est dire qu'en face des hommes politiques il n'y a ni masse, ni foule, mais seulement des « gens », une addition d'individus dont les trajectoires sont toutes singulières. Cela se radicalise, encore une fois, dans *Athènes*, où les candidats

43 De Certeau, Michel, *L'invention du quotidien 1. arts de faire*, folio essais, Gallimard, 1990.

au *reality show* portent les noms de héros de la mythologie grecque, et se révèlent *être* ces héros sans le savoir. Un présupposé identique à celui de Milo Rau préside à un tel choix : l'héroïsme est du côté de ceux que l'on considère traditionnellement comme ceux qui subissent l'histoire et ne la font pas, du côté des petits, qui ne forment pas un ensemble homogène ou d'une seule couleur, mais sont plutôt une collection de « personnes ». Aussi, l'on pourrait dire que le traitement théâtral de cette seconde sphère s'apparente au pointillisme en peinture – cette juxtaposition de tons purs – ou en musique – cette particularisation du son dans les œuvres sérielles. Les « petits », ici, sont des anonymes singularisés. Ce qui est à la fois une manière de reconduire l'épique brechtien, et de le réinventer dans le contexte post-moderne et égalitaire. Car de ce côté-là de la représentation, par distinction avec celle de la sphère politique, il n'y a jamais une figure héroïque qui domine, et qui doit prendre une décision capitale pour tous les autres, à l'instar d'un Galilée ou à l'image d'une Groucha chez Brecht[44]. Il n'y a que des petites décisions ou des petites actions qui, additionnées les unes aux autres, ont leur importance, et c'est un travail choral qui les compose. La chose est très visible dans le traitement des scènes de témoignages. Le témoignage fait partie des différentes formes théâtrales exploitées par les spectacles, mais celui-ci met rarement en scène un seul individu face aux spectateurs. Des lignes de récits se forment au bord du plateau, et les acteurs racontent à tour de rôle ou en même temps, face public, le souvenir d'une date, d'un événement. Ces récits sont distribués aux uns et aux autres (sans souci de distinction de l'âge ou du sexe du « je » qui se raconte) de manière à créer une « polyphonie de vécus » qui reflèterait quelque chose qui serait… une société. Celle-ci est bel et bien conçue comme un alignement d'individus et non pas comme un tout homogène, ou un assemblage de différentes classes. C'est donc une forme d'héroïsme atomisé dans les figures variées de la multitude qui se réinvente, ainsi qu'une sorte d'héroïsme du quotidien, un héroïsme *bricoleur*, soit un art de l'*action* qui est aussi, peut-être, un art de l'agir historique, dans la mesure où pour toute une génération il refaçonne les habitudes (donc les corps et les manières de voir), dans la mesure où il bricole aussi des solidarités inattendues, des collectifs-embryons et des communautés d'action, à la fois éphémères et solides.

44 À la seule exception de Tsipras, on va le voir plus bas.

ADMIRA – Alors, ces courses ? Nous, on a eu une pomme !

ADEMIR – Et du lait en poudre !

NENAD – On ne se fournit pas chez les mêmes ! L'ONU ne nous en donne jamais. Mais aujourd'hui nous avons de la farine de maïs, 200 grammes. Tu mélanges avec de la vraie farine, tu laisses reposer deux jours dans du vinaigre, ça te fait une pâte, après tu la coupes dans le sens de la longueur, tu passes à la poêle et ça te fait des frites

Pierre et Loïc entrent et pose un sac sur la table de la cuisine.

JEMMO – On a une surprise !

BORISLAV – Une très très belle surprise…

ASJA – Qu'est-ce que c'est ?

JEMMO – Devinez…

BORISLAV – Devinez !

NENAD – Des cigarettes ?

BORISLAV et NOVAK – Non…

BOSCO – Des fruits ?

BORISLAV et JEMMO – Non… beaucoup mieux…

ADMIRA – Du chocolat ?

BORISLAV et JEMMO – Mieux…

Jemmo commence à mimer la poule.

ASJA – Non.

ADMIRA – Quoi ?

NENAD – Un poulet ! ? !

ASRA – Vous êtes fous !

ADEMIR – Comment vous avez fait ?

BORISLAV – On s'est débrouillé…

JEMMO – Bon, n'en parlons plus et mettons-le à cuire !

BOSCO – Il faut faire du feu.

NENAD – On n'a plus de bois…

ADMIRA – Plus de bûche ?

ASJA – Ça fait un mois qu'il fait – 17 degrés, bien sûr qu'on n'a plus de bois, on a tout brûlé.

JEMMO – On peut aller en couper dehors.

ASJA – Il y a trop de sève dans les arbres frais, ça ne se consommera pas.

NENAD – Moi, j'ai dû brûler mes bottes avant-hier…

ASJA – Et ça sentait très mauvais !

BOSCO – Allons voir chez nous ce qu'il reste, on trouvera peut-être un bout de parquet ou quelque chose comme ça.

ADMIRA – C'est pas la peine, on a brûlé la table du salon et les dernières chaises la semaine dernière. Nous n'avons plus de bois.

NENAD – Si vous ne trouvez rien, allez voir au quatrième chez les Jankovic, il n'y a plus personne[45].

45 *Memories of Sarajevo*, texte au 3 juillet 2017, p. 47.

Ce qui nous intéresse dans cet extrait, ce n'est pas le caractère pathétique de la situation de survie, et de ce que laisse imaginer la dernière phrase (« au quatrième chez les Jankovic, il n'y a plus personne »), mais la manière dont se cherchent, dynamiquement et collectivement, au fil de prises de paroles entre les uns et les autres, des solutions par la multiplication de propositions concrètes qui sont autant de tentatives d'*actions* (autant de verbes dans le texte – « brûler », « trouver », « couper », « cuire », « mélanger »... – et de gestes possibles sur le plateau), soit, dans le langage de De Certeau : autant de coups, de ruses et de tactiques[46] qui s'improvisent tous-azimut. Les Sarajéviens s'organisent ainsi non seulement pour subvenir aux besoins les plus élémentaires – se chauffer et se nourrir – mais aussi pour créer un tout petit surplus, « des frites ». Il ne s'agit jamais seulement de survivre (ce qui serait subir la situation) mais aussi toujours d'*habiter*, (ce qui revient à se l'approprier) donc détourner, tordre, combiner, et inventer autre chose encore au milieu de conditions qui sont devenues contraignantes au point de tout recouvrir, d'avoir enserré tout le tissu du quotidien. Mais en un sens, les situations critiques extrêmes de *Berliner Mauer*, de *Memories of Sarajevo* et des *Ruines d'Athènes* mettent en scène de manière radicale des pratiques qui sont en réalité celles de tous les « habitants » des villes non seulement européennes mais occidentales (ou occidentalisées) : ruses, braconnages et trouvailles diverses accompagnent aussi nos manières d'habiter, de consommer, enfin de cuisiner la vie.

> « Habiter, circuler, parler, lire, faire le marché ou la cuisine, ces activités semblent correspondre aux caractéristiques des ruses et des surprises tactiques : bons tours du "faible" dans l'ordre établi par le "fort", art de faire des coups dans le camp de l'autre, astuce de chasseurs, mobilités manœuvrières et polymorphes, trouvailles jubilatoires, poétiques et guerrières. Peut-être répondent-elles à un art sans âge [...]. En tous cas, à l'échelle de l'histoire contemporaine, il semble aussi que la généralisation et l'expansion de la rationalité technocratique ont créé, entre les mailles du système, un effritement et un pullulement de ces pratiques jadis régulées par des unités locales stables. De plus en plus, les tactiques se désorbitent. Désancrées des communautés traditionnelles qui en circonscrivaient le fonctionnement, elles se mettent à

46 De Certeau, *op. cit.* Les « tactiques » se distinguent des « stratégies » en ce qu'elles n'ont plus ni lieu propre, ni ne proviennent d'un endroit de savoir ou de pouvoir propre. Elles se glissent dans le tissu déjà habité par l'autre, profitent d'un instant favorable et se tressent à l'occasion.

> errer partout dans un espace qui s'homogénéise et s'étend. [...] On aurait une prolifération de manipulations aléatoires et incontrôlables, à l'intérieur d'un immense quadrillage de contraintes et d'assurances socio-économiques : des myriades de mouvements quasi invisibles, jouant sur la texture de plus en plus fine d'un lieu homogène, continu et propre à tous. Est-ce déjà le présent ou encore le futur de la grande ville[47] ? »

Pour nous, c'est déjà le présent. Et nous croyons que ce n'est pas un hasard si le travail de Jade Herbulot et de Julie Bertin prend les villes comme focales. C'est que les villes sont devenues de façon évidente l'unité géographique de la vie humaine en Occident, et par conséquent, celle de son Histoire. Or c'est là que l'ordre, le « quadrillage » économique s'impose avec le plus de force, c'est là aussi qu'il est le plus dur de réinventer ses pratiques, c'est là enfin que ces dernières se délient et se dispersent en mouvements de résistances infimes et multiples, en myriades invisibles (que ce théâtre s'efforce précisément de rendre visible). À la limite, les guerres ou les crises décrites dans *Europe, mon amour*, semblent plutôt faire réapparaître des communautés de résistance traditionnelles que forment le voisinage, la famille, les amis, qui auraient tendance, le reste du temps, et en ville, à s'estomper.

Pour finir, les deux espaces que découpent les spectacles du Birgit sont bien : d'un côté un espace politique et de l'autre un espace social. Ils correspondent à deux études parallèles, deux façons de faire de l'histoire, voire même deux traditions historiographiques. Le premier est ainsi occupé par une poignée d'acteurs aux rôles forts, en charge de scènes « installées » qui s'écrivent sur un modèle dramatique plutôt classique. Le second est celui du collectif et des ensembles en mouvement, qui nécessite un véritable travail chorégraphique puisqu'il faut organiser les trajectoires et les groupements de toute une « société » sur le plateau : lignes, défilés, courses, et essaims, sont les formes que prennent les corps qui successivement s'associent et se dissocient. C'est l'espace où l'on voit défiler[48] des galeries de petits personnages, hommes et femmes ordinaires que l'on peut suivre ou perdre, qui nous racontent des bouts et des bribes d'histoire, et qui traversent des « expériences types »,

---

47 De Certeau, *op. cit.* p. 65.

48 Le défilé est l'une des formes favorites de ce qui se chorégraphie sur le plateau. Dans *Berliner Mauer, Vestiges*, notamment, les acteurs passent ainsi les uns après les autres le long de la ligne du mur au moment où il s'édifie.

caractéristiques d'une période, d'une décennie, d'une génération, d'un contexte enfin. Leurs moments à chacun sont courts, les partitions des acteurs sont plus aérées, plus émiettées si l'on veut, enfin plus difficiles à défendre pour qui est habitué à l'incarnation d'un « Rôle ». Par ailleurs on ne peut pas, comme chez Brecht, délimiter des frontières entre eux qui seraient les limites d'une classe sociale, aucun sous-ensemble ne les sépare[49]. Ils sont une nébuleuse de « gens », que la dureté des conditions de vie associe de manière ponctuelle, et qui pratiquent cet art subtil des « locataires » comme dit de Certeau : un art d'habiter la vie (la ville) et ici le plateau en y installant ses meubles – souvenirs, désirs, et intérêts propres – qui font proliférer les actions, les mouvements et les récits échappant à l'ordre régnant.

Dans les ruines d'Athènes, toutefois, les êtres sont plus fortement individualisés. Sans pour autant en venir à l'héroïsation d'une seule figure, les trajectoires personnelles des personnages sont plus marquées, et comme durcies. Le dispositif de la télé-réalité projette en grand les visages des individus, et leur donne une importance qu'ils n'avaient que comme potentiel dans les spectacles précédent. Par ailleurs, c'est le seul spectacle où il n'y a pas, à proprement parler, de chœur. On ne voit pas « les habitants d'Athènes », on voit six candidats capturés par la machine médiatique, agissant en huis clos derrière le rideau scintillant du plateau télé qui projette des extraits (choisis) de leurs interactions quotidiennes. Sans doute l'écriture est-elle ici commandée par le sujet de la pièce – la crise économique – et l'on peut supposer que l'éclatement de l'ensemble social au profit de la réapparition de destinées individuelles est une conséquence des sévices du néolibéralisme. Mais l'espace urbain, (public *et* privé, soit les rues *et* les appartements), n'est plus représenté, alors qu'il constitue précisément le territoire de *Berliner Mauer, Vestiges*, de *Memories of Sarajevo*, et qu'il est là encore dans le titre du spectacle. Les « ruines d'Athènes », paradoxalement, ne font pas partie du décor,

49 Dans *Berliner Mauer, Vestiges*, toutefois, il faut souligner la place singulière du personnage d'Heiner Müller. Il n'est pas du côté des politiques, mais il n'est pas non plus du côté des gens « normaux ». Sa place d'intellectuel lui confère un statut à part, et des licences singulières : il passe d'Est en Ouest facilement – il lui suffit, sur le plateau, de soulever pour cela un pan de mur (en tissu), ce qui lui donne aussi des possibilités d'apparitions et de disparitions comiques, parce que créant sans cesse la surprise. Pour le reste, il n'existe pas de distinctions spécifiques, liées à des corps de métier ou à des milieux sociaux particuliers, dans l'espace social des « habitants ». Tous sont unis par les contraintes auxquelles ils résistent, avec lesquelles ils composent.

occupé seulement par les espaces artificiels du plateau télévisé et de la maison « artificielle », en bas, et de la salle de réunion de l'Eurogroupe, en haut. À moins de considérer que le dispositif à la fois médiatique et politique mis en scène, celui de « Parthénon story », est lui-même la « ruine » symbolique du Parthénon réel, selon un procédé d'inversion qui ferait du neuf la ruine d'une ruine, et de la ruine réelle, le neuf à retrouver.

Or justement, cette disparition d'un certain territoire de l'action se fait au profit de l'exploration d'une troisième zone de jeu, qui va dérégler progressivement le système pendulaire d'aller-retour entre les deux premières. Cette troisième sphère est la seule qui échappe intégralement à une représentation mimétique de l'histoire ou de l'actualité, c'est celle du mythe.

LA PLACE DU MYTHE : PORTE DE SORTIE DU POLITIQUE ?

Elle se dessine en pointillé, à partir de Sarajevo, autour de la figure de la déesse Europe, fille d'Agenor. Europe se présente sous les allures d'une jeune femme grande, belle, au profil méditerranéen, aux cheveux longs et bruns, aux yeux allongés par le khôl, aux bras tatoués de formes orientales, à la robe claire et à la voix rauque. L'actrice qui l'incarne est aussi chanteuse. À l'inverse des espaces des décisions politiques et de la vie quotidienne, qui sont chaque fois des lieux d'interactions, d'actions ou de discussions collectives, Europe est à elle-seule son propre espace. Celui-ci n'a d'ailleurs pas de lieu à proprement parler car il est perturbation des autres. Europe évolue entre et à l'intérieur des différentes sphères, longtemps invisible, jusqu'à apparaître enfin aux yeux des personnages sous la forme d'un songe. C'est elle la révélatrice des destinées (elle qui, pendant leurs rêves, appelle Ulysse en Ulysse, Antigone en Antigone, Cassandre en Cassandre…), elle qui fait dérailler le système bien huilé des alternances entre les deux mondes, elle qui les bouleverse au point de les confondre. À la manière des morts qui viennent hanter les téléviseurs belges et français dans *Rwanda 94*, Europe s'insinue dans les images (de l'esprit et des écrans), et affole le dispositif technique de la télé-réalité : elle arrache les micros, dérègle les couleurs, donne des maux de tête aux présentateurs, et introduit de la magie dans la maison. Commence alors un procédé qui a tout de la forme rituelle : les personnages sont interrompus dans leur action par la vision de la déesse ; envoûtés, ils se laissent prendre par la main, conduire, maquiller, pousser aux révélations. Les espaces et les temps se télescopent, les uns prennent la place des autres, et tout d'un coup Christine Lagarde descendue on ne sait comment dans le confessionnal de Parthenon Story nous raconte son parcours, nous avoue à l'image qu'elle aurait voulu être pianiste mais qu'aujourd'hui elle ne sait rien faire de ses dix doigts ; tout d'un coup Angela Merkel elle aussi passée dans la machine se met à chanter, douter et appeler la vierge dans les refrains… pendant que les candidats, eux, se libèrent. La machine médiatique attrape et piège les autres, ceux qui jusque-là évoluaient au-dessus d'elle, comme des marionnettistes qui seraient tombés dans le théâtre et auraient pris la place des poupées qu'ils manipulent. Bientôt Europe, dans un réquisitoire mystique, déchaîne sa fureur contre cette « nouvelle olympe peuplée d'usurpateurs[50] », contre les « idoles[51] » de l'Eurogroupe, et appelle à « un jour nouveau[52] ». Alors le décor se disloque, la télé dévoile ses artifices, les studios se montrent derrière le rideau du Parthénon, (qui depuis le début est tout à la fois un temple, un édifice politique et un Reality Show), et l'espace s'ouvre enfin pour que les corps… avancent. Au même moment, les ex-candidats se sont armés de plateaux et apportent des verres à shot remplis pour tous les spectateurs. Tout le monde, debout, finira par boire la boisson de la déesse.

Dans le monde désenchanté qui nous est dépeint – non seulement Dieu est mort mais ceux qui le remplacent, *là-haut*, (« cette nouvelle Olympe »), ne sont pas nos amis – se glisse et s'impose finalement le mythe sous la forme d'un rituel magique et réunificateur. Certes, il est impossible d'y croire. Rien n'est réglé après la déchéance du personnage de Tsipras – le seul qui pouvait faire communiquer le bas et le haut – et la communion finale ne peut qu'être formelle. D'abord parce que l'efficace d'un rite exige une croyance – et rien n'indique que la salle ait le culte de la déesse Europe en partage – et d'autre part parce que la communion

50 *Dans les Ruines d'Athènes*, texte au 3 juillet 2017, p. 92, « 3e chœur » / « Vous dites aimer l'Europe et vouloir la chérir ? Quelle hypocrisie ! Quelle fausseté ! / Piètres amants que vous faites ! Où sont vos présents ? Où sont vos bienfaits ? Petits amants, / où sont vos caresses ? / Honorez-moi ! Honorez-moi, car moi, Europe, je descends de Gaia, déesse de la terre, et de / Chronos, dieu du temps. / Je connais le souffle du vent, j'ai chanté sur les flots, j'ai embrassé la lune et défié le soleil. / Aimez-moi. »

51 *Ibid.*

52 *Ibid.*

réelle ou l'accomplissement complet d'un rituel collectif exigerait une sortie véritable du dispositif théâtral proprement occidental, qui sépare ceux qui font et ceux qui regardent. Mais on peut lire aussi ce final comme l'accomplissement d'une *catharsis* de tragédie grecque. Les deux metteuses en scène (comme Milo Rau) en empruntent d'ailleurs la structure, et chaque intervention d'Europe correspond dans l'économie dramatique à un *stasimon*. La soumission de Tsipras peut être interprétée de ce point de vue comme une mise à mort, suscitant bel et bien *terreur et pitié*, une mise à mort de celui qui, comme Œdipe, a ce rôle ambigu du sauveur de son peuple d'un côté, et du criminel de l'autre : le *pharmakos*, le bouc-émissaire qu'il faut expulser pour que la cité redevienne « pure[53] ». Sauf qu'ici, ce ne sont pas deux visages du personnage qui créent l'ambivalence tragique, mais plutôt deux « cités » différentes qui lui assignent chacune une identité : la cité grecque du peuple grec d'une part, aux yeux duquel il est une figure héroïque, et l'« Europe » représentée par l'Eurogroupe d'autre part, cité élargie et surtout cité économique aux yeux de laquelle il est l'homme malade qu'il faut sacrifier, la « souillure » à laver, la cause du mal (de la crise) à guérir. Autrement dit, l'ambiguïté de l'homme tragique, liée selon Vernant à la superposition de deux récits individuels (l'un qui retrace le fil d'une identité mythologique à laquelle le héros ne peut échapper, l'autre celui d'une identité civique qui est une somme d'actions libres et dont il est supposément responsable), se décalerait du côté d'une double appartenance, qui serait non pas l'appartenance à une nation d'un côté et aux instances européennes de l'autre (c'est le dilemme du discours populiste contemporain), mais plutôt à un système économique européen et mondial d'un côté, auquel on appartient en tant qu'héritier d'un capitalisme occidental *qui nous a fait*, (et de ce point de vue, nous faisons, qu'on le veuille ou non, partie des « vainqueurs » dont parle Benjamin, mais à une échelle qui dépasse notre identité nationale et notre temps historique, puisque nous sommes bien héritiers, acteurs et parties prenantes d'un système prédateur), de l'autre les tenants d'un désir d'émancipation ou de libération de ce même système, désir qui s'appuie lui-même sur notre identité première. Autrement dit, nous arriverions à un moment de notre histoire où nous serions à la fois les vainqueurs *et* les vaincus, les conquérants *et* les opprimés… par nous-même. C'est la culpabilité générée par cette double appartenance, cette double identité,

53 Vernant, Jean-Pierre, *Mythe et tragédie en Grèce ancienne*, La découverte, 1972.

qui fonde ici la tragédie politique. Dans le fonctionnement de l'espace, cette schizophrénie se traduit par une forme d'incommunicabilité entre le haut et le bas, par une séparation qui demeure indépassable. Et c'est pourquoi le spectacle, ne voulant pas se résoudre, sans doute, à l'aporie tragique, ne cesse de chercher ses solutions dans un ailleurs qui serait ici un « chez soi » plus ancien, plus profond : un « nous » mythologique, celui qui constituait précisément dans les tragédies grecques le fond d'une ancienne fatalité. Ce que cherche le spectacle, ce n'est donc pas un autre ciel, c'est un « nous » ancestral qui pourrait nous donner les armes (philosophiques mais aussi esthétiques) pour sortir d'une double identité piégeuse et mortifère.

D'autre part, le spectacle tend moins à une résolution qu'à intervenir sur son propre dispositif, sur son propre fonctionnement, en faisant finalement exploser tous les cadres qui ont été posés au préalable. Ainsi le processus rituel commence *dans* la télé-réalité. L'intérêt réside alors dans la torsion d'un système de production des images. Les images télévisuelles ne sont donc pas seulement critiquées, elles deviennent soudain, avec l'apparition de la déesse et son action sur la maison et les caméras du jeu télévisé, les créations imprévues de ce même système, selon le modèle de l'apprenti-sorcier qui reçoit soudain en plein visage des effets inattendus de ses mélanges.

Et notamment, ici, l'un de ces effets est une *orientalisation* d'Europe. Une *orientalisation*, qui est aussi une *ré-orientation* de l'espace Schengen. La présence de la déesse, tout son apparat – son vêtement de soie aux longues manches, ses bijoux, ses yeux peints comme un masque, ses tatouages et sa couronne qui est presque une coiffe de chamane – évoque en effet une *autre* civilisation que la nôtre, un dehors de l'Occident. Or, elle nous raconte qui elle est dans *Memories of Sarajevo* : née à Tyr, en Phénicie, sur les rives asiatiques de la Méditerranée, Europe a grandi au Liban. C'est Zeus qui l'a emmené vers l'Ouest, c'est lui, métamorphosé en taureau, qui l'a arrachée à son premier continent. Aussi Europe, dans le diptyque, restera cette présence déplacée d'un Orient parmi nous. « C'est comme si je disais que la prochaine réunion de l'Eurogroupe aura lieu à Ankara ! » plaisante Nicolas Sarkozy lors la première scène politique des *Ruines d'Athènes* – mais le sens de ce qui fait rire tout le monde alors ne peut qu'échapper à cette vieille Europe du mythe, qui ne fait pas de différence entre Luxembourg et Ankara.

En outre, celle-ci a l'avantage de ne pas exister, elle peut donc devenir le support de toutes sortes de fantasmes dans la mise en scène (d'ordre esthétique, vestimentaire, musical, mais aussi d'ordre représentationnel si l'on ose dire, puisque Europe conduit le spectacle à sortir de lui-même pour aboutir au rituel ; la déesse permet donc à la mise en scène de tenter elle aussi une alternative – au fonctionnement de la *mimésis* occidentale). L'Orient qui s'immisce en effet avec la déesse est une composition bizarre et sans référent, ou aux référents multiples, et qui n'est pas tout à fait dénué d'une nostalgie de l'origine (d'où, sans doute, le désir de réunification finale du bas et du haut, de la scène et des gradins). Toujours est-il que sa présence crée une tension vers un ailleurs que le spectacle n'arrive pas complètement à nommer, ou qu'il choisit de ne pas nommer. Cet ailleurs produit une tension, qui naît de l'opposition entre l'ordre rationnel et libéral de Luxembourg d'un côté et une forme de pensée magique de l'autre. Par ailleurs, Europe amène aussi avec elle l'image d'un étonnant matriarcat (où Jade Herbulot et Julie Bertin se mettent en scène, puisqu'à chaque *stasimon*, elles accompagnent leur actrice sur le plateau, maquillées, tatouées et plus ou moins costumées comme elle), un matriarcat qui viendrait s'opposer encore une fois à une sphère politique essentiellement habitée par des hommes. Est-ce pour cela que les confessions finales, provoquées par la déesse, reviennent à Christine Lagarde et Angela Merkel, les deux seules femmes assises à la table des négociations ? Comme si cette sorte de chamane ou d'exorciste agissait d'abord sur les femmes, ou plutôt, comme si les femmes étaient les premières à pouvoir prendre conscience de son pouvoir, sensibles à cet *autre* monde que transporte avec elle la déesse, et qui leur faisait finalement déplorer le leur ? Il est en tous cas possible d'apercevoir, à l'horizon lointain des effets de sens produits par la mise en scène, et à travers cette figure d'Europe-Orientale qui est une autre Gaïa, une convergence théorique entre féminisme postcolonial et écoféminisme :

> L'autonomisation de l'économie, [...] que la mondialisation a étendue à tout le globe, repose sur la séparation entre la vie domestique et la vie économique (entre reproduction et production) et sur la capacité de l'économie à produire ses propres conditions de reproduction, en se détachant de son milieu associé : c'est la condition de son universalisation. Mais cette autonomie, souvent proclamée, est largement illusoire. Il s'agit plutôt d'une occultation. [...] n'est pas prise en considération la double dépendance de la sphère économique par rapport aux prélèvements sur la nature [...] et sur la famille (la force de

> travail ne peut fonctionner dans la production que parce qu'elle est entretenue et reproduite par un travail domestique non payé et non comptabilisé). [...] C'est cette double dépendance que met à jour l'écoféminisme. Les femmes, et surtout les femmes du Tiers-Monde, où la séparation entre production et reproduction n'a pas été poussée aussi loin qu'au Nord, et où elles sont en charge d'une part importante des activités agricoles, sont aux points stratégiques où peut être surmontée la scission de la production et de la reproduction. [...] En faisant voir l'invisible, la dépendance que cache l'affirmation de notre indépendance, l'écoféminisme, dans la multiplicité de ses pratiques, nous invite à revenir à la racine commune de l'écologie et de l'économie, l'oïkos, la demeure. L'écoféminisme nous invite à faire de la Terre notre demeure, un jardin planétaire[54].

Les propos de Catherine Larrère pourraient sembler fort éloignés de notre sujet et de l'analyse du spectacle. Pourtant, la figure orientalisante de la déesse Europe incarne bien une alternative et une force de contestation contre le pouvoir viril et productiviste qui tient les rênes de l'Eurogroupe, contre son exercice prétendument rationnel mais en réalité prédateur, contre sa dénégation des réalités sociales et aussi écologiques qui sont celles des peuples et des territoires auxquels il impose ses lois. Par ailleurs, c'est bien dans la « maison » que la déesse agit d'abord, c'est bien au niveau de cette racine commune à l'écologie et l'économie que rappelle Larrère – l'*oïkos*. La mise en scène construit ainsi une figure qui laisse imaginer une sorte d'envers écoféministe au productivisme et à l'extractivisme de l'Occident. Cette sorte de « *Mother Nature* » ou « *Mother Earth* » qu'incarne l'Europe-Gaïa-orientale du spectacle[55] offre

54 Larrère, Catherine « L'écoféminisme : féminisme écologique ou écologie féministe », *Tracés. Revue de Sciences humaines* [En ligne], 22 | 2012, mis en ligne le 21 mai 2014, consulté le 01 septembre 2017. URL : http://traces.revues.org/5454 ; DOI : 10.4000/traces.5454.

55 Pour le caractère « maternel » de cette Europe vitaliste, voir *Memories of Sarajevo*, « Jour 1284, Les Attentats du marché » : « EUROPE – Mes enfants, mes chers enfants, dormez contre moi des heures et des heures. Écoutez ce ruisseau de lait qui me gonfle les seins, que vous puissiez boire jusqu'à en avoir assez. Les voici donc les corps de mes enfants, des profondeurs je crie vers toi. Que ton oreille soit attentive au cri de ma prière. C'est à peine si je puis ouvrir ma bouche pour exhaler ses paroles. Regarde mes cheveux ravagés par les flammes. Regarde cette cendre brûlante qui couvre mes yeux et mon visage. Regarde mes ongles qui ont déchiré mes joues. Regarde mes enfants. Regarde leurs corps endormis. Écoute ce silence. Est-ce là ma récompense ? Est-ce là le prix dont je suis honoré pour mes bienfaits ? Moi, qui ai changé le jasmin en rose. Moi, dont les bras savent enlacer. Mes enfants meurent et le ciel est vide. Les hommes sont des taureaux et leur sang coule. Vois ! Atlas lui-même pleure et peut à peine tenir sur ses épaules l'axe du monde incandescent. Si la mer, si la terre, si mes enfants périssent, nous retomberont

l'image d'une terre-Europe généreuse, organique, active, créatrice, et suggère une harmonie perdue avec l'*autre* continent, une unité sacrée à restaurer.

Le problème de ce troisième point de vue, mythique, réunificateur, est qu'il contribue au dualisme qui est déjà à l'œuvre dans le reste de la mise en scène : il renverse simplement ses logiques, (celles du bas et du haut, celles des actions des décideurs d'un côté et des habitants de l'autre, celle d'une Histoire faite par les gouvernants et d'une Histoire faite par les gens, celle d'une Histoire faite par des hommes et d'une alternative proposée par des femmes) mais ne permet pas de penser une action à la fois individuelle et collective qui le traverse et fait rupture, une action « épique » selon la définition que nous avons donnée plus haut.

En revanche, il permet de désigner, clairement, des ennemis.

DÉSIGNER LES ENNEMIS

Le rapport du haut et du bas n'est plus un rapport de représentants à représentés, mais seulement un rapport d'imposition par les premiers d'une carte du réel qui est reçue et redessinée de l'intérieur par les seconds. C'est un rapport de force. Car d'une certaine manière, les deux espaces ont un fonctionnement concurrent. Une bonne partie des efforts de ce ceux d'en bas consiste à vivre (ou survivre) *malgré* ceux d'en haut. Malgré les résolutions mafieuses des uns dans *Sarajevo* (accords sous le manteau entre Misolevic, Karadzic et Tordjman), et malgré les résolutions libérales, technocrates et pseudo-rationnelles des autres dans *Athènes.* Qui sont donc ces gens qui ont « des plans », plans de paix et/ou plans de sauvetage pour les autres ? Si Europe les fera descendre et parler, pour que la fin du spectacle se passe à l'horizontale, si l'on ose dire, il reste que ceux d'en haut sont bel et bien désignés comme nos ennemis. Et telle est la force du geste d'écriture du spectacle. Car ce n'est pas qu'il

dans l'antique chaos. Ô souverain des Dieux, Zeus, amour, arrache aux flammes ce qui subsiste et veille au salut de l'univers. Veille sur mes enfants, veille sur ta fiancée que tu as jadis enlevée. » / Ou, *Dans les Ruines d'Athènes*, le dernier texte d'Europe, emprunt de métaphores naturelles, organiques et vitalistes : / « Jour nouveau ! / Qu'une pluie diluvienne s'écoule jusqu'au profondeur de la terre ; / Que les fleuves sortent de leur lit et abreuvent les herbes asséchées ; / Que des montagnes tremblantes jaillissent des langues de feu ; / Que la foudre de Zeus irradie l'obscurité des ténèbres ; / Et qu'ainsi la lumière étincelante caresse l'horizon et nous apaise. / Jour nouveau ! / Libère les taureaux / Jour nouveau ! / Libère mes amants ! »

y ait des « méchants » et des « gentils » en soi – le spectacle montre bien que Christine Lagarde n'est pas fondamentalement « méchante », lorsqu'elle raconte à la caméra de Parthénon Story son histoire, ses études, ses concours, (Science Po, l'ENA, le cabinet d'avocats américain[56]… etc.). En revanche, le parcours qu'elle nous décrit interroge : comment les structures sociales et institutionnelles que nous traversons nous font, nous fabriquent, et dans quelle direction ? Le fonctionnement de l'espace le dit bien : les problèmes des personnages du haut sont spécifiques au fait d'être en haut ! L'avantage de les avoir si bien séparés des personnages du bas, au point que toute communication s'avère impossible entre les deux mondes, est de pointer que les règles qui s'imposent au premier ne sont plus soutenues par les nécessités des seconds, et vont même dans le sens inverse. Il y a donc des ennemis plus que des méchants. Une grammaire pour l'action semble être posée. Mais laquelle ?

Avec Tsipras, l'épopée traditionnelle – l'action d'un seul qui sauve le collectif – est à la fois réactivée et évacuée. Il est le seul personnage qui réussit momentanément à faire communiquer le bas et le haut, il est le seul à pouvoir se déplacer sur les deux niveaux du dispositif. Mais sa bataille pour faire valoir les intérêts des premiers est perdue. L'on gagne et l'on perd de nouveau et aussitôt le rapport traditionnel de représentation qui lie le héros à son peuple (et qui en l'occurrence, se confond avec la foi dans le processus d'élection démocratique). Que reste-t-il ensuite ? Le spectacle ne trouve pas d'autres formes d'intermédiaires, d'autres gestes ou d'autres actions pour passer d'un niveau à l'autre. Tout demeure verrouillé jusqu'à la révolte engendrée par la déesse Europe.

56 Voir *Dans les Ruines d'Athènes*, texte établi au 3 juillet 2917 p. 88 – « Je suis Christine, Odette, Madeleine, née l'Alouette. J'aimais beaucoup la natation quand j'étais petite. J'ai même été vice-championne de France de natation synchronisée. C'était il y a longtemps. J'ai fait eu la chance de faire un très beau voyage aux États-Unis. Et quand je suis rentrée, j'ai été reçue à Science Po. Science Po, ça a été très important pour moi, j'ai rencontré plein de gens absolument fabuleux, j'ai appris énormément de choses. Science Po. Et ensuite il y a eu L'ENA… *Silence.* L'ENA, j'ai raté. J'ai eu une maîtrise du droit des affaires, et une maîtrise d'anglais et je suis devenue une grande avocate, dans un cabinet très prestigieux. Un cabinet américain. Et le ministère. Le commerce extérieur, l'agriculture, la pêche – c'est important la pêche – puis l'économie. Et aujourd'hui, je suis la première femme a dirigé le Fonds Monétaire International. *Silence.* Quand j'étais petite. *Silence.* Quand j'étais petite, je rêvais d'être pianiste. Et maintenant je ne sais même pas faire une gamme de do. Pourtant c'est simple. Je me souviens, il fallait… *Elle tente de refaire la gamme avec ses mains.* Je suis une des femmes les plus puissantes du monde, mais je ne sais pas me servir de mes mains. »

Le spectacle, ne trouvant que la magie et le mythe pour faire bouger son dispositif, semble nous indiquer que l'action épique est (encore) à réinventer.

CONCLUSION PROVISOIRE : L'ÉPIQUE IMPOSSIBLE ?

Ainsi, les acteurs du Birgit font d'abord une histoire générationnelle – c'est un âge qui délimite ce « nous » – qui transcende toute histoire nationale et postule une appartenance à un ensemble plus large, européen, et il faut ajouter : citadin. C'est un « nous, habitants des villes d'Europe » qui se met en scène. Par ailleurs, le sujet qui est au cœur de leur enquête est pluriel, c'est une nébuleuse d'individus, sans figure unique qui s'en détache ou s'en extrait : il n'y a pas de héros traditionnel qui « tienne » dans cette tétralogie, dans ce récit[57]. Mais il y a un héroïsme collectif, un héroïsme des petites actions, un héroïsme réaliste qui n'a rien de monumental, et qui tache seulement de rendre la vie vivable en rusant avec l'ordre auquel elle est soumise. Aussi ce « nous » qui fait son histoire se définit clairement comme une force de résistance à un « eux » qui serait, chaque fois, ceux qui décident, gouvernent, prennent des mesures[58]. Ce « nous », enfin, Jade Herbulot et Julie Bertin le pensent de telle sorte qu'il concerne les spectateurs. Il faut encore dire ici deux mots des dispositifs choisis et en particulier du travail sur l'espace, qui contribue chaque fois de manière singulière à nous inscrire au cœur des problèmes qui s'imposent aux habitants de Berlin, de Sarajevo, ou d'Athènes.

57 Voir, *Mémories of Sarajevo*, « Jour 295 », p. 35, les paroles d'un sarajevien : « ADEMIR – Ce n'est pas une guerre de héros comme la Seconde Guerre mondiale. Ici c'est une guerre nationale. Dans une guerre nationale, il ne peut pas y avoir de héros. Passer pour un héros aux yeux des Musulmans ça ne m'intéresse pas. »

58 *Ibidem* « NENAD – Le problème, c'était les hommes politiques. Les hommes qui voulaient le pouvoir. C'était ça, le problème. Ils cherchaient à détruire la conviction que l'on pouvait et devait vivre ensemble. Pour détruire cette conviction, il fallait créer, psychologiquement, comment dire ? Un défaitisme. Il fallait que le peuple finisse par se dire un jour : j'en n'ai plus rien à faire du Sarajevo multi ethnique ou multiculturel, tout ce que je veux, c'est survivre. »

DISPOSITIFS SCÉNIQUES ET QUESTIONS D'ENGAGEMENT

Dans *Berliner Mauer, Vestiges*, l'on entre dans la salle et deux gradins, de part et d'autre du plateau, nous accueillent. Il faut choisir son côté. On ne sait pas encore qu'on est en train de choisir un côté de la ville. Quand le mur va s'édifier pourtant, au bout d'une demi-heure de spectacle, et au milieu de la scène, l'on sera définitivement séparé des autres spectateurs. Nous devenons tous, au cours de ce procédé, des habitants de l'Est ou de l'Ouest qui subissent soudain une assignation géographique et politique qui n'a pas été choisie au préalable. Et nous ne verrons, par conséquent, pas le même spectacle. L'on entendra, seulement, ce qu'il se passe de l'autre côté, et l'on tendra l'oreille *sans pouvoir voir* – si ce n'est, à de rares moments, ce que la télé veut bien nous montrer de ce qu'il se joue là-bas, et qui apparaît projeté sur le décor, c'est-à-dire sur le mur lui-même. La mise en scène joue ainsi avec notre frustration, notre sentiment de privation, tout comme elle réussit à nous émouvoir de la réunification : les visages perdus du bi-frontal réapparaissent, nous retrouvons, nous aussi, ceux qui étaient en face et qui, pendant deux heures de spectacle, ont connu une réalité différente. Autrement dit, la séparation de l'espace réussit à créer l'unité – celle du public, qui, d'être coupé en deux, se perçoit comme un ensemble.

Dans *Mémories of Sarajevo*, ce sont les papiers de couleurs glissés dans nos programmes qui nous imposent une partition semblable, aussi arbitraire que le choix entre deux gradins : certains se retrouvent côté musulman, d'autre côté chrétien, d'autres sont orthodoxes, certains sont bosniaques, d'autres croates, d'autres serbes. Au départ, le procédé était censé aller plus loin, et les spectateurs devaient se déplacer dans la salle pour former des communautés regroupées, (les bleus avec les bleus, les jaunes avec les jaunes, les rouges avec les rouges). Les metteuses en scène devront abandonner l'idée pour le temps qu'elle faisait perdre, et pour ce que promettaient de laborieux les déplacements croisés de 400 personnes sur des gradins. Néanmoins, cette autre assignation à identité, même cantonnée à un seul moment du spectacle, (au début), produit ses effets. Quelques instants plus tard, une discussion a lieu entre les chefs bosniaques et serbes pour savoir si un référendum doit être organisé afin de décider si oui ou non la Bosnie doit réclamer son indépendance ; et nous constatons avec surprise que nous prenons naturellement le parti que nous commandait notre couleur : celui des Bosniaques. Peut-être est-ce un hasard, ou peut-être que l'on peut en déduire que le clivage imposé par la mise en scène (un ordre qui vient d'« en haut », d'une certaine manière), nous amène de manière naturelle à nous identifier avec les individus qui subissent ces mêmes assignations identitaires, culturelles et géographiques dans l'(H)istoire représentée. Le dispositif théâtral produit donc des équivalents sensibles à ces séparations subies par les peuples, et nous force imperceptiblement à prendre parti, à faire des choix, à partir de ces assignations qui ne sont ici, évidemment, qu'un jeu auquel on participe.

Dans *Les Ruines d'Athènes*, l'on nous ordonne aussi de choisir. Cette fois, c'est pour des candidats de Parthénon Story qu'il faut voter, en direct, avec nos téléphones, c'est-à-dire en toute impunité et dans l'anonymat : qui va éponger la première partie de sa dette ? Qui va rester dans la maison ? Qui va sortir ? Qui préfère-t-on ? Nous nous retrouvons partie prenante du reality show. Nous nous retrouvons acteurs du jeu et nous appliquons ses règles, en profitant de la position de surplomb qu'il semble nous offrir (un voyeurisme confortable). Le dispositif ne va pas aussi loin que dans *Berliner*, car l'on comprend trop rapidement que nos choix sont sans conséquences et que la machine est truquée. On s'en désengage vite. Néanmoins, en faisant de nous le public du show, en faisant aussi descendre les candidats des gradins au tout début du spectacle, le dispositif général nous place dans cette position ambiguë de ceux qui sont à la fois d'autres candidats potentiels, tout en étant aussi ceux qui exercent sur les candidats choisis les sanctions ou les gratifications économiques proposées par le jeu. Ces lois qu'on ne veut pas subir, nous sommes ceux qui les faisons appliquer.

Pour finir, les dispositifs pratiques employés par le Birgit débordent en permanence sur la salle : ils placent en position de ressentir les fractures de l'espace public (la ville) représenté(e), et conduisent les spectateurs à faire des choix équivalents à ceux des habitants tout en soulignant en permanence les déterminations politiques, géographiques, sociales, religieuses ou économiques de tels choix. Les lignes de clivages sont ainsi accusées au sein du public, mais « pour de faux », de manière ludique, et finalement, en rassemblant les spectateurs à l'intérieur d'un même « parti » : celui « des gens » (catégorie qui est d'ailleurs problématique). Les spectacles ne cessent ainsi d'osciller entre deux jeux : celui de séparer et de réunir, de fracturer et de rassembler, tout comme celui de critiquer (des discours et des attitudes médiatiques, journalistiques, par exemple) et de performer avec brio (par le *show*). Cette oscillation serait-elle le pendant de la schizophrénie politique dont nous parlions plus haut ?

Les spectacles de Rau, pour leur part, fonctionnent moins autour de dispositifs agissants sur la salle, structurant par avance les intérêts des spectateurs pour les conflits représentés, que grâce à la confrontation de ces derniers avec des individualités magnifiées, héroïsées. Car l'héroïsation des anonymes se présente ici comme un préalable à l'élaboration d'un nouveau récit épique, sous-entendu d'un nouveau récit politique et historique commun. Que ce dernier soit sorti du cadre de la nation pour épouser celui, plus vaste, du continent européen, voilà ce qu'ont en commun la tétralogie du Birgit et la trilogie de Rau. Que cette épopée se pense aussi comme une composition de récits pluriels, ancrés dans des unités géographiques locales et des périodes historiques précises – Sarajevo pendant le siège, Athènes pendant la crise, Berlin après la seconde guerre mondiale – c'est leur second point commun, et les unités historico-géographiques choisies sont d'ailleurs équivalentes. Par ailleurs, les récits collectifs mis en scène, zoomés de plus ou moins près (de très près chez Rau, de beaucoup plus loin dans le travail du Birgit), sont dans les deux cas une manière de se débarrasser (ou de désigner comme « les autres » voire les « ennemis ») de ceux qui occupent de manière plus traditionnelle les récits historiques – les grands hommes, les grands noms, les personnages des livres d'Histoire – au profit des petits, des anonymes, des témoins, qui deviennent un sujet inclusif : « nous ». Mais ce « nous » n'est plus un peuple. Ce nous est une somme d'individus aux trajectoires diverses, à travers l'ensemble du continent. Pommerat, qui anonymise les acteurs de la Révolution Française fait en sorte de retrouver ce même sujet historique : la collection d'individus aux points de vue multiples et qui se composent un destin commun. Et il le fait en faisant « sauter » les mises en récits institutionnelles de la période, en faisant « sauter » les unités déjà instaurées pour penser l'action révolutionnaire : et notamment les grands personnages et leurs grandes actions. Et si à l'inverse, les d'Ores et déjà choisissent des noms honnis de la Terreur pour se les approprier haut et fort, là aussi, d'une certaine manière, le « nous » revendiqué se pense *contre* l'institution. Dans tous les cas, et quelques soit la démarche (plus pédagogique chez le Birgit, plus activiste chez Rau, plus revendicative chez les d'Ores et déjà, enfin plus anthropologique chez Pommerat), un « qui sommes-nous » se cherche et se fouille dans une Histoire *élargie*.

Du concept d'épique que nous avions posé en cours de chemin – une action collective qui relie certaines intériorités décisionnaires à un ensemble social plus vaste et dont le devenir dépend – on retrouve un invariant dans chacun de ces spectacles : le mouvement de l'Histoire y est sensible et il s'articule d'une manière ou d'une autre à la réalité des gens. Ce que l'on peine à retrouver dans les deux cas, en revanche, c'est la question de la grandeur d'une action épique possible. Entre le déplacement de blocs historiques (et l'on remarquera que c'est le sujet de chacun de nos cas d'études : chacun s'attache bien à décrire un « tournant » de l'histoire) et les existences individuelles et collectives que ce changement concerne, il n'y a pas de zone de passage clair. L'action épique démocratique (celle qui articule puissances, responsabilité, justice, et une forme de générosité qui s'allie à d'autres) est plus aisément palpable dans les spectacles qui mettent en scène les acteurs politiques de la révolution française, parce que ces acteurs sont précisément, à ce moment-là de notre Histoire, considérés comme des hommes normaux (des anonymes, ou des humbles) amenés à prendre des décisions fondamentales, et aux conséquences immenses. Dans les récits post-Seconde guerre mondiale étudiés ici, on semble perdre cette possibilité. Ceux que l'on voit prendre des décisions dans les spectacles du Birgit notamment, n'ont d'ailleurs pas d'intériorité. La satire dont ils font les frais nous ôte la possibilité d'imaginer un fondement éthique aux prises de décisions politiques. Et le parcours de Tsipras dans les *Ruines d'Athènes* est à cet égard, encore une fois, une sorte d'exception, un passage épique éclair. De l'autre côté, les tentatives de résistance des individus, leurs pratiques et leurs petites actions fabriquent « le temps historique » certes, mais elles ne participent au « tournant » que de manière assez lointaine. Il faut croire que l'on a sans doute du mal à les inventer, ou à réinventer ces « nouvelles aristocraties de la conscience » que nous étions déterminées à observer. Les dilemmes du for intérieur ont été recouverts par les récits de trajectoires, ou par la mise en scène de nos bricolages protéiformes, nos débrouilles et nos détours, inventions héroïques qui s'ignorent. Est-ce à dire que le système épique n'est plus possible ou qu'il ne peut aller que vers sa mort ou vers sa déception absolue (comme avec Tsipras) ? Ou bien vers l'illusion d'un règlement pacifique du monde ? Ou bien vers une origine mythique ?

Si les récits historiques, eux se renouvellent sans aucun doute dans les écritures de plateau que nous avons étudiées, il reste à savoir si la question de la grandeur épique, elle, peut trouver une acceptation qui ne soit pas seulement esthétique, soit une autre définition que celle des effets de mise en scène.

FIN DE LA DEUXIÈME PARTIE : VERS D'AUTRES TENTATIVES

Les coutures traditionnelles de l'épique ont sauté : les catégories sont fêlées qui permettaient jusqu'ici de penser ce qu'on faisait en racontant une épopée. Ni une grande narration linéaire, ni un « grand récit national » ni une mise en scène du « peuple », de « la nation », ou « des grands hommes », l'épopée historique devient, dans les spectacles qui nous ont intéressé, autre chose. Ce sont aussi des cadres de l'Histoire (des cadres historiographiques) qui ont explosé. Et c'est également le « nous » s'emparant de son passé (le sujet historiographique) qui n'est plus d'actualité, ou qui change – de même que son objet (l'ensemble observé) change avec lui. La nation tend à disparaître au profit d'ensembles géographiques reliés entre eux par des séries d'événements et par les déplacements, les trajectoires et enfin les histoires de ceux qui les habitent. Ceux-là, les « habitants », ceux qui habitent le continent de diverses façons, ceux qui sont « au sol » et qui se déplacent sur les cartes, qui les transforment et les redessinent subrepticement, ceux-là sont les nouveaux sujets. Ils sont reliés entre eux, dans les pièces, sur le plateau et dans leurs récits, par leurs manières d'agir ensemble, d'habiter ensemble des territoires et des existences complexes. Ce sont des individus singuliers qui ne constituent jamais *a priori* une communauté unie mais qui sont toujours susceptibles de fonder, *dans l'action* (et notamment dans *l'action d'habiter)*, et non pas par leur identité, de nouveaux *collectifs*. Si l'on devait à présent proposer une distinction entre communauté et collectif, nous dirions en effet que la première est un ensemble constitué par une série de traits (sociaux, ethniques, sexuels, politiques…) qui sont partagés par tous ses membres, soit par une identité qui la définit *a priori* ; alors que le second n'a d'unité qu'*a posteriori*, quand son action prend forme et se dessine en un geste que peuvent revendiquer différents individus parce qu'ils y ont participé d'une quelconque façon, même minimale.

Ce qui est intéressant dans les spectacles qui touchent à la période la plus récente, et au contexte philosophique qui nous est le plus proche (démocratique, égalitaire et post-moderne) c'est que des collectifs plus que des communautés se mettent en scène, notamment par l'intermédiaire de troupes jeunes et aux acteurs nombreux comme celle du Birgit Ensemble. Un agir commun *dans* l'histoire est bien représenté dans *Berliner Mauer*, *Memories of Sarajevo* ou dans *Les Ruines d'Athènes*.

En revanche, un agir commun *sur* le cours de l'histoire, soit une action collective proprement *épique*, elle, n'est presque jamais mise en scène. Ce que cette dernière pourrait être dans le contexte démocratique contemporain reste une question. Aussi, le geste épique est moins représenté dans ces spectacles qu'il n'en constitue, d'une certaine manière, l'horizon.

La façon dont s'écrivent les différents spectacles que nous avons étudiés nous donne peut-être un indice pour l'expliquer. Le montage de récits (seulement individuels chez Rau ; individuels, collectifs et officiels dans le travail du Birgit) ainsi que l'assemblage d'archives et de témoignages refondus dans des discours à la première personne (qui sont constitutifs du travail chez Pommerat et les d'Ores et déjà) indique en effet que l'individu est devenu l'unité de base pour penser une composition de points de vues multiples qui, seule, serait à présent susceptible de constituer une Histoire collective, c'est-à-dire susceptible aussi de constituer un Faire-Histoire, un agir commun. Toute la difficulté d'écriture, et de construction d'une *action* – théâtrale (dans sa trilogie sur l'Europe, d'ailleurs, Rau y renonce) – et aussi non théâtrale, réside alors dans le travail de *composition* de ces points de vue. Comment assembler ces « histoires » avant tout individuelles et qu'on ne peut pas réduire à une Histoire collective qui les précède, qu'on ne peut pas, par conséquent, fondre complètement et absorber dans un grand récit ? L'idée de Pierre Rosanvallon dans *La société des égaux*, selon laquelle l'individu est lui-même devenu un individu-histoire, inassimilable à un grand récit qui le dépasse, explique sans doute en partie la difficulté :

> S'ouvre [avec l'individualisme de singularité] une nouvelle étape de l'émancipation humaine, celle du désir d'accéder à une existence pleinement personnelle [...]. Mais plus profondément encore au fait que les individus sont dorénavant plus déterminés par leur histoire que par leur condition. C'est l'affrontement aux événements, les épreuves subies ou les opportunités rencontrées qui façonnent aujourd'hui la plupart des existences, marquent des points d'arrêt, condamnent à des régressions ou entraînent des

> accélérations [...]. L'individu-histoire, nécessairement singulier, a ainsi éclipsé l'individu-conditions, davantage identifié à un groupe[59].

Voilà qui éclaire en effet que l'histoire individuelle précède l'Histoire collective et résiste, d'une certaine manière, à s'y assimiler. La technique du montage, du collage de différents types de récits à la première personne (témoignages, discours ou confessions), avec des documents plus officiels, (des archives), ou des bouts de dialogues, évite ainsi que des liens ne les associent *a priori* ; elle empêche cette absorption du récit individuel dans un récit collectif ; elle laisse seulement *à penser* leurs rapports. À les penser, les imaginer, les repenser et les ré-imaginer sans clôture, indéfiniment. Mais ce qui semble ici constituer un empêchement à l'écriture d'un récit *commun* peut aussi être considéré comme ce qui rend sa réinvention possible. L'individualisme de singularité, (*l'individu-histoire*) dont parle Rosanvallon apparaît en effet comme une donnée contemporaine qui résiste tout autant qu'elle constitue un outil pour l'élaboration d'un nouveau type d'épopée historique : elle nous force à imaginer autrement la formation du collectif (par des formes d'associations qui ne sont jamais définitives, ni données par avance), et ce faisant la possibilité d'une action épique dans un régime de pensée à la fois démocratique et égalitaire.

En effet, comme on l'a vu en s'interrogeant sur les mutations des « vertus » épiques contemporaines (et notamment sur la loyauté et la générosité, modalités phares de l'action épique traditionnelle) les associations entre les individus sont d'une certaine façon *libérées* par le fait de ne plus être tenues par un cadre englobant, institutionnel, ou social. Susceptibles aussi bien de se déformer que de se reformer en fonction de besoins ponctuels, les collectifs (et non pas les communautés) peuvent dès lors être considérés comme des associations libres et momentanées, directement branchées sur l'*occasion* – politique, économique, et *in fine* historique. On peut même imaginer que l'effectivité du collectif ou de l'action collective (puisque nous les considérons ici comme synonymes) est alors potentiellement multipliée par sa manière de se profiler chaque fois *en fonction* d'une situation problématique précise. Toute l'affaire devient de trouver, ou plutôt d'apercevoir les (bonnes) occasions dans

59 Rosanvallon, Pierre, *op. cit.*, p. 310-311. Sur l'individualisme de distinction, généralisé en individualisme de singularité, voir note 2.

le contexte moderne et démocratique pour que l'action épique puisse advenir, sans répéter un modèle d'agir qui ne soit pas adapté précisément à la situation. Être à l'affut de nouveaux *kairos*, en somme, ou des points de ruptures historiques liées à l'accumulation de séries de causes multiples, pour qu'une action *sur* l'histoire se dessine, aimantant autour d'elle de nouveaux collectifs. Est-ce à dire que nous irions vers un épique opportuniste ? Ou contingent ? Peu importe, à condition qu'il soit réel : c'est à dire que l'association de « vertus » épiques en leur sens nouveau (donc institutionnellement délié), ou l'association de puissances d'agir et de penser diverses puissent être effective, et produire des effets tels que les formes de vies collectives s'en trouvent changées.

Trouver, voir, apercevoir, être à l'affût de l'occasion « historique »... ce sont là des termes de pisteurs. Sauf que nous sommes moins ici sur les traces d'un passé que sur celles d'un éventuel futur. C'est pour cette raison que l'épique est profondément en lien avec l'imagination d'une *voie*. (Comme on pourrait parler de la voie d'un loup ou d'un cerf dans une forêt). C'est pour cette raison aussi qu'il n'y a pas de modèle épique déjà conçu *a priori* pour le théâtre (et pour l'action politique, et pour la vie en général) mais seulement des *tentatives* : tenter/imaginer des chemins, tenter/imaginer des issues, débroussailler des possibles, repérer des brèches, concevoir, inventer, essayer des modèles d'action – sans parfois même en avoir conscience, sans être jamais sûr d'arriver quelque part.

Par ailleurs, pour que ce pistage soit collectif, pour qu'une intelligence collective se mette en marche, il faut une circulation des informations fluide et fiable[60]. D'une certaine manière, la démarche journalistique et interventionniste de Milo Rau s'inscrit dans cette optique. Le metteur en scène en appelle à un théâtre global et à une histoire globale afin de pouvoir penser une action citoyenne et sociale de l'artiste hors de son sol d'origine ou du milieu auquel il appartient. Mais il a la singularité aussi de faire sortir la pratique théâtrale des habitudes qui la définissent. Le documentaire et la performance, le procès et la radio viennent polluer (en un sens positif) l'acte traditionnel de la mise en scène du texte, l'exportent ailleurs. Chaque dispositif s'adapte ici aux exigences d'un contexte et d'une situation politique que Rau s'efforce de contribuer à régler, ne pensant la représentation que comme une étape d'un processus ou d'un geste plus large, une action civique. De sorte

60 Voir Dewey, *La Grande Société.* dans *Le Public et ses problèmes*, *op. cit.*

que c'est son théâtre lui-même qui embrasse les catégories de l'épique que nous avions définies plus haut : la triade « puissances-responsabilité-justice ». Si l'on suit cette piste (!), peut-être qu'il faudrait élargir notre cadre d'observation. Les spectacles que l'on a étudiés dans cette seconde partie avaient déjà tendance à « déborder » sur la salle, si l'on ose dire, c'est-à-dire à inventer des dispositifs qui soient en interaction avec les spectateurs – contrairement à notre premier ensemble de spectacles, qui restent, globalement, de grandes machines narratives qui s'imposent et éblouissent depuis les boîtes noires du théâtre. Mais ne faudrait-il pas, en s'inspirant de Rau, regarder comme épique non plus seulement ce qu'il se passe sur scène, ni non plus ce qui peut advenir entre la scène et la salle, mais ce qu'il peut se passer entre un spectacle et son environnement direct, le contexte et la réalité locale (et peut-être internationale) qui l'accueillent ? Est-ce qu'un projet, s'il participe de cette tentative d'agir à un moment et à un endroit spécifique, s'il mobilise autour de lui des myriades d'acteurs différents qui participent à son action, est-ce qu'un projet en soi ne pourrait pas être considéré comme « épique » ?

Peut-être que nous pourrions, en effet, tenter de penser l'épique en fonction non plus seulement de ce que racontent les spectacles mais de l'ambition des projets, voire des projets eux-mêmes en tant qu'ils sont toujours des *actions* sur le monde. Il faudrait faire l'hypothèse alors que parmi ces actions il en existe certaines d'épiques, non pas parce qu'elles réussiraient forcément à « écrire l'histoire », ou à la faire basculer, mais parce qu'elles seraient des tentatives, en soi, de conquêtes de nouveaux possibles, de nouvelles *voies*, de nouveaux modes de rassemblement, de nouveaux types de rituels, de nouveaux points de contacts avec le réel. Parce qu'elles tenteraient d'une façon ou d'une autre de s'inscrire dans les contextes sociaux, économiques, politiques et affectifs des lieux et des temps singuliers qu'elles occupent. Parce qu'elles chercheraient, enfin, une manière de sortir d'un mode de consommation *désintéressé* – ce qu'on appelle précisément une « expérience artistique », depuis Kant – pour se tisser au contraire avec le flux vivant de nos besoins et de nos actions quotidiennes, triviales et multiples. Parce qu'elles seraient, au fond, une tentative pour s'y loger et de l'intérieur en changer, même très légèrement, le cours.

TROISIÈME PARTIE

ALTERNATIVES ÉPIQUES, CRÉER DU COMMUN

POINT SUR LA TRAJECTOIRE

Quelques définitions avant le dernier virage

Nous avons identifié deux tendances épiques dans le théâtre contemporain, et qui sont toutes les deux reliées à l'ambition politique de l'institution au sein de laquelle elles prennent place, celle du théâtre public subventionné. La première tendance est de créer de grands récits fédérateurs sur le plateau. La seconde est de fabriquer ou de réinventer, via la représentation, une Histoire collective et majoritairement critique. Ces deux tendances sont tournées vers la possibilité de dégager et d'éclaircir un horizon politique pour la communauté qui se réunit dans la salle. De même, elles semblent liées toutes deux à une seule et même inquiétude, que nous avons déjà qualifiée au début de notre seconde partie comme une inquiétude *démocratique*, propre au contexte historique, politique et économique qui est le nôtre. Mais, bien qu'elles soient habitées par cette même inquiétude, et tendues par un même attracteur, ces deux tendances prennent des chemins différents, c'est ce que nous allons d'abord expliciter dans un chapitre qui fait le bilan des enjeux de la « quête d'épique » qui est à l'œuvre dans les créations étudiées jusqu'ici.

Une fois ces enjeux identifiés nous pourrons mieux cerner les limites que cette quête rencontre et qui l'empêchent peut-être de se développer complètement. Ces limites sont liées, selon nous, au cadre institutionnel au sein duquel ces formes se déploient – celui de la salle de théâtre public et subventionné. Nous devrons alors nous aventurer sur la voie d'une troisième tendance, qui répondra autrement aux problèmes que nous aurons posés, tout en se constituant de façon plus marginale. Cette troisième « voie » de l'épique nous fera nous déplacer en effet hors des circuits institutionnels et centrer notre attention non plus sur des spectacles mais des « projets ». Nous explorerons ainsi, dans nos deux derniers chapitres, ce que l'idée d'« épopée théâtrale » recouvre quand elle s'applique non pas à une fiction ou à une représentation scénique mais à la réalité et à la progression d'une expérience plus globale, qui se joue sur le terrain de la vie sociale, économique et politique, et n'a rien de purement « artistique ». Nous tâcherons de comprendre pourquoi certaines initiatives théâtrales sont spontanément considérées comme des « aventures », et ce qu'elles créent autour d'elles. Et nous verrons alors que les « collectifs agissants » que nous cherchions sur le plateau dans notre seconde partie se constituent potentiellement autour de tels projets, impliquant non seulement les artistes, mais aussi les habitants d'un lieu.

Aussi, pendant toute cette partie et au fil des cas que nous étudierons, l'épique va se redéfinir en s'articulant à trois notions : celle de rituel, de rencontre, et d'utopie. Toutes trois apparaitront régulièrement et relieront souterrainement l'épique et l'épopée à la question du « commun », que ce commun s'envisage comme un destin, un horizon politique, un bien partagé, ou une action collective – soit un agir commun. Nous empruntons en effet les concepts de « commun » et « d'agir commun » aux philosophes et sociologues Pierre Dardot et Christian Laval, qui nomment ainsi un principe de rationalité politique et un principe d'action sous lequel se rassemblent des luttes et des recherches collectives de formes démocratiques nouvelles[1]. C'est dans cette large acception que nous les entendrons, sans nous en référer pour autant à la dimension juridico-économique du concept, puissamment et précisément dépliée par Dardot et Laval.

Il nous sera alors nécessaire de repenser le rituel théâtral en un sens à la fois séculier et démocratique, comme un certain type de rassemblement autour d'éléments communs et *pour* créer du commun. Nous le définirons donc comme un « cadre » (Bateson) à l'intérieur duquel interagissent de manière régulière des êtres humains avec d'autres (et parfois aussi avec des non-humains, et plus largement avec un environnement et un contexte, on le verra) à tel point que l'expérience qu'ils partagent rend vivante, concrète et active l'idée d'un agir commun.

On sait en effet que si l'événement théâtral est considéré à l'origine comme un rituel, il l'est en un sens religieux : celui du rassemblement d'une communauté autour des mythes qui la fondent, voire des « esprits » qui l'habitent, et des récits qui la constituent. Au fil des siècles, ce

---

1 Dardot, Pierre et Laval, Christian, *Commun, Essai sur la révolution au* XXI*e* *siècle.* La découverte, Paris, 2015.

rituel s'est sécularisé et pluralisé sous des formes artistiques multiples. De même, le rapport de forces qui structure originellement son dispositif – une masse de spectateurs regardant un petit nombre d'acteurs, chargés d'opérer un lien entre la communauté et les forces spirituelles, symboliques ou mythiques qui fabriquent son unité – tend à s'atténuer au profit d'une vision horizontalisée du parterre et de la scène, de la salle et du plateau, et une démultiplication des points de vue possibles autour de l'action, et au sein de la performance elle-même. Pourtant, il semble que le problème du théâtre (épique) contemporain, soit de mettre explicitement en présence des individus égaux et aux points de vue multiples mais équivalents de part et d'autre de la scène, tout en voulant conserver la dimension magique d'un rituel revitalisant le collectif. Le contexte historique et politique qui est le nôtre nous oblige donc à inventer et à définir un rituel d'un autre genre. Un rituel immanent pour des communautés toutes aussi immanentes, qui ne se constituent que de se *rencontrer* autour d'une même action, plutôt qu'autour d'une même représentation, autour d'un faire commun, plutôt qu'autour d'une identité commune.

Justement, la question de la rencontre est quant à elle problématisée dans le domaine de l'art contemporain par Estelle Zhong et Baptiste Morizot dans une *Esthétique de la rencontre*[2] élaborée à partir des théories de Gilbert Simondon. Elle permet de penser l'œuvre comme ce qui entre en contact avec ce qui demeure plastique et métastable en chacun, c'est-à-dire ce qui n'est pas encore rigidifié par des principes ou des habitudes, soit tout ce qui échappe à l'« identité » déjà structurée de l'individu. La rencontre (avec une œuvre ou un projet) est pensée alors comme ce qui peut modeler, en chaque individu, de nouvelles manières de voir, de faire ou d'exister, soit de nouvelles formes de vies.

De là, enfin, la possibilité de repenser l'utopie. Cette dernière apparaîtra régulièrement comme l'horizon des aventures que nous traiterons, tout simplement parce que celles-ci visent non seulement la création de spectacles mais aussi la production d'une expérience collective démocratique, et parce qu'elles doivent penser et inventer une organisation qui l'accompagne.

2 Morizot, Baptiste et Zhong, Estelle, *Esthétique de la rencontre*, Seuil, Coll. La couleur des idées, 2018. Voir aussi Morizot, Baptiste *Pour une théorie de la rencontre, Hasard et individuation chez Gilbert Simondon*, Vrin, coll. « Pour demain », Paris, juillet 2016.

Seulement, aucun de ces projets n'est plus suspendu à une vision idéologique de l'identité du collectif, et c'est ce qui les éloigne des utopies des années 60 et 70. S'il y a quête d'un « commun » à l'horizon de chaque projet, tous se bricolent et se présentent bien plutôt comme des tentatives, des paris, des défis que comme des utopies. Et c'est justement le propre de l'épopée, de rester un mouvement, une course, quand l'utopie désigne au contraire l'arrêt, la construction définitive d'un autre monde (même si ce monde n'a d'emplacement que dans notre imagination). Une hypothèse serait donc que l'épopée remplace l'utopie quand les idéologies ont été défaites : on tente, on s'élance, on essaie, on « fait », on tend vers l'impossible, mais sans *croire.* Sans croire en un principe unique qui serait à l'origine de l'identité du groupe, et qui serait la source absolue et nécessaire de sa cohésion et des formes artistiques qu'il produit.

Enfin, deux autres termes parcourent déjà et vont continuer à parcourir notre réflexion. Celui de souffle, et celui d'action. Le souffle est le marqueur tonal de l'épique, ce à quoi on reconnaît, de manière sensible, l'épopée comme genre. Il est un type d'énergie dégagée par le plateau, les acteurs, les mouvements de scène, et par la parole. Il est lié à un rythme qui s'emballe, à une parole qui s'amplifie, et aux enjeux de la fiction qui s'élèvent. Il est lié à l'action et à ses conséquences. Car c'est la « grande action » qui impose l'épique. Or, nous posons qu'une grande action, c'est une action dont les implications touchent toute la communauté, l'ensemble d'un collectif. En renouvelant les représentations de la grande action épique (notamment en quittant le modèle héroïque ancien – où un seul homme tient dans ses mains le destin de tous, et peut le faire bouger à l'aide d'une seule décision – sans pour autant basculer dans le modèle d'une action uniformisée et globale des masses, ou du soulèvement révolutionnaire de la foule, tel qu'il est représenté dans le cinéma d'Eisenstein, par exemple, et tel qu'on a du mal à l'imaginer dans la société d'aujourd'hui), on renouvelle nos représentations de l'épopée elle-même. Pour penser un « agir commun » fonctionnel en contexte démocratique égalitaire, pluraliste, individualiste, néo-libéral et post-moderne sans perdre le souffle et l'énergie épique, nous nous proposons donc de quitter les fictions présentées dans les grandes salles du théâtre public et subventionnées et d'entrer dans d'autres récits qui ne sont pas des récits fictifs, mais les récits politiques d'épopées théâtrales alternatives, bricoleuses, rhizomatiques et buissonnantes, et qui pluralisent des options héroïques concrètes.

LA QUÊTE ÉPIQUE DU THÉÂTRE CONTEMPORAIN

Les forces qui la traversent, le cadre qui la contient

L'enjeu de ce chapitre est d'opérer un virage. Nous avons observé jusqu'ici des spectacles, nous voulons à présent enquêter sur des projets. Nous avions l'œil rivé sur le plateau, nous voulons maintenant regarder le lieu du théâtre, son emplacement, et toute son organisation. Il nous faut expliquer pourquoi ce décentrement est nécessaire. Il s'agit donc de rassembler les analyses que nous avons semées dans les deux parties précédentes, et de faire un bilan – théorique – des forces qui travaillent et tirent vers un même horizon mais selon des vecteurs différents la quête d'épique à l'œuvre sur les plateaux contemporains. Et ce afin de mettre le doigt sur les limites que cette quête, cet élan – *pour* l'épique ou *vers* l'épique –, rencontre.

UN SYSTÈME À DEUX DIRECTIONS : OSCILLATIONS DE L'ÉPIQUE

L'exploration des nouvelles grandes formes narratives – dites « épiques » – qui se déploient sur les scènes subventionnées françaises depuis les années 90 et surtout 2000-2010 a fait apparaître une ambition et un désir : celui d'opérer un rassemblement, de créer une forme de communauté en dépit de toutes les distinctions qui peuvent séparer les individus modernes et urbains qui se rendent au théâtre. « Vous êtes striés mais vous êtes ensemble » nous disent ces récits, depuis le plateau et les signes qu'il envoie, avec une théâtralité abondante, inclusive, généreuse. Les exemples de notre première partie, le théâtre de Bellorini ou celui de

Jolly, notamment, vont dans ce sens. Une compassion globale réunirait alors le public sous le sceau d'une humaine humanité dont personne ne pourrait s'exclure (comme chez Mouawad et Lawers). D'un autre côté, nous avons vu qu'il existait un autre pan de l'épique, qui concerne plus spécifiquement la prise en charge (généralement critique) de l'Histoire, et qui semble nous dire l'inverse : « vous êtes ensemble mais vous êtes striés ». Les dispositifs souvent plus éclatés (comme celui de Pommerat dans *Ça Ira*, ou ceux du Birgit dans *Memories of Sarajevo, Dans les Ruines d'Athènes* ou *Berliner Mauer*) ont cette fois pour fonction de faire ressortir entre les spectateurs les fractures, de rendre visible, même « pour de faux », ou pour jouer, ce qui les sépare et peut les séparer de nouveau : événements politiques, choix idéologiques, marqueurs sociologiques ou économiques. De sorte que l'épique contemporain semble osciller entre deux pôles : grande forme narrative et fédératrice d'un côté ; fiction historique délinéarisée et critique de l'autre. Soit deux ambitions distinctes : dans le premier cas, la fabrication d'un « être ensemble » anhistorique, d'une communauté humaine et morale unifiée par le récit ; dans le second, l'installation d'un système d'interrogations sur notre identité et notre Histoire qui reste ouvert, procédant par montage et juxtaposition de points de vue multiples, alignant sans les confondre les types de documents et de récits.

Il fallait, pour les identifier, séparer ces deux grandes tendances.

Pourtant, force est de constater qu'elles travaillent toutes deux, et souvent en même temps, les spectacles qui nous ont intéressé. Il y a la linéarité d'une chronologie à l'œuvre dans le *Ça Ira* de Pommerat, ou dans la trilogie européenne du Birgit, alors que ces deux projets s'efforcent de défaire les coutures d'une l'Histoire traditionnelle (ou institutionnelle) pour exposer, à nu, les contradictions entre les discours, les événements et les points de vue. À l'inverse, le récit et la chronologie peuvent être complètement éclatés chez Mouawad ou chez Lauwers, alors que leurs travaux tendent à fusionner tous les niveaux du drame en une seule et même grande quête identitaire (à la fois individuelle, familiale et nationale, voire continentale ou civilisationnelle). Simplement, chez les uns, on part du principe qu'il y a ensemble ou unité pour mettre au jour les fractures, et l'on fabrique un système diégétique constamment strié ; chez les autres, on part des fractures pour aboutir à l'ensemble, ou à la communauté, et l'on fabrique un système diégétique *in fine* re-linéarisant, unifiant, englobant. Il ne s'agit pas d'une différence d'accent mais bien de deux recherches aux mouvements symétriques et inversés, entre lesquels tous les spectacles contemporains qui se posent la question de l'identité, de l'Histoire et du collectif, (les grandes questions épiques, en somme) hésitent, oscillent, composent, et finalement inventent leur rapport aux spectateurs.

Nous n'avons dons plus affaire à de « beaux animaux » aristotéliciens, mais plutôt à des récits dramaturgiques éclatés et des grandes formes complexes (avec beaucoup d'acteurs, de registres et de tableaux, avec des dispositifs qui multiplient les niveaux de regards et croisent les dynamiques immersives et réflexives) au sein desquels se cherche et *s'inquiète* une identité collective – tantôt morale, tantôt historico-politique.

À cette *inquiétude*, répond un *attracteur.*

L'ATTRACTEUR ÉPIQUE : RÉINVENTER UN DESTIN COMMUN

En effet, cette question de l'identité n'est selon nous qu'un préalable pour tenter d'imaginer ou de penser une *action* collective susceptible de redessiner un « destin commun ». C'est l'idée, même abstraite, de ce destin commun, qui joue le rôle d'*attracteur épique.* C'est un attracteur à la fois politique et historique, lié à la manière dont nous pensons et imaginons notre présent – par rapport à un passé qui le détermine et un futur qui pourrait s'en émanciper. Or, réinventer un destin commun, voilà qui pousse à imaginer grand. Voilà qui invite, par conséquent, le souffle épique sur le plateau.

Au sein des deux tendances majeures que nous avons identifiées, donc, il semble que ce même « attracteur » guide la remobilisation des affects, du registre et de la tonalité épiques, soit produise le *souffle* qui naturellement s'engouffre dans la représentation quand quelque chose de plus grand que soi est en jeu, quand des dimensions qui nous dépassent s'engagent dans l'action. Car dans les deux cas, celui des grands récits inclusifs et celui des vastes expositions historico-critiques, il s'agit non seulement de se représenter les possibilités d'agir politiquement et à plusieurs sur le cours de l'Histoire, mais surtout de *produire des effets tels* qu'il nous soit possible de l'imaginer.

La définition de l'épique contemporain repose donc toujours sur une certaine idée de la grandeur. Mais, laquelle ?

LA « GRANDE FORME » ET LA « GRANDE ACTION » : DEUX ACCEPTIONS DISTINCTES DE LA GRANDEUR

Récapitulons : ces deux voies de l'épique – le grand récit unifié tendant à la représentation et à la fabrication d'une communauté (voie 1) et la prise en charge (critique) de l'Histoire tendant à défaire les unités héroïques, narratives ou identitaires préexistantes (voie 2) pour laisser place à de nouveaux collectifs (qui sont, la plupart du temps, encore à inventer) – ces deux voies s'attaquent toujours au même problème : qui sommes-nous, de quoi héritons-nous, et que pouvons-nous faire ensemble ? C'est bien une forme d'inquiétude politique et historique, et une inquiétude proprement démocratique qui semble à la racine de chacun de ces « grands » projets.

Autrement dit, c'est aussi cette *inquiétude épique* qui produit de la grandeur : parce qu'elle est à l'origine du souci de représenter des forces macroscopiques avec lesquelles les individus sont aux prises, et qui souvent ont besoin de se déployer sur un vaste format, comme c'est le cas, par exemple, de *Rwanda 94*, du Groupov. Mais l'inverse n'est pas forcément juste. Précisons : le grand format ne produit ni n'implique nécessairement l'épique. Il n'y a pas, on s'en est aperçu, de définition quantitative de l'épopée, et il serait absurde de statuer, par exemple, que l'épique commence au-delà des 3h30 de spectacle. La grandeur entendue au sens de la taille de l'œuvre (espace et durée) est un symptôme épique mais non une condition suffisante pour prouver qu'il y en ait. C'est pour cette raison, notamment, que nous ne nous sommes pas précisément penchés sur les conditions économiques qui rendaient l'épopée théâtrale possible. Certes, il faut pouvoir payer, en général, des équipes imposantes, (comme celle de Thomas Jolly par exemple), mais les moyens de production qui permettent la grandeur ne permettent pas pour autant l'épique. Les grandes formes entendues en ce sens peuvent en effet abriter toutes sortes de projets artistiques, et parfois, leur manière de se dilater dans le temps et l'espace[1] leur ôte

1 Voir Maurin, Frédéric « Le Grand et ses paradoxes », dans *Alternatives théâtrales N° 119*, novembre 2013.

justement toute possibilité de produire le *souffle* qui est le marqueur *tonal* de l'épique, et qui est lié au fait de donner à voir et à sentir ces forces macroscopiques qui se déploient, ou de donner à voir et à sentir des individus se hisser au-dessus d'eux-mêmes de telle sorte qu'ils activent le déploiement de ces forces. La grande taille ou le grand format sont donc des signes potentiellement trompeurs, et la grande forme (comme l'opéra, par exemple) n'est pas nécessairement épique. « Ainsi s'effrite le mythe tenace, tantôt politique tantôt culturel, du rassemblement par le grand, l'idée d'une communauté unie sous les auspices de plus grand que soi. Le voyage n'est pas toujours commun, ni le partage enjoué et complice, ou la victoire collective », conclut Frédéric Maurin, dans son article « Le Grand et ses paradoxes[2] ». En revanche, pourrions-nous ajouter, quand ils le sont, et quand un « plus grand que soi » d'une autre nature – non pas formel mais éthique ou politique – réunit bel et bien un collectif, c'est que la grandeur dont il s'agit est bien d'ordre épique, c'est qu'elle relie effectivement l'individu à ce qui est plus grand que lui, à ce souci du (destin) *commun* dont nous parlions plus haut.

C'est donc cette inquiétude et cet attracteur qui appellent naturellement sur scène la représentation de dimensions de l'existence qui dépassent l'individu, de temporalités qui dépassent l'échelle d'une vie, enfin de forces plus grandes que lui et avec lesquelles il est aux prises. Ce sont *in fine* ces dimensions et ces « forces plus grandes » qui justifient qu'on parle d'épique et de *souffle* épique. Elles peuvent être mythologiques ou réelles, qu'importe, c'est finalement toujours d'Histoire dont il s'agit, et du rapport que les individus entretiennent avec elle : de quelles manières *agissons-nous*, ou de quelles manières *pouvons-nous agir* – alors même que nous sommes nous-mêmes pilotés par des instances supérieures, divines, cosmiques ou matérialistes – *sur ces forces*, tout en étant agis *par elles ?*

C'est là le problème posé par l'épopée, même dans le contexte contemporain, et c'est bien toujours une question d'action. La « grandeur » épique n'est donc que secondairement une question de format, (de « grande forme ») et avant tout une question d'enjeux et d'échelle de l'*action* qui s'y déploie. Comment *agir* sur des ensembles plus grands que soi ? Ou, pour le dire de manière moins abstraite, et plus métaphorique : comment déplacer des montagnes ? ! Et comment représenter ces déplacements, ces légers « bougers » de l'Histoire sur un plateau ?

2 *Ibid.*

Le théâtre est un genre « sélectif » et « électif » d'une certaine manière, qui place sous les feux des projecteurs et face à une masse de spectateurs, *une* individualité singulière – ou quelques-unes. C'est la particularité de cet art de fonctionner dans la disproportion de ce rapport – entre le grand nombre de ceux qui regardent et le tout petit nombre de ceux qui sont regardés, les « agissants », comme dit Aristote. Aussi, pour représenter d'amples mouvements historiques, il est une option dramaturgique classique qui tend à emprunter la voie d'un épique que nous qualifions d'ancien, c'est-à-dire centré sur des individus, ceux-là précisément qui ont la main sur ce qui est « plus grand qu'eux » (pouvant désigner n'importe quel processus à grande échelle). Ces individus sont toujours des « élus », de quelque nature que soit leur élection (par la naissance, par l'argent, par le mérite, les compétences ou les pouvoirs surnaturels), ils composent une « élite » qui détient un pouvoir objectif sur le reste de la communauté et peut donc faire bouger, à elle seule, de grands blocs humains. Aussi, le destin d'un seul homme ou d'une poignée d'hommes peut se découper sur le plateau et entraîner imaginairement avec lui le destin de toute une communauté, de tout un peuple. Il suffit pour cela que cet homme soit roi, prince, ou chef, ou bien qu'il soit un héros dans sa représentation ancienne et classique de *leader*. Alors l'Histoire peut « se faire » sur le plateau, alors que tout se joue pourtant dans le for intérieur d'un seul ou d'une poignée d'individus. Dès lors, quelque chose de l'épique s'enclenche, (et, du point de vue tonal, du *souffle* soulève les mouvements du plateau et s'engage dans la parole) car du fait d'une seule décision, et sous l'action d'un personnage unique ou d'un petit nombre, l'on voit soudain bouger de grands ensembles. Ce mouvement de levier, qui articule la décision, le geste ou bien la parole d'un seul aux mouvements historiques de grande échelle, lève en nous, spectateurs, le *sentiment* de l'épique.

LE RENOUVELLEMENT – NÉCESSAIRE ET PERMANENT – DE LA GRANDE ACTION OU DU GESTE HÉROÏQUE

Mais à partir du moment où le contexte n'est plus celui d'une société d'ordre mais d'une démocratie égalitaire, et à partir du moment surtout où l'on refuse l'historiographie centrée sur le héros, l'épique devrait, en toute logique, disparaître. Ce que nous prouvent ces différents spectacles, c'est que, loin d'oublier l'épopée et les tonalités affectives qui la fondent, la création théâtrale contemporaine est toujours *tentée* par elles. C'est pour cette raison qu'elle travaille activement à son renouvellement. Autrement dit, la création théâtrale contemporaine est toujours *en quête d'épique*. Ce qu'elle abandonne peu à peu, c'est cet épique ancien, centré sur des individualités héroïques, mais elle tend toujours vers l'attracteur que nous avons identifié ; c'est-à-dire qu'elle cherche activement, dans la narration, dans la dramaturgie et dans les formes scéniques des manières de mettre en scène ce « plus grand que ». Elle poursuit donc sa quête d'épique en s'alliant à d'autres manières de faire de l'Histoire et de construire du récit. Elle le fait en imaginant autrement le rapport de l'individu à ce qui le dépasse. La création théâtrale *épique* contemporaine élabore à cette fin différentes articulations possibles entre les individus modernes et le système (économique et politique, en particulier) dans lequel ils sont pris, couvrant ainsi tout le spectre de l'impuissance victimaire à l'action héroïque. De sorte que tend à s'exprimer, de manière chaque fois unique dans ces projets, un besoin de restituer quelque chose de l'épique, c'est-à-dire qui relève d'une action sur le cours de l'histoire, alors qu'on a perdu les avatars de cette action et qu'on ne veut pas les restituer.

Toutefois, les difficultés proviennent du fait que, de même que l'attracteur épique (la fabrication d'un destin commun) est actif, la nostalgie de l'épique ancien, ou plus exactement de son modèle d'historicité, avec le mythe de la décision morale individuelle pesant sur le cours de l'histoire, a la peau dure. C'est ce que révèle, de manière plus claire que le théâtre, le cinéma hollywoodien post-11 septembre par exemple, avec le soldat ou l'agent secret qui *seul* va essayer de révéler le mensonge d'état ; et c'est également ce que prouve la récurrence de l'analyse des actes des gouvernants en termes moraux de courage et de lâcheté, de force ou de faiblesse. Le nouvel épique est donc forcément encore empreint de projections anciennes sur l'effectivité de l'action individuelle, alors même qu'il se fonde sur l'inquiétude démocratique dont nous parlions plus haut, c'est-à-dire sur le sentiment que quelque chose dans notre démocratie est à réparer ou à refonder – *collectivement*. Cette inquiétude force à poser la question de l'identité peut-être, mais surtout, et encore une fois, celle de l'*action* collective. Or, il y a là une sorte de béance qui demeure. De l'Histoire fondée sur le Héros, capable à lui seul de faire bouger une situation politique (type d'Histoire qui reste prégnante à travers les personnages de *Notre Terreur*, ou bien à travers les figures politiques des spectacles du Birgit, héros ou monstres n'étant ici que les deux faces d'un même visage), on est passé à une Histoire fondée sur l'Individu, pensé comme l'unité de base d'une Multitude, mais qui se retrouve sans pouvoir (cette Histoire-là est présente en filigrane derrière les parlementaires de *Ça ira*, les témoins-acteurs de la trilogie de Rau, ou derrière les « gens » dans celle du Birgit). Mais donc, entre les Héros de l'Histoire et les « gens » atomisés en Individus, perdus dans l'Histoire ou broyés par elle, entre la « Super-Action historique » et l'« Impuissance Victimaire », il y a bien un écart à combler. Quelles sont, entre les deux, les unités héroïques acceptables et les « grandes » actions envisageables – celles qui sont susceptibles d'inventer de nouveaux collectifs, de générer du « commun » et de faire avancer l'Histoire ? Il nous semble que ce soit pour répondre à ces questions que la création s'empare de ce genre ancien qu'est l'épopée, qu'elle le reprend, l'adapte, le retravaille et le transforme.

LE « TRAVAIL ÉPIQUE »

Dans cette reprise du genre épique sur les plateaux du théâtre contemporain, différentes forces affectives – et notamment la nostalgie, et à côté d'elle le regard critique, ou le besoin d'inventer de nouveaux personnages héroïques – travaillent donc les formes dans des sens contradictoires. C'est en composant avec ces forces, c'est en interrogeant sans cesse l'articulation entre l'action individuelle d'un côté et l'action collective de l'autre, l'espace du for-intérieur et celui des places publiques, que l'épique se cherche une voie. C'est ainsi qu'il cherche et tente des scenarios fictifs, des modèles d'actions et des options politiques qui iraient dans le sens d'un même désir : celui de réinventer une communauté démocratique. Mais en quoi l'épopée, à la fois comme fiction et comme rituel, comme type de récit, de représentation et de rassemblement, est-elle un genre approprié pour répondre à un tel besoin ?

LA DYNAMIQUE ÉPIQUE : FONCTION POLITIQUE DE L'ÉPOPÉE SELON FLORENCE GOYET

Nous en appelons ici au travail de Florence Goyet, qui dans *Penser sans concept, fonction de l'épopée guerrière*, affirme que les grandes épopées fondatrices ne font pas autre chose qu'inventer, en période de crise, des solutions politiques inédites.

> L'épopée est un moyen, et non une fin. Elle permet d'apporter la lumière sur un sujet encore bien plus confus que la mêlée guerrière : la crise qui secoue le monde des auditeurs. Elle est le lieu où s'élaborent les valeurs nouvelles, où se pense le nouveau modèle politique : pour l'*Iliade*, la naissance de la Cité qui va se substituer à l'univers patriarcal, pour le *Roland* le renouveau royal du XIIe siècle, pour le *Hôgen* et le *Heiji monogatari*, la naissance de la féodalité.
>
> La question que toutes posent, de la première à la dernière ligne, celle pour laquelle elles emploient tour à tour tous les moyens à leur disposition, c'est ainsi la question du politique : quelle forme de gouvernement, quels rapports entre les êtres dans une société qui émerge d'un âge sombre[3] ?

Dans son étude, Florence Goyet expose la manière dont se testent, à l'intérieur de ces grands récits, et à travers la représentation d'une crise plus ancienne, des options comportementales, philosophiques, idéologiques et finalement politiques. Grâce à la fiction, et par le truchement des personnages, ces options peuvent prendre corps et être conduites jusqu'au bout de leurs implications, en dévoilant au fur et à mesure des solutions nouvelles, et des figures de l'avenir là où on ne les attendait pas au départ. Il en va ainsi d'Hector, par exemple, qui à côté d'Achille, Agamemnon, ou Zeus, incarne dans l'*Iliade* un autre type de chef, préfigurant celle du roi de la cité grecque. De même *La Chanson de Roland* articule deux solutions politiques, celle du présent, incarnée par Roland, seigneur du XIe siècle qui n'a d'autre horizon que l'augmentation de sa propre gloire, et celle de l'avenir, incarnée par Olivier, au service de son suzerain Charlemagne, lui-même au service de Dieu. C'est dans ce type de confrontations et de mises en parallèles, que s'élaborent peu à peu les solutions amenées par le texte épique. Dans un tel processus, que Florence Goyet appelle « le travail épique », la question de l'oralité, (voire l'*auralité*, pour reprendre les mots de

3 Goyet, Florence, *Penser sans concept, fonction de l'épopée guerrière*, Champion Paris, 2006, p. 9.

l'auteur[4]) est une donnée fondamentale. C'est avec la participation du public que l'épopée se construit, et construit au fil du temps les réponses dont le présent a le plus « besoin », tout en gardant sa forte fonction de divertissement. Tout en poursuivant les lignes narratives exposées sur des plans différents, tout en menant ses histoires jusqu'au bout, l'épopée laisse donc remonter le désordre et la confusion pour prendre et reprendre constamment les problèmes, trouver des solutions, les voir s'effondrer, en développer d'autres, jusqu'à trouver finalement une voie de sortie. À l'opposé de la lecture du genre faite par Hegel, l'épopée aurait donc à voir avec le présent et non avec l'origine, elle ne serait pas une exaltation de l'ordre mais une représentation du chaos, elle ne conforterait pas les valeurs anciennes mais ferait émerger du nouveau. Pour Florence Goyet, l'épopée offre une solution pour penser la crise là où le discours conceptuel achoppe, et il n'y a pas de raison pour que cette *dynamique* épique soit devenue caduque.

UN EXEMPLE DE SCHÈME ÉPIQUE RECOMPOSÉ

Revenons un instant aux *Ruines d'Athènes*, du Birgit. Entre les personnages « d'en haut », héritiers d'une représentation traditionnelle de l'action historique ou politique, puisqu'ils sont quatre à décider du destin de tous dans l'espace sanctuarisé de l'Eurogroupe à Bruxelles, et les personnages « d'en bas », consommateurs sans pouvoirs dont nous grossissons les rangs, participant à nos dépens aux jeux que proposent les médias représentés dans le spectacle ; soit : entre les héros (monstres ou clowns) traditionnels et les individus tirés au sort dans une multitude impuissante et consommatrice, quels modèles d'action s'inventent, et quels autres types d'héroïsmes se dessinent ? On a vu qu'un agir collectif « bricoleur » et tactique, selon les concepts de De Certeau, se mettait en place depuis la « maison », soit l'espace intérieur de la téléréalité, où s'exerce un pouvoir économique et politique très clair. Mais ce n'est pas tout. Avec l'arrivée du personnage de Tsipras se profile aussi un nouveau modèle d'action, qui est bien de type héroïco-épique, et pas seulement tragique, comme nous l'avions analysé précédemment. En effet, Tsipras incarne les intérêts de ceux que l'on voit « en bas » (dans la maison du

4 « Un texte aural, c'est un texte qui a été façonné par le public, qui correspond à ce dont il a *besoin*. » Goyet, Florence, p. 15. On ne donne pas en effet à un public *présent* un texte qu'il ne veut pas entendre, précise l'auteur.

jeu télévisé), et auxquels nous sommes associés par le dispositif. Or, il a à faire avec ceux « d'en haut » – les décisionnaires de l'Eurogroupe. C'est donc un représentant de la démocratie égalitaire propulsé dans un système élitaire à l'ancienne qui, à l'intérieur de ce système, est amené à faire un choix : suivre la logique décisionnaire telle qu'elle est déjà en place, aux dépens de ceux qu'il représente, ou bien imposer coûte que coûte les choix qui lui semblent à la faveur du plus grand nombre. Entre une décision facile aux effets dévastateurs sur la communauté, et une décision difficile aux effets bénéfiques sur cette même communauté, on voit Tsipras tenir le plus longtemps possible *la décision difficile*. C'est ici que commence chez nous le sentiment de la grandeur (éthique) et du souffle (épique) : quelque chose d'historique (c'est-à-dire : qui fait bouger, même légèrement, le destin de tous), pourrait advenir sous l'effet d'une décision unique, ténue, dépendante du maintien éthique d'un individu en situation de crise. Mais l'attitude du personnage n'a rien de sacrificiel (ce n'est pas une forme d'héroïsme moral ou judéo-chrétien), elle n'est pas non plus l'action d'un héros traditionnel au sens de *leader*, revêtu des atours classiques du pouvoir – charisme et autorité – qui entraîne naturellement avec lui tout un peuple. D'ailleurs, l'acteur qui joue Tsipras dans le spectacle est précisément l'une des plus « frêles » silhouettes de l'équipe du Birgit. Celui que l'on voit *tenir* la décision difficile n'a donc rien qui le désigne *a priori* comme un héros : ni les attributs physiques, ni les attributs moraux – ni Hercule, ni Saint-François. Il n'a même pas les puissances d'agir et de pensée qui font se détacher Galilée, par exemple (dans *La Vie de Galilée*, de Brecht) d'un ensemble, d'une foule, d'une société, en tant qu'il a une longueur d'avance ou une hauteur de vue particulière, que sa science lui confère. Tsipras incarne simplement, ici, un citoyen comme les autres, mais à qui le processus d'élection démocratique donne des *fonctions* particulières. C'est le fait de se hisser à la hauteur de telles *fonctions*, et donc à la hauteur de ce qu'exige de lui la démocratie comme régime (le pouvoir au peuple, et la justice comme idéal de respect de tous en tant que tous sont égaux[5]), et non pas à la hauteur de ce qu'exigerait de lui un lignage ou même des « pouvoirs » surnaturels, qui élève le personnage de Tsipras à une forme d'héroïsme particulière, qui se décale par rapport à la tradition. De plus,

5 Voir Deuxième Partie, « Comment représenter l'Histoire » ou comment l'action épique se reconfigure en contexte démocratique selon la triade : *puissances-responsabilité-justice* et non plus *naissance-devoir-honneur*.

dans le modèle héroïque traditionnel, il y a, on l'a vu, un rapport de causalité directe entre l'action du héros ou du tyran, (sa figure renversée) et ses effets sur le destin commun. En contexte démocratique, au contraire, il n'existe plus de rapport de causalité directe entre l'action du sujet et ses effets sur la communauté. Mais c'est précisément la raison pour laquelle il peut y avoir de l'épique en situation d'échec. C'est toute la différence entre la figure du « chef », et celle de « l'exemple ». Le chef traditionnel produit des effets directs sur la communauté qu'il conduit ou commande, alors que *l'exemple* produit une action dont les effets sont liés à la manière dont il sera suivi ou non. Aussi, même si les rapports de causalités ne sont plus directs entre les actions et leurs effets, (comme dans la description traditionnelle de l'héroïsme, et comme dans une historiographie qui s'écrit sur ce même modèle), hériter comme collectif d'un choix difficile qui a échoué (parce qu'il n'a pas été suivi) ne crée pas la même forme sociale qu'hériter d'un choix facile qui a abouti. Car on hérite du fait qu'il y a bel et bien une forme haute, qu'elle est face à une adversité colossale, certes, mais qu'elle existe et peut s'actualiser. La décision difficile qui échoue à un moment T peut réussir plus tard, à force d'insistance, et si, encore une fois, elle est suivie. Un collectif agissant peut donc se reformer autour d'elle. Autrement dit, la décision difficile qui n'aboutit pas peut quand même générer de l'action. Parce que, même si on n'hérite pas directement de ses conséquences positives (annulées par la situation d'échec), on hérite *de l'exemple*, on hérite *d'une forme*, on hérite, enfin, d'un *schème épique*. Et par l'expression de "schème épique", nous entendons l'alliance d'un contenu et d'une forme dans un segment narratif typique. Que le geste de Tsipras ait existé, que le schème épique ait été inventé, se soit inscrit, cela suffit pour laisser les autres personnages (et nous spectateurs) dépositaires de quelque chose : *la possibilité* de la grandeur.

Tsipras ne triomphe pas dans les *Ruines d'Athènes*, de même qu'Hector ne gagne pas dans l'*Iliade.* Tous deux sont des héros vaincus, mélancoliques, mais qui pourtant sont fondateurs[6]. Parce qu'à travers ces

6 Étrangement en effet, il est des pouvoirs absolus qui se fondent sur des défaites passées. Énée fuit Troie et donne naissance à Rome. Puis, à partir du XVIe siècle, avec la *Franciade* de Ronsard, (et de la même façon au XVIIIe avec la *Henriade* de Voltaire), le modèle épique latin, celui de l'Énéide, est repris pour enraciner les origines de la monarchie chez les vaincus troyens, puisque tous descendraient d'Astyanax, rebaptisé Francus par Ronsard, et dont les exploits l'amènent, dans l'épopée ronsardienne, à conquérir la Gaule et à fonder la dynastie des rois de France…

personnages de perdants se dessinent des modèles d'action, des manières d'agir, autrement dits des *schèmes épiques* qui laissent autant empreintes, sur nous, spectateurs, que les héros vainqueurs. C'est à travers eux, le plus souvent, que quelque chose se cherche qui pourrait reconfigurer l'avenir politique. Le « travail épique » dont parle Goyet est donc bel et bien en cours sur nos plateaux, même dans des épopées qui prennent comme matière l'Histoire la plus contemporaine… et la plus triste.

HEURTS, ENTRAVES ET RÉSISTANCES DE LA DYNAMIQUE ÉPIQUE

Les civilisations où les épopées apparaissent, explique Goyet, « ont en commun […] d'être confrontées à une transformation majeure de la société, [un bouleversement qui] détruit les anciens repères et les règles politiques existantes[7] ». Sans nous aventurer plus avant dans la description du bouleversement qui nous serait contemporain, (ce qui serait le travail d'une thèse de sociologie ou de philosophie politique) est-ce néanmoins possible d'imaginer que nous nous trouvons dans une situation semblable ? Serait-ce pour cette raison que l'épopée nous intéresse tant ? Car il n'y a pas que sur les plateaux que l'épopée fait flores, sans parler des séries télévisées contemporaines, Homère est également, à lui tout seul, un nouveau succès de librairie[8]. En tous cas, ce que nous avons observé comme mutations de l'épique dans nos différentes analyses de spectacles va en effet dans le sens d'une invention en cours, inachevée, d'un nouvel épique démocratique à l'heure néo-libérale et post-moderne. La tentative de Tsipras, les bricolages du quotidien dans Sarajevo, Athènes ou Berlin (dans *Memories of Sarajevo, Les Ruines d'Athènes*, ou *Berliner Mauer*), les prises de parole dressées, vindicatives et révolutionnaires des parlementaires de 1789 dans *Ça Ira*,

7 *Ibid.* p. 9 « Les civilisations où [les épopées] apparaissent ont en commun, non seulement d'être parvenues à un même stade de développement social, mais encore d'être confrontées à une transformation majeure de la société ». Ce même stade, nous dit Goyet en note, c'est l'« âge héroïque » décrit par Hector Chadwick (*The Heroic Age*, Cambridge at the University Press, 1912).

8 Voir quelques sorties en 2017 : *Homère*, par Judet de La Combe, Pierre, chez Gallimard, collection folio/Biographies. Ou encore *New York Odyssée* de Jansma, Kristopher Éd. Rue Fromentin. Au théâtre, une adaptation récente de l'*Iliade* et de l'*Odyssée* a fait le tour de très nombreuses salles publiques avant d'être présentée au Théâtre de la Bastille en janvier 2018. Il s'agit de l'adaptation et de la mise en scène de Pauline Bayle, avec la Compagnie A tire d'aile. La création de *L'Iliade*, premier volet du diptyque, s'est faite en 2015 au Théâtre de Belleville, à Paris.

les odyssées personnelles de déplacements à travers l'Europe au cours du XXe et XXIe siècle chez Rau sont autant d'incarnations d'un épique qui se fait sans héros traditionnel, soit sans *leader*. Ce sont des schèmes épiques qui nous sont propres, et qui témoignent d'une même quête, celle d'une effectivité de l'individu sur l'Histoire en contexte démocratique.

Pour autant, on a vu aussi que les solutions pour un épique actif peinaient à s'inventer qui ne soient ni exclusivement formelles ou scéniques (du souffle dans la mise en scène plus que dans le récit ou la fiction), ni crypto-nobiliaires ou conservatrices, ni morales, ni victimaires, ni simplement critiques. Ces nouveaux schèmes épiques n'apparaissent pas si souvent dans le paysage de la création théâtrale et plus largement dans celui de la création artistique contemporaine. Aussi, quand bien même on l'aurait commencé, pourrions-nous effectuer jusqu'au bout le « travail épique » dont parle Goyet au plateau[9], sachant justement que notre âge n'est pas héroïque (Chadwick[10]), d'une part, et qu'il existe, d'autre part, une différence absolue entre ce qui fonde originellement la poésie épique comme pratique, et notre façon de nous rendre au théâtre ? Autrement dit, est-ce que la quête épique contemporaine ne serait pas limitée d'une autre manière par la pauvreté du rituel théâtral qui est le nôtre ? Est-ce que pour penser le commun et l'action collective (plutôt que de rester prisonnier de la question du « qui nous sommes », soit de l'identité), il n'y aurait pas alors des outils qu'il faudrait réactiver, et qui tiendraient non pas seulement à des questions de récit, de dramaturgie et de mise en scène, mais aussi à l'organisation du rassemblement

---

9 Le travail épique n'est pas limité à un seul genre, nous dit Florence Goyet, puisqu'« en dernière analyse, la spécificité de l'épopée, c'est de traiter une matière politique de façon polyphonique. La matière est politique, parce qu'elle vient répondre à une crise historique réelle et profonde [...]. En tant que telle l'épopée est un texte qui engage la vie même de la communauté. » Et, plus loin « Il n'y a pas de raison que matière politique et démarche plyphonique soient le privilège exclusif de l'épopée. Plusieurs autres genres littéraires pensent eux aussi de façon non-partisane le devenir de la communauté. Des romans comme *La Guerre et la paix*, ainsi que *Les Misérables*, me semblent vraiment "épiques" dans le sens où je l'ai défini. Au théâtre, la présence physique sur scène de deux personnages qui s'affrontent permet l'articulation intellectuelle des pensées et des postures. » Goyer, Florence, *op. cit.* p. 568-569.

10 « Les civilisations où [les épopées] apparaissent ont en commun, non seulement d'être parvenues à un même stade de développement social, mais encore d'être confrontées à une transformation majeure de la société ». Ce même stade, nous dit Goyet en note, c'est l'« âge héroïque » décrit par Hector Chadwick *(The Heroic Age*, Cambridge at the University Press, 1912).

théâtral ? En effet, l'épopée n'est un laboratoire de pensée politique efficace, selon Goyet, qu'en tant qu'elle se présente non seulement avec sa dimension prospective ou programmatrice (l'épopée, même celle des perdants, contenant toujours un à-venir, un futur, une fondation) mais aussi comme *un événement social régulier*, branché sur la vie collective, et où la part de rituel se superpose à celle du divertissement. Revenons un instant au contexte social et physique où s'enracine le genre épique dans la tradition occidentale.

LA QUESTION DU RITUEL, OU LES LIMITES DU « CADRE » INSTITUTIONNEL DES FORMES ÉPIQUES CONTEMPORAINES

Qu'est-ce qui caractérisait l'épopée d'Homère ? Florence Dupont, dans plusieurs de ses ouvrages[11], s'attache à définir cette dernière non pas comme un texte écrit, un « monument » de la littérature occidentale mais comme un *événement* singulier, où les dimensions *religieuses, sociales et sensuelles* s'embrassent. L'épopée homérique, nous dit-elle, est d'abord un chant d'aède, et ce chant est toujours une improvisation ou une recomposition improvisée, *en live*, au sein d'un banquet sacrificiel. Il s'intègre donc aussi à une pratique d'hospitalité, il est le don d'un hôte à son invité, un don divin. « Chante, déesse, la colère d'Achille, le fils de Pelée » disent les premiers vers de l'*Iliade*. Ce chant, rituel de possession, commence avec un appel, une prière. Les hommes qui l'écoutent vont être mis en relation directe avec Mnémosyne, la Mémoire divine du monde. Ce n'est pas une mémoire individuelle qui est convoquée ici par l'aède, celle, parfois pénible et limitée, des heurts ou des malheurs d'un seul, mais une mémoire collective, commune à tous, et par là même, sacrée. Aussi, le chant est une performance, au cours de laquelle tout le monde profite de la musique, des mots et du récit comme les Dieux du fumet des viandes rôties. Car à l'inverse des dons matériels, de chair

11 Dupont, Florence, *Homère et Dallas*, Introduction à une critique anthropologique, Éd. Kimé, Paris, 2005, voir aussi *L'invention de la littérature, de l'ivresse grecque au livre latin*, La découverte, 1994.

et de vin, que fait l'hôte à son invité, on ne se lasse ni du chant ni des histoires mythiques que l'aède raconte. L'immortelle beauté des êtres s'y déploie, et les éléments d'une culture collective, artisanale et quotidienne s'y célèbrent, au gré de formules-types et de modules narratifs qui sont toujours les mêmes mais s'ajustent chaque fois de manière inédite. Cette culture vivante du chant homérique rassemble donc les uns et les autres comme une pratique commune où les Dieux, les ancêtres et les hommes sont imaginairement présents. Et si quelque chose de l'ordre de l'action héroïque devait se réinventer ou se repenser collectivement au fil de ces récits qui se renouvellent en direct, cela aurait donc lieu au sein d'un système performantiel hétérogène où les gestes religieux et sacrificiels se mêlent aux traditions sociales et aux plaisirs. Mais est-ce que l'énoncé épique ne peut recouvrer son sens plein que s'il est pris dans cette situation d'énonciation, où le consensus est en partie lié au trouble, et où les enjeux sont à la fois esthétiques, sociaux, religieux, sensuels et politiques ?

Non. Il n'est pas dans notre intention de dénier à la littérature épique ses pouvoirs, ni au théâtre contemporain les siens. Simplement, nous observons que la situation d'énonciation décrite par Dupont dessine en elle-même un *cadre*, et un cadre ambivalent, où le profane et le sacré, le sérieux et la distraction, la quête de sens et le passe-temps, l'« ici et maintenant » et l'ailleurs, la transe et la conscience se confondent. C'est d'ailleurs en cela que l'épopée appartient originellement, selon Dupont, à une « culture-événement » et non pas à une « culture-monument[12] ».

> L'événement met en place une situation d'énonciation, une fête, un rituel de réception. Le monument est un énoncé autonome que chacun peut consommer n'importe où, n'importe quand, n'importe comment, même seul ; il déritualise la culture, la déracine et la scinde en deux, en amenant à distinguer une culture majuscule d'une culture quotidienne[13].

Florence Dupont marque ainsi un clivage net entre deux manières de penser « la culture ». Soit elle est insérée dans le tissu des habitudes et des croyances collectives, soit elle s'en détache pour apparaître comme un objet séparé, qui ne peut être destiné qu'à un regard esthétique et désintéressé. D'une certaine manière, c'est le même clivage que pointe

12 Dupont, Florence, *Homère et Dallas*, Éd. Kimé, Paris, 2005, p. 121.

13 *Ibidem.*

John Dewey dans *l'Art comme expérience*[14], entre une conception muséale de l'art et une incitation à voir dans l'expérience esthétique non pas une expérience isolée mais une dimension de toute expérience. Cette séparation marquée par Florence Dupont entre monument et événement, qu'on estime parallèle à la distinction pointée par Dewey entre la *contemplation désintéressée* de l'objet d'art et l'*expérience* esthétique, nous force à penser la situation des spectacles que nous avons étudiés jusqu'ici. Pointent-il plutôt vers l'une ou l'autre de ces deux manières de produire un rapport à l'œuvre ? Malgré la débauche de signes qui racontent « l'être ensemble » et le fantasme de la fête théâtrale que l'on a pu repérer notamment dans notre premier ensemble, malgré tout ce qui fonde la représentation comme performance, (et donc comme expérience collective) il semble que la logique de production du théâtre subventionné place, sans doute très souvent malgré eux, les spectacles du côté des monuments (certes vivants) plus que du côté des événements au sens de Dupont. Ce qui semble confirmer ce diagnostic, c'est la tentation très contemporaine du « gigantisme » des adaptations à tendance opératique de certains romans (comme *2666*, de Roberto Bolaño, mis en scène par Julien Gosselin et créé au festival *In* d'Avignon en juillet 2016, repris ensuite au théâtre de l'Odéon pendant le festival d'Automne de la même année), qui participe d'une aspiration au monumental plus que d'une aspiration à l'expérience épique, même s'il s'agit en même temps, grâce aux dimensions pharaoniques de l'œuvre, de présenter cette œuvre comme un « événement » en soi. Sauf que l'« événement » dont il est question alors a plutôt le sens d'un objet « incontournable » et qui s'impose momentanément dans le champ de l'art théâtral – faisant « événement » parce qu'il prend de la place dans la sphère publique, ou parce qu'en d'autres termes, « il fait le buzz », et non pas parce qu'il correspond à un rituel inscrit dans des habitudes et des croyances collectives. Plus largement, il semble que les théâtres publics apparaissent de fait comme des lieux d'*exposition* (pendant des périodes de plus en plus courtes) d'objets culturels, et moins comme des sites dévolus à des expériences collectives. C'est en cela que la fête et le rituel fédérateurs ne sont présents qu'en *représentation* dans les grands spectacles-récits de notre première partie (Bellorini, Lawers, Mouawad, Jolly…), qui demeurent malgré tout, et malgré qu'ils soient vivants, des *objets* spectaculaires. À défaut de pouvoir nous réunir pour

14 Dewey, John, *L'Art comme expérience*, Gallimard, coll. « Folio essais », 2010.

de vrai autour d'expériences qui sont liées à nos vies, à ce qui *vectorise* profondément nos vies – comme « Homère » par exemple pouvait être le nom d'un « vecteur » de l'existence grecque, mettant les citoyens en lien avec la question de la mort glorieuse ou de la vie longue, (au-devant d'eux) et avec une mémoire collective et sacrée (derrière eux) – à défaut de nous réunir ou de nous remettre en contact avec une forme de verticalité profonde et collective, donc, les spectacles qui ont lieu dans les salles publiques nous donnent les signes de la réunion, les signes du rituel fédérateur, ils les *miment*. C'est en cela, on l'a vu, que le souffle épique qui les traverse est nostalgique, même s'il se veut consolateur. Aussi, très souvent, à défaut d'agir sur nous-spectateurs, (comme une idée ou un principe auquel on croit peut agir sur ceux et celles qu'il rassemble) les œuvres de ce type nous donnent la représentation sur scène, et donc sur les acteurs, de leurs effets. Les acteurs représentent ainsi les membres d'un collectif réuni – et c'est bien ce pourquoi l'on a besoin qu'ils soient un certain nombre sur le plateau, car c'est l'énergie déployée dans l'union collective qui témoigne de l'effectivité du vecteur épique, devenu le théâtre lui-même. La joie toujours un peu nostalgique qui s'en dégage tient à cette substitution, à ce passage : celui d'une expérience collective reliée à ce qui à la fois fonde et verticalise l'existence individuelle au sein d'une communauté donnée, à la représentation plus ou moins grandiose, émouvante, larmoyante, ou critique, de cette expérience sur ceux qui la jouent. Cette substitution accompagne au théâtre (et pour ce théâtre que nous avons qualifié d'« épique » qui se préoccupe du destin d'une communauté) le passage, commenté par Dupont, d'une culture événement à une culture monument. Un atelier du Birgit Ensemble, mené en mars 2018 avec les élèves-comédiens du Conservatoire National Supérieur d'Art Dramatique de Paris, autour de la prise de l'Odéon par les étudiants de la Sorbonne en mai 1968, l'illustre. Le principe du spectacle est de faire du refus de la représentation une représentation, et de jouer sur scène et dans les gradins la joie d'une révolution. Ainsi, en passant de l'événement révolutionnaire à l'événement spectaculaire, on passe ici de la tentative passée de création d'un rituel politique à l'érection présente, joyeuse et distanciée, d'un monument culturel, célébrant cette dite tentative dans l'association de la scène et des gradins. Mais il y a toujours une forme de déceptivité qui vient du fait qu'on ne peut que *mimer*, dans des dispositifs plus ou moins ouverts sur les spectateurs, l'ivresse collective autour d'un vecteur politique ou mystique *auquel tout le monde, à une époque, croyait.* On ne peut pas véritablement la vivre ni la re-vivre *sans la croyance.* Le vecteur idéologique de départ a donc reculé, au cœur de la représentation, pour laisser la place à la représentation de ses effets : à la représentation-performance du rassemblement joyeux, de l'ivresse collective et contagieuse autour d'un vecteur oublié, dépassé ou négligé. En d'autres mots, la joie du rassemblement n'est plus une conséquence affective, (dans la salle), de la représentation d'une idée qui élève ou d'un vecteur qui relie ; elle est elle-même *la chose représentée* (sur scène). En 2018, dans la grande salle du Conservatoire de Paris, tout se passe donc comme s'il s'agissait moins de jouer la révolution, que de jouer la joie réunificatrice et populaire de cette révolution. On joue, on représente et on active par la performance la joie du regroupement, la nécessité du rassemblement, la ferveur de la réunion.

Ainsi, se dessine toujours, au creux du rituel *joué*, le manque et la nostalgie d'un rituel *vrai.* Mais le rituel véritable, comment pourrait-il avoir lieu sans la croyance qu'une forme de transcendance y est active, oscillante, dans les plis de l'exercice et de la pratique ?

Il ne s'agit pas d'en appeler à un retour des banquets homériques, et au polythéisme de la Grèce ancienne. De fait, on ne voit pas trop quel rituel véritable et donc quelle « religion » (si on prend au sérieux le sens de rituel) pourrait nous réunir le temps d'une expérience à la fois sociale et esthétique, qui serait en même temps une performance, et une réception, et un divertissement, et une manière de se reconnecter à quelque chose de collectif et de sacré qui interrogerait « *notre* destin[15] ». Est-ce même souhaitable ? Les vecteurs qui animent profondément nos existences ne sont plus collectifs mais individuels et donc multiples ; de

15 Sauf à accepter, comme l'explique Florence Dupont, que notre épopée, celle qui nous relie collectivement, serait dans tous les avatars de *Dallas* : la chercheuse démontre que le feuilleton américain produit bel et bien, au gré de modules narratifs qui se répètent, une célébration de la communauté et du quotidien, des croyances et des habitudes collectives, mais lesquelles ? Celles qui sont attachées à une « culture de consommation planétaire, conséquence de la création d'un marché mondial regroupant de gré ou de force toutes les nations ». « Nous avons l'épopée que nous méritons », conclut alors Dupont : « La mort des cultures quotidiennes et des cultures minuscules, de tous les particularismes traditionnels, méprisés par l'humanisme universel, débouche sur Dallas ». (*op. cit.* p. 116). Et *Dallas*, en tant que représentation d'une culture quotidienne qui nous relie tous, nous mettrait en contact avec notre nouveau vecteur collectif, avec notre nouveau destin commun : celui d'une communauté mondiale, consommatrice et productiviste. On a le droit, en effet, soit d'y renoncer, soit d'espérer autre chose.

même, il n'y a pas de foi unique valable pour l'ensemble d'une société démocratique mais autant de systèmes de croyances que d'individus dans cette société, et de manières de se situer dans le monde et par rapport au temps – et la définition de notre démocratie est d'ailleurs profondément reliée à la nécessité d'un tel pluralisme. Toutefois, cette culture orale des anciens décrite par Dupont peut nous inspirer pour sortir du système oscillatoire (celui d'une représentation de l'identité collective tantôt morale, émotionnelle et fédératrice, tantôt historique, critique et questionnante) dans lequel nous nous trouvions enfermés jusqu'ici dans notre exploration de l'épique et qui, selon nous, est aussi prisonnier d'un cadre – à la fois architectural, esthétique, économique et politique : celui de la salle de théâtre public.

TENTER UNE SORTIE (VERS D'AUTRES RITUELS)

De fait, il existe des projets qui tentent de s'extraire de cette logique de production de spectacles qui les réduit fatalement au statut d'objets ou de monuments culturels ; des projets qui s'efforcent de créer des expériences d'un autre ordre. Mais ils imposent alors d'autres cadres spatio-temporels aux expériences qu'ils veulent faire advenir, leur cherchent d'autres territoires et se relient autrement à leur environnement direct, aux vies des habitants du quartier ou du village dans lequel ils s'installent. S'ils inventent quelque chose d'épique, alors cet épique ne tient pas forcément à la création de nouveaux schèmes héroïques (ou non-héroïques) au sein des récits qu'ils mettent en scène, mais au processus de création et de construction qu'ils activent pour rendre possible l'événement de la représentation. Ce sont à ces projets que nous voulons nous intéresser à présent. Avec eux, nous voulons tenter une sortie.

Le « Théâtre Permanent », de Gwenaël Morin, en fait partie. Son nom dit bien quelle en est l'ambition : inscrire le théâtre comme expérience quotidienne, pour ceux qui créent comme pour ceux qui regardent et écoutent, comme pour ceux qui, entre les deux, participent d'une manière ou d'une autre à la construction des spectacles. La première version de ce projet, qui sera l'objet de notre étude dans le chapitre suivant, s'est réalisée aux laboratoires d'Aubervilliers en 2009, et a duré un an. Elle a donné lieu à cinq créations du répertoire, toutes centrées sur des individus, sur des noms propres : *Tartuffe, Bérénice, Hamlet, Antigone, Woyzeck*. Aussi, il ne s'agissait pas du tout pour Gwenaël Morin et son équipe de renouveler *sur scène* l'idée d'épique, ou de se défaire de représentations traditionnelles de l'action individuelle sur l'Histoire, (puisque chacune de ces créations tournent autour d'*un* individu) mais d'*inventer les conditions de possibilité pour que quelque chose se passe* entre un quartier et un lieu, entre des gens et des performances, pour que le théâtre redevienne un rituel quotidien et qui ait un sens collectif. Le Théâtre Permanent ne se présente donc pas comme un groupe de spectacles « épique » aux deux sens principaux que l'on a établi jusqu'ici, (à savoir celui de grand récit fédérateur et celui d'une représentation critique de notre Histoire), mais plutôt – et c'est ce que nous allons démontrer dans notre étude – comme une *aventure* singulière, une *épopée théâtrale*, qui force bel et bien à déplacer la notion d'épique du côté du *cadre* que dessine le projet, et non plus seulement de la représentations de formes épiques sur le plateau et débordant éventuellement sur la salle.

Ce serait le projet qui serait épique alors, ce serait le rituel qu'il s'efforcerait de produire qui donnerait lieu à un processus de construction à la fois aventureux, risqué, et peut-être utopique. C'est autour de la notion de rituel, donc, que se nouerait le problème qui nous occupe, à savoir celui des limites que rencontre le renouvellement de l'épique contemporain, et sa possibilité de les dépasser.

Le sens étroit du terme « rituel », remarque l'ethnologue Albert Piette dans un article où il s'interroge sur ce qui mérite d'être nommé comme tel aujourd'hui, désigne « un ensemble caractéristique de gestes et d'activités marqué du sceau surnaturel ou transcendant[16] ». À l'opposé, le rituel dans son sens large tendrait à désigner toutes les formes d'habitudes, qu'elles soient individuelles ou collectives. Cette dernière définition est devenue trop vague pour nous aider. La première, trop exclusive à l'inverse, ne nous aide pas non plus, car elle ne fonctionne que pour l'épopée comme événement religieux, social, et culturel régulier, décrit par Dupont. Elle fonctionne aussi, à la limite, pour les grands spectacles épiques

16 Piette, Albert, « Pour une anthropologie comparée des rituels contemporains », *Terrain* [En ligne], 29 | septembre 1997, mis en ligne le 21 mai 2007, consulté le 06 janvier 2018. URL : http://journals.openedition.org/terrain/3261 ; DOI : 10.4000/terrain.3261.

antérieurs aux années 90 – nos deux fameux ancêtres : le *Mahâbhârata* de Brook et *1789* de Mnouchkine – parce qu'une croyance en l'unicité d'un vecteur collectif transcendant (mythique et/ou politique) y est encore active et qu'elle justifie et organise le rassemblement théâtral en tant que tel. Mais cette définition, on l'a dit, ne peut plus fonctionner pour nous, sauf à faire d'un certain humanisme moral et universel le nouveau vecteur transcendant (ce que font, on l'a vu aussi, un certain nombre de spectacles dits épiques aujourd'hui) ; ou à intérioriser et accréditer le vecteur moderne d'une culture mondiale et marchande dirigée vers un progrès infini, (c'est *Dallas* comme épopée moderne[17]), dont on sait aujourd'hui vers quel non-lieu il conduit (il n'y a pas de planète pour cette mondialisation infinie de la production et des échanges[18]) – le vecteur « progrès économique et social pour tous » est devenu inopérant. Autrement dit, la démocratie occidentale a perdu ses principaux tenseurs idéologiques, et avec elle, la possibilité d'un rituel démocratique et théâtral organisé autour d'un vecteur collectif fonctionnel. Quel pourrait être, alors, la définition d'un « rituel » théâtral démocratique effectif dans notre nouveau contexte ?

C'est là que devient nécessaire la notion de « cadre », convoquée par Albert Piette dans son article, afin de donner une consistance conceptuelle au rituel dans ses formes séculières et contemporaines. Ce « cadre », si l'on se fie comme Piette à l'anthropologue Gregory Bateson, penseur du « jeu » comme fiction[19], est d'abord un « contexte communicationnel », à l'intérieur duquel une présence est affirmée et niée en même temps. La messe comme le match de football sont ainsi des lieux où l'on mime une présence – celle de Dieu dans les gestes du prêtre, celle d'un conflit entre deux villes à travers le combat de deux équipes de football – une présence dont on sait qu'elle est absente. « Ainsi toutes les dimensions et activités du rituel sont transformées par un “ne pas” autoréflexif qui insère le rituel dans un univers paradoxal aux propos et gestes jamais achevés, toujours incomplets ». Et à l'inverse, « en même temps qu'il exprime au moins implicitement la fictionnalité de ce qu'il dit et de ce qu'il fait, le prêtre affirme aussi, et sans doute à la différence du jeu

17 Voir note *supra* – Dupont, Florence, *Homère et Dallas*, *op. cit.*

18 Voir Latour, Bruno, *Où atterir*, La découverte, 2017.

19 Bateson, Gregory, 1956. « The message “This is play” », in Schaffner B. (éd.), *Group Process. Transaction of the Second Conference*, New York, Josiah Macy Jr Fondation, p. 145-242. cité par Piette.

sportif, son extrême importance ». D'une certaine manière, tout le jeu théâtral fonctionne aussi sur ce principe d'affirmation et de dénégation simultanée des entités représentées, qu'elles soient fictives ou historiques. Tout est faux, et pourtant tout est essentiel. Mais cela ne nous suffit pas pour élargir la conception du rituel théâtral à un « cadre » ou à un « contexte communicationnel » qui comprendrait également le reste de la séance (soit tout ce qui se passe avant et après le spectacle), et peut-être même, selon les projets, le processus de travail qui mène à la représentation. Pour pouvoir penser le « rituel » en ce sens élargi, il nous faut nous appuyer également sur les théories de Victor Tuner, dans le sillage de Bateson. Pour lui, le cadre rituel est celui d'un espace-temps liminal, celui d'un « entre-deux[20] » : une parenthèse où les hiérarchies, les statuts et les valeurs du quotidien se trouvent recombinés. C'est une zone « interstitielle » où l'on quitte l'espace structuré du social pour faire l'expérience de relations plus indistinctes. La « communitas[21] » désigne alors la communauté non structurée ou structurée de façon rudimentaire et relativement indifférenciée qui apparaît dans l'entre-deux de la période rituelle. Cela dit, « les hommes ne sont libérés de la structure pour entrer dans la communauté que pour retourner dans la structure revitalisée par leur expérience de la communitas[22] », explique Turner. C'est cette définition du rituel comme espace de revitalisation de l'expérience collective qui nous intéresse. Dès lors nous pouvons poser cette question : quels rituels, soit quelles formes de revitalisation de l'expérience collective, peuvent être réinventés par l'expérience théâtrale entendue elle-même en un sens élargi, et comme un cadre qui dépasse le strict moment de la représentation ? Et en quoi cela irait-il dans le sens d'une autre forme de renouvellement de l'épique ?

Pour répondre, il va falloir regarder ce qu'il se passe *à côté* des salles de théâtre public – où le genre épique se déploie sous des aspects modaux (le récit), formels (mise en scène monumentales, théâtralité débridée, énergie débordante du jeu), ou dramaturgiques (en renouvelant ses manières de représenter l'action historique). Il va nous falloir observer comment s'affirment des aventures théâtrales alternatives, épiques en un autre sens. Il va nous falloir analyser de près ces projets qui cherchent,

20 Turner, Victor, The Anthropology of performance, 1986, cite par Piette, Albert, *op. cit.*

21 *Ibidem.*

22 *Ibidem.*

dans les *règles du jeu* et les *contraintes du cadre* qu'ils définissent, une autre voie pour la réinvention d'un collectif agissant, ou dit autrement : une autre voie pour redonner leur puissance (d'agir et de penser) aux collectifs démocratiques contemporains. Et d'une certaine manière, nous poursuivons ainsi notre enquête sur la voie d'un héroïsme sans héros, telle qu'elle était en cours dans notre seconde partie.

Nous nous armons donc pour la suite de cette étude de l'hypothèse suivante : nous pensons que le même attracteur – *rendre possible l'élaboration concrète ou simplement imaginaire d'une action collective tendue vers un destin commun dans le contexte politique et esthétique qui est le nôtre* – peut amener des projets à s'inventer hors des cadres institutionnels dominants, voire à inventer leurs propres cadres. Ils s'extraient alors du système oscillatoire de la représentation d'une identité morale ou historique, en se projetant hors des théâtres, en inventant leur propre espace, en mettant en place d'autres points de contact avec la réalité, soit de nouvelles conditions pour l'épique. En effet, ils s'engagent alors en un lieu et un temps donné à tel point qu'on pourrait dire d'eux qu'ils construisent, non pas une communauté nouvelle, mais quelque chose qu'on pourrait appeler, à la suite des philosophes et sociologues Dardot et Laval, du « commun » – qui ne doit pas être compris comme l'origine fondatrice de toute communauté mais comme *construction politique de modes de vie inédits et partagés*[23]. Si notre hypothèse est juste, alors il se pourrait bien que ce « commun » soit le nouveau moteur des épopées théâtrales contemporaines.

23 Revel, Judith, « Produire de la subjectivité, produire du commun. Trois difficultés et un post-scriptum un peu long sur ce que le commun n'est pas », Séminaire « Du public au commun », p. 6, http://1libertaire.free.fr/ERevel01.html, consulté le 19/10/2021. Judith Revel est citée par Dardot et Laval (dans *Commun, Essai sur la révolution au XXIe siècle*, La Découverte/poche, p. 41) afin d'expliciter ce en quoi le commun ne se pose pas au fondement d'une coappartenance. C'est précisément le point qui nous intéresse ici. Aussi, nous n'utiliserons pas le pan juridico-économique du concept développé par Dardot et Laval.

L'ÉPOPÉE DU PROJET

Le cas du théâtre permanent

Le virage a été pris. Dans ces deux prochains chapitres, l'épique va devenir un attribut du projet et non plus du spectacle. C'est la construction d'un « cadre » pour la représentation, c'est l'organisation renouvelée du rituel théâtral, qui sera pour nous le lieu d'observation d'un nouvel épique en train de se faire. Ainsi, nous nous tournons dès à présent vers les « aventures » c'est-à-dire les épopées théâtrales qui s'inventent ou tentent de s'inventer en redéfinissant d'autres protocoles de rassemblement, d'autres rencontres, et donc : d'autres collectifs. Des aventures qui, chacune à leur manière, tracent des voies et « refaçonnent » le paysage, c'est-à-dire les configurations déjà existantes qui associent un lieu, des œuvres et des gens. Des aventures qui sont donc forcément, d'une manière ou d'une autre, « hors cadre », puisque leur principe est d'*inventer leur propre cadre.*

Ces projets se situent dans l'entre-deux de l'utopie alternative et de la reconfiguration institutionnelle – telle que Vilar, en son temps, l'avait entrepris pour répondre à un problème théâtral et politique précis (refonder un ordre politique et une unité nationale après la Seconde Guerre mondiale[1]). Mais aujourd'hui, il semble que l'horizon soit tout autre, et que le type d'épique que nous allons voir se développer soit orienté par un autre vecteur : créer non pas les fondements d'une co-appartenance, mais générer de l'action collective, créer des buts et des modes de vie partagés, des biens matériels et immatériels collectifs – ce que les philosophes Dardot et Laval appellent du « commun ».

---

1 « Un théâtre *national* et *populaire*, relancé après la Seconde guerre mondiale, participe également à la refondation d'un ordre politique, d'un "vivre ensemble" par l'affirmation d'une possible unité nationale, fût-elle mythique, symbolisée, d'un côté, par les trois lettres *T. N. P.* et consacrée, de l'autre, par les tournées du TNP de Vilar aux quatre coins du globe, ayant profondément contribué au rayonnement international du théâtre français » Fleury, Laurent, Le TNP de Jean Vilar, *op. cit.* p. 68.

Commençons par examiner le projet de Gwenaël Morin, tel qu'il s'est défini et tel qu'il a existé en 2009, à Aubervilliers[2]. Le « Théâtre Permanent », en déplaçant du côté du projet toutes les notions qui jusqu'ici appartenaient à la fiction – la conquête, le risque, l'exposition, l'aventure et l'action – semble en effet un exemple de création susceptible de donner un troisième sens (une troisième *voie*) à l'épique, et de contribuer à redéfinir autrement l'idée d'« épopée théâtrale ». Pourtant, ici encore rien n'est évident, car les formes auxquelles le projet aboutit ne sont pas forcément des illustrations parlantes d'un nouvel « épique » (au sens d'un nouveau rapport individu-Histoire). Le projet a ses limites et ses contradictions mais il se configure tout entier en fonction de ce seul but : créer du commun *via* un système qui reste ouvert, irrésolu, et conflictuel.

ÉTABLIR UN CADRE, CONCEVOIR UN « RITUEL »

> Je veux créer un point. Je veux affirmer dans la ville un point d'engagement, un point d'énergie, un point de sens. je veux aussi faire œuvre de courage et, avec le temps, par ténacité, insistance, résistance, je veux créer de l'espace et du temps publics.
>
> Gwenaël Morin[3]

2 Notre étude concerne en effet exclusivement ce projet d'un an, et non pas les suites qu'il a pu connaître quand Gwenaël Morin a pris la tête du Théâtre du Point du Jour, à Lyon.

3 Note d'intention du Théâtre Permanent. http://archives.leslaboratoires.org/content/view/360/lang,fr/, consulté le 19/10/2021.

ILL. 5 – *Le Théâtre Permanent*, photographie Michel Coquet, Les Laboratoires d'Aubervilliers, 2009.

UN PROGRAMME D'ACTIONS

En janvier 2009, le metteur en scène Gwenaël Morin s'installe avec une équipe de six acteurs aux Laboratoires d'Aubervilliers. Pendant un an, tous les soirs, après-midis et matins, l'équipe mène des ateliers, répète, et joue gratuitement six pièces de répertoire – à savoir, dans l'ordre chronologique de leur création : *Lorenzaccio d'après Lorenzaccio* de Musset, *Tartuffe d'après Tartuffe* de Molière, *Bérénice d'après Bérénice* de Racine, *Antigone d'après Antigone* de Sophocle, *Hamlet d'après Hamlet* de Shakespeare, et *Woyzeck d'après Woyzeck* de Büchner[4]. Le « cadre » du projet implique donc un temps précis – une durée d'un an – et un lieu d'implantation, qui se trouve être une institution particulière – Les Laboratoires d'Aubervilliers, situés aux portes de Paris, dans le quartier Villette-Quatre Chemins[5]. Mais le projet en tant que tel se définit surtout comme un programme d'action : *jouer* tous les soirs, les 24 premiers jours de chaque mois, sauf les dimanches et les lundis ;

4 Nous avons observé et participé au travail de l'équipe au cours des reprises de ces spectacles, entre 2010 et 2011, dans des lieux où chaque fois les mêmes règles du jeu et les mêmes conditions de rencontre avec les spectateurs ont été mises en place : le Théâtre universitaire de Nantes, le Théâtre du fil de l'eau à Pantin, le festival d'Aurillac. Au cours de la même année, nous avons également mené différents entretiens avec les membres de l'équipe, et travaillé pour l'écriture d'un mémoire de master à réunir toutes les traces écrites et photographiques de l'expérience d'Aubervilliers. Un livre, notamment, fut précieux pour cette enquête : sorte de journal de bord du Théâtre Permanent aux laboratoires d'Aubervilliers, il réunit également les différentes notes d'intention rédigées à différents moments du projet, ainsi que des entretiens et des extraits de discussions entre les membres de l'équipe sur les pièces : *Le Théâtre Permanent*, Quatre-Chemins, Aubervilliers 2009, compagnie Gwenaël Morin, publié sous la direction d'Yvane Chapuis, Éditions Xavier Barral, 2010. Une grande partie des textes écrits par Morin autour du projet se trouvent aussi et encore aujourd'hui sur le site des Laboratoires. http://archives.leslaboratoires.org/content/view/360/lang,fr/, consulté le 19/10/2021.

5 Les Laboratoires occupent, depuis 1993, 900 mètres carrés d'une ancienne usine de métallurgie fine, et s'inscrivent donc dans une histoire institutionnelle récente, où patrimoines industriels se voient réaffectés à la création artistique. Cette histoire est elle-même le résultat en France des suites d'une politique de décentralisation culturelle et artistique active depuis les années 60, et d'une logique plus large de détournement statutaire, fonctionnel et esthétique des lieux qui portent les stigmates d'une crise économique passée, et qui sont voués à l'abandon. Les Laboratoires d'Aubervilliers sont donc le fruit d'une logique double et potentiellement ambiguë : à la fois « alternative » et institutionnelle. Notons d'emblée que ce sont les Laboratoires qui vont rendre possible le projet de Morin en s'instituant dès le début comme co-producteur principal du Théâtre Permanent, aux côtés de la compagnie. Le budget suffisant à la réalisation de l'ensemble ne sera toutefois réuni qu'avec la participation, qui s'annonce à mi-parcours, du Théâtre du Point du jour à Lyon, puis du Théâtre de la Bastille à Paris.

répéter tous les après-midis, pour présenter un spectacle nouveau tous les deux mois ; *transmettre* tous les matins, pour que des amateurs puissent expérimenter par la pratique les formes théâtrales dont ils ont été spectateurs lors des représentations du soir. Le Théâtre Permanent est donc d'emblée plus qu'une série de spectacles : c'est un protocole, un exercice à répéter tous les jours et pour une durée déterminée, c'est une expérimentation à réaliser en un lieu, et qui découle d'une ambition claire, simple, radicale – « JE VEUX FAIRE L'EXPÉRIENCE DE CE QUE LE THÉÂTRE PEUT CHANGER À LA VIE QUOTIDIENNE D'UN QUARTIER[6] ». Que se passe-t-il en effet si au lieu de jouer quelques dates dans un endroit on y joue tous les jours pendant un an ? Que se passe-t-il si, au lieu de pouvoir venir une fois de temps en temps, les spectateurs, parce que l'entrée est libre et l'activité permanente, peuvent venir quand ils veulent ? Quelles relations possibles peuvent alors se tisser entre des gens et un lieu, et des textes, et une équipe d'acteurs ? Quelle rencontre cela peut-il produire ? Est-ce que cela peut produire « de l'espace et du temps *publics* », comme le veut Morin ? Est-ce que cela peut changer la vie quotidienne, et la vie tout court ? Est-ce que cela peut constituer la base d'une *expérience épique* ?

Aucune réponse n'est donnée *a priori* à l'équipe, et c'est précisément la raison pour laquelle le projet porte en lui une dimension à la fois expérimentale et aventureuse, un risque qui implique un haut degré d'engagement. Il exige de tenter, de parier et de *faire* (avec une énergie excessive) – avant de savoir ce que l'action et l'effort vont générer. Les premiers gisements de l'épique sont ici. Les formules qu'on lit dans les tracts ou les notes d'intention le confirment : la métaphore guerrière y est partout, la taille de l'enjeu (ni plus ni moins que de *changer la vie* – même si c'est seulement celle d'un quartier) implique d'ailleurs d'occuper un territoire – et ce de façon visuelle, sonore, plastique et physique – avec des forces qui sont des corps individués, nommés : « NOUS, STEPHANIE BEGHAIN, FANNY DE CHAILLE, JULIAN EGGERICKX, BARBARA JUNG, GREGOIRE MONSAINGEON, GWENAËL MORIN, VOULONS FAIRE DU THEATRE TOUS LES JOURS, PENDANT UN AN, AVEC UNE MEME EQUIPE, AU MEME

6 Premier tract du projet, in *Le Théâtre Permanent*, Quatre-Chemins, Aubervilliers 2009, compagnie Gwenaël Morin, publié sous la direction d'Yvane Chapuis, Éditions Xavier Barral, 2010.

ENDROIT[7] ». Voici donc les héros de l'aventure. Quant aux vertus épiques qui devront être les leurs, Morin les nomme « volonté », « insistance », « persistance », « résistance », « répétition ». Il s'agit, en poursuivant les mêmes actions tous les jours, et donc en créant implicitement des exercices quotidiens à valeur de rituels (au sens d'habitudes théâtrales qui relient et fabriquent le groupe tout comme la possibilité de l'accueil), de dresser le temps quotidien, de verticaliser la permanence et de se donner une chance de créer « quelque chose de plus » : du *temps public.* Discours, tracts, affiches, textes et manifestes s'intègrent à l'entreprise, qui ne se limite pas à la création d'un ou de plusieurs spectacles mais s'aventure au-delà, veut agir sur les formes de la vie collective et ses agencements quotidiens. L'œuvre – et sa dimension épique – ne tiendra donc pas seulement au théâtre, mais à tout ce qui le rend possible. Cette épopée – *créer de l'espace et du temps publics* – sera une œuvre *élargie.*

UNE ŒUVRE ÉLARGIE. (DÉTOUR PAR L'ART PARTICIPATIF DE THOMAS HIRSCHHORN)

L'expérience du Théâtre Permanent a été précédée par un projet qui possédait, sous forme embryonnaire, des caractéristiques semblables, et qui peut-être était plus radical encore. « Le foyer, le chœur », de décembre 2007 à janvier 2008, au théâtre de l'Élysée à Lyon, consistait à créer pendant un mois, au même endroit, un espace de lectures et d'écoutes ininterrompues. Une fois par semaine, l'équipe et ceux qui la rejoignaient s'élançait hors les murs du théâtre pour que soient scandés en chœur des morceaux de textes, des poèmes, des mots. Il n'y eut pas de « spectacle » – tous les spectateurs furent aussi des lecteurs – mais un relai seulement, soit une action collective, et le partage d'une même responsabilité autour des œuvres à lire, à dire. Le sens profond du Théâtre Permanent est ainsi sans doute donné par le biais de cette expérience :

> Mon projet de faire du théâtre tous les jours ne date pas d'hier. Lors de réalisations précédentes : Poésieland / Karaoké Poésie, Guillaume Tell d'après Wilhem Tell de Schiller / Théâtre Intégré, ou encore le foyer / le chœur, j'ai observé que le théâtre pouvait s'inscrire dans la vie des spectateurs au-delà d'une curiosité culturelle pour devenir un point de ralliement quotidien. J'ai réalisé à travers le sens et les formes délivrés par mon travail, que le théâtre était un point d'affirmation individuelle dans le corps collectif, la

7 *Ibidem.*

> matérialisation d'un acte politique dont les acteurs et le public partageaient la responsabilité. J'ai réalisé que le public se constituait autour de l'intuition que sa présence était la condition même du théâtre[8].

Le projet du Théâtre Permanent procède ainsi d'une ambition politique : non pas convier des spectateurs à une « curiosité culturelle », (ou un objet théâtral, ou même un « monument » spectaculaire, comme nous le disons plus haut en empruntant les termes de Florence Dupont et de Dewey), mais faire du lieu-théâtre « un point de ralliement quotidien », c'est-à-dire l'endroit d'un rassemblement journalier, un lieu (public) qui s'inscrit dans les habitudes locales et peut devenir, par voie de conséquence, un opérateur de transformations quotidiennes dans la vie des uns et des autres.

En outre, en tant que pratique d'acteurs et de spectateurs, le théâtre doit, selon Morin, être un « point d'affirmation individuelle dans le corps collectif ». Toutes les actions qu'il implique – jouer, venir voir, écouter, rejouer, repenser, revoir encore – sont des gestes physiques qui sont ici pensés comme des « affirmations », soit des « actes responsables », copartagés par ceux qui font et ceux qui regardent – c'est-à-dire qui *font* autre chose – des actes dont les effets, à force de se répéter, se mesurent sur la vie collective, et qui méritent d'être dits « politiques » en ce sens. Aussi, les spectateurs sont conçus comme des participants indispensables du projet.

Cette dimension participative de l'œuvre (qui fait partie de son caractère élargi, et qui est donc indissociable de l'épopée qui se dessine) ne peut être comprise sans regarder, derrière le travail de Morin, celui du plasticien Thomas Hirschhorn[9] de qui le metteur en scène a longtemps été l'assistant et le collaborateur. En effet, les projets du sculpteur se présentent eux aussi comme des aventures et des combats, qui sont explicitement participatifs. Morin héritera de son maître une façon de se jeter dans le travail comme on se jette dans une bataille, (la métaphore épique comme vecteur directionnel du projet) mais aussi d'une façon de concevoir le rapport des œuvres aux spectateurs. La métaphore épique va alors guider non seulement le processus de création, mais également une relation à l'institution, au patrimoine et au public.

---

8 Morin, Gwenaël, Note d'intention du Théâtre Permanent, *op. cit.*

9 Thomas Hischhorn est un artiste-plasticien suisse né en 1957. Il est connu pour une série d'œuvres dans l'espace public en participation avec les habitants d'un lieu, comme les « Monuments » à l'effigie de Deleuze, Spinoza ou Foucault, par exemple « Gramsci Monument, Forest Houses, The Bronx, New York, 2013 ».

En 2004, cinq ans avant le Théâtre Permanent, au même endroit, à Aubervilliers, et co-organisé par la même institution, Les Laboratoires, une sorte de monument « précaire », (comme on parle d'« habitat précaire »), composé de carton, de scotch, et de banderoles se dressait au pied d'une barre d'immeuble dans le quartier du Landy. Cette œuvre d'Hirschhorn, « Le Musée Précaire Albinet », avait pour objectif d'exposer le travail des artistes majeurs de l'histoire de l'art du XXe siècle (Marcel Duchamps, Andy Warhol, Joseph Beuys…) en partenariat avec le Centre Pompidou et le Fonds National d'Art Contemporain, et ce en impliquant activement les habitants du quartier dans toutes les phases du projet : transport des œuvres, construction du musée, montage et gardiennage des expositions, mais aussi gestion de la buvette et de différentes activités (lectures, ateliers pour enfants…), jusqu'à la fin de la période d'exposition, du 29 mars au 18 juin 2004. L'artiste explique très clairement quelle conception du spectateur mais aussi quel rapport au patrimoine artistique et aux institutions publiques de l'Art se marient à ce type de création :

> Ce n'est pas passif – un patrimoine : les œuvres sont là pour développer une activité. Le concept de patrimoine – un ensemble de « biens », matériels ou non, hérités de et appartenant à une personne ou un groupe de personnes, mais le plus souvent liés à l'État – est très précisément mis en question par le *Musée Précaire*. Les habitants du Landy ne sont pas simplement invités à se réapproprier les œuvres, à aller les voir dans leur propre quartier, à regagner, même temporairement, une légitimité qui leur est généralement déniée. Ils sont surtout invités à diriger et surveiller une institution dans laquelle ces œuvres sont montrées. Ce sont eux qui ont construit le *Musée Précaire*, qui, en amont, ont été formés au Centre Pompidou à la sécurité, au transport et à la médiation des œuvres, qui ont géré la buvette et généré ainsi un peu d'argent. Ce sont eux qui ont monté, démonté et surveillé le Musée, et endossé, non sans quelques scrupules, la responsabilité de son « succès », comme le montrait clairement leur attitude vis-à-vis des visiteurs. Aussi peut-on imaginer le regard, nourri d'un sens actif d'engagement collectif, qu'ils posent sur les œuvres présentées. Le travail fourni au Musée, rémunéré ou non – et quoi que les habitants en tirent, quand bien même il s'agirait juste de s'asseoir dehors à la buvette – élargit leur définition de la notion de spectateur, la définit comme une forme essentiellement « participationnelle », loin de l'acceptation passive d'un patrimoine, forme convenue de regard proposée par l'institution[10].

10 Extrait du texte « Les Utopies précaires de Thomas Hirschhorn », par Rachel Haidu in *Le Journal des Laboratoires*, n° 3, décembre 2004. http://www.leslaboratoires.org/article/les-utopies-precaires-de-thomas-hirschhorn, consulté le 11/05/2021.

Hirschhorn souligne ici plusieurs points : d'une part la participation concrète du public à toutes les phases de la création, et, par là-même, l'intégration de celle-ci à la vie publique (ici la vie *du* public, la vie des gens) via une activité physique, un ensemble de gestes qui s'intègrent à la vie des corps. D'autre part, la question de la responsabilité des habitants, engagés pleinement dans l'existence du projet. De sorte que le regard sur l'œuvre ne serait plus, à terme, porté de l'extérieur, comme sur un élément qui s'ajoute à la vie quotidienne, mais de l'intérieur, comme sur une chose à laquelle on a choisi communément de faire une place, et à laquelle, par conséquent, on peut (finir par) tenir. Or, c'est bien là l'une des définitions qu'on pourrait faire du commun : *ce à quoi l'on tient*, à la fois individuellement et collectivement. Dernier point, le Musée Précaire est pensé ici comme une sorte d'institution alternative, où les œuvres du patrimoine quittent les mains de l'État, d'une certaine manière, pour repasser entre celles du « public » au sens de Dewey[11]. En l'occurrence : celles des gens qui s'en occupent, les gardent, en prennent soin. Les œuvres leur appartiennent, et elles génèrent aussi et surtout leur activité concrète, et pas seulement une forme de contemplation. L'œuvre devient donc, grâce au projet global (le Musée Précaire) qui nous met en relation avec elle, un commun. Et ce non pas seulement parce que tel est son statut, mais grâce à l'activité collective qu'elle génère. Elle devient un commun *de fait*.

L'épopée de Morin partage avec celle du Musée Précaire plusieurs traits : elle fabrique elle aussi un *lieu*, dans lequel on passe, vit, évolue. Boire un café, s'installer quelques minutes, discuter, repartir, repasser, font partie des séries de possibles incluses dans l'œuvre (« œuvre-lieu »). Elle est aussi une *expérience* sur le long terme, dont la réussite ne se mesure qu'au fil des mois, en fonction des interactions qu'elle réussit à créer avec son environnement. Par ailleurs, les deux projets se structurent aussi autour d'un ensemble d'œuvres et de pièces reconnues, validées et conservées par l'institution publique, monuments de la littérature ou grands tableaux du XXe siècle. En ce sens, le Théâtre Permanent comme le Musée Précaire sont aussi des œuvres qui en abritent d'autres et qui

---

11 Soit un collectif démocratique qui tient non pas grâce à l'identité de ses membres, mais grâce à des intérêts communs identifiés comme tels, et une action partagée. Dewey, John, *Le public et ses problèmes – op. cit.* Voir aussi, fin de la deuxième partie, la différence posée entre « communauté » et « collectif ».

tiennent même essentiellement dans les relations qu'elles proposent avec ces autres – quelle relation peut-on avoir à Duchamp comme à Molière aujourd'hui, au-delà de toute acceptation passive de leur valeur patrimoniale ? Parce qu'ils sont des créations collectives et participatives de *lieux*, et d'*expériences* sur le long terme de relations renouvelées à un patrimoine commun, les deux projets se présentent donc comme des œuvres *élargies*, soit des œuvres qui ont des implications sur leur environnement urbain, architectural, social et politique. Pour que cela fonctionne, pour que l'épopée ait de telles ramifications, leurs concepteurs établissent deux conditions : la permanence, et la gratuité.

LA PERMANENCE ET LA GRATUITÉ : DEUX CONDITIONS POUR UNE ÉPOPÉE COLLECTIVE

> Le principe fondamental, c'était la permanence : les gens, même s'ils ne venaient pas, savaient que ça continuait. On était relié par la permanence. C'est cette permanence de l'activité que je trouve essentielle. C'est important de ne pas avoir à se demander si c'est ouvert, si c'est fermé, ou quand est-ce que ça ré-ouvre [...] Parfois, les gens passaient cinq minutes, mais ils pouvaient se dire en sortant et pour le reste de la journée : ça continue. C'est excitant de se dire que les choses ont lieu. Savoir qu'elles ont lieu quelque part, c'est y participer[12].

La permanence est, aux yeux de Morin, l'un des paramètres qui permet de faire du théâtre un lieu « ouvert », accessible, un lieu de rencontres possibles et d'engagement collectif. Le Théâtre Permanent est un projet d'architecte[13] : il consiste à construire un espace (une place) – publique, tout aussi concrète que symbolique. Pour cela, la troupe devra travailler la ville *au corps*. En effet, tous les jours, l'équipe d'acteurs se relaiera pour faire du porte-à-porte, et s'acharnera à faire connaître aux habitants le lieu qu'elle occupe, ce qu'elle y joue, ce qui s'y passe, les invitera aux ateliers de transmission, ou tout simplement « à passer ». En 2009, le Théâtre Permanent n'a ni site internet, ni page Facebook, il ne médiatise pas ses communications avec l'extérieur, cela l'intéresse donc assez peu d'être « connu » ailleurs, c'est-à-dire, « plus loin ». C'est à Aubervilliers que cela se passe, et seulement à Aubervilliers, en ce lieu qui jouxte une

12 Morin, Gwenaël, « Un point d'engagement », *Agôn* [En ligne], Entretien réalisé par Barbara Metais-Chastanier et Anne Pellois, http://agon.ens-lyon.fr/index.php?id=866, consulté le 04/09/2018.

13 Morin est architecte de formation.

salle de boxe, avec ce voisinage, et avec ces corps réels et présents chaque jour de la semaine, chaque jour de l'année. C'est de cette façon, grâce à son recommencement journalier, que Théâtre Permanent *conquiert* son existence comme « point » dans la ville.

Aussi, l'« expérience théâtrale » qui est proposée par le projet n'a bientôt plus le sens d'une date, d'un rendez-vous, d'un spectacle enfin, ni même d'une « séance » unique – elle devient une *activité* : un travail *en cours*, visible et identifiable. La permanence ramène l'art – comme résultat – à la pratique quotidienne et ritualisée qui le produit. Elle fait fondre le caractère exceptionnel de l'œuvre, du moment, dans son processus de fabrication et d'élaboration collective. Aussi, sans annuler l'importance du temps de la représentation, elle le relativise. Ce dernier n'est qu'une actualisation d'un soir d'un projet qui se déploie sur un terme plus long, et qui appelle naturellement une autre forme d'attention de la part des spectateurs : non pas une consommation mais un suivi, un accompagnement, enfin « une participation ».

Et c'est la gratuité qui rend la chose possible. Chaque spectateur s'engage ici idéalement en prenant part au spectacle, non pas parce qu'il paye sa place, mais parce qu'il la *prend*. L'acte de venir aux laboratoires et de s'asseoir parmi les spectateurs est donc conçu comme une affirmation responsable : c'est participer au projet, le suivre, l'accompagner et le soutenir de sa présence. Et cette participation n'est pas médiée par l'argent. C'est *la seule présence physique des corps* qui la déclare.

Ainsi, il n'y a pas de sas à l'entrée du Théâtre Permanent : « pas de frontière, pas de barrière, pas de péage, pas de tri[14] ». Personne n'achète sa place, personne même ne la réserve. Le premier venu, c'est-à-dire tout le monde, peut s'introduire ainsi dans le lieu, participer à un atelier, assister au spectacle. Et ce potentiellement *tous les jours*. L'absence de lien contractuel entre celui qui achète son ticket et celui qui le vend ne gomme pas tellement la différence entre celui qui fait et celui qui regarde (quoi qu'elle peut y contribuer), elle crée surtout une expérience de la relation à l'autre plus libre, elle ouvre ses possibles : venir et revenir, voir et revoir encore, revoir autrement, discuter, rediscuter, interroger, penser et repenser, travailler, redessiner et ré-imaginer en permanence et collectivement les choses. C'est bien la possibilité d'une élaboration collective d'un bien symbolique partagé qui est en jeu. C'est aussi à cette fin qu'est choisi le répertoire de l'équipe.

14 *Ibidem.*

AU CENTRE, LE RÉPERTOIRE : D'UN COMMUN À L'AUTRE

Ce sont les œuvres les plus évidemment présentes, accessibles, disponibles qui intéressent Morin. Et non pas celles avec lesquelles il a un rapport singulier, spécial, personnel, celles avec lesquelles il aurait, comme on peut naturellement s'en prévaloir quand on décide de monter un texte, « une histoire » particulière. Pour tout le monde – les acteurs, le metteur en scène et les spectateurs – le texte est donc cet objet étranger avec lequel une rencontre est à venir, une relation est à créer.

Ainsi, les œuvres du Théâtre Permanent appartiennent toutes au domaine public. Elles sont libres de droits. Ce sont « des classiques », adaptés et mis en scène mille fois, inscrits dans les répertoires des écoles et des centres dramatiques, toujours présents en plusieurs exemplaires dans les bibliothèques et les librairies. Leur présence, incontournable, dans les programmes scolaires mais aussi télévisés, par le biais d'adaptations, les rend accessibles au sens littéral. Même si *Woyzeck*, (classique de la culture allemande), fait sans doute exception, ces textes sont *là*, présents : ils « existent » dans notre environnement sonore, visuel, matériel, de la même manière que des « tubes » qui passent à la radio et qui, plus ou moins vaguement, restent en tête. Bref, ces textes sont, comme le théâtre, « des lieux communs » dit Morin en jouant sur les mots. Des matériaux flottants de l'imaginaire collectif, auxquels on ne peut échapper et qui n'attendent que d'être collectivement traversés, interrogés, et remis en question.

> Le théâtre est un lieu commun. *Lorenzaccio, Tartuffe, Bérénice, Antigone, Woyzeck, Hamlet* sont aussi des lieux communs de notre culture théâtrale, des chefs d'œuvres déclarés et assumés de la culture dominante. État de fait inacceptable et il s'agit de s'en émanciper. [...] Ce qui ne signifie pas de les évacuer ni de s'y soumettre mais de s'en servir. Ils peuvent me servir de point de départ pour mesurer, éprouver et créer ma liberté[15].

---

15 Entretien avec Gwenaël Morin, Yvane Chapuis, mai-juillet 2010, in *Le Théâtre Permanent*, *op. cit.* p. 39-58. Dans un autre entretien, il précise le caractère relatif de cette « liberté » supposée : « Monter ces pièces-là c'est interroger notre capacité d'émancipation, de soumission, d'incompréhension, de révolte, d'allégeance, et finalement c'est se demander ce que c'est que d'être un homme libre, *un être humain libre*. Ça n'a rien à voir avec "faire ce que l'on veut". Il s'agit de l'attitude qu'on a par rapport à ce qui est *écrit* – par rapport *à ce qui existe*, à ce qui est *comme ça* » Entretien avec Gwenaël Morin, in *Théâtre public* juin-juillet 2017, *Le répertoire*.

À partir de textes « qui n'ont pas besoin de nous pour exister[16] », le Théâtre Permanent peut donc penser précisément ce qui lui *reste à créer*, à savoir : une relation individuelle et collective avec eux. « Ce qui est inédit, c'est nous dans notre rapport à ces choses qui existent déjà[17] ». Par conséquent, il ne s'agit pas tant de faire revivre le « génie[18] » de Molière, de Racine ou de Shakespeare sous des formes actualisées, ni « de faire descendre la grande culture vers un public qui en serait privé[19] », que d'éprouver un rapport présent au monde à travers cette chose passée, connue, et *commune* qu'est le texte.

Morin s'oppose ici à deux attitudes paradigmatiques vis-à-vis des textes : soit actualiser – c'est la tendance de la « lecture » singulière de l'œuvre, sous des formes politiques et historiques, qui fait florès dans les années 80 et 90, parallèlement au règne croissant du metteur en scène comme individu-artiste – soit transmettre une tradition, un poème, une langue à toutes les couches de la société – c'est l'attitude Vilarienne (c'était aussi celle, que l'on a croisé en première partie, de Jean Bellorini ou de Thomas Jolly, en cela successeurs de Vilar). La grande différence avec ce qui est préconisé ici est encore une fois dans la relation au spectateur que cela construit, ou veut construire : les deux premières attitudes entendent délivrer quelque chose – un message ou un héritage – que l'artiste possèderait et dont le spectateur serait le récipiendaire. À l'inverse, Morin affirme ici ne rien posséder *en propre* en tant qu'artiste, sinon le devoir d'aller lui-même « traverser », arpenter, visiter les œuvres qu'il met en scène. Son travail ne prétend donc rien délivrer, il est *mouvement vers* le texte comme l'attention du spectateur est elle-même *mouvement vers.* Il s'agit moins, donc, que l'un donne quelque chose à l'autre, que *de se rejoindre au même endroit.*

Morin s'inscrit ici parfaitement dans les théories de Rancière, et épouse sa logique d'« émancipation » du spectateur :

> Dans la logique de l'émancipation il y a toujours entre le maître ignorant et l'apprenti émancipé une troisième chose – un livre ou tout autre morceau

16 Entretien avec Gwenaël Morin, in *Théâtre public* juin-juillet 2017, *op. cit.*

17 *Ibidem.*

18 « Toute modestie gardée, le seul génie c'est le nôtre, le génie au sens où on *génère* » *ibidem.*

19 Darge, Fabienne « Quartiers sensibles au théâtre », *Le Monde*, 21 février 2009, p. 3.

> d'écriture – étrangère à l'un comme à l'autre et à laquelle ils peuvent se référer pour vérifier en commun ce que l'élève a vu, ce qu'il en dit et ce qu'il en pense. Il en va de même pour la performance. Elle n'est pas la transmission du savoir ou du souffle de l'artiste au spectateur. Elle est cette troisième chose dont aucun n'est propriétaire, dont aucun ne possède le sens, qui se tient entre eux, écartant toute transmission à l'identique, toute identité de la cause et de l'effet[20].

Ici, la « troisième chose » qui se situe comme à égale distance des uns et des autres, (spectateurs, acteurs, metteur en scène) est bien à la fois le texte *et* le spectacle, deux « communs » différents si l'on en croit le discours de Morin dans l'extrait précédent. Car on le voit passer d'un sens de « commun » à un autre : il y a un « commun » *donné*, « qui appartient à la culture dominante », et dont il s'agit précisément de s'émanciper – c'est le texte de répertoire – ; et un « commun » *réinvesti*, qui est le fruit d'une conquête, d'un effort d'appropriation singulière par des interprètes et une assemblée donnée, réunis à un moment t autour de lui – c'est le texte de répertoire *joué*. « Avec ces œuvres de répertoire, la question qui m'importe c'est la manière dont elles forment un espace public symbolique qu'il m'incombe d'expérimenter, de pratiquer », d'une part, (soit un *commun* au sens 1) ; mais aussi de « mettre ma propre sensibilité à contribution pour construire un espace dans lequel cette expérience du sensible pourra être mise en partage[21] », d'autre part (soit un *commun* au sens 2).

C'est encore en architecte et avec des métaphores spatiales que Morin s'explique : toute la question est finalement de se mettre à *habiter* un territoire (symbolique) étranger, et pourtant commun. Ce territoire, c'est le texte. L'habiter, c'est le traduire en actions (c'est-à-dire le jouer, l'incarner), c'est fabriquer en lui et à partir de lui un nouvel espace, concret cette fois, celui que la mise en scène choisit et dispose sous nos yeux, forcément unique, sensible, et offert – sur le plateau.

Il faut donc pour Morin qu'il y ait incessamment répétition du même, – et c'est la base de tout rituel – il faut qu'il y ait perpétuellement *re-connaissance* du connu, il faut *re-parcourir* le parcouru, pour qu'apparaisse au bout du compte une certaine façon de se rapporter à ce qui existe, pour que se révèlent les infimes variations d'une manière de se déplacer

20 Rancière, Jacques, *Le spectateur émancipé*, La fabrique, p. 20-21.
21 Entretien avec Gwenaël Morin, in *Théâtre public* juin-juillet 2017, *Le répertoire. op. cit.*

à l'intérieur d'une langue et d'un récit… et qu'un espace qui soit *nôtre* se dessine enfin. De même :

> La grammaire, la syntaxe, les mots sont communs pourtant nous reformulons sans cesse et produisons quelque chose de nouveau qui nous est propre. Ou du moins nous en acceptons l'illusion en voulant y reconnaitre l'exercice de notre liberté. Et si tout le théâtre était là, à l'ombre de la parole, dans la relation que nous avons avec elle par tout ce qui ne peut être dit ? Le théâtre forme, je crois, l'utopie de dépasser ce qui est écrit, au sens large, dans l'expérience du présent, c'est-à-dire dans l'action.

En parlant on utilise les mots des autres, des mots usés, pour tenter de dire, avec eux, quelque chose d'encore informulé et qui nous est propre. On re-combine incessamment des éléments hérités pour tirer quelque chose d'intelligible de l'obscurité des perceptions et du flou des affects, pour extirper quelque chose de clair et que l'on puisse partager. On puise « à l'ombre de la parole » ce que l'on tente de transmettre en pleine lumière. Et pourtant « plus je parle et plus nous sommes séparés[22] » dit aussi le metteur en scène : dans l'énonciation des mots qui ne m'appartiennent pas l'écart se creuse, le monde et son histoire s'engouffrent. De même au théâtre, on puise à l'ombre du texte, à l'ombre des mots écrits et déjà dits (ceux de Molière ou de Shakespeare) ce qui dans notre présent nous échappe et que l'on tente de transformer en action et en présence partagée. Pour que le gouffre du non-dit soit nôtre, un court instant, l'expérience du théâtre est nécessaire. Les corps prennent en charge la visibilité de l'indicible, sa naissance au grand jour, son *apparition* : son ouverture au sensible.

Ce geste est d'une absolue nécessité, pour Morin, et il exige de mobiliser un courage, une énergie et une sensibilité collective. « Parler » les mots des autres, soit inventer du nouveau à partir de l'ancien, est un « acte héroïque » en soi, dit-il, quel que soit « ce que nous parlons ». « Chanter » les exploits d'un héros est aussi épique que la légende que l'on chante, peut-il affirmer aussi. (Et en cela l'aventure épique d'Aubervilliers est aussi une épopée sonore). C'est *pour parler,* ou *pour raconter*, qu'il s'agit de créer un cadre et un rituel. L'épopée est donc moins dans ce qui est

22 Gwenaël Morin, extrait du *Discours de Turin* [Langage/Bérénice]. Discours prononcé en juin 2008 à Turin dans le cadre du Festival des Collines sur invitation de l'ONDA. Traduction : Isabelle Fabre. http://www.leslaboratoires.org/article/discours-de-turin/theatre-permanent, consulté le 04/09/2018.

raconté, dans les mots eux-mêmes, que dans la construction d'un espace dévolu à un « parler collectif » – à l'ombre des mots qui font partie de notre Histoire, à l'ombre des mots et des récits communs, à l'ombre d'un répertoire, enfin.

> C'est aussi ça qui est héroïque : le fait de *chanter* les exploits du héros. Les deux actes se superposent. C'est une manière de se demander *qui je suis de la langue que je parle, qu'est-ce que je suis capable d'inventer de cette langue que je parle.* Qu'est-ce qui me constitue vraiment, qu'est-ce que je suis capable de faire avec ça, comment je la relaye ? Ce qui est héroïque dans le fait de chanter les exploits d'Ulysse, c'est bien de *chanter* les exploits d'Ulysse. Et les choses se renversent : pour être héroïque il faut chanter les exploits d'un héros, c'est ça qui est étonnant. Pour parler, il faut raconter l'histoire d'un autre, mais ce qui compte, c'est parler. [...]. Ce n'est pas ce qui est *dit* qui compte, c'est qu'on se parle et que le fait de parler produit des espaces inédits. Et peu importe ce qu'on dit, il faut bien dire quelque chose ! Alors faisons l'histoire d'untel, au fond c'est encore et toujours les mêmes histoires ! Après, c'est nous qui produisons les connexions avec le réel[23].

Le rapport au texte se superpose donc à un rapport au récit (à nos « histoires », qui sont toujours les mêmes), et *in fine* à un rapport à la parole, que Morin considère en soi comme une question épique (héroïque), parce qu'il réclame une prise de responsabilité d'une part (s'emparer de ce qui est et qui nous détermine afin de ne pas simplement le subir), et exige d'autre part un dépassement – une invention – par *l'action* : faire le choix d'un sens, aller dans telle direction, s'engager dans le « faire » même si l'on ne sait pas où l'on va – « *je n'essaie pas de dire quelque chose avec ces textes-là. J'essaie juste de faire. Mais je ne sais pas où ça mène*[24] ».

L'ensemble du cadre posé est conçu pour que quelque chose advienne, mais rien ne le garantit. Ce cadre, on l'a vu, comprend un programme d'action, il est un ensemble d'activités ritualisées ; il est fait aussi de contraintes économiques et artistiques (la gratuité, la permanence, et des grands textes). Et enfin il est aussi esthétique : il implique l'utilisation de certains matériaux et de certains outils.

23 Entretien avec Gwenaël Morin, in *Théâtre public* juin-juillet 2017, *Le répertoire. op. cit.*
24 *Ibidem.*

AVEC DES MATÉRIAUX : ÉRIGER LE COMMUN

La nécessité d'agir, et d'agir vite, « sans se poser de question », implique de pouvoir s'emparer de matériaux facilement disponibles, et facilement transformables. Non pas seulement textuels, mais aussi plastiques. Il faut pouvoir s'emparer d'une chose et la déformer, la modifier, l'associer à d'autres, se tromper, recommencer. C'est comme s'il fallait à Morin les équivalents de *Tartuffe, Hamlet, Antigone, Bérénice* dans le domaine plastique : du papier, du carton, du tissu, du gaffer, des marqueurs. Soit des matériaux qui, comme les textes du répertoire, présentent les qualités d'être « à portée de main », des matériaux qui sont à la fois résilients et universels, solides et ductiles[25].

> Ce qui m'intéresse, c'est l'énergie, pas la qualité. [...] je ne veux pas intimider ni exclure en travaillant avec des matériaux artistiques précieux, sélectionnés, coûteux, spéciaux. [...] Les matériaux avec lesquels je travaille sont des outils pour inclure et non pour exclure. C'est ce qui me guide dans le choix des matériaux que j'utilise. C'est un choix politique[26].

Pour Morin comme Hirschhorn, il faut que l'œuvre la plus démesurée puisse se construire à l'aide des matériaux les plus rudimentaires, afin qu'elle puisse activer la participation du plus grand nombre de gens, sans impressionner qui que ce soit. Ces matériaux apparaissent donc comme les outils grâce auxquels quelque chose de commun peut se construire. Ainsi, non seulement les décors des pièces, mais encore une fois *toute l'entreprise* (toute l'épopée de construction) du Théâtre Permanent sera faite de papiers, de cartons ou de draps-banderoles, couverts en général d'inscriptions au marqueur ou à la bombe, et assemblés grâce à du scotch, du ruban adhésif marron ou du gaffeur noir. Ces supports occupent l'espace du plateau, du théâtre et de son environnement direct, ils le saturent. Jetables, issus de la vie courante, ils composent une esthétique *cheap*, de la fabrication rapide et de la construction précaire, qui est aussi une esthétique de la « manif », comme s'il s'agissait d'implémenter à l'aventure du Théâtre Permanent

---

25 Mestais-Chastanier, Barbara, dans une communication réalisée à Aix-en-Provence le 10 juin 2010 titrée « Apprivoiser l'imprévisible » aborde la question de l'imprévisible au théâtre à travers le prisme de la physique des matériaux.

26 « Philosophical Battery » interview par Craig Garett, *Flash art*, n° 238, octobre 2004, https://www.papercoffin.com/writing/articles/hirschhorn.html, consulté le 04/09/2017.

la nécessité et l'urgence d'un mouvement collectif, d'une revendication politique – ingrédients de l'épique, encore. Par ailleurs, une loi physique est à la source du raisonnement de Hirschhorn : plus les éléments de bases sont simples, et plus les outils sont rustiques, plus l'énergie humaine qui les mobilise peut être grande, et aller dans des directions très différentes. À l'inverse, une machine hyper-spécifique nécessite un seul geste précis (appuyer sur un bouton, par exemple), et rend caduc tout investissement énergétique extérieur. Or, c'est le déploiement de cette énergie humaine qui intéresse Hirschhorn, et qui obsède Morin. Sans cette dépense en effet, sans cet effort qui se démultiplie collectivement, l'épopée du projet n'a plus le même sens. Le caractère épique de l'aventure dépend de cet investissement démultiplié des corps, des mains, des cerveaux. Donc le contexte doit être pauvre. Il faut que tout soit à faire. Et il faut en même temps devoir tendre au plus haut. Ainsi, les œuvres de Hirschhorn sont souvent d'immenses collages en trois dimensions fabriqués de manière collective, sur plusieurs semaines, avec les habitants du quartier où il s'installe ; mais ce sont aussi des édifices dédiés à une question philosophique ou politique, ou bien qui mettent à l'honneur la pensée d'un intellectuel admiré par l'artiste. Hirschhorn arrive ainsi en 2013 dans la cité de Forest Houses dans le Southeast Bronx, et propose aux habitants de construire un monument à Antonio Gramsci. Ni plus, ni moins. De même, le Théâtre Permanent ne veut ni plus, ni moins, que faire du théâtre gratuitement tous les jours en un même lieu et monter un chef d'œuvre tous les deux mois, avec les mêmes acteurs, avec la même communauté de spectateurs. La simplicité des matériaux d'un côté, l'exigence absolue de l'objectif final, de l'autre, fondent la tension épique du projet[27].

27 Dans la conclusion de ce chapitre, nous reviendrons sur l'idée de « tension de forme », empruntée à Gilbert Simondon, et à sa suite Baptiste Morizot et Estelle Zhong, qui l'intègrent à une *esthétique de la rencontre*. Mais pour comprendre d'emblée en quoi le travail est animé de l'intérieur par une tension, un vecteur sans lequel il ne serait pas épique, l'on peut s'en rapporter au *Discours de Turin*, de Morin : « L'ART ME MET EN RELATION AVEC AUTRUI / UNE FORME DE CETTE RELATION EST L'ADMIRATION / J'ADMIRE LES ACTEURS AVEC LESQUELS JE TRAVAILLE / J'ADMIRE LES TEXTES À PARTIR DESQUELS JE TRAVAILLE […] / CE SONT TOUS DES CHEFS D'ŒUVRE / ILS N'ONT PAS BESOIN DE MOI POUR EXISTER NI POUR BRILLER / J'AI BESOIN D'EUX COMME OUTILS POUR DEVENIR CE QUE JE SUIS / JE NE VEUX PAS LES SERVIR / JE VEUX QU'ILS ME SERVENT / JE LEUR DONNE L'ADMIRATION / ILS ME DONNENT LA VIE EN RETOUR […] » / MORIN, Gwenaël, *Discours de Turin*, *op. cit.*

Le Théâtre permanent est donc bien une entreprise, au sens presque militaire du terme, qui prend place dans la ville en engageant toutes une série d'actions qui ne comprennent pas seulement le fait de jouer, de répéter ou de proposer des ateliers de transmission, mais aussi d'occuper le territoire de manière visuelle, en imposant ses textes en lettres majuscules sur les murs, ses tracts entre les mains des citoyens, et enfin en *disant* qu'il s'implante. Tout l'appareil visuel et discursif qui accompagne le projet, les discours, les slogans, (au sens étymologique du terme de cri de guerre, comme la scansion martiale du Chœur dans l'expérience de Lyon en 2008), ont une fonction physique et performative : sculpter l'œuvre en énonçant ses mesures, ses dimensions, sa dimension – utopique. L'utopie de Morin, c'est cette *place publique* qu'il envisage de conquérir pour le théâtre : ce point *inscrit* dans la ville, dans le temps, dans la vie et les habitudes de tous. La question qui suit maintenant est celle-ci : dans quelle mesure l'utopie de ce projet – qui génère déjà toute une entreprise d'implantation, une conquête, et un dispositif d'action – engendre-t-elle également des *formes théâtrales* épiques ? Et en quoi, ces formes, à leur tour, produisent-elles quelque chose qu'on pourrait appeler « du *commun* » ?

AGIR / SE BATTRE – LES RÈGLES DU JEU ÉPIQUE

ILL. 6 – Lorenzaccio d'après *Lorenzaccio* de Musset, photographie Julie Pagnier, Les Laboratoires d'Aubervilliers, 2009.

Quelque chose est à construire et peu importe son originelle impossibilité : il faut bâtir sans se poser de questions pour que ça marche, il faut parer aux peurs et aux *a priori* par le travail et la dépense. « Devenir un capitaliste de l'expérience, c'est demander des garanties, écrire des règles qui seront d'emblée obsolètes. Et c'est ce qui rend l'utopie difficile. L'utopie est irréalisable. Et il faut l'accepter. C'est un moteur. Ce n'est pas un but à atteindre[28] », explique Morin. À l'en croire, il ne reste alors qu'à se jeter aveuglément dans le travail, dans les rouages de la production des spectacles, qu'à tout faire pour que ce théâtre réalise ce qu'il projette, sans « régler » la dépense, sans calculer. Un tel parti

28 Morin, Gwenaël « C'est tous les jours qu'il faut faire la révolution », *Agôn* [En ligne], Les tiers lieux, Enquête : Engouffrés dans la brèche, N° 3 : Utopies de la scène, scènes de l'utopie, Dossiers, mis à jour le : 10/01/2011, URL : http://agon.ens-lyon.fr/index.php?id=1444, consulté le 19/10/2021.

pris a évidemment ses revers : deux comédiennes quitteront rapidement le projet[29], et les spectacles n'auront pas d'autre choix que d'être des manifestations revendiquées de leur inachèvement.

INACHEVER

L'urgence comme règle de conduite

C'est que l'équipe s'est donné une contrainte qui est en même temps un outil : l'urgence[30]. L'urgence oblige à faire, et à faire vite. L'urgence recrée une situation de survie et des comportements qui y répondent : « excessifs », « exagérés », sans doute, « généreux », peut-être, « héroïques » et « épiques », ce n'est pas sûr. L'urgence et la vitesse peuvent aussi se présenter comme les marqueurs contemporains du pire : aller vite, changer tout de suite, produire et produire encore. Aussi, pour les deux comédiennes qui s'en vont, l'urgence limite chacun à son emploi, à son rôle, et stoppe la logique d'émancipation qui est censée être à l'œuvre dans tous les aspects du travail :

> Notre activité se restreint, à la hâte, à la fabrication d'objets-spectacle, au morcellement de notre force collective en fonctions malheureuses : celui ou celle qui apprend le texte, qui fait les gestes à gauche, au centre ou à droite sur la scène, celui qui dirige les opérations, celle qui lit le journal pendant les répétitions, celle qui fait la chanson et celui qui joue la musique, celui qui transmet et ceux qui écoutent… Toute cette activité ayant pour effet de tenir en retrait la possibilité d'une émancipation commune[31].

Voilà que toute l'utopie du projet se retourne. L'épopée n'est plus qu'une course vide. L'urgence est un outil à double tranchant. Elle peut

---

29 Stéphanie Beghain et Fanny de Chaillé quittent le projet au bout de deux mois, après *Lorenzaccio*.

30 « URGENCE. / LE THÉÂTRE EST UN ART DU TEMPS / L'URGENCE EST UNE FORME DE RELATION AU TEMPS / J'UTILISE L'URGENCE POUR PRODUIRE UN THÉÂTRE DE L'EXCÈS / ET DE L'EXAGÉRATION / L'URGENCE M'EXPOSE DE FAÇON BRUTALE AU TEMPS / ELLE ME FORCE À L'AUTO-TRANSGRESSION / ELLE ME FORCE À ÊTRE GÉNÉREUX ET À ÊTRE SINCÈRE / PAS DE CULPABILITÉ / PAS DE PLAINTE / PAS DE HONTE / PAS DE RECUL / PAS DE TEMPS POUR PLEURER / JE NE SUBIS PAS L'URGENCE COMME UNE CRISE OU UN AVEUGLEMENT / JE REVENDIQUE L'URGENCE COMME UNE EXPÉRIENCE SALVATRICE DU TEMPS. » Morin, Gwenael. *Discours de Turin*, juin 2008.

31 « Deux questions à Stéphanie Béghain, Juin 2010 » *in Théâtre Permanent*, *op. cit.*, p. 121.

aiguiser comme elle peut fatiguer les « forces » individuelles engagées dans le projet, c'est-à-dire son matériau principal, qui est vivant puisqu'il est humain. Elle peut l'amener jusqu'au point de rupture – le départ, l'abandon, la fin de l'aventure. Ce à quoi Morin, sans concession, répond : « quelque chose est à venir et le superflu finit par disparaître[32] ». Tenir, donc, et accepter souvent que le projet ne soit pas à la hauteur de ce qu'il prétend, voire qu'il prenne une allure opposée à celle qu'il s'était fixée : celle d'une mécanique de rendement absurde, qui force chacun à faire sa tache loin de toute possibilité de créer collectivement du sens. Le parti que prend le metteur en scène est évidemment discutable.

Mais de fait, *le temps* est aussi une force en soi, et qui finit par transformer toutes les situations, même les plus désespérées : la permanence est un outil qui agit sur l'urgence elle-même, qui la compense, et lui soustrait au bout d'un moment sa dimension dramatique. De toutes façons, et quoi qu'il arrive dans la journée, il faut jouer le soir, même un spectacle qui n'est pas prêt. L'urgence peut donc être subie d'un côté comme une contrainte de production, mais elle peut aussi, de l'autre, stimuler les rencontres avec l'hétérogène, forcer à l'« auto-transgression[33] » ; c'est-à-dire qu'elle peut entrainer le projet esthétique de la mise en scène à dépasser les exigences et les limites formelles qui sont les siennes, conduire au débord et aux rencontres imprévues : on prend ce qui est là, ce qu'on a sous la main et on joue. Sur le plateau, l'urgence permet aussi d'éviter les détours, et conduit à chercher systématiquement les solutions les plus rapides (les portraits des deux rois, dans *Hamlet*, sont deux noms au recto et au verso d'un bout de carton, Ophélie est en robe blanche, Créon, dans *Antigone*, est armé d'un grand bâton… etc.). Or, ces solutions rapides sont souvent les plus directes (et les plus clichés, mais l'un n'empêche pas l'autre). Le pari que fait l'équipe, c'est ce ces solutions sont celles qui favorisent le partage le plus évident, le plus immédiat avec les spectateurs. Encore faut-il aussi, de ce côté-là du plateau, accepter la même règle du jeu : ce ne sera ni parfait, ni achevé, mais on réessaiera demain.

---

32 Morin, Gwenaël, interrogé par Samuel Wahl – « Le Théâtre comme art martial », Cassandre/Horschamp, n° 80, Hiver 2010, « Résister-Inventer », rubrique « Fil d'Ariane ». *in Théâtre Permanent*, *op. cit.* p. 277.

33 *Cf.* Discours de Turin.

« Structure is everything ». *S'en tenir au squelette*

Par ailleurs, Morin a sa propre façon d'éviter les détours, non seulement dans ses textes/manifestes, mais aussi sur le plateau, dans sa manière de mettre en scène l'action. Ses directions de jeu sont minimales, voire simplistes : elles consistent à découper la matière sonore (le texte) et visuelle (corps et matériaux) en lignes claires. Plus fort, moins fort, plus vite, moins vite, plus à droite, plus à gauche, plus au fond, plus à l'avant – on a presque fait le tour des indications possibles. Volumes et rythmes suffisent à organiser la matière sonore, placements et trajectoires la matière visuelle. Dans les deux cas, il s'agit d'isoler les points forts, de segmenter les mouvements et de faire saillir les dynamiques rythmiques du texte qui sont les plus évidentes, les plus tranchantes. La scansion du chœur dans *Antigone* est travaillée sans variation, droite et raide comme une marche militaire. La mise en scène de *Bérénice* tient toute entière dans la tension d'un seul axe jardin/cour, qui relie les espaces privés des deux personnages, aux deux extrémités du plateau[34]. Un souci de lisibilité maximale préside à tous les choix de mise en scène ou d'orchestration de la parole, et peu importe qu'on ait perdu les nuances, la finesse et la complexité en cours de route. Il s'agit bien moins de créer un objet fini que de dégager une *structure.*

Matériellement, cela se traduit par la fixation d'une série limitée d'équilibres physiques sur le plateau, par une organisation simple des rapports de masses (visuelles et sonores) formés par les corps en jeu. Le tout sur une scène décapée, vidée.

> Il ne reste dans le travail de Gwenaël que les personnes qui parlent : on a enlevé tout le reste, tous les autres effets, il n'y a plus rien ; c'est juste « moi

34 Pour ce spectacle, l'équipe s'est en effet inspirée du texte de Barthes, *Sur Racine*, qui distingue chez l'auteur trois lieux distincts : la chambre, l'antichambre et la porte. Ainsi, Titus et Bérénice ont chacun un espace protégé, aux extrémités cour et jardin, (les « chambres »), ainsi qu'un lieu identifié de prise de parole, aux seuils de ces espaces et en bordure de scène (les « portes »). Mais ici, ces deux espaces sont plutôt à interpréter comme les deux quartier généraux de deux ennemis, que comme des espaces dévolus à une forme d'intimité. Un point de prise de parole existe aussi face public au centre, (c'est l'« antichambre »). L'antichambre, étroit plateau surélevé d'une marche, est ici plutôt un couloir, qui à la fois relie et sépare les deux personnages. Derrière ce plateau, un grand panneau en bois, avec une carte de la Palestine, supprime la profondeur de scène, ce qui dessine encore plus nettement la ligne de tension qui sépare les deux chambres, les deux QG. Celle-ci menace de se briser à plusieurs reprises, quand Titus court jusqu'au seuil de l'espace privé de Bérénice, à la limite de l'antichambre à jardin, et va se brise réellement quand Bérénice éclate au Vème acte, envoie son bouquet de fleurs jaunes au visage de Titus et pénètre son espace à cour.

[l'acteur/l'actrice] qui m'adresse à vous » ou « moi [l'acteur/l'actrice] qui m'adresse à l'autre [acteur/actrice] devant vous[35] »

L'acteur, le corps de l'acteur, l'être humain et vivant donc, est le seul support de ce théâtre. On ne voit que lui sur le plateau, il prend d'ailleurs « toute la place », au sens actif du verbe prendre. La scène est une surface qu'il parcourt, une terre battue par lui de bout en bout. Toute l'énergie générée par le spectacle passe par ce seul vecteur, ce seul canal : « le décor c'est nous, la bande son c'est nous » dit Grégoire Monsaingeon[36], et le reste est pauvre, rudimentaire. Tout ce qui est raconté passe par le corps de l'acteur, ou par des signes qu'il a lui-même fabriqués, écrits, tracés, dessinés, découpés à la main, de sorte qu'aucun matériau désinvesti de son imagination, de son inventivité et de son effort ne signifie à sa place. Les machines et leurs effets sont absents des spectacles de Morin, on l'a dit. Presque rien n'est déjà offert ou préfabriqué dans l'environnement où l'acteur évolue. Il est seul, avec les spectateurs, pour fabriquer l'histoire. À lui, à eux, de transcender les clichés, si ces derniers sont utilisés par la mise en scène.

L'ÉNERGIE[37]

L'acteur n'a donc pas le choix de son *exposition*, il fabrique à vue (il se change *à vue*, prend l'objet dont il a besoin pour signifier quelque chose *à vue*, doit mimer *à vue* toutes ses actions). Il ne peut pas échapper à cet espace du regard qu'est la scène[38]. Comme dans une situation de survie, il n'a pas non plus le choix de son *implication*. C'est tout son être, mental

35 Yvane Chapuis. Entretien du 10 juin 2011.

36 Entretien du 27 juin 2011 avec les acteurs du Théâtre Permanent.

37 On entend le terme d'énergie au sens que lui donnent les philosophes matérialistes et athées du XVIIIe : l'énergie est ce qui meut la matière dépourvue de principe ordonnateur extérieur (divin). L'énergie de l'acteur, ce sont les forces physiques et mentales qu'il met au service de l'action scénique et de l'histoire qu'il raconte, sachant que rien d'extérieur, ici, ne peut l'y aider.

38 On retrouve ici le théâtre « brut » et l'espace « vide » appelé de ses vœux par Brook, « Un théâtre qui n'est pas dans un théâtre, mais sur des charrettes, des roulottes ou des tréteaux, avec un public qui reste debout ou assis autour d'une table, devant un verre, [...] le théâtre d'arrière-salles, de sous-sols, de granges avec des représentations uniques, un drap déchiré tendu d'un mur à l'autre, un paravent délabré pour dissimuler les changements rapides de costumes » in *L'espace vide*, Seuil, coll. « Pierres vives », 1977, p. 93. Sauf qu'ici ce théâtre « brut » et cette scène « vide » sont conçus de façon plastique, matérielle, et sans que cela ne conduise jamais Morin à parler de « sacré ».

et physique, qui doit se mobiliser pour créer et conserver la vie sur le plateau. Les acteurs de Morin ont en effet un point commun, qui est à la fois le résultat d'une contagion des réflexes de jeux, d'un partage des procédés artistiques au fil du temps passé ensemble, et de la direction d'acteur : l'investissement physique. « Nous avons l'habitude avec Gwenaël de construire dans l'espace avec un fort investissement physique, voire sportif, qui est une ressource de travail[39] » : interminables courses de Woyzeck, du garde dans *Antigone*, danses d'Antiochus, volte-face et sauts de Tartuffe. Tout est prétexte à mobiliser les corps. De sorte que ces corps sont constamment au centre de la matière signalétique du spectacle, lui impriment leurs propres forces, lui insufflent leur propre énergie – *Hélas* est écrit au feutre noir sur le corps de l'acteur qui joue Antiochus, il bouge, danse, virevolte avec lui[40]. Dans *Woyzeck*, un couteau tombe au ralenti dans l'eau en passant par les mains de chaque acteur qui accompagne la trajectoire et le mouvement de l'objet. C'est une règle du jeu, explique Grégoire Monsaingeon, qui joue Woyzeck : « depuis le début du spectacle on vous fait comprendre que l'on fabrique les choses ensemble[41] » – c'est-à-dire : grâce à la participation physique et mentale de tous ceux qui sont sur le plateau, mais également celle de tous ceux qui sont autour. C'est encore une fois la même idée qui tend le projet : celui-ci doit être une œuvre commune, c'est son seul sens, et doit fabriquer quelque chose de commun, c'est son seul espoir. Tout est donc systématiquement mis en place à cette fin, jusque dans le jeu. L'aventure épique du Théâtre Permanent tient à la rigueur de son systématisme. Autre aspect de la même règle : les acteurs, qui doivent faire vite et avec peu, s'emparent de « ce qu'ils trouvent » pour raconter leur histoire. C'est comme ça qu'un saut en plastique devient un vase de bronze dans *Antigone*, qu'une photocopie en noir et blanc d'une photo d'enfant devient le bébé de Marie dans *Woyzeck*, qu'un bout de carton où l'on va écrire deux noms fait office de portraits du père et de l'oncle

39 Grégoire Monsaingeon. Discussion collective, à propos de *Bérénice d'après Bérénice de Racine*, juin 2009, in *Le Théâtre Permanent*, *op. cit.* p. 133.

40 Julian Eggerickx, qui joue Antiochus, personnage condamné dès le début de la tragédie, arbore sur son torse nu un *Hélas* écrit au feutre noir. Comme Antiochus est aussi le personnage le plus actif, allant de Titus à Bérénice et de Bérénice à Titus, passant par Rome (le public, hors-scène où dès le début il doit fuir), l'on voit cet *Hélas* traverser à toute vitesse les différents espaces de la pièce, semer sa réclame, courir et virevolter de manière comique et décalée.

41 *Ibidem.*

dans *Hamlet*, qu'un bouquet de fleurs jaunes et un couteau en bois se retrouvent présents dans presque toutes les pièces, servant toujours, à un moment où à un autre, parce qu'ils sont simplement *là*, les gestes et les intentions d'un personnage. Ce sont ici les mêmes règles du jeu que dans la *Catherine* de Vitez, où les éléments d'un dîner (couverts, etc.) se mettent à devenir accessoires et changent en permanence de signifiés[42]. D'une manière générale, ici comme dans d'autres esthétiques contemporaines qu'on a pu analyser en première et en deuxième partie, l'acteur est au centre, donc, mais ce n'est pas un ego qui s'expose sur la scène (avec son histoire, sa singularité, sa personnalité, sa virtuosité) c'est plutôt un *corps-en-jeu*, qui doit faire tout ce qu'il peut pour faire exister un récit, conduire sans cesse le passage des mots au visible, celui de sa personne au personnage, avec les outils qui se présentent. La preuve, c'est que l'acteur lui-même n'est ni plus ni moins qu'un outil disponible. C'est ainsi qu'Ulysse Pujo, alors en stage aux Laboratoires d'Aubervilliers, intègre l'équipe : il est là, sur place, au moment où l'on a besoin de quelqu'un, parce que deux actrices sont parties. Sa qualité de « bon » ou de « mauvais » acteur n'a aucune importance. Ce qui compte, c'est de pouvoir être à tel endroit du plateau pour dire telle réplique, ce qui compte, c'est de pouvoir *relayer* une parole et *conduire* un récit. Comme l'exprimait plus haut Hirschhorn[43] à propos de ses propres créations, on dirait que la « qualité » du jeu, ou plus généralement du résultat, n'a pas d'importance ici, mais que seul importe ce relai, *cette conduite collective d'une chose que l'on possède en commun*, et qui est en l'occurrence une histoire, une langue et un texte. C'est ce relai lui-même qu'il s'agit de créer, rien d'autre. C'est le pont qui relie l'aventure épique (la construction d'un nouveau rituel théâtral) et l'épopée sonore (l'action de dire sur le plateau).

Un type de jeu est donc particulièrement revendiqué par les acteurs pour qu'une place soit faite au spectateur dans la course, dans ce relai. Grégoire Monsaingeon explique ainsi dans quelle mesure est nécessaire la « distance » qui le sépare, en tant qu'*acteur-en-jeu*, des objets imaginaires du discours :

> Si l'objet, la tasse, je te raconte que c'est moi mais que je ne te la montre pas, je peux te raconter ce que je veux, et tu vas être obligée de me croire ; il

42 Voir première partie, le théâtre-récit de Vitez.

43 Voir plus haut « Ce qui m'intéresse, c'est l'énergie, pas la qualité ».

> y a donc un contrat tacite entre nous et l'on part sur une base qui n'est pas tout à fait égale. Mais si l'objet existe effectivement entre nous, et que je te le présente, en te disant « je suis cette tasse-là, je suis en train de raconter une chose mais c'est cette tasse qui parle, et moi je suis cette tasse », tu es consciente que je suis en train d'interpréter quelque chose que je te montre, et pourtant je peux faire le jeu des enfants qui disent : « regarde je suis la tasse[44] ! »

Ainsi, chez les acteurs du Théâtre Permanent, cette distance avec la chose *qu'ils parlent* – un drame, un texte, une langue – est conscientisée, montrée, et particulièrement affirmée : « une marionnette tendue à bout de bras » dit aussi Julian Eggerickx[45]. L'aventure d'Aubervilliers produit donc sur le plateau une épopée *figurée*, avec des accessoires et des gestes, par ses *aèdes-acteurs-hyper-actifs.* En outre, le fait d'assumer la distance – l'étrangeté, encore une fois, des mots ou du texte – établit un contrat d'égal à égal entre ceux qui parlent et ceux qui se taisent. Car alors, en face du plateau, ce serait aussi de manière complètement assumée que les spectateurs (ceux qui se taisent) *joueraient à croire.* Des deux côtés il y a du jeu et *un saut à faire* pour l'imagination. La distance dont parle ici Grégoire Monsaingeon est donc proche de la « distanciation » que Brecht estime indispensable. Elle est une manière pour l'acteur de mettre au centre le *passage* de la réalité à la fiction, plutôt que la réalité elle-même ou la fiction seule. En outre, c'est la *constitution du sens / d'un sens* qui est ici en jeu – aux deux sens de l'expression – et qui est présentée par l'acteur comme le résultat d'une rencontre, voire d'une confrontation entre deux croyances volontaires : celle de celui qui dit, celle de celui qui écoute. Les règles du jeu du Théâtre Permanent, entre urgence, inachèvement, et surinvestissement énergétique des acteurs, entendent donc mettre en lumière, de façon ludique, la manière dont la « vérité », en général, se crée : non pas toute seule, mais dans le rapport à l'autre, par le biais de séries de mises en rapport, de confrontations, et qui impliquent toujours, d'une certaine façon : « de l'adversité ». Sur le plateau, la guerre continue. La métaphore épique est toujours active.

44 Monsaingeon, Grégoire, Entretien du 27 juin 2011.

45 Il s'agit ici d'une image trouvée par Julian Eggericks, pour expliquer la distance nécessaire avec la chose à dire, aucune vraie marionnette n'est utilisée dans les spectacles. Entretien du 27 juin 2011.

DU SENS DE LA GUERRE

Représentations, répétitions, et ateliers se passent toujours « plein feu » au Théâtre Permanent, ou en plein jour. L'effet le plus immédiat de cette pleine lumière est une désacralisation de la fabrique du jeu et du sens. Jusque-là, rien de bien original par rapport à d'autres pratiques théâtrales contemporaines. Ici, toutefois, ces règles du jeu s'associent à une manière de penser le projet comme une expérience de confrontations à différentes échelles : entre des personnages, entre le réel et la fiction, entre les acteurs et les spectateurs, et entre le théâtre et le quartier. En effet, l'on a insisté sur la manière dont le projet invitait à la participation. Sauf que tout en se rendant accessible, l'aventure manifeste son existence de façon belliqueuse. Le rapport à l'autre (spectateur ou passant) est donc autant d'invite que de confrontation. Autrement dit : l'aventure épique du Théâtre Permanent, parce qu'elle s'organise et se présente comme une lutte, propose d'*enrôler* autant que de se battre, d'être *avec* aussi bien que d'être *contre*. La frontalité des dispositifs théâtraux, la rudesse de leur esthétique, le caractère souvent martial du jeu impose en effet un rapport d'adversité qui est une certaine manière d'aller *à la rencontre de*. C'est que le Théâtre Permanent ne se rêve pas comme un lieu de réappropriation par la communauté d'un rapport à soi qui se serait perdu quelque part, mais plutôt comme un espace où les distances sont assumées, reconduites et expérimentées tous les jours. Et tout le sens du « rituel », c'est-à-dire du « cadre » qu'il installe et reconduit chaque jour, est là. Autrement dit, le projet ne fonctionne pas dans un rapport idéalisé aux origines du théâtre comme assemblée ou cérémonie de la communauté. Le cadre mis en place sert au contraire à faire l'expérience quotidienne des différences, des décalages, du conflit, sans le résoudre, mais avec l'espoir que de ces confrontations successives émerge du sens.

De là découle une certaine manière d'interpréter les textes : par exemple, pour l'équipe, qui se met à travailler *Antigone* de Sophocle en juillet 2009, la pièce ouvre une guerre fanatique du « OU » contre le « ET ». Dès sa première entrée sur scène, Créon dresse en effet pour la cité un régime de distinction – entre le possible *ou* l'impossible, l'ennemi *ou* l'ami, le frère *ou* la sœur, la coupable *ou* l'innocente. Face à lui, face au « ou », Antigone impose le régime de la conjonction de l'autre et du même, impose le « et ».

> [Antigone] est l'ultime produit d'une lignée où l'autre est toujours le même, où le deux est toujours un, où le fils est époux et le frère est père, où la mère est épouse et où la fille est sœur : « Ismène : Rappelle-toi sa mère son épouse / Deux noms pour une seule femme[46] ».

Aucune des catégories qui découpent le réel, aucun royaume, ni celui des vivants, ni celui des morts, ne permet de « ranger » Antigone. Elle est l'étrangère enterrée vivante, l'autre absolue, où les contraires se confondent et où notre regard s'aveugle, ne pouvant plus extraire de sens. Créon, pour maintenir l'ordre sur une cité confuse doit la supprimer, ou du moins la rendre *invisible*. La « guerre » d'*Antigone* dramatise le rapport conflictuel de l'homme au réel : pour en extraire du sens il le divise, le hache, le reconstruit ; pour le rendre vivable il choisit d'en exposer certaines parties (fussent-t-elles cadavres, comme Polynice) et d'en enterrer d'autres (fussent-elles vivantes, comme Antigone), les *inassimilables.* Mais l'étrangeté est partout, la réalité est étrangère tant qu'on n'a pas trouvé un moyen de la comprendre, et tant qu'on n'a pas trouvé un moyen de la comprendre, elle blesse. Elle est toujours alors synonyme de « barbarie ». Ce qui fonde nos civilisations comme nos cités, et plus généralement notre rapport intelligible au réel, ce sont ces murs réels et ces limites fictives. L'épopée du Théâtre Permanent reconduit cette guerre des différences et des distinctions en mettant en valeur, au sein des spectacles, et souvent de façon criarde, les rapports d'adversités absolus entre les points de vue, mais aussi en assumant de dresser une tribune, de mettre face à face des hommes qui parlent et des hommes qui écoutent. En jetant la pleine lumière sur ces distinctions tout en invitant à les expérimenter de manière absolument libre et responsable (grâce à la gratuité et à la permanence), et surtout en répétant l'expérience tous les jours, cette aventure tente d'inventer au lieu du « OU », non pas le « ET », mais « l'AVEC ». Il s'agit donc pour cette pratique, non pas de nier la différence, l'adversité, mais de l'accepter pour en faire l'expérience, et en extraire du sens qui à la fois l'exalte et permette de vivre *avec.* Le Théâtre Permanent s'y essaie quotidiennement, « insiste » et « persiste ». Il fait l'expérience répétée de la parole, donc de la distinction et du contrat qu'elle impose entre ses deux parties, pour pouvoir inventer, en lieu et place de celui-ci, une

46 Metais-Chastanier, Barbara, *Antigone Journal n'4*, « Elle », 19 août 2011 à La Montade. en citation un extrait de la traduction d'Irène Bonnaud et de Malika Hammou.

nouvelle relation à l'autre. Un « AVEC » qui donne sens à l'altérité par le fait même de ne pas la réduire.

La question de l'adversité dans l'épopée théâtrale de Morin se joue ainsi dans un rapport à l'*autre*, que cet autre soit personnage, spectateur, ou encore texte, public, quartier. Comment maintenir étrangeté, différence et faire, travailler, construire, jouer *avec* ? C'est ici que le rituel épique, comme on le supposait plus haut avec les analyses de Florence Dupont, ne peut pas ne pas être un rituel d'*accueil.*

ACCUEILLIR

Ce rituel d'accueil, partie intégrante de l'épopée, en passe par plusieurs règles, des règles de « convivialité » qui ne sont pas des plus communes, puisqu'il s'agit d'abord de maintenir un rapport d'étrangeté avec l'autre.

MAINTENIR UN RAPPORT D'ÉTRANGETÉ

Il n'y a pas dans le discours de Morin ni dans sa pratique une volonté d'assimiler *l'autre* – texte, acteurs ou spectateurs – ni même d'emblée de le comprendre. Au contraire, « faire l'idiot », (et le faire avec les matériaux les plus scolaires ou élémentaires : un Molière, du scotch et du carton), c'est sa stratégie pour mieux affirmer un point de départ : son étrangeté aux choses.

Au texte, en premier lieu. Traité (voire brandi) comme un objet concret, opaque, étranger, placardé en majuscules sur les murs du théâtre, le texte incarne ici ce « troisième terme » dont parle Rancière[47] dans la relation entre les artistes et les spectateurs : il est cet objet concret et matérialisé, placé entre les uns et les autres, au centre, *à disposition.* De l'intelligence individuelle et collective. Par ailleurs, comme ce texte n'a pas été choisi par goût ou sentiment de familiarité, le metteur en scène n'a rien à en dire de plus que les autres. Il va falloir en faire l'expérience, l'éprouver collectivement dans la lecture, la relecture, la diction, la re-diction, la répétition, la re-répétion, la représentation et

47 Rancière, Jacques, Le spectateurs émancipé, *op. cit.*

re-représentation pour le comprendre. Les représentations seront donc laborieuses au départ, les acteurs butteront sur ce qu'ils ne saisissent pas encore, de même il demeurera longtemps des zones d'opacité dans les spectacles, sur lesquelles la compréhension des spectateurs buttera aussi[48]. Les formes imposées par Morin à ses acteurs – indications sommaires – leur resteront parfois étrangères. La représentation sera donc aussi un moment de mise en tension des différents éléments qui la constituent (le texte, chacun des acteurs, le public, la mise en scène…), et qui ne concorderont qu'éventuellement, et par instants.

Ainsi, le public lui-même est considéré, d'une certaine manière, comme un élément étranger. Les spectateurs sont autant d'« *autres* » dont on ne peut rien préjuger. L'équipe ne préjuge pas de ce dont ces « autres » ont besoin, de la forme artistique qui les réunirait en fonction de la catégorie sociale dont ils sont issus, par exemple. Elle affirme des formes, fait *acte de présence* dans leur quartier, et par « insistance, persistance, résistance », espère simplement être rejointe.

Il y a plusieurs façons de rendre la chose possible.

POSER DES CONDITIONS D'HOSPITALITÉ

En août 2011, quand l'équipe est invitée à Aurillac pour y jouer *Antigone d'après Antigone* de Sophocle, elle plante son décor à l'écart du centre-ville, au milieu d'un désert de cailloux – un terrain de foot désaffecté qu'encadrent quatre barres d'immeubles, la cité de La Montade. Les acteurs et leur metteur en scène sont là pour quinze jours, même s'ils ne joueront que trois dates. Quinze jours, soit juste le temps de monter un chœur avec ceux qui voudront bien les rejoindre, juste le temps, donc, de créer une nouvelle armée, une nouvelle aventure, un nouveau rituel et une nouvelle épopée, qui seront celui et celle de *ce lieu*, La Montade. Les acteurs posent donc leur valise dans la « maison de quartier », qui siège, minuscule, au pied des tours, à l'orée du terrain, et dans une sorte de cabanon en bois qui lui sert d'annexe. À neuf heure le lendemain, sur le toit du cabanon flotte un grand drap comme une voile où, à la bombe, une invitation est tracée : « Dès aujourd'hui, rejoignez-nous pour préparer le chœur du spectacle avec nous (la troupe du Théâtre

48 *Hamlet*, à cet égard, restera jusque dans la deuxième année de tournée un spectacle confus, où rien n'est particulièrement donné à comprendre sur les rapports du fils et de la mère, de Gertrude à Claudius, ou encore d'Horatio à Hamlet.

Permanent), Rendez-vous ICI tous les matins à 10h pour le café ». Le « ici » est souligné trois fois sur sa banderole : un lieu qui existe et où le rassemblement immédiat est possible. Et chaque matin, effectivement, une table de petit-déjeuner est levée au milieu de la cité, contre cette cabane isolée, au cœur de l'immense cage de résonance en apparence inhabitable que forme le carré d'immeubles, mais où un improbable « chez soi » se recrée au milieu de rien, avec du scotch, du carton, du café, des croissants et des gens. De même, chaque soir, le cabanon se transforme en « Antigone Bar », avec barbecue. Toute la journée alors, des gens passent, se joignent effectivement au chœur, (qui sera composé d'une vingtaine de personnes au final) et des grappes d'enfants, à la fois enthousiastes et intimidés, gravitent avec étonnement autour de ces acteurs qui répètent, qui redisent, avec la même précision, le même investissement, les mêmes choses, tous les jours. Au fil du temps, le cabanon se tapisse de photographies, (celles des répétitions, des interactions diverses avec les habitants de la Montade…), mais aussi de phrases du texte, de signes en tout genre qui racontent tous la même chose : la transfiguration d'un lieu vide en un lieu de vie collective, en un lieu *commun*.

DEMANDER DE L'AIDE : POINT DE DÉPART POUR UNE RECHERCHE COLLECTIVE

Activer la rencontre entre son travail et les autres passe aussi par le fait, pour Morin, de demander *de l'aide* : aux spectateurs, aux habitants, aux gens qui travaillent autour de lui. À Aurillac cela se fera autour chœur travaillé tous les matins pendant quinze jours avec les gens de la Montade. À Aubervilliers, ce sont les ateliers de « transmission » qui vont permettre, au bout d'un certain temps, aux spectateurs de participer au travail, de contribuer à faire évoluer les spectacles – retournant ainsi le sens de la « transmission » attendue. « Les ateliers étaient pour le coup [*sic*] le véritable espace de liberté, celui où l'on pouvait dire : je ne suis pas d'accord avec cela et je propose ceci » selon Virginie Colemyn[49], qui a rencontré à cette occasion l'équipe et a fini par la rejoindre. Et lorsque Morin mène lui-même l'atelier du matin, il peut tester avec les participants différentes positions, différentes trajectoires

49 « Entretien avec Virginie Colemyn, Avril-juin 2010 ». par Yvane Chapuis, in *Théâtre Permanent*, *op. cit.* p. 230.

et différents mouvements : il gomme et recommence avec eux le dessin sur la page du plateau, sans enjeu affectif ni professionnel. Au fil des mois, donc, les ateliers de transmission s'affirment comme le lieu d'*une pratique commune et dédramatisée* entre artistes et spectateurs, autour du spectacle qui se joue le soir.

> J'ai le sentiment qu'on a vraiment été au travail à partir de *Bérénice*. Les ateliers se clarifiaient dans la pratique. L'évidence venait de la fréquentation du public : la régularité a permis de dessiner un champ. Et on s'est vraiment retrouvé au pied du mur à partir de *Bérénice* : on n'était plus en mesure d'anticiper quoi que ce soit. [...] On était mis en face de nous-mêmes. Mais dans une relative insouciance, qui avait à voir avec le quotidien. [...] Quoiqu'il arrive, on faisait le filage, on jouait tel quel. Et le lendemain, on reprenait. Pas parce qu'il fallait le faire, mais parce qu'il y avait matière à des retours. La fréquentation quotidienne des spectateurs – parce que certains revenaient tous les jours, même si c'était sur de courtes durées – a permis de mettre en place un dialogue à propos de l'évolution du spectacle. Les spectateurs n'hésitaient pas à mettre en discussion les propositions parce qu'on n'était pas crispés sur ce qu'on proposait et parce qu'ils savaient que le lendemain, on recommencerait : l'objet pouvait poursuivre son chemin. C'était très simple. Il y avait une espèce d'aller-retour qui participait de cette recherche de la beauté. On essayait de toucher à quelque chose qui nous était le plus profond, le plus intime et en même temps, le plus partageable. C'était une quête commune de la beauté[50].

Cette « quête commune », cette recherche collective « de la beauté », est un processus qui consiste, à forces de réunions quotidiennes, de discussions, de tentatives et d'affirmations, à découvrir les *plus petits dénominateurs communs* entre des rapports divers à une même chose (à un texte, un personnage, une question). Morin les appelle aussi des « évidences ». Et à l'« évidence » correspond également *une forme* pour le metteur en scène, et celle-ci est de l'ordre de l'archétype. L'évidence est une *forme archétypale* à dénicher, à dévoiler, et à éclairer sur scène : le geste de l'amoureuse de tragédie (Bérénice), la main sur le cœur et une autre vers le public ; la représentation du saint agenouillé et christique (Tartuffe), les bras à l'horizontale et la tête légèrement penchée. Ces positions, ces formes, font appel à des clichés, c'est-à-dire à des représentations communes, des matériaux flottants de notre imagination, en

50 Morin, Gwenaël, « Un point d'engagement », *Agôn* [En ligne], Entretiens & Portraits, mis à jour le : 19/10/2010, URL : http://agon.ens-lyon.fr/index.php?id=866, consulté le 19/10/2021.

même temps qu'elles les testent et questionnent la puissance émotionnelle qu'elles renferment. Et cette simplicité formelle a une autre vertu : elle permet d'accueillir des présences hétérogènes.

LA LOI DE L'HÉTÉROGÉNÉITÉ

Certains soirs, le temps d'une scène, un des acteurs passe le relai à un spectateur à qui il a appris sa partition au cours d'un atelier[51]. L'exposition au risque, à l'accident, à l'imprévu, à *ce qui n'est pas* maîtrisé par l'équipe artistique, à *l'autre* enfin, devient alors particulièrement concrète. Aussi, « *Antigone d'après Antigone de Sophocle* » est montée au départ avec trois acteurs, mais le chœur de la pièce finira par être interprété à Aubervilliers par un ensemble d'une dizaine de participants aux ateliers, et parfois en tournée jusqu'à trente personnes : ce qui est rendu possible par la structure élémentaire et aérée des mises en scène[52], d'une part, et la simplicité de la partition de jeu d'autre part – comme on l'a dit, les indications de Morin sont toujours extrêmement basiques, donc aisément exécutables. Or, parmi ces dix, vingt ou trente personnes, l'homogénéité est loin d'être de mise : acteurs professionnels, amateurs, habitants du quartier, leurs rapports à la pratique théâtrale diffèrent et leurs origines sociales ne se confondent pas. Le chœur, joué sans costume, n'absorbe pas ses différences mais les exhibe au contraire[53]. C'est une masse imparfaite, où des désordres existent : l'amateurisme du groupe peut être criant, il peut gêner la perception esthétique de l'ensemble, mais l'ensemble, lui, n'a cure de sa perfection esthétique. La maladresse devient une dimension du spectacle, une autre convention, une autre règle du jeu. C'est ce que cette épopée comprend : des ratages, souvent, de l'hétérogène, toujours.

---

51 *Ibidem.*

52 En fait le travail de Morin ressemblerait à une épure architecturale telle que Tadao Andō aime à la construire : l'espace est grand vidé et met en valeur l'espace bétonné et sa fonction avec la lumière comme seul luxe.

53 Certes, dans ce cas précis, l'ambiguïté sémiotique du fait théâtral prend en charge l'hétérogénéité affichée de l'ensemble, qui vient signifier la mixité de la population thébaine ; la lecture du spectacle comme ensemble signifiant résout donc en partie le problème de l'intégration de la différence. Il n'en demeure pas moins que l'ouverture du projet esthétique de la mise en scène est réelle : au cours des reprises d'*Antigone*, à chaque fois que cela sera possible, un nouveau chœur est formé dans l'urgence avec les personnes qui veulent bien s'y prêter, de sorte que seront recréées les conditions d'accueil de l'imprévisible.

Accueillir la présence d'une altérité, quelle qu'elle soit visuelle, plastique, textuelle ou symbolique, fait donc partie intégrante du projet, de cette épopée qui avance sans rien lisser. Le spectacle n'est donc pas l'endroit où une communauté idéale se trouverait enfin réunie. Il est celui de l'exposition des séparations qui la traversent et de la mise en rapport de ses différences ; il est l'espace où le « nous » constate qu'il ne peut pas être déclaré mais seulement intuitivement ressenti comme un besoin. Ce « nous » est utopique parce qu'il est et reste une Idée. L'accès y est fugitif et imaginaire dans l'expérience que l'on fait au théâtre de *ce qui est à créer*, au seuil même de la représentation et à chacun de ses instants : au cœur d'une guerre des différences, au sein d'une matière théâtrale qui se manifeste dans sa fondamentale impureté. Et pourtant, la construction de cet espace et de ce temps *publics*, la construction par l'épopée et au fil de ses épreuves d'un bien matériel et symbolique qui appartiendrait à tous ses acteurs/participants : cela a bel et bien lieu, et ce n'est pas une utopie.

LA CONSTRUCTION D'UN ESPACE AUTRE, NON PAS UNE UTOPIE, MAIS UNE HÉTÉROTOPIE

> Je pense que les gens participent, un peu comme nous, à quelque chose mais sans savoir où ça va. C'est comme Antigone : une précipitation qui permet de générer les conditions pour rendre possible le monde qu'elle demande. À quoi ça sert, on ne sait pas. Ça produit quelque chose mais on ne sait pas où ça va. Et l'urgence permet de lutter contre l'angoisse et la réflexion. On ne peut pas préjuger de ce qu'on produira. Il y a un désir fondamental qui doit reposer sur une indifférence au monde. Ce désir ne vient pas de nulle part, il a un enracinement intuitif. Et il faut fabriquer le monde où ce désir fera sens. Le seul risque à courir : avoir tout donné et se retrouver face à rien. C'est le seul risque de l'artiste[54].

Créer les conditions (concrètes) d'un monde possible (mais incertain), voilà une autre façon de formuler le projet du Théâtre Permanent, une autre façon de définir l'épopée théâtrale dont il s'agit. Ce monde, ce

54 Gwenaël Morin, « Un point d'engagement », *Agôn* [En ligne], Entretiens & Portraits, mis à jour le : 19/10/2010, URL : http://agon.ens-lyon.fr/index.php?id=866, consulté le 19/10/2021.

commun à créer, reste toujours à construire mais il s'ancre néanmoins en un « point » précis de la ville, où des énergies convergent de manière ritualisée : en s'engageant dans des activités collectives qui se répètent chaque jour, et qui n'annulent pas les hiérarchies et les différences entre chacun, mais en font justement le cœur du problème traité par tout le monde, pour participer finalement à la réalisation de formes fictives et scéniques, pour participer finalement à des *apparitions* (théâtrales), qui sont de nouveaux « communs ». Ainsi, d'un « commun » qui viendrait « d'en haut » – le texte de répertoire, soit un patrimoine, institutionnalisé par l'État – le projet, l'épopée, fait un « commun » réapproprié par « le bas », réinvesti par un groupe d'individus (acteurs et habitants) qui ne s'est constitué que par la régularité d'une co-présence et d'une co-action effective, et non pas par le biais d'une identité commune. Autrement dit, et selon les principes que nous avons posés en fin de deuxième partie, ce groupe n'est pas à comprendre comme une communauté unie, mais bien comme un *collectif agissant.* « L'espace et le temps public », soit le monde commun posé comme horizon au travail, n'est donc plus seulement une Idée : il est le résultat d'une action et d'une participation de chaque instant – qui ne savent pas forcément « où elles vont » mais convergent autour des objectifs posés par le cadre de départ –; il est le résultat d'un effort, d'une dépense énergétique, et d'une série d'engagements physiques qui composent la trajectoire du projet comme épique. Inversement, cette Idée ou cette exigence absolue est aussi ce qui produit le cadre du projet, son protocole d'actions, et qui « précipite » les participations des différents individus regroupés autour de lui.

En ce sens le Théâtre Permanent, en tant qu'épopée théâtrale, est moins à comprendre comme la projection d'une « utopie », que comme la construction concrète d'une *hétérotopie*, au sens de Foucault[55]. Contrairement aux utopies, qui sont des emplacements sans lieu réel, les hétérotopies ont un temps déterminé qu'on peut fixer et mesurer de même qu'elles sont des espaces définis dont on peut tracer les contours. Ce sont, en somme, des espaces-temps singuliers, mais qui ont en commun d'être des lieux où je suis et ne suis pas, comme le miroir ou le cimetière ; ou bien où je suis un autre, comme en la maison close, au

55 Michel Foucault, *Dits et écrits* 1984, « Des espaces autres » (conférence au Cercle d'études architecturales, 14 mars 1967), in *Architecture, Mouvement, Continuité*, n° 5, octobre 1984, p. 46-49.

village de vacances ou à la fête. Les hétérotopies sont, plus précisément, des « contre-espaces ». Elles dessinent « dans l'institution même de la société [...] des sortes de contre-emplacements, des sortes d'utopies effectivement réalisées dans lesquelles les emplacements réels, tous les autres emplacements réels que l'on peut trouver à l'intérieur de la culture sont à la fois représentés, contestés et inversés, des sortes de lieux qui sont hors de tous les lieux, bien que pourtant ils soient effectivement localisables. » Les hétérotopies sont des contestations à la fois mythiques et réelles du monde où nous vivons. Mythiques parce qu'elles sont des réserves d'imaginaire – tels le jardin, le tapis volant ou le navire – et réelle parce qu'elles existent, telles la prison, la maison close ou la colonie. Contestataires enfin parce qu'elles rompent avec la vie ordinaire et se définissent toujours, en un sens, négativement. Hétérotopies de crise comme l'hôpital ou de déviance comme la prison, elles existent par ce qu'elles ne sont pas. Le « point » du Théâtre Permanent est lui aussi une « excroissance » de la réalité, une sorte d'organisme supplémentaire qui s'efforce d'exister chaque jour dans une dépense énergétique excessive et par des productions quotidiennes qui dotent le réel d'apparitions nouvelles et qui viennent transformer les existences dont elles sont le produit. La singularité de ce « point », de ce lieu hétérotopique, réside dans cette double tendance à l'autonomie par excès d'affirmation, mêlée au besoin urgent de partage, d'ouverture et d'« auto-transgression ». Ce point est un champ de contact, de tensions, de rencontres et de frottements qu'il met lui-même en place – entre l'apparu et l'existant, l'invisible et le visible, entre des œuvres et leurs interprétations, des signes et d'autres signes, des paroles et des actions, des présences et d'autres présences. Il construit cette plateforme précaire et intensive que voulait Hirschhorn pour son Musée (« Je veux que tous mes travaux soient comme une surface ou un champ de contacts[56] »), où sans cesse des éléments hétérogènes se rencontrent, où le sens est le fruit de ces rencontres et de ces confrontations, où le sens est une apparition *à venir.*

Poser une exigence absolue – celle de *créer de l'espace et du temps publics* – et prendre au sérieux l'idée d'y satisfaire, a donc permis à Morin d'élaborer un protocole d'actions précises : jouer, répéter, transmettre,

56 Hirschhorn, Thomas « *Faire de l'Art politiquement* », Aubervilliers, 2008. in *Thomas Hirschhorn : Musée Précaire Albinet,* Aubervilliers : Les Laboratoires d'Aubervilliers ; Paris : Xavier Barral, 2005.

pendant un an, tous les jours, en un même lieu, et gratuitement, des textes connus. Il fallait trouver des contraintes (la gratuité, la permanence, l'urgence) et des outils (des matériaux rustiques et disponibles, des textes connus et accessibles) qui *génèrent de l'action collective.* Dès lors, l'épopée a pu s'enclencher : elle est l'aventure d'une auto-exposition du projet à l'imprévisible et à l'inconnu, pour créer quelque chose qui le dépasse, elle est l'effort collectif et continu pendant un an, d'agir en vue de la création d'un nouveau « commun ». Les formes qui en découlent sont marquées par cette nécessité d'agir : inachevées, imparfaites, mais surinvesties d'énergie, et qui appellent un certain type d'attention chez les habitants d'Auberbilliers, chez les spectateurs, non plus simplement *ponctuelle*, mais *participante*[57].

Des années plus tard, nous nous rendons au Théâtre du Point du Jour à Lyon pour voir la nouvelle troupe du Théâtre Permanent présenter *Andromaque*[58], en distribution aléatoire, nous sentons bien le premier soir que tout – depuis l'absence de décoration et de bar dans le hall du théâtre, jusqu'au caractère sommaire de la mise en scène et le jeu parfois bancal des comédiens sur le plateau – y *frustre* nos attentes (sociales comme esthétiques) de spectatrice. Rien d'immédiatement séduisant dans cette rencontre avec l'œuvre : certains acteurs lisent leur texte au lieu de le jouer, aucun ne correspond à la représentation que l'on se faisait des personnages, la scène est absolument vide, la salle reste allumée, des spectateurs ont le nez plongé dans de grandes feuilles de papier journal sur lesquelles ils lisent le texte, en libre distribution dans le hall, enfin Gwenaël Morin est au bord du plateau, et parfois glisse un mot d'indication aux acteurs… Nous venions voir un « spectacle », il semble plutôt que l'on soit venu assister à un travail encore en cours. Et de fait le processus est en cours, mais les dés sont aussi relancés tous les jours, puisque chaque jour les rôles tournent. Nous revenons le lendemain[59].

57 Parfois, lors des premiers soirs d'une nouvelle pièce, c'est même simplement une lecture que les acteurs donnent, ce fut le cas lors des premières de *Tartuffe d'après Tartuffe de Molière.* Il arrive aussi que la troupe commence par jouer un acte, puis deux, puis trois, avant de représenter toute la pièce, comme avec *Hamlet d'après Hamlet de Shakespeare.*

58 *Andromaque*, de Racine, est créée le 3 janvier 2017 au Théâtre du Point du Jour à Lyon, par la « Troupe du Théâtre Permanent », qui n'a presque plus aucun acteur en commun d'avec celle d'Aubervilliers.

59 Il va sans dire que si les acteurs ont changé, le concept du Théâtre Permanent, lui, est resté le même : c'est toujours gratuit.

L'on *re*-vient, l'on *re*-regarde, l'on *ré*-écoute *Andromaque*[60]. Et déjà quelque chose dans la répétition de l'expérience nous fait oublier la déception de la veille, l'on commence à être attentif, plus attentif… au texte, aux acteurs qui ne jouent pas le même rôle, aux intentions qui ont circulé différemment de l'un à l'autre, aux variations mais aussi à tout ce qui est déjà plus familier de se répéter une seconde fois : l'histoire, les désirs, les mots, Racine. C'est le deuxième jour, et voilà qu'*Andromaque* a (re)pris sa place dans nos têtes, voilà que la langue (re)devient familière, voilà que ces personnages (re)deviennent proches. De soi au travail qui nous est présenté, une *relation* a commencé, grâce à la répétition du même. Ainsi, le projet est bien conçu comme un rituel qui permet à chacun de construire une *relation* au texte de Racine, une *relation* à l'histoire, aux personnages, et à la langue, en même temps qu'une *relation* aux acteurs qui la prennent en charge et l'incarnent, et une *relation* au lieu lui-même.

Instituer des relations individuelles avec ces différentes composantes de l'acte théâtral, les tisser et les enrichir au fil du temps sont autant de façons de créer une interpénétration de l'expérience artistique avec l'expérience quotidienne. De prendre au sérieux l'affirmation selon laquelle l'art peut transformer la vie, transformer le temps – en faisant alliance avec lui, d'une certaine manière. Et ce, sans passer par l'idée d'une « transmission » de la scène à la salle, mais par celle d'une « rencontre ». Il est temps pour nous de nous arrêter sur ce terme, et d'expliciter en quoi il informe notre manière d'envisager l'idéal vers lequel tendent les aventures que nous désignons dans cette partie comme des épopées.

60 La question de la reprise, et plus généralement, du « re » (refaire, reproduire, revenir, redire, réécouter…) est capitale chez Morin. Elle est à l'origine de cette familiarité qui créée le commun. « Car il y a des textes qu'on ne comprend plus très bien. Le Cid, à la première lecture, moi je ne comprends rien. Mais à force de lire, de répéter, de reprendre, d'apprendre par cœur – donc de créer les structures mentales qui font que ça "rentre" – enfin à force de temps, on commence à comprendre, et on débouche sur cette espèce de miracle lumineux de la compréhension : "Mais Oui ! C'est donc ça que ça veut dire ! C'est donc comme ça que ça fonctionne !". C'est donc cet espace-là que l'on découvre, qui était potentiel en nous, et qui est indéniablement induit par le chef-d'œuvre de Corneille mais aussi et surtout produit par cette obsession, cette insistance, cet effort de répétition, je ne vais pas dire ce "travail", mais cette reprise. » in « Pièces connues pour un théâtre permanent », in Théâtre Public, *Le Répertoire aujourd'hui op. cit.*

CONCLUSION : FAIRE JUSTICE AU CONCEPT DE RENCONTRE – OÙ COMMENT LE CONCEPT DE RENCONTRE INDIVIDUANTE INFORME LA DÉFINITION D'UN NOUVEL ÉPIQUE

Le théâtre est une rencontre, a pu écrire Grotowski[61] entre un créateur et un texte, entre des acteurs avec un public. Baptiste Morizot et Estelle Zhong, à partir de la théorie de l'individuation élaborée par Gilbert Simondon dans son ouvrage *L'individuation à la lumière des notions de forme et d'information* (1964), font de la rencontre un concept opératoire pour la réception esthétique des œuvres d'art en général. Selon les deux auteurs, qui enquêtent sur les pouvoirs transfigurateurs de l'art[62], et sur les raisons d'une résistance contemporaine à admettre que l'art peut encore « changer la vie », il est deux modes de réceptions esthétiques des œuvres et des produits culturels qui se sont généralisés et qui contribuent à neutraliser l'effectivité configuratrice de l'art. Ces deux modes de réceptions sont appelés « fausse rencontre » et « non rencontre ».

FAUSSE RENCONTRE, NON-RENCONTRE : DEUX CONCEPTS UTILES POUR COMPRENDRE CE QUI NE NOUS ARRIVE PAS EN ART

La « fausse rencontre », désigne, pour Zhong et Morizot, ce qu'il se passe quand une œuvre a pour fonction première de combler un besoin désigné comme tel chez le spectateur : le « détendre quand il est anxieux, confirmer une opinion sur le monde procurant un sentiment de confort et de sécurité dans un climat d'instabilité, offrir des montagnes russes affectives[63] », etc. Le premier symptôme de la fausse rencontre, c'est qu'on l'oublie vite. L'œuvre a donné ce qu'elle était configurée pour donner. Si bien qu'on l'a tout à fait *digérée.* Morizot et Zhong notent que toute une part de la production culturelle est désormais conçue de la sorte. Ce qui

61 Grotowski, Jerry, « Le théâtre est une rencontre », juin 1967, in *Vers un théâtre pauvre*, L'Age d'homme, Lausanne, 1971.

62 Morizot, Baptiste et Zhong, Estelle, *Esthétique de la rencontre*, Seuil, Coll. La couleur des idées, 2018. Voir aussi Morizot, Baptiste *Pour une théorie de la rencontre, Hasard et individuation chez Gilbert Simondon*, Vrin, coll. Pour demain, Paris, juillet 2016.

63 Morizot, Baptiste et Zhong, Estelle, *op. cit.*

a pour conséquence de modifier les habitudes de réception du public : non seulement nous aurions tendance à rechercher plus spontanément ce type d'œuvres, mais nous aurions aussi élevé en critère de qualité artistique les critères de la digestibilité. Parfois, le public tendrait lui-même à produire des fausses rencontres, en instrumentalisant l'œuvre, (même celle qui ne voudrait pas être digérée), pour ses propres besoins. Aussi, plus aucune œuvre n'est à l'abri, toutes peuvent être digérées, et ne rien changer à nos existences. Car « le problème n'est plus localisé dans l'œuvre et ses attributs » disent Zhong et Morizot, « mais dans la réception elle-même ».

Face à ce problème, une certaine partie de l'art contemporain aurait instauré, selon les deux auteurs, une solution radicale : se préserver de la « fausse rencontre » en créant des « non-rencontres ». « L'absence de stimuli tant affectifs qu'esthétiques ou sémantiques, voilà ce qui sera proposé au public en quête, par habituation, de fausse rencontre[64] » expliquent Zhong et Morizot. La non-rencontre serait donc une stratégie de défense à l'égard de la fausse rencontre. Se rendre absolument « indigeste », en effet, est une solution pour ne pas être digéré. De là l'impression d'inaccessibilité, d'incompréhension, mais aussi le sentiment qu'« il ne se passe rien » quand on déambule dans certaines galeries d'art contemporain. La stratégie répond à un vrai problème, certes, mais ses conséquences n'en sont pas moins désastreuses. Elle est même, pour l'art, suicidaire à long terme, car elle neutralise tout à fait les pouvoirs potentiellement transfigurateurs de l'œuvre sur la vie.

Face à ces deux modèles de réception, que Zhong et Morizot qualifient de « pathologiques », dans la mesure où tous deux amputent l'art de ses effets vitaux, est donc proposé un troisième modèle. Ce modèle rendrait justice à la « norme implicite, vitale, cryptée mais puissamment discriminante, de ce que mérite d'être une œuvre d'art, de ce qu'elle mérite de nous faire[65] ». C'est celui de la *vraie* rencontre, c'est-à-dire : une rencontre transformatrice, structurante, une rencontre *individuante*. C'est vers cet idéal, selon nous, que tend l'épopée de Morin, et que vont tendre d'une autre façon les projets auxquels nous allons nous intéresser dans le chapitre suivant. Il nous faut donc déplier le concept.

64 *Ibid.*
65 *Ibid.*

LA VRAIE RENCONTRE : LE CONCEPT DE RENCONTRE INDIVIDUANTE

Le concept de *rencontre individuante* a été formulé par Baptiste Morizot, dans sa thèse consacrée à la philosophie de Gilbert Simondon. Il permet de donner une consistance théorique et technique à l'intuition selon laquelle une œuvre peut recomposer notre perception du monde sensible, réordonner des événements de notre histoire, moduler notre trajectoire individuelle. En effet, « en reformant le concept traditionnel de l'individu comme individuation, c'est-à-dire comme processus temporel et relationnel, Simondon fait de la transformation le nouveau critère de l'individualité, par opposition [à l'identité, ou] à la perdurance[66] » explique Baptiste Morizot. C'est la transformation permanente et la métamorphose qui définissent dès lors l'individu. Notre individualité est faite de pans structurés mais aussi de pans mouvants, instables. C'est précisément ceux-là qui sont susceptibles d'être modifiés et recomposés par une rencontre (avec une personne comme avec une œuvre), et qui vont modifier à leur tour l'horizon à partir duquel d'autres futures rencontres seront possibles. Aussi, la mise en présence d'un individu-spectateur avec une œuvre n'est pas un face à face de deux entités fixes, mais une mise en relation de deux ensembles instables, composés d'éléments singuliers susceptibles d'entrer en tension et de se recomposer les uns avec les autres. La rencontre individuante avec une œuvre s'oppose au schème de la réception passive, dite « hylomorphique », où une forme (artistique) est reçue selon la place exacte que le sujet lui laisse (tel un moule), sans laisser de trace ni changer ses structures d'appréhensions sensibles (les contours ou la forme de son moule). À l'inverse, l'opération d'individuation qui a potentiellement lieu pendant la vraie rencontre avec une œuvre est un phénomène de « prise de forme ». Pour l'expliquer, Simondon le compare à celui de la genèse du cristal dans un verre d'eau sulfurisée : au simple contact d'une poussière (prisme de cristal) tombée dans le liquide, on observe « une cristallisation du liquide sous la forme d'un cristal grandissant, par itération de la prise de forme prismatique[67] » de cette poussière. De même, dans une rencontre individuante, l'individu n'est pas transformé passivement par des données extérieures, mais *se transforme* au contact de l'extériorité. Une telle esthétique ne se fonde

66 *Ibid.*
67 *Ibid.*

donc plus sur une conception substantialiste ou fixiste de l'individu, mais sur une conception de l'individu comme *processus* d'individuation. Il faut prendre la mesure de ce que cela change en termes d'appréhension des œuvres : « l'objectif de l'esthétique n'est plus d'isoler les critères de qualité intrinsèque d'une œuvre d'art (puisqu'une œuvre n'est pas individuante en elle-même), mais d'isoler *les conditions favorables* à une réception qui soit de l'ordre de la rencontre individuante[68] ». Ces conditions sont au nombre de trois. La première est la « métastabilité » fondamentale des individus (c'est la part flottante, instable, et non « individuée » en nous qui peut s'individuer au contact de l'autre, ou de l'œuvre). La seconde est l'entrée en contact du spectateur avec une saillance de l'œuvre, une « singularité », qui vient jouer le rôle d'« information active » propre à rencontrer la métastabilité du spectateur (comme la poussière de cristal déposée dans le souffre liquide et qui y génère une nouvelle forme) – une tension de forme se met alors en place entre cette saillance de l'œuvre et les îlots métastables de l'individualité qui la rencontre. La troisième condition pour qu'une rencontre individuante ait lieu est la « compatibilité », soit l'aptitude de l'individu à être affecté par certaines singularités plutôt que d'autres. « Ce seraient les structures accumulées dans l'histoire de l'individu par rencontres avec des singularités passées, qui fonctionneraient comme sélecteurs de compatibilité à l'égard des rencontres avec des singularités futures. Autrement dit, nos archipels individués ouvrent un horizon de compatibilité spécifique, différent du spectateur à côté de nous[69] ». Cet horizon de compatibilité, de soi à l'œuvre, ne doit pas être interprété pour autant comme une ressemblance ou une communauté de traits, mais bien comme la possibilité d'une « tension d'information » entre le milieu métastable qu'offre la structuration historique d'un individu et la singularité de l'œuvre avec laquelle ce milieu entre en contact. Cette tension est toujours plus ou moins forte. Selon nous, l'arc qu'elle tend, de soi à l'œuvre dont nous sommes le spectateur, ou le participant, fonde la qualité *épique* de l'expérience. Reprenons nos exemples.

68 *Ibid.*

69 *Ibid.*

OÙ L'ON COMPREND ALORS POURQUOI LE MUSÉE PRÉCAIRE ALBINET ET LE THÉÂTRE PERMANENT SONT DES EXPÉRIENCES ÉPIQUES

Quand Hirschhorn s'installe au pied de la cité Albinet à Aubervilliers pour proposer aux habitants de construire avec eux ni plus ni moins *qu'un musée* précaire avec les œuvres de Duchamp Malevitch, Mondrian, Dalí, Beuys, Le Corbusier, Warhol, Léger, il propose clairement à ces habitants un projet qui n'a pas son équivalent dans le tissu des habitudes collectives du quartier. Un projet qui *les dépasse.* C'est en cela que l'aventure va être épique : il va s'agir de se mettre à *faire* quelque chose d'*a priori* impossible, ou en tous cas d'improbable ; et puis de devenir les détenteurs collectifs et tout aussi improbables de cette chose qui va se dégager au fil du temps, au fil de l'action partagée, et qui, de par son existence, aura changé notre quotidien, nos manières de vivre. Cette chose, c'est ce lieu commun que devient le Musée Précaire. Le Musée Précaire est ainsi une matérialisation concrète, dans l'espace de la ville, *d'un milieu d'individuation recomposé*, et donc d'une rencontre individuante effective entre le projet de départ d'un côté, et tout un quartier de l'autre. Le caractère individuant et épique de la rencontre s'est donc dessiné au fil des jours, au fil de la *prise de forme* du projet, grâce à ceux qui l'ont rejoint, grâce à l'activité et à l'attention intense qu'ils lui ont accordé… sans en avoir l'air. Et c'est bien là tout l'art de l'artiste, car en même temps qu'il propose de faire quelque chose de *grand* comme un musée collectif, le projet fait jouer des gestes simples (coller, scotcher…) et des habitudes *déjà* partagées : celles de passer, de donner un coup de main, de boire un café. L'horizon de compatibilité, ce sont ces habitudes sociales déjà-là, disponibles, prêtes à l'emploi ; la prise de forme, c'est le fait que ces habitudes soient progressivement et doucement infléchies, jusqu'à se transformer peu à peu en *nouvelles habitudes* à partir des modifications imperceptibles de ces habitudes déjà acquises, en les tendant vers un objectif inédit et utopique (la fabrication d'un musée) ; enfin son résultat, c'est un *milieu d'individuation collectif modifié*, c'est le Musée lui-même, nouveau lieu commun, composé de chefs d'œuvres qui sont eux aussi devenus des *communs* véritables, reconquis, et qui par conséquent sont susceptibles d'avoir modifié durablement les trajectoires individuelles de ceux qui se sont trouvés mêlés au projet.

L'épopée du Théâtre Permanent d'Aubervilliers est du même type : Morin propose aux habitants d'assister et de participer à un *grand* projet, un projet fou, impossible – celui de s'installer là pour faire du théâtre tous les jours, gratuitement, à partir de grandes œuvres du répertoire. Le caractère extraordinaire du projet tend un arc (épique) entre lui et la réalité. Il y a un espace à combler, une distance à parcourir, qui va correspondre à l'activité de *prise de forme* du Théâtre Permanent en tant que tel, grâce à la présence répétée des spectateurs et le travail quotidien des acteurs. L'horizon de compatibilité qui rend possible la prise de forme épique, c'est celui qui est ouvert par la simplicité des matériaux utilisés, matériaux plastiques mais aussi textuels, (textes connus). Même si chacun de ces textes est en même temps porteur de singularités inaperçues, et susceptibles de reconfigurer durablement les modes de sentir des individus qui entrent en contact avec eux. Ce qui va rendre de telles rencontres possibles, alors, ce sont les habitudes simples qui participent à la construction du projet : passer, venir voir, repartir, boire un verre, discuter avec les acteurs, essayer, dire le texte, le lire, le relire, repasser, en parler. Habitudes rendues possibles et même encouragées par la permanence, la gratuité, le porte-à-porte ou les ateliers de transmission. Ce sont ces habitudes qui vont peu à peu, là aussi sans en avoir l'air, finir par produire *un lieu et du temps publics*, donc *communs*, dont les représentations seront des formes condensées (des communs très éphémères inclus dans le commun moins éphémère du Théâtre Permanent comme projet). La différence avec le Musée Précaire, toutefois, c'est que ce dernier propose très clairement de participer à la construction collective du lieu, brique par brique si l'on ose dire. Le Théâtre Permanent, lui, associe son public, plus qu'il ne le fait participer, à des formes théâtrales partagées, où les acteurs continuent d'occuper une place centrale. Mais ces formes reflètent l'énergie épique et collective injectée dans le projet de par l'intensité physique qu'elles manifestent. Le projet de Morin est donc moins *une participation à l'impossible* que *l'impossible rendu théâtre*, et manifesté comme tel à des spectateurs qui se trouvent par là même associés au processus.

Le principe de la « vraie rencontre » implique que chaque singularité rencontrée a le pouvoir de reconfigurer nos structurations individuelles, c'est-à-dire nos manières de sentir, de concevoir, de percevoir, et d'agir. Chaque rencontre individuante ne se dépose pas en nous comme un simple contenu d'expérience, mais contribue à « encoder » nos rencontres et nos expériences futures. « Ce que l'on veut mettre ici en lumière, explicitent Baptiste Morizot et Estelle Zhong, c'est que l'art ne transforme pas seulement notre perception du monde : il transforme nos usages du monde, notre façon de concevoir et d'agir dans celui-ci. L'œuvre est un dispositif de modulation potentielle de nos vies. Autrement dit, une théorie de la réception comme rencontre individuante permet de mettre en lumière le pouvoir effectif de l'art à façonner et changer durablement notre relation au monde[70] ». Cette théorie permet en effet de donner un sens consistant à la formule de Morin : faire du théâtre pour changer la vie – la vie quotidienne d'un quartier. Le Théâtre Permanent n'est pas autre chose qu'un dispositif conçu pour maximiser les possibilités de rencontres individuantes. D'une certaine manière, en effet, la permanence (soit l'instauration d'un rituel quotidien), est une réponse différente au problème de la digestion des œuvres théâtrales dans le temps de leur actualisation comme événements spectaculaires, comme performances, par les spectateurs. La permanence, et la gratuité, font partie des conditions mises en place pour qu'une cristallisation ait le temps de se faire, entre une des singularités ou une des saillances des œuvres ou du projet d'un côté, et les individus qui s'y trouvent mêlés de l'autre, parce qu'ils peuvent revenir, et revenir encore. C'est justement la possibilité de s'y trouver « mêlé », soit impliqué, engagé, et de transformer ses habitudes d'agir au contact du projet lui-même, qui importe. Le Théâtre Permanent, comme œuvre globale, comme projet épique, est ainsi tendu vers l'élaboration d'un commun *via* des séries plurielles de rencontres individuantes, susceptibles de transformer la vie à différentes échelles. L'épopée consiste alors en cette opération curieuse : produire les conditions concrètes pour que des rencontres individuantes soient possibles, c'est-à-dire un ensemble de relations nouvelles entre des individus et ce qui à la fois les réunit et les dépasse, des récits partagés mais inconnus, des mots communs mais opaques, des performances collectives mais dissensuelles.

VERS D'AUTRES OPÉRATEURS DE RENCONTRES, VERS DE NOUVELLES ÉPOPÉES

Depuis une dizaine d'années, des projets du même genre, mais souvent moins médiatisés et moins soutenus (économiquement et administrativement) par l'institution, fleurissent en France, notamment en plein air,

70 *Ibid.*

et notamment dans des zones rurales, ou des petites villes. Explicitement ou non, ils ont le même but : rendre la « vraie rencontre » possible entre des œuvres et des gens, et faire de l'activité théâtrale, sur un lieu donné, et pour ceux qui l'habitent, un nouveau rituel – c'est-à-dire un nouveau mode de rassemblement collectif, régulier, répété, et dégageant de nouvelles possibilités d'agir ensemble. L'exigence vilarienne (et derrière elle, celle des prédécesseurs, Gémier, Rolland...) s'y trouve donc également réhabilitée et renouvelée. Mais il faut voir en quoi ce renouvellement diffère de celui de Morin, qui diffère déjà, on a vu en quoi, de celui de Vilar. Ces aventures théâtrales, myriades de projets alternatifs et qui n'appartiennent pas aux catégories habituelles (entre le théâtre classique et le théâtre de rue) réactivent une utopie ancienne, certes. Mais parce qu'elles s'inventent dans un autre contexte, leur caractère *épique* se décale. Ce sont des épopées qu'il faut définir autrement, et qui, inversement, contribuent à définir différemment ce qu'on entend aujourd'hui par *épique*. Nous avançons donc d'un pas supplémentaire dans la redéfinition de cet épique alternatif, hors cadre. Nous quittons l'aventure utopique d'un seul, conduite par un chef-metteur en scène-artiste (aventure qui en cela s'apparente encore aux épopées théâtrales des années 90-2000), pour approcher celles de groupes pluriels : groupes d'amis, nébuleuses d'acteurs, ensemble à la fois proto-familiaux et ouverts qui ne correspondent pas exactement aux collectifs déjà croisés dans notre seconde partie, (ceux de la génération précédente) mais ressemblent plutôt à des hordes aventureuses et missionnaires d'un nouveau théâtre décentralisé. On a vu par ailleurs que l'épopée de Morin se déployait sous des formes conquérantes et martiales, avec une rudesse qui lui est propre. Ce ne sera pas forcément le cas des projets qui vont nous intéresser à présent. Néanmoins, les difficultés institutionnelles qu'ils connaissent innervent aussi la qualité épique des formes qu'ils inventent. Quels sont donc ces types d'aventures, quels sont ces *autres théâtres épiques*, qui apparaissent et se multiplient dans différentes régions en France ? Qu'ont-ils de commun ? Quelle perspective, enfin, nous donnent-ils sur le théâtre épique contemporain ?

ÉPOPÉES DU DEHORS / LIGNES DE FUITE

Bricolages du commun dans les interstices

> Au commencement était une folie, pas celle d'une dizaine de jeunes excités, celle-là, on la connait, mais celle d'une vieille dame qui, sentant la fin venir, n'a pas voulu s'enfermer tranquillement pour attendre. Elle nous a dit « Oui ». Elle nous a accueillis. Elle nous a nourris. Et c'est grâce à elle que nous sommes là. Il y a aussi la folie de cette femme qui a traversé la France avec son camion rempli de bois qu'elle avait coupé pour nous. Elle nous a appris à construire notre théâtre. Elle nous a appris à faire. Celui qui fait, c'est celui qui sait. Sans ces deux actes d'amour pur, le NTP n'aurait jamais pu raconter toutes ces histoires[1].

> Il me semble que nous vivons dans une époque où le mot Joie devient subversif, tant on cherche à nous en détourner. C'est bien cette Joie et cet Espoir, cet air libre que je reconnais dans les yeux de ces amis. C'est cela, avant tout, qu'il s'agit d'inventer et transmettre. Et justement parce qu'on s'y perd, parce que nous sommes si différents dans nos désirs, parce que nous travaillons dans l'urgence et que nous en faisons trop, parce que le résultat est fragile et incertain… Pour toutes ces raisons, cela constitue une nécessité. J'ai longtemps été public du festival avant d'y prendre une part plus active. Je connais donc l'émotion unique partagée collectivement dans les gradins.

1 *Nouveau Théâtre Populaire, 2009-2014*, Textes des dix-neuf membres du NTP, Conception graphique, Atalante Paris – Impression Stipa, France, p. 18.

> Je souhaite continuer à mon tour ce pari
> et œuvrer pour que cela dure, longtemps,
> très longtemps, bien après moi[2].

Dans un jardin, à la campagne, non pas sur des tréteaux mais à même la poussière du chemin ou sur l'herbe, et parfois sur un vrai plateau, se clament haut et fort des textes du répertoire et parfois d'auteurs contemporains, devant un public qui peut aller d'une cinquantaine à plusieurs centaines de personnes. Pendant trois jours, une semaine ou un mois, toujours l'été, de jeunes comédiens (de 25 à 35 ans) se réapproprient ainsi leur métier et s'organisent pour l'exercer selon des modalités qu'ils choisissent eux-mêmes, en dehors des circuits institutionnels habituels, dans des lieux plus isolés et des villes plus petites que ceux et celles des théâtres publics.

Voilà, en quelques lignes, ce qui relie le Festival de Villeréal à Villeréal dans le Lot-et-Garonne, celui du Nouveau Théâtre Populaire à Fontaine-Guérin en Anjou, le Lyncéus Festival à Binic-Étables-sur-mer dans les Côtes d'Armor, le Festival Pampa à Sainte-Foix-la-Grande en Gironde, le Festival SITU à Veules-les-Roses en Normandie, le Festival du Paon à Banon dans le Vaucluse, celui du Roi de cœur à Maurens en Dordogne, celui de la Mostra teatrale di Pieve en Corse, et beaucoup d'autres encore. La liste est longue et non exhaustive, de ces festivals qui chaque année bourgeonnent et fleurissent aux quatre coins de l'hexagone.

Si le phénomène n'est pas nouveau, il est suffisamment marquant depuis quelques années pour qu'on s'y intéresse, et pour qu'on traque ici d'autres formes d'épopées du « commun », plurielles, rhizomatiques, fragiles et inventives.

Nous faisons l'hypothèse, en effet, que ces aventures contribuent à la redéfinition de l'épique contemporain, en s'inscrivant dans la voie que nous avons commencé à tracer avec l'aventure du Théâtre Permanent, à savoir la constitution d'un rituel épique, voué à fabriquer du commun, au sens non pas d'une identité commune, mais d'un agir collectif, et de création de bien matériels et immatériels partagés. Nous allons voir que ces derniers projets le font à travers la manière dont ils se construisent d'abord : loin des villes et des théâtres publics, et avec toutes les difficultés

2 *Ibid.* p. 24.

que cela implique – c'est-à-dire toutes les épreuves que l'institution réserve à ceux qui s'en écartent pour mieux la rejoindre. À travers le geste artistique qu'ils revendiquent ensuite, et qui semble une répétition du geste vilarien, notamment via les contenus mobilisés, soit leur rapport aux grands textes et aux grands rôles. À travers les relations et les rencontres qu'ils rendent possible avec leur environnement extérieur, parce que leurs spectacles se jouent en plein air, d'une part, et parce qu'ils sont dépendants d'une participation locale, d'autre part. Au fil de l'enquête, nous relèverons ce qui nous semble participer d'un nouvel épique, un épique de la production notamment, tout en notant les forces contradictoires qui l'habitent : le retour des spectres héroïques anciens dans les formes, et la quête d'une « essence » de la pratique théâtrale. Ces projets, disons-le d'emblée, sont des *tentatives épiques*, il n'y a pas d'épopée absolument nouvelle et pure qui se dessine ici, mais des aventures toujours singulières et composites, qui se bricolent avec les données du contexte, de la situation, mais aussi avec un héritage théâtral, des références et des mythes anciens. Il n'empêche. Ces épopées sont inspirantes. Elles aident à penser, à imaginer un épique démocratique et vivant. Commençons donc par présenter, parmi ces aventures, celles que nous connaissons, et qui seront notre terrain d'exploration privilégié : le NTP et le Lyncéus Festival.

PRÉSENTATIONS

S'Y RENDRE

Du côté des Bois d'Anjou

Vous êtes en voiture, vous cherchez Fontaine-Guérin sur la carte. Depuis déjà une demi-heure, vous faites des tours et des détours sur les petites routes de la communauté de commune de Beaufort-en-Anjou, entre les champs et les plaines. Vous êtes passé.e près d'un lac, vous avez traversé déjà plusieurs villages, de ces villages avec des maisons fleuries, sages et calmes, où l'on ne croise jamais personne. Et pourtant, il paraît que tous les hôtels, toutes les chambres d'hôtes et tous les campings des environs sont pleins. Plus tard, il faudra s'inquiéter de trouver un endroit où dormir.

Pour l'instant, il vous faut déjà trouver le « théâtre », ou bien vous ne verrez jamais cet *Œdipe Roi*. Et puis soudain, vous y êtes, vous le savez parce que vous apercevez déjà la queue, le long d'une façade qui affiche en grosse lettres blanches, sur une affiche rouge, et dans une typographie qui ne vous est pas inconnue : « Nouveau Théâtre Populaire ». Se garer est une autre affaire. De toute évidence, ce village n'est pas fait pour accueillir autant de monde. Ni cette petite maison au bord de la route, de l'autre côté de l'église, et devant laquelle se presse une foule qui, manifestement, est là depuis longtemps. Plus tard, vous apprendrez que le festival, ce mois d'août 2015, a accueilli 7290 spectateurs. Soit une moyenne de 300 par jour. Deux ans plus tard, en 2017, ces chiffres auront encore augmenté : 10 400 billets vendus, ce qui veut dire 500 à 600 personnes dans le jardin de cette maison tous les soirs. Alors, vous faites la queue. Des acteurs qui ne jouent pas dans le spectacle de ce soir tiennent la billetterie et une petite buvette. À côté de la billetterie, un livre est en vente : la même police – la fameuse police Jacno qui servit à Vilar – et des lettres majuscules, noires et rouges, sobrement apposées sur une couverture couleur kraft, dessinent le même titre que sur les affiches : « Nouveau Théâtre Populaire », où l'adjectif « nouveau » a donc remplacé l'adjectif « national ». Au centre, en bas de la page : « 2009-2014 ». Au dos, vous lisez :

> « Préparer des arrosoirs pour arroser le tour de scène, afin d'éviter la poussière. Faire consolider et rapprocher les planches de la scène qui bougent. Dans la loge des dames, une brosse à habits très dure et un chiffon pour chaussures. Demander à la mairie un tapis rouge (avait promis). Prévoir cordonnier pour caoutchouc aux semelles. Recommander à Bernard de bien coller sa barbe ». Jean Vilar, Note de service, 1947[3].

Vous feuilletez le livre. Sur les deux premières pages, des extraits de comptes rendus des premières réunions de la troupe. Puis des photos montrent, en accéléré, comment s'est construit ce plateau que vous apercevez un peu plus haut, dans ce jardin dans lequel vous êtes entré. C'est une scène d'environ 9 mètres par 7, qui fait face à la pente et tourne le dos aux murs de la maison, ainsi qu'à l'église. Il paraît que c'est une certaine Chantal, la tante de l'un des acteurs, qui est arrivée un jour de l'Hérault avec son camion rempli de bois de châtaigner. Elle l'aurait coupé elle-même, « en lune décroissante de février », tandis que

3 *Nouveau Théâtre Populaire*, *op. cit.*

le plancher, lui, aurait été acheté à crédit par le même acteur à une scierie locale. La somme aurait été remboursée plus tard par l'argent du festival.

Il y a aussi un cerisier généreux au bord du plateau ; et au « lointain », vers les sommets de la pente, un petit pommier.

Bien que vous ne fassiez pas partie des premiers spectateurs, vous finirez par trouver une place, là, parmi les derniers rangs du fond, près de cet arbre.

Dans un ancien pays de Bretagne

On vous a déposé à un rond-point. Vous êtes apparemment dans le centre de Binic-Étables-sur-mer, et vous devez trouver « un chapiteau ». C'est là que vous devez payer votre place, on vous l'a dit, avant de vous rendre sur le lieu de la représentation. Il bruine, le vent se lève, vous êtes en retard, vous courrez dans de mauvaises directions, et pourtant, ce n'est pas compliqué, en effet : le chapiteau est là, face à la mer. Il fait la taille d'un petit chapiteau de cirque. À l'intérieur, un bar désert. Tout le monde est déjà parti ! Et vous n'avez aucune idée du lieu où cela se passe. Sur quelle plage, au sommet de quelle falaise ? Vous allez tout rater. Mais voilà quelqu'un, sans doute l'un des « bénévoles » du festival. Ni une, ni deux, cette personne vous a confié.e à un couple de spectateurs, et vous embarquez dans la dernière voiture qui se rend au spectacle. Eux ne sont pas inquiets : « ça commence toujours un peu en retard ! ». La voiture s'élance avec un grand coup d'accélérateur. Vous comprenez que la route n'a pas de secret pour eux. Ils sont d'ici. Vous frissonnez. Nous sommes le premier week-end de juillet 2016. En France, c'est la canicule, mais la Bretagne a ses propres températures. La voiture fait son dernier lacet. On est arrivés. On surplombe la ville et la mer, que l'on voit à peine entre les arbres. Une centaines d'autres personnes sont là, et attendent le long d'un petit chemin – on dirait un chemin de douanier – à côté d'une vieille école de voile. L'« entrée » semble être ce portillon, à gauche, où le chemin tourne. Un chariot surmonté d'un parasol, (ou d'un parapluie ?), fait office de mini-bar, stationné sur le sentier. Dans le public, quelques amis des acteurs sont venus de Paris eux aussi pour les trois jours du festival – ils ont leur « passe ». À quelques pas, un bon groupe de quinquagénaires, qui semble parfaitement équipé pour la pluie, plaisante. Ils forment une sorte de « bande » joyeuse, bruyante, à l'aise. Ils ont leurs chaises et tabourets de plage à la main. Oui, ici, c'est bien chez eux. La clairière dans laquelle on s'installe – où ils boudent les bancs pour leur préférer leurs propres transats – est bien un lieu qu'ils connaissent. Ils ne se retournent pas pour essayer de voir la mer.

Le Nouveau Théâtre Populaire est né en 2009, dans le jardin d'une maison de Fontaine-Guérin, dans le Maine-et-Loire, à une trentaine de kilomètres d'Angers.

Le Lyncéus Festival est né en 2014, dans la ville de Binic-Étables-sur-mer, à une vingtaine de kilomètres de Saint-Brieuc.

Fontaine-Guérin compte autour de 900 habitants et un bar : « chez Martine ».

Binic est une ville de 3800 habitants, avec trois crêperies.

Ce sont les fonctionnements de ces deux festivals qui vont constituer le cœur de notre étude.

LES ÉTAPES D'UNE CONSTRUCTION – L'HISTOIRE DU NTP[4]

ILL. 7 – Le Nouveau Théâtre Populaire, Fontaine-Guérin, 2015.

Commençons par le NTP. Observons la chronologie. S'il y a épopée, cela implique en effet qu'il y ait un certain nombre de péripéties et d'épreuves, des échecs et des victoires. Il faut voir lesquelles, et ce qu'elles

4 C'est un document interne à l'organisation du festival, titré « Historique du NTP » qui nous permet d'écrire cette partie.

peuvent nous indiquer sur la constitution de cet épique-là – épique métaphorique, celui de la lutte et de la bataille (institutionnelle), mais aussi épique concret, celui de la débrouille.

En juillet 2009, la troupe du NTP, composée de onze comédiens, construit elle-même et sous la direction de Chantal son plateau.

Au moins d'août de la même année, pour la première édition du festival, les acteurs présentent *Le Misanthrope*, de Molière, et *Roméo et Juliette*, de Shakespeare, que deux d'entre eux mettent en scène.

Il n'y a aucun budget pour les spectacles. Toute l'équipe est logée dans la maison, et cohabite avec Marie-Claude, la grand-mère de Lazare Herson-Macarel, l'un des initiateurs du projet. Chaque membre de la troupe met 100 euros pour constituer un pot commun destiné à l'achat de la nourriture et aux transports. Pour les costumes, l'équipe fait quelques emprunts au Théâtre des Quartiers d'Ivry, au Conservatoire National d'Art dramatique de Paris, et complète avec les garde-robes personnelles de chacun. Le travail est bénévole.

En tout, cette année-là, le festival reçoit 762 spectateurs, soit une cinquantaine de personnes par jour, à un tarif unique de cinq euros, voté à l'unanimité par la troupe.

Le premier soir de répétition, la voisine, Mme Mirivel, proteste. C'est la première d'une longue série de plaintes, renouvelées chaque année par la même personne.

Les années qui suivent sa création, les recettes du NTP vont progressivement grossir. Elles permettent dès 2010 de prendre en charge l'ensemble des dépenses du festival.

En 2011, l'association, dont les statuts sont déposés un an plus tôt, touche sa première subvention de la part de la Communauté de communes de Beaufort-en-Anjou, d'un montant de 2000 euros.

De nouveaux logeurs accueillent les comédiens par petits groupes.

En 2012, les artistes de la troupe sont officiellement associés à la Communauté de communes, et commencent des séries d'actions culturelles bénévoles dont, notamment, des lectures régulières en dehors de l'été (les montants des cessions sont alors réinjectées dans les budgets du festival).

En 2014, pour la première fois, le festival sera payé pendant 6 semaines suite à l'obtention d'une coproduction des Tréteaux de France[5], d'une

5 Centre dramatique national itinérant, sous la direction de Robin Renucci.

subvention de l'ADAMI[6] et d'un soutien du Jeune Théâtre National[7], qui paye 4 postes. Il est considéré que la sixième semaine est la rémunération symbolique du temps de travail bénévole effectué pendant l'année.

En 2015, commencent les premières collaborations avec le Nouveau Théâtre d'Angers[8]. La même année, le festival reçoit également une première aide de la DRAC[9], à hauteur de 15 000 euros par an, possiblement reconductibles.

En 2018, le Festival fêtera ses dix ans d'existence. L'association compte à présent 19 membres, 19 acteurs qui peuvent tous, chaque année, proposer à leurs camarades une mise en scène, avec une distribution spécifique.

Par ailleurs, après avoir vendu plus de 10 000 billets en 2017, le NTP doit aujourd'hui aménager son fonctionnement. Faut-il numéroter les places pour que les gens cessent de faire la queue deux heures avant le début d'un spectacle ? Comment gérer les flux de spectateurs ?

De son côté, Madame Mirivel a engagé un procès contre le festival, qui se poursuivra courant 2018[10].

Cette histoire rend visible une série d'étapes, qui conduisent de l'isolement, du bénévolat et de la « débrouille » à l'acquisition d'une reconnaissance publique, institutionnelle et économique. Ces étapes sont celles par lesquelles passent tous les projets cités plus haut. En effet, les tribulations de ces jeunes compagnies sont en général toujours les mêmes, confrontées tantôt à des pouvoirs publics indifférents, tantôt à des forces individuelles hostiles. Elles font de ces aventures des « épopées » structurellement identiques, connaissant le même genre d'obstacles, qu'elles doivent braver et surmonter avec le même genre de courage et le même type d'énergie. Partout, ces aventures ont aussi les mêmes alliés : les spectateurs, qui peuvent devenir de véritables adjuvants de toute la logistique du festival, on va le voir. Car

---

6 L'Adami est une société de gestion collective des droits de propriété intellectuelle des artistes-interprètes.

7 Le Jeune théâtre national accompagne pendant trois ans les artistes issus des deux écoles nationales supérieures d'art dramatique : le Conservatoire national supérieur d'Art dramatique (Paris) et l'École supérieure d'art dramatique du Théâtre National de Strasbourg (École du TNS).

8 Centre dramatique national, Pays de la Loire. *Gargantua*, adapté et mis en scène par Emilien Diard Detœuf et Sophie Guibard, est pris en résidence en 2014 et pré-acheté pour la saison suivante. De même Falstafe, de Valère Novarina, mis en scène par Lazare Herson-Maccarel, et créé en juillet 2014 au festival In d'Avignon, est joué au NTA en décembre 2014.

9 Direction régionale des affaires culturelles.

10 Après qu'un premier juge des référés déboute les plaignants, pour cause de plainte insuffisamment précise, la famille Mirivel a décidé de poursuivre son procès devant un juge du fond en 2018 pour obtenir l'interdiction du festival. Entretien avec Lazare Herson-Macarel à Paris le 26 février 2018.

ils ont tous du succès. À Fontaine-Guérin aujourd'hui, certains spectateurs organisent leurs vacances en fonction des représentations. D'autres sont déjà venus de Bordeaux pour assister à l'un des spectacles[11]. Néanmoins, il faut des années à ces projets pour prouver leur légitimité, pour obtenir gain de cause auprès des pouvoirs publics susceptibles de les soutenir. De toute évidence, ce n'est donc pas « pour l'argent », comme on dit, que ces jeunes comédiens décident de « délocaliser » leur travail. Il suffit d'un coup d'œil sur les *curriculum vitae* des membres de ces différentes équipes pour se persuader qu'il ne s'agit pas là de projets par défaut. Tous travaillent, la majorité d'entre eux sur les scènes nationales, et certains bénéficient déjà d'une forte reconnaissance professionnelle. D'où vient donc le désir de se jeter dans de telles entreprises ? D'où vient qu'il soit partagé par un si grand nombre d'acteurs, et par des acteurs *jeunes* ? Comment définir, enfin, ces épopées autrement que comme des foucades utopiques plus ou moins naïves ?

Commençons par ce qui frappe immédiatement le regard : le geste qui préside à ces différents projets est d'abord un geste de « sortie ».

Ill. 8 – Plateau du NTP, Fontaine-Guérin, 2016, photographie de Roxane Kasperski.

11 Entretien avec Lazare Herson-Macarel à Paris le 26 février 2018.

ÉPOPÉES DU DEHORS, 1. SORTIR

Nous avions fait l'hypothèse qu'une sortie de la salle de théâtre public pouvait permettre de s'extraire de la problématique de l'identité pour toucher à celle de l'action collective, en passant par la fabrication concrète d'un autre rituel théâtral. Il s'agit maintenant de vérifier cette hypothèse. Quel agir collectif sous-tend le geste de sortie de ces aventures ? Et au nom de quel idéal artistique ce geste s'effectue-t-il ? Comment l'épopée festivalière relie-t-elle les deux ?

UNE SORTIE DE CADRE (ÉCONOMIQUE, INSTITUTIONNEL, ARTISTIQUE)

Initiés par de jeunes bandes d'acteurs sortant d'écoles nationales, les différents festivals que nous avons listés plus haut apparaissent tous comme les manifestations diverses et plurielles d'un même désir : celui d'inventer une pratique théâtrale en dehors ou « au dehors[12] » – des villes (de Paris en particulier, tant il est vrai que la capitale continue de centraliser et d'accueillir une grande partie des créations du théâtre public), de la salle de théâtre (publique comme privée, celle-ci), et d'une logique de production et de diffusion des spectacles (privés comme publics, ceux-là). Tous ces projets se définissent en effet par distinction, par comparaison, ou même *contre* un certain « dedans » dont le caractère exclusif, limité, réducteur, et malheureux quelques fois, est stigmatisé. Ce « dedans », n'est pas un lieu à proprement parler, mais un ensemble de fonctionnements institutionnels, de logiques économiques et d'habitudes sociales. Ce « dedans », enfin, c'est un cadre qui englobe le théâtre privé *et* public français, en général : soit un ensemble fictif, abstrait, qui n'a rien d'un tout homogène mais se dessine comme support théorique pour penser un mouvement de sortie.

> L'idée du Nouveau Théâtre Populaire [germe dans l'idée de] Lazare, Léo et Clovis au cours d'une conversation au « Balbuzard Café » près de la place de

12 Voir à ce propos la thèse de Géraldine Prévot : *Alibis d'un autre monde, Expériences théâtrales au-dehors, à Paris et à New-York 1913-1939*, Thèse de Doctorat d'Arts du spectacle / Études théâtrales, présentée et soutenue publiquement le 11 décembre 2017 à Nanterre, sous la direction de Christian Biet et Jean-Loup Rivière.

> la République. Les termes de cette conversation : ils ont fondé une compagnie en 2002, travaillé avec des subventions pour projets d'étudiants, fait le festival Off d'Avignon… et il leur paraît vain et laborieux de défendre leur travail dans ces conditions. L'horizon semble bouché. Ils veulent jouer davantage. Faire plus de théâtre. Plus de spectacles. Avec une troupe plus nombreuse. Ils veulent réduire les délais de création et le nombre des intermédiaires, mais aussi établir un vrai dialogue avec le public en dehors du moment du spectacle. Il s'agit donc de trouver un endroit qui permettrait de créer de manière à la fois plus apaisée et plus intense, sortir d'une logique économique de rentabilité, et poser les questions artistiques en étant aussi indépendants que possible des questions financières[13].

Le tout début de cet historique du NTP explicite les motifs du départ. On peut supposer qu'ils sont les mêmes chez beaucoup d'autres jeunes artistes : jouer plus, créer plus, et faire des spectacles avec plus de monde d'abord ; ne pas être esclave d'une logique de « rentabilité », dans aucun des choix de création ensuite (choix du texte et choix du nombre de personnes sur scène notamment) ; établir un « vrai dialogue avec le public en dehors du moment du spectacle », dans l'avant et l'après de la représentation, enfin.

En deux mots : c'est *pour faire leur métier* que les acteurs se sentent « obligés » de quitter les théâtres ! « L'horizon est bouché » dit le texte, c'est-à-dire que la saturation du paysage théâtral rend « laborieuse et vaine » toute nouvelle création. Le problème soulevé par cet extrait regarde le cadre économique et institutionnel à l'intérieur duquel doit s'insérer la production d'un nouveau spectacle aujourd'hui[14] : la concurrence y est trop rude, les difficultés trop nombreuses, et la réussite trop dérisoire, nous dit-il. Car ce qu'on appelle « réussir », dans de telles conditions, consiste à imposer quelques dates dans un lieu parmi des centaines d'autres lieux, une proposition artistique parmi des centaines d'autres propositions artistiques. Quels effets celle-ci peut-elle alors espérer produire ? Comment pourrait-elle échapper à une logique de consommation culturelle ? Comment pourrait-elle échapper à ce mode de réception « digestif » qu'on a décrit plus haut[15], et qui caractérise majoritairement la réception des œuvres d'art en situation d'abondance culturelle, donc

13 Historique du NTP, document interne.

14 Nous ne ferons pas l'analyse précise de telles conditions, ce qui constituerait l'objet d'une vaste étude de terrain. Il nous suffira ici de pointer les problèmes soulevés par le texte pour comprendre ce qui nous intéresse : pourquoi et comment ces projets s'élancent-ils « au dehors » ?

15 Voir la fin du chapitre précédent : *faire justice au concept de rencontre.*

dans les grandes villes, et particulièrement à Paris ? Comment peut-elle imaginer bouleverser un tant soit peu les existences de ceux qui viennent à sa rencontre ? Recomposer des manières d'être, transformer les façons d'agir et de sentir ?

Si ces acteurs partent « ailleurs », ce n'est pas seulement sous l'effet d'un simple mouvement de « désengorgement » culturel des grandes villes vers les campagnes. Ce n'est pas seulement sous la pression d'un marché saturé. C'est aussi pour redonner un sens fort à leur métier. Pour que leurs spectacles échappent à la « digestion » culturelle et puissent produire des *rencontres individuantes* avec des spectateurs. En d'autres termes : pour que « jouer » devant des gens puisse espérer vouloir dire : changer leur vie (celles des spectateurs *et* des acteurs eux-mêmes, selon un principe de rencontres *réciproques*). À cette fin, ces groupes d'acteurs vont organiser leurs propres conditions de travail.

EN QUÊTE D'AUTONOMIE (LE RETOUR DE L'UTOPIE COMMUNAUTAIRE ?)

On lit aussi dans ce texte, de la part des acteurs, un désir de récupérer une certaine maîtrise de leur art propre et de leurs conditions de travail. « Supprimer les intermédiaires », c'est tendre à un fonctionnement autonome : se donner des rôles, se donner des textes, et s'organiser. Aussi, ces aventures ressemblent peut-être de loin à des copies de certaines utopies insulaires et communautaires des années 70, comme à celle du théâtre du Soleil. Elles en partagent sans doute certains aspects, comme la participation de tous les artistes à l'ensemble des tâches de la vie en commun pendant la période de création sur place. Mais elles en diffèrent par maints autres. D'abord, l'horizon politique de ces aventures n'est pas précisément révolutionnaire ni communiste. Ensuite, dans ces « épopées du dehors », il n'y a pas de figure de proue à l'avant du navire. L'autorité d'un(e) metteur.se en scène unique a disparu au profit de metteurs.ses en scène « volant.e.s », si l'on peut dire, et d'autant de « chefs » que d'individus-artistes. C'est l'une des grandes différences avec l'épopée précédente, celle de Morin, justement. Toutes les décisions artistiques du NTP (notamment les décisions de programmation) se prennent à 19 et au vote, affirme Lazare Herson-Macarel dans le cadre d'un entretien[16].

16 Entretien du 26 février 2018, Paris.

Pour le reste, différents « pôles » de gestion se sont organisés, correspondant aux différents aspects de la création, comme des commissions de trois ou quatre personnes : le pôle costumes, le pôle transport, le pôle production, le pôle intendance de la maison, etc. Chaque acteur est en général présent dans deux « pôles » différents, et chaque « pôle » a aussi son référent. Il existe aussi un pôle « délégation » chargé de rassembler les informations et de gérer les communications entre tous les autres pôles, soit de coordonner l'ensemble. Ces « délégués » évitent ainsi la dilution des responsabilités et deviennent les garants de toutes les décisions prises par le festival auprès des interlocuteurs économiques ou institutionnels. Ceux qui sont en charge de cette gestion générale ne le sont que pour un an, afin que cette délégation ne se transforme pas en « direction ».

La quête d'autonomie de ces jeunes acteurs ne correspond donc pas non plus à celle que nous avons pu analyser dans notre seconde partie, pour les collectifs formés par leurs aînés[17]. Non seulement ce désir les pousse au dehors, hors des salles du théâtre public, hors des villes, ce qui n'a pas souvent été le cas chez ceux de la génération précédente (les D'Ores et déjà, les Possédés, les Chiens de Navarre, le collectif In Vitro, pour ne citer que ceux que nous avons déjà évoqués). Mais aussi, cette quête d'autonomie s'accompagne cette fois d'un franc désir (qui correspond sans aucun doute à un manque par ailleurs) de *démocratie*. Ou plus précisément, le désir d'un fonctionnement non seulement démocratique mais horizontal. Nous y reviendrons.

Notons pour le moment que cette quête semble être le moteur de ces jeunes épopées, et de ce nouvel épique. Ce qui ne l'empêche pas de cohabiter par ailleurs avec des projets artistiques somme toute relativement traditionnels.

EN QUÊTE DE GRANDS RÔLES (DES CONTENUS ÉPIQUES TRADITIONNELS)

Il faut décrire en effet ce que « jouer plus » et créer « plus intensément », veut dire pour les acteurs du NTP. La programmation du festival et le fonctionnement de ses distributions nous délivrent un certain nombre d'indices. En effet, dès la naissance du projet en 2008, l'équipe s'est accordée non seulement sur l'idée de monter de « grands

17 Voir Deuxième Partie, *Le Collectif dans les années 70.*

textes du répertoire », mais aussi sur un système de rotation des « grands rôles ». (Celle qui jouera Juliette aura un petit rôle dans le *Cid* et dans le *Misanthrope*, de même que celle qui interprètera Célimène sera moins présente dans la pièce de Shakespeare et dans celle de Corneille, pour laisser sa place à Chimène qui laissera elle-même la sienne à La Reine de *Ruy Blas*, etc.). Il s'agit donc de s'offrir, collectivement, et de manière égalitaire, de « grands rôles » : soit de grandes partitions, d'une part, et de grands personnages, d'autre part – sans parler ici de la langue (car on pourrait dire, aussi : de grands poèmes dramatiques). C'est donc une faim de poésie, de textes mais aussi de héros et de monstres qui dévore les acteurs[18]. C'est l'appétit pour l'incarnation d'affects et de situations *extraordinaires* qui les anime. Ces « grands rôles » et ces « grands textes », on ne les leur donne pas à jouer : alors qu'à cela ne tienne ! Ils se les donneront eux-mêmes. Si un grand nombre des festivals que nous avons listés plus haut présentent des textes de répertoire, il faut donc comprendre le phénomène comme venant d'abord d'*un désir de jeu* de la part des acteurs eux-mêmes[19].

Ici, de manière assez différente de chez Morin, (qui à la base, rappelons-le, n'est pas acteur, mais architecte) les textes du répertoire sont donc désirés parce que ce sont des textes qui *servent* les comédiens. Parce qu'ils leurs offrent de magnifiques occasions de débordements subjectifs, pulsionnels, individuels, et que, d'une façon un peu ancienne, ou selon un désir peut-être ancestral, primitif, c'est aussi cela que l'on aime voir au théâtre. Les textes de répertoire sont les lieux, ennoblis par l'institution, de l'expression de gigantesques « Moi ». Ce désir d'expression du Moi, sans lequel il n'y aurait pas d'acteurs, nous l'avons identifié déjà dans notre seconde partie comme ce qui pousse un certain nombre de collectifs contemporains français à placer au centre de leur mise en

18 « Nous sommes des saltimbanques, des affamés de la langue, des chevaliers avec une passoire à la place du casque, nous dégueulons des mots à foison sans les comprendre tous, nous nous masquons derrière un langage, nous allons chercher l'âme de bonhommes en papier parce que la nôtre nous fait peur, nous mettons nos cœurs à nu pour nous cacher en espérant que le vôtre soit touché par un brin sincérité, d'humour, de pleurs, d'amour. Tant d'efforts pour continuer d'exister sous les étoiles d'un théâtre à ciel ouvert, étoiles qui nous rappellent que vous comme nous, devons nous donner le droit de briller… » Nouveau Théâtre Populaire, *op. cit.* p. 23.

19 Au sujet de la manière dont les acteurs peuvent se rapporter au répertoire, voir « La grande chaîne des rôles et des comédiens » Entretien avec Marie-Sophie Ferdane, réalisé par Christian Biet, dans *Théâtre Public, N° 225, Le répertoire Aujourd'hui*, *op. cit.* p. 6.

scène l'exposition (explosive) d'individualités et les numéros d'acteurs, quand bien même les projets placent leurs enjeux ailleurs. Nous ne nous attardons donc pas plus longuement sur ce point. Néanmoins, l'on voit qu'il y a un lien assez profond ici entre la mise en place du festival, métaphoriquement épique, on a commencé à le voir, et ses contenus : de grands rôles, de grands textes, de grandes formes. Or l'adjectif *grand*, ici, doit s'entendre non pas comme l'attracteur épique dont nous avons parlé au début de cette partie, (c'est-à-dire celui qui poussait à une action d'envergure collective, une action précisément épique en notre sens, avec des conséquences rejaillissant sur toute une société). La grandeur qui aimante ici les désirs de jeu est une grandeur instituée par l'État (qui décide du patrimoine et du répertoire), mais surtout c'est celle de l'épique ancien : c'est la grandeur du Sujet qui fait seul l'histoire, c'est la grandeur du Héros-Super-Individu. Cette aspiration à la « grandeur » héroïque ou mythique de la part des acteurs, qui peut les pousser à adopter des démarches artistiques relativement traditionnelles, (voire conservatrices ?) cohabite ainsi avec une manière absolument démocratique de s'organiser. On retrouve alors dans la constitution du projet, ce tiraillement, que nous avons maintes fois noté, entre des forces *épiques* contraires : celles qui vont dans le sens d'un épique ancien, centré sur l'Individu, et qui sont des forces souvent nostalgiques d'un côté, et de l'autre celles qui vont dans le sens d'un renouvellement de l'agir collectif.

Pour le dire autrement : des représentations héroïco-épiques anciennes sont toujours actives pour les acteurs (dans leurs désirs de jeu, dans leurs quêtes propres, artistiques comme professionnelles), tandis qu'elles se mélangent au désir d'une organisation du travail plus horizontale, plus égale, plus démocratique (qui fonde leur quête commune). Ces forces contraires contribuent à façonner l'allure étonnante de cette aventure, l'allure singulière et troublée de cet épique.

De son côté, le Lyncéus Festival à Binic fonctionne d'une manière similaire mais à une échelle plus réduite : les six artistes qui co-dirigent le festival[20] sont amenés à prendre toutes les décisions ensemble, au cours de réunions régulières tout au long de l'année. En revanche, les principes

---

20 Le collectif Lyncéus est co-dirigé par cinq artistes : Sébastien Depommier, Antonin Fadinard, François Hébert, Lena Paugam, Fanny Sintès et est installé dans la commune de Binic, dans les Côtes d'Armor (22). C'est une association de type loi 1901. https://lynceusfestival.com/le-collectif-lynceus/, consulté le 25/08/2018.

de programmation n'ont rien à voir avec ceux du NTP. Les textes joués sont tous écrits pour le festival par des auteurs contemporains, auxquels le collectif passe commande chaque année. La question de faire tourner les « grands rôles » ne se pose pas, non seulement parce qu'il n'est pas question de répertoire mais aussi parce que les acteurs ne sont pas toujours les mêmes : il n'y a en effet pas de troupe permanente en dehors des six artistes qui co-dirigent le festival. Ces derniers invitent chaque année de nouveaux metteurs en scène, qui eux-mêmes choisissent et font intervenir de nouveaux comédiens.

Aussi, gardons-nous d'uniformiser les pratiques. C'est précisément parce que ces projets sont le fait de groupes autonomes, tantôt « troupes », tantôt « collectifs », tantôt ni l'un ni l'autre, que nous ne pouvons les étudier comme si leurs pratiques procédaient d'un seul et même mouvement de décentralisation, réglé, supervisé et normé par une institution unique ou étatique. Ces festivals ne constituent pas un mouvement homogène mais une nébuleuse. Ce sont des aventures buissonnantes qu'un seul mot d'ordre unifie : *sortir*, *s'extraire*, aller *ailleurs*. Pour le comprendre, nous avons donc besoin d'un pas de recul supplémentaire. Ce « mouvement de sortie » pourrait bien apparaître alors comme une récidive.

UNE RÉCIDIVE DE L'HISTOIRE ? LES ÉPOPÉES D'AVANT, RÉPÉTITIONS ET VARIATIONS : DU TNP AU NTP

En effet, il n'est pas impossible de lire, dans l'éclosion de ces différents festivals, la répétition ou le recommencement d'une certaine histoire, ou plutôt la récidive d'un certain élan, que Géraldine Prévot analyse dans sa thèse, *Alibis d'un autre monde, Expériences théâtrales au-dehors, à Paris et à New-York 1913-1939*[21]. Le geste de sortie des salles de théâtre parisiennes s'élabore en effet, selon la chercheuse, au début du XXe siècle, et il est intrinsèquement lié, alors, à la constitution du théâtre moderne. C'est-à-dire un théâtre amené à devenir de plus en plus « public » :

> Nous faisons l'hypothèse que le geste de la « sortie » hors des murs du théâtre est nécessaire, à plusieurs égards, à l'élaboration du théâtre « moderne » que nous connaissons ; dans un aller et retour (ce que le théâtre fait au dehors, ce

21 Thèse de Doctorat d'Arts du spectacle / Études théâtrales, présentée et soutenue publiquement le 11 décembre 2017 à Nanterre, sous la direction de Christian Biet et Jean-Loup Rivière, p. 27.

> que le dehors fait au théâtre), le tournant du siècle met en place un territoire plus vaste pour les formes théâtrales en train de se penser. Comme si le théâtre dramatique, au moment de son apogée, sortait de ses gonds, les quatre murs de la *Maison de poupée* d'Ibsen ne suffisent plus à Nora, et on pourrait bien y lire toute l'attirance du théâtre du tournant du siècle pour le dehors, attirance qui a des dimensions esthétiques et politiques très larges[22]

La mise en place de ce territoire « plus vaste » pour le théâtre a eu en effet un sens dramaturgique et politique : ce fut précisément l'enjeu du passage d'un théâtre dramatique à un théâtre épique, selon les théories de la crise du drame de Peter Szondi, et que nous avons analysé dans le prologue de notre étude[23]. L'Histoire, notamment, devait pouvoir « rentrer » sur le plateau et s'y déployer. Mais cet « élargissement » a eu aussi un sens concret, un sens matériel. Il fallait faire exploser les dimensions de la scène, casser les murs de la salle, s'exposer aux yeux d'un public élargi, présenter le théâtre aux yeux des « masses » (notamment prolétaires) et des « foules » qui étaient en train de se former dans les représentations du monde moderne, et qui allait constituer une nouvelle force politique. Cet élan vers le dehors, vers la rue d'abord, vers les campagnes ensuite, anima alors en France les ruptures d'un Gémier, d'un Copeau, d'un Barsacq ou du groupe Octobre avec les théâtres « en dur », et il s'est vite arrimé à l'idée d'inventer un théâtre *pour* le peuple et *par* le peuple, un théâtre populaire :

> Le tournant du siècle est donc une période où s'élabore, semble-t-il, un geste de sortie, qui sera décliné, sous de nombreuses variations, tout au long du siècle : l'enjeu est ici de savoir dans quelle mesure cette *sortie* se pense tour à tour comme un *retour* (à un théâtre plus authentique, plus vrai), comme une *rupture* (avec le théâtre dit traditionnel, mais aussi avec certaines structures sociales établies), comme une *marge* qui dépendrait toujours d'un « dedans » normatif[24].

Ainsi donc, « sortir » n'est pas un désir nouveau. Et d'une certaine manière, les interrogations quant aux motifs qui animent ce désir ne sont

22 Prévot, Géraldine, *Alibis d'un autre monde, Expériences théâtrales au-dehors, à Paris et à New-York 1913-1939*, Thèse de Doctorat d'Arts du spectacle / Études théâtrales, présentée et soutenue publiquement le 11 décembre 2017 à Nanterre, sous la direction de Christian Biet et Jean-Loup Rivière, p. 27.

23 Szondi, *La Théorie du drame moderne*, *op. cit.* Pour l'analyse de cette « crise », voir Prologue historique et critique.

24 Prévot, Géraldine, *Alibis d'un autre monde, Expériences théâtrales au-dehors, à Paris et à New-York 1913-1939*, *op. cit.*

pas nouvelles non plus. En effet, les aventures festivalières auxquelles nous nous intéressons ne semblent pas étrangères, on a commencé à le voir, à l'idée d'un « retour », d'une « rupture » ou à celle de constituer une « marge ». Et peut-être même qu'elles tentent les trois à la fois. Si nous reprenons en effet notre étude de cas, et la manière dont se constitue l'aventure du NTP, il est possible de voir ces trois moteurs à l'œuvre, et de les voir tous trois influencer la fabrication de l'épique.

Au premier regard, il semble que la logique consciente (et d'ailleurs revendiquée) qui meut le NTP (mais c'est vrai pour grand nombre de ces projets) est, pour le dire de manière synthétique, vilarienne. Mais il faut bien entendre par là que l'épopée de Vilar est elle-même la résultante d'aspirations formulées et mises en pratiques avant lui, notamment par Gémier et par Copeau. Néanmoins, c'est l'impulsion du fondateur du festival d'Avignon qui semble se répéter ici, impulsion qui s'est décrite elle-même au moment de son essor comme provenant d'une haine pour les codes économiques et sociologiques qui s'imposent dans les théâtres parisiens des années 1930-1940, dénoncés comme distinctifs, censitaires, et bourgeois[25]. Les mots ont changé, les catégories elles-mêmes se sont transformées (c'est le théâtre public qui est fui par ces aventures épiques contemporaines, autant que le théâtre privé, leurs logiques de production étant l'objet d'un même rejet) ; mais le mouvement est le même : partir, et fonder par la pratique, par l'expérimentation de nouveaux dispositifs et en un lieu qui serait comme une « page blanche[26] » : un *autre* rituel théâtral – même momentané, même seulement estival, rendre possible un *autre* rapport entre acteurs et spectateurs, sans subir les inerties d'un certain nombre d'*habitus* sociaux et culturels. Observons cette fois, non plus

25 Voir Première partie, l'*Aventure vilarienne.* Mais aussi « Un art collectif comme celui du théâtre ne peut pas témoigner valablement dans l'unique Paris. En ce qui me concerne, j'affirme sans hésiter que ce fameux Paris ne peut plus témoigner du tout, sinon de ses redites, de son maniérisme et au mieux de ses perfections figées. » puis, une page plus loin, sur Avignon : « Nous sommes loin des disciplines parisiennes du spectacle, de ses servitudes ; là il ne faut ni fumer, ni boire, ni manger, ni… ; là l'ouvreuse et ses caramels ont plus d'importance que le dernier mot du poète ; là tous les soirs on cède du spectacle aux clients, mais comme un contrepoison ; là le directeur et l'acteur sont condamnés à des centaines de représentations quotidiennes », in *Le Théâtre, Service public*, *op. cit.* p. 50.

26 Nul lieu n'est une « page blanche » en réalité, mais il y a néanmoins des espaces qui sont plus délaissés que d'autres par les activités culturelles. Ce sont dans ces lieux-là que ces festivals, en général, s'installent.

un document interne au NTP, mais le texte de présentation exposé sur le site du festival :

> Jeunes acteurs et metteurs en scène, attirés par la possibilité d'une plus grande liberté artistique et par la rencontre d'un public nouveau, nous avons décidé de créer le festival du Nouveau Théâtre Populaire. Ce festival a pour objectif de proposer au public le plus large (c'est-à-dire aux tarifs les plus bas) les grands textes du répertoire dans des mises en scène reposant avant tout sur la présence des acteurs et l'amour du poème dramatique.
>
> Nous partageons en cela le projet de Jean Vilar, qui a donné son nom à notre scène[27].

Les motifs mentionnés plus haut passent au second plan. Ce texte, conçu pour présenter les intentions du projet au public mais aussi potentiellement aux professionnels, et aux institutions, affiche cette fois une source d'inspiration qui est également la garantie d'une légitimité absolue dans le théâtre public français : Jean Vilar. Ainsi, plus que tous les autres festivals de la même génération, le NTP entend assumer son désir de recycler la démarche vilarienne, et ce dans ses différentes dimensions, aussi bien institutionnelles qu'artistiques. Déplions-les.

Le mouvement revendiqué par l'aventure épique du NTP consiste à « aller au public », comme le dit Laurent Fleury à propos de Vilar[28], soit de chercher la rencontre avec un public « nouveau » et « le plus large » possible en pratiquant des prix bas[29]. Il faut donc comprendre qu'il s'agit aujourd'hui comme hier de rendre le théâtre accessible aux couches les plus défavorisées de la population. Un des enjeux consiste donc pour les acteurs à rencontrer un certain « tout le monde » qui s'opposerait au cercle de professionnels ou d'experts qui remplissent les salles parisiennes. En reformulant à l'aide des concepts posés plus haut, on pourrait dire qu'il s'agit, pour ces épopées, de produire des rencontres *individuantes* et non pas seulement professionnelles. (En effet, quand ces dernières ont lieu, elles correspondent plutôt au modèle hylomorphique[30] de la « fausse rencontre » : le spectacle vient alors prendre la place exacte qu'ont moulé pour lui certains besoins – de programmation – à l'intérieur de

27 http://festivalntp.com/histoire-du-ntp/, consulté le 19/10/2021. Nous soulignons.

28 Fleury, Laurent, *Le modèle du TNP de Vilar*, *op. cit.*

29 Le NTP pratique un tarif unique de cinq euros la place depuis sa première édition, et sans augmentation.

30 Voir plus haut, *faire justice au concept de rencontre.*

cet archipel hyper-structuré que constitue l'horizon de perception de l'individu-spectateur-directeur de théâtre ou programmateur.)

Si la démarche institutionnelle de Vilar semble se répéter, c'est en deuxième lieu parce qu'il s'agit de revenir tous les ans, donc de s'« installer » en un lieu fixe, et d'instaurer du même coup des rapports de fidélité entre les spectateurs et le festival : l'onglet « livre d'or » sur le site internet du NTP sert de page-témoin de ce lien[31]. Le sens du « rituel » n'est pas ici celui d'une répétition quotidienne, comme le propose Morin avec le Théâtre Permanent, mais celui d'un rendez-vous qui rassemblerait des spectateurs à fréquence régulière – annuelle. Autrement dit, il s'agit, comme à Chaillot ou en Avignon à l'époque de Vilar, mais avec d'autres moyens, de produire de l'« attachement » à un événement théâtral local, attachement qui rendrait toute sa nécessité et son sens à la pratique des acteurs. Par ailleurs, notons que l'attachement est une autre condition pour favoriser la (vraie) rencontre – la rencontre individuante – avec le projet en tant qu'œuvre, c'est-à-dire l'aventure du festival. Comme la permanence, le rendez-vous régulier permet qu'il y ait, au fil des étés, *cristallisation* autour de l'aventure et, plus loin : modification d'un horizon de perception.

Enfin, si la démarche vilarienne semble se répéter d'un point de vue précisément *institutionnel*, c'est parce que l'on sent aussi, dans le discours de présentation du NTP, qu'un désir de formulation, un désir d'*officialisation* est à l'œuvre : le plateau du festival a d'emblée *un nom*, comme une salle de Conservatoire. Il n'est pas juste une aire de jeu, une surface pour travailler, c'est déjà un symbole. Et au-delà de la filiation revendiquée, ce symbole raconte l'ambition de l'entreprise : produire, hors institution… une forme d'institution ! Certes, cette institution est dite « nouvelle » et c'est d'ailleurs, on l'a dit, le sens du changement de position du N dans l'acronyme du TNP au NTP, de « national » à « nouveau ». Le désir de donner une allure institutionnelle au projet se détache donc de toute idée de « nation ». Mais il n'est pas anodin pour autant : il est le signe qu'il ne s'agit pas seulement de générer des formes théâtrales à la marge, ou dans les trous du maillage institutionnel, mais de bâtir aussi quelque chose de permanent, de fixe et de solide, voire de *monumental.* Alors en effet les références deviennent nécessaires… Ne faut-il pas toujours un nom propre pour légitimer

31 http://festivalntp.com/livre-dor/, consulté le 19/10/2021.

l'érection d'un nouveau monument ? Justement, pour l'épopée du NTP, qui comprend bel et bien l'édification d'une nouvelle « Maison » de théâtre[32], « Jean Vilar » est un nom qui fonctionne comme levier. Dans la manière qu'a le NTP de référencer ses actions et son plateau, on lit ainsi le besoin de produire un lexique et un imaginaire commun, de fonder une organisation collective consciente d'elle-même, et qui *se représente à elle-même.* L'image tutélaire de Vilar sert de biais à cette représentation, qui prend donc d'emblée la forme de l'hommage. Alors en effet, le NTP produit en abondance les signes d'un « recommencement » de l'épopée vilarienne : il n'y a pas que le nom du festival et celui du plateau, il y a aussi les trompettes avant chaque début du spectacle (variation autour de la phrase musicale connue de Maurice Jarre), ou cette annonce, « Mesdames et Messieurs, le plateau Jean Vilar est ouvert », et même une forme d'humour et d'auto-dérision (les « ringards d'or » cérémonie de fin de festival qui attribue un prix à l'acteur le plus « ringard » du festival) – ces signes sont autant de manières de marquer l'attachement des acteurs à des rituels institutionnels qui les précèdent. Ce sont des signes de reconnaissance. Ils fabriquent une mythologie commune, ainsi qu'une série de petits protocoles, entre le sérieux et la parodie, qui structurent le festival et érigent l'épopée collective.

Mais chacun de ces petits signes dit aussi combien il est nécessaire que le projet produise son propre récit. Tout se passe en effet comme si le récit de l'aventure avait autant sinon plus d'importance que l'aventure elle-même. Il était une fois *« un nouveau théâtre populaire »*... Six ans plus tard, cette histoire est déjà inscrite dans un livre[33], vendue aux spectateurs à côté de la billetterie. Elle est l'histoire que le festival se raconte à lui-même (avant tout) et à son public (ensuite) : c'est précisément ce récit qui lui donne l'allure et le sens traditionnels d'une épopée, comme l'aventure de Vilar en fut une, aux yeux de l'histoire du théâtre[34]. La différence, c'est que le récit n'est pas postérieur, ici, à l'épopée : il l'accompagne, il la soutient, il la fait exister comme épopée. Pourquoi ? Est-ce que l'aventure ne saurait se soutenir d'elle-même ? Le projet a-t-il

32 « Notre projet est de créer une véritable Maison du Théâtre à Fontaine-Guérin. » *Nouveau Théâtre Populaire, op. cit.*

33 *Nouveau Théâtre Populaire*, 2015, textes des dix-neuf membres du NTP, Impression Stipa, France. Le livre est vendu au cours de l'édition 2015, à côté de la billetterie.

34 Voir première partie, *L'aventure vilarienne.*

forcément besoin d'un récit auto-fondateur pour être épique ? Et a-t-il besoin d'être (métaphoriquement) épique pour exister ? Deux hypothèses : soit la métaphore épique est un outil *marketing*, un atout de séduction nécessaire dans la présentation du projet ; soit la métaphore épique – le récit aventureux et utopique auto-construit par le projet – est une arme au sein de l'aventure elle-même, pour mieux tenir et se battre contre les difficultés (économiques et institutionnelles) qui sont les siennes. L'épopée comme récit se nourrit en effet des difficultés d'un contexte de départ, autant qu'elle permet de lutter contre elles. La métaphore épique s'avèrerait donc nécessaire, pour qu'avance et se construise non pas forcément l'utopie espérée, mais au moins quelque chose. (Il n'est pas encore temps de dire quoi).

Quant à la dimension plus spécifiquement artistique du projet, elle est aussi assumée comme vilarienne, puisqu'elle consiste à proposer de « grands textes du répertoire » à ce public « nouveau », et ce, en s'appuyant « avant tout sur la présence des acteurs et l'amour du poème dramatique ». À l'heure des dramaturgies plurielles et des constructions scéniques post-dramatiques aux niveaux de représentations multiples, s'affirme ici sans complexe le retour à la sobriété du « poème », et à une forme de simplicité de l'acte de mise en scène – de « régie » pourrait-on dire avec Vilar.

Enfin – et c'est le dernier point de cette démonstration – d'un point de vue symbolique (et donc rhétorique) l'aventure sollicite les mêmes mythèmes que ceux de la rhétorique vilarienne : celui d'une « pureté » de l'acte théâtral à recouvrer et surtout d'une « liberté » artistique et spectatrice à reconquérir. Regardons la suite du discours de présentation du NTP :

> Le festival Nouveau Théâtre Populaire a vu le jour en 2009. De jeunes artistes, sortis pour la plupart des grandes écoles nationales (Conservatoire National, Théâtre National de Strasbourg, Classe Libre du Cours Florent, Studio-Théâtre d'Asnières) décident de construire un plateau dans le jardin d'une propriété privée, pour jouer sous les étoiles les grands textes du répertoire français (Molière, Corneille, Feydeau, Hugo…) et mondial (Shakespeare, Büchner, Brecht, Maeterlinck…). Comme toute entreprise "romantique", celle-ci est née d'un désir de liberté. Liberté des acteurs, des metteurs en scènes et du public. Face aux contraintes du travail à Paris (auquel nous ne renonçons pas), il apparaît nécessaire d'inventer un mode de travail et de fonctionnement qui réponde à notre idée du théâtre, à notre espoir commun.

Dans un jardin que l'on ouvre au public, le théâtre se rêve ici comme Vilar pouvait le rêver en Avignon : « sous les étoiles ». Toute une mythologie – que l'on connaît par cœur – est implicitement convoquée ici, celle des origines fantasmées du théâtre : grecques, démocratiques, religieuses et festives. En ce sens en effet, l'entreprise se présente comme un « retour » à des données qui seraient constitutives de « l'essence » du théâtre. Mais le NTP, encore une fois, ne s'en cache pas ; c'est avec un « romantisme » assumé que l'aventure se projette et se définit elle-même comme une entreprise de « libération » plus encore que d'« émancipation » – et le vocabulaire choisi signale le caractère absolu, idéal et poétique des intentions, dépassant celles d'une démarche qui, tournant le dos aux « contraintes du travail à Paris », pourrait s'affirmer comme plus concrètement sociale ou politique. Mais il semble que les acteurs du NTP, comme Vilar, soient « atteint[s] de la "maladie historique" traditionnelle », celle qui empêche de « [se] détacher sentimentalement [des] flancs et [du] sommet de l'Acropole ». Aussi, ils pourraient admettre avec lui « qu'[ils] sont – contre [leur] volonté peut-être – *[des] traditionaliste[s]*[35] ». Car c'est bien l'idéal grec mais aussi la fête rousseauiste, passés au prisme de l'idéologie théâtrale vilarienne, qui sont réactivés en 2010 dans un jardin à l'abri d'un clocher, à Fontaine-Guérin. Alors, la voûte céleste peut devenir imaginairement le toit infini du « poème », et la nuit d'été l'asile d'une possible « assemblée populaire »…

Vilar, et avant lui Copeau, Gémier, Rolland et bien-sûr Pottecher[36], et après eux Vitez[37] sont donc les vieux spectres de ces jeunes entreprises artistiques, et en particulier ceux du Nouveau Théâtre Populaire.

---

35 Citation exacte : « je leur avoue […] que je suis atteint de la "maladie historique" traditionnelle en ce qui concerne leur pays ; qu'il me faudrait apprendre à me détacher sentimentalement de "çà" et je désigne du doigt les flancs et le sommet de l'Acropole ; que je suis – contre ma volonté peut-être – un traditionaliste ; que je ne suis jamais parvenu à me défaire absolument de cette leçon grecque qui va d'Eschyle, d'Olympie et de Delphes aux derniers vers écrits par Aristophane ». *Mémento*, avril 1955, cité dans Jean Vilar mot pour mot, Touzoul Melly et Téphanie Jacques, Stock, 1972, p. 128.

36 Soit les différents initiateurs d'un théâtre « populaire », pensé *pour* le peuple et dans certains cas *par* le peuple, et notamment local, en ce qui concerne Pottecher. Nous y revenons plus bas.

37 En tant que le même idéal de « sobriété » et de communication directe avec le public sera actif chez Vitez, et que sa formule « théâtre élitaire pour tous » est une réappropriation du modèle du théâtre populaire de Vilar. Chez Vitez, s'ajoute en plus une certaine « utopie de l'acteur » (*cf.* Première Partie) qui est réactivée dans ces aventures. Nous y revenons plus bas.

Si bien qu'au premier regard (sur le site internet de ce festival, sur la typographie qu'il utilise, la police Jacno du TNP, sur les références assumées des discours, sur les photos des spectacles enfin, où l'on constate l'esthétique légère des tréteaux sur un plateau nu, devant le clocher d'une église), on a tout lieu de penser que ces « épopées du dehors » sont essentiellement conduites par la nostalgie – la nostalgie « d'une chose qui n'a jamais existé, la nostalgie d'une époque où le théâtre aurait été "Le" lieu de rassemblement par excellence, et par conséquent aussi nécessaire, comme le dit Vilar, que le gaz ou l'électricité[38] », reconnaît Lazare Herson-Macarel. Un lien profond relie ainsi, au sein de cette épopée, la nostalgie d'un côté et l'utopie de l'autre. La nostalgie, cet irréel du passé, qu'on regrette alors qu'il n'a jamais eu lieu, et qu'on considère pourtant comme essentiel, fonde ici l'horizon utopique d'un théâtre nécessaire à la vie collective, qui serait le « lieu de rassemblement par excellence », capable de relier ceux qui habitent autour de lui. Ce théâtre rêverait-t-il d'être une église ? Il ne s'adosse pas pour rien à un clocher, pourrait-on répondre… En tous cas, le mouvement de sortie des théâtres parisiens pour aller « dehors » (à la campagne, en plein air, et en dehors de l'institution) semble paradoxalement remettre en jeu l'idée d'un « dedans » idéal, soit l'idée d'une communauté rassemblée avec elle-même, dans une autre « Maison », même si celle-ci n'a pas de murs. Sommes-nous retournés à la case départ ?

Cette épopée du dehors est tendue vers une utopie, (« une chose qui n'a jamais existé », et n'existera jamais) d'ordre nostalgique, c'est-à-dire vers le fantasme d'un « avant », d'un ancien monde, qui pouvait donner toute sa légitimité et toute sa raison d'être à l'art théâtral. Il y a donc, dans cet épique, quelque chose de l'ordre de la quête des origines (du théâtre) et du retour (à un théâtre « vrai », un théâtre « authentique »), comme le notait Géraldine Prévost à propos des mouvements de sortie du début du siècle. Mais plus encore qu'une origine, c'est une quête de sens qui semble travailler ces projets, prenant exemple sur une aventure passée (mais dont l'idéal est encore actif), pour fonder leur propre verticalité, leur propre héroïsme. Car celui-ci diffère, malgré tout, des exemples passés. Les manières de se regrouper pour s'installer et travailler dans ces « dehors » que sont ces différents villages ou petites villes de province, sont en effet toutes singulières. Aussi, bien qu'une certaine

38 Entretien avec Lazare Herson Macarel à Paris le 26 février 2018.

idéologie théâtrale, celle qui se rattache au mythe du théâtre populaire, follement résistante, reste accrochée à ce qui s'invente, le contexte de production de ces festivals change, et les manières de créer et d'inventer de l'épique changent avec lui.

ÉPOPÉE DU DEHORS, 2. DANS UN JARDIN

UN JARDIN

> Le jardin, c'est un tapis où le monde tout entier vient accomplir sa perfection symbolique, et le tapis, c'est une sorte de jardin mobile à travers l'espace. Le jardin, c'est la plus petite parcelle du monde et puis c'est la totalité du monde.
> Michel FOUCAULT, *Des Espaces Autres*[39].

Tout commence dans un jardin. Pour le NTP, celui de la grand-mère de Lazare Herson-Maccarel. Dans le cas du Lyncéus, l'origine est la même : c'est un château de famille à Binic-Étables-Sur-Mer, qui sert de base au travail et de lieu de résidence aux acteurs. À Villeréal et à Sainte-Foix-la-Grande, même chose : ceux qui sont à l'origine du projet ont un port d'attache (une maison de famille) dans la ville / le village où l'équipe s'installe. C'est là l'une des singularités de ces différents festivals. Elle est sociologique.

Une donnée sociologique

Le jardin a une consonance mythique, certes, et Michel Foucault l'a parfaitement décrite – « le jardin, c'est, depuis le fond de l'Antiquité, une sorte d'hétérotopie heureuse et universalisante[40] ». Mais avant de contribuer au mythe, le jardin comme emplacement est ici une donnée d'ordre socio-historique : c'est l'existence d'un patrimoine immobilier

39 Foucault, Michel, Des espaces autres, *op. cit.*, p. 46-49.

40 *Ibidem.*

(même petit) en province qui permet au projet de s'ancrer quelque part. De sorte que pour celui ou celle chez qui cela se passe, l'aventure a plus encore que pour les autres le sens d'un « retour » (sur un « sol » d'origine et sur les « terres » de l'enfance). Or, de fait, pour tous, il s'agit bien de « ré-enraciner » la pratique théâtrale en un lieu, c'est-à-dire de re-fonder les relations qui peuvent lier les habitants d'un hameau, d'un village, ou d'une petite ville à un théâtre en activité, à la création de spectacles vivants par une troupe permanente. Si le mouvement de décentralisation que cela provoque répète donc une histoire institutionnelle, cela se passe à présent hors de l'institution, et grâce à un bien privé, foncier. Les propriétés (même petites) dont hérite cette génération (enfants voire petits-enfants des *babyboomers*, c'est-à-dire la génération post-trente glorieuses), passent alors au service de la création. Avec l'accord des familles (accord qui suppose un ensemble de valeurs partagées, valeurs qu'on pourrait qualifier rapidement de « post-matérialistes[41] », indissociables de l'acquisition d'une aisance matérielle minimale, vraisemblablement liée à la croissance économique des années 50-60-70), la maison et le jardin de l'un devient lieu de résidence *pour tous*, voire le lieu d'accueil du public, lieu de représentation, et lieu *commun* enfin. De sorte que la création théâtrale à nouveau se « décentralise » en effet, mais très différemment d'il y a trente ans. D'abord, l'élan appartient aux acteurs eux-mêmes, et non pas à un metteur en scène seul, ni à un directeur de théâtre, et encore moins au ministère ; le mouvement est donc animé « de l'intérieur ». Ensuite, si cet élan trouve à se matérialiser, c'est – on vient de le voir – qu'un certain nombre de conditions historiques et socio-économiques sont préalablement remplies : le bien foncier comme produit lointain des trente glorieuses et l'acquisition d'un certain niveau de vie par une classe moyenne élargie, dont les acteurs-fondateurs de ces festivals sont généralement extraits. Cette décentralisation se réalise donc dans des *espaces-refuges* qui sont au départ et avant tout domestiques, parentaux, donc familiaux et privés. Et pour des temps limités : pour les « grandes vacances », quand les acteurs ne sont pas employés dans les villes où, le reste du temps, ils travaillent. « Face aux contraintes du travail à Paris, *auxquelles nous ne renonçons pas* »…

41 Le concept appartient à Ronald Inglehart, qui dans *La transition culturelle dans les sociétés industrielles avancées* (Paris, Economica, 1993) soutient la thèse selon laquelle les sociétés occidentales, étant parvenues à assurer la satisfaction des besoins physiques élémentaires de leurs populations, font désormais une place plus importante aux besoins immatériels tels que le besoin d'estime, les souhaits d'épanouissement ou les satisfactions intellectuelles.

impossible en effet d'y renoncer car « Paris » ici veut dire : l'endroit où notre pratique est professionnelle, payée, et où l'on peut espérer « faire carrière », objectif qu'aucun n'abandonne ni ne peut abandonner. Sont donc posés comme séparés mais interdépendants ces deux lieux : celui de la réalité d'un côté, celui de l'idéal de l'autre. Et cette opposition se superpose à celle qui sépare Paris et la province, la ville et la campagne, les murs et le plein air, le travail et les vacances, les contraintes et le refuge, la pratique professionnelle supposément rémunérée, et le bénévolat – jusqu'à ce que le festival ait fait ses preuves, et qu'à force d'efforts et de batailles, l'équipe ait réussi à décrocher les subventions qui permettront de salarier son activité… pour un été, peut-être deux… la viabilité économique de ces festivals restant mal assurée.

Parenthèse : les écoles de théâtre, couveuses d'épopées

Il y a aussi une dimension de ces aventures à ne pas négliger, et qui est, encore une fois, d'ordre sociologique : souvent, les troupes se forment en école de théâtre, et ne se séparent plus. Un peu comme, à la fin des années 50, Chéreau, Vincent, Bataillon, Deschamps se sont rencontrés à Louis Legrand, (dans le groupe théâtral du lycée), l'on se rencontre dans les années 2010 à Florent, au Studio-Théâtre d'Asnières-sur-Seine, ou au conservatoire du cinquième arrondissement, ou parfois en classes préparatoires. Et ce, avant même d'entrer dans des écoles nationales (Conservatoire, TNB, TNS, ou ENS…). Alors, la logique des promotions recompose le groupe (entre ceux qui entrent ici et ceux qui vont ailleurs), tout en l'élargissant, et tout en perpétuant ce phénomène d'alliances. Dans les années 60-70, ces alliances se présentaient comme politiques : on n'était pas « copains », alors, mais « camarades ». Aujourd'hui, la nébuleuse amicale s'active sans attache de partis. Cela construit un paysage théâtral générationnel où les acteurs circulent d'une production à une autre par voie de connaissance, par réseau d'amitié, mais pas par réseau politique. Ils forment néanmoins des familles théâtrales, à l'intérieur desquelles s'affirment progressivement des types de jeu et des esthétiques, que l'on retrouve dans les aventures qu'ils défendent, et qui sont parfois liés au profil artistique du professeur autour duquel le groupe était réuni. L'intensité du travail dans les écoles de théâtre, la possibilité d'y explorer des possibles collectivement, joue donc à coup sûr un rôle dans l'orientation des énergies et des désirs vers les aventures qui nous intéressent. De ces réservoirs d'épique en puissance sortent des *familles* d'acteurs qui ont le désir de *faire* ensemble, en dépit de la vie professionnelle plutôt solitaire et compétitive qui les attend à la sortie. Et ces groupes proto-familiaux mais ouverts se retrouvent alors dans les jardins des propriétés parentales pour monter leurs projets. Reste à savoir, maintenant, ce que l'on fait du jardin.

Du jardin des parents au jardin collectif

Quand, en 2012, la propriétaire de la maison de Fontaine-Guérin décède, quand la maison menace d'être vendue, le NTP est en danger. Tout pourrait s'arrêter à ce moment-là, alors que les liens avec les communes alentour se fortifient, que certaines subventions commencent à soutenir l'entreprise… Les acteurs de la troupe envisagent alors deux solutions, soit deux projets parallèles : le premier est de lancer une gigantesque souscription et de devenir, grâce à l'argent récolté, acquéreurs de la maison ; le deuxième est de mobiliser les pouvoirs publics pour que ceux-ci rachètent la maison eux-mêmes et la mettent à disposition du festival, sous la forme d'une convention gestionnaire du lieu. En 2013, la souscription publique est lancée. Les annonces défilent sur les réseaux sociaux. Tous ceux qui n'avaient pas encore entendu parler du festival apprennent son existence. Beaucoup d'autres, qui suivaient l'aventure de loin, se mettent à la soutenir. Le festival reçoit des lettres chaleureuses de ses spectateurs, habitants de Fontaine et des alentours. En deux mois, plus de 73 000 euros sont récoltés, et la notoriété du festival a fait un bond en avant. Autrement dit, la situation de crise du projet a fédéré non pas tellement les autorités locales, mais des centaines de particuliers autour d'une mission qui devient alors citoyenne : sauver le NTP ! Malheureusement, 73 000 euros, c'est beaucoup, mais évidemment insuffisant pour racheter une propriété estimée autour de 220 000 euros. C'est donc le second projet qui a finalement abouti. De telle sorte qu'aujourd'hui, la maison de Fontaine et son jardin sont la propriété de la communauté de communes de Beaufort-en-Anjou – sont un lieu « communal ». Quant aux 73 000 euros, ils y ont financé des travaux, et la suite du festival.

La maison a donc officiellement changé de statut : de lieu privé, elle est officiellement devenue lieu public. Là encore, l'histoire du NTP est emblématique. Même si les myriades de projets similaires qui fleurissent en France ne connaissent pas le même destin, ce qui nous intéresse ici est la manière dont un jardin, une propriété de famille, qui sert au départ d'« occasion » à l'édification fragile d'une aventure autonome, devient le centre névralgique d'un ensemble de rapports de forces et de rapports d'alliances – entre la famille, les artistes, les voisins, les institutions, les spectateurs et les habitants d'une ville – qui mettent tous en jeu des questions de vie commune, qui mettent tous en jeu des questions politiques. À Fontaine-Guérin, ce sont les spectateurs et tous ceux que le festival concernait d'une manière ou d'une autre (amis, parents, professionnels) qui ont ainsi contribué à la pérennisation d'un bien culturel immatériel et inappropriable, c'est-à-dire d'un *commun* à échelle locale. Le jardin, à présent, n'appartient plus à la grand-mère de Lazare, il n'appartient pas non plus à Lazare lui-même, il n'appartient plus à personne : il appartient à tout le monde.

Un tel changement de statut est à la fois le résultat, le signe et un symbole de l'épopée en cours.

À L'AIR… « LIBRE » ?

Ces festivals, qui s'établissent tous dans les trous du maillage institutionnel à la campagne, et plus précisément dans des maisons, c'est-à-dire des espaces domestiques, sont presque *nécessairement* conduits à adopter « le plein air » comme lieu de représentation – le seul assez vaste pour accueillir un public de taille. La contrainte ne pèse pas lourd, toutefois, puisqu'elle est simultanément revendiquée et affirmée comme une volonté, comme un principe à l'origine même du projet : jouer « sous les étoiles ». Dans le texte qui raconte l'« histoire » du NTP, et que nous avons cité plus haut, l'extérieur et le plein air apparaissent en effet comme les garanties supposées de la « liberté » des acteurs qui jouent et mettent en scène, et des spectateurs qui viennent les regarder. Cette supposée « liberté » semble même être le moteur du festival en tant que projet épique, l'objet de sa quête. « L'air libre » est donc une contrainte ou disons une donnée matérielle immédiatement ressaisie dans une certaine mythologie de la création théâtrale, qu'il faut identifier pour mieux s'intéresser à tous les possibles qu'elle occulte.

Ill. 9 – Lyncéus Festival, Binic, photographie Alice Wangermée, 2015.

*Le surgissement du « Poème » – où l'on se retrouve à nouveau nez à nez avec l'*épos

Dans le désir de « liberté » revendiqué par le NTP on entend celui d'un agrandissement des effets et des pouvoirs de la scène, on lit un mouvement d'expansion. C'est qu'ici, en plein air, l'espace du plateau peut tout d'un coup s'étendre, le volume dans lequel l'acte de dire prend place est extensible à l'infini, l'on peut s'époumoner à loisir. La parole, et donc les voix, sont « libérées » elles aussi. Ainsi, à cette quête de « liberté » répond une certaine idée du théâtre et de l'acteur, qui n'est pas nouvelle. C'est celle qui place le « poème », la langue et la parole, donc, au centre de l'attention générale, au croisement des mouvements d'imagination et des rêves d'émancipation possibles. Cette idée, on la retrouve aussi bien dans les textes du NTP que dans ceux du Lyncéus : « Partout. Sur la plage, dans les usines, dans les forêts, dans les maisons et dans les rues, dans chaque recoin où le *poème* veut surgir, le collectif Lyncéus se propose de rêver à un décollement du réel[42] ». Parler du

42 Dossier du projet artistique 2017-2018. Nous soulignons.

« poème » ainsi personnifié, c'est rêver l'acte théâtral comme acte de profération autonome à partir duquel le réel « décolle », et nous soulève avec lui. Mais c'est réactiver aussi l'imaginaire de l'*inspiration* et du *souffle* – auquel se mêlent dehors tous les vents – de l'auteur, médiés par l'acteur, et transmissibles au spectateur. Et l'on ne parle plus ici du souffle épique tel que nous l'avions défini plus haut comme la tonalité littéraire et scénique qui accompagne les grands mouvements de l'Histoire représentés sur le plateau. Nous parlons d'un souffle à la fois physique et métaphysique, organique et spirituel, qui poursuit toute une mythologie de la poésie et de ses origines, et qui s'accompagne d'une vision quasi déifiée de l'acteur quand cette poésie devient dramatique. Avec la profération du poème, est convoquée une certaine idée – religieuse – de l'art théâtral comme générateur d'épiphanies. C'est-à-dire qu'ici, l'expérience de l'œuvre d'art n'est pas conçue comme une rencontre, mais comme l'éclatement d'un mystère, la manifestation d'une réalité cachée. Elle est révélation en acte, à partir d'un lieu (celui où surgit la performance) en direction d'un autre (celui où sont ancrés les regards). Elle suppose un secret, elle suppose un « arrière-monde », que l'incarnation et la profération se doivent de manifester. Elle suppose donc aussi de revenir à un partage du sensible traditionnel, entre ceux qui portent la « Parole » (sacrée) et ceux qui l'écoutent et la reçoivent. Elle implique enfin une foi dans les pouvoirs transfigurateurs de cette « Parole », sur des spectateurs qu'elle impressionne, émeut, conduit, transporte et façonne. L'événement épique tel qu'il est décrit par Dupont (par distinction avec la littérature épique) soit le chant traditionnel des aèdes grecs, est donc ré-invoqué par cette mythologie théâtrale, mais cette fois, avec un imaginaire chrétien.

Sans doute quelqu'un comme Olivier Py, qui assure que « le poème, c'est le dieu ancien[43] », n'est pas pour rien dans la propagation chez les jeunes générations de cette « foi » accordée à l'acte de parole, et qui accompagne d'ailleurs explicitement chez lui une valorisation de l'épique :

> Épopée, c'est très bien, car qui dit épique dit héros, et comme je suis post-moderne, j'aime la dimension héroïque. De la même manière qu'il y a dans l'opéra des « ténors héroïques », j'aimerais qu'il y ait au théâtre des « acteurs héroïques »… C'est sans doute la chose la plus scandaleuse de mon théâtre

43 Py, Olivier, Entretien avec Jean-François Perrier, à propos des *Vainqueurs*. Création de l'intégrale le 9 avril 2005 au TNP – Villeurbanne.

> aujourd'hui cette présence des héros. C'est le combat de ces héros qui est important plus que leur succès ou leur échec, évidemment. Mais le théâtre doit parfumer nos possibles, nous apprendre à vivre. Qu'est-ce qui nous apprend à vivre si ce n'est le théâtre[44] ?

De même que Vilar pouvait assumer le caractère « traditionnaliste » d'un théâtre conçu sur le modèle grec, Py assume (voire célèbre) ici le caractère « scandaleux » c'est-à-dire inactuel de son propre théâtre, qualifié d'« héroïque ». Mais notons que le metteur en scène utilise le même mot pour parler de la fable et de la performance, et qu'il confond (volontairement ?) l'héroïsme de ses personnages avec celui de ses acteurs. C'est que, de fait, dans des pièces peuplées de personnages orphiques comme le sont celles d'Olivier Py[45], les héros sont, précisément, des acteurs ou des poètes, et *vice versa.* Ainsi, l'héroïsme de ceux qui *disent*, c'est-à-dire, si l'on adopte le point de vue du metteur en scène, qui *chantent* – comme à l'opéra – aèdes capable de tenir la longueur de l'épopée, « d'avoir le souffle » justement, (le souffle *physique*) qui puisse accompagner une parole-fleuve – teinte celui des êtres qui habitent le monde de la fiction. Mais là encore, les choses sont réversibles. Il y a donc une circularité et finalement une réversibilité de l'héroïsme raconté (celui de l'épopée narrée) et de l'héroïsme de l'acteur, (celui de l'épopée du dire et du faire théâtre). Au centre de ces renvois permanents : la parole. Et au centre du plateau : celui qui la dit, survalorisé, soit *héroïsé* par la mise en scène *et* par la pièce, dans des jeux de miroirs et de mises en abyme qui se répondent à l'infini[46]. Ainsi, le théâtre de Py se revendique épique au

44 *Ibidem.*

45 Le théâtre de Py est ainsi un théâtre qui ne cesse de regarder le théâtre, entendu comme générateur de parole poétique qui s'incarne éphémèrement et inspire. Les titres parlent d'eux-mêmes : *Le Visage d'Orphée, Les Illusions comiques, La Servante…* Quant aux *Vainqueurs*, sous-titré « une épopée en trois pièces et un prologue », il ne s'agit pas d'autre chose : « La poésie n'est pas qu'une virtuosité langagière, une décoration du ressentiment ou une pommade culturelle, elle est un combat spirituel. C'est ça que les personnages, à travers tout le cycle, tentent de vivre et que, très énigmatiquement, j'appelle "vivre poétiquement". Dans les aventures spirituelles qui se présentent à l'homme, il y a la philosophie, la religion et la poésie qui serait comme une troisième voie. Donc le héros, un génie sans œuvre qui n'écrira jamais un seul poème, va tenter de vivre poétiquement ou plutôt de comprendre ce que voudrait dire ce "vivre poétiquement". Trois pièces dans lesquelles cet aventurier prend trois identités différentes qui sont comme trois métaphores du poète. » *Ibidem.*

46 On n'insistera pas sur l'isotopie du miroir dans le travail du metteur en scène, qui signale pourtant effectivement un *théâtre du théâtre*, dans la lignée d'un Jean Genet.

sens ancien de long poème narratif et héroïque, mais il est surtout une célébration des pouvoirs de l'acteur en tant qu'il fait figure d'intercesseur et de médiateur du « Poème ». Or, intercesseur (prêtre ?) ou demi-dieu, quel acteur ne rêve de l'être ? On comprend mieux, à présent, les désirs de grandeurs dont nous parlions plus haut. On comprend mieux pourquoi le projet métaphoriquement épique du NTP se dote de *contenus* épiques traditionnels : de grands rôles, de grands poèmes dramatiques – pour une profération grandiose. Ainsi, ce théâtre « parfume nos possibles » d'héroïsme peut-être, mais d'un héroïsme singulier : un héroïsme du dire poétique, et qui se veut, via la Parole, *inspirateur.*

Le modèle n'est pas forcément partagé consciemment par les comédiens de ces différents festivals, mais le lexique de Py (lui-même redevable de celui de Vitez et de son utopie de l'acteur[47], et avant lui de Vilar, et avant eux de Claudel et des poètes symbolistes, et avant eux peut-être, de Hugo) a circulé et s'est transmis aux générations suivantes[48]. Il y aurait sans doute, ici, une recherche à pousser du côté de la valorisation chez les poètes et metteurs en scène catholiques du Verbe et de l'art de dire, et des formes qu'elle prend sur les scènes françaises et dans les codes de jeu au XIXe, au XXe et jusqu'au XXIe siècle. Mais en tous cas, nous pouvons constater ici qu'une *religion du poème* (dramatique) est partagée par une partie importante des comédiens engagés dans ces sortes d'aventures, et que le plein air *l'attise.*

Car en effet, la disparition de la boîte scénique et des effets qu'elle rend possibles, mais aussi le peu de moyens dont disposent les projets de mise en scène dans ces contextes, imposent de faire de l'acteur, et de la parole de l'acteur, – tels un aède grec – le vecteur principal de créations d'images. Les pleins pouvoirs sont donc donnés à la parole, à la langue et à la diction. Ainsi, au NTP en particulier, c'est toute une tradition de jeu qui s'épanouit, étirant le verbe, *chantant* le texte, sur un plateau nu à la Copeau, et avec un clocher en guise de toile de fond. L'extérieur

---

47 voir Première partie, Le théâtre-récit d'Antoine Vitez.

48 Ce ne sont là que des hypothèses, mais les lieux de formation de la majorité de ces acteurs permet toutefois de retracer le fil d'une idéologie théâtrale : les fondateurs du Lyncéus sont d'anciens élèves du Conservatoire National d'Art Dramatique de Paris, et plus précisément de Jean-Damien Barbin, lui-même acteur d'Olivier Py. De nombreux acteurs du NTP sont, de leur côté, d'anciens élèves de Jean-Pierre Garnier, du Cours Florent, autre fevent tenant de la religion du « Poème ». Une idéologie du « Verbe » est ainsi passée, dirait-on, d'une génération à l'autre.

oblige le NTP aux esthétiques légères, parfois cernées d'étendards et de simples drapeaux. L'extérieur oblige au dépassement vocal et physique. L'extérieur, en deux mots, appelle l'héroïsme de l'acteur mais aussi celui des spectateurs, à qui la moitié du travail d'interprétation est laissé. « La scène ouverte, c'est le champ de l'aruspice, c'est vous qui êtes prêtre, devin, maître de destins, c'est vous qui tracez dans tout cet espace possible le champ de votre interrogation[49] », disait aussi Barthes à propos d'Avignon. L'extérieur, enfin, apparaît ici comme l'écrin parfait pour un théâtre idéal (idéel), mythique dans son aspiration au populaire. Il est *à son service.*

Par ailleurs, cette simplicité revendiquée du poème, qui se donne sur une scène nue (NTP) en pleine nature ou en pleine rue (Lyncéus), *via* les voix et les corps des acteurs, entend-elle s'opposer aux esthétiques complexes et à haut niveau de technicité du théâtre contemporain, avec micros, écrans, panneaux et caméras, impliquant eux-mêmes une réception diffractée, médiée, détournée ? Peut-être. Il y aurait alors un lien rêvé entre la posture d'acteurs-inspirés-inspirants et le désir de transmission directe d'un « souffle » (organique et spirituel) aux spectateurs. L'idéologie théâtrale qui sous-tend cette idée de transmission directe, inscrite dans le sillage d'un Py et d'un Claudel, et qu'on pourrait qualifier rapidement d'*épico-orphique*, se nourrirait donc du « plein air » comme de toutes les connotations, concrètes et métaphoriques, de l'« inspiration ».

Conclusion, « l'air libre » devient ici un mot qui chante, comme dit Valery[50], plutôt qu'un environnement plein de possibles.

Or, c'est pourtant ce qu'il est.

Malgré la mythologie théâtrale épico-orphique qui les sous-tend, et qui elle, n'a rien de nouveau, ces projets produisent, d'après nous, autre chose de plus intéressant à partir de la contrainte de l'extérieur. Le plein air n'oblige pas seulement à l'épique parce qu'il y a de la place et qu'il faut parler fort, et il ne permet pas seulement aux acteurs de rêver qu'ils sont des intercesseurs ou des demi-dieux. Il implique aussi des frottements permanents avec l'environnement. Nous croyons que de ces frottements émergent d'autres possibilités pour concevoir une

49 Barthes, Roland, « Avignon, l'hiver », *Écrits sur le théâtre*, *op. cit.* p. 69.

50 Un terme « qui chante plus qu'il ne parle », suivant la formule de Valéry, c'est précisément celui de liberté : « Liberté, c'est un de ces détestables mots qui ont plus de valeur que de sens, qui chantent plus qu'ils ne parlent [...] mots très bons pour la controverse, la dialectique, l'éloquence » Valery, Paul, « Fluctuations sur la liberté » in *Regards sur le monde actuel*, (1938), Paris, Gallimard, 1988.

épopée contemporaine. Une épopée d'un autre ordre, d'une certaine manière environnementale, c'est-à-dire contextuelle, pragmatique, et aux récits multiples.

Dans un environnement vivant, le bruissement des possibles : pour un rituel immanent

Quand Maurice Pottecher s'installe en 1895 dans les Vosges, et fonde le théâtre de Bussang, il entend comme Rolland ou Gémier à la même époque, contribuer à l'édification d'un théâtre « populaire ». Son entreprise se résume dans la devise qu'il fait inscrire de part et d'autre du cadre de scène « Par l'art, pour l'humanité ». L'un des traits distinctifs de cette utopie, humaniste et universelle, est qu'elle s'appuie sur une démarche locale et sur la participation de nombreux acteurs amateurs, mais aussi sur les points de contacts qu'elle met en place avec « la nature », que l'on voit apparaître derrière la scène ouverte de son théâtre en bois. « Cette présence de la forêt qui déborde parfois sur le plateau, répond puissamment à l'idéalisme de Maurice Pottecher. Comme dans l'imaginaire Wagnérien, la forêt symbolise la possibilité de régénérer l'homme, l'art et le théâtre grâce à la pureté de la nature, encore non contaminée par les miasmes d'une culture frelatée[51] », expliquent Bénédicte Boisson et Marion Denizot, qui ont retracé dans un ouvrage commun[52] l'histoire du lieu depuis sa fondation. Nous voulons quant à nous observer quels liens ces festivals, qui sont toujours manifestement travaillés par l'utopie de ce théâtre populaire, tissent avec leur environnement social, politique, architectural et naturel, sans en appeler pour autant, dans notre analyse, à aucune mythologie de ce que serait *la nature* (ni *le peuple*, d'ailleurs). Défaire ces liens de tout mysticisme et de tout substantialisme est en effet essentiel, à nos yeux, pour les intégrer à une autre définition du rituel théâtral, à partir duquel l'épique pourrait se fabriquer différemment – non pas seulement comme fiction, mais comme projet, et comme projet politique mettant en jeu un agir collectif et créant du commun à partir d'autres rencontres et d'autres *relations* à ce qui l'entoure.

51 Boisson, Bénedicte, et Denizot, Marion, *Le théâtre du peuple de Bussang, Cent vingt ans d'histoire*, Actes Sud, 2015.

52 Celui que nous venons de citer. Voir note *supra*.

Ces épopées, disions-nous, se déploient à l'air *libre*. Quelles libertés l'extérieur rend-il concrètement possibles ? Nous avons parlé de la libération des voix, et expliqué en quoi cette dernière alimentait une certaine conception de l'épique – (orphique) – qui n'est pas celle qui nous intéresse le plus. Le plein air rend aussi possible une libération des corps, puisqu'une énergie physique décuplée doit alors s'engager sur une scène élargie, ne serait-ce que dans l'acte de dire. L'épique qui s'en dégage est de ce point de vue à la fois organique et sportif. Il est passionnant[53], mais diffère assez peu de celui qu'on a déjà pu analyser dans le travail de Gwenaël Morin, par exemple, et qui se manifeste déjà dans la dépense, la démesure[54], et s'accompagne en outre d'un lexique guerrier (le théâtre comme combat). L'extérieur rend surtout aux corps une liberté de mouvement qui cette fois est valable aussi bien pour les acteurs que pour les spectateurs. Jouer dehors ouvre en effet les possibles de la déambulation pour la mise en scène (et à Sainte-Foix, à Fontaine-Guérin ou à Binic, on se déplace souvent en cours de spectacle[55]), de même que cela facilite, pour ceux qui regardent, le fait de venir, de partir, de « passer » même. Autrement dit, *les corps ne sont plus cantonnés à leur place.* Ici, une autre forme de liberté commence.

53 Géraldine Prévot analyse ainsi dans sa thèse comment les formes théâtrales « du dehors » dans années 1930 échangent leurs normes et leurs valeurs avec le sport. Au centre de ces chassez-croisez, la notion de performance, qui peut qualifier aussi bien le jeu de l'acteur que le score d'un sportif, et qui dans les deux cas rejoint les notions de talent et de dépassement. Certaines revues théâtrales parlent ainsi de « performance tragique » pour qualifier ce que l'on attend du comédien dans une tragédie. Aujourd'hui, des restes du mythe de l'acteur possédé, comme le dit Barthes et comme on l'a vu plus haut, entretiennent cette idée du dépassement de soi dans la dépense physique sur scène. Mais la performance physique sert toutefois une idéologie bien distincte de celles qui agitent les scènes du dehors en Europe au cours des années 30 (Front populaire et fascismes, pour le dire rapidemment). Le corps exultant dans la performance semble à présent plutôt au service d'une forme de désespoir (comme chez Vincent Maccaigne), ou d'un théâtre qui manifeste avec énergie sa propre nécessité (comme chez Morin).

54 On aurait pu envisager sous l'angle de la « démesure » tout un pan du théâtre contemporain, et l'intégrer à notre définition de l'épique. Mais la notre est, rappelons-le, celle d'une trajectoire qui va de la *tentation* de créer une communauté unifiée par le récit, aux *tentatives* de produire du commun dans un rituel horizontal et non mystique, mais politique. C'est pourquoi nous résistons à la tentation de développer ce point. Par ailleurs, l'engagement physique dans le jeu, comme la question de la grandeur, est à envisager, de notre point de vue, comme un symptôme d'épique, mais non pas une condition suffisante pour prouver qu'il y en ait.

55 C'est le cas pendant les deux pièces de Tchéckov *La Cerisaie* et *Ivanov*, montées respectivement en 2015 au NTP et en 2016 au Festival Pampa, mais aussi pendant *Torino 2CV*, une pièce de Clémence Weil montée par Antonin Fadinard en 2016 à Binic. Nous allons revenir sur ces exemples.

En théorie en tous cas. Dans les faits, ces différents festivals mettent en place une billetterie, ce qui fait que l'entrée dans l'espace théâtral reproduit – mais avec plus ou moins de légèreté dans le protocole – l'entrée dans la boîte noire. Et il faut bien convenir qu'au NTP, par exemple, cela joue le plus souvent sur le plateau, et dans un dispositif frontal, gradiné naturellement par la pente du jardin. Le public ne s'y assoit qu'après avoir fait la queue pour « rentrer ». On n'y circule donc pas exactement « comme dans un moulin », il y a bien des frontières, nos corps respectent les mouvements programmés par la logique traditionnelle de la représentation : on fait la queue, on s'assoit sur des chaises ou des bancs, on se lève à l'entracte et on part à la fin.

Mais l'on peut, si l'on veut, s'écarter de la zone de jeu pour s'asseoir aussi sous les arbres, et notre regard, en dehors du spectacle, a tout un paysage à observer et d'autres vivants sur lesquels s'arrêter. Dès lors, ce sont des interactions différentes – même légères, même microscopiques, et qui ne sont pas seulement humaines, qui peuvent advenir entre les spectateurs et l'ensemble de l'environnement qui les entoure.

Et soudain, cet environnement *existe.* C'est la lumière qui descend, un oiseau qui s'échappe, les insectes qui volent, un pommier qui diffuse l'odeur de ses fleurs. Tous ces événements, liés à la vie vivante autour du plateau, contribuent alors déporter notre concentration hors de l'espace de jeu, c'est-à-dire à *décentrer* notre attention des interactions essentiellement humaines qui sont mises en scènes[56]. La représentation, comme rituel apparaît soudain comme *une occasion* qui rend possible un regard silencieux, attentif, disponible, non pas forcément à elle-même, mais à autre chose, à d'autres présences… *au reste.*

Arrêtons-nous sur un exemple. Lena Paugam, lors de l'édition 2017 du Lynceus Festival, interprète un monologue dans la forêt, et des danseurs amateurs l'accompagnent[57]. La forme est déambulatoire, mais pendant

56 Selon nous, ils contribuent ainsi autrement aux « Imaginaires écologiques de la scène actuelle, récits, formes, affects », observés par Julie Sermon dans son article, in *Théâtre/ Public, n° 229, juillet-septembre 2018.*

57 *Écho*, de Xavier Maurel, mis en scène et interprété par Léna Paugam, avec des danseurs amateurs, executant la chorégraphie de Thierry Thieu Niang. « C'est l'histoire de la délivrance d'une femme qui doit apprendre à dépasser la perte d'un homme qu'elle a vu mourir. Elle parle pour trouver une issue. Elle doit nommer ce qu'elle n'a pas pu, ce qu'elle n'a pas su dire. À travers le mythe d'Écho et de Narcisse, Xavier Maurel propose une méditation sur la parole qui, dans l'amour, tantôt accable et condamne, tantôt sauve et reconstruit. Le chorégraphe Thierry Thieu Niang et la photographe Isabelle Vaillant

quarante minutes, au milieu du spectacle, tout le monde est assis entre les arbres, au bord d'une rivière. À cause du spectacle et grâce à lui, on est alors immobile, comme jamais au milieu d'une forêt et de ses sons. Et soudain l'on est saisis par la vie du bois. À quelques mètres, un nid de frelons menace les danseurs. L'attention se détourne, le regard se déplace. Tout d'un coup, plus que la performance de la comédienne, l'intérêt se dirige sur l'activité des frelons et sur le potentiel danger qu'ils représentent. « Le moment poétique se transforme en film d'action » commentera plus tard un spectateur[58]. Ce qui nous intéresse, ici, c'est que cette forme d'attention à « la nature », (pour le dire rapidement), n'a rien d'une contemplation « désintéressée ». Elle n'est pas non plus ce regard à la fois fasciné et distant du poète pour ce qui reflète sa subjectivité dans le mouvement des feuilles, de l'eau ou des nuages, ni même l'observation minutieuse du naturaliste. Elle est un intérêt spontané, actif, et alerte pour les phénomènes en cours et qui appellent, captent et détournent notre attention simplement parce qu'ils sont vivants, et peut-être plus vivants en l'occurrence que le spectacle.

Ici le rituel de la représentation change donc encore de sens : il n'est plus seulement un « rendez-vous » entre des spectateurs et des acteurs autour de certaines histoires anthropocentrées ; il est un processus de modification, de dilatation de l'attention, rendue disponible aux relations multiples avec tout un monde vivant, dont la performance artistique est seulement une partie – souvent dérisoire ! Or, cette « mise en relation avec » d'autres vies, le reste du temps invisibles (occultées ou négligées), n'est-elle pas le propre de certaines cérémonies rituelles traditionnelles, notamment chamaniques ? Si oui, on pourrait même faire l'hypothèse qu'une dimension primitive de l'art théâtral entendu comme performance tendrait à s'actualiser dans ce type de cadre. Sans redevenir une cérémonie religieuse, ni « un ensemble caractéristique de gestes et d'activités marqué du sceau surnaturel ou transcendant[59] » (selon la première définition du rituel par Bateson), la performance de

---

accompagnent ici Lena Paugam dans une rêverie poétique et sauvage au cœur du petit bois du viaduc des Pourrhis à Étables-sur-mer. Une dizaine d'amateurs participeront à ce projet. » http://lynceusfestival.com/echo/, consulté le 19/10/2021.

58 Discussion avec Romain de Becdelièvre, février 2018.

59 Piette, Albert, « Pour une anthropologie comparée des rituels contemporains », *Terrain* [En ligne], 29 | septembre 1997, mis en ligne le 21 mai 2007, consulté le 06 janvier 2018. URL : http://journals.openedition.org/terrain/3261 ; DOI : 10.4000/terrain. 3261.

la comédienne dans cet exemple rend tout simplement possible une attention différente – dilatée – non pas à elle-même, mais à la vie qui l'entoure. Ce qui est étonnant, c'est que la chose procède presque d'un malentendu : ce n'est pas la qualité du spectacle qui impose à nos corps et nos esprits une concentration telle que nous oublions tout le reste (selon le modèle d'une fiction immersive, ou selon les perspectives de l'illusion théâtrale induites par le cadre du drame absolu tel que Szondi le décrit) ; c'est plutôt le dispositif spectaculaire qui, déplacé dans un lieu inhabituel pour nous, s'ouvre aux contact de présences incongrues : animales et végétales. Parce que l'espace est poreux, notre attention oscille et se déplace d'autant plus. Elle peut alors s'arrêter sur ce qu'elle n'avait pas prévu de regarder dans un tel silence : des vies et des forces non pas symboliques ni transcendantes, mais animales, concrètes et immanentes, bien que généralement négligées ou négligeables – soit des présences *invisibles* qui n'ont pourtant rien de surnaturel. Ce sont ces vies-là qui, curieusement, profitent des regards, des oreilles et des cœurs attentifs qu'appelait le cadre de la performance pour les tourner au départ vers elle-même. Ainsi, à la faveur d'une inversion, entre d'un côté ce qui a l'habitude de retenir toute notre attention (des histoires d'humains, jouées par des humains, sur une scène d'humains) et de l'autre ce que l'on n'a *l'habitude de ne pas voir* (une multitude de présences vivantes, partout en dehors de la scène et débordant sur elle), se profile un type singulier de rituel : un rituel horizontal, qui met en contact avec ce qui est *autour de lui* (et non pas au-delà, ni en-deçà).

Toutefois, si le spectacle continue de se tenir « à part », d'une certaine façon, s'il ne se pense pas lui-même au cœur d'interactions multiples, et démultipliées par l'extérieur et le plein air, il empêche la réalisation d'une certaine part de ce « rituel » (entendu comme *mise en relation avec*). Pire, il le parasite. C'est donc tout un travail, pour la représentation, pour la performance, que de trouver humblement « sa place » ailleurs que dans la boîte noire, et au cœur d'un environnement qui existe toujours déjà. Ce travail, nous l'appelons ici : « contextuel ». En déplier les composantes va nous permettre d'avancer d'un pas de plus dans la définition de ce nouvel épique, fondé essentiellement sur la fabrication d'un autre exercice théâtral, hors de la salle de théâtre public.

Des théâtres contextuels : interactions environnementales et défis sécuritaires

Dans des festivals comme celui de Binic, les spectacles ont généralement lieu en dehors de tout plateau – sur la plage, dans une clairière, dans une usine, sur la digue. Le théâtre compose alors avec un « terrain » singulier qui n'est pas fait pour lui. Il joue de ses aspérités et de ses imprévus, il entre avec lui *en relation*, d'une certaine manière. Et cette relation peut être de plus ou moins grande proximité. Tout dépend d'à quel point est recréé sur place et malgré tout ce « rectangle magique et universel » d'où tout le théâtre surgit selon Brook, tout dépend de l'autonomie manifeste de l'espace de jeu. Car entrer en relation, cela signifie faire, fabriquer, inventer, et créer de la fiction *avec*. C'est renoncer à l'autonomie, ou ne serait-ce qu'au désir ou à la croyance en une autonomie possible. À cette condition seulement – ce renoncement à l'autonomie de la scène, l'acceptation de la transformation permanente du jeu et de la mise en scène par ce qui l'entoure – les lieux et leurs particularités naturelles ou architecturales peuvent se mettre à *participer* (sans qu'il soit besoin pour cela de leur prêter une intentionnalité quelconque) au spectacle. C'est une participation non intentionnelle que celle des éléments de l'architecture, du paysage, de la vie d'un lieu, enfin de tout l'environnement à l'activité de ceux qui jouent. Et c'est de cette manière qu'on peut dire, métaphoriquement, qu'ils se mettent à *jouer* eux aussi avec le reste des éléments du spectacle. La mer « joue » ainsi dans la *Nef des fous*, spectacle d'Antonin Fadinard[60], quand un bateau emporte très concrètement les personnages à la toute fin de la représentation qui a lieu sur la plage. De même que « joue » la maison du NTP quand la troupe monte la *Cerisaie* de Tchekhov, l'année où elle a été vendue à la mairie, en faisant varier à chaque acte les dispositifs autour de ses murs.

La relation entre le « terrain » ou le « contexte » et le spectacle n'est donc pas seulement d'ordre matériel. Ce n'est pas simplement que le premier offre au second une surface de jeu singulière, une aire ludique accidentée, avec ses reliefs propres – vagues, terrasses, buttes, escaliers, racines, fenêtres, buissons, vitrine, falaise – qui viennent transformer la manière dont les corps évoluent et racontent. Cette relation devient

60 Fadinard, Antonin, *La nef des fous*, Éditions théâtrales, Lyncéus Festival, 2015.

aussi spontanément symbolique et imaginaire. Ce que le contexte offre de matérialité à la fable, elle le lui rend en charge fictionnelle. Mais non sans décalages, sans écarts, sans dissensions et ni sans aller-retour. Car à la différence de la boîte noire, à la différence de l'espace neutre et vide du plateau – organisé et prévu pour accueillir toutes les fictions, toutes les images – les vrais murs et les vrais arbres, eux, *résistent !* Ils font et racontent « leur vie » ! Ils disent silencieusement leurs propres histoires ! Ils sont chargés de leurs propres récits et bariolés de leurs propres fictions ! C'est donc un système d'interférences permanentes qui se met en place entre le contexte, le lieu, et la fable. Si bien que le spectacle ressemble à une production polyphonique au réglage aléatoire, où concourent simultanément différents récits qui tous, d'une manière ou d'une autre, *s'imposent* : institutionnel et historique (si le lieu est patrimonial), affectif et mémoriel (quand les acteurs s'emparent d'un espace investi, traversé régulièrement par les habitants de la ville, recouvert de leurs anecdotes et de leurs souvenirs), symbolique (quand la mer ou la forêt suffisent à activer spontanément en nous des structures symboliques et mythiques puissantes), sans oublier le simple récit (biologique) souvent ignoré, de la vie d'un vivant – d'une abeille qui danse la direction d'une fleur, d'un arbre qui cherche le soleil. Chacun de ces récit, lié à la situation de la représentation, se mêle au récit éphémère – inqualifiable *a priori* – qui est celui du spectacle. Dans la polyphonie qu'ils créent, l'un prend alternativement le pas sur les autres sans jamais les recouvrir tout à fait. Les phénomènes de dissonances, de parasitages et de frottements sont donc ici la norme, quand bien même le contexte, autrement dit le réel, semble aussi parfois *s'accorder* à la fiction, *répéter* ou *doubler* son récit : quand la mer « joue » la mer, quand le vent « joue » le vent, quand la pluie « fait » la tempête.

Mais tout travail contextuel a également des implications politiques. Il n'y a pas seulement ce que le « dehors » impose comme récits ou comme aléas, il y a ce que le que le « dehors » impose comme contraintes. Celles-ci, avant d'être esthétiques, symboliques ou météorologiques, sont généralement et avant tout d'ordre sécuritaires.

Travailler dehors, dans des lieux extérieurs et publics, depuis quelques années, et notamment depuis qu'a été décrété en France l'État d'urgence[61],

61 « Décrété par le Président de la République et le gouvernement à l'issue du Conseil des ministres le 13 novembre 2015, et renouvelé cinq fois depuis, l'état d'urgence constitue

va de moins en moins de soi. Même si la chose est peu sensible dans de petites villes ou villages de province comme Fontaine-Guérin ou Binic, elle le redevient de façon aigue dès qu'il s'agit de jouer dans des contextes urbains plus denses et complexes en enjeux économiques, sociaux et politiques[62]. En effet, plus la ville est grande, plus les intermédiaires entre les normes édictées sur l'espace public et les manières dont elles sont appliquées et/ou contournées augmentent. Les rapports directs disparaissent au profit d'une multiplication de procédures institutionnelles, qui visent à garantir les institutions elles-mêmes et le public au sens large de *tous les risques* de l'action envisagée. À tel point que souvent, elles la découragent. Si plus un seul risque ne peut être pris, comment l'aventure, comment l'épopée est-elle encore imaginable ?

L'état d'urgence (à partir de novembre 2015 jusque fin 2017 en France) a en effet a radicalisé les dispositifs sécuritaires à l'intérieur desquels prend place toute manifestation dans l'espace public. Celle-ci peut d'ailleurs, à tout moment, être suspendue sur arrêté préfectoral. Jouer « dehors » est en effet susceptible de rassembler une foule et d'attenter à l'ordre public. Jouer « dehors » implique donc de s'incliner

---

un régime juridique autorisant l'État (localement les préfets) à prendre des mesures restreignant exceptionnellement les libertés (à commencer par la liberté d'aller et de venir, limitée par les mesures de couvre-feux, d'assignation à résidence et d'interdiction de séjour ou de paraître dans certains lieux, mais également la liberté de se réunir, de manifester ou d'organiser des spectacles et autres manifestations publiques) en s'affranchissant d'un certain nombre de principes généraux du droit (en particulier en donnant des moyens d'action exceptionnels à la police, principalement en matière de perquisitions, sous contrôle du juge administratif et non du juge judiciaire) ». Mucchielli, Laurent « Introduction au débat : "L'état d'urgence, quelles conséquences sur les politiques publiques ?" », *Sociologie* [En ligne], N°4, vol. 8 | 2017, mis en ligne le 14 janvier 2018, consulté le 05 avril 2018. URL : http://journals.openedition.org/sociologie/3377

62 C'est pourquoi des projets comme celui du Lyncéus ou du NTP sont sans doute moins concernés par les questions qui suivent, que certaines autres *épopées du dehors* qui se développent elles aussi hors les murs des théâtres, mais non pas à l'écart des grandes villes. Il en est ainsi du projet *Les Trois Mousquetaires, La Série*, mené par le Collectif 49 701 depuis 2012. Le projet n'a rien d'un festival, mais il est une série de spectacles adaptant de manière feuilletonnesque le roman de Dumas. Il s'est développé lui aussi en marge des institutions du théâtre subventionné, et en occupant précisément des extérieurs – cours de musée, de bibliothèques, d'hôtels particuliers, jardins, parkings etc. – qui en grande majorité étaient des espaces publics parisiens, souvent patrimoniaux. Aussi, le projet est exactement en prise avec les problématiques sécuritaires et politiques qui suivent. Voir aussi : « Pour un théâtre contextuel, performer la ville – *Les Trois Mousquetaires* dans Paris », de Becdelièvre, Romain et Hédouin, Clara in *Urbanités*, mis en ligne le 23 mars 2016. http://www.revue-urbanites.fr/contacts/la-revue-urbanites/, consulté le 19/10/2021.

devant des séries de protocoles et des mesures complexes, de faire face à de multiples interdictions, d'entrer enfin dans un processus de négociations ardues avec chacun des intermédiaires et chacun des individus en charge de faire appliquer les règles dans les espaces concernés, et de tenter régulièrement de les convaincre, au cas par cas, de… les contourner. Autrement dit la place, dehors, n'est pas donnée : il faut la prendre, il faut la faire, il faut écarter patiemment mais obstinément les mailles des dispositifs sécuritaires pour que quelque chose comme un spectacle ait lieu, surtout quand ce spectacle est une adaptation à un lieu et ne s'édifie pas sur des tréteaux ou un plateau (soit le fameux « rectangle » protégé et sacré dont nous parlions plus haut, équivalent du « tapis » de Brook). En effet, quand, dans la cour d'un musée, par exemple, ou d'une bibliothèque, ou encore d'une mairie, une place publique ou un jardin, le spectacle s'efforce d'adapter tous ses mouvements (toute sa mise en scène) à l'architecture et à la forme du lieu, alors il décide non seulement de « jouer avec » un tel contexte, mais il s'en rend aussi absolument dépendant. Et plus il voudra jouer « avec », plus il aura besoin d'autorisations pour entrer *en relation* avec lui, pour créer toutes sortes de *passages*… entre l'institution concernée et le spectacle, entre cet intérieur (institutionnel) et cet extérieur (théâtral). Car il s'agira alors de faire ouvrir et d'utiliser le plus possibles de fenêtres, de portes, d'escaliers, de couloirs, de balustrades, de balcons, de bouts de pelouses pour que se multiplient les interactions avec le lieu. Tous ces éléments qui composent l'architecture et le décor feront l'objet de pourparlers. Le spectacle devra donc négocier chacun de ses mouvements et lutter pour les rendre possibles : ceux des corps des acteurs, ceux des corps des spectateurs, dans des lieux qui pourtant, selon la définition du mot « public », leur appartiennent.

Ce travail est donc de l'ordre de la conquête : il s'agit de *prendre* une place que le contexte politique nous refuse. Mais en même temps, il s'agit aussi que cette place conquise soit envisagée comme lieu d'interactions multiples, c'est-à-dire là encore, lieu d'une *rencontre* avec tous les éléments singuliers qui composent l'environnement institutionnel, physique, architectural, esthétique, symbolique et humain de la performance. Tout peut jouer et être tissé, voire intégré à la fiction, tout peut devenir nourriture théâtrale, toutes les interférences peuvent devenir signifiantes. La place du jeu, pour être conquise, n'est donc pas une place forte, assiégée, gardée, barricadée contre un extérieur envisagé simplement comme policier et hostile. Elle n'est même pas *indépendante.* Au contraire, elle est ouverture horizontale et absolue à tout ce qui l'entoure, et c'est seulement à partir de cette ouverture qu'elle fabrique sa verticalité : l'engagement démesuré des corps pour porter une parole, pour raconter quelque chose. Ni la parole ni le récit ne sont donc par avance considérés comme des objets transcendants, mais ils deviennent néanmoins épiques d'être les fruits de cette conquête, de surgir là où ils n'étaient pas prévus ni possibles, et d'être les résultats d'un agir collectif.

CONCLUSION : UN DEHORS SANS DIEUX, OU COMMENT PENSER L'AVENTURE ÉPIQUE SANS TRANSCENDANCE

Finalement, l'air « libre » comme principe de jeu n'implique pas une « liberté » plus grande, au sens d'une émancipation hors des contraintes habituelles de l'espace théâtral. C'est un jeu avec des contraintes différentes, imposées et en un certain sens démultipliées par un contexte précis. C'est un jeu, enfin et surtout, avec d'autres récits. Les interférences entre ces derniers ne sont pas volontaires, mais l'on peut choisir de les accueillir, de composer et d'inventer avec elles, jusque dans le présent de la représentation : qu'est-ce qu'on fait avec l'oiseau qui passe, avec le camion à poubelle, la sirène de la police, avec les cigales et les cloches ? Avec un match de football en cours dans le bar d'à côté ? Qu'est-ce qu'on raconte avec ce qu'*ils* racontent, même l'espace d'un instant ? Sont-ils et demeurent-ils des « nuisances », de même que l'on pourrait considérer que les frelons, d'une manière générale, sont des « nuisibles » ? Oui, si l'on continue de considérer le spectacle comme un monde fictif autonome. Non, si ces éléments sont intégrés comme les détails de la vie vivante avec laquelle toute la représentation est en interaction.

Dès lors, on doit penser la genèse des spectacles et les performances elles-mêmes selon un modèle conceptuel qui permet l'intégration des hasards à la forme, l'intégration de récits pluriels ou accidentels à une trajectoire narrative plus vaste. Or justement, n'est-ce pas là le principe même de l'épopée, que de se construire grâce à l'absorption d'épisodes narratifs aussi bien essentiels que digressifs ? Il s'agit d'aller jusqu'au bout des implications induite par le décalage de cette définition (structurelle) de l'épique du côté du processus de création. Il devient alors possible de penser l'œuvre ou le projet telle une trajectoire d'individuation,

(Simondon/Morizot), qui procède elle aussi par intégrations successives de rencontres avec des micro-événements, des micro-hasards que l'on peut considérer comme des « informations actives » (comme la paillette qui se dépose dans le verre d'eau ionisée, et autour de laquelle cristallise le liquide, changeant ainsi de forme et devenant cristal), c'est-à-dire des « singularités » autour desquelles l'œuvre continue de se former, de se structurer, de s'« individuer » jusque dans le moment de la performance. Le processus d'individuation d'un être vivant implique en effet, on l'a vu, une série de rencontres individuantes avec des singularités qui infléchissent sa trajectoire tout en maintenant en lui une part de métastabilité qui le rend disponible pour des rencontres futures. De la même manière, au cours de la constitution d'un projet artistique pensé comme un processus au long cours, un hasard, un accident, un événement du contexte, mais aussi la rencontre avec une idée peut entraîner une « tension de forme » impliquant les pans « métastables » du projet, et qui le configure de telle ou telle manière. Dès lors, on peut réévaluer le lien qui unit à la fois l'utopie et l'épopée : l'utopie, en tant qu'idée, est une donnée qui, parmi l'infinité d'informations actives que le projet peut rencontrer dans un contexte précis, produit une tension de forme particulièrement forte. Elle en devient structurante. Elle produit un arc au sein du processus qui va rendre le projet *épique*. Mais elle n'empêche pas pour autant d'autres rencontres de se produire avec tous les autres pans du contexte. Au contraire, car plus l'écart entre la réalité contextuelle d'un côté et l'idée utopique de l'autre est grand, plus le projet va devoir s'inscrire dans la durée, agglomérer autour de sa réalisation de l'action collective, puiser ses ressources dans son environnement, produire quantité de rencontres différentes, et par conséquent embrasser d'autres récits. La verticalité du projet se construit alors *de fait*, par l'accumulation de ses mises en relations et le bricolage de ses rencontres. Le projet devient épique au sens qui nous intéresse, et qui est celui d'une revitalisation immanente de l'expérience collective. Non pas seulement *via* les formes théâtrales produites, mais *via* l'action même d'organiser, de préparer, de construire le rituel théâtral, et de produire le récit qui l'accompagne.

Concluons. Le dehors peut être envisagé, par les acteurs eux-mêmes, comme un espace de liberté mythique (la nuit, sous les étoiles… etc.), certes. Mais il n'y a rien de tellement « romantique » dans ce travail de construction de rapports permanents avec le contexte, de négociations éternelles avec les accidents du terrain, de composition régulière avec les conditions physiques, sécuritaires, politiques, architecturales, sociales, animales ou météorologiques d'un lieu. Cela recouvre la réalité d'une genèse matérielle du projet, que nous pouvons envisager à présent comme processus de rencontres et d'intégrations permanentes de nouvelles singularités, qui à la fois tendent les formes, et participent aussi d'un certain savoir-faire, d'un certain artisanat, et – c'est ce que nous allons observer dans le chapitre suivant – d'une certaine forme de bricolage. Il reste que la quête de « liberté » qui accompagne ces projets va souvent de pair avec une idée fantasmée de l'acteur et du théâtre, dont on doit convenir qu'elle a un soubassement religieux. L'image du clocher en fond de scène au NTP raconte à sa manière la contradiction : alors que tout cela se passe dehors, dans des conditions matérielles qui sont plutôt artisanales et bricolées, alors même que le spectacle peut chercher à multiplier les relations horizontales avec son environnement et son contexte, se dresse au milieu du plateau un vecteur vertical, transcendant, et presque autoritaire dans son lyrisme – celui du « Poème », celui de la « Parole », et celui de l'« Acteur ». Les vieux héros du théâtre sont là. Pourtant, ils ne sont pas les personnages les plus héroïques ni même les plus intéressants des épopées dont il est ici question, et qui rappelons-le, sont les *projets* et non les spectacles. S'il y a renouvellement de l'épique au cœur de telles aventures, c'est bien ailleurs que dans les pas d'Olivier Py. Car en vérité, cette idéalisation religieuse de l'acteur et de la poésie dramatique est contradictoire avec l'organisation globale du travail, avec la manière dont, de fait, ces projets s'organisent de manière horizontale, et inventent des solutions collectives pour rendre possibles leurs créations. Tous « bricolent », « braconnent », – pour utiliser une nouvelle fois le lexique de De Certeau – contournent les règles quand il le faut. Tous multiplient les relations avec leur environnement social, économique et politique de la même manière que leurs spectacles sont des productions d'interactions entre les différentes dimensions du lieu, des êtres qui l'habitent, et de la fable. Tous inventent et bricolent du « commun », enfin, de manière plus ou moins consciente. Alors que persiste subrepticement l'idée d'une grandeur ancienne attachée à l'art de l'acteur, cet aède habité par la voix d'un Dieu – et à l'auteur comme Poète – s'invente tout autour des spectacles une autre grandeur – épique en un sens qui nous intéresse beaucoup plus : un agir collectif producteur d'un « commun » immatériel, non appropriable, et non institutionnel.

Il est donc plus que temps d'observer quelle expérience collective et quelle expérimentation citoyenne sont produites par ces aventures, et comment celles-ci génèrent un dialogue constant avec la ville, ou la localité où elles s'implantent. Quittons l'exemple du NTP et tournons-nous plus précisément vers celui du Lyncéus.

BRICOLER LE COMMUN – L'EXEMPLE DU LYNCÉUS

Le fait que ces différentes aventures commencent dans des espaces privés et domestiques est à la fois un facteur (d'autonomie, de vitalité, de multiplication sur le territoire), et un symptôme – témoignant de la réunion de certaines conditions socio-historico-économiques au départ du projet, mais aussi de l'isolement institutionnel qui est le lot de tous ces festivals au moment de leur création. Si bien que chacun doit *bricoler* ses relations avec son environnement. Par « bricoler », nous entendons cet « art de faire » (De Certeau) singulier et quotidien, qui consiste à inventer à partir de *ce qui est* – et donc aussi de *ce qui manque*.

UN ART DE FAIRE : RUSES, DÉBROUILLES, COMPOSITIONS ET PARTICIPATIONS DE L'ARRIÈRE

En effet, dans *L'invention du quotidien*, Michel de Certeau s'est intéressé aux pratiques sociales ordinaires, comme la cuisine, les courses, la conversation. Selon toute une tradition sociologique, marquée notamment par les apports de Michel Foucault[63], ces pratiques sont considérées comme des manifestations diverses et variées du *contrôle* exercé sur les usagers par l'appareil social, économique et politique. Ces pratiques seraient ainsi encadrées par des dispositifs au sens foucaldien, « procédures techniques minuscules » accroissant la surveillance de ces activités par les structures technocratiques. Or, De Certeau démontre dans son étude que, loin d'être des consommations uniformes et passives, ces pratiques méritent d'être

63 Foucault, Michel, *Surveiller et Punir*, Gallimard, 1975.

regardées comme des (re)fabrications permanentes à partir des matériaux fournis par l'ordre dominant. L'usage de l'espace urbain, des produits achetés au supermarché, des récits et légendes que le journal distribue, témoigne d'une créativité quotidienne, à la fois dispersée et rusée, mais presque invisible au sens où ce qu'elle « produit » n'apparaît nulle part. Car ce qu'elle produit consiste justement en des « manières de faire » qui, du côté des consommateurs (ou « dominés »), constituent une réponse non unifiée aux procédures silencieuses qui organisent la mise en ordre sociopolitique. Autrement dit, « ces manières de faire constituent les mille pratiques par lesquelles des utilisateurs se réapproprient l'espace organisé par les techniques de la production socioculturelle[64] ». Elles en détournent le fonctionnement par « une multitude de tactiques articulées sur les détails du quotidien[65] ». Ce sont ces ruses triviales, ces tactiques quotidiennes et ces bricolages ordinaires qui nous intéressent ici, non plus en tant qu'ils sont représentés sur scène, comme dans les spectacle du Birgit Ensemble[66], mais en tant qu'ils participent à la création du projet, qu'ils constituent le terreau d'une œuvre commune. Autrement dit, ce sont toutes les manifestations d'un « faire *avec* » (les gens, le contexte, les matériaux présents, le terrain, l'architecture, les situations) que nous voulons éclairer ici dans le fonctionnement de ces festivals, dans le fonctionnement de l'épique. Et ce, sans les connotations péjoratives qui sont attachées généralement à l'expression « faire avec », mais au contraire en en soulignant la dimension inventive et créatrice.

Pour rendre possible l'organisation des spectacles, les équipes sont obligées de demander de l'aide. Le Lyncéus Festival lance ainsi des appels dans la presse locale et dépose dans les commerces de Binic, tout au long de l'année, des petites annonces pour le prêt d'une voiture, d'une imprimante, d'un piano… Cela implique de passer dans les bars et les commerces, de lier, partout, conversation. À partir de là, commence un processus d'interactions sans fin qui signe l'abolition de toute forme d'indépendance ou d'écart de la pratique artistique sur le terrain. Car en allant chercher un outil, vous rencontrez presque toujours une personne qui non seulement vous en prête ou vous en offre un autre, mais vous raconte aussi l'histoire de l'objet qu'elle vous laisse, et partant son histoire propre, qui peut en

64 De Certeau, Michel, *L'invention du quotidien. 1. arts de faire*, *op. cit.* XL.

65 *Ibidem.*

66 Voir Deuxième partie.

infléchir l'usage, ou nourrir plus tard l'écriture du spectacle auquel cet objet était peut-être nécessaire. Une réunion à la mairie, un brin de discussion entre deux portes, seront l'occasion d'une autre rencontre, qui à son tour vous fera rencontrer quelqu'un d'autre, qui vous retrouvera lui-même le lendemain avec deux de ses amis, qui vous aideront de manière inattendue à fabriquer quelque chose : des bancs avec des palettes, ou une buvette mobile à partir de la récupération de deux poubelles montées sur roues (sous l'un des deux cerceaux qui accueillaient les poubelles municipales, on glisse une glacière, sur l'autre, on pose une table, et l'on obtient un mini-bar roulant, pouvant se déplacer sur les lieux de représentation[67]). Une autre fois, il faudra aussi demander de l'aide à l'école de voile de la ville pour rendre possible et sûre l'organisation d'un spectacle sur l'eau, et il faudra qu'elle accepte également de prêter ses bateaux[68]... Demander une assistance pratique, mais aussi l'autorisation d'occuper telle partie de l'espace public ou la possibilité de faire du bruit jusqu'à une certaine heure, ou encore un outil et un conseil, sont donc autant d'interactions qui contribuent à fabriquer une place pour le festival et à la négocier au sein de formes de vie et d'habitudes déjà constituées *sans* lui. Cela commence par la commune, jusqu'aux accords avec le bar du quartier ou du village, en passant par les relations diplomatiques avec les voisins, et enfin par la collaboration active, pratique, avec les experts et les non-experts de tel ou tel domaine en vue d'un spectacle. En d'autres termes, le processus de construction épique du projet consiste à se bricoler une place dans l'espace public, mais aussi entre les mailles du tissu des habitudes collectives. L'épopée pourrait se résumer ainsi : faire de la place, en créer.

À cette fin, elle enrôle. Aussi, de la logistique la plus triviale aux exigences les plus subtiles de la création, les bricolages sont multiples, mais ils exigent toujours, d'une certaine manière, que les artistes du Lyncéus en « passent par » Binic et ses habitants. En face, un système de service, de prêts et de dons se met alors en place et irrigue l'organisation du festival et la création des spectacles. Cette participation de « l'arrière[69] »

---

67 Tous ces exemples sont tirés d'un entretien avec Antonin Fadinard, co-fondateur du festival, le 26 février 2018.

68 À l'occasion de *Naufrage utopique*, performance écrite et interprétée lors de l'édition 2015 du festival par Simon Gauchet et Arnaud Louski-Pane. Voir plus bas.

69 Merci à Antonin Fadinard de nous avoir soufflé l'image, qui, parce qu'elle est guerrière, se prête singulièrement à notre démonstration d'un épique du bricolage collectif. Entretien du 26 février 2018, au Valmy.

est le mouvement qui répond à une implantation « ouverte » du festival, débordant en permanence vers la ville.

Par ailleurs, les bricolages sont aussi financiers. Les montages de production (quand il y en a une) exigent en effet chaque année que certaines règles soient contournées ou longuement discutées pour enclencher la participation d'une tutelle, qui en déclenche une autre, puis une autre, puis une autre, qui assure finalement la faisabilité du festival. Le phénomène ne touche pas seulement ces projets-ci : il faut aujourd'hui de multiples partenaires pour finaliser un budget, quel qu'il soit. Du point de vue des compagnies, cela suppose une savante opération de « raboutage », de sommes de plus en plus petites, et qui, forcément, doivent être de plus en plus nombreuses.

Aussi, en vue d'augmenter leurs apports ou de compléter leur budget, les membres principaux du Lyncéus vont également au-devant des commerçants de Binic pour les convaincre de devenir mécènes – en faisant un don défiscalisé à l'association. Certains acceptent, d'autres refusent catégoriquement, d'autres encore surenchérissent avec de nouvelles propositions de participations, qui sont à la fois financières, matérielles et humaines. Pour l'édition 2018, notamment, le patron du restaurant « Le Neptune » a proposé à l'équipe de déménager le temps du festival. Le Neptune fermera ses portes et affichera sur sa devanture une nouvelle adresse : pendant trois jours, ses tables et sa cuisine seront installées sur la plage, juste à côté du quartier général du festival, un chapiteau où les acteurs et les spectateurs viennent depuis quatre ans prendre leurs repas. Résolvant ainsi un problème logistique de taille (comment cuisiner pour la centaine de festivaliers présents chaque jours ? Comment faire aussi pour ne pas séparer les artistes des spectateurs ?), la cuisine à ciel ouvert du Neptune nourrira les artistes et les bénévoles d'une part, selon un accord financier précis, et proposera le même plat aux festivaliers. Les uns et les autres déjeuneront donc ensemble, leur assiette à la main, ou bien autour des mêmes tables, sans distinction, dans un inconfort ou un confort relatif qui provoque les rencontres.

BÉNÉVOLES, ACTEURS, SPECTATEURS, AUTEURS ET VOLONTAIRES : DE L'ART DE FAIRE NAÎTRE DES INTÉRÊTS… MUTUELS

Au fil des années, d'autres participations spontanées du même genre se sont organisées sous la forme du bénévolat. Les bénévoles deviennent, peu à peu, des membres de l'association du Lyncéus, et contribuent à réaliser un travail de fond en relayant l'équipe tout au long de l'année, logeant des journalistes ou des auteurs, et prêtant main forte pour quantité de services logistiques. Quelle contrepartie les habitants ou les amis du festival tirent-ils de leur participation ? Aucune, selon l'un des fondateurs du festival, Antonin Fadinard[70], sinon le fait même de participer à une entreprise collective et de la rendre possible. C'est l'« agir commun » en tant que tel qui est suffisamment puissant et joyeux pour n'attendre aucune rétribution, sinon ce qu'il contribue à créer : une œuvre commune, et qui tient en quatre jours de festival. Pendant la première semaine et le premier week-end de juillet alors, (les vacances n'ont pas encore commencé) l'on verra une vingtaine de bénévoles participer avec une énergie surprenante à l'intense activité d'accueil et d'orientation des spectateurs, à la billetterie, au bar, ou à la régie des spectacles. Ce qui pourrait être le signe d'une instrumentalisation semble plutôt bel et bien ici le signe d'une *appropriation* par les Binicais du festival, qui devient de fait *leur* festival, puisqu'ils contribuent à en dessiner *le cadre.*

À partir de là, l'attention à ce que ces spectateurs viennent voir ne peut plus être celle qu'ils accorderaient à une représentation ordinaire (dans n'importe quel théâtre public de Rennes, Nantes, ou Brest) : quel que soit le sujet de la pièce ou de la performance, celle-ci n'est plus un « produit » culturel qui s'expose ou se donne à consommer ici plutôt qu'ailleurs. Avant même que le spectacle ne commence, ceux qui sont là pour le voir, et qui sont en moyenne une centaine par soir, sont précisément ceux qui lui ont fait *une place* (et parfois très concrètement, en déblayant le terrain…). Ces spectateurs sont, à l'opposé de la position kantienne vis à vis de l'œuvre d'art, des *intéressés.* Ils sont donc autrement prêts à écouter ce qu'elle a à raconter.

Justement, le Lyncéus, chaque année, passe commande à des auteurs sur un thème précis, – « Reconstruire » en 2017, « Faire corps » en 2016, « Histoires d'Utopies » en 2015, « Trajectoires, mouvements,

70 Entretien à Paris, au Valmy, le 26 février 2018.

déplacements » en 2014. Outre le fait que chacun de ces thèmes soit explicitement tourné vers la ville, et interroge ou *intéresse* directement les citoyens en ceux qui l'habitent, il est prévu que chaque auteur vienne passer au moins une semaine à Binic-Étables-sur-mer pour composer sa pièce. Celle-ci sera confiée ensuite à l'une des équipes artistiques réunies par le collectif, qui passera le mois de juin dans la ville pour répéter et créer le spectacle, avant les trois jours de festival. L'organisation du travail est donc conçue pour que le lieu inspire l'écriture, autant que la mise en scène. La ville, son contexte (social, économique, politique), les gens qui y vivent et l'écosystème auquel elle appartient rencontrent le travail mené par l'auteur tout comme ils rencontrent plus tard celui du metteur en scène et des acteurs. De sorte que la création est pensée à la fois *pour* la ville et surtout *avec* elle. En effet, ces deux contraintes (le thème et la résidence d'écriture sur place, auxquelles on pourrait ajouter le mois de répétitions *in situ*) inscrivent l'ensemble des spectacles présentés – entre trois et cinq, plus des courts-métrages, des lectures, et des expositions – sur une piste de réflexion collective, reliant les habitants et les artistes. En outre, dès 2018, le Lyncéus prévoit d'ouvrir un « chantier » pendant le festival, où les Binicais pourraient déposer des idées de thématiques pour l'édition suivante. La circularité de l'échange serait donc accomplie : à partir des désirs d'explorations théoriques exprimés par les habitants de Binic, à partir des pistes de recherches qu'ils proposent, les artistes sélectionnent, composent, et leurs œuvres se présentent comme des « réponses » à la ville. Comme une manière d'entretenir, avec elle, *une discussion.*

C'est donc de manière participative que tend à s'organiser toute l'œuvre du Lyncéus. Les collaborations avec les habitants sont multiples : financières, matérielles, logistiques, et réflexives, on vient de le voir. Mais elles peuvent prendre la forme d'échanges de récits, d'expériences ou de savoir-faire nécessaires pour mener à bien un projet. Camille Davin recueille en 2014 une quinzaine de témoignages de marins et les intègre en partie à la mise en scène de son texte, *Grèves*[71]. En 2015,

71 « C'est un homme qui marche le long de la mer avant d'aller travailler, un ancien de la marine marchande qui refuse d'embarquer à nouveau mais ne se résout pas à rester à terre, dans un monde accéléré qui lui échappe. Il se réfugie le long du bord de mer, dans cet espace indéfini à l'intersection des mondes, pour tenter de se redéfinir lui-même à travers ses souvenirs et ses aspirations, et réinventer son monde. Les spectateurs deviennent les témoins actifs de son cheminement ». https://lynceusfestival.com/lynceus-2015/, consulté le 25/08/2018.

Simon Gauchet propose aux habitants de l'aider à restaurer un bateau destiné à quitter le port de Binic le soir de la performance pour une île… utopique.

> Dans le port de Binic, il y a un bateau prêt à partir pour un grand voyage. On assiste à une cérémonie d'adieu. Deux hommes prennent la mer. Ils quittent volontairement la civilisation pour l'île d'Utopie – ainsi que la décrit Thomas More. C'est un départ vers la société idéale. Même si cette île est imaginaire, ne suffit-il pas d'y croire très fort pour la faire exister ? Si on rassemblait une communauté citoyenne autour de la possibilité d'une cité idéale, il se pourrait bien qu'elle se matérialise dans le réel. Après discours et feu d'artifice, les amarres sont larguées. Le bateau s'éloigne de la côte. Quelques liaisons radios nous permettent d'avoir quelques nouvelles des voyageurs affrontant la mer. La mer est calme, mais là-bas c'est la tempête dans les têtes. Surgit soudain sur l'océan le portrait de Thomas More naviguant vers sa destinée. D'un coup, le bateau disparaît.
>
> Les départs dans les ports réunissent deux communautés : ceux qui partent et ceux qui restent. Une tension dramatique naît d'entre les deux. En mettant en scène ce départ imaginaire et pourtant bien réel, il s'agit pour nous de travailler dans cet espace-temps et dans cet imaginaire ancré profondément dans chaque port et dans chaque corps. Nous tentons de fendre le réel par l'imaginaire, d'ouvrir une fissure et de nous y engouffrer pleinement. Le réel en miettes révélera alors qu'il n'est lui-même qu'un imaginaire adopté par tous.
>
> L'élaboration de la performance sera participative. Le bateau qui nous servira de scène flottante sera restauré à Binic avec l'aide de bénévoles binicais. Le temps de cette restauration sera l'occasion de mener des conversations et entretiens nous permettant de définir une cartographie de la société idéale binicaise[72].

Cette note d'intention témoigne d'une autre façon du travail « contextuel » dont nous parlions plus haut, mais appliqué cette fois à l'écriture d'une dramaturgie (portuaire !), et à la fabrication du matériau qui sera au cœur de la performance. Que le bateau soit l'œuvre commune, quitte la terre vers une île utopique le soir de la performance, illumine son sens. Toutefois, les jours passés à sa restauration et aux discussions sur la question d'une société binicaise « idéale » n'ont rien, eux, d'« utopique » : ils tissent une expérimentation *réelle*, celle d'un faire collectif, renouvelé chaque matin sur la seule base du volontariat, soit sur la seule joie éprouvée par chacun à sa participation à une chose plus grande que lui.

---

72 https://lynceusfestival.com, consulté le 25/08/2018.

ILL. 10 – Le Radeau utopique, Lyncéus Festival, Binic, 2015.

D'une autre façon encore, quand Antonin Fadinard met en scène *Torino 2CV*, un texte de Clémence Weil, l'été 2016, il travaille également avec une matière « contextuelle », qui regarde cette fois les spectateurs en tant qu'habitants de Bretagne. Une nouvelle fois, on peut dire que le metteur en scène entre « en discussion » avec la ville, et la chose va prendre ici un sens particulièrement concret. Le texte raconte comment un père et sa fille sont forcés de quitter leur maison à cause de l'établissement sur leur terrain d'un vaste projet immobilier. Quelques jours plus tôt, les habitants de Loire-Atlantique (dont sont exclus, justement, les Bretons) ont été consultés sur la question de construire ou non un aéroport international au nord-ouest de Nantes, sur la commune de Notre-Dame-des-Landes. Or, la forme du spectacle va prendre un tour interactionnel. Peu avant la fin de l'histoire, en effet, les spectateurs sont amenés à quitter la clairière où se déroule le spectacle pour se déplacer sur un terrain vague. Tout le monde est debout. La fiction s'est interrompue et ne reprend pas. Les acteurs amorcent alors le dialogue avec les spectateurs. La fable est mise en discussion. Timidement, l'échange commence, puis la discussion se propage, s'amplifie, se généralise. Un théâtre forum[73], que l'on attendait pas ici, se déploie, à ceci près que les spectateurs ne sont pas invités à jouer ou à modifier l'issue de la fable, seulement à en parler. Au bout d'un moment, les acteurs nous proposent, soit de nous arrêter là, soit de continuer à discuter autour d'un verre en nous rendant sous le chapiteau, soit de nous montrer la fin de l'histoire, là, maintenant, sur ce terrain vague. Et si, lors des deux représentations auxquelles nous avons pu assister, tout le monde votera pour avoir d'abord la fin de l'histoire, le spectacle présente explicitement la circulation de la parole comme son issue et même son aboutissement.

UN NOUVEAU PARTAGE DES SAVOIRS

Le mois qui précède le Lyncéus Festival a donc presque autant d'importance que les trois journées de création qui en sont l'aboutissement. Il est jalonné d'étapes de rencontres entre les habitants et les artistes : la fête de la Saint-Jean en est une marquante, qui réunit tous les Binicais sur la plage autour d'un immense feu allumé par l'équipe, de même qu'en juin 2014 le bar « Le Chaland qui passe » accueillait la troupe tous les vendredis pour des cabarets impromptus. En outre, les quatre

73 Entretien à Paris, au Valmy, le 26 février 2018.

jours de création, tout début juillet, sont quatre jours de spectacles mais aussi de rencontres et de discussions. On reconnaît une nouvelle fois le modèle vilarien des « Rencontres d'Avignon ». L'idéal, en un sens, est le même. Il s'agit de faire du temps du festival un temps d'agora, de créer les conditions de possibilité d'un partage des savoirs et de confrontation des idées. Selon ce modèle, le spectateur se confond avec ses origines citoyennes. « Le théâtre n'est pas né un jour dans un bistrot ou dans un studio. Il est né dans le Forum ou dans la Sacristie », disait Vilar[74], et dans le dossier 2018 du Lyncéus : « Nous croyons que l'art se partage comme un bien culturel facteur de lien social, qu'artistes et spectateurs peuvent s'enrichir mutuellement, que chacun peut *s'engager de façon citoyenne* pour que vive le spectacle et que circulent émotions et pensées[75] ». Pour Vilar, la prise de conscience citoyenne des spectateurs allait de pair avec le dépassement des disparités sociales de son public. Les spectateurs d'Avignon étaient donc invités à transcender les mécanismes d'identification communautaire pour se révéler à eux-mêmes en tant qu'êtres agissant dans l'espace public, et ce d'abord et essentiellement grâce à la participation à l'assemblée théâtrale, conçue comme un moment d'épiphanie citoyenne. À Binic aujourd'hui, si l'art est conçu comme un geste citoyen, il l'est autant du côté de la réception que de celui de la création. L'horizontalité de rapport entre acteurs et spectateurs est plus marquée encore que chez le fondateur du festival d'Avignon. De même, le moment du spectacle n'est pas « révélatoire » au même degré. Ce n'est pas essentiellement la participation à l'assemblée théâtrale qui transforme l'individu en citoyen. Aussi, ce n'est pas seulement *après* la pièce que le débat a lieu, c'est même plutôt souvent *avant*. Tout se passe ici comme s'il fallait construire d'abord, collectivement et individuellement, une place possible pour le spectacle. Ainsi, tout est pensé pour que la participation

74 « Le théâtre, s'il est pour nous, spectateurs, une chose extrêmement captivante, n'est pas tout. D'où ces "Rencontres internationales des jeunes", filles et garçons venant de plus de quarante pays différents ; d'où ces Centres de jeunes épars dans les quartiers d'Avignon et que cette ville généreuse prend en charge ; d'où ces dialogues de l'après-midi avec le public dans le jardin d'Urbain V, d'où le prix modeste des places [...]. Une des intentions des organisateurs de ces Rencontres est de vous entraîner dans un commun complot [...] franchir ces murs au-delà desquels nous l'espérons, se trouvent une égalité qui n'est plus de fiction, une compréhension plus fraternelle, une liberté plus évidente et – celles-ci ne peuvent aller sans cette autre – une égale répartition des biens de la culture ». *Le Théâtre, Service public*, *op. cit.* « Le développement culturel », p. 475-477.

75 Lyncéus Festival, Dossier 2018. Nous soulignons.

à la performance théâtrale soit comme préparée et déjà contaminée par un mode d'être plus large, que le festival et ses manifestations se chargent d'activer, une sorte d'« usage public de la raison[76] » ? Autre point de divergence : ces rencontres ne sont pas des conférences données par les metteurs en scène ni des intellectuels spécialement invités pour l'occasion, où les uns transmettent leur savoir aux autres dans un dispositif scénographique approprié (plus ou moins frontal, avec ceux qui écoutent d'un côté et ceux qui parlent de l'autre, ce que reproduit aussi la forme du « bord plateau » après un spectacle), mais de petits groupes de discussion qui sont organisés entre artistes, bénévoles et spectateurs. Le partage des savoirs s'organise donc autrement : se rejoignent ici différentes classes d'âge, différents métiers, différentes expériences, qui forment comme autant de micro-assemblées au sein desquelles une discussion théorique est lancée. « Faire corps », qu'est-ce que ça veut dire ? se demande-t-on entre 11h et midi, le deuxième jour du festival, en juillet 2016, autour d'une table de cinq ou six personnes. Deux heures plus tard, sous le même chapiteau qui servait de bar et de salle de discussion, un spectacle de cirque, « Chute[77] ! » qui devait avoir lieu dehors, est déplacé à cause de la pluie, contribuant tout d'un coup à matérialiser les discussions, à exposer, *physiquement*, et au même endroit, un point de vue… parmi d'autres. La place a été faite pour que la performance advienne, pour que « Chute ! » prenne sens, pour que « Chute ! » nous regarde et nous concerne, pour que le spectacle apparaisse comme une réponse possible, ou une autre question, un « propos » en tous cas, contre lequel s'appuyer, s'adosser, réfléchir. Et cette fois, contrairement à l'affirmation de Vilar, le théâtre est bel et bien né de la discussion de bistrot.

76 Kant, Emmanuel, « Qu'est-ce que les lumières ? », 1784.

77 *Chute !* est une conférence spectaculaire écrite, mise en scène et interprétée par Matthieu Gary et Sidney Pin. « Chute ! est une conférence spectaculaire sur le thème de la Chute. Dans un dispositif quadrifrontal, Matthieu Gary et Sidney les deux acrobates/auteurs installent le public autour d'une aire de tatamis, les spectateurs sont au plus proche, prêts à partager les sensations de l'acrobate. Durant une petite heure, ils essayeront de comprendre les ressorts poétiques, philosophiques et scientifiques de la chute, avec pour seule matière les corps de nos deux acrobates. "Faire corps" au cirque c'est prendre l'expression au pied de la lettre, tomber, se relever, se porter, tourner, s'affronter, rouler, s'embrasser, percuter le sol, l'épouser avec grâce… et révéler un peu de notre condition de terriens soumis à l'impitoyable loi de la gravitation. Une poésie muette et brute peut alors remplacer les mots et laisser l'imaginaire du spectateur naviguer. Ici on cherche à s'envoler pour de vrai, on retombe avec joie et on recommence. Chute ! est un spectacle de proximité, épuré et joueur. » https://lynceusfestival.com/lynceus-2016/, consulté le 25/08/2018.

Ces situations à la fois triviales et peu ordinaires, où l'on se retrouve avec quatre ou cinq inconnus autour d'une table pour penser ce que « faire corps » veut dire, ou dans une école de voile pour restaurer un bateau, sont diverses manifestations de ce que nous appelons « bricolages du commun » : manière inaccoutumée de lier des individus différents autour d'une activité collective, tendue vers une œuvre commune. Ces « bricolages », comme toutes les autres solutions inventées par le Lyncéus – le mécénat porte-à-porte, les emprunts, les échanges de services, mais aussi les « rendez-vous du midi » – configurent en effet l'ensemble de la création du festival comme un « faire collectif ». Ils permettent de repenser l'épique non plus seulement comme la *représentation* d'une communauté en action, mais comme une expérimentation politique et collective bien réelle.

DES EXPÉRIMENTATIONS POLITIQUES. VERS UN ART PARTICIPATIF ?

Le Lyncéus éclaire de manière singulière un nouveau sens de l'épique : celui d'une expérimentation politique. C'est le cas aussi du NTP, et sans doute d'une grande partie des festivals qui s'inventent à partir de ces différentes maisons de campagne, tout simplement parce qu'ils n'ont pas le choix. Mais à Binic, la nécessité de s'ouvrir sur la ville a clairement été réappropriée par les membres du collectif dans leur manière de créer, sur place, à la fois des spectacles et *un cadre* pour ces spectacles. Cette nécessité a donc donné sa forme singulière au projet : « participative ».

La notion de participation s'est déjà avérée constitutive de l'épique dans un projet comme celui du Théâtre Permanent, inspiré du travail de Hirschhorn. On la retrouve ici, plus intriquée que jamais à la définition de ces nouvelles épopées. Mais il convient d'en préciser le sens, car il ne s'agit pas cette fois d'une participation ponctuelle à une performance – comme lorsqu'on vous demande soudainement de dire ou de faire quelque chose, c'est-à-dire de prendre part au spectacle alors que vous n'en étiez jusque-là que le spectateur, assis confortablement sur votre siège. Il ne s'agit pas non plus ici d'intégrer des amateurs à des formes spectaculaires dans lesquelles un idéal esthétique classique demeure (pas tout à fait comme chez Morin, par exemple), et où les assignations sont, de fait, réitérées – entre ceux qui savent faire d'un côté (les « professionnels »), et ceux qui font comme ils peuvent de l'autre (les « amateurs »). Expliquons donc de quelle participation il s'agit.

LA NOTION DE PARTICIPATION

Nous entendons ici reprendre la définition que donne Estelle Zhong[78] de la participation en art. En utilisant l'adjectif « participatif », Estelle Zhong choisit de mettre l'accent sur le caractère concret d'une « collaboration en présence dans l'espace social[79] ».

> Le terme « *participatory art* » est utilisé par les historiens d'art pour désigner des formes très variées de participation, qui vont de la mobilisation de figurants dans une performance pendant quelques minutes (comme dans certaines pièces de Tino Sehgal par exemple) à des processus de coproduction entre artiste et volontaires durant plusieurs années. C'est cette dernière modalité de participation qui nous intéresse ici : elle consiste à créer dans l'espace social plutôt que dans l'atelier, sur une longue durée, avec d'autres plutôt qu'avec son for intérieur, de façon collective plutôt que démiurgique. La participation ne prend pas l'allure d'une invitation ou injonction ponctuelle à faire quelque chose dans le cadre d'une exposition ou d'un spectacle, mais d'une collaboration au long cours dans les lieux de la vie quotidienne[80].

En effet, ce ne sont pas non plus les formes ponctuelles de participation *dans* les spectacles qui nous intéressent ici. Car lorsque des amateurs

---

78 Dans *La Communauté de Singularités, réinventer le commun dans l'art participatif britannique (1997-2015)*, *op. cit.* Comme elle, nous n'emploierons donc pas le terme de « participatif » au simple sens de « relationnel » selon la définition que donne, par exemple, Nicolas Bourriaud : « art relationnel : ensemble de pratiques artistiques qui prennent pour horizon théorique la sphère des interactions humaines et son contexte social, plus que l'affirmation d'un espace symbolique autonome et privé ». En effet, chez Bourriaud, il n'est nullement question de collaboration concrète entre l'artiste et les habitants d'un lieu, l'œuvre d'ailleurs reste appréhendée dans le contexte muséal de l'exposition, et la participation du public n'est que ponctuelle, ou métaphorique. Dans cette définition, les interactions humaines sont d'ailleurs envisagées comme « horizon théorique », et non pas comme l'agir commun qui construit l'œuvre en tant que telle. Estelle Zhong démarque ainsi l'« art participatif » qui l'intéresse des participations ponctuelles dans un cadre spectaculaire (au sens de performance, depuis le futurisme jusqu'aux années 1970), ou de l'interactivité (art numérique) ou des instructions à suivre (Fluxus, art conceptuel).

79 *Ibid.*

80 Zhong, Estelle, « Expérience de la démocratie », article publié sur la revue en ligne *Switch on paper* https://www.switchonpaper.com/2017/12/22/estelle-zhong-mengual-participatory-art-as-an-experience-of-democracy/, consulté le 25/08/2018.

dansent aux côtés de Lena Paugam[81] ou lorsque que d'autres composent le chœur d'*Œdipe Roi* monté par Lazare Herson-Macarel[82], les participants bénévoles sont intégrés à une forme qu'ils ne maîtrisent pas *a priori*. Ils doivent exécuter des mouvements et prononcer des paroles sur scène alors que ces types d'actions sont précisément ceux dont ils n'ont pas une grande expérience, contrairement aux acteurs. Aussi, l'on retrouve dans ce genre de cas un rapport à « l'art » qui reconduit un régime d'assignation traditionnel : l'artiste a la maîtrise et le surplomb, les amateurs sont des récipiendaires de cette maîtrise. Dans le cas de la restauration d'un bateau (*Naufrage utopique*) ou des conversations théoriques qui ont lieu entre acteurs, bénévoles et spectateurs (les « rendez-vous du midi » du Lyncéus), ou d'une discussion politique qui prend le relai d'une performance (*Torino 2CV*), les acteurs ne sont pas plus « capables » ou « compétents » que les spectateurs, c'est même souvent l'inverse : une collaboration d'égal à égal est donc possible, qui met en relations différentes expériences, expertises ou savoir-faire – qu'il ne s'agit pas d'aligner pour autant. De plus, cette coopération prend effectivement place dans des lieux de la vie quotidienne : le port, la clairière, la plage. Par ailleurs, elle s'inscrit sur le long terme, c'est-à-dire au moins sur le temps du mois qui précède, sinon tout le reste de l'année, et non dans le seul cadre de la performance, pour une brève interaction entre acteurs et spectateurs. Ce qui nous intéresse ici, c'est donc la manière dont les habitants de Binic, de Fontaine-Guérin ou de Villeréal proposent leurs propres compétences exceptionnelles, mettent leurs propres puissances individuelles au service d'un projet collectif. (À la manière du cuisinier du Neptune). Les festivals qui s'installent au départ fragilement dans ces

81 *Écho*, Lyncéus Festival, édition 2017.

82 *Œdipe Roi*, NTP, édition 2015. Notre interprétation de la présence des amateurs dans le chœur de la tragédie grecque se décale par rapport à celle que nous avions faite plus haut à propos du chœur d'*Antigone* dans la mise en scène de Gwenaël Morin. C'est que chez Morin, les acteurs eux-mêmes ne sont pas toujours acteurs professionnels d'une part, que la manière de jouer repose sur des comportements simplifiés au plus haut point d'autre part (par exemple, être debout à la face et parler très fort) ; enfin c'est aussi que le metteur en scène fait de la conjonction des différences le principe de son travail. Les amateurs sont accueillis dans le spectacle en tant précisément qu'ils manifestent leur différence et n'essaient pas de la masquer : nul maquillage, nul costume. Face à nous, simplement « des gens qui parlent » de manière différente, singulière, parfois étrange. Il n'y a plus de norme (le jeu professionnel de l'acteur) et d'écart par rapport à la norme (le jeu amateur), il n'y a que des différences qui cohabitent, sans s'assimiler les unes les autres.

petites villes ou villages ont besoin du concours et de la participation de leurs propres spectateurs : de ceux qui y vivent. C'est la somme de leurs actions conjuguées à celles des équipes artistiques, c'est le bricolage de leurs savoir-faire et la mise en commun de leurs différentes expériences, de leurs différents récits et enfin de leurs différentes puissances qui constitue à nos yeux le terreau d'une expérimentation politique participative, et épique. C'est cette mise en commun qui crée le terreau d'un héroïsme concret et collectif, et enfin d'un épique démocratique.

UNE RELATIVISATION DE LA POSITION DE L'ARTISTE – CE QU'HABITER VEUT DIRE

Nous parlons donc aussi de la manière dont toute l'année, les membres du Lyncéus passent du temps à Binic pour entretenir des relations avec le lieu et les gens, pour continuer leur travail de mécénat au porte-à-porte, pour faire des ateliers, pour rencontrer les commerçants, discuter avec leurs voisins, imaginer ensemble de nouvelles formes de collaborations pour l'édition suivante, etc.

> Il est important de trouver une manière de rappeler que tu ne viens pas d'ailleurs, en conquérant, te servir, piller les ressources d'un lieu ou la magie d'un lieu. Et par exemple, on a un potager, et tout au long de l'année on vient bêcher, désherber, entretenir. C'est très important[83].

Dans cette idée « d'entretenir », (un potager comme les relations à l'environnement social du projet) c'est la position et la définition de l'artiste qui est en jeu. Pour Antonin Fadinard, il s'agit de se démarquer de ces deux figures repoussoir : le « parisien » d'un côté (qui désigne, ici, l'artiste ou l'intellectuel détaché et hautain), le conquérant ou le colon de l'autre. Ou encore : celui qui n'est là que de passage, qui reste campé dans une attitude rappelant en permanence sa distinction, (au sens sociologique que lui donne Bourdieu) ; et celui qui vient se « servir »… tout en ayant le culot de prétendre apporter la « culture » aux autres. Au lieu de ses deux personnages, le co-fondateur du Lyncéus en présente un autre : celui du « jardinier ». L'image a beau faire sourire, elle est pourtant tout à fait réelle : il y a bel et bien un potager à entretenir à Binic, et les acteurs doivent bel et bien enfiler des gants et plonger

83 Antonin Fadinard, Entretien, *op. cit.*

les mains dans la terre, cela dit sans complaisance pour le cliché. Plus largement, ce qu'un tel discours suggère, c'est qu'il s'agit ici de trouver et de s'entraîner à l'art délicat d'*habiter* un lieu, qui consiste à « prendre soin » de ce qui peut se passer entre lui et nous[84].. Par ailleurs, derrière les deux figures du parisien et du colon, derrière ces deux masques, ce sont deux attitudes esthétiques, deux rapports à la création qui se dessinent. La première revient à placer l'art au-dessus ou même simplement à l'écart de toute forme d'expérience quotidienne (conception que nous avons déjà critiquée plus haut à l'aide des concepts de John Dewey, dans *L'Art comme expérience*). La seconde envisage le réel ou la situation d'un lieu comme un matériau ou une ressource brute auquel l'artiste démiurge tache de donner *une forme.* La pratique du Lyncéus tend à les exclure toutes deux au profit d'une troisième : celle qui va *à la rencontre des formes existantes*, et noue des relations avec les forces présentes. C'est, encore une fois, la rencontre et la relation qui sont placées au cœur du processus. Ainsi que la considération pour tout ce qui existe déjà sur place et n'a nul besoin de nous : toutes les formes implicites que contiennent déjà le paysage, l'architecture, le contexte, la situation, et les habitudes sociales de la ville. De sorte que les artistes, les metteurs en scène et les acteurs qui ont fondé le festival, quittent le statut traditionnel de ceux qui seraient « à l'origine » de la production de formes, pour devenir des organisateurs, des coordinateurs, des opérateurs de rencontres. Ou des entremetteurs, comme on le dit de certains personnages féminins des comédies espagnoles du siècle d'or.

> Conséquemment, c'est la notion même d'artiste qui semble obsolète : les activités quotidiennes mobilisées en art participatif ne manifestent pas à première vue un travail de l'artiste, une maîtrise propre, un savoir-faire

84 À ce propos, Antonin Fadinard évoque aussi en entretien une autre manière d'habiter qui consiste à nommer, désigner, séparer et baptiser des zones de l'espace, en fonction des rencontres ou des événements qui ont pu s'y produire en répétition, ou pendant n'importe quel autre moment du travail, pendant qu'on y vit, tout simplement. La clairière où se déroule en 2016 le spectacle *Torino 2CV* devient ainsi « La clairière », tandis que tel chemin qui sert de coulisse aux acteurs, devient une « sortie serpent », parce que ceux-ci y ont découvert un serpent un jour. Une nomenclature vernaculaire et tout à fait éphémère s'invente. En effet, nulle pancarte, nul panneau ne vient rigidifier ces noms qui ont une fonction usuelle le temps d'un été. Ce sont des mots magiques, qui créent un espace ponctuel pour ceux qui en connaissent le code. Mais d'autres événements adviendront, d'autres rencontres, d'autres serpents qui donneront leur nom à d'autres sorties les années suivantes, et dessineront d'autres espaces communs éphémères.

> spécifique, contrairement à d'autres pratiques contemporaines qui peuvent elles aussi excéder les catégories traditionnelles (*street art*, performance) : le travail de l'artiste semble s'apparenter à celui d'un grand organisateur, capable de mettre en place ces événements et de rassembler des gens[85].

Si l'on considère en effet que dans chacun de ces festivals, ce qui fait « œuvre », ce ne sont pas seulement les performances en tant que telles, mais *aussi* le festival lui-même, avec ses prolongements en amont et en aval des jours de représentations, l'on s'accordera volontiers pour admettre que « faire de l'art » ne consiste plus seulement à diriger des acteurs, à écrire et mettre en scène des spectacles, mais à *produire les conditions* concrètes, logistiques, matérielles et humaines pour qu'une place puisse être faite, à un moment donné, à de tels spectacles. « Faire de l'art », on l'a compris, consiste ici à « faire de la place », et c'est donc plutôt un *art de faire*, au sens de De Certeau. Car faire de la place, c'est aussi ce que nous appelons « construire un cadre ». Cela suppose de s'insérer à l'intérieur de l'ordre économique et institutionnel dominant, et de tenter d'écarter les mailles de son réseau de contrôle (de ses dispositifs, au sens de Foucault) pour y faire exister autre chose. C'est donc produire, en un sens, des *contre-dispositifs*. Ou des dispositifs au service d'autres savoirs, d'autres pouvoirs. Ces festivals sont donc aussi des tentatives interstitielles, pour insérer localement d'autres manières d'agir, elles-mêmes au service non pas d'une institution, mais au service de la construction d'un commun : d'une œuvre partagée, et de nouveaux biens immatériels et matériels qui n'appartiennent qu'à ceux qui les font.

Aussi, Antonin Fadinard décrit toute l'activité du Lyncéus en disant : « la part purement artistique, ce n'est plus que 10 % du travail[86] ». Sauf que nous refusons justement de considérer qu'il y ait une part « *purement*

85 Zhong, Estelle, « Des formes cachées dans la matière. La bricologie de l'art participatif à la lumière de la pensée de Gilbert Simondon » article paru dans la revue *Techniques et Cultures*, 2015/2, n° 64, *Essais de bricologie, Ethnologie de l'art et du design contemporain*, https://www.cairn.info/revue-techniques-et-culture-2015-2-page-96.htm#s2n1, consulté le 25/08/2018.

86 Entretien du 26 février, *op. cit.*, mais aussi lors de la 3e rencontre organisée par l'Université libre *Que peut la scène ?* « Tout le monde dehors ! », https://www.duuuradio.fr/episode/que-peut-la-scene-3, consulté le 25/08/2018 ; le Collectif 49 701, créateur du projet « Les Trois Mousquetaires, La Série » en espace public, avec Clara Hédouin, le Lynceus Festival à Binic avec Antonin Fadinard, le Festival Pampa en Pays Foyen avec Anthony Boullonois (comédien et fondateur du collectif Pampa) et Clara Ponsot (metteure en scène et membre fondateur du collectif).

artistique » du travail. Nous considérons plutôt que tout ce qui advient dans le cadre de ces festivals, spectacles inclus, est le fruit de relations complexes et d'accidents incongrus, de micro-actions triviales et de négociations infinies, enfin de bricolages impurs justement, aux ramifications multiples et s'étalant parfois sur de longues durées. La représentation s'intègre à un tissage vivant entre des paramètres multiples. Les « moments de grâce » eux-mêmes ne sont rien d'autre que des interactions (ou des rencontres) particulièrement puissantes, intenses, et inattendues entre ces différents paramètres.

Les acteurs le savent bien, puisque dans ce genre de projets ils ne sont jamais qu'acteurs mais participent à toutes les autres tâches de la vie en commun. En lisant l'historique du NTP on tombe sur cette note : « Août 2013, cinquième édition du festival [...]. CRISE : La bouffe de Magali est régulièrement dégueulasse[87] ». L'adjectif est plutôt surprenant, au milieu d'un historique qui tend globalement à l'objectivité, mais il raconte l'importance du problème. Il y a de fait une continuité de la qualité de la nourriture à celle des représentations, de la cuisine au spectacle. Si la vie en commun est moins riche, moins fluide (c'est à dessein ici que nous nous refusons à dire « moins harmonieuse »), moins diverse, et donc moins joyeuse, il y a de grandes chances pour que les performances le soient également. La joie quotidienne éprouvée à la dégustation de plats savoureux n'est pas un pan trivial du contexte, elle fait partie des forces de vie incluses et réinjectées dans les répétitions et la performance. De même que la joie à répéter, à plaisanter, à « faire » de l'humour (un autre type d'art encore) pendant que l'on travaille, rend un groupe non pas forcément plus homogène ou plus « harmonieux », mais plus puissant parce que plus joyeux. C'est donc un « art de faire » généralisé que celui de produire des conditions concrètes (et non pas « bassement » concrètes, justement), pour qu'adviennent quelques secondes

87 Historique du NTP, document interne : « Août 2013 : cinquième édition du festival / À la première : 270 spectateurs. / 22 représentations. / Moyennes de fréquentation : 212 le soir, 127 pour le Jeune Public, 73 pour les lectures, / 110 pour l'itinérance. / 4661 Spectateurs. / Budget : 29 000 € de dépenses, 37 000 € de recettes, donc 8 000 € de bénéfices. / Subvention Anjou-Théâtre : 3 000 €. / Subvention ComCom : 5 000 €. / On paye nos droits d'auteurs pour la première fois. / Intendance nourriture gérée par Magali Drapeau le soir, et déjeuner chez Martine. / CRISE : La bouffe de Magali est régulièrement dégueulasse. / Prêts de costumes : Conservatoire et TNS. / Tout est pris en charge financièrement par le NTP. / L'activité est bénévole. / Les répétitions vont jusqu'à 22h30. »

de beauté. Or, produire des conditions pour qu'une place soit faite à quelque chose (ici, à des performances vivantes, à des spectacles), c'est ce que nous avons appelé plus haut, et à propos déjà de Gwenaël Morin : élaborer un « cadre ». La construction du cadre, en collaboration avec une ville et ses habitants, est un art aussi difficile, aussi délicat, aussi exigeant que celui qui consiste à produire, à l'intérieur de ce dernier, des objets spectaculaires. Dans le domaine des arts contemporains participatifs, cela pourrait se traduire par l'affirmation de l'artiste Jeremy Deller : « *I don't make things, I make things happen*[88] ».

Rappelons qu'à aucun moment il ne s'est agi dans cette étude de réfuter les pouvoirs des spectacles en tant qu'objets artistiques autonomes, tels que nous y assistons le plus souvent dans les grandes villes et dans les salles du théâtre public. N'importe quelle représentation peut produire, un soir, par le concours de circonstances mystérieuses, des effets bouleversants sur un ou plusieurs individus. Notre enquête visait plutôt, dans ces deux précédents chapitres, à comprendre comment, en contexte démocratique et sans mysticisme, il est possible de re-fonder un rituel théâtral qui ne soit pas simplement une habitude sociale, mais une revitalisation de l'expérience collective, et qui par conséquent ouvre une autre voie à l'épique – une voie que le processus de création et d'élaboration concrète du cadre théâtral tend à tracer, et non pas seulement la fiction déployée sur le plateau. C'est à cette fin que nous avons élargi notre étude, et que nous en sommes passés du simple domaine de la représentation à celui de l'action qui l'encadre et la subsume. Or, il apparaît à présent que celle-ci soit l'objet d'une fabrication délicate et subtile à laquelle il convient de faire justice. Cette fabrication, cet « art de faire », qui est un art de créer de l'espace, de nouer des relations, de converser, de faire se rencontrer des gens, d'« entremettre », de cuisiner,

88 « Je ne fais pas "des choses", je fais en sorte que des choses se passent. » À propos d'*Acid Brass*, un projet dans lequel Deller propose à une fanfare de cuivres traditionnelle d'intégrer à son répertoire des morceaux d'*Acid house*, « *I was terrified of ringing up the bandleader of the Williams Fairey Band to ask if he would do this. I thought it would take a lot of convincing and explaining – but he agreed immediately. He just said "All right, we'll do it. We'll do it once and see how it goes" which is exactly the attitude you want [...] This experience taught me a lot about working with the public. I realized that I didn't have to make objects anymore. I could just do these sort of events, make things happen, work with people and enjoy it. I could do these messy, free-ranging, open-ended projects, and that freed me up from thinking about being an artist in a traditional sense. I had been liberated by a brass band* » Deller, Jeremy, in Ralph Rugoff (éd.), *Jeremy Deller Joy in People*, London, Southbank Centre / Hayward Publishing, 2012, p. 66. cité par Estelle Zhong dans *La communauté de singularité*, *op. cit.*

de composer, de plaisanter, de faire de la place, se glisse dans les plis du quotidien, et tend à en tordre les structures établies par nos habitudes.

Pour voir d'un tout petit peu plus près comment, avançons d'un pas encore en dehors du bâtiment théâtral, et examinons l'un des projets qu'analyse Estelle Zhong : « The boat project »

« LA POLITIQUE COMME VOILIER[89] »

Lone Twin est un collectif composé des artistes Gregg Whelan et Gary Winters. En février 2011, ils lancent un projet baptisé « The boat project ». Il s'agit de construire, en un an, avec tous les volontaires qui le souhaitent, et à l'aide des matériaux qu'ils apportent, un voilier. Le projet repose initialement sur un appel à contribution : les artistes demandent au public de leur apporter un morceau de bois. Mais pas n'importe quel morceau de bois, « crayon ou piano – exotique comme le bois zingana ou commun comme le bois de pin – nous voulons quelque chose qui soit un morceau de vous, quelque chose qui raconte une histoire[90] », précisent-ils. Les artistes passent alors dans différentes petites villes du sud-est de l'Angleterre et récoltent des récits qui vont avec des matériaux – guitare, masque, cintre, assiette… Gregg Whelan et Gary Winters numérotent les dons, enregistrent les histoires et photographient chaque individu avec l'objet apporté. Ce sont ces matériaux et ces récits qui construisent à terme le voilier. Mais ce n'est pas tout. Si le principe de collaboration s'arrêtait là, le voilier ne serait que le résultat d'une addition d'histoires et de contributions matérielles individuelles. Bientôt le duo, tout en continuant régulièrement à recevoir de nouveaux objets (le bateau sera construit de 1221 morceaux de bois au total), s'installe dans un grand hangar de la marina d'Emsworth. C'est là que le chantier commence. La construction est orchestrée par un maître d'œuvre et des artisans auxquels les artistes ont fait appel, et qui participent eux aussi volontairement au projet, au même titre que les donateurs. Alors, tous les jours, pendant un an, les habitants des environs peuvent venir aider à la construction du bateau. Dans le

89 Sous-titre d'une partie de l'article d'Estelle Zhong « Expérience de la démocratie », https://www.switchonpaper.com/2017/12/22/estelle-zhong-mengual-participatory-art-as-an-experience-of-democracy/, consulté le 25/08/2018.

90 Extrait du descriptif du projet sur le site en ligne : theboatproject.com, cité par Estelle Zhong dans « Expérience de la démocratie », *op. cit.*, consulté le 25/08/2018.

grand hangar, des volontaires s'affairent autour d'une tâche commune, avec les puissances ou les compétences qui sont les leurs. Estelle Zhong décrit ainsi sa propre expérience du Boat Project, en mars 2011 :

> Si par un après-midi pluvieux vous entrez, vous êtes aussitôt accueilli par Jesse qui vous demande si vous connaissez le projet, vous l'explique, vous montre les objets donnés, etc. Mais votre visite a interrompu l'activité du hangar : on était en train de coller les lattes constituant le fond de la coque. Tout naturellement, dix minutes plus tard, vous vous retrouvez à enfiler des gants bleus et, comme les autres, vous aidez à coller ces fameuses lattes. Ce n'est donc pas à proprement parler un atelier d'initiation à la construction de bateaux, présenté et organisé comme tel : vous entrez, vous filez un coup de main là où il y a besoin, vous restez, vous partez, vous revenez, vous prenez un thé, vous discutez, vous repartez. Vous pouvez venir tous les jours, toutes les semaines, ou tous les mois, comme bon vous semble, pendant un an[91].

Lone Twin invente donc pour les habitants du coin un nouveau lieu où il est possible de travailler collectivement à la construction d'un voilier « ou tout simplement discuter un brin », « voir comment les choses avancent », explique Estelle Zhong. Mais le plus surprenant concerne la manière qu'ont les habitants de nommer ce à quoi ils participent.

> J'ai fait la connaissance d'une habituée, Jenny, 70 ans, qui venait tous les jours « filer un coup de main ». Elle a su se trouver d'elle-même plusieurs occupations à sa mesure : préparer le thé, classer les fiches des dons, épousseter les objets. Quand elle parle du bateau, elle dit « notre bateau ». Pourtant Lone Twin tient à préciser : « Depuis le début, il était très clair pour nous que ce ne serait jamais notre bateau. Et si vous posiez la question à n'importe qui de l'équipe qui a consacré tant d'énergie à faire flotter ce bateau [...] ils admettraient qu'ils l'ont construit, mais ils insisteraient probablement sur le fait que ce n'est pas leur bateau. Ils n'ont pas l'impression qu'il est à eux ». Cette apparente contradiction révèle la nature du voilier : il émerge comme un commun, un objet qui résulte de la mise en commun d'énergies, d'imaginaires et de compétences, et qui de ce fait appartient à tous, sans être pour autant la propriété de quiconque. « Notre bateau n'appartient à personne » : ainsi pourrait être résumé le paradoxe que recouvre cette création d'un commun[92].

Même si nous manquons de témoignage pour la restauration du voilier du *Naufrage utopique* de Simon Gauchet, on peut imaginer que

91 Zhong, Estelle, « L'expérience de la démocratie », *op. cit.* Le bateau sera baptisé « Collective Spirit ».

92 *Ibidem.*

dans les faits, les choses se passent plus ou moins de la même façon : les gens viennent, mettent la « main à la pâte », discutent, regardent le projet évoluer. Et quand le bateau est fin prêt à quitter le port, c'est une œuvre commune qui se détache concrètement et métaphoriquement de ses multiples auteurs : elle est cette chimère qui appartient à tous, et n'appartient plus à personne. De même, le voilier imaginé par Lone Twins voit le jour en juin 2012 et sa coque est effectivement composée de manches de guitare, branches d'arbre, lattes de lit, grigris exotiques et jouets d'enfant. Il est baptisé Collective Spirit. Finalement, l'« île utopie » que Simon Gauchet pose comme horizon de la performance et du projet masque l'expérimentation d'une « utopie » concrète lors du processus : l'expérience d'une communauté d'action entre des personnes singulières et non homogènes, visant la réalisation d'un bien partagé, qui appartient à tous sans appartenir à personne. C'est John Dewey qui permet à Estelle Zhong comme à nous de présenter de tels projets comme des expériences possible d'un certain idéal : celui d'une communauté démocratique.

En effet, Dewey, dans *Le public et ses problèmes*, présente la démocratie non pas comme une option politique parmi d'autres, mais comme *un idéal de la vie en association*. Bien que cet idéal ne puisse jamais être complètement atteint, selon le philosophe, il peut tendre et diriger notre action. De sorte que, sans que la démocratie ne puisse jamais être *avérée* comme un fait, nous puissions malgré tout, dans certaines conditions, réussir à en faire l'*expérience* :

> L'idée ou l'idéal d'une communauté pointe cependant vers des phases réelles de la vie en association, lorsque celles-ci sont libérées d'éléments restrictifs et perturbants, et sont vues comme ayant atteint la limite de leur développement. Lorsque les conséquences d'une activité conjointe sont jugées bonnes par toutes les personnes singulières qui y prennent part, et lorsque la réalisation du bien est telle qu'elle provoque un désir et un effort énergiques pour le conserver uniquement parce qu'il s'agit d'un bien partagé par tous, alors il y a une communauté. La conscience claire de la vie commune, dans toutes ses implications, constitue l'idée de la démocratie[93].

Trois conditions sont ici notées qui permettent de faire l'expérience d'une communauté démocratique : coopération entre des personnes

93 Dewey, John, *Le public et ses problèmes*, *op. cit.* p. 243-244.

singulières (1), joie de l'action (2) – signalée par le « désir », et les « efforts énergiques » constamment renouvelés pour la conduire – et enfin la conscience claire de la fin poursuivie comme d'un « bien partagé » (3). Or, ce sont les mêmes traits qui qualifient cet « art d'agir en commun » que l'organisation du Lyncéus met en place. En outre, il importe de noter que Dewey n'en passe jamais par la notion d'identité pour définir la communauté. Cela surprend d'autant plus, note Estelle Zhong, « venant d'un philosophe américain, dans la mesure où les communautés ethniques et religieuses, réunies par une identité partagée, ont toujours été des acteurs politiques essentiels aux États-Unis. Mais c'est peut-être précisément parce qu'il appartient à une démocratie conçue comme une agrégation de ces communautés que Dewey perçoit l'urgence de formuler la possibilité d'une communauté qui ne soit pas fondée sur l'identité, et d'imaginer ainsi un autre modèle démocratique[94] ». Autrement dit, la communauté deweyienne est l'équivalent de ce que nous avions appelé plus tôt, à la fin de notre seconde partie : un « collectif agissant ». Ce qui relie les individus de cette communauté, ce ne sont pas des traits partagés, d'ordre sexuels, ethniques, religieux ou même politiques, (ce qui ferait de cette communauté une communauté militante) mais une « activité conjointe », comme celle de coller les lattes de la coque d'un bateau.

Pour autant, l'expérience de la communauté démocratique ne repose pas seulement sur le simple *sentiment* de collectif que crée la co-activité, ni même sur un certain degré d'action collective et aggrégée. Elle résulte, encore une fois, d'une « conscience claire » des enjeux de cette vie en association et de ses conséquences de la part des individus qui y participent, impliquant une évaluation répétée et une considération constamment vérifiée du bien poursuivi – et de la joie qu'il procure, entendue en son sens spinoziste, comme augmentation de la puissance d'agir et de penser des individus. Pour ce qui concerne le projet des Lone Twin, « cette conscience claire des enjeux est le fruit de la construction du voilier ou même de l'affairement autour de lui dans la durée. C'est ce temps long qui permet que surgisse au fil des semaines un collectif que l'on peut à présent qualifier de communauté. Dans la mesure où la participation repose sur le volontariat, celle-ci se construit sur une forme d'engagement sans cesse reconduit : la présence renouvelée des

94 Zhong, Estelle, « L'expérience démocratique », *op. cit.*

volontaires, jour après jour, constitue un symptôme sûr de la façon dont ces derniers jugent la valeur de ce qui est produit et la manière dont cela est produit. Une sorte d'évaluation en continu des conséquences de l'activité se met ainsi en place[95] ». De même, le retour régulier des participants au NTP ou au Lyncéus, et même leur augmentation constante au fil des années, sont un symptôme de cette évaluation positive et « en conscience » du projet collectif. Ces deux festivals ont dû, depuis peu, désigner une personne en charge de l'organisation de tout le travail bénévole, car leur nombre ne cessait d'augmenter au fil des années. En outre, à l'échelle plus réduite des collectifs d'artistes, il n'y a presque aucune défection. Le NTP a sans cesse accueilli de nouveaux acteurs et a décidé d'arrêter ses adhésions au nombre de 20, précisément pour garantir le fonctionnement démocratique et égalitaire de son organisation, et de ses distributions. En revanche, il accueille aussi tous les étés des comédiens invités. Mais aucun des membres permanents de la troupe n'est jamais parti, à l'exception d'une actrice au bout de deux ans (en 2010). Ce que l'on observe, explique Lazare Herson-Macarel, « c'est que tout le monde se trouve impliqué, concerné, et que personne n'envisage de partir. Tout simplement parce que c'est une responsabilité que l'on n'a pas quand on est acteur et que l'on va de projet en projet ». La vertu de ce fonctionnement, selon Lazare, c'est donc le sentiment de co-responsabilité qui en découle. Chacun est effectivement co-responsable de ce que devient le lieu, la troupe, et le projet en tant que tel. « Si c'était dirigé, poursuit-il, il y aurait sans doute beaucoup plus de départs ». L'autre vertu de cette organisation démocratique, (par pôles et par délégations, et sans direction artistique), c'est l'éclectisme des propositions artistiques au sein de chaque édition, témoignant de la coexistence d'individus singuliers et hétérogènes, aux désirs et aux points de vue divergents, au sein de la même « communauté » au sens de Dewey. Ces propositions viennent de metteurs en scène différents sur des œuvres différentes, et sont autant d'hypothèses distinctes sur l'horizon du projet général, mais portées pourtant par les mêmes acteurs. Appartenir au même groupe ou communauté n'indique donc pas d'unité – d'identité – de rapport à l'œuvre, au répertoire, aux spectateurs : tout cela est redéfini par chaque spectacle. Et chaque spectacle est lui-même une « action conjointe » particulière, incluse dans le projet général du festival – qui

95 *Ibidem.*

requiert, pour sa part, un « agir commun » plus vaste en vue d'un bien plus général, effectivement partagé et conscientisé par tous.

Mais de quelle nature, exactement est ce bien recherché ?

Revenons au *Boat project.* En participant à un tel projet, on participe d'abord à une chose concrète, physique : la construction d'un bateau. Celle-ci met en jeu notre corps et nos affects. Or, à force de temps, et d'interactions de plus en plus riches, quelque chose advient qui peu à peu se met à nous dépasser. Ce n'est pas simplement que tout d'un coup le bateau devient grand, et effectivement bien plus grand que nous, c'est que l'œuvre elle aussi commence à produire ses effets, qui ne sont pas forcément ceux que l'on attendait, qui sont eux aussi plus grands, plus multiples, plus énigmatiques, et qui, surtout, ont lieu « en nous ». « En nous », c'est-à-dire au creux de ce qui nous meut et nous anime quotidiennement, au creux de nos habitudes. Car ce que toute *praxis* modifie, ce sont nos habitudes elles-mêmes, ces figures qui sont le dessin de notre existence. Non pas que nous allions nous mettre à fabriquer des bateaux tous les jours, ce n'est pas le projet qui a des chances de se répéter régulièrement, mais notre manière d'agir pour lui, notre manière d'être affecté par lui. Pour le dire autrement : ce qui change, en puissance, c'est notre manière de poursuivre un certain type de gratifications et un certain type de joies, donc un certain type de fins, et de s'allier nécessairement à d'autres pour les atteindre. Aussi l'on pourrait affirmer, avec les mots de Spinoza et de Frédéric Lordon, que ce qui change, c'est une certaine manière de *faire corps* et d'éprouver, à cette constitution d'un faire corps politique et démocratique, de la joie – qui n'est rien d'autre que de la puissance ressentie.

Aussi, ces projets, ces expérimentations à la fois politiques et artistiques, sont de ceux qui ne comblent aucun besoin, mais inventent des vouloirs, dit Estelle Zhong. Par conséquent, ils parlent « à ce qu'il y a de plus haut en moi ». Car le voilier ne vient pas « satisfaire quelque chose chez moi », (modèle de la « fausse rencontre » défini dans le chapitre précédent), il ne m'est pas destiné, il n'est ni à moi ni pour moi. Et pourtant, j'éprouve à sa co-construction une joie plus intense que celles qui sont liées à des satisfactions exclusivement individuelles. Le bien poursuivi s'identifie ainsi à ce qu'on pourrait appeler « une fin plus grande que soi ». Et par conséquent, le « soi » qui l'accompli s'en trouve lui-même élargi… ou grandi.

> L'idée d'une fin plus grande que soi signifie plusieurs choses : d'abord que le « Je » (le « Je » des artistes comme le « Je » des participants) n'aurait pu

> produire seul ces effets dans le monde. Ensuite que le « Je » seul n'aurait jamais pu penser que de tels effets soient réalisables (comme construire un voilier à partir d'histoires racontées). De ce point de vue, une fin plus grande que soi, c'est une fin qui se situe au-delà de ce qu'on croyait possible. Mais aussi, de façon peut-être plus décisive, que la fin proposée parle à ce qu'il y a de plus haut en soi : c'est une fin qui ne vient combler aucun besoin, mais invente un vouloir. C'est une fin dont le « Je » n'est pas le destinataire : le voilier n'est pas à moi, pas pour moi et n'est pas construit pour satisfaire quelque chose chez moi. Le « Je » est davantage de l'ordre du récipiendaire collatéral. Certes, poursuivre cette fin produit des effets positifs sur moi, mais ce n'est pas ce que vise le projet. Cette fin m'apparaît cependant comme supérieure en intensité aux fins que je pourrais me proposer de poursuivre seul : cette supériorité d'intensité est difficile à qualifier de façon précise, mais il est possible que la puissance symbolique de l'objet artistique à construire soit ici un des facteurs décisifs de cette intensité de l'expérience[96]

Nous touchons ici à l'un des enjeux les plus importants de notre étude : car l'action épique est effectivement tendue vers *une fin plus grande que le « je » qui l'entreprend.* Dans le cas des festivals que nous nous sommes attachés à décrire, c'est d'autant plus vrai que les initiateurs des projets sont en général toujours plusieurs, d'abord, et ensuite que leurs objectifs – créer un festival de théâtre dans un hameau ou un village – sont *a priori* inatteignables dans les conditions de départ. C'est chaque pas au-delà de ce qu'on croyait possible, qui permet au projet d'avancer, et qui fait de lui, progressivement et dans la durée, une aventure épique. D'autre part, même si ces « épopées du dehors » répondent à un besoin de « sortie » (des salles de théâtre) manifeste chez les acteurs, même si une certaine soif de jouer mais aussi de *faire ensemble* demande à être désaltérée, aucun des participants ne peut vraiment être considéré comme un destinataire privilégié du projet. Chacun a ici conscience de participer à quelque chose qui le dépasse dans ses implications et ses conséquences, chacun a conscience de rendre possible quelque chose de plus grand que soi – et c'est cela-même qui procure de la joie, ce sentiment correspondant à une puissance d'agir reconquise.

Le bateau part en mer et à un moment il disparaît, disait la note d'intention de Simon Gauchet. Alors, au bout de l'horizon, un mystère persiste. L'acteur salue, le spectacle s'efface, mais une inconnue demeure.

---

96 Zhong, Estelle, « L'Expérience démocratique », *op. cit.*

Qu'est-ce qu'on a fabriqué ? Quel était l'objectif, et que s'est-il passé ? Est-ce que quelque chose a changé ?

Apparemment, la participation à l'organisation d'un festival de théâtre, quelle que soit la forme qu'elle prenne, a pour finalité la création de formes spectaculaires, improbables, éphémères. Autrement dit, cet « art de faire en commun », cet art qu'on a qualifié de « participatif » serait tendu vers la production de formes théâtrales, dont les effets se distribuent et s'étendent de mille manières sur l'ensemble des individus qui peuvent en faire l'expérience.

Mais ces formes *explicites* ne sont pas les seules formes *produites*. D'autres formes sont créées. Le problème, c'est qu'elles sont invisibles. Aussi invisibles que l'« art de faire » qui les a forgées. Ces formes n'émergent qu'avec la durée et la répétition – exactement, d'ailleurs, comme émerge un spectacle. Ces formes émergent comme une habitude nouvelle soudain nous apparait et nous surprend nous-même. Ces formes sont tissées au « faire » de chaque jour, moulées dans l'agir, incrustées dans les structures en apparence inchangées des vies quotidiennes. Elles se sont glissées dans des manières d'être et de faire. Elles sont des modifications imperceptibles de nos allures de vie.

Ces *formes* sont le résultat d'un processus de *cristallisation de l'agir commun en nouvelles habitudes.*

Et ces nouvelles habitudes sont des *formes de vies démocratiques.* Par conséquent, elles ouvrent vers des avenirs nouveaux. Elles ouvrent peut-être, sinon vers un « destin » du moins vers un « horizon commun ».

DÉCRIRE UN VISAGE AVANT DE CONCLURE

Ainsi, l'« inquiétude épique » que nous avons identifiée plus tôt – soit le souci d'inventer une action collective susceptible d'ouvrir vers un destin (politique) commun – a trouvé ici une possible réponse. Avec ces épopées du dehors, c'est bel et bien un « collectif agissant » qui se constitue par un certain « art de faire » et non une « communauté » qui se rassemble (et se regarde assemblée) sous le sceau d'une identité partagée. Ici, les inventions possibles d'un commun ne sont pas

« représentées » dans des formes spectaculaires mais « expérimentées du dedans », depuis une collaboration qui s'inscrit dans le temps et dans l'espace social. C'est depuis cette dernière qu'émergent des formes, non plus seulement représentationnelles, mais surtout des *formes de vies*, qui sont certaines *habitudes d'agir ensemble en vue d'un bien commun*. Ces formes de vies sont donc politiques, et plus précisément démocratiques, car elles tiennent à une certaine manière de « faire corps[97] ». Elles peuvent être éphémères, et s'évanouir aussitôt le projet terminé, mais on peut imaginer aussi qu'avec le temps, elles se condensent et se solidifient au point de devenir des habitudes, au point, donc, d'avoir pris place dans le tissu vivant d'une ou plusieurs existences et d'en modifier l'allure. Estelle Zhong formule autrement la même hypothèse :

> Faire l'expérience de l'idée de démocratie n'est pas à comprendre comme une expérience de l'ordre de l'utopie : cette expérience a bien eu lieu, elle a eu des effets sur les participants, elle a instillé en chacun la conviction qu'une vie commune accomplie entre individus hétérogènes était possible. Elle a peut-être fait germer l'intuition que se cachait là une forme d'existence plus accomplie ou plus intense. On peut se demander si une revitalisation de la démocratie en tant que régime démocratique ne passe pas en partie par la possibilité de faire l'expérience de la démocratie – c'est-à-dire l'expérience d'une communauté d'action telle que la décrit John Dewey – et si des pratiques artistiques qui entendent revitaliser ces expériences de la démocratie ne pourraient pas nourrir un réengagement politique créateur dans nos démocraties[98].

Les voies de l'épique sont plurielles. Nous avons identifié et découpé dans le champ buissonnant des arts vivants d'aujourd'hui trois grands chemins : celui du grand récit inclusif, celui des fresques historiques et critiques, et celui d'expériences de création du *commun*, que l'on peut considérer comme des revitalisations de l'idée de démocratie via

97 On entend par « faire corps » la façon dont des individus distincts se rassemblent, s'associent et font converger leurs forces et leurs activités sous l'influence d'un affect commun, soit, au sens de Spinoza, non pas une simple émotion mais un mouvement du corps et de l'esprit corrélé à une certaine puissance d'agir. « La multitude vient à s'assembler non sous l'effet de la raison mais de quelque affect commun » Spinoza, *Traité politique*, cité par Lordon, Frédéric, dans *Impérium, Structures et affects des corps politiques*, La Fabrique, Paris, 2015, p. 20. Lordon poursuit : « C'est par auto-affection, productrice d'un affect commun, que la multitude se constitue elle-même en un rassemblement consistant, c'est-à-dire comme une formation politique, et non comme une collection éparse ». Faire corps, c'est se rassembler et produire par l'action de se rassemblement une puissance commune qui nous affecte en retour et nous maintient liés les uns aux autres sous un certain rapport.

98 *Ibidem.*

l'expérience collective. Cette voie elle-même ouvre à des centaines de chemins possibles, à mille manières de faire et d'agir, à une arborescence de tentatives. Des tentatives qui se développent hors des monuments théâtraux et hors de leurs institutions, dans des zones interstitielles, tout en tentant, vaille que vaille, d'obtenir un soutien et une reconnaissance institutionnelle. Elles sont donc toujours ambiguës, à la fois autonomes et dépendantes, à terme, des pouvoirs publics. Mais ce que l'on serait tenté de voir comme une compromission n'est qu'une négociation de plus avec un pan de leur contexte. Car ces aventures sont fondamentalement relationnelles, tissées de participations diverses et bricolées de *rencontres.* On y trouve des spectacles qui sont des réponses variées à des situations et à des environnements précis, des spectacles qui sont insérés dans une *conversation* entre des artistes et des habitants, des spectacles qui se présentent eux-mêmes comme des points de rencontres entre les différentes dimensions de l'environnement et du contexte, mais aussi comme des points de convergence entre différents intérêts, différentes perspectives, différents points de vue. Autour d'eux, chacun s'affaire : comédiens, bénévoles, volontaires, metteurs en scènes, et autres *cuisiniers.* Une ébullition particulière naît de la préparation de ce rendez-vous singulier, une joie du *faire en commun* circule entre tous comme la contagion d'une vaste allégresse[99]. C'est bien un « rituel » qui se prépare, mais on doit l'entendre à présent au sens d'un événement collectif régulier d'où l'on sait qu'entre tous ceux qui participent, quelque chose « de plus » va émerger qui donne du sens à leur action. « Les regroupements des hommes les font exister en corps, mais il y a plus dans leur être-en-corps que dans leur simple juxtaposition, et, de ce supplément-là, nous n'avons pas l'entière maîtrise[100] ». Aussi, l'on fait corps pour que quelque chose *de plus grand que soi* advienne, (c'est le sens de toute cérémonie rituelle) et qui, d'une façon ou d'une autre, s'impose à nous ensuite, qu'il soit un récit ou la performance d'un acteur. Mais ces types de récits (leurs contenus) et ces types de performances (la forme qu'on leur donne), on peut les choisir aussi collectivement et c'est ici que la dernière voie de l'épique rejoint les deux premières. Car ce sont les figures et les représentations de notre verticalité politique qui sont en jeu. « Dieu est mort, et la verticalité avec lui ; ne resterait donc que de l'horizontal. La première

99 L'*Hilaritas* du corps politique, voir Lordon, Frédéric, *Imperium*, *op. cit.* p. 159.
100 *Ibid.* p. 170.

partie de la proposition a beau être vraie, il ne suit pourtant pas que la seconde le soit, sauf monumentale dénégation du social comme verticalité[101] ». S'il y a toujours de la verticalité quelque part, si le simple fait de construire un bateau à plusieurs le démontre, comment donner à cette verticalité démocratique une représentation adéquate ? Enfin quel en est le visage ? Quel est le visage de cet épique… *démocratique* ?

Il est mille visages. Il est plusieurs. Il est sans aura et sans charisme. Il est agissant avec d'autres. Il est bricoleur. Il est rusé. Il fait des alliances. Il est situé, il habite quelque part, il n'est pas « hors sol ». Il est sans gloire. Il prend des décisions difficiles. Il est quotidien. Il se commet. Il invente des manières d'être qui créent plus de joie. Il fait avec. Il suscite notre admiration. Il est dans l'ombre. Il est impur. Il compose. Il instille une autre réalité dans la réalité. Il est héroïque. Et comme Ulysse : il s'appelle personne.

101 *Ibid.* p. 69.

CONCLUSION

> D'abord et avant tout les œuvres ! C'est-à-dire l'exercice, l'exercice, l'exercice ! La « foi » adéquate s'ajoutera d'elle-même – soyez-en sûrs.
> Friedrich NIETZSCHE, *Aurore*[1].

Au départ de cette recherche, il y avait l'observation d'une résurgence – celles de grands récits épiques sur les scènes contemporaines. Mais cette résurgence ne se présentait pas sans une énigme à résoudre. Car en effet, comment et pourquoi s'en référer à l'épopée quand tous ses attributs traditionnels (la grande action historique, exécutée par des héros choisis par le destin, des récits pompeux à la gloire d'une identité nationale…) semblaient d'arrière-garde, c'est-à-dire réactionnaires ? Il semblait donc qu'une contradiction habitait le théâtre contemporain. S'il n'était pas forcément tenté par cet épique conservateur, (mais ce n'était pas certain), alors par quoi était-il tenté ? Qu'y avait-il dans l'épique qui l'appelle ? Quelle était exactement la nature de cet élan, de cette quête ? Qu'est-ce que l'épique lui permettait de chercher ?

Ce qui semble appeler le théâtre en direction de l'épique, c'est d'abord la promesse d'un rassemblement du collectif autour de son propre devenir. L'épopée, parce qu'elle raconte de grandes histoires où le destin d'une société voire d'une civilisation est engagé, intéresse les artistes, les a sans doute toujours intéressés, de différentes façons selon les temps et les lieux, du « grand » genre de la peinture historique au film catastrophe hollywoodien. Mais sans doute se joue-t-il quelque chose de particulier avec le théâtre, pratique artistique fondée sur des origines

1 Nietzsche, Friedrich, *Œuvres philosophiques complètes*, IV, traduit de l'allemand par Julien Hervier, Paris, Gallimard, 1980, p. 33 (22)

qu'elle tend à fantasmer, à mythifier, celle d'une Grèce démocratique, où son rôle aurait été défini une fois pour toute (qu'il soit citoyen et/ou religieux) comme un rôle nécessaire, assurant, confirmant, renforçant le lien qui fonde la communauté des spectateurs. En outre, l'histoire du théâtre public en France tend à redoubler ce mythe des origines d'un mythe second, celui d'une révélation du sens de l'activité théâtrale à elle-même, et d'une reconnaissance de sa mission fondamentale : réunir le peuple – tout le peuple (*populus* et non pas *plebs*) – de la cité politique, ce qui a longtemps voulu dire celui de la « nation ». Le théâtre public s'est ainsi conçu son propre récit épique à partir des différentes « aventures » qui ont contribué à l'élaborer (Rolland, Gémier, Vilar…), et ce récit a fixé à l'institution des caps si solides, qu'aujourd'hui encore, « réunir » et « rassembler » sonnent comme des mots d'ordre pour les créateurs.

Sauf que ces mots d'ordres sont devenus vides, ou éminemment problématiques. L'effondrement du bloc soviétique a marqué, de ce point de vue, une étape symbolique : il n'est plus de grand récit héroïque du devenir collectif qui semble tenir après lui. Dans ces conditions, on aurait pu essayer d'inventer de nouveaux mots d'ordre ; une large partie du théâtre public l'a fait, d'une certaine manière. Mais tout s'est passé aussi comme si l'on avait trop tenu au sens et à la légitimité que ces impératifs fédérateurs donnaient à la pratique théâtrale pour véritablement décider de les ignorer, ou de s'en séparer. Aussi, les résurgences épiques du paysage scénique contemporain peuvent être interprétées comme des réponses présentes à cet appel ancien mais toujours identique : faire en sorte que le théâtre soit le lieu d'une communauté retrouvée, ressoudée, réparée. Alors, n'ayant plus de vecteur à disposition pour savoir autour de quoi réunir, ressouder, rassembler, ces spectacles épiques réunissent autour d'eux-mêmes, et célèbrent la pratique théâtrale comme lieu d'une sensibilité collective reconquise, dans et par l'immédiateté des conventions de cet art vivant en train de se jouer, de se faire et de s'avouer en train de se faire. Le format du grand récit, voire du marathon théâtral, permet, au fil des heures, que se constitue une communauté éphémère qui semble se penser comme un avatar de la « communauté-village » d'Hudson[2], réunie de façon spontanée autour d'histoires partagées comme autour des feux des veillées d'antan. Celles-ci ont banni les héros vainqueurs

2 Hudson, W. H, *A traveller in Little things*, cité par John Dewey, *Le Public et ses problèmes*, 1915, Paris, Gallimard, 2005, p. 123-124.

pour leur préférer les héros vaincus, et les épopées auxquelles on assiste alors sont celles des blessés de l'Histoire. La communauté à laquelle elles s'en réfèrent n'est plus un peuple national, ni un peuple ouvrier, mais un vaste ensemble universel et sensible : l'Humanité. Récit global, nostalgique et/ou consolateur, ces épopées contemporaines répondent donc à la tentation des larmes, ou de la joie bon-enfant, affects épargnés dans l'ère du « post », et avec lesquels il serait possible de reconstruire un ensemble, certes apolitique et moral, mais un ensemble pacifié *malgré tout.*

L'appel épique résonne, pour un autre pan du théâtre public, comme une exhortation à penser l'Histoire. À s'interroger sur les événements qui nous ont fait. À questionner les fondements de l'identité prétendue qui serait la nôtre, et celle des institutions qui nous représentent. Elle fait donc passer au premier plan ce qui n'était que le paysage des épopées individuelles précédentes : les conditions sociales, économiques, politiques et historiques à l'intérieur desquels les individus sont agis plus souvent qu'ils n'agissent. Fresques épiques avec *a priori* peu d'épique, donc, parce que l'action héroïque y est profondément remise en question. Cette Histoire se questionnant elle-même est d'abord nationale, elle vient déboulonner ses propres mythes et ses icônes, et s'impose de contourner la voie organique du grand récit pour mieux imposer sur scène des points de vue multiples et divergents, particuliers et mineurs, et des niveaux de compréhension pluriels, nécessitant des formes théâtrales variées, allant du témoignage au show télévisé, du journal de 20h aux assemblées générales. Ces épopées assument donc leur caractère paradoxal, elles se servent de la grande forme épique non pas pour exalter une grande action, mais pour étaler la complexité des circonstances et révéler l'ambiguïté des événements, pour mieux les penser, pour mieux les juger, pour mieux s'en émanciper enfin. Elles font une Histoire critique, au sens nietzschéen, celle qui permet de faire rupture avec un passé condamnable, ou, en l'occurrence, une historiographie conservatrice. En même temps, elles contribuent à dégager l'action héroïque de ses attributs traditionnels. Les grands noms de l'Histoire sont rendus invisibles (Pommerat), ou bien font l'objet d'un traitement satirique (Birgit Ensemble). Les anonymes, eux, au contraire, passent au centre du plateau pour raconter les événements de leur point de vue (Milo Rau, Birgit Ensemble). Leurs histoires ne sont ni sentimentales ni morales, mais tendent plutôt à exposer les forces macrostructurales qui conduisent les existences des individus, comme malgré eux. Les questions d'engagement et d'action se reposent alors avec acuité. Comment agir sur de telles forces tout en étant agi par elles ? Or, d'autres formes d'actions épiques, c'est-à-dire d'autres formes d'héroïsme apparaissent dans ces spectacles : un héroïsme de la composition du monde par les discours (*Ça Ira*), ou bien du bricolage-survie dans des collectivité de fortune (*Berliner Mauer*, *Memories of Sarajevo*), et plus rarement, un héroïsme de la conscience, ou de la décision individuelle difficile, qui peut réussir ou échouer à modifier le cours de l'Histoire, mais qui laisse au collectif l'empreinte de sa tentative, un exemple de grandeur disponible, enfin un schème héroïque possible (le personnage de Tsipras *Dans les Ruines d'Athènes*). Autrement dit, l'impuissance des individus à agir sur l'Histoire est théorisée, pensée, examinée et tend vers son dépassement dans de tels spectacles, mais ce dépassement, lui, est rarement mis en scène. L'action épique est un horizon de la représentation, plus que son objet.

Ce qui se dérobe, donc, et pourtant se cherche à travers l'épique, c'est la possibilité de mettre en scène des sujets dotés de pouvoirs d'agir sur l'Histoire, particuliers et complexes, au sein d'un monde habité non plus par des Dieux, ni même par des hommes « libres », mais déterminé par des séries causales qui se superposent les unes aux autres et qui sont d'ordre social, économique et politique. Ce qui se quête, d'impérieux et d'urgent, dans les reprises du genre épique au théâtre, c'est donc la possibilité du *haut fait* – ou de la *grande action* (que l'on n'est plus obligé de penser comme spécifiquement individuelle) – en démocratie. La tentation épique oscille alors entre deux types de représentations possibles, qui sont ses deux limites. Dans la première, l'individu peut agir comme un héros traditionnel et faire directement bouger les plaques tectoniques de l'Histoire (c'est l'épique ancien) ; dans la seconde, les logiques de l'action sont tellement multiples ou tellement déterminées par avance que l'action individuelle n'a plus aucune importance (c'est le non-épique d'aujourd'hui). L'épique théâtral en contexte démocratique force à penser *entre les deux* l'action possible, à situer, *entre les deux*, ses éventuels modèles. Et comme l'action dont il est question ici ne peut plus être une simple action individuelle, agissant directement sur le destin de la communauté, ce sont aussi de nouveaux collectifs qu'il s'agit de représenter. Des collectifs *agissants.* C'est pour eux qu'une histoire « monumentale », au sens nietzschéen, vaut la peine d'être mobilisée :

parce qu'elle rappelle des modèles d'actions, parce qu'elle pousse à agir, parce qu'elle réveille et revitalise les puissances individuelles qui sont les seules à partir desquelles de nouvelles communautés peuvent se composer, se recomposer, et s'inventer encore. Des communautés qui ne sont pas fondée sur l'identité mais l'*action* partagée.

Recomposer des collectifs agissants autour de projets qui se présentent comme des aventures, c'est notre troisième et dernière façon d'interpréter cet appel de l'épique sur le théâtre contemporain. Car en effet il est des tentatives qui, si elles ressemblent à certaines utopies communautaires de l'histoire du théâtre, sont plutôt des alternatives à leur disparition en contexte postmoderne. Ce sont des aventures qui n'ont d'autre Cause que le commun (Dardot et Laval) qu'elles s'efforcent de créer. Et pour cela, les projets multiplient leurs relations avec l'extérieur, avec leur environnement et leur contexte. Ils se bricolent et se taillent une place dans des espaces publics, dans des quartiers, dans des villes ou des villages. Aussi, ces aventures forcent à penser l'épique en dehors du plateau et de l'instant de la représentation, pour le déplacer du côté de la pratique, du côté de l'organisation du rituel théâtral, et donc du côté des participants.

C'est sur ce terrain qu'elles semblent apporter des solutions au problème épique central, qui consiste à contourner la représentation traditionnelle de la grande action, (supposant un héroïsme individuel et élitiste), sans pour autant rendre cette grande action impossible, et même : en insufflant les idées, l'énergie, et les puissances d'agir et de penser qui la rendent imaginable.

La forme que prend la grande action dans ce contexte, c'est la capacité à rendre réels des projets *a priori* impossibles, susceptibles d'embarquer toute une communauté avec des moyens dérisoires. Or justement, ces projets sont toujours participatifs et collectifs, ils avancent comme des nébuleuses à géométries variables, où les puissances singulières et exceptionnelles de chacun – acteur ou non-acteur, restaurateur, bénévole, conseiller municipal – sont mises au service du projet général, qui n'appartient ni aux uns ni aux autres, et qui est plus grand qu'eux tous. Dans cet épique, il n'y a plus d'individuo-centrisme même s'il y a encore des individualités puissantes et potentiellement exceptionnelles, *composées* les unes avec les autres.

Ainsi, s'il est difficile de trouver sur les scènes contemporaines des voies pour une action héroïque collective, ces projets eux, les inventent directement dans les lieux qu'ils occupent, et la réalité qu'il transforment. Car ils sont bien-sûr tendus vers les formes explicites qu'ils visent : des formes représentationnelles, des formes spectaculaires, des performances théâtrales. Celles-ci peuvent mobiliser des contenus épiques plus ou moins traditionnels, plus ou moins nouveaux, mais ce n'est plus la question. Car ils créent, de fait, d'autres formes : ils créent des expériences d'agir commun qui sont des expérimentations démocratiques, et des formes de vie. Ils sont donc des réponses concrètes au sentiment d'impuissance qui est au creux de l'élan épique, et qui le fonde.

Ces projets collectifs offrent également une réponse à une autre énigme contemporaine : comment penser la communauté politique autrement que fondée sur des identités héritées et partagées (une identité de classe, de couleur de peau, d'origine ethnique) ? Le processus de collaboration entre artistes et participants à Binic semble faire émerger une forme d'association politique nouvelle que nous pourrions appeler, à la suite d'Estelle Zhong : une *communauté de singularités*[3]. Tout comme les artistes britanniques du collectif Lone Twin, les artistes engagés dans un festival comme celui du Lyncéus ont pour particularité de créer, en vue de sa réalisation, des collectifs qui ne reposent pas sur des critères habituels d'*appartenance identitaire* (religieux, culturels, sexuels, sociaux, professionnels...), mais sur des formes de prise en compte de la singularité individuelle de chacun des participants (via leurs savoir-faire, leurs récits...), en vue de l'action collective. C'est à partir des puissances particulières de chacun que la collaboration a lieu. Or, cette communauté de singularités est une solution fine au problème d'échapper à la logique individuo-centrée de l'épique traditionnel, tout en restituant à chacun son statut de porteur de puissances singulières : c'est parce qu'il y a communauté que l'épique n'est plus inféodé au mythe de l'homme d'exception ; mais c'est parce que cette communauté est constituée par des singularités, fondamentalement complémentaires, chacune notée des puissances qui lui sont propres, que l'action collective est possible et susceptible de grande ambition.

Nous avons donc commencé par observer ce qui était d'ordre épique sur les scènes françaises, nous en avons extrait une question qui nous semblait être au cœur des enjeux de reprises et de renouvellement du

---

3 Zhong, Estelle, *L'Art en commun. Réinventer les formes du collectif en contexte démocratique*. Les Presses du Réel, Dijon, 2018.

genre, et nous finissons par apporter une réponse possible à cette question. Nous reconnaissons qu'en dernière instance, notre acte est stipulatif. Nous appelons finalement épique théâtral ce qui tente, avec tous les moyens du théâtre, de dépasser le sentiment d'impuissance à agir sur du plus grand que soi. Cet épique est non seulement *sauvable* en contexte démocratique et post-moderne, mais nous pensons aussi qu'il est nécessaire. D'une part parce que la tonalité épique est une tonalité affective trop puissante dans ses effets potentiels – celui de réveiller la puissance d'agir et la joie qui l'accompagne – pour la laisser s'exprimer dans des formes de représentations sous-tendues par des idéaux conservateurs. Ensuite parce qu'il existe peu d'affects représentables qui aient une véritable transposition dans le domaine de l'*empowerment* politique – il nous faut les chérir. Enfin parce que l'épique peut répondre, sur le terrain à la fois des formes et de la pratique, à un problème réel, celui de se représenter une grandeur de l'action qui soit effective en démocratie. C'est précisément parce que la nostalgie de l'épique ancien (individuo-centré) ou la nostalgie de son modèle d'historicité (avec le mythe de la décision morale individuelle agissant sur le cours de l'Histoire), pèse sur nos représentations de l'Histoire et de l'action politique qu'il nous semble important de nous en emparer autrement. Cette nostalgie dessine en creux la nécessité et l'urgence d'inventer par l'art des formes politiques ou pour la vie politique : via la figure d'un épique démocratique qui n'a pas besoin d'un (seul) héros, et via la figure d'une effectivité des individus sur l'histoire en contexte démocratique qui s'empare du modèle épique en lui soustrayant ce qu'il a de conservateur.

Des formes d'art extrêmement diverses répondent à cette exigence. Celles qu'étudie Estelle Zhong dans son ouvrage *L'Art en Commun*[4] dessinent, en dehors du théâtre, une voie possible : celle de projets participatifs au long cours, qui ont lieu en collaboration dans l'espace social et qui tendent à le transformer de l'intérieur. Jeremy Deller, artiste britannique, y apparaît comme une figure inspirante. L'un de ses projets les plus marquants, *The Battle of Orgreave* est un *reenactment* historique rejouant, le 17 juin 2001, la violente confrontation qui opposa, dix-sept ans plus tôt et presque jour pour jour, (le 18 juin 1984), les mineurs du Sud du Yorkshire aux forces de l'ordre du gouvernement

4 Zhong, Estelle, *L'Art en commun. Réinventer les formes du collectif en contexte démocratique.* Les Presses du Réel, Dijon, 2018.

Tchatcher[5]. Cette performance, qui transforme l'« émeute » ouvrière en « bataille[6] », et qui implique des vétérans et des non vétérans des deux bords, policiers et ouvriers, mériterait par exemple d'être étudiée à l'aune de ce qu'elle produit ou non comme nouvel épique, et comme effets réels d'*empowerment* politique sur l'ensemble du collectif impliqué dans sa réalisation.

Des échappées hors du théâtre, en direction d'un certain type d'art participatif, sont donc tentantes pour poursuivre l'étude de ce problème. Car l'art théâtral, lui, doit composer avec un rapport de force qui n'est pas démocratique à la base – ce fondamental déséquilibre entre les agissants et les regardants. Il n'y a pas de théâtre fort sans effet fascinatoire. La question du théâtre épique, présente chez Corneille autant que chez Brecht, est donc sans doute celle-ci : comment décaler la *fascination* du

5 « Deller souhaite reconstituer un des événements sociaux emblématiques de l'époque Thatcher : l'émeute entre mineurs et forces de l'ordre qui a eu lieu à Orgreave, en 1984, soit dix-sept ans auparavant. Cette émeute constitue un des affrontements les plus violents de la période Thatcher : il opposa plus de 5000 mineurs en grève à environ 8000 policiers de la garde montée. Le démantèlement des piquets de grève par la police et l'arrestation et la condamnation d'une centaine d'ouvriers mit un coup d'arrêt majeur au mouvement ouvrier. Cet épisode constitue un des conflits non résolus de l'histoire sociale anglaise : les ouvriers furent dépeints par les médias comme des fauteurs de trouble violents, menaçant l'ordre social, ce qui eut pour effet de creuser la fracture sociale entre la classe ouvrière et le reste de la société. [...] Bien que *The Battle of Orgreave* ait donné lieu à un documentaire du même nom incluant extraits de la reconstitution et interviews des mineurs, la reconstitution n'est pas réalisée en vue de ce tournage : elle est pensée comme un événement à vivre en temps réel par les spectateurs présents ce jour-là. Pour reconstituer cette émeute, Jeremy Deller fait appel aux mineurs qui ont été acteurs de l'événement originel de 1984. Cependant, pour mettre en scène cette reconstitution, Deller est parfaitement incompétent : il choisit ainsi de confier la mise en scène de cet affrontement à plus de vingt *re-enactment societies*, des clubs de reconstitution historique, capables de gérer la logistique de la reconstitution. Les membres de ces clubs, à force de pratique dominicale, sont, en effet, passés maîtres dans la reconstitution des batailles napoléoniennes, de la guerre des Roses et des invasions romaines : ce sont eux qui incarneront les policiers et une partie des ouvriers. La reconstitution est orchestrée par Howard Giles, le directeur d'une des plus importantes associations de reconstitution historique, EventPlan. » Zhong, Estelle, *op. cit.*

6 Ainsi, la performance procède à l'inverse des discours médiatiques qui ont couvert l'événement à l'époque ; elle en change alors discrètement le statut historique et le sens idéologique, puisqu'elle force à reconsidérer la période dans laquelle l'événement s'inscrit comme une période de « guerre » entre mineurs et gouvernement, et non pas seulement comme un moment de tensions sociales. Or, l'appellation « The battle of Orgrave » a survécu à la performance en tant que telle, puisque c'est également sous ce terme que l'événement figure sur l'encyclopédie en ligne Wikipedia : de ce point de vue, déjà, l'art est donc venu transformer la réalité politique de l'événement. Voir Zhong, Estelle, *op. cit.*

côté de l'*admiration* ? Et comment admettre et faire de l'admiration envers ce qui est plus haut ou plus grand que soi un affect non pas aliénant, mais émancipateur ? Comment l'admirabilité de certains personnages, trajectoires ou récits, mais aussi celle des formes, celle de l'intelligence d'une écriture scénique ou de la générosité d'une énergie de plateau, enfin celle de certains grands et aventureux *projets*, peut-elle nous traverser et nous insuffler, individuellement et collectivement, sa vigueur vivifiante et ses effets d'auto-élévation ?

D'une certaine façon, chacun des spectacles auxquels nous nous sommes intéressés est une réponse singulière à cette question. Et chacune de ces réponses tourne en général autour d'une préoccupation centrale, une sorte de défi : la réinvention d'un rituel théâtral qui soit véritablement démocratique. Le grand récit sous forme de marathon – nouvelle veillée – est une tentative pour résoudre ce problème ; les dispositifs scéniques éclatés et ouverts, tendant à déhiérarchiser absolument les rapports scène-salle et à faire circuler l'action entre les deux, en est une autre ; l'invention de pratiques collectives ambitieuses, sous formes d'aventures au long cours impliquant la participation locale, en est une troisième.

Mais de telles options ne sont pas exclusives les unes des autres et peuvent se mixer. Pendant ces six années de recherches, nous avons développé un projet qui tente d'expérimenter des solutions épiques en empruntant la voie d'un théâtre « contextuel » – celle que nous avons partiellement développée dans notre troisième partie et qui consiste à créer dans des lieux publics, et pour des lieux publics. Et en même temps, nous expérimentions la chose avec une matière des plus épiques qui soient, un « roman d'aventures » : *Les Trois Mousquetaires*, d'Alexandre Dumas. Au sein du Collectif 49 701, nous avons adapté l'œuvre, chapitre par chapitre, sous la forme d'une série théâtrale qui se joue dehors. En créant les épisodes de ce feuilleton comme autant de performances régulières dans la ville, dans des cours, des parkings, des mairies ou des bibliothèques, nous avons tenté de nous approprier collectivement des espaces communs, et d'inventer, par la même occasion, de nouvelles formes d'héroïsme. En jouant avec les singularités architecturales de ces espaces et avec leurs récits silencieux, patrimoniaux, politiques, sécuritaires, en laissant ces récits s'exprimer, en les déplaçant dans notre fiction et en les livrant aux spectateurs dans des dispositifs qui les impliquent, nous avons essayé, *pratiquement*, d'inventer un certain type d'épopée démocratique. Cependant nous avons aussi, sans le vouloir exactement, été amenés à créer un « théâtre d'action », sorte d'équivalent théâtral du genre cinématographique, où la performance a un sens à la fois artistique et physique. Car il ne faut pas seulement, dans la fiction, ramener des ferrets d'Angleterre, ou se battre au siège de La Rochelle, il faut aussi, dans la réalité des différents contextes de jeu, composer avec mille petits paramètres que l'extérieur ou l'institution non-théâtrale au sein laquelle prend place la performance nous imposent. Aussi, chaque représentation a pu ressembler (en tous cas jusqu'ici) à une catastrophe évitée de justesse, à une mission impossible accomplie par miracle, grâce au concours de facteurs hétérogènes, d'acteurs sociaux différents, et à l'énergie démesurée finalement engagée par chacun au moment du spectacle, pour dépasser, vaille que vaille, ces contraintes de taille diverse (procédurières, sécuritaires, policières, institutionnelles, économiques…). Il a fallu, par ailleurs, détacher finement le cœur du récit de ses enveloppes folkloriques et parfois réactionnaires, pour élire ce qui pouvait nous permettre, collectivement, et aujourd'hui, de produire une énergie théâtrale de type épique. L'héroïsme qu'il est question d'activer, est au final difficile à nommer. Il mélange la manière de s'en rapporter collectivement au contexte et la façon de raconter collectivement l'histoire. Il est dans les contenus du récit, (auxquels correspondent des choix d'incarnation – des mousquetaires sans cape ni épée, et des gardes du Cardinal issus de la police nationale, pour rester bref), mais aussi dans la transmutation du romanesque en théâtre, des vitesses narratives dans l'action en direct et la performance (« j'ai fait soixante lieues en quarante heures et il faut que demain à dix heures du matin je sois à Londres » s'écrie d'Artagnan). Il est, parallèlement, dans l'exploitation maximale des lieux et de leurs contraintes, au profit d'une mobilité des corps (ceux des acteurs comme ceux des spectateurs, qui se déplacent avec nous au fil de nos épisodes) dans ces espaces qui en général les disciplinent, surtout quand ils sont patrimoniaux ; au profit d'un certain désordre, donc, et de l'humour qui à la fois permet et découle de cette libération du jeu dans des lieux qu'on pourrait qualifier d'« inappropriés ».

Les pistes de travail et de recherche qui à présent se dessinent, me commandent d'élargir, de complexifier et d'approfondir ces relations au « contexte », et de le faire, encore une fois, collectivement. En élargissant le concept d'individu, et en s'en référant, en particulier, à l'individu spinoziste qui est le tissage des citoyens agrégés dans une lutte, on peut trouver ainsi un « soi élargi », c'est-à-dire un soi où on s'identifie à du plus large que soi (un groupe, un écosystème, le climat, les générations futures…). Dans ce soi élargi, on ressent comme envers soi-même les atteintes faites à d'autres. Tel nous semble le nouveau moteur d'action pour l'épique démocratique. Il remplace un moteur ancien, celui de l'honneur nobiliaire, où l'on ne ressent comme des atteintes envers soi que les atteintes faites à son nom (ou bien à sa dynastie ; ou bien à l'estime de soi même, pour le cas d'un épique strictement individuel et sans attache). Dans l'épique ancien, le soi n'est élargi qu'à la lignée, à ce nom des ancêtres qui est à léguer intact à ses descendants. Avec le modèle d'un soi élargi on passe d'une identification à la dynastie qui fait agir pour ne pas déchoir, à une identification à des collectifs que chacun construit, et où l'on agit par identification à d'autres que soi.

Il importait d'observer dans des pratiques et d'imaginer conceptuellement comment affranchir l'épique de l'héroïsme élitaire traditionnel, avant de proposer des expérimentations pour activer les effets d'*empowerment* propre à la grande action dans des contextes démocratiques, des expérimentations certes locales mais qui semblent fonctionnelles pour hériter et réactiver des puissances propres à l'épique et à l'épopée, dans des contextes émancipés des formes archaïques de l'héroïsme. Il y'en a évidemment plusieurs autres possibles, qui existent déjà ou qui sont à venir. Mais il nous semble que le but découvert n'est pas sans nécessité : rendre le haut fait disponible en démocratie.

BIBLIOGRAPHIE

OUVRAGES GÉNÉRAUX

ABBE D'AUBIGNAC, François Hédelin, *La pratique du théâtre*, [1657].

AGOSTINI, René, *Théâtre poétique et/ou politique ?* L'Harmattan, Paris, 2011.

AMIEL, Vincent, FARCY, Gérard-Denis, LUCET, Sophie et SELLIER, Geneviève (dir.*)*, *Le Dictionnaire critique de l'acteur*, Presses universitaires de Rennes, 2012.

ARISTOTE, *Poétique*, traduction de Michel Magnien, Paris, Le Livre de Poche, 1999.

ARISTOTE, *Politique*, traduction de Jean Tricot, Vrin, 1995.

ARTAUD, Antonin, *Le théâtre et son double*, Gallimard, 1964.

BARBERIS, Isabelle, *Théâtre contemporain. Mythes et idéologies*, PUF, 2010.

BARTHES, *Essais Critiques*, Le Seuil, Paris, 1964.

BARTHES, *Écrits sur le théâtre*, Le Seuil, Paris, 2002.

BENHAMOU, Anne-Françoise, *La représentation*, Édition de l'Amandier, 2004.

BIET, Christian, TRIAU, Christophe, *Qu'est-ce que le théâtre ?* Folio essais, Gallimard, Paris, 2006.

BOURDIEU, Emmanuel, *Les règles de l'art. Genèse et structure du champ littéraire*, Seuil, Paris, 1992.

BOURRIAUD, Nicolas, *Esthétique relationnelle*, Les presses du réel, 1998.

BRADBY, David, *Le Théâtre Français contemporain, 1940-1980*, Trad. Française et Georges Dottin, Presses universitaires de Lille, 1990.

BROOK, Peter, *L'espace vide*, Seuil, 1977.

BROOK, Peter, *Le Diable c'est l'ennui*, *Propos sur le théâtre*, Actes Sud Papiers, cah. anrat, 1992.

DANAN, Joseph, RYNGAERT, Jean-Pierre (dir.), *Écritures dramatiques contemporaines, 1980-2000. L'avenir d'une crise*, Études théâtrales, n° 24-25, Louvain-la-Neuve, 2002.

DEWEY, John, *L'Art comme expérience*, folios essais, Gallimard, 2010.

DIDEROT, Denis, *Le paradoxe sur le comédien*, Garnier Flammarion, 1993.

DIDEROT, Denis, *Discours sur la poésie dramatique*, Kessinger, 2009.

DORT, Bernard, *La représentation émancipée*, Actes Sud, 1988.
DORT, Bernard, *Le jeu du théâtre. Le spectateur en dialogue*, P.O.L., 1995.
DUPONT, Florence, *Aristote ou le vampire du théâtre occidental*, Aubier/Flammarion, 2007.
FARCY, Gérard Denis, et PRÉDAL, René, (dir) René *Brûler les planches, crever l'écran*, l'Entretemps, coll. « Les voies de l'acteur », Paris, 2001.
FOUCAULT, Michel, *Surveiller et punir*, « Tel », Gallimard, 1975.
FOUCAULT, Michel, *Dits et écrits*, 1954-1988, coll. Quarto, Gallimard, 2001.
FOUCAULT, Michel, *Corps utopiques et Hétérotopies*, Éditions lignes, Paris, 2009.
GUENOUN, Denis, *Actions et acteurs, L'extrême contemporain*, Belin, 2005.
GUENOUN, Denis, *Le théâtre est-il nécessaire ?* Circé, « Penser le théâtre » 2000.
GUENOUN, Denis, *L'exhibition des mots*, Circé, « Penser le théâtre », 1998.
JOURDHEUIL, Jean, *Un théâtre du regard*, Odéon Théâtre de l'Europe, Christian Bourgeois Éditeur, 2002.
JOURDHEUIL, Jean, « Une utopie raisonnable : le spectateur-spectateur », *Théâtre/Public* nº 55 – *Le rôle du spectateur*, mars 1984.
LEHMANN, Hans-Thies, *Le théâtre post-dramatique*, L'Arche, 2002.
LYOTARD, Jean-François, *La Condition post-moderne*, Éditions de minuit, coll. critique, 1979.
MEYERHOLD, Vsevolod, *Écrits sur le théâtre*, Tome III, Lausanne, La Cité, L'Âge d'Homme, 1980.
MORIZOT, Baptiste, *Pour une théorie de la rencontre, Hasard et individuation chez Gilbert Simondon*, Vrin, coll. Pour demain, Paris, juillet 2016.
MORIZOT, Baptiste et ZHONG, Estelle, *Esthétique de la rencontre*, Éditions du Seuil, Coll. La couleur des idées, 2018.
NAUGRETTE, Florence, *Le plaisir du spectateur de théâtre*, Bréal, 2002.
NEVEUX, Olivier, *Théâtre en lutte. Le théâtre militant en France des années 1960 à aujourd'hui*, La Découverte, 2002.
PAVIS, Patrick, *Vers une théorie de la pratique théâtrale, Voix et images de la scène*, Presses universitaires du Septentrion, 2007.
RANCIERE, Jacques, *Le spectateur émancipé*, La fabrique éditions, 2008.
RICŒUR, Paul, *La Métaphore vive*, Seuil, Paris, 1975.
ROUSSEAU, Jean-Jacques, *Lettre à d'Alembert sur les spectacles*, Garnier Flammarion, 2001.
SAISON, Maryvonne, *Les Théâtres du Réel, pratiques de la représentation dans le théâtre contemporain*, L'Harmattan, coll. « L'Art en bref », Paris, 1998.
SAUVAGNARGUES, Anne, *Deleuze et l'art*, PUF, Paris, 2015.
SCHECHNER, Richard, *Performance studies. An introduction*, London, NYC, Routledge, 2002.
SCHECHNER, Richard, *Performance, Expérimentation et théorie du théâtre aux USA*, Éditions théâtrales, 2008.

SIMEON, Jean-Pierre, *Quel théâtre pour aujourd'hui ?* Les Solitaires Intempestifs, 2007.
STENDHAL, *Racine et Shakespeare, Et autres textes de théorie romantique*, 1825, Éd. Honoré Champion, 2006.
STIEGLER, Bernard, BAILLY, Jean-Christophe, GUENOUN, Denis, *Le théâtre, le peuple, la passion*, Les Solitaires Intempestifs, 2006.
SURGERS, Anne, *Scénographie du théâtre occidental*, Paris, Nathan, 2000, rééd. 2004.
TURNER, Victor, *From Ritual to theater : The Human Seriousness of Play*, Performing Arts Journal, New York, 1982.
TURNER, Victor, *Anthropology and performance*, Performing Arts Journal, New York, 1986.
UBERSFELD, Anne, *L'école du spectateur*, Belin, 1966.

ÉPOPÉE (GENRE LITTÉRAIRE)

ÉPOPÉES DE RÉFÉRENCE

HOMÈRE, *L'Iliade*, Garnier-Flammarion, coll. GF, 2017.
HOMÈRE, *L'Odyssée*, Gallimard, coll. Folio classique, 1973.
VIRGILE, *L'Énéide*, Folio, éd. rev., 1991.

OUVRAGES ET ARTICLES SCIENTIFIQUES

BAKHTINE, Mikhaïl, *Esthétique et Théorie du roman*, Gallimard, 1978.
BATESON, Gregory, 1956. « The message "This is play" », in Schaffner B. (éd.), *Group Process. Transaction of the Second Conference*, New York, Josiah Macy Jr Fondation.
BENJAMIN, Walter, *Le conteur*, in *Œuvres III*, Gallimard, coll. folio essai, 2000.
BERTRAN-D'ORLÉAC, « Détourner tout le passé vers l'avenir, ou comment Géricault et Goya donnèrent forme aux malheurs de la guerre », *Une brève histoire de l'avenir*, dir. Dominique de Font-Réaulx et Jean de Loisy, cat. de l'exposition du Louvre, Hazan / Louvre éditions, 2015.
BRET, Patrice « APPARITION DES ARMES À FEU », *Encyclopædia Universalis* [en ligne], consulté le 19 août 2018. URL : http://www.universalis.fr/encyclopedie/apparition-des-armes-a-feu/
CHADWICK, Hector, *The Heroic Age*, Cambridge at the University Press, 1912.

COMPAGNON, Antoine, Théorie de la littérature, *La notion de genre, septième leçon : Esthétique des genres – la triade romantique.* Université de Paris IV-Sorbonne, UFR de Littérature française et comparée, Cours de licence LLM 316 F2 https://www.fabula.org/compagnon/genre.php, consulté le 20/04/2021.

DAMAIRION, Louis, *Poétique française*, chez Deterville, Librairie française, 1804.

DUMÉZIL, Geroges, *Mythe et épopée, l'idéologie des trois fonctions dans les épopées des peuples indo-européens*, Paris, Gallimard, 1968.

DUPONT, Florence, *Homère et Dallas*, Introduction à une critique anthropologique, Éd. Kimé, Paris, 2005.

DUPONT, Florence, *L'invention de la littérature, de l'ivresse grecque au livre latin*, La découverte, 1994.

GENETTE, Gérard, *Fiction et diction.* Paris, Points/Seuil, 1991-2004.

GENETTE, Gérard, *Théorie des genres*, Paris, Seuil Points Littérature, 181, 1986.

GOETHE et SCHILLER, *Sur la poésie épique et dramatique*, in *Textes Esthétiques, Grâce et dignité et autres textes*, de F. Schiller, choix, tard. et notes par Nicolas Briand, Vrin, Paris, 1998.

GOYET, Florence, *Penser sans concept, fonction de l'épopée guerrière*, Champion Paris, 2006.

GOYET, Florence, « Penser sans concept, fonction de l'épopée guerrière », Conférence, avril 2008.

GREENE, Thomas, Woronoff : « L'épopée des vaincus », in Frantz, Pierre (dir) *L'Épique, fins et confins*, Presses universitaires de Franche-Comté, 2000.

HEGEL, *Cours d'Esthétique, vol. 1 et 2.*, trad Jean-Pierre Lefebvre, Aubier, Bibliothèque philosophique, Paris, 1998.

JUDET DE LA COMBE, Pierre, *Homère*, Gallimard, collection folio/Biographies, 2017.

LABARTHES, Judith, *L'Épopée*, Armand Collin, Paris, 2006.

MADELÉNAT, Daniel, D*ictionnaire des littératures de langue françaises*, art. « Épopée », sous la direction de J.-P. de Beaumarchais, D. Couty, A. Rey, Bordas, 1994, t. 2.

MILLET, Claude « Les larmes de l'épopée, des Martyrs à la Légende des siècles », in Neiva, Saulo (dir.) *Déclins et confins de l'épopée au XIXe siècle*, Tübingen, Gunter Narr, 2008.

NAQUET, Pierre-Vidal, et VERNANT, Jean-Pierre *Mythe et tragédie en Grèce ancienne*, La Découverte, 2005.

NEIVA, Saulo (dir.) *Déclins et confins de l'épopée au XIXe siècle*, Tübingen, Gunter Narr, 2008.

NEIVA, Saulo (dir.) *Désirs & débris d'épopée au XXe siècle*, Peter Lang, 2009.

NIETZSCHE, Friedrich, *La naissance de la Tragédie*, Folio essais, Gallimard, 1989.

PAQUETTE, Jean-Marcel, « Épopée et roman : continuité ou discontinuité ? » *Études littéraires*, vol. 4, N° 1, 1971, p. 9-38. URL : http://id.erudit.org/iderudit/500165ar, consulté le 19/10/2021.

PLATON, *La République*, trad. Chambry Émile, Gallimard, coll. « Tel », 1992.
PIETTE, Albert, « Pour une anthropologie comparée des rituels contemporains », *Terrain* [En ligne], 29 | septembre 1997, mis en ligne le 21 mai 2007, URL : http://journals.openedition.org/terrain/3261, consulté le 19/10/2021 ; DOI : 10.4000/terrain.3261
« Registre épique » http://www.lettres.org/files/epique.html, consulté le 19/10/2021.

ÉPIQUE BRECHTIEN

TEXTES DE RÉFÉRENCE

BRECHT, Bertolt, *Écrits sur le Théâtre*, Gallimard, nrf, coll. Pléiade, dir. Jean-Marie Valentin, publiée en collaboration avec l'Arche Éditeur, Paris, 2000.
BRECHT, Bertolt, *Journal de Travail*, 1938-1955, L'Arche, texte français Ivernel, Paris, 1976.

OUVRAGES ET ARTICLES SCIENTIFIQUES

ALTHUSSER, Louis « Le Piccolo, Bertolazzi et Brecht. Notes sur un théâtre matérialiste », in *Pour Marx*, Paris, 1965.
BANU, Georges, *Bertolt Brecht ou le petit contre le grand*, coll. Homme de théâtre, éd. Aubier-Montaigne, Paris, 1981.
BANU, Georges, GUÉNOUN, Denis, Conservatoire National d'Art Dramatique, *Avec Brecht*, Actes Sud, Arles, 1999.
BARTHES, Roland : « L'Éblouissement », *Le Monde*, 11 mars 1971, repris dans *Écrits sur le théâtre*, Le Seuil, Paris, 2002.
BARTHES, Roland, « Mutter Courage », in *Théâtre Populaire* n° 8, repris dans *Écrits sur le théâtre*, Le Seuil, Paris, 2002.
BARTHES, Roland, « Éditorial », *Théâtre Populaire*, janvier-février 1954, repris dans *Écrits sur le théâtre*, Le Seuil, Paris, 2002.
BARTHES, Roland, *Mère Courage aveugle, Théâtre Populaire*, juillet-août 1955, in *Écrits sur le théâtre*, Le Seuil, Paris, 2002.
BARTHES, Roland, « J'ai toujours beaucoup aimé le théâtre… » Esprit, 1965, repris dans *Écrits sur le théâtre*, Le Seuil, Paris, 2002.
BARTHES, Roland, Commentaire, Préface à Brecht, *Mère Courage et ses enfants*, L'Arche, 1960, repris dans *Écrits sur le théâtre*, Le Seuil, Paris, 2002.
BENJAMIN, Walter, *Essais sur Brecht*, éd. La Fabrique, trad. Ivernel, 2003.

CHEVALIER, Anne, « Pour le regard inconfortable et productif de Galilée. Distanciation et critique de la représentation chez Brecht et chez Bourdieu, » *MethIS* [En ligne], Volume 1 – 2008 : Réalité et représentation, 129-140, URL : http://popups.ulg.ac.be/2030-1456/index.php?id=248, consulté le 19/10/2021.

COMBES, André « Un physionomiste de l'épique : Benjamin lecteur de Brecht », Germanica [En ligne], 18 | 1996, mis en ligne le 11 juin 2013, consulté le 01 octobre 2016. URL : http://germanica.revues.org/1968 ; DOI : 10.4000/germanica.1968.

DELCULLEVERIE, Jacques, « Tendre vers Brecht », *Alternatives théâtrales*, N° 67-68, URL : http://groupov.be/index.php/index/showtexte/id/2, consulté le 19/10/2021.

DELEUZE, Gilles – Cours du 29/01/1985 – (le gestus) – http://www2.univ-paris8.fr/deleuze/, consulté le 19/10/2021.

DIAZ, Sylvain, BERTOLT, Brecht : « théâtre de la contradiction, théâtre contradictoire », *Agôn* [En ligne], Points de vue, mis à jour le : 19/10/2010, URL : http://agon.ens-lyon.fr/index.php?id=1130, consulté le 19/10/2021.

DIAZ, Sylvain, « Brecht, ce rêveur », *Les chantiers de la création* [En ligne], 3 | 2010, mis en ligne le 23 janvier 2015, consulté le 03 février 2016. URL : http://lcc.revues.org/226

DIDI-HUBERMAN, Georges, *Quand les images prennent position*, coll. Paradoxe, éd. Minuit, Paris, 2009.

DORT, Bernard, *Lecture de Brecht*, 2e éd. rev. et corr. augm. de *Pédagogie et forme épique*, coll. Pierres vives, éd. Seuil, Paris, 1960.

DORT, Bernard, PEYRET, Jean-François, *Bertolt Brecht*, 2 vol., coll. Cahiers de l'Herne, éd. de l'Herne, Paris, 1979 et 1982.

IVERNEL, Philippe, *Collage et montage au théâtre et dans les autres arts durant les années vingt*, Lausanne, La Cité – L'Âge d'homme, collection « Théâtre années vingt », 1978.

IVERNEL, Philippe, « Quatre mises en scène d'Arturo Ui » in *Les Voies de la création théâtrale*, II, Éditions du CNRS, 1970.

JOURDHEUIL, Jean, « Bertolt Brecht, de 1947 à 1995, une chronique allemande », in *Bertolt Brecht, la théorie en débat, Études Germaniques* n° 250, Klincksieck, p. 371-392, 2008.

MAIER-SCHAEFFER, Francine, *Bertolt Brecht*, coll. Voix allemandes, éd. Belin, Paris, 2003.

MEYER-PLANTUREUX, Chantal, *Bertolt Brecht et le Berliner Ensemble à Paris*, Marval et Arte Éditions, Paris, 1995.

M. VANOOSTHAYSE dir., *Brecht 98*, Bibliothèque d'études germaniques et centre-européennes, université Paul-Valéry, Montpellier.

NOIRIEL, Gérard, *Histoire, Théâtre, Politique*, éd. Agone, Marseille, 2010.

PAVIS, Patrice, *Le gestus brechtien et ses avatars dans la mise en scène contemporaine.* L'Annuaire théâtral, (25), 95–115. doi :10.7202/041380ar, 1999.

PISCATOR, Erwin, *Le Théâtre Politique*, L'Arche, coll. « Le sens de la marche », 1972, Paris.

SARRAZAC, Jean-Pierre, *L'Avenir du drame*, coll. Circé Poche, éd. Circé, Belfort, 1999.

SARRAZAC, Jean-Pierre, *La critique du théâtre : de l'utopie au désenchantement*, coll. Penser le théâtre, éd. Circé, Belfort, 2000.

SARRAZAC, Jean-Pierre, *La parabole ou l'enfance du théâtre*, coll. Penser le théâtre, éd. Circé, Belval, 2002.

SARRAZAC, Jean-Pierre, *Théâtres intimes*, Arles, Actes Sud, collection « Le Temps du théâtre », 1989, p. 92.

SCARPETTA, Guy, *Brecht ou le soldat mort*, coll. Figures, Grasset, Paris 1979.

STORCH, dir., *Brecht après la chute*, l'Arche, Paris, 1994.

TALBOT, Armelle (dir) « Théâtres du pouvoir, Théâtres du quotidien », *Études théâtrales* 43, *Pouvoir et théâtre, pouvoir du théâtre*, Forum du théâtre européen, Nice, éd. Pour le théâtre, Paris, 2008.

LA QUESTION DU RÉCIT ET L'ÉPICISATION DU DRAME

ABIRACHED, Robert, *La Crise du personnage dans le théâtre moderne*, Paris, Grasset, 1978.

BENJAMIN, Walter, *Le Conteur*, in *Œuvres III*, Gallimard, coll. folio essai, 2000.

BOROWSKI, Mateusz et SUGIERA, Marlgorzata « From the Realism of Representation to the Realsm of Experience » in *Fictional realities / real fictions, contempory theater in search of a new mimetic paradigm.* Cambridge : Scholars Publishing, 2007.

BOURRIAUD, Nicolas, *Altermodern Manifesto*, URL : http://www.tate.org.uk/whats-on/tate-britain/exhibition/altermodern/explain-altermodern/altermodern-explained-manifesto , consulté le 19/10/2021.

LEHMANN, Hans Thies, *Le Théâtre postdramatique*, Paris, L'Arche, 2002.

MAURIN, Frédéric, « Le Grand et ses paradoxes », dans *Alternatives théâtrales N° 119*, novembre 2013.

MEYER MACLEOD, Arielle et PRALONG, Michelle, *Raconter des histoires, quelle narration pour le théâtre d'aujourd'hui ?*, MetisPresses, Coll. voltiges, Genève, 2012.

PLANA, Muriel, *Roman, théâtre, cinéma : Adaptations, hybridations et dialogue des arts*, Bréal, Paris, 2004.

RICŒUR, Paul, *Temps et récit*, tome 1. Paris, Points/Seuil, 1983-1991.

SARRAZAC, Jean-Pierre, *Lexique du drame moderne et contemporain*, Circé, 2005.

SARRAZAC, Jean-Pierre, *Poétique du drame moderne*, Paris, Les Éditions du Seuil, coll. « Poétiques », 2012.

SARRAZAC, Jean-Pierre article « DRAME – Drame moderne », *Encyclopædia Universalis* [en ligne] URL : http://www.universalis.fr/encyclopedie/drame-drame-moderne/, consulté le 19/10/2021.

SZONDI, Peter, *Théorie du drame moderne*, Belval, Circé, coll. « Penser le théâtre », 2006.

THÉÂTRE ÉPIQUE ET THÉÂTRE POPULAIRE

ABIRACHED, Robert (dir.) *La Décentralisation théâtrale III : 1968, le tournant*, Paris, Cahiers Théâtre-Éducation de l'ANRAT, n° 8, Arles, Actes Sud-Papiers, 1994.

BADIOU, Alain, BOURDIEU, Pierre, BUTLER, Judith, DIDI-HUBERMAN, Georges, KHIARI, Sadri, RANCIERE, Jacques, *Qu'est-ce qu'un peuple ?*, La fabrique, 2013.

BARTHES, Roland, « Ruy blas », *Théâtre Populaire*, mars-avril 1954, repris dans *Écrits sur le théâtre.*

BOISSON, Bénédicte, et DENIZOT, Marion, *Le théâtre du peuple de Bussang, Cent vingt ans d'histoire*, Actes Sud, 2015.

DENIZOT, Marion (dir) *Théâtre populaire et représentations du peuple*, Presses universitaires de Rennes, coll. « Le spectaculaire », 2010.

DENIZOT, Marion « Roger Planchon : Héritier Et/Ou Fondateur d'une tradition de théâtre populaire » in *Héritage et filiation du théâtre populaire*, Boisson, Bénédicte et Denizot, Marion (dir) *L'Annuaire théâtral*, n° 49, printemps 2011.

DORT, Bernard, « L'œuvre de Vilar : Une utopie nécessaire », dans les Cahiers théâtre Louvain, 56, 57. *Jean Vilar, théâtre et utopie.*

DORT, Bernard « La fin d'un rêve », *Théâtre réel : essai de critique, 1967-1970*, Paris, Seuil, 1970.

FALCON, Cécile, « Peuple et héros populaire sur la scène du théâtre national populaire de Jean Vilar » in *Théâtre populaire et représentations du peuple* Presses universitaires de Rennes, coll. « Le spectaculaire », 2010.

FLEURY, Laurent, *Le T.N.P. de Vilar : une expérience de démocratisation de la culture*, Presses universitaires de Rennes, 2006.

FLEURY, Laurent, « Le modèle du TNP de Jean Vilar » in *Théâtre populaire et représentations du peuple*, Presses universitaires de Rennes, coll. « Le spectaculaire », 2010.

LAMBERT, Benoit et MATONTI, Frédéric, « Un théâtre de contrebande. Quelques hypothèses sur Vitez et le communisme » *in Sociétés et représentations*, Éditions de la Sorbonne, 2001, n° 11. https://www.cairn.info/revue-societes-et-representations-2001-1-page-379.htm, consulté le 20/04/2021.

LOYER, Emmanuelle, « 1968, l'an I du tout culturel ? » in *Vingtième siècle, Revue d'Histoire* 2008/2 (n° 98).

LUCET, Sophie, « Foule » in *Le Dictionnaire critique de l'acteur*, Amiel, Vincent, Farcy, Gérard-Denis, Lucet, Sophie et Sellier, Geneviève (dir.), Presses universitaires de Rennes, 2012.

OZOUF, Mona, *La Fête révolutionnaire (1789-1799)*, Collection Folio histoire Gallimard, Paris, 1976.

TRIAU, Christophe, « L'illusion ludique », in Théâtre Public n. 194, *Une nouvelle séquence théâtrale européenne ?* Juillet-Septembre 2009.

VILAR, Jean, *Le Théâtre, service public*, Présentation et notes d'Armand Delcampe, Paris, NRF, Gallimard, 1975.

VILAR, Jean, *Chronique romanesque*, Paris, Grasset, 1971.

VILAR, Jean, « Un lieu théâtral : Avignon » in *Le lieu théâtral dans la société moderne*, textes réunis par Bablet, Denis et Jacqot, Jean, Colloque CNRS, 1963.

VILAR, Jean, *Mémento*, du 29 novembre 1952 au 1er septembre 1955, présentation et notes d'Armand Delcampe, coll. « Pratique du théâtre », Gallimard, Paris, 1981.

VITEZ, Antoine, *Écrits sur le théâtre*, t. 2. La Scène. 1954-1975. P.O.L. éditeur, 1995.

VITEZ, Antoine, « La Foi et la Raison », in *Le théâtre des idées*, Gallimard, Coll. Pratique du Théâtre, 1991.

VITEZ, Antoine, « Faire théâtre de tout » in *Le théâtre des idées*, Gallimard, Paris, 1991.

YON, Jean-Claude, « Les Prémices du théâtre populaire en France au XIXe siècle », in *Théâtre populaire et représentations du peuple*, Denizot Marion (dir) Presses universitaires de Rennes, coll. « Le spectaculaire », 2010.

LA REMISE EN JEU DE L'ÉPIQUE ET DE L'HÉROÏSME DANS LA SOCIÉTÉ CONTEMPORAINE (ET SON THÉÂTRE)

VERTICALITÉ ÉTHIQUE ET POLITIQUE

BACQUÉ, Marie-Hélène et BIEWENER, Carole *L'empowerment, une pratique émancipatrice*, La Découverte, Politique et sociétés, 2013.

BENICHOU, Paul, *Morale du grand siècle*, Gallimard, coll. folio essais, 1989.

CAMPBELL, Joseph, *Le héros aux mille et un visages*, Coll. J'ai lu, *Bien*-être, Édifions Oxus, 2010.

CAVELL, *Conditions nobles et ignobles, la constitution du perfectionnisme moral émersonien*, Coll. tiré à part, Éditions de l'Eclat, 1993.

DARDOT, Pierre et LAVAL, Christian, *Commun, Essai sur la révolution au XXI*e *siècle.* La découverte, Paris, 2015.

DE CERTEAU, Michel, *L'invention du quotidien 1. Arts de faire*, folio essais, Gallimard, 1990.

Déclaration Universelle des Droits de l'Homme et du Citoyen. http://www.un.org/fr/universal-declaration-human-rights/index.html, consulté le 19/10/2021.

DELEUZE, Gilles, *Spinoza philosophie pratique*, éd. Minuit., Paris, 1970.

DELEUZE, Gilles, cours en ligne du 25/01/1983. http://www2.univ-paris8.fr/deleuze/article.php3?id_article=208, consulté le 19/10/2021.

HARRISSON, Jim et SNYDER, Gary, *Aristocrates sauvages*, traduction Matthieu Dumont, Éd. Wild Project, coll. Tête nue, 2011 – *The only aristocratie is that of consciousness*, extrait disponible sur https://www.wildproject.org/journal/11-harrison-snyder, consulté le 20/09/2020.

HUGO, Victor, *Quatre-vingt-treize*, Livre de poche, coll. classiques, 2001.

LATOUR, Bruno, *Où atterir*, La découverte, 2017.

MACINTYRE, Alinsdair, *Après la vertu, Étude de théorie morale*, Presses universitaires de France, Quadrige.

NIETZSCHE, Friedrich, *Le gai savoir*, Gallimard, coll. folio essais, 1989.

NIETZSCHE, Friedrich, *Humain, trop humain*, Gallimard, coll. folio essais, 1987.

NIETZSCHE, Friedrich, *Considérations inactuelles I et II*, Gallimard, coll. folio essais, 1990.

REVEL, Judith, « Produire de la subjectivité, produire du commun. Trois difficultés et un post-scriptum un peu long sur ce que le commun n'est pas », Séminaire « Du public au commun » http://1libertaire.free.fr/ERevel01.html, consulté le 19/10/2021.

SLOTERDIJK, Peter, *Tu dois changer ta vie. De l'anthropotechnique.* Pluriel, 2015 – *Du musst dein Leben ändern. Über Anthropotechnik*, Surhkamp Verlag, Francfort-sur-le-Main, 2009. trad. Libella-Maren Sell, 2011.

SPINOZA, *Traité politique*, Flammarion, coll. Garnier-Flammarion, Philosophie, 1997.

SPINOZA, *L'éthique*, Flammarion, coll. Garnier-Flammarion, Philosophie, 1993.

STEPHANE, Roger, *Portrait de l'Aventurier, T. E Lawrence, Malraux, Von Salomon.* Grasset, Points, 1965.

VERNANT, Jean-Pierre, *L'individu, La mort, l'amour*, Gallimard, coll. Folio-Histoire, Paris, 1989.

S'EN RAPPORTER À L'HISTOIRE

ADORNO, Theodor, *Minima Moralia. Réflexions sur la vie mutilée* (1951) trad. E. Kaufholz et J. R Ladmiral, postface de M. Abensour, Paris, Éd. Petite Biblio Payot, 2016.

BADIOU, Alain, BOURDIEU, Pierre, BUTLER, Judith, DIDI-HUBERMAN, Georges.

BANU, Georges, *Mémoires du théâtre*, Arles, Actes Sud, coll. « Le temps du théâtre », 1987.

BORIE, Monique, *Mythe et théâtre aujourd'hui. Une quête impossible ? Beckett, Genet, Grotowski, Le Living Theatre*, Paris, Nizet, coll. « Publications de la Sorbonne. Série Littérature », no 15, 1981.

BRICOUD, Bernadette (dir), *Le regard d'Orphée : les mythes littéraires en occident*, Sciences humaines, Seuil.

BENJAMIN, Walter, *Œuvres III*, Gallimard, folio essais, 2000.

DE CERTEAU, Michel, *La prise de parole et autres écrits politique,* Points/Seuils, 1994.

DE CERTEAU, Michel, *L'écriture de l'histoire*, Gallimard, coll. folio histoire, 2002.

DECHERY, Chloe, « Performance re-enactement » : enquêter, re-faire, réparer ? communication au Colloque international "La guerre en performance dans la création littéraire" 4 et 5 décembre 2014, Université Paris 8 / Westminster University.

GAUCHET, Marcel, *L'avènement de la démocratie, I – La Révolution Moderne*, bibliothèque des Sciences Humaines, Gallimard, 2007.

LUCET, Sophie, Proust, Sophie. *Mémoires, traces et archives en création dans les arts de la scène*, dir, Presses universitaires de Rennes, 2017.

NORA, Pierre, *Essais d'égo-histoire*, Gallimard, Collection Bibliothèque des Histoires, 1987.

NIETZSCHE, Friedrich, « De l'utilité et des inconvénients de l'histoire pour la vie », *Considérations inactuelles I et II*, Gallimard, coll. folio essais, 1990.

RANCIÈRE, Jacques, *Les noms de l'Histoire*, Seuil, 1992.

RANCIÈRE, Jacques, *Figures de l'Histoire*, PUF, 2012.

RANCIÈRE, Jacques, *En quel temps vivons-nous ? Conversation avec Eric Hazan*, La Fabrique, 2017.

REVEL, Jacques in « Histoire et sciences sociales : les paradigmes des Annales », in Annales E.S.C., Paris, n° 6, 1979.

RICŒUR, Paul, *Histoire et Vérité*, Seuil, 1955, 2e éd. augmentée, Paris, 1964.

RICŒUR, Paul, *Temps et récit*, Seuil, coll. L'ordre philosophique, Paris, 2000.

VEYNE, Paul, *Comment on écrit l'histoire*, Points, coll. Points histoire, Paris, 2015.

SUR LA POSSIBILITÉ D'UN NOUVEL ÉPIQUE POLITIQUE

ADORNO, Theodor, *Théorie esthétique*, (1970) tr. Marc Jimenez, Paris, Klincksieck, 2004.

DEWEY, John, *Le public et ses problèmes*, folios essais, Gallimard, 2010.

DELCUVELLERIE, Jacques, « Une transgression impérative et pondérée », communication au Colloque *Un art documentaire*, dir. Aline Caillet / Frédéric Pouillaude, Université Paris Sorbonne, du 3 au 5 Juin 2015.

HAMIDI-KIM, Béatrice, *Les cités du théâtre politique*, Thèse de doctorat sous la direction de Christine Hamon-Siréjols, Lyon II, 2007.

NEVEUX, Olivier, *Théâtres en lutte, le théâtre militant en France depuis les années 1960 jusqu'à aujourd'hui.* Mais aussi plus récemment *Politiques du spectateur, Les enjeux du théâtre politique aujourd'hui*, Éd. La Découverte, 2007.

NEVEUX, Olivier, *Politique du Spectateur, les enjeux du théâtre politique aujourd'hui*, Éditions, La Découverte, Paris, 2013.

RANCIÈRE, Jacques, *Le maître ignorant, Cinq leçons sur l'émancipation intellectuelle*, Fayard, 10/18, 1987.

RANCIÈRE, Jacques, *Le spectateur émancipé*, La fabrique, 2008.

RANCIÈRE, Jacques, *Le partage du sensible*, La fabrique, 2008.

ROSANVALLON, Pierre, *La société des égaux*, Paris, Seuil, 2011.

STIEGLER, Bernard, BAILLY, Jean-Christophe, GUENOUN, Denis, *Le théâtre, le peuple, la passion*, Les Solitaires Intempestifs, 2006.

SCOTT, Diane, « POLITIQUE », *Agôn* [En ligne], Dossiers, N° 3 : *Utopies de la scène, scènes de l'utopie, Verser le politique dans la communauté*, mis à jour le : 10/01/2011, URL : http://w7.ens-lsh.fr/agon/index.php?id=1484, consulté le 19/10/2021.

SCOTT, Diane, « Émergence ou l'institution et son autre », paru dans *Théâtre/Public* de janvier/mars 2012, n° 203.

SCOTT, Diane, « Public » in *Théâtre public* n° 208 *Penser le spectateur*, avril juin 2013.

ZHONG, Estelle, *La communauté de singularités, réinventer le commun dans l'art participatif britannique (1997-2015)*, Thèse dirigée par Laurence Bertrand Dorleac, Professeur des Universités, Soutenue le 4 décembre 2015, comme

L'Art en commun. Réinventer les formes du collectif en contexte démocratique. Les Presses du Réel, Dijon, 2018.

SUR LES COLLECTIFS

AUTANT-MATHIEU, Marie-Christine, *Créer Ensemble. Points de vues sur les communautés artistiques, fin du XIXe-XXe siècles.* L'Entretemps, coll. « Voies de l'acteur », 2013.

BESSON, Jean-Louis, « Les troupes : un enjeu pour le théâtre d'aujourd'hui ? » *in L'acteur entre personnage et performance, Présences de l'acteur dans la représentation contemporaines.* Études théâtrales 26/2003, Louvain.

BEAUVALLET, Ève, « Le Collectif sur un plateau » dans *M le magazine du Monde*, 08/10/2013, https://www.lemonde.fr/culture/article/2013/10/18/le-collectif-sur-un-plateau_3497519_3246.html, consulté le 20/09/2020.

DELCUVELLERIE, Jacques, « Le collectif : un désaccord », *L'acteur entre personnage et performance, Présences de l'acteur dans la représentation contemporaines.* Études théâtrales 26/2003, Louvain, Actes du Colloque des 24 et 25 mai 2002, organisé par le Centre d'études théâtrales de l'université catholique de Louvain (U. C. L.) sous la direction de Jean-Louis Besson.

DORT, Bernard, « Le retour des comédiens » in *La représentation émancipée*, Actes Sud, 1988.

FREIXE, Guy et DOYON, Sophie, *Le Collectif dans les Arts vivants depuis 1980*, L'Entretemps, coll. « Les points des les poches », 2014.

GOUARNÉ, Esther, « La performance au cœur de la représentation ». in *Théâtre Public* n° 211, *La vague flamande, mythe ou réalité* ?, janvier-mars 2014.

LESCOT, David, « L'acteur et son personnage : unité ou distance ? À propos de TG Stan » in *L'Acteur entre personnage et performance. Présence de l'acteur dans la représentation contemporaine*, sous la direction de Jean-Louis Besson, Études Théâtrales, Louvain-La-Neuve, n° 26, 2003.

LUCET, Sophie, « Pour un art de l'écoute » in Du Collectif, Théâtre(s) en Bretagne, N° 19, 2004.

LUCET, Sophie, « Quand les artistes écrivent une contre histoire du théâtre sur le plateau », *Revue d'Histoire du Théâtre* n° 270, *Les oublis de l'histoire du théâtre*, Denizot, Marion (dir), avril-juin 2016.

Portrait des Chiens de Navarre, *Les Inrocks*, Février 2014, http://www.chiensdenavarre.com/chiens_de_navarre/nous_les_Chiens/nous_les_Chiens.html, consulté le 19/10/2021.

QUIRICONI, Sabine, « L'Effet TG Stan » in *Théâtre Public*, N° 203 – *États de la scène actuelle* – 2009-2011.

SOLINO, Brigitte, « Les modèles à géométrie variable des nouveaux collectifs de théâtre » dans *Le Monde*, 29.01.2011, https://www.lemonde.fr/culture/

article/2011/01/29/le-modele-a-geometrie-variable-des-nouveaux-collectifs-de-theatre_1472411_3246.html, consulté le 20/09/2020.

TINDEMANS, Klaas « Le Travail collectif, petite histoire d'un mode de production » in *Théâtre Public* n° 211, *La vague flamande, mythe ou réalité ?*, janvier-mars 2014.

VERCRUYSSEN, Franck, « La manière STAN » entretien réalisé par Sabine Quiriconi, in Théâtre Public, n° 211, *La vague flamande, mythe ou réalité ?*, janvier-mars 2014.

ARTICLES ET OUVRAGES SUR LES SPECTACLES ET LES MISES EN SCÈNE DU CORPUS

SUR *1789-1793*, LE THÉÂTRE DU SOLEIL, LA CARTOUCHERIE DE VINCENNES, 1970

1789 : un film du Théâtre du Soleil / réalisation d'Ariane Mnouchkine ; création du Théâtre du Soleil ; production de Alexandre Mnouchkine et Georges Dancigers ; images de Bernard Zitzermann – Paris : Les Films Ariane [éd.] ; Paris : Ariane video [distrib.], 1974 (copyright du film), date de l'édition vidéo : 1977.

Ariane Mnouchkine à propos de 1789, Retranscription. http://fresques.ina.fr/en-scenes/impression/fiche-media/Scenes00405/ariane-mnouchkine-a-propos-de-1789.html, consulté le 19/10/2021.

BABLET, Denis et Marie-Louise, *Le Théâtre du Soleil ou la quête du bonheur*, diapolivre, Éditions du CNRS, Paris, 1979.

CHOLLET, Jean, « 1789, Théâtre du Soleil », Encyclopædia Universalis [en ligne], consulté le 22 août 2018. URL : http://www.universalis.fr/encyclopedie/1789-theatre-du-soleil/

DORT, Bernard « L'histoire jouée », *L'Avant-Scène Théâtre*, n° 526-527, octobre 1973.

Entretien avec Ariane Mnouchkine à propos de 1789, 22 février 1971, ORTF, collection "Théâtre d'Aujourd'hui". http://fresques.ina.fr/en-scenes/impression/fiche-media/Scenes00405/ariane-mnouchkine-a-propos-de-1789.html, consulté le 19/10/2021.

FREIXE, Guy, *La filiation Copeau-Lecoq-Mnouchkine*, L'Entretemps, 2014.

TACKELS, Bruno, *Ariane Mnouchkine et le théâtre du soleil, Écrivains de plateau, VI*, Les solitaires intempestifs, 2013.

VON BOMHARD, Alexandra, *Le Théâtre du Soleil répète 1789 à la Cartoucherie de Vincennes*, Notice, Contexte historique.

SUR *LE MAHÂBHÂRATA*, PETER BROOK, AVIGNON, LES CARRIÈRES DE BOULBON, 1985

BACHELARD, Gaston, *L'eau et les rêves : essai sur l'imagination de la matière*, José Corti, Paris, 1987.

BANU, Georges « Brook », *Dictionnaire du théâtre*, Encycolpaedia Universalis, Albin Michel, Paris, 1998.

BANU, Georges, « Le Mahâbhârata ou les pouvoirs d'une histoire », Entretien avec Peter Brook, in *Alternatives théâtrales*, N° 24, juillet 1985.

BANU, Georges, « Chercher le cœur profond » Entretien avec Jean-Claude Carrière in *Alternatives théâtrales*, N° 24, juillet 1985.

BANU, Georges, *Mémoires du théâtre*, Arles, Actes Sud, coll. « Le temps du théâtre », 1987.

BORIE, Monique, *Antonin Artaud, Le théâtre et le retour aux sources. Une approche anthropologique* Collection Bibliothèque des Idées, Gallimard, 1989.

BORIE, Monique, « Les Origines de l'être et du théâtre » in *Les Voies de la création théâtrale*, N° 13, 1985.

BROOK, Peter *L'espace vide, Écrits sur le théâtre.* Le Seuil, 1977, coll. Points Essais.

CARRIÈRE, Jean-Claude, *Le Mahâbhârata*, Édition Belfond, 1989.

CARRIÈRE, Jean-Claude, *Le Mahâbhârata, Récit théâtral*, Préface, Albin Michel, 2008.

CARRIÈRE, Jean-Claude, *À la Recherche du Mahâbhârata, Carnet de voyages en Inde avec Peter Brook, 1982-1985.*, Édition Kwok on, 1997.

CARRIÈRE, Jean-Claude, Le « Mahâbhârata » « tout est illusion, hormis la pensée » in *Le Monde* du 27 juin 1985, Mathilde de la Bardonnie.

LUCET, Sophie, PROUST, Sophie, *Mémoires, traces et archives en création dans les arts de la scène*, Presses universitaires de Rennes, 2017.

MAMBRINO, J. « Une histoire de l'Humanité : Le Mahâbhârata conçu par Peter Brook » *Études*, 1985/11 (T363, N5).

MEZZOGIORNO, Vittorio « Chercher le dieu dans l'homme et l'homme dans le Dieu » Propos recueillis par Martine Million, *Alternatives théâtrales*, N° 24, juillet 1985.

PASQUAUD, F. « Le Mahâbhârata » *Télérama*, 24/01/1990.

RENOU, Marie-Simone « RĀMĀYAṆA », Encyclopædia Universalis [en ligne], consulté le 22 août 2018. URL : http://www.universalis.fr/encyclopedie/ramayana/

SCALI, Marion « Mahabharaton, Comment Peter Brook déplaça le Mahâbhârata » *Libération*, 16/11/1985 p. 33.

SCHECHNER, Richard, PECORARI, Marie, « Les "points de contact » entre anthropologie et performance", *Communications* 1/2013 (n° 92), p. 125-146.

SUR *GILGAMESH*, DE PASCAL RAMBERT, AVIGNON, ÎLE DE LA BARTELASSE, 2000

ARVERS, Fabienne et SOURD, Patrick « Clôture de l'Amour : rencontre avec Pascal Rambert et ses deux comédiens » in *Le Figaro*, 30 septembre 2011, http://www.lesinrocks.com/2011/09/30/scenes/cloture-de-lamour-rencontre-avec-pascal-rambert-et-ses-deux-comediens-118908/, consulté le 23/12/2016.

BOISSIÈRES, Anne, KINTZLER, Catherine (dir) *Approche philosophique du geste dansé, De l'improvisation à la performance.* Presses universitaires du Septentrion, 2006.

BOTTERO, Jean, *L'Épopée de Gilgamesh. Le grand homme qui ne voulait pas mourir*, Gallimard, Paris, 1992.

COSTAZ, Gilles, « Un vieux roi dans les tournesols », *Les Échos*, le 21 juillet 2000 – http://www.lesechos.fr/21/07/2000/LesEchos/18198-156-ECH_un-vieux-roi-dans-les-tournesols.htm, consulté le 23 août 2016.

Nouveau Testament, Actes des Apôtres, Chapitre 2. http://www.bible-en-ligne.net/bible,44N-2,actes.php, consulté le 19/10/2021.

PY, Olivier, « Dépasser la fin du répertoire », Entretien réalisé par Biet, Christian in *Théâtre/Public – Le répertoire aujourd'hui*, juillet-septembre 2017, N° 225, p. 55.

RAMBERT, Pascal, *Récit de la préparation de Gilgamesh, jusqu'à la première répétition en Avignon*, Les solitaires intempestifs, 2000.

RAMBERT, Pascal Interviewé par René Solis – *Libération* – 09.01.2001.

RAMBERT, Pascal. « Ce qui m'intéresse, c'est de multiplier les points de vue. » http://www.theatre-contemporain.net/spectacles/Gilgamesh-lhomme-qui-ne-voulait-pas-mourir/ensavoirplus/idcontent/9732, consulté le 19/10/2021.

RÖMER, Thomas, Introduction : « L'épopée de Gilgamesh lue comme une réflexion sur la condition humaine » sur www.college-de-france.fr, consulté le 02/09/2018.

RYGIEL, Philippe, *Les politiques d'immigration en France des années 1970 aux années 1990.* Cahiers de l'institut CGT d'histoire sociale, 2013, p. 22-26. <halshs-01279392>.

SOLIS, René « Gilgamesh, un chant d'amour », *Libération*, le 17 juillet 2000 – http://next.liberation.fr/culture/2000/07/17/gilgamesh-un-champ-d-amour_330318, consulté le 23 août 2016.

TOURNAY, Raymond-Jacques et SHAFFER, Aaron, *L'Épopée de Gilgamesh*, Cerf, Paris, 1994.

SUR *LE SANG DES PROMESSES*, WAJDI MOUAWAD, COUR D'HONNEUR DU PALAIS DES PAPES, AVIGNON 2009

BROOKS, Peter « Une esthétique de l'étonnement : le mélodrame », in *Poétique* n° 19, 3e trimestre, 1974, p. 347.

L'express culture, « Wajdi Mouawad à la colline, un souffle épique entre Liban et Québec », par AFP le 06/04/2016, http://www.lexpress.fr/actualites/1/culture/wajdi-mouawad-a-la-colline-un-souffle-epique-entre-liban-et-quebec_1780103.html, consulté le 20/04/2018.

MOUAWAD, Wajdi, *Littoral*, Actes Sud Papiers, 1999.

MOUAWAD, Wajdi, *Incendie*, Actes Sud Papiers, 2003.

MOUAWAD, Wajdi, *Forêts*, Actes Sud Papiers, 2006.

MOUAWAD, Wajdi, *Ciels*, Actes Sud Papiers, 2009.

MOUAWAD, Wajdi, ARCHAMBAULT, Hortense et BAUDRILLER, Vincent, *Voyage pour le festival d'Avignon 2009.* Festival d'Avignon, P.O.L, 2009.

MOUAWAD, Wajdi, Conférence de presse du 6 juillet 2009 – Wajdi Mouawad pour « Littoral, Incendies, Forêts » https://www.theatre-video.net/video/Conference-de-presse-du-7-juillet-1475?autostart), consulté le 20/04/2018.

RYNGAERT, Jean-Pierre « Figures du mélodrame dans les écritures d'aujourd'hui » in L'*Annuaire théâtral : revue québécoise d'études théâtrales, n° 50-51*, 2011-2012, p. 171-180.

SUR *TEMPÊTE SOUS UN CRÂNE* ET *PAROLES GELÉES* DE JEAN BELLORINI, THÉÂTRE GÉRARD-PHILIPE – CDN DE SAINT DENIS, 2009 ET 2012

BELLORINI, Jean sur France Inter, *L'humeur vagabonde*, jeudi 3 décembre 2015, https://www.franceinter.fr/emissions/l-humeur-vagabonde/l-humeur-vagabonde-03-decembre-2015, consulté le 12/05/2018.

BELLORINI, Jean « École de la langue, Impressions » in *États provisoires du poème XV*, *Esprit public*, Cheyne Éditeur, 2015.

CHÉNIEUX, Annie, *Une aventure pantagruelique*, in Le Journal du Dimanche, 19 mars 2012, http://www.lejdd.fr/Culture/Theatre/Actualite/Paroles-gelees-au-theatre-Gerard-Philipe-a-Saint-Denis-495762, consulté le 12/05/2018.

LAMBERT, Benoit « Table ronde » in « Penser le spectateur », *Théâtre/Public* n° 208, avril-juin 2013.

Paroles Gelées, Dossier artistique – http://www.theatregerardphilipe.com/cdn/paroles-gelees, consulté le 19/10/2021.

SCOTT, Diane, « Paroles gelées ou le soulagement », in *Revue incise 1. (qu'est-ce qu'un lieu ?)*, Éditions Studio-Théâtre d'Ivry.

Tempête sous un crâne, Dossier artistique – http://www.theatregerardphilipe.com/cdn/tempete-sous-un-crane, consulté le 19/10/2021.

SUR *HENRI VI*, THOMAS JOLLY, TNB, 2014

ENJALBERT, Cédric, « *Henry VI* de Thomas Jolly : l'éclatante saga d'une nuit d'été », *Les Trois coups*, 25 juillet 2014, https://lestroiscoups.fr/henry-vi-de-william-shakespeare-la-fabrica-a-avignon/, consulté le 19 août 2016.

Henry VI, dossier artistique, https://www.nta-angers.fr/IMG/pdf/henry_vi_-_dossier_.pdf, consulté le 20/04/2021.

JOLLY, Thomas, entretien avec Jean-François Perrier : http://www.festival-avignon.com/fr/spectacles/2014/henry-vi, consulté le 20/04/2021.

JOLLY, Thomas, entretien et rencontre organisés par la SACD avec le metteur en scène, au Conservatoire d'Avignon le 21 juillet 2016, 20'12. https://www.youtube.com/watch?v=wZtSCAMd2NQ, consulté le 20 août 2016.

JOLLY, Thomas, Entretien, « *Henry VI*, un pivot de l'histoire de l'humanité » *Philophie magazine*, le 17 octobre 2014, http://www.philomag.com/lepoque/breves/thomas-jolly-henry-vi-un-pivot-de-lhistoire-de-lhumanite-10372, consulté le 20 août 2016.

JOLLY, Thomas Entretien réalisé par Bruno Debruisseau, « Shakespeare a inventé le mainstream », *Les Inrocks*, 28 avril 2015, http://www.lesinrocks.com/2015/04/28/scenes/thomas-jolly-shakespeare-a-invente-le-mainstream-11744809/, consulté le 20 août 2016.

JOLLY, Thomas, Entretien avec Philipe Lefaix pour *Les mots de minuit*, 16 juillet 2016, https://www.youtube.com/watch?v=ZF6Uhh7b9FI, consulté le 19 août 2016.

JOLLY, Thomas, Entretien avec Lucet, Sophie, dans le cadre d'un séminaire de Master intitulé *Poétique du politique* à l'université de Rennes 2, le 9 avril 2015.

MAURIN, Frédéric, « Globalement, Shakespeare » in *Théâtre/Public*, *État de la scène actuelle*, juillet-septembre 2016, N° 221, p. 88.

Site de la Piccola Familia http://www.lapiccolafamilia.fr/la-bo-dhenry-vi/. (consulté le 27/12/2016)

SUR *RWANDA 94*, DU GROUPOV, THÉÂTRE DE LA PLACE, LIÈGE, 2000

HAMIDI KIM, Béatrice « La réception de Rwanda 94 : contresens, mètis ou malentendu ? Pour une approche interactionniste de la relation œuvre / spectateur critiques » in Théâtre/Public N° 208 *Penser le spectateur*, Avril-Juin 2013.

Rwanda 94, Une tentative de réparation symbolique envers les morts, à l'usage des vivants, DVD, réalisation Marie France Collard et Patrick Czaplinski.

Rwanda, À travers nous l'Humanité, documentaire de Marie-France Collard, Belgique et Rwanda, 2006.

Rwanda, Synthèse du dossier d'octobre 97 préparé par Jacques Delcuvellerie et Marie-France Collard, disponible sur le site du Collectif : http://groupov.be/uploads/notein tention/19760d7fed0b60fd76284fbf8d2a9078.pdf, consulté le 20/04/2018.

SUR *ÇA IRA (1)FIN DE LOUIS*, JOËL POMMERAT, COMPAGNIE LOUIS BROUILLARD, NANTERRE, THÉÂTRE DES AMANDIERS, 2015

BERNANOCE, Marie, « Conte et théâtre : quand le récit hante les dramaturgies jeunesse. », Agôn [En ligne], Dossiers, (2014) HS n° 2 : Mettre en scène le conte, mis à jour le : 27/11/2015, URL : http://agon.ens-lyon.fr/index.php?id=3109, consulté le 19/10/2021.

BIET, Christian « Le spectateur / Les spectateurs, pour une posture critique de l'hétérogénéité » *Théâtre/Public*, N° 208, *Penser le spectateur*, Avril/Juin 2013.

BIET, Christian, « État d'Urgence et représentation de la démocratie, à propos de Ça ira (1) fin de Louis » in *Théâtre/Public*, N° 220, avril-juin 2016.

BOUDIER, Marion, *Avec Joël Pommerat, Un monde complexe*, Actes-Sud, 2015.

BOUDIER, Marion, *Autour de Ça Ira (1) Fin de Louis*, de Joël Pommerat, Dossier pédagogique de la Compagnie Louis Brouillard.

LATOUR, Bruno, « Guerre des mondes, offre de paix », article préparé pour Ethnopsy-les mondes contemporains de la guérison numéro spécial, Colloque de Cerisy, Guerre et paix des cultures, p. 61-80, 2002, http://www.bruno-latour.fr/fr/node/180, consulté le 19/10/2021.

NEVEUX, Olivier et TRIAU, Christophe, Entretien avec Joël Pommerat « Autour de Ça Ira (1) Fin de Louis, in *Théâtre/Public* » N° 221, juillet-septembre 2016.

PADDEU, Flaminia, KLOKNER, Léo, LUCBERT, Sandra, TAILLANDIER, Fanny, « Ici les corps politiques », revue *Urbanités*, 11/04/2016. http://www.revue-urbanites.fr/tribune-ici-les-corps-politiques/, consulté le 19/10/2021.

POMMERAT, Joël *Troubles*, Actes Sud Théâtre Hors collection, Septembre, 2009, Coédition Compagnie Louis Brouillard.

SOLIS, René « Ibsen fait début chez Ostermeier » pour *Libération*, le 19 juillet 2012, http://next.liberation.fr/culture/2012/07/19/ibsen-fait-debat-chez-ostermeier_834419, consulté le 19/10/2021.

WAHNICH, Sophie, « Usages de l'histoire, fétiches de la Révolution. Retour sur Ça ira (1) Fin de Louis de Joël Pommerat », Patrick Boucheron, Guillaume Mazeau et Sophie Wahnich, revue *thaêtre* [en ligne], Chantier #2 : La Révolution selon Pommerat, mis en ligne le 9 juin 2017. URL : http://www.thaetre.com/2017/03/24/usages-de-lhistoire-fetiches-de-revolution, consulté le 19/10/2021.

SUR *NOTRE TERREUR*, COLLECTIF D'ORES ET DÉJÀ, PARIS, THÉÂTRE DE LA COLLINE, 2009

CREUZEVAULT, Sylvain et CHARON, Eric, « Notre terreur », Agôn [En ligne], Entretien réalisé par Coulon, Aurélie et Traverso, Pierre-Damien, mis à jour le : 16/06/2012, URL : http://agon.ens-lyon.fr/index.php?id=1174, consulté le 19/10/2021.

POIRSON, Martial, « Neuf hommes en colère : *Notre terreur* (2009), l'horizon d'attente imprescriptible d'une politique des gestes » in *La Terreur en scène*, Études théâtrales 59, 2014.

NEVEUX, Olivier, « Le poids des générations mortes, le cerveau des vivants, Théâtre, histoire et politique : *Notre terreur* et *Que faire ?* (le retour) » in *Théâtre Public*, N° 203 – États de la scène actuelle – 2009-2011.

Notre Terreur, Note d'intention, dossier, http://www.colline.fr/fr/spectacle/notre-terreur, consulté le 19/10/2021.

SUR *THE CIVIL WARS, THE DARK AGES*, ET *EMPIRE* DE MILO RAU, NANTERRE, THÉÂTRE DES AMANDIERS, 2016 ET 2017

Le Temps, 1er mai 2013 « La scène convoque la "Weltwoche" devant ses juges » https://www.letemps.ch/culture/2013/05/01/scene-convoque-weltwoche-devant-juges, consulté le 20/04/2018.

RAU, Milo, Dossiers artistiques, Nanterre, Amandiers. http://www.nanterre-amandiers.com/2015-2016/the-dark-ages/, consulté le 20/04/2018.

RAU, Milo, France Culture, 03/03/2017, https://www.franceculture.fr/theatre/nanterre-et-aubervilliers-une-agora-theatrale-pour-les-exiles, consulté le 20/04/2018.

RAU, Milo, in *Le Soir*, 20 mai 2017 « Ici on vit en démocratie, on peut tout changer, rien n'est fatal » http://plus.lesoir.be/95303/article/2017-05-22/milo-rau-ici-vit-en-democratie-peut-tout-changer-rien-nest-fatal, consulté le 20/04/2018.

RAU, Milo, Entretien réalisé par Olivier Neveux et Christophe Triau in Théâtre Public, Juillet-septembre 2016, N° 221.

RAU, Milo – Propos recueillis par Jean-François Perrier. Festival d'Avignon 2013. http://www.festival-avignon.com/fr/spectacles/2013/hate-radio, consulté le 20/04/2018.

SUR *EUROPE, MON AMOUR*, BIRGIT ENSEMBLE, CONSERVATOIRE NATIONAL SUPÉRIEUR D'ART DRAMATIQUE DE PARIS, 2015, ET AVIGNON, GYMNASE PAUL GIÉRA, 2017

Berliner Mauer, Vestiges, Dossier artistique http://www.theatregerardphilipe.com/cdn/sites/default/files/pdf/dossier_-tgp-berliner_mauer_160129.pdf, consulté le 20/04/2018.

LARRÈRE, Catherine « L'écoféminisme : féminisme écologique ou écologie féministe », Tracés. Revue de Sciences humaines [En ligne], 22 | 2012, mis en ligne le 21 mai 2014, consulté le 01 septembre 2017. URL : http://traces.revues.org/5454 ; DOI : 10.4000/traces.5454, consulté le 20/04/2018.

Memories of Sarajevo et Dans les Ruines d'Athènes, Dossier artistique : http://www.legrandt.fr/sites/default/files/dossier_sarajevo_athenes_birgitensemble_mars17.pdf, consulté le 20/04/2018.

SUR LE THÉÂTRE PERMANENT, GWENAËL MORIN, AUBERBILLIERS, LABORATOIRES D'AUBERVILLIERS, 2009

DARGE, Fabienne « Quartiers sensibles au théâtre », *Le Monde*, 21 février 2009, https://www.lemonde.fr/culture/article/2009/02/20/quartiers-sensibles-au-theatre_1158069_3246.html, consulté le 20/04/2018.

HAIDU, Rachel « Les Utopies précaires de Thomas Hirschhorn », in *Le Journal des Laboratoires*, nº 3, décembre 2004, http://www.leslaboratoires.org/article/les-utopies-precaires-de-thomas-hirschhorn, consulté le 20/04/2018.

HIRSCHHORN, Thomas, « Faire de l'art politiquement, qu'est-ce que cela veut dire ? », 2008, http://www.thomashirschhornwebsite.com/faire-de-lart-politiquement-quest-ce-que-cela-veut-dire/, consulté le 20/04/2018.

Le Théâtre Permanent, Quatre-Chemins, Aubervilliers 2009, compagnie Gwenaël Morin, Yvane Chapuis (dir), Éditions Xavier Barral, 2010.

MORIN, Gwenaël, *Discours de Turin*, discours prononcé en juin 2008 à Turin dans le cadre du Festival des Collines sur invitation de l'ONDA. Traduction : Isabelle Fabre, http://www.leslaboratoires.org/article/discours-de-turin/theatre-permanent, consulté le 20/04/2018.

MORIN, Gwenaël, « Un point d'engagement », *Agôn* [En ligne], Entretien réalisé par Metais-Chastanier, Barbara et Pellois, Anne, URL : http://agon.ens-lyon.fr/index.php?id=866, consulté le 20/04/2018.

MORIN, Gwenaël « C'est tous les jours qu'il faut faire la révolution », *Agôn* [En ligne], Entretien réalisé par Metais-Chastanier, Barbara et Pellois, Anne, Les tiers lieux, Enquête : Engouffrés dans la brèche, Nº 3 : Utopies de la scène, scènes de l'utopie, Dossiers, mis à jour le : 10/01/2011, URL : http://agon.ens-lyon.fr/index.php?id=1444, consulté le 20/04/2018.

METAIS-CHASTANIER, Barbara, *Antigone Journal n'4*, « Elle », 19 août 2011 à La Montade. en citation un extrait de la traduction d'Irène Bonnaud et de Malika Hammou.

Thomas Hirschhorn : Musée Précaire Albinet, Aubervilliers : Les Laboratoires d'Aubervilliers ; Paris : Xavier Barral, 2005.

SUR LE NOUVEAU THÉÂTRE POPULAIRE, FONTAINE-GUÉRIN, 2008-2018

FERDANE, Marie-Sophie, « La Grande chaîne des rôles et des comédiens », Entretien réalisé par Biet, Christian, dans *Théâtre Public*, Nº 225, *Le répertoire Aujourd'hui*, juillet-septembre 2017.

Historique du NTP, troupe du NTP, document interne. http://festivalntp.com, consulté le 20/04/2018.

INGLEHART, Ronald, *La transition culturelle dans les sociétés industrielles avancées*, Paris, Economica, 1993.

Nouveau Théâtre Populaire, 2009-2014, Textes des dix-neuf membres du NTP, Conception graphique, Atalante Paris – Impression Stipa, France.

PRÉVOT, Géraldine, *Alibis d'un autre monde, Expériences théâtrales au-dehors, à Paris et à New-York 1913-1939*, Thèse de Doctorat d'Arts du spectacle / Études théâtrales, présentée et soutenue publiquement le 11 décembre 2017 à Nanterre, sous la direction de Christian Biet et Jean-Loup Rivière, devant un jury composé de : Biet, Christian Consolini, Marco, Études théâtrales, Jouve, Émeline, Lucet, Sophine, Rivière, Jean-Loup et Silhouette, Marielle.

SUR LE LYNCÉUS FESTIVAL, BINIC, 2014-2018

3e rencontre organisée par l'Université libre *Que peut la scène ?* « Tout le monde dehors ! », https://www.duuuradio.fr/episode/que-peut-la-scene-3, 7 mars 2018, consulté le 20/04/2018.

BOISSON, Bénedicte, et DENIZOT, Marion, *Le théâtre du peuple de Bussang, Cent vingt ans d'histoire*, Actes Sud, 2015.

DE BECDELIÈVRE, Romain et HÉDOUIN, Clara « Pour un théâtre contextuel, performer la ville – *Les Trois Mousquetaires* dans Paris », in *Urbanités*, mis en ligne le 23 mars 2016. http://www.revue-urbanites.fr/contacts/la-revue-urbanites/, consulté le 20/04/2018.

DELLER, Jeremy, in Ralph Rugoff (éd.), *Jeremy Deller Joy in People*, London, Southbank Centre / Hayward Publishing, 2012.

Lone Twin, The boat project : theboatproject.com, consulté le 20/04/2018.

LORDON, Frédéric, *Impérium, Structures et affects des corps politiques*, La Fabrique, Paris, 2015.

Lyncéus Festival, https://lynceusfestival.com/le-collectif-lynceus/, consulté le 20/04/2018.

MUCCHIELLI, Laurent « Introduction au débat : "L'état d'urgence, quelles conséquences sur les politiques publiques ?" », *Sociologie* [En ligne], N° 4, vol. 8 | 2017, mis en ligne le 14 janvier 2018, consulté le 05 avril 2018. URL : http://journals.openedition.org/sociologie/3377, consulté le 20/04/2018.

ZHONG, Estelle, *L'Art en commun. Réinventer les formes du collectif en contexte démocratique*. Les Presses du Réel, Dijon, 2018.

ZHONG, Estelle, « Des formes cachées dans la matière. La bricologie de l'art participatif à la lumière de la pensée de Gilbert Simondon » article paru dans la revue *Techniques et Cultures*, 2015/2, n° 64, *Essais de bricologie, Ethnologie de l'art et du design contemporain*, https://www.cairn.info/revue-techniques-et-culture-2015-2-page-96.htm#s2n1, consulté le 20/04/2018.

ZHONG, Estelle, « L'expérience de la démocratie », décembre 2017, https://www.switchonpaper.com/2017/12/22/estelle-zhong-mengual-participatory-art-as-an-experience-of-democracy/, consulté le 20/04/2018.

ENTRETIENS RÉALISÉS

Entretien avec Franck Vercruyssen, Paris, Café A, novembre 2013.
Entretien avec Jean-François Sivadier, Paris, L'Industrie, octobre 2014.
Entretien avec Jean Bellorini, Saint-Denis, Théâtre Gérard-Philippe, mars 2015.
Entretien avec Frédéric Sonntag, Paris, Le Fumoir, décembre 2015.
Entretien avec Guillaume Mazeau, Paris, janvier 2017.
Entretien avec Gwenaël Morin, Lyon, Théâtre du Point du jour, mars 2017.
Entretien avec Julie Bertin et Jade Herbulot, Paris, rue Tholozé, décembre 2017.
Entretien avec Antonin Fadinard, Paris, au Valmy, mars 2018.
Entretien avec Lazare Herson-Macarel, Paris, rue Tholozé, mars 2018.

OBSERVATIONS PARTICIPANTES ET CRÉATIONS

Avec l'équipe de Gwenaël Morin, au Théâtre du Point du jour, Lyon, février-mars-avril-mai 2012, *Introspection*, de Peter Handke.

Avec le collectif des Possédés, à la Ferme du Buisson, juin 2014, répétitions de *Platonov*, de Tchekhov.

Avec l'équipe de Jean-François Sivadier, à La Ferme du Buisson et à L'Apostrophe, théâtre des Louvrais, Pontoise, répétitions de reprise de *La Vie de Galilée*, de Brecht.

Avec le Birgit Ensemble, 2015, répétitions au Théâtre Gérard Philipe de *Berliner Mauer*, création, et 2017, répétitions et filages de *Memories of Sarajevo*, et *Dans les ruines d'Athènes*.

Avec l'équipe de Gwenaël Morin, dossier dramaturgique en préparation de *Re-Paradise Now*, aux Amandiers à Nanterre, en mai 2018.

Avec Mayya Sanbar, écriture et création de *Suspended Beirut*, en novembre 2015, à La Générale Nord-Ouest, Paris.

Avec le Collectif 49701, 2012-2018, Adaptation et création du projet *Les Trois Mousquetaires, la Série*, d'après le roman d'Alexandre Dumas, actuellement en tournée.

AUTRES ŒUVRES CITÉES

SPECTACLES CITÉS

BAYLE, Pauline, (cie. À tire-d'aile) *L'Iliade*, création le 25 novembre 2015 au Théâtre de Belleville, Paris.

BAYLE, Pauline, (cie. À tire-d'aile) *L'Odyssée*, création le 7 octobre 2017 à la MC2 Grenoble.

BELLORINI, Jean, (Cie Air de Lune) *La Bonne âme du Se-Tchouan*, B. Brecht, TGP Saint-Denis, du 8 janvier au 18 janvier 2015.

BESSON, Benno, (cie *Le Cercle de craie caucasien*, 1978, Cour d'honneur du Palais des Papes, 32e Festival d'Avignon.

BROOK, Peter (Royal Shakespeare Company), *Marat/Sade*, P. Weiss, 1966.

COLLIN, Yann-Joël, *Henry IV* créée au TNB, en 1998.

DASTÉ, Jean, (La Comédie de Saint-Étienne) *Le Cercle de craie caucasien*, B. Brecht, créé au Théâtre des Champs Élysées à Paris le 8 décembre 1957.

DELLER, Jeremy, *The Battle of Orgreave*, 2001.

FADINARD, Antonin, *Torino 2CV*, texte de Clémence Weil, créée lors de l'édition 2016 du Lyncéus Festival.

GABILY, Didier-Georges *Violences*, et *Gibiers du temps* crées en 1991 et en 1995 au TNB.

GARY, Matthieu et Pin, Sidney, *Chute !* conférence spectaculaire écrite et mise en scène pour l'édition 2016 du Lyncéus Festival.

GAUCHET, Simon et LOUSKI-PANE, Arnaud *Naufrage utopique*, performance écrite et interprétée lors de l'édition 2015 du Lyncéus Festival.

HERSON-MACAREL, Lazare, *Œdipe Roi*, créé à l'édition 2015 du festival du NTP.

GROUPOV, *L'Impossible Neutralité*, Création du au Festival de Liège en février 2015 et au Koninklijke Vlaamse Schouwbourg dans le cadre du Festival Eye on Palestine fin mars 2015.

JATAHY, Christiane, (cie *Ithaque*, mise en scène de création en avril 2018 aux ateliers Berthiers.

LAWERS, Jann (Need Company), Trilogie Sad Face / Happy Face, composée de *La Chambre d'Isabella, Le Bazar du Homard*, *La Maison des Cerfs*, Créée, créées en 2004, 2006 et 2008, représentées en Intégrale au Festival d'Avignon 2008.

LOUIS, Eric, (Cie La Nuit surprise par le jour) *Le Bourgeois, la Mort et le Comédien*, trilogie regroupant *Les Précieuses Ridicules, Tartuffe* et *Le Malade Imaginaire* de Molière. Création en 2005.

MARTINELLI, Jean-Louis, *Schweyk dans la 2e guerre mondiale*, B. Brecht, du 18 mai au 26 juin 2005, Théâtre des Amandiers, Nanterre.

MNOUCHKINE, Ariane, (Théâtre du Soleil) *Les Éphémères*, Création le 27 décembre 2006 au Théâtre du Soleil, Cartoucherie de Vincennes.

MNOUCHKINE, Ariane, (Théâtre du Soleil) *Richard II* Création le 10 Décembre 1981 à la Cartoucherie.

MNOUCHKINE, Ariane, (Théâtre du Soleil) *La Nuit des Rois* Création le 10 juillet 1982 au Festival d'Avignon.

MNOUCHKINE, Ariane, (Théâtre du Soleil) *Henry IV* Création le 18 janvier 1984 à la Cartoucherie.

MNOUCHKINE, Ariane, (Théâte du Soleil) *Les Éphémères*, création le 27 décembre 2006 à la Cartoucherie.

PY, Olivier, *La Servante*, crée en 1995 au Festival d'Avignon.

PY, Olivier, *Les Vainqueurs*, Création de l'intégrale le 9 avril 2005 au TNP – Villeurbanne.

PLANCHON, Roger, (TNP Villeurbanne) *La Bonne Âme de Sé-Tchouan*, en 1954 au Théâtre de la Comédie, à Lyon.

PLANCHON, Roger, (TNP Villeurbanne) *Grand Peur et misère du 3e Reich* en 1958 au Théâtre de la Cité Villeurbanne.

POMMERAT, Joël, (Cie. Louis Brouillard), *Les Marchands*, Création le 20 janvier 2006 au Théâtre national de Strasbourg.

Raul Collectif, *Rumeur et petit jour*, Création le 10/11/2015 au Théâtre National de Bruxelles.

RAU, Milo, *Hate Radio*, Créée en décembre 2011 au Hau Hebbel am Ufer à Berlin.

RAU, Milo, The last days of the Ceausescus, Re-enactment of the Ceausescu-Trial, créé en décembre 2009 à Berlin et à Bucarest.

SCHARIETTI, Christian, (*Mère Courage*, B. Brecht, 8 mars au 12 avril 2002, Théâtre de la Colline, Paris.

SIVADIER, Jean-François, *La vie de Galilée*, 2003.

SOBEL, Bernard, (avec les élèves du Conservatoire National Supérieur d'Art Dramatique de Paris) *Sainte Jeanne des abattoirs*, B. Brecht, MC-93 Bobigny, du 29 septembre au 21 octobre 2008.

VITEZ, Antoine, *Vendredi ou la vie sauvage*, M. Tournier, Crée au Château de Vincennes le 7 mai 1973.

VITEZ, Antoine, *Catherine* d'après *Les Clôches de Bâle* de L. Aragon, créée en juillet 1975 dans le cadre du 29e festival d'Avignon.

VITEZ, Antoine, *Le Soulier de satin*, P. Claudel, Cour d'honneur du Palais des papes, 1987, 40e festival d'Avignon.

VON HOVE, Ivo, Tragédies romaines, *(Coriolan, Jules Cesar, Antoine et Cléopatre)*, de Shakespeare, créées à Avignon, en 2007.

VON HOVE, Ivo *Lords of War*, d'après *Henri V, Henri VI, Richard III* de Shakespeare présenté à Chaillot, en 2016.

PIÈCES CITÉES

BEAUMARCHAIS, Pierre Augustin Caron de, *Le Barbier de Séville*, Larousse, coll. Classiques, 1998.

BEAUMARCHAIS, Pierre Augustin Caron de, *Le Mariage de Figaro*, Larousse, coll. Classiques, 1998.

BEAUMARCHAIS, Pierre Augustin Caron de, *La Mère coupable*, Larousse, coll. Classiques, 1998.

BRECHT, Bertolt, *Baal*, Théâtre complet vol. 1, L'Arche, 1974.

BRECHT, Bertolt, *Tambours dans la nuit*, Théâtre complet vol. 1, L'Arche, 1974.

BRECHT, Bertolt, *Dans la jungle des villes*, Théâtre complet vol. 1, L'Arche, 1974.

BRECHT, Bertolt, *Homme pour homme*, Théâtre complet vol. 1, L'Arche, 1974.

BRECHT, Bertolt, *L'Opéra de quat'sous*, Théâtre complet vol. 2, L'Arche, 1974.

BRECHT, Bertolt, *Grandeur et décadence de la ville de Mahagonny*, Théâtre complet vol. 2, L'Arche, 1974.

BRECHT, Bertolt, *Sainte Jeanne des abattoirs*, Théâtre complet vol. 2, L'Arche, 1974.

BRECHT, Bertolt, *Grand-peur et misère du IIIe Reich*, Théâtre complet vol. 3, L'Arche, 1974.

BRECHT, Bertolt, *La Vie de Galilée*, Théâtre complet vol. 4, L'Arche, 1974.

BRECHT, Bertolt, *Mère courage et ses enfants*, Théâtre complet vol. 4, L'Arche, 1974.

BRECHT, Bertolt, *La Bonne âme du Se-Tchouan*, Théâtre complet vol. 4, L'Arche, 1974.

BRECHT, Bertolt, *Maître Puntilla et son valet Matti*, Théâtre complet vol. 5, L'Arche, 1974.

BRECHT, Bertolt, *La Résistible ascension d'Arturo Ui*, Théâtre complet vol. 5, L'Arche, 1974.

BRECHT, Bertolt, *Schweyk dans la 2e guerre mondiale*, Théâtre complet vol. 6, L'Arche, 1974.

BRECHT, Bertolt, *Le Cercle de craie caucasien*, Théâtre complet vol. 6, L'Arche, 1974.

BRECHT, Bertolt, *Noces chez les petits-bourgeois*, Théâtre complet vol. 8, L'Arche, 1974.

FADINARD, Antonin, *La nef des fous*, Éditions théâtrales, Lyncéus Festival, 2015.

GABILY, Didier-Georges, *Violences*, et *Gibiers du temps*, Actes Sud, coll. Thesaurus, 2008.

HUGO, Victor, *Cromwell*, Flammarion, coll. Garnier-Flammarion, 1999.

LAGARCE, Jean-Luc, *Juste la fin du monde*, Les Solitaires intempestifs, 2000.

MOLIÈRE, *Dom Juan*, Folio, Classiques, 2013.

MOLIÈRE, *Tartuffe*, Folio, Classiques, 2013.

PY, Olivier, *La Servante*, Actes Sud, 2000.

RACINE, Jean, *Bérénice*, Gallimard, coll. Pléiade, 1999.
SHAKESPEARE, William, *Henry V*, Flammarion, coll. Garnier-Flammarion, trad. Sylvère Monod, 2000.
SHAKESPEARE, William, *Henry VI*, L'Avant-Scène Théâtre, 2014.
SHAKESPEARE, William, *Richard III*, Gallimard, coll. Le Manteau d'Arlequin, trad. Desprats, 1995.
SOPHOCLE, *Antigone*, Folio, coll. Folio plus classique, 2007.
STRINDBERG, Johan August, *La Sonate des Spectres*, Circé, coll. Théâtre, 2003.
STRINDBERG, Johan August, *Le Songe*, L'Arche, 2003.
TOLLER, Ernst, *Hop là nous vivons !* Les Éditeurs français réunis Saint-Amand, impr. Bussière, 1966.

ROMANS CITÉS

DUMAS, Alexandre, *Les Trois Mousquetaires*, Robert Lafond, coll. Bouquins, 1991.
GROSSMAN, Vassili, *Vie et Destin*, Le livre de poche, coll. Littérature et documents, 2005.
HUGO, Victor, *Quatre-Vingt-Treize*, Le livre de poche, coll. Classiques, 2001.
HUGO, Victor, *Les Misérables*, Le livre de poche, coll. Classiques, 2016.
RABELAIS, François, *Le Quart Livre*, points, coll. Points, 1997.
STENDHAL, *La Chartreuse de Parme*, Le livre de poche, coll. Classiques, 2000.

FILMS CITÉS

ESEINSTEIN, Sergueï, *La Grève*, 1924.
KUROSAWA, Akira, *Les Sept Mercenaires*, 1954.
STURGE, John, *Les sept Mercenaires*, 1960.
ZWICK, Edward, *Blood Diamond*, 2006.

INDEX DES NOMS CITÉS

INDEX DES NOMS DES COMPAGNIES THÉÂTRALES ET DES FESTIVALS CITÉS

TABLE DES ILLUSTRATIONS

TABLE DES MATIÈRES

DEUXIÈME PARTIE

DES PERFORMANCES HISTORIQUES ET POLITIQUES

TENTATIVES PRATIQUES EN VUE D'UN THÉÂTRE ÉPIQUE DISSENSUEL ?

TROISIÈME PARTIE

ALTERNATIVES ÉPIQUES, CRÉER DU COMMUN